HEYNE
BÜCHER

KATHRYN KRAMER

WER DIE LIEBE KENNT

Roman

Aus dem Englischen
von Barbera Bach

Deutsche Erstausgabe

WILHELM HEYNE VERLAG
MÜNCHEN

HEYNE ALLGEMEINE REIHE
Nr. 01/9403

Titel der Originalausgabe
FLAME FROM THE SEA

Redaktion: Monika Köpfer

Printed in Germany 1994
Umschlagillustration: Pino Deni – Agentur Schlück, Garbsen
Umschlaggestaltung: Atelier Ingrid Schütz, München
Gesamtherstellung: Elsnerdruck, Berlin

ISBN: 3-453-08229-X

Für Marcia Hockett, meine Mutter, deren Liebe und Weisheit mich durch alle Jahre meines Lebens geleitet haben. Ohne Deine Bemühungen und Deinen Rat hätte ich diese Geschichte nie vollenden können. Ich widme sie Dir in ganz besonderer Liebe.

PROLOG

Die wechselnden Farben des irischen Himmels erleuchteten die felsige Küste und warfen einen warmen Schein auf das dunkelhaarige dreizehnjährige Mädchen, das auf einem kalten, feuchten Stein saß und in die schäumenden Wellen starrte. Es hielt die dünnen Arme um seine knochigen Knie geschlungen und atmete tief die salzige Meeresluft ein. Die nahende Winterkälte war bereits spürbar, und doch konnte es sich aus irgendeinem Grund nicht von dieser Stelle losreißen, wenn auch seine Hände schon gefühllos vor Kälte waren.

»Ich muß etwas tun, um ihn zu retten!« überlegte es verzweifelt und dachte wieder an die Augen dieses Mannes, den ihr Volk gefangenhielt – Augen, so blau wie der Himmel und genauso stürmisch.

Seit einiger Zeit schon schien sie nur noch für die Augenblicke zu leben, in denen sie diesen jungen Mann sah, und auch jetzt ließ der plötzliche Gedanke an seine kräftigen Arme und Schultern, an sein goldenes Haar und die kraftvolle Linie seines Kinns sie heftig erschaudern. Maddock, einer ihrer Verwandten, und ihr Vater sagten ihr stets, sie müsse ihn hassen, denn er sei ein Wikinger, einer der verhaßten Normannen, die ihre Küsten plünderten, doch sie konnte es nicht. Dieser Wikinger war nicht grausam. Er war tapfer und stark und wunderschön anzusehen.

Als sie ihn zum erstenmal erblickt hatte, zerrten ihn ihre Verwandten gerade in die große Gemeindehalle, seine Hände mit dicken Stricken auf den Rücken gefesselt.

»Wir haben einen Sklaven!« hörte sie die Männer schreien. »Den werden wir jetzt genauso leiden lassen, wie unsere Söhne leiden, die von den Wikingern, diesen Bastarden, übers Meer in die Sklaverei geschickt wurden.«

Neugierig dränge sie sich durch die Menge, um einen Blick auf diesen wilden Normannen zu erhaschen, und war überrascht, wie jung er war. Er war nicht mehr als vier oder fünf Jahre älter als sie selbst. Sein Gesicht drückte große Kraft aus, doch war es ein noch junges Gesicht, so jung, daß in ihm keine Spur von Bartwuchs zu erkennen war. Er sah sehr gut aus, und wie er so dastand, den Kopf stolz erhoben und den Blick direkt auf sie gerichtet, schien er eher der Sieger als der Besiegte zu sein. Doch sie sah den Schmerz und die zerstörten Hoffnungen in seinen Augen, und eine Woge von Traurigkeit und Mitleid überschwemmte sie.

»Jemand von seinem eigenen Volk hat ihn in die Sklaverei verkauft«, hörte sie einen der Iren sagen. »Na, wir werden schon dafür sorgen, daß er sich sein Brot verdient.« Er versetzte dem gefesselten Wikinger einen brutalen Tritt, so daß er der Länge nach hinschlug.

Mit einem Ungestüm, das ihrer Natur normalerweise völlig fremd war, stürzte Deidre vor. »Er ist ein Mensch und kein Tier!« rief sie laut. »Wer einen gefesselten Mann schlägt, ist genauso barbarisch, wie es den Wikingern nachgesagt wird.« Sie streckte den Arm aus, ergriff die starke Hand des Wikingers und half ihm aufzustehen. Seine Berührung wühlte sie tief im Inneren auf. Wieder sah er sie an. Doch diesmal leuchteten seine Augen vor Dankbarkeit, und sein Blick sprach Worte, die sein Mund nicht zu äußern wagte.

Das war nun beinahe zwei Monate her, und seit jenem Tag hatte Deidre ihn beobachtet. So oft sie konnte, brachte sie ihm etwas zu essen, denn sie befürchtete, daß der Haferschleim und das Wasser, das man ihm gab, nicht ausreichend waren. Entweder stahl sie etwas vom

Tisch, oder, und das war meistens der Fall, sie gab ihm ihre eigene Portion. Und jedesmal spürte sie bei seinem dankbaren Lächeln eine große Zärtlichkeit in sich aufsteigen.

Es war sehr böig geworden, und der Wind blies ihr dicke Strähnen ihres langen schwarzen Haares ins Gesicht. Sie strich sie zurück und stellte ohne Verwunderung fest, daß ihre Wangen naß waren von leichtem Regen – und von Tränen, Tränen, die dem Gefangenen galten.

»Ich muß ihn befreien«, dachte sie wieder. Doch dies zu tun bedeutete, sich nicht nur Maddocks Zorn, sondern auch den ihres Vaters zuzuziehen.

Das irische Mädchen erhob sich von dem Stein und blickte über die smaragdgrünen Felder der Ländereien ihrer Angehörigen, die bis zum Klippenrand reichten. Hier an der Küste, die von einem Punkt mehrere Meilen weiter nördlich ihrem Vater gehörte, war gutes Ackerland selten. Obwohl sie ihre üppige, fruchtbare Heimat vermißte, fürchtete sie sich davor, dieses Land zu verlassen. Schon viel zu bald würde die Zusammenkunft der Clans, deretwegen ihre Familie hergekommen war, vorüber sein. Und wer würde dann ihren Wikinger beschützen, wenn sie erst einmal fort war?

In der Ferne konnte sie sehen, wie Maddock, dieser gemeine Kerl, und seine Männer den jungen Wikinger hin- und herstießen. Wut stieg in ihr hoch, ihr Beschützerinstinkt erwachte, und sie eilte auf sie zu. Maddock stand hoch aufgerichtet vor dem Gefangenen und schwang drohend eine Peitsche durch die Luft.

»Du widerspenstiger Bastard von einem Wikinger!« brüllte er. »Ich habe gesagt, du sollst das aufheben.« Er wollte ihn demütigen, indem er ihn vor sich am Boden kriechen ließ. Ein großer Haufen Kuhmist lag auf dem Weg, und Maddock wollte, daß der Wikinger ihn aufhob.

»Er versteht unsere Sprache doch gar nicht!« schrie Deidre ihn an. »Wie soll er dir denn gehorchen?«

Ärgerlich blickten ihre Verwandten sie an. »Das hier geht dich nichts an, Deidre«, sagte Maddock und hob die Peitsche, um zuzuschlagen. Mit der Grazie eines Rehes sprang Deidre vor und stellte sich zwischen die beiden Männer. »Tu ihm nicht weh. Bitte.«

Maddock versuchte, sie wegzustoßen, doch sie wich nicht von der Stelle. Das einzige, was in diesem Augenblick für sie zählte, war, daß sie ihn davon abhalten mußte, diesen Mann zu schlagen, der schon genug Quälereien über sich hatte ergehen lassen müssen.

»Verschwinde!« befahl Maddock.

In ihren Augen stand blanker Zorn. »Nein! Ich werde nicht zulassen, daß du das tust«, antwortete sie. »Zuerst wirst du *mich* schlagen müssen, und dafür würde mein Vater ohne jeden Zweifel Vergeltung von dir fordern, Verwandtschaft hin oder her.«

Er starrte sie einen Moment lang wütend an, bevor er sich endlich umwandte und davonging. Für diesmal hatte Deidre gewonnen, doch sie fragte sich erneut, was wohl geschehen würde, wenn sie mit ihrer Familie wieder in die Heimat zurückkehrte. Ihr war klar, daß sie den Wikinger befreien mußte.

Spät in der Nacht ging sie zu ihm. Der Mond war hinter den Wolken verschwunden, und Nebel lag über dem Weg. Als sie plötzlich ein Geräusch hinter sich hörte, duckte sie sich rasch hinter einen Busch. Doch es war nur ein Nachtvogel, der im Dunkeln aufflog. Sie atmete erleichtert auf und griff das Messer fester, das sie in den Falten ihres Umhangs verborgen hielt. Leise öffnete sie die Tür zu der Hütte, in der der Wikinger gefangengehalten wurde.

Er lächelte, als sie hereinkam, nahm das Stück Brot und

die Scheibe Käse, die sie ihm mitgebracht hatte, aus ihrer Hand und aß mit der gierigen Hast eines Menschen, der schon lange keine reichhaltige Kost mehr erhalten hatte. Seine Augen musterten sie genau. Sie war ein schlankes, bildhübsches Mädchen mit einer Fülle schwarzen Haares, einer geraden Nase und Augen von beinahe violetter Farbe. So ein tapferes kleines Ding, dieses dunkelhaarige irische Mädchen. Wie könnte er je vergessen, wie sie ihn heute davor bewahrt hatte, grausam verprügelt zu werden?

Er sprach zu ihr in seiner Muttersprache, in die sich ein paar Worte mischten, die er von seinen Wärtern aufgeschnappt hatte. Seine Stimme war sanft und tief. Deidre versuchte, die Bedeutung seiner Worte zu begreifen, doch sie konnte ihn nicht verstehen und war zu schüchtern, um etwas zu sagen. Dieser junge Mann war ihr ein Rätsel. In einem Moment hart und stark, war er doch sanftmütig, sobald sie in der Nähe war. So groß seine Stärke auch zu sein schien, sie war nicht groß genug, um seine Fesseln zu lösen. Das mußte sie für ihn tun.

Sie ging einen Schritt auf ihn zu und wollte ihn gerade befreien, als sie hörte, wie eine Stimme aus einiger Entfernung ihren Namen rief. Alarmiert hielt sie inne und lief dann rasch nach draußen, um sich nicht in der Hütte ertappen zu lassen.

»Deidre! Deidre!« Es war Maddocks Stimme. Sie eilte auf ihn zu. Zum Verstecken war es zu spät, er hatte sie gesehen.

»Ich dachte mir, daß du es warst, die ich hier auf dem Weg gesehen habe«, schimpfte er. »Warum verschwendest du deine Zeit mit diesem Wilden? Ich weiß, daß du unser Essen stiehlst und es ihm bringst.« Er packte sie bei den Schultern. »Er ist unser Feind, ein Heide. Er betet nicht unseren Gott an, diese blutrünstige Bestie. Wenn du auch nur ein einziges Mal erlebt hättest, wie schrecklich ein Wikingerüberfall ist, würdest du ihn ganz sicher nicht so verhätscheln.«

»Ich kann es nicht ertragen, ihn hungern zu sehen.« Sie versuchte, sich aus seinem Griff zu winden, doch er hielt sie fest.

»Er bekommt soviel zu essen, daß er am Leben bleibt und arbeiten kann. Mehr steht ihm nicht zu.« Mißtrauisch blickte er sie an und entschied dann, daß sie nur aus einer kindlichen Laune heraus handelte. Das würde sich bald auswachsen. Er ließ sie los. »Also gut, füttere ihn, wenn du es unbedingt mußt. Aber ich warne dich…« Leise vor sich hin brummend ging er davon. Deidre kehrte zur Hütte zurück und trat leise ein.

Inzwischen war der Mond aus seinem Versteck hinter den Wolken hervorgekommen, und sein Licht drang durch einen schmalen Schlitz im Holz in den Raum. Deidre blickte zu ihrem Wikinger hinüber. Er schlief fest. Die schwere Arbeit des langen Tages hatte ihn völlig erschöpft. Wie jung sein Gesicht aussah, und wie verletzlich! Er roch nach Schweiß und Meeresluft, und noch nie hatte ein Geruch solche Gefühle in ihr ausgelöst. Wenn sie diese auch noch nicht recht einordnen konnte, so spürte sie doch, wie wohl sie sich in seiner Nähe fühlte. Und so setzte sie sich neben ihn und wachte über seinen Schlaf.

Ein Alptraum schien den jungen, blonden Normannen zu quälen, denn er schrie plötzlich auf und begann, sich auf seinem Lager hin- und herzuwerfen. Träumte er davon, wie er von seinem Volk verraten und an die Iren verkauft worden war? Sie sehnte sich danach, ihn zu trösten, starrte auf seine nackte Brust und dann, wie magisch angezogen, auf seine schlanken, muskulösen Hüften. Unvermittelt fragte sie sich, wie es wäre, ihn in den Armen zu halten. In einer Anwandlung von Selbstsüchtigkeit wünschte sie, ihn hier bei sich behalten zu können, und wußte doch, daß das unmöglich war. Sie zog aus den Falten ihres Umhanges das Messer hervor und rückte näher an ihn heran.

Entschlossen führte sie es an seine Handgelenke und begann, die Fesseln durchzuschneiden. Sie würde sich der Bestrafung tapfer stellen, in der Gewißheit, daß der Mann, den sie liebte, frei war. Er wachte auf, und als ihm klar wurde, was sie tat, starrte er sie fragend an. Als er dann ihr Lächeln erwiderte, breitete sich eine eigenartige Wärme in ihr aus.

Es dauerte eine ganze Weile, bis sie die festen Stricke durchtrennt hatte, und während der ganzen Zeit lauschte Deidre aufmerksam auf jedes Geräusch von draußen. Hatte Maddock etwa ihre wahren Absichten erahnt? Er schien heute abend jeden ihrer Schritte beobachtet zu haben, und als er fortging, nachdem er sie ausgeschimpft hatte, war ihr irgend etwas an seinem Gang merkwürdig vorgekommen.

Endlich war der Wikinger befreit. Er stand auf, zog das irische Mädchen an sich und nahm sie in die Arme, nicht, weil er sie begehrte, sondern weil er aufrichtige Liebe und Zuneigung für sie empfand. Niemals würde er vergessen, was sie für ihn getan hatte. Er wollte ihr gern etwas schenken, ihr irgendwie danken, und da fiel ihm etwas ein. Er löste sich aus der Umarmung, bückte sich und hob einen Stein vom Boden auf, unter dem ein Hohlraum sichtbar wurde, in dem er einige Dinge verborgenhielt, von denen er nicht wollte, daß seine Wärter sie fanden. Er war sehr geschickt dabei vorgegangen und hatte sie zunächst in den Falten seiner weiten Pluderhosen versteckt, bis er einen sicheren Platz für sie gefunden hatte. Nun nahm er aus dieser Bodenvertiefung eine Brosche, die er mit seinen eigenen Händen gefertigt hatte. Bei den Normannen waren solche goldenen Schmuckstücke hochgeschätzt, und er überreichte die Brosche nun diesem irischen Mädchen zum Zeichen der Dankbarkeit für ihre Güte.

Kühl lag sie in Deidres Hand. Ihre Ränder waren scharf. Deidre betrachtete sie bewundernd im Mondlicht und staunte über die kunstvolle Arbeit und die verschlungenen Verzierungen. Noch nie hatte sie etwas so Schönes gesehen. Sie würde sie immer in Ehren halten.

»Danke«, flüsterte sie und wandte die Augen ab, damit er nicht merkte, wie tief sie für ihn empfand. Er nahm sie wieder in die Arme, und sie verbarg weinend ihr Gesicht an seiner breiten Brust. Wenn er nur bleiben könnte! Doch das war unmöglich.

Der Wikinger hielt sie in den Armen, empfand den gleichen Schmerz und sagte sich immer wieder, daß sie ein Kind war, ein schönes Kind zwar, aber dennoch ein Kind.

»Was für eine Frau wird das einmal werden!« dachte er und bedauerte, daß er es nicht würde erleben können, sie heranreifen zu sehen.

Sanft hob er ihr Gesicht, damit er sie anschauen konnte. Sie spürte seine Lippen auf ihrer Stirn und lauschte den liebevoll klingenden Worten in der ihr so fremden Sprache, bis er sich schließlich von ihr losriß. Und dann war er fort.

Deidre vergaß diese Nacht niemals. Voller Schmerz sah sie ihn fortgehen, es war, als würde ihr das Herz aus dem Leibe gerissen. Beinahe ehrfurchtsvoll berührte sie die Brosche und flüsterte: »Leb wohl. Möge Gott dich beschützen, bis wir uns wiedersehen.«

Der Wikinger blickte zurück zu dem schönen Kind, das so verloren dastand, und empfand große Traurigkeit. Nie wieder würde er sie so sehen, die langen Haare wie einen rabenschwarzen Umhang um ihre Schultern gebreitet. Er fragte sich, welche Strafe sie wohl von ihren

Verwandten dafür erwarten mußte, daß sie ihn befreit hatte, und blieb stehen, versucht, umzukehren, um sie vor jedem Leid zu beschützen. Ein Rascheln in den Büschen ließ ihn aufschrecken und warnte ihn – jemand kam. Er spürte, wie die Sehnsucht nach Freiheit in seinem Herzen pochte, seine Adern durchströmte, rannte los und verbannte das irische Mädchen aus seinen Gedanken.

ERSTER TEIL

DAS SCHWERT UND DIE BLUME

Provinz Munster
Frühling 845

»Pflückst Du eine Blume,
verletzt Du einen Stern.«

The Mistress of Vision
Francis Thompson

1

Der Wind wehte sanft über die grünen Wiesen Irlands und erfüllte die kühle Morgenluft mit dem Duft der ersten Boten des Frühlings. Die Nebel, die das Land im Winter mit einem nahezu unwirklichen Schleier überzogen hatten, waren verschwunden, und der Himmel leuchtete klar und blau.

Die junge Frau erhob sich von der Stelle, an der sie sich im weichen Gras ausgeruht hatte, hob ihr Gesicht der Sonne entgegen und ließ sich von ihren wärmenden Strahlen streicheln. Das Morgengezwitscher der Vögel lag wie wunderschöne Lautenmusik über den Wiesen, und sie lächelte beim Klang dieser Lieder.

»Was für ein herrlicher Tag!« rief sie. Ihr langes, rabenschwarzes Haar wehte um ihre Schultern und streifte ihre nackten Arme. Sie blickte aufs Meer hinaus und sah zu, wie die schäumenden Wellen mit lautem Getöse an die felsigen Klippen schlugen. Die ungeheure Weite und Dunkelheit des Meeres hatte in den Menschen in Irland schon immer große Ehrfurcht ausgelöst, und vielleicht war dies die Ursache, warum ihr Volk in längst vergangenen Zeiten das Meer und die Götter und Göttinnen, die es beherrschten, so fürchtete. Jetzt betete es den Gott der Christen an, der durch den Heiligen Patrick auf die grüne Insel gekommen war.

Die junge Frau beugte sich hinunter, pflückte eine Blume und steckte sie sich hinters Ohr. Heute war ihr Hochzeitstag. Sie sollte ihrem Verlobten Phelan zur Gemahlin gegeben werden, dem sie schon vor vielen Jahren versprochen worden war.

Ihre beiden Väter waren zwei der größten Landbesitzer

in diesem Teil Irlands. Schon vor langer Zeit war darüber gesprochen worden, die beiden Familienclans durch eine Ehe miteinander zu verbinden, und da ihre ältere Schwester, Bridget, bereits vergeben war, wurde Deidre dem ältesten Sohn Phelan anverlobt. Sie hatte ihn erst in letzter Zeit öfter gesehen, deshalb konnte sie nicht sagen, ob sie ihn mochte oder nicht. Er und seine Familie würden ihren Reichtum durch diese Ehe vergrößern, und Deidres Vater würde als Oberhaupt eines nun viel stärkeren Clans an Macht und Ansehen gewinnen.

Nach der heutigen Nacht, überlegte Deidre, würde sie nicht mehr das unschuldige Mädchen sein, das sie jetzt noch war. Dieser Gedanke versetzte ihr einen ängstlichen Stich. Würde sie für ihn das gleiche sehnsüchtige Begehren empfinden, wie es Bridget für ihren Gatten fühlte? Würde Phelan behutsam mit ihr umgehen? Sie schloß ihre violetten Augen vor den hellen Sonnenstrahlen und überließ sich ihren Träumen und Vorstellungen von der bevorstehenden Hochzeit. So sehr wünschte sie sich, an die Liebe glauben zu können.

Schatten des Zweifels senkten sich mit einemmal auf ihre Unbekümmertheit, als sie an die große Mitgift von Schafen und Rindern dachte, die ihr Gatte erhalten würde, gar nicht zu reden von dem weiten Stück Land.

»Vielleicht heiratet mich Phelan nur wegen des Reichtums meines Vaters und nicht, weil er mich liebt!« dachte sie laut. Vielleicht war Liebe überhaupt nur ein törichter Traum. Wenn sie selbst auch den Mann nicht liebte, den sie heiraten sollte, so konnte sie doch wahrheitsgemäß sagen, daß sie ihn zumindest gern hatte. Aber sie konnte sich nicht helfen – immer wieder fragte sie sich, wie es wohl wäre, wirklich verliebt zu sein und dieses wunderbare Glück zu empfinden, von dem die Barden so oft sangen. Einmal hatte sie dieses Gefühl für ganz kurze Zeit gespürt – bei einem jungen Wikinger, das war viele Jahre her. Sie seufzte und schaute wehmütig wieder aufs Meer hinaus, so tief in Gedanken versunken, daß sie die Schritte hinter sich nicht hörte.

»Deidre, da bist du ja! Ich habe dich überall gesucht!« rief jemand. Sie drehte sich um und sah ihre Schwester Bridget auf sich zukommen.

»Tut mir leid, Bridget. Ich mußte heute morgen einfach eine Weile allein sein.«

»Es ist noch so vieles zu tun, um dich auf die Zeremonie vorzubereiten«, mahnte die Schwester sanft und voller Verständnis für Deidres Gefühle.

Doch Deidre hörte Bridgets Worte kaum. Sie war vertieft in Träumereien über ihre Vorfahren, die Kelten, dieses alte Volk, das hier auf diesem Land gelebt hatte, lange bevor die christlichen Mönche hergekommen waren. Und sogar heute noch wurden von einigen das ganze Jahr hindurch heidnische Bräuche praktiziert, sehr zum Ärger der Priester. Die alten Götter und Göttinnen lebten im Volksglauben und in den alten Geschichten weiter. Sie hatte versucht, dem freundlichen alten Priester, Vater Finian, zu erklären, daß all die alten Überlieferungen genauso Bestandteil ihres Volkes waren wie ihr Atem und ihr Blut, wenn es auch jetzt den einen Gott anbetete, doch er hatte sie einfach nicht verstanden.

»Ich kann mir richtig vorstellen, wie sich das Leben in der Vergangenheit hier auf diesem Hang abgespielt hat«, sagte Deidre leise. »Wie wäre mein Leben wohl damals verlaufen? Ob ich mich beim Beltanfest* wohl meinem Geliebten hingegeben hätte?«

Bridget bekreuzigte sich hastig, als wolle sie jede Erinnerung an solch heidnische Bräuche rasch aus ihren Ge-

* Das Beltanfest war ein hoher keltischer Feiertag, der im Mai mit Freudenfeuern und Tanz begangen wurde.

danken verbannen. »An solche Dinge dürfen wir nicht einmal denken!« sagte sie.

Deidre mußte die Frömmigkeit ihrer Schwester oft im stillen bewundern, und sie fragte sich, ob Bridget sich für das Leben im Kloster entschieden hätte, wäre sie nicht mit Ian verlobt worden. Ian hatte sie mit einem solchen Ungestüm umworben, daß Bridget den Wunsch nach einem Leben in Enthaltsamkeit verdrängte. Ein wenig bedauerte es Deidre, daß Phelans Art, ihr den Hof zu machen, nicht von ebensolcher Leidenschaft geprägt war.

»Komm, Deidre, wir gehen zurück zum großen Saal«, forderte Bridget sie auf und legte ihr sanft die Hände auf die Schultern. Das Meer hinter sich lassend, gingen sie Arm in Arm zurück, auf das große steinerne Gebäude zu, das Deidres Heimat war, solange sie zurückdenken konnte. Die rot-weiß gestreiften Segel, die in diesem Moment am Horizont auftauchten und sich langsam der Küste näherten, bemerkte keine von beiden.

Die Schiffe der Wikinger hoben und senkten sich wie Ungeheuer in den Meeresfluten, wie silbrige Schuppen blitzten die Metallplatten, mit denen sie geschützt waren, im kalt funkelnden Licht der Sonne. Die wild und grimmig aussehenden geschnitzten Drachenfiguren und Wolfsköpfe am Bug hatte man abgedeckt, um die Landgeister nicht zu erschrecken. An Bord der Schiffe schauten die Seeleute den Möwen zu, die am Himmel kreisten und Warnschreie in Richtung der angesteuerten Küste ausstießen. Um ihr Gekreische verstummen zu lassen, warfen ein paar von ihnen Fischstücke über Bord, doch die Vögel waren nicht zu beruhigen.

Ein großer blonder Mann stand am Ruder des Leitschiffes und blickte auf die Küste, die Augen wegen des blendenden Sonnenlichtes zusammengekniffen. Er war ein

Mann, den Stolz und Mut auszeichneten. Sein Name war Wolfram der Kühne.

»Genau, wie der irische Verräter gesagt hat«, murmelt er. »Wir erwischen sie völlig ahnungslos.« Inzwischen konnte er die unendliche grüne Weite des vor ihm liegenden Landes deutlich sehen. Würde er jemals aufhören, diese smaragdgrüne Insel zu lieben? Er, der auf der Suche nach neuen Schätzen schon zu so vielen Ländern jenseits der Meere gesegelt war, das große Kaiserreich China eingeschlossen, geriet noch immer jedesmal in Erregung, wenn er auf dieses nebelverhangene Land zusteuerte, das er mittlerweile seine Heimat nannte. Seit fünf Jahren plünderte er hier die Küsten und kehrte zwischen den Raubzügen in sein Lager in Dubh-Linn zurück, das auf der gegenüberliegenden Seite dieser riesigen Insel lag. Vergessen waren die Demütigungen und Schmerzen seiner Jugendtage, jener Tage, die er als Sklave zugebracht hatte. Eines Tages, wenn er erst reich und mächtig war, würde er in den hohen Norden zurückkehren, um sich an dem Manne zu rächen, der ihn einst in die Sklaverei verkauft hatte.

Wolfram gab Befehl, die Segel einzuholen, und die Männer legten sich in die Riemen und ruderten auf die Küste zu. Als sich das Schiff dem Ufer näherte, konnte er die Wellen an die Felsen schlagen hören, und er vernahm das Brausen des Windes, diesen uralten Gesang. So mutig er auch war, erschauerte er doch bei diesem Klang. Hier, an dieser Küste, dessen war er sicher, würde ihm sein Schicksal begegnen.

In dem Versuch, sein Unbehagen zu vertreiben, hob er die Augen zum Himmel. »Odin!« rief er hinauf. »Odin, steh uns an diesem Tage zur Seite!«

Die Männer fielen in sein Rufen ein: »Odin, Odin, Odin, Odin!« erklang es, und ihre Stimmen vereinten sich mit dem Wind.

In Deidres kleiner Schlafkammer bereitete Bridget sie für die Hochzeit vor. Die Stimmen der Gäste, die unten im großen Saal eintrafen, drangen herauf. Scherzworte und Lachen flogen hin und her und verrieten ihnen, daß die Männer dem Met schon reichlich zugesprochen hatten und das Getränk bereits seine Wirkung zeigte.

»Ich hoffe, sie sind nicht schon alle betrunken, bevor die Zeremonie überhaupt beginnt«, murrte Deidre.

Bridget lachte. »Bald schon wirst du die Männer verstehen lernen, liebe Schwester«, sagte sie. »Trinken entspannt sie, es löst ihre Zungen und stärkt ihr Selbstbewußtsein. Ich glaube, sogar Phelan hat ein oder zwei Becher getrunken.«

Sanft bürstete sie Deidres glänzendes schwarzblaues Haar, flocht Blumen und Bänder in die weichen, bis zur Taille herabfallenden Strähnen und wand einen Zopf wie eine Krone über ihren Scheitel.

»Ich habe ein wenig Angst, Bridget«, sagte Deidre leise und drehte sich zu ihrer Schwester um. Durch die plötzliche Bewegung verfing sich der Kamm in einer Locke ihres Haares, und es ziepte schmerzvoll.

»Nicht doch«, beruhigte Bridget sie, umarmte sie und hielt sie dann auf Armeslänge von sich weg, um sie anzuschauen. »Denk nicht an die Geschichten, die die alten Frauen erzählen. Was ein Mann und eine Frau miteinander tun, ist sehr schön und noch wunderbarer, als du es dir vorstellen kannst.«

Deidres Schönheit würde Phelan sehr erfreuen, dessen war Bridget sich gewiß. Sie war von einer Anmut, der sich kein Mann entziehen konnte, mit ihrer fein geschnittenen Nase, den hohen Wangenknochen und den großen, von dunklen Wimpern umrahmten violetten Augen. Das einzige, was für manche ein Makel hätte sein können, waren ihre etwas zu kräftigen Augenbrauen, doch gaben gerade sie den großen, eindrucksvollen Augen erst den würdigen Rahmen. Ihre schmale Taille und die langen Beine waren Gegenstand des Neides vieler Frauen, und ihre vollendet geformten Brüste und die schlanke Hüfte waren der Traum jedes Dichters.

Deidre spürte das kühle Leinen des Hochzeitskleides auf ihrer Haut, das Bridget ihr übergestreift hatte. Es reichte bis zum Boden, so daß das hauchdünne Unterkleid darunter nicht zu sehen war und gab durch die geschlitzten Ärmel den Blick auf Deidres schimmernde nackte Arme frei.

»Ich will, daß alles perfekt ist, dein Haar, dein Kleid, der ganze Festtag. Einfach alles. Es ist nur gerecht, wenn die jüngste Tochter von Llewellyn, dem Oberhaupt des Clans, von allem nur das Beste erhält!« rief Bridget.

Deidre zog die pelzverbrämte Feiertagsrobe und die ebenfalls mit Pelz besetzten Lederschuhe an.

»Fertig?« fragte Bridget und unterzog ihre Schwester einer letzten Inspektion. Nie hatte sie eine schönere Braut gesehen.

»Ich glaube schon«, antwortete Deidre und kämpfte gegen ihre Tränen an. Ganz in Gedanken berührte sie die kunstvoll gearbeitete Goldbrosche, die ihr Kleid am Hals zusammenhielt, und dachte an längst vergangene Tage und einen jungen Mann, der ihr damals noch so kindliches Gemüt bewegt hatte. Wie lange mußte das schon zurückliegen!

»Du hängst noch immer sehr an dieser Brosche, nicht wahr?« Bridgets Stimme klang ein wenig tadelnd, doch als Deidre sie ansah, lächelte sie. »Dein Phelan wird dir bald jeden Gedanken an einen anderen Mann verscheuchen, glaube mir.«

Still bedachte Deidre die Worte ihrer Schwester und fragte sich, wie es wohl sein werde, mit dem Mann das Ehebett zu teilen, dem sie anverlobt war, solange sie sich erinnern konnte.

»Ich bin soweit«, flüsterte sie schließlich.

Gemeinsam gingen die beiden Schwestern hinunter in den großen Saal und ahnten nicht im geringsten, wie vollkommen anders ihr Leben nach diesem Abend verlaufen würde.

2

Der große Saal wurde vom Feuer des riesigen Kamins in orangefarbenes Licht getaucht. Über die Tische tanzte das Flackern von vielen hundert Kerzen und erleuchtete die wertvollen Gobelins, die die Wände schmückten. Die feinsten Früchte, Gemüse und Fleischgerichte waren aufgetragen worden, die Tische bogen sich unter Rehbraten, Fasan, Spanferkeln, saftigem Lamm und Geflügel. Blumen- und Lorbeergirlanden hingen von Wand und Decke und vermengten ihren Duft mit dem des Hochzeitsmahles. Alle Clans von Munster waren vertreten wie die vollzähligen Banner der geladenen Gäste erkennen ließen, die voller Spannung auf die Hochzeitszeremonie warteten, wodurch zwei der mächtigsten Familien der Provinz miteinander verbunden werden sollten.

Auf der Suche nach ihren Eltern ließ Deidre ihren Blick durch den Saal wandern und entdeckte ihren Vater im Gespräch mit Phelan. Die beiden sprachen ohne Zweifel über die hohe Mitgift. Llewellyn lächelte zu seiner Tochter hinüber und winkte ihr grüßend, wandte sich jedoch gleich wieder seiner Unterhaltung zu. Deidre gelang es, ihre Tränen zurückzuhalten, bis sie den Raum verlassen hatte. Ihr Vater liebte sie, das wußte sie genau, doch sie war ihm nun einmal nicht so wertvoll wie seine Söhne, eben weil sie ein Mädchen war. Das tat ihr weh.

»Mutter!« rief sie. Sie sehnte sich nach ihren tröstenden

Armen. Wie sie diese Geborgenheit vermissen würde! Endlich fand sie sie in der Kapelle, zusammen mit Vater Finian, der seine sakralen Gewänder trug, eine weiße Tunika mit einem bestickten romanischen Umhang darüber. Beide hatten die Augen geschlossen und sprachen ein Gebet für Deidres Glück und Zukunft.

»Nun, kleine Blume«, der Priester hatte die Augen geöffnet und sah sie an. »Können wir beginnen?« Seit sie zehn Jahr war auf die Insel gekommen waren, nannte er sie »kleine Blume«, weil sie, wie er sagte, so zerbrechlich und schön wie eine Rose war.

Da die Kapelle nicht groß genug war, um alle Gäste aufnehmen zu können, sollte die Zeremonie im großen Saal stattfinden. Wie eine Schlafwandlerin, begleitet von dem alten weißhaarigen Priester und ihrer Mutter, ging Deidre dorthin zurück. Ihre Mutter Tara war spanischer Abstammung, und von ihr hatte Deidre ihr nachtschwarzes Haar geerbt. Taras langes Haar war inzwischen von weißen Strähnen durchzogen, was allerdings ihre königliche Erscheinung nur noch betonte.

Alle Gesichter wandten sich Deidre zu, als sie den Saal betrat, und die Gespräche verstummten beim Erscheinen des Priesters. Llewellyn saß in seinem hochlehnigen, thronähnlichen Stuhl mit Phelan zu seiner Rechten, doch beide erhoben sich, als Vater Finian mit Mutter und Tochter vor sie hintraten.

Phelan, bekleidet mit einer einfachen weißen Tunika und einem pelzverbrämten Umhang, ergriff die Hand seiner Braut und lächelte, während er sich neben sie vor den Priester stellte. Dieser kleine stämmige Mann würde bald ihr Gatte sein! Deidre sah in sein Gesicht, ein rundes Gesicht mit einer flachen Nase und Augen, die ein wenig zu weit auseinanderstanden, als daß man es gutaussehend nennen konnte. Zugegebenermaßen hatte er aber ein wirklich reizendes Lächeln.

»Du bist bezaubernd«, flüsterte er mit rauher Stimme und ließ seine Augen begehrlich über ihre weiblichen Rundungen wandern. »Diesmal habe ich wirklich einen Volltreffer gelandet«, dachte er, »sie ist nicht nur schön, sondern auch reich. Wenn man allein bedenkt, wieviel Land und Vieh sie mitbringt!«

Deidre warf ihrem Bräutigam einen taxierenden Blick zu. »Für immer«, dachte sie. »Wir werden für immer verbunden sein.« Sie hörte gar nicht richtig zu, als Vater Finian die Worte sprach, die sie dem Mann an ihrer Seite vermählten. Als der Kelch an ihre Lippen gehoben wurde, reagierte sie überhaupt nicht. Erst als Phelan ihre Hände ergriff, um ihr zu helfen, den Kelch zu halten, erwachte sie aus ihrer Trance. Sie starrte ihn an wie einen Fremden, ihre Zweifel standen ihr deutlich ins Gesicht geschrieben. Ihre Finger waren eiskalt. Phelan fluchte innerlich vor sich hin und vergaß einen Moment lang, wo er sich befand.

Ängstliches Ding, dachte er. Er konnte es kaum noch erwarten, den ganzen Trubel und die Feier hinter sich zu haben, um endlich von seinem neuen Eigentum Besitz ergreifen zu können.

Die Priester beendete das Hochzeitsritual, und schon waren Braut und Bräutigam von Gratulanten umringt, die Phelan auf den Rücken klopften und Deidre auf die Wangen küßten. Dann schritt man zum Festmahl, bei dem vor den versammelten Gästen der Ehevertrag verlesen werden würde.

Deidre saß zwischen ihrem Vater und ihrem Bräutigam an dem langen Tisch und knabberte lustlos an einem Fasanenflügel, während sie den vertraglichen Vereinbarungen lauschte. Ihr Vater war sehr großzügig gewesen, aber schließlich war er das Oberhaupt eines Clans und ein sehr reicher Mann. Ob Phelan sie auch geheiratet hätte, wenn sie aus einer weniger wohlhabenden Familie stammte? Sie war sich nicht sicher und würde es wohl niemals sein.

Nachdem der Ehevertrag vorgelesen worden war, begannen die eigentlichen Festlichkeiten, es wurde gegessen und getrunken, musiziert und getanzt. Erst am späten Abend, lange nachdem die meisten anderen Gäste gegangen waren, verließ Phelans Familie das Fest. Eine nach der anderen verglommen die Kerzen, verlöschten flakkernd die Holzscheite im Kamin. Es war sehr spät, und seltsame Schatten erfüllten den Saal. Vereinzelt versuchten ein paar Hunde, Reste des fürstlichen Mahles zu ergattern.

Deidre schaute umher, sah die glasigen Augen und gebeugten Köpfe der noch verbliebenen Gäste und wünschte sich, endlich gehen zu können. Selbst ihr Vater, der sonst immer einen klaren Kopf hatte, stand sehr unsicher auf seinen Beinen. Als er sich erheben und einen erneuten Toast auf das junge Paar ausbringen wollte, wurde er gerade noch von Phelans stützender Hand davor bewahrt, auf den Tisch zu fallen.

Er griff nach einem Horn, um zum Abschluß der feucht-fröhlichen Festlichkeit eine Melodie zu blasen, und sprach mit schleppender Stimme: »Ich habe den Sänger gebeten, das Lied von Deidre zu singen, der Frau, nach der meine Tochter ihren Namen erhalten hat. Danach werden wir uns alle zurückziehen.«

Der Sänger stand auf und begann, die Saiten der Harfe zu streichen. Seine Hände waren alt und knotig, doch entlockten ihre Berührungen den Saiten des Instruments einen wunderschönen Klang.

Er sang die traurige Geschichte der unglücklichen Deidre, der vorhergesagt worden war, sie werde durch ihre Schönheit vielen Helden den Tod und Gefahr und Leid über ihre Heimat Ulster bringen. Als die Krieger des Heeres diese Prophezeiung vernahmen, verlangten sie ihren

Tod, doch ihr Monarch, König Conchobar von Ulster, versteckte das kleine Mädchen statt dessen bei einer vertrauenswürdigen Dienerin, bis es alt genug sein würde, um sie zu seiner Gattin zu machen. Als Deidre zu einer Frau heranwuchs, wünschte sie sich einen Mann mit Haaren, so schwarz wie das Gefieder eines Raben, einer Haut, so weiß wie Schnee und Wangen, so rot wie Blut, und sie fand ihn in Naoise, der sie mit sich nahm und nach Alba entführte. Der rachedurstige Conchobar brachte mit Hilfe eines gerissenen Planes Naoise und dessen Brüder dazu, Alba wieder zu verlassen, und so sehr Deidre, durch ihr zweites Gesicht gewarnt, sie auch anflehte, zu bleiben, sie hörten nicht auf sie, denn sie waren krank vor Heimweh. Als sie in See stießen, sang Deidre diesem Land, das sie niemals wiedersehen würde, ein Abschiedslied.

> Ein liebenswertes Land ist dieses Land im Osten,
> Alba, du Land voller Wunder.
> Niemals wär' ich hierher gekommen,
> wär' ich nicht Naoise gefolgt.
>
> Geliebt sind Dun-fidga und Dun-finn,
> geliebt die Festung über diesen;
> meinem Herzen so nah ist Inis Draigende,
> so nah mir auch Dun Suibni.
>
> Armes Caill Cuan,
> wohin Ainle sich nun wendet!
> So kurz scheint die Zeit mir
> mit Naoise hier in Alba.

Deidre hatte diese Geschichte schon so oft gehört, daß sie gegen die Schläfrigkeit ankämpfen mußte. Der Wein, den sie getrunken hatte, hatte sie entspannt, doch als sie jetzt in Phelans Richtung blickte, begann sie, sich ein wenig Sorgen zu machen. Was wußte sie denn schon über diesen Mann, der nun ihr Gatte war? Als ob er ihren fragenden Blick gespürt hätte, sah auch er zu ihr hinüber, und sie merkte, daß er ebenso nervös war wie sie. Immer wieder wanderten seine Augen zur Tür, und Deidre errötete, als ihr klar wurde, daß er die letzten Gäste genauso schnell loswerden wollte wie sie. Sie sah, wie er seine Soldaten und Bediensteten verabschiedete, indem er ihnen zunickte. Bald würde sie mit ihm allein sein.

Wie es wohl sein wird, mein Leben mit diesem Mann zu verbringen, überlegte sie. Ob ich seine Liebkosungen mögen und bei der Berührung seiner Hände Wohlgefühl empfinden, ja, vor Wonne stöhnen werde? Es war, als hätte Phelan ihre Gedanken gelesen, denn er grinste sie an, und Deidre errötete bis unter die Haarwurzeln. Sie fragte sich, ob sein brandrotes Haar auch zugleich ein feuriges Temperament bedeutete, und ob sie das in den vor ihr liegenden Jahren zu spüren bekommen würde. Sie seufzte leise, schloß die Augen und begann, ihre Gedanken schweifen zu lassen zu dem, was später in der Nacht auf sie warten mochte.

Das Geräusch von splitterndem Holz riß sie gewaltsam aus ihren Träumen. All ihre Instinkte meldeten Gefahr. Von jenseits des großen Saals drang eine schreckenerfüllte Stimme voller Panik an ihr Ohr: »Gott stehe uns bei! Die Wikinger sind da!«

»Um Himmels willen, nein!« hörte Deidre ihren Vater schreien. Er versuchte krampfhaft, sich auf seinen Beinen zu halten und sein Schwert zu ziehen, doch blieb ihm nicht einmal genug Zeit, sich zu bewaffnen, da brach der Alptraum auch schon wie von Dämonen aus tiefster Hölle über sie alle herein.

Ein lauter Schrei entrang sich Deidres Lippen, als sie den gefährlichen Glanz der vielen erhobenen Schwerter im Feuerschein sah. Ihr Herz wollte zerspringen vor Angst um sich selbst und all die Menschen, die sie liebte.

Es schien unmöglich, daß dies alles tatsächlich geschah, und doch konnte sie, noch während ihre Gedanken rasten, die schrecklichen Krieger in den Saal stürmen sehen. Ihre langen Haare flatterten um ihre Köpfe, und sie hörte ihren wilden Kriegsschrei: »Odin!«

Deidre wollte fliehen, fort, nur fort, doch ihre Füße waren wie festgefroren und ihre Stimme gelähmt vor Furcht. Da begegneten ihre Augen denen von einem der Wikinger, eines großen, blonden und bärtigen Mannes mit Augen von durchdringendem Blau, einem Blau wie das des Meeres, welches Irland umgab. Was war es nur, was sie an diesen Augen fesselte, erregte und mit einer Macht zu ihm hinzog, die beinahe beschämend war? Sie wollte sich abwenden, doch konnte sie es nicht. Da war etwas so Faszinierendes in diesem hochmütigen Gesicht mit der Narbe quer über der Stirn, daß sie völlig von ihm gefangen war. Sein bärtiges Antlitz drückte Kraft und Stärke aus, so, als sei er zum Führer geboren. Seine Lippen lächelten, als wollten sie ihr sagen, daß er sie genauso leicht erobern werde, wie er es mit ihrem Volk tat.

»Nein!« rief sie laut, endlich ihrer Stimme wieder mächtig. Große, brutale Hände rissen sie von der Seite ihres Vaters. Wie eine Wildkatze begann sie zu kämpfen, als sie die Schwerter sah, die sich drohend auf ihn richteten. Sie würden ihn töten, ihn erschlagen, betrunken und wehrlos, wie er war. Sie sah ihre Mutter vor einem grinsenden, gräßlich aussehenden Angreifer mit blutbespritztem Helm davonlaufen. Es war entsetzlich.

»Deidre, zurück!« erklang die Stimme ihres Vaters, der nicht wollte, daß ihr etwas zustieß. Wußte er denn nicht, daß ein Leben ohne ihre Familie ihr nichts mehr bedeutete? Sie konnte doch nicht einfach davonlaufen und ihn in der Stunde seines Todes allein lassen! Nein, sie würde nicht fliehen wie andere.

Die Augen ihres Vaters flehten sie an, ihm zu gehorchen, und demnach schien er ihre Haltung und Treue zu bewundern. Er war ein tapferer Mann, der niemals kampflos aufgab, und auch jetzt kämpfte er wie ein Löwe gegen die Übermacht seiner Angreifer.

Deidre stieß einen Schrei aus und stürzte vorwärts. Sie ergriff einen Kerzenleuchter und schwang ihn wie eine Keule. »Phelan!« rief sie. Warum stand er nur da und tat nichts? Grobe Hände packten sie, umklammerten sie wie Schraubstöcke und rissen tiefe Schrammen in ihre zarte Haut. Sie hörte ihre Mutter und ihre Schwester schreien, und ihr war, als zerreiße ihr das Herz. Immer mehr Männer drangen durch die zerborstene Tür in den Saal, ihre Äxte und Schwerter über den Köpfen schwingend, wilde Mordlust in den blauen Augen. Mit lautem Kriegsgeschrei stürmten sie vorwärts und verbreiteten Tod und Schrecken rings um sich her.

Deidre sah ihren Vater fallen, doch sie kämpfte weiter wie eine Besessene. Ihre Schreie machten den breitschultrigen, blonden Wikinger auf sie aufmerksam. Langsam kam er auf sie zu, hoch aufgerichtet und furchteinflößend. Ihre Augen flehten ihn an, das schreckliche Blutvergießen zu beenden, und einen Moment lang schien es ihr, als blickten auch seine Augen bekümmert.

»Bitte!« sagte sie und wußte nicht einmal, ob er sie überhaupt verstand. Er schien zu einer Antwort anzusetzen, doch dann wandte er sich übergangslos wieder dem Kampfgeschehen zu.

Deidre suchte den Saal nach Phelan ab, doch er war nirgends zu sehen. War er geflohen? Oder war er diesem Kampf gegen Tod und Zerstörung zum Opfer gefallen? Hatte diese Schlacht sie zur Witwe gemacht, noch bevor sie eine richtige Frau war?

»Mutter! Bridget!« rief sie verzweifelt. Mit einem Stoßgebet auf den Lippen machte sie einen letzten Angriffsversuch, trat wild um sich und traf einen ihrer Peiniger in den Unterleib. Er schrie auf und hob sein Schwert. Endlich erkannte sie, daß es keinen Ausweg mehr gab. Sie schloß die Augen und erwartete den tödlichen Schlag.

3

Wolfram stand inmitten des Kampfgetümmels und blickte hinunter auf die schmale Gestalt in Weiß. Wie ein Umhang breitete sich ihr langes schwarzes Haar um ihre Schultern, ihr Kleid war blutbefleckt.

»Bei Thor, ist sie schön!« dachte er und sah zu ihr hinab. Er nahm seinen Helm ab und warf ihn zu Boden. Hätte er nicht eingegriffen, wäre dieses Mädchen, das wie eine Furie gekämpft hatte, von Sigurd erbarmungslos getötet worden.

Überall im Saal lagen Tote. Der Kampf war vorüber, die Iren geschlagen, die erbeuteten Schätze in Sicherheit gebracht. Dies war ein reiches Haus, der irische Verräter hatte nicht zuviel versprochen.

Die junge Frau hob den Kopf, und Wolfram blickte ihr ins Gesicht. Warum hatte er ihr das Leben gerettet? So viele waren heute erschlagen worden. Was war es, das ihn an ihr so berührte? Warum schien sie ihm so vertraut?

»Vater, Vater«, flüsterte sie. Ihre Lider flatterten. Wolfram kniete sich neben sie auf den Boden. In Deidres Ohren hallte das metallische Klirren der Schwerter, sie hörte das Weinen und Stöhnen der Verletzten und das Gelächter der Männer, die sich an den Schmerzen der Opfer weideten, und öffnete ihre Augen. Ihr war, als befände sie sich mitten in einem entsetzlichen Alptraum. Stimmen drangen an ihr Ohr, und sie roch Rauch. Ihre Augen waren voller Tränen, und ein Schluchzen stieg ihr in die

Kehle, während sie versuchte, sich aufzusetzen. Und da sah sie ihn neben sich, das blutige Schwert noch in der Hand.

»Wirst du mich auch töten?« fragte sie tonlos. Zum Schreien fehlte ihr die Kraft, sie konnte ihn nur aus schmerzerfüllten Augen ansehen. Alles, was ihr lieb und teuer war, hatte man ihr in dieser Nacht genommen.

»Nein, mit dir habe ich andere Pläne.« Sie war überrascht, ihn in ihrer Sprache reden zu hören. Verlangend wanderten seine blauen Augen über ihren Körper, als wäre sie nackt. Deidre wußte noch nichts von sinnlicher Begierde, und sein Blick machte sie verlegen.

Sie wollte etwas sagen, doch brachte sie kein Wort heraus. Angst schnürte ihr die Kehle zu. Dieser Wikinger wollte sie besitzen, der leidenschaftliche Ausdruck in seinen glitzernden Augen sprach eine deutliche Sprache. Die wenigen Stunden an der Seite ihres Gatten schienen ihr plötzlich eine Ewigkeit zurück.

Wolfram griff nach ihrem Arm, doch Deidre wich ihm aus. Sie blickte sich suchend nach ihrem Vater um, konnte ihn jedoch nirgends entdecken. Bridgets Gatte, Ian, lag mit einer großen Wunde in der Brust auf dem Boden. Und auch Bridget selbst lag dort, ihr feuerrotes Haar wie ein Fächer unter sich ausgebreitet; auf ihr ein Wikinger, dessen Hosen bis zu den Knöcheln heruntergezogen waren.

»Bridget!« schrie Deidre. Sie wollte aufstehen, doch der Anführer der Wikinger hielt sie eisern fest. »Laß mich zu ihr«, bat sie, doch der kalte Blick seiner Augen verriet ihr, daß ihre Bitte vergeblich war. Ich werde stark sein, schwor sie sich und holte tief Luft. Angstvoll erwartete sie, daß er mit ihr nun das gleiche tun würde, was gerade mit Bridget geschah.

Einige Wikinger versammelten sich um Wolfram und grinsten anzüglich, während sie darauf warteten, daß ihr

Anführer den Anfang machte bei dem, was sie den vergnüglichen Teil des Abends nannten. Zu ihrer aller Enttäuschung unternahm er jedoch nicht das geringste in dieser Richtung, wenn auch seine Augen in dem Wunsch, diese schöne Frau zu berühren, begehrlich flackerten. Sie hatte in seinen Lenden ein Feuer entfacht.

»Sie gehört mir«, sagte er mit lauter Stimme und zog das Schwert, um sie damit zu seinem Besitz zu erklären. Einer nach dem anderen räumten die übrigen Wikinger das Feld. Keiner von ihnen war bereit, gegen Wolfram wegen einer Frau anzutreten, wie verführerisch sie auch immer sein mochte.

An seiner Führerschaft hatte Deidre nun keinerlei Zweifel mehr. Über Männer wie ihn wußte sie so gut wie nichts, doch spürte sie sehr wohl seine Stärke und Autorität. Noch bevor sie reagieren konnte, hatte er sie mit einer Leichtigkeit, als wäre sie ein kleines Kind, in seine Arme gezogen und nun hielt er sie fest an seinen starken Körper gepreßt. Die umstehenden Wikinger lachten beifällig.

»Laß mich los!« rief sie und schlug mit ihren kleinen Fäusten auf ihn ein. Wolfram lachte nur. »Du entkommst mir nicht, denn du gehörst mir.«

Trotz ihrer Angst verspürte Deidre eine seltsame Erregung. Er sah sehr gut aus, dieser Wikinger, und es herrschte eine Anziehungskraft zwischen ihnen, der sie zu anderer Zeit und an anderem Ort vielleicht nachgegeben hätte. Doch jetzt durfte sie nicht schwach werden. Sie dachte an ihre Eheschließung mit Phelan und die heiligen Versprechen, die sie einander gegeben hatten, und wehrte sich mit aller Kraft.

»Nein! Laß mich sofort herunter!« befahl sie. Doch wieder bekam sie nur ein Lachen zur Antwort. Seine feuchten Lippen streiften ihren Hals, seine Arme schlossen sich fester um ihren Körper, und mit einer Hand umfaßte er eine ihrer Brüste. Erschrocken hielt sie die Luft an. Mit Deidre auf den Armen verließ Wolfram nun den großen Saal auf der Suche nach dem Brautgemach. Ihm gefiel der Gedanke, der erste Liebhaber dieser schönen Frau zu sein, denn ihrem Gatten war dies ja, Odin sei Dank, nicht vergönnt gewesen.

Das Brautzimmer war in warmes Kerzenlicht getaucht. Neue Laken, mit süßen Duften parfümiert, erwarteten das jungvermählte Brautpaar. Wolfram warf Deidre auf das Bett, schlug die Tür zu und drehte sich zu ihr um. »Ich bin eine verheiratete Frau!« sagte sie in der törichten Hoffnung, daß er sie verschonen würde. Sie konnte ja nicht wissen, daß bei den Wikingern ihre katholischen Sakramente nichts galten.

»Deine Schönheit diesem Iren zu überlassen wäre reine Verschwendung!« sagte Wolfram heiser. Seine Augen schienen sie hypnotisieren zu wollen. Rasch kam er auf sie zu.

»Niemals wirst du mich anfassen!« rief sie und rannte verzweifelt auf die Tür zu. Doch Wolfram hatte geahnt, daß sie das versuchen würde. Er schnitt ihr den Weg ab und erwischte sie, bevor sie fliehen konnte. Wie eine in die Falle geratene Wildkatze trat und schlug Deidre um sich und hämmerte mit den Fäusten auf seine breite Brust ein.

»Ich mag Frauen mit Temperament!« lachte Wolfram. Trotz der aufsteigenden Panik gab sie nicht auf und kämpfte weiter gegen ihn an, völlig sinnlos und verzweifelt, bis sie endlich hilflos schluchzend auf dem breiten Bett zusammenbrach.

»Warum tötest du mich nicht? Lieber sterbe ich, als mich von dir berühren zu lassen. Ihr habt meine Familie getötet und meine Schwester vergewaltigt. Ich bete nur, daß wenigstens meine Mutter entkommen ist«, weinte sie erschöpft. Ihre Brust hob und senkte sich heftig, während sie nach Atem rang.

»Dich töten? Nein, nein. Ich werde doch soviel Schönheit nicht verschwenden!« Mit starker Hand ergriff Wolfram ihre Arme und zog sie in die Höhe. Wie klein und zart sie war, sie reichte ihm gerade bis an die Schultern! Dennoch hob sie trotzig das Kinn.

»Dann bring ich mich um.« Sie blickte auf das Schwert, das er an der Hüfte trug. Langsam und bedächtig zog er es aus der Scheide und reichte es ihr.

»Nur zu«, forderte er sie auf. »Denn ich werde dich heute nacht besitzen, das schwöre ich bei Odin. Ich habe dich vor allen zu meinem Eigentum erklärt und habe ein Recht darauf.« Deidre ergriff das Schwert. Ihre Hand zitterte, als sie es an ihre Brust hob. Vater Finians Worte fielen ihr ein: Du sollst nicht töten. Würde ihr Jesus Christus einen solchen Akt der Feigheit vergeben können? Vor sich sah sie das Gesicht ihres Vaters, während er um sein Leben kämpfte, und hörte die Hilfeschreie ihrer vergewaltigten Schwester. Sie sah ihren Schwager getötet am Boden liegen und ihre Mutter in panischer Furcht vor ihren Verfolgern zur Kapelle fliehen. Auge um Auge, Zahn um Zahn, hieß es in der Heiligen Schrift. Nein, sie würde sich nicht das Leben nehmen. Wenn irgend jemand heute den Tod verdient hatte, dann war es dieser Wikinger.

Langsam drehte sie das Schwert in ihrer Hand, bis es auf sein Herz zeigte. Wolfram begann zu grinsen. Das hätte er nicht erwartet! Die Frau, die da vor ihm stand, jammerte nicht, brach nicht in Tränen aus und bettelte nicht. Donnerwetter! Er fragte sich, ob sie das durchhalten würde.

»Wir Wikinger haben keine Angst davor, durch das Schwert zu sterben«, sagte er ruhig. »Es trägt zu unserem Ruhm bei.« Er machte nicht den geringsten Versuch, ihr das Schwert abzunehmen. Er bewegte sich nicht, stand einfach nur da.

»Ich kann es nicht«, flüsterte Deidre endlich. Sie ließ die

Waffe zu Boden fallen und wandte ihm geschlagen den Rücken zu. Was immer er auch getan hatte, sie konnte ihn nicht töten, nicht ihn und nicht sich selbst.

»O ihr Christen!« Sanft drehte Wolfram sie zu sich herum. »Ein Jammer, daß ihr nicht töten dürft, nicht einmal euch selbst.«

»Ganz besonders nicht uns selbst!« Deidre ärgerte sich über seinen spöttischen Ton.

»Wie gut für mich, daß du euren Priestern gehorchst«, sagte er mit rauher Stimme. »Ich möchte dich nämlich ganz und gar nicht tot sehen.« Dann zog er sie dicht an sich heran, preßte sie fest an seinen harten, männlichen Körper und beugte sich hinunter, um sie zu küssen. Seine Lippen waren weich und doch fest, und die Berührung nahm ihr den Atem. Es war ihr erster Kuß. Nicht einmal Phelan hatte es je gewagt, sich ihr auf diese Weise zu nähern.

Zart spielte er mit ihr, bewegte seine Lippen leicht hin und her und begann, mit seiner Zunge das Innere ihres warmen Mundes zu erkunden. Ihr Herz pochte wild, das Blut pulsierte schneller durch ihre Adern. Seine Nähe ließ sie schwindeln. Mit letzter Kraft riß sie sich los. Sie fuhr sich mit der Hand über den Mund und rief: »Nein! Ich werde das nicht zulassen. Freiwillig bekommst du mich nicht.«

Wolfram brannte vor Verlangen nach diesem Mädchen, doch vergewaltigen würde er sie niemals. Er würde um sie werben und sie so gewinnen. »Ich werde zärtlich sein«, versprach er leise und atemlos und war selbst verwundert über die Gefühle, die sie in ihm weckte. »Nicht so brutal, wie du es von meinen Männern heute gesehen hast. Ich schwöre es dir.«

»Du und zärtlich? Ein Wikinger?« Deidre wünschte, ihre Hände würden aufhören zu zittern. Sein Kuß *war* zärtlich gewesen.

Wieder zog Wolfram sie in seine Arme. Er kannte sich mit Frauen aus und wußte genau, wie man ihre Leidenschaft entfachte. Es gab viele, die ganz verrückt danach waren, in sein Bett zu kommen.

Seine Lippen liebkosten sie mit einer Wärme, die ihre Feindseligkeit ins Wanken brachte. Sein Kuß war so süß, so schön. Sie spürte, wie seine Hände über die weichen Kurven ihres Körpers glitten, und es fühlte sich wunderbar an. Er war ihr Feind, doch sie genoß es geradezu, ihn so nahe zu spüren.

»Du bist herrlich«, hauchte er. Sein Mund streifte ihr Haar, wanderte zu ihrem Ohr, zu ihrem Hals und hinterließ eine feurige Spur, wo immer er sie berührte. »Laß mich dich lieben, es wird schön für dich sein, du wirst sehen.«

Seine Stimme drang wie durch einen Nebel zu ihr. Seine Hände legten sich fest auf ihre Hüften und preßten sie an sich, so daß sie seine harte Männlichkeit an ihrem Bauch spüren konnte. Seine Lippen streichelten sie, und sie mußte mit aller Kraft dagegen ankämpfen, den Verstand zu verlieren.

»Nein!« Ich bin verheiratet, hämmerte sie sich ein, ich habe meinem Mann Treue geschworen! Wenn ich nachgebe, ist meine Seele verloren. Sie versuchte, sich aus seinem Griff zu befreien, und war überrascht, als er sie tatsächlich losließ.

Wolfram konnte sich eines Lächelns nicht erwehren. Also war sie nicht völlig immun gegen seine Verführungskünste! Der Gedanke gefiel ihm. Er war wie besessen von ihr, nicht nur, weil er sie besitzen wollte, sondern weil er sich wünschte, daß es auch schön für sie wäre. Diesen Sieg wollte er auskosten.

Langsam begann er sich zu entkleiden. Er nahm den ledernen Brustpanzer und den schweren Ledergürtel ab, öffnete die Verschlüsse an seiner Hose, zog die Schuhe aus und die wollene Tunika und warf alles am Fußende des Bettes auf einen Haufen. Er beobachtete sie die ganze Zeit genau. Als er zuletzt seine Hose abstreifte, schaute Deidre auf seine langen, muskulösen Beine. Ihr Blick wanderte hinauf zu seiner behaarten Brust. In einem feinen Streifen verliefen die Brusthaare nach unten zu seinem Nabel und weiter hinunter bis zu seiner Männlichkeit. Gefesselt betrachtete sie seinen schönen Körper. Noch nie zuvor hatte sie einen nackten Mann gesehen. Manchmal liefen die Männer ihres Volkes im Sommer mit nacktem Oberkörper herum, das schon. Doch das, was durch die restliche Kleidung verborgen wurde, war ihr unbekannt geblieben. Und nun – so, wie er da vor ihr stand, erschien er ihr gleichermaßen riesengroß und furchteinflößend wie faszinierend, ja begehrenswert. Plötzlich wurde ihr bewußt, wie unverhohlen sie ihn anstarrte und blickte rasch zur Seite.

Wie ein heidnischer Fruchtbarkeitsgott stand Wolfram da. »Nun bist du an der Reihe«, befahl er und betrachtete es als logische Konsequenz, daß sie gehorchen würde. Doch sie rief: »Nein!« trat einen Schritt zurück und zog ihren Umhang fester um sich, als wolle sie sich vor seinen begehrlichen Blicken schützen.

»Nein?« Langsam verlor Wolfram die Geduld mit diesem Mädchen. Viel mehr würde er sich nicht gefallen lassen, ob sie nun eine Jungfrau war oder nicht. Wußte sie denn nicht, wie sehr er sich beherrscht hatte? Seine Männer hätten sie bestimmt nicht so rücksichtsvoll behandelt. Er hatte sanft mit ihr umgehen wollen, doch wurde er es müde, zu betteln. Er würde sie sich nehmen, egal wie. Sein Sieg über ihr Volk gab ihm das Recht dazu.

Allmählich verlor er die Beherrschung. »Ich habe genug von deinen Spielchen, du starrköpfiges Ding! Ohne Gewalt wäre es mir lieber gewesen, aber bei Odin, es geht auch anders!« Er machte einen raschen Schritt auf sie zu, packte ihren Umhang und riß ihn ihr von den Schultern. Deidre hob schützend die Hände vor ihre Brust. »Bitte nicht!« flehte sie ihn an.

Doch Wolfram beachtete sie nicht. Seine Augen durchbohrten sie mit begierigen Blicken, und er riß sie an sich. Sie begriff, daß jedes Wort von ihr sinnlos war. Sie war ihm ausgeliefert, ihr Körper seiner Willkür preisgegeben.

Dennoch unternahm sie einen letzten, eher halbherzigen Versuch, sich zu befreien, doch es war zwecklos. Seine Finger schlossen sich um den Verschluß ihres Kleides, griffen an ihren Hals. Deidre schluchzte auf, verzweifelt bemüht, ihr letztes bißchen Würde zu bewahren.

Da blitzte ihre goldene Brosche im Kerzenlicht auf. Wolfram zog seine Hand zurück, als hätte er sich verbrannt, und starrte Deidre fassungslos an. Sein Gesicht war wie versteinert. Fluchend fuhr er sich mit den Fingern durch das lange blonde Haar, Erinnerungen stürmten auf ihn ein, und sein Herz hämmerte. Dann ließ er sie unvermittelt los, drehte sich um und ging auf die Tür zu. Ohne sie anzusehen, sagte er über die Schulter: »Du bist vor mir sicher. Und auch von meinen Männern wird es keiner wagen, dich anzurühren. Das verspreche ich dir.«

Deidre war völlig verwirrt. »Ich... ich bin... dir sehr dankbar«, flüsterte sie mit schwacher Stimme, und ihre Hände zitterten dabei.

Wolfram hielt kurz inne, dann wandte er sich um und ging zum Bett, um seine Kleider aufzusammeln. »Am besten bleibst du hier in diesem Zimmer. Ich kann nicht für deine Sicherheit garantieren, wenn du draußen herumläufst. Versuch zu schlafen, du hast Schlaf sicher bitter nötig.« Er sah sie immer noch nicht an, doch sie konnte spüren, daß er traurig war, und fragte sich warum. Sie hatte nicht die leiseste Ahnung, aus welchem Grund er sie verschont hatte, noch wußte sie, was ihn so aus der Fassung gebracht hatte. Zuletzt nahm er sein Schwert und seine Kleider auf den Arm und ging. Mit einem dumpfen Geräusch fiel die Tür hinter ihm zu.

Sie war allein.

Aufschluchzend warf sie sich aufs Bett und ließ endlich den Tränen, die sie so lange zurückgehalten hatte, freien Lauf. »Schlafen!« weinte sie verzweifelt. Wie konnte sie schlafen, wenn sie nicht einmal wußte, welchem Schicksal sich die Menschen gegenübersahen, die ihr die liebsten waren?

4

Unruhig warf sich Deidre auf ihrem Bett herum und versuchte, den Aufruhr in ihrem Inneren zu bekämpfen. Von draußen hörte sie das Gelächter der verhaßten Wikinger und das Geräusch schwerer Schritte. Wie abgrundtief sie sie verabscheute!

Sie werden uns alles nehmen, was uns lieb und teuer ist, dachte sie wütend. Und hatten sie sich nicht schon das Wertvollste von allem geholt, die Leben derer, die sie liebte? Deidre stand auf und ging zur Tür, fest entschlossen, die Sicherheit ihres Zimmers zu verlassen und sich auf die Suche nach ihrer Familie zu machen. Sie würde sich ganz sicher nicht wie ein Feigling hier verkriechen!

Schreckliche Bilder dessen, was ihnen zugestoßen sein mochte, gingen ihr durch den Kopf. Ihr Vater, ihr Gatte, ihre Mutter, ihre Schwester und ihre Brüder, was war mit ihnen geschehen? Tief Luft holend, schwor sie sich, stark zu sein, was auch immer sie hinter dieser Tür erwarten würde.

Langsam öffnete sie sie einen Spalt und spähte hinaus. Zwei Wikinger kamen geradewegs auf sie zu, die

Schwerter in der Hand. Erschrocken schloß sie die Tür schnell wieder.

»O Gott, warum hast du uns so im Stich gelassen?« dachte sie. Würden diese verdammten Heiden denn nie verschwinden? Vater Finian fiel ihr ein. Hatten sie ihn etwa auch umgebracht wie so viele Mönche in den vergangenen fünfzehn Jahren? Ach, würde sie doch endlich aus diesem Alptraum erwachen und sich inmitten ihrer Familie wiederfinden, zu Füßen ihres Vaters sitzen und seinen unterhaltsamen Geschichten über ihr geliebtes Irland lauschen! Doch diese Zeiten gehörten der Vergangenheit an. Sie fragte sich, ob sie je wieder wirklich glücklich sein würde.

Entschlossen, sich diesmal durch nichts und niemand davon abhalten zu lassen, nach ihrer Familie zu suchen, öffnete sie erneut die Tür. Völliges Schweigen umgab sie. Von den Wikingern, ihrem Lachen, ihren lauten, kehligen Stimmen und dem Schwertergeklirr war nichts mehr zu vernehmen. Auch zu sehen war weit und breit niemand.

So schnell sie konnte, lief Deidre zur Kapelle, der einzigen Zuflucht im Haus. Überall sonst lauerten gefährliche Feinde. Leise öffnete sie die Pforte und spürte dankbar, wie sie von der Dunkelheit in der Kapelle wie von einem warmen Mantel empfangen wurde. Vorsichtig tastete sie sich vorwärts. Plötzlich spürte sie, wie eine Hand sie berührte. Sie verlor beinahe den Verstand vor Schreck.

»Wer ist da?« hörte sie eine wohlbekannte Stimme fragen.

»Mutter! Bist du das? Bist du verletzt?« Sie wagte kaum zu hoffen.

»Deidre!« Die warmen tröstlichen Arme ihrer Mutter umfingen sie, ihre Hände streichelten ihr Haar wie damals, als sie noch ein Kind war. Beiden liefen die Tränen über die Wangen, während sie einander erzählten, was ihnen geschehen war. Tara hatte Glück gehabt. Sie hatte sich vor einem der Barbaren in die Kapelle geflüchtet, hatte sich dort unter dem Altar versteckt und sich auf diese Weise retten können.

»Was ist mit Vater?« Deidre hatte Angst vor der Antwort.

»Ich weiß es nicht. So viele sind verwundet oder getötet worden. Ich kann nur hoffen, daß er nicht unter ihnen war.«

»Wie ich diese Wikinger hasse!« rief Deidre zornig.

»Wir dürfen nicht hassen«, mahnte ihre Mutter leise. »Die Heilige Schrift sagt, wir sollen unsere Feinde lieben.«

Deidre trocknete ihre Tränen mit den Händen. Es war leicht, die heiligen Gebote zu zitieren, doch war es unglaublich schwer, von dem, was sie meinten, im Herzen wirklich überzeugt zu sein, wenn soviel Schreckliches geschehen war. Am liebsten hätte sie diese Vagabunden, die ihr alles genommen hatten, verflucht. Doch ihrer Mutter zuliebe hielt sie ihre Zunge im Zaum und sagte statt dessen nur: »Wir müssen Bridget suchen.«

Gemeinsam machten sie sich auf den Weg zum großen Saal. Doch dort war keine Menschenseele mehr. Alle waren spurlos verschwunden. »O nein.« Deidre folgte dem Blick ihrer Mutter und verstand. Das Feuer im großen Kamin war ausgegangen. Das war ein sehr schlechtes Omen. Denn seit den Tagen der Druiden galt das Feuer als Spender des Lebens, und es war daher wichtig, es ständig am Brennen zu erhalten.

Im Saal war es kalt geworden, und Deidre zog ihren Umhang enger um sich. Tara und sie fachten das Feuer neu an und machten sich dann weiter auf die Suche nach Bridget.

Ein Geräusch ließ Deidre zusammenfahren. Sie drehte sich um. Hinter ihr stand ein großer, rothaariger Mann, ein Normanne, wie sie an seinem kegelförmigen Helm erkannte. Er hatte ein kindliches Jungengesicht und dunkelblaue Augen und sah überhaupt nicht wie ein Verbrecher aus, denn das war er doch zweifellos. Er sagte etwas in seiner fremdartigen, kehlig klingenden Sprache.

»Ich kann dich doch nicht verstehen!« antwortete Deidre ein wenig ungeduldig und überlegte, daß er ihr dennoch helfen könnte, ihre Familie zu finden. Als hätte er ihre Gedanken gelesen, deutete er mit dem Finger auf einen der umgestürzten Tische. Deidre lief darauf zu und, wirklich, dort lag Bridget, verdeckt von der schweren Tischplatte.

»Bridget! O Bridget!« Sie ließ sich neben ihr nieder, nahm sie in ihre Arme und wiegte sie sanft hin und her. »Mutter, ich habe unsere Bridget gefunden!«

Tara lief zu ihren Töchtern hinüber, deren ältere blicklos vor sich hin starrte und nichts und niemanden wahrzunehmen schien.

»Was ist los mit ihr, Mutter?« fragte Deidre angstvoll. Ihr war nach Schreien zumute.

»Geh in dein Zimmer«, befahl Tara mit harter Stimme. »Bridget wird es bald wieder gutgehen. Ich kümmere mich um sie.«

Deidre wunderte sich über den strengen Ton ihrer Mutter. Warum behandelte sie sie wie ein ungezogenes Kind? Ein Blick zur Tür gab ihr Antwort. Dort standen drei wild aussehende Wikinger und sahen sie an. Einer von ihnen lächelte, und Deidre konnte sehen, daß ihm die Vorderzähne fehlten. Den Tränen nahe kämpfte sie gegen ihre Furcht an; sie erinnerte sich daran, daß der große blonde Wikinger ihr geraten hatte, in ihrem Zimmer zu bleiben und nun war es zu spät.

»Geh in dein Zimmer!« wiederholte Tara ihren Befehl, was nichts anderes hieß, als daß Deidre die anzüglich grinsenden Männer ignorieren und einfach an ihnen vorbeilaufen sollte. Die vielen Jahren blinden Gehorsams siegten über die Angst, und Deidre tat, wie ihre Mutter sie geheißen hatte. Den Kopf hoch erhoben, mehr Siegern als Besiegte, ging sie geradewegs in Richtung ihres Zimmers.

Die Blicke und das Grinsen der Wikinger verursachten ihr eine Gänsehaut, doch sie setzte ihren Weg fort, ohne mit der Wimper zu zucken. Die Männer raunten sich etwas zu und lachten, und einmal mehr wünschte sich Deidre, sie könnte sie verstehen. Ungehindert erreichte sie die Tür und blieb stehen. »Mutter, ich will euch nicht allein lassen. Was ist, wenn sie euch etwas antun?«

Der Wikinger, dem die Vorderzähne fehlten, grinste sie abermals heimtückisch an, und dieses Mal konnte sie ihre Angst kaum verhehlen. Er kam auf sie zu und verbaute ihr den Weg. »Lassen wir sie in Ruhe, Rorik«, sagte einer der beiden anderen. Deidre verstand kein Wort. »Wir haben unseren Spaß gehabt, und außerdem gehört sie Wolfram.«

Er bedeutete Deidre, sie könne ruhig weitergehen und ging dann hinüber zu Bridget, nahm sie auf die Arme und trug sie zu den Schlafräumen, wohin Tara ihnen ruhig folgte.

Obwohl Deidre den jungen Wikinger nicht kannte, spürte sie, daß sie ihm vertrauen konnte. Ein seltsames Gefühl einem Feind gegenüber, dachte sie.

Sie ging in ihr Zimmer und fiel erschöpft aufs Bett. Nicht mehr fähig, gegen ihre Müdigkeit anzukämpfen, war sie bereits eingeschlafen, kaum hatte sie die Augen geschlossen.

5

Draußen, vor dem Eingangsportal zum großen Saal, strich Wolfram unruhig wie ein Wolf auf und ab. Denn innerhalb der Mauern, wo seine Männer geplündert und soviel Gewalt geübt hatten, hielt er es einfach nicht aus; nicht mehr, seit er die Brosche gesehen und in diese angsterfüllten violetten Augen geblickt hatte. Einst war ihm diese junge Frau mit soviel Freundlichkeit gegenübergetreten, und er hatte es ihr nun vergolten, indem er den Menschen, die ihr am nächsten standen, nichts als Schmerz bereitet und sie ihres ganzen Besitzes beraubt hatte. Zwar hatte er unwissentlich gehandelt, aber das machte es nicht weniger schlimm.

Niemals hätte er damit gerechnet, ihr ausgerechnet hier an diesem Ort zu begegnen, daß *sie* die Braut sein würde, von der der irische Verräter gesprochen hatte. In all den Jahren hatte er sich gefragt, was wohl aus dem Mädchen geworden sein mochte, und ob es tatsächlich zu der Schönheit erblüht war, die damals schon zu erahnen war. Nun, da er sie wiedergesehen hatte, mußte er feststellen, daß sie seine Erwartungen noch weit übertraf.

»Aber der Ort, an dem sie damals wohnte, befand sich doch viel weiter nördlich!« überlegte er laut. Er hatte den nördlicheren Teil der Küste immer vor seinen Angriffen verschont, weil er nicht wollte, daß ihr etwas geschah. Und nun war er hierhergekommen, und das genau war passiert, was er unbedingt hatte vermeiden wollen. »Bei Baldr, wie in Deinem Namen konnte das nur geschehen?« So wie der nordische Gott Baldr, der das Licht und die Gerechtigkeit verkörperte, durch die List des Verräters Loki getötet worden war, sah er sich selbst und das schöne schwarzhaarige Mädchen als Opfer eines niederträchtigen Verrats. Oh, wie er diesen verräterischen Iren verabscheute! Was war das nur für ein Mann, der Tod und

Verbrechen über sein eigenes Volk brachte? Mußte er nicht ein genauso schlechter Mensch sein wie der, der ihn damals verraten hatte?

Wolfram schloß die Augen und sah vor sich wieder das irische Mädchen, das ihn mit seinen großen violetten Augen anblickte. Warum um alles in der Welt hatte er sie nicht gleich erkannt? Weil, beantwortete er sich die Frage selbst, er in all den Jahren immer nur das Kind vor sich gesehen hatte. Doch nun war dieses Kind eine Frau geworden, eine wunderschöne Frau. Daß sie ihn nicht erkannt hatte, überraschte ihn keineswegs. Er hatte sich zu sehr verändert. Damals, mit siebzehn Jahren, war er noch längst kein Mann gewesen. Er war größer und muskulöser geworden, die vielen Kämpfe hatten seine Züge gezeichnet, und außerdem trug er jetzt einen Bart.

Sie gab mir zu trinken, als ich durstig war, und sie hat ihr Essen mit mir geteilt, mit mir, einem Sklaven, einem Gefangenen, dachte er. Niemals würde er ihre Tapferkeit vergessen, jenen Moment, als sie sich schützend vor ihn gestellt hatte, als Maddock, sein Besitzer, ihn mit der Peitsche verprügeln wollte. Er erinnerte sich an die Nacht, in der sie ihn befreit hatte. Damals war er einen Moment lang versucht gewesen, umzukehren und sie damit vor der Strafe zu bewahren, die sie für ihre Tat erwartete. Doch dann hatte sein Wunsch nach Freiheit gesiegt, und er war hinaus in das fremde, unwirtliche Land geflohen. Eine Zeitlang war er dort umhergewandert, allein, verloren und hungrig, doch sein Überlebenswille war stärker als alles andere, und er schaffte es. Er ernährte sich von Tieren und eßbaren Pflanzen und erreichte endlich, nach Wochen voller Entbehrungen, die neu erbaute Wikingersiedlung Dubh-Linn. Dort ließ er sich nieder. Zunächst war er allen Menschen, auch den Wikingern mit großer Vorsicht begegnet, wußte er doch, daß ihn einer der Seinen verraten hatte, doch dann begann er, zur See zu fahren und war bis heute mit diesem Leben recht zufrieden gewesen.

»Was tust du denn hier draußen?« Die Stimme seines Freundes Sigurd riß ihn aus seinen Gedanken. Sigurd war schon seit Kindertagen sein Gefährte und ihm treu verbunden. Als Wolfram damals aus dem Norden nicht zurückkam, hatte er sich aufgemacht, um nach ihm zu suchen, und war schließlich in Dubh-Linn mit ihm zusammengetroffen. Seither befuhren beide miteinander die Meere. Sigurd hatte die Anführerschaft über die Wikinger von Dubh-Linn sofort an Wolfram abgetreten, denn er war der Sohn eines Jarl.

»Ich konnte nicht schlafen«, antwortete Wolfram mißmutig. Sigurd hob angesichts der schlechten Laune seines Freundes verwundert die Augenbrauen, dann lachte er und schlug ihm auf den Rücken. Um ihn aufzuheitern, sagte er: »Wenn ich so ein hübsches Ding wie dieses schwarzhaarige Mädchen in meinem Bett gehabt hätte, könnte ich bestimmt auch nicht schlafen, aber hier draußen wäre ich sicher nicht! Oder hat sie sich etwa angestellt wie eine eiskalte Jungfrau? Ist das der Grund für deine schlechte Laune?«

»Nein«, gab Wolfram knapp zurück. Er wollte nicht darüber sprechen. Nicht einmal Sigurd hätte er erklären können, wie er fühlte.

»Ah, ich verstehe, sie ist so heißblütig, daß nicht einmal dein Feuer für sie ausgereicht hat!« stichelte Sigurd, der unbedingt herausfinden wollte, warum sein Freund so mißgestimmt war.

Wütend hieb Wolfram mit seiner Faust an die Wand des Steingebäudes. Dabei brach er sich beinahe die Finger, doch irgendwie schien der Schmerz eine kleine Buße zu sein für das, was er heute getan hatte. »Das geht dich nichts an«, sagte er hart und blickte Sigurd an. Seine Augen spiegelten offen wider, was er fühlte, Reue und

Schuldbewußtsein war in ihnen zu lesen. Sigurd ignorierte seine Worte.

»Was ist los mit dir?« fragte er. »Bist du ärgerlich, weil ich das Mädchen niederschlagen wollte? Ich hätte sie nicht getötet, ich wollte sie nur außer Gefecht setzen. Ich habe noch nie das Blut einer Frau vergossen.«

»Nein, das ist es nicht, was mich quält.«

»Hast du sie verletzt? Ist es das?«

»Ich habe sie nicht mal angefaßt!«

»Du hast was? Hast du einen Sonnenstich? Oder bist du verrückt? Das Mädchen ist eine Schönheit!«

Da sprudelte alles aus Wolfram heraus, was er in seinen Tagen als Sklave erlebt hatte. Zu jener Zeit war er erstmals zur See gefahren, um sein Mannestum zu beweisen, war jedoch in Gefangenschaft geraten, als er sein Schiff nahe der britischen Küste ankern ließ. Zunächst mußte er als Ruderer auf den Schiffen anderer Wikinger arbeiten, die ihn nach der Landung in Irland im Zuge eines Friedensabkommens an die Iren als Sklaven verkauften. Ihm war jedoch kein Frieden bestimmt. Sein Besitzer trug seinen Haß auf die Wikinger, die sein Land geplündert hatten, auf dem Rücken des jungen Sklaven aus, der in dieser Hölle zwei Monate zubrachte, zwei Monate, in denen ihn nach nichts weiter verlangte, als mit dem Schwert in der Hand zu sterben und dieses Leben endlich hinter sich zu lassen. Doch dann war er aus seiner Verzweiflung errettet worden, von einem sanften Lächeln und einem Paar Augen, die ihn freundlich anblickten.

»Das irische Mädchen brachte mir jeden Tag zu essen und zu trinken und wurde meine einzige Verbindung zur Außenwelt«, flüsterte er, »wenn sie nicht gewesen wäre, wäre ich längst nicht mehr am Leben.«

»Und diese Irin hier ist das Mädchen von damals?«

»Ja. Aber sie erkennt mich nicht. Ich habe mich zu sehr verändert.« Wolfram berührte sein Gesicht. »Damals trug ich noch keinen Bart.« Eine Weile schwieg er, dann fuhr er fort: »Eines Tages konnte sie es nicht länger ertragen, mich in Ketten zu sehen. Sie befreite mich, und ich konnte entkommen.«

Sigurd pfiff durch die Zähne. »Kein Wunder, daß du so mitgenommen bist, mein Freund. Was hast du denn nun mit der Frau vor?«

»Ihr und ihrer Familie wird nichts mehr geschehen. Wir werden ihnen nichts mehr stehlen, außer den Dingen, die wir dringend brauchen, um leben zu können. Mehr kann ich nicht tun, und wenn ich mir noch so sehr wünsche, ich könnte alles ungeschehen machen.« Wolfram fuhr mit der Hand durch die Luft. »Ich wollte, wir wären nie hierhergekommen. Aber wie hätte ich das alles wissen sollen? Wie hätte ich das nur wissen sollen?« Er dachte eine Zeitlang nach. »Morgen früh segeln wir von hier fort.« Ein wenig verwunderte ihn der Schmerz, den ihm dieser Gedanke zufügte. Er würde fortgehen und diese großen violetten Augen niemals wiedersehen.

Lange nachdem Sigurd ihn verlassen hatte, stand Wolfram noch immer an derselben Stelle und blickte zu den Sternen hinauf, die ihn stets begleitet hatten. Niemals würde er diese Nacht vergessen und niemals den Anblick dieser Frau, die sein Herz in eben dieser Nacht erneut erobert hatte.

6

Wie Tränen hatte sich feuchter Dunst während der Nacht über die grünen Wiesen Irlands gebreitet, und als sich die Nebel hoben, durchbrachen die ersten glitzernden Sonnenstrahlen das Grau des frühen Morgens.

Deidre erwachte und blickte, vom Schlaf noch benommen, um sich. Einen Augenblick lang waren die schrecklichen Geschehnisse der vergangenen Nacht ausgelöscht, und sie wähnte sich gemeinsam mit Phelan in ihrer vertrauten Umgebung. Die letzte Nacht war ihre Hochzeitsnacht gewesen.

Doch plötzlich kam die Erinnerung an den Überfall der Wikinger wieder. »Phelan!« rief sie. Sie sah sich im Zimmer um, die Augen vor Schreck geweitet. Ihre Blicke suchten das Lederwams und den metallbeschlagenen Gürtel des blonden Wikingers, während ihr entsetzt klar wurde, daß es seine Lippen gewesen waren, die sie geküßt, und seine Arme, die sie umfangen hatten, nicht die ihres Gatten.

Sie wünschte sich verzweifelt, alles wäre nur ein Alptraum gewesen, nichts als ein verrückter, verdrehter Traum. Doch sie wußte, es war alles wirklich geschehen. Die Tatsache, daß ihr Ehemann nicht an ihrer Seite lag, und die Blutflecken auf ihrem Gewand bewiesen es ihr. Sie erinnerte sich, ihre Mutter und Bridget gesehen zu haben, also waren zumindest sie am Leben. Doch wo waren ihr Vater und ihre Brüder? Und wo war Phelan?

Sie erhob sich und verließ das Zimmer. Als sie letzte Nacht endlich eingeschlafen war, war alles ganz ruhig gewesen. Doch nun war das ganze Gebäude wieder zum Leben erwacht. Die Wikinger erhoben sich allmählich von ihren Schlafstätten, schnallten ihre Schwerter um, liefen umher und erfüllten die Räume mit ihren lauten Rufen.

»Wie ich sehe, hast du heute morgen nicht soviel Angst vor uns wie gestern«, sagt eine Stimme hinter ihr. Deidre drehte sich um. Vor ihr stand der blonde Anführer der Wikinger, die Hände in die Hüften gestemmt.

Deidre mußte daran denken, was in der vergangenen Nacht beinahe zwischen ihnen geschehen wäre, und wurde rot, als sie ihn erkannte. Bemüht, ihre Verlegenheit zu verbergen und ihre Würde zu bewahren, versuchte sie ärgerlich zu wirken.

»Stimmt, ich habe keine Angst. Das einzige, was ich mir noch wünsche, ist, daß du und deine Horde endlich von hier verschwindet und uns die Scherben dessen aufsammeln laßt, was ihr zerschlagen habt.«

»Wir verlassen euch noch heute«, sagte Wolfram begütigend und lächelte dabei sanft, als wolle er ihre harten Worte abschwächen. Die Bitterkeit, die zwischen ihnen herrschte und für die er sie nun wirklich nicht verantwortlich machen konnte, machte ihm schwer zu schaffen.

Deidre wandte ihm kalt den Rücken zu, um zu verbergen, daß ihr sein Lächeln sehr nahe ging. Wegen dieser Schwäche haderte sie mit sich selbst, und sie ließ ihn einfach stehen, um unter den Frauen, die sich um die Toten und Verletzten kümmerten, nach ihrer Mutter und Bridget zu suchen. Schließlich fand sie Tara, wie diese, über die leblose Gestalt Ians gebeugt, dessen Körper wusch und ihn für die Bestattung vorbereitete.

Mit Tränen in den Augen berührte Deidre das kalte Gesicht ihres Schwagers. War er ihr doch wie ein Bruder gewesen, und wie gerne hatte er gelacht! Für Bridget mußte es entsetzlich sein, ihn verloren zu haben. Sie hatte ihn so sehr geliebt.

Ihre Mutter kam ihrer Frage nach Bridget zuvor und sagte: »Bridget hat nicht verarbeiten können, was uns zugestoßen ist. Gott hat sich ihr gnädig erwiesen und sie in eine andere Welt versetzt, in eine Welt, zu der wir keinen Zugang haben.«

»Ich glaube, daß Gott uns verlassen hat, Mutter«, antwortete Deidre bitter.

»Wir haben nicht das Recht, über die Wege des Herrn zu urteilen, Kind«, mahnte Tara milde. »Unsere Aufgabe ist es nur, uns in Vertrauen und Geduld zu fassen.«

Mit den Augen suchte Deidre den Saal nach Phelan ab.

»Niemand hat ihn gesehen, Deidre. Weder er noch Vater waren unter den Toten. Laß uns dafür zunächst einmal dankbar sein und beten, daß sie nicht zu schwer verletzt sind.«

Deidre schaffte es nicht, so ruhig zu bleiben wie ihre Mutter. Am liebsten hätte sie angefangen zu schreien und wäre auf diese Eindringlinge losgegangen, die soviel Leid über sie gebracht hatten. Sie zählte neun Tote und wußte, es wären noch viel mehr gewesen, hätten die meisten das Fest nicht schon so früh verlassen. Wieviel Verletzte gab es? Ob Phelan und ihr Vater unter ihnen waren?

»Komm, hilf uns, Deidre.« Taras Stimme war leise, aber bestimmt. Deidre gehorchte. Mit einem Seufzer wandte sie sich den anderen Frauen zu, um sich gemeinsam mit ihnen um die Toten zu kümmern.

Schweigend schmückten sie Ian mit schwarzen Bändern, wie es der Tradition entsprach, und hüllten seinen Körper in weißes Leinen. Vater Finian kam hinzu – Deidre war froh, ihn unverletzt wiederzusehen –, berührte sacht Ians Stirn und sprach leise das Totengebet. Deidre stellte rings um den Toten Kerzen auf und zündete sie an. Bis zu dem Zeitpunkt, da er in sein Grab gebettet wurde, sollte Ian nicht mehr allein bleiben. Und wenn am späteren Abend die vorbereitenden Rituale vollzogen waren, würde das Familienoberhaupt der Llewellyns ein Klagelied für die Verstorbenen anstimmen, und alle Frauen des Hauses würden sich seinem Wehklagen anschließen.

Nachdem ihre Arbeit beendet war, machte Deidre sich wieder auf die Suche nach ihrem Vater und ihrem Gatten. Sie hatte gehört, daß die Wikinger Iren oft als Sklaven weit übers Meer in südliche Länder verschleppten, und sie hoffte von ganzem Herzen, daß dieses Schicksal ihrem Vater, Phelan und ihren beiden Brüdern erspart geblieben war. Doch sie konnte nirgends eine Spur von ihnen entdecken und setzte sich schließlich entmutigt und verzweifelt auf einen Stein.

Da tauchte hinter ihr ein großer, schwarzhaariger junger Mann auf. »Deidre, Mädchen, was tust du denn hier? Warum bist du nicht im Haus bei Mutter, wo du vor diesen Verbrechern in Sicherheit bist?« Brian, ihr ältester Bruder, hatte sie gefunden.

»Brian!« rief sie und fiel ihm um den Hals. Er drückte sie an sich und versuchte, die vielen Fragen zu beantworten, die alle auf einmal aus ihr heraussprudeln wollten. Als er sie schließlich freigab, bemerkte sie erst die dunklen Ringe unter seinen Augen und die Armwunde, aus der Blut durch den Verband sickerte. »Du bist ja verletzt!«

Schließlich erzählte er ihr, daß er und Colin, der jüngere Bruder, bei dem Kampf verwundet worden waren, er selbst am Arm und Colin am Bein. Man hätte Colin im Lagerhaus auf Mehlsäcke gebettet, allerdings könne er nicht allein aufstehen. Auch Llewellyn und Phelan seien dort, Llewellyn sei aufgrund seiner schweren Kopfverletzungen jedoch bewußtlos.

»Ich muß sofort zu ihm!«

Taub gegenüber den Protesten ihres Bruders rannte sie los und erreichte ungesehen das Lagerhaus. Plötzlich sah sie mehrere Wikinger über den felsigen Hang auf ihre Schiffe zugehen. Rasch schlüpfte sie hinein und versteckte sich hinter der offenen Tür. Hinter den großen Fässern, in denen Ale und Met lagerten, hörte sie Stimmen, aber da sich ihre Augen noch nicht an die Dunkelheit in dem fensterlosen Raum gewöhnt hatten, konnte sie nicht erkennen, wer sich da unterhielt.

»Du hast uns gute Dienste geleistet, Ire. Dafür werden wir dich reich belohnen«, sagte eine unbekannte Stimme in gälischer Sprache. Der Akzent klang wie der eines Wikingers.

Einer unserer eigenen Leute hat uns verraten, erkannte Deidre entsetzt und zornig. Angestrengt starrte sie in die Dunkelheit. Sie mußte unbedingt wissen, wer der Verräter war! Doch konnte sie nicht das geringste ausmachen. Um näher heranzukommen, bewegte sie sich vorsichtig in der sie umgebenden Nacht vorwärts. Da geschah es – sie stolperte und kippte dabei ein kleines Faß um.

»Was, um Thors Willen, war das?« rief die Stimme, die sie zuvor sprechen gehört hatte.

Hier im Lagerhaus gab es nur eine einzige Möglichkeit, wo sie sich verstecken konnte. In panischer Angst, entdeckt zu werden, hob Deidre den Deckel eines leeren Fasses an und kletterte vorsichtig hinein. Wenn sie mich finden, ist das mein sicherer Tod, dachte sie und zog den Deckel behutsam über sich zu. Langsam hörte sie die Schritte der Männer, die auf der Suche nach der Quelle des Geräusches Kisten und Fässer umdrehten, näherkommen.

»Muß wohl eine Ratte gewesen sein!« sagte der Wikinger endlich. Dann wurde es still. Deidre verhielt sich weiter ganz ruhig, bis nirgends mehr ein Laut zu vernehmen war. Und erst als sie ganz sicher war und das Zittern ihrer Hände aufgehört hatte, langte sie vorsichtig nach oben.

Genau in dem Augenblick, als sie den Deckel berührte, schien die Welt völlig aus den Fugen zu geraten. Ihr stockte der Atem. »Um Gottes Willen!« hauchte sie erschrocken. Übelkeit ergriff sie, als das Faß hoch in die Luft gehoben und heftig hin- und hergeschaukelt wurde. Sie hörte, wie die Wikinger sich in ihrer kehligen Sprache gegenseitig etwas zuriefen und biß sich auf die Zunge, um nicht laut aufzuschreien. Die Welt begann sich wild um sie zu drehen, als sie in dem Faß zum Ufer gerollt wurde. Dort wurde es von den Wikingern mit einem Schwung an Bord gehievt.

Beim Aufprall an Deck wurde Deidre mit dem Kopf hart an die Holzwand ihres Gefängnisses geschleudert. Sie spürte nichts mehr; endlich wurde sie vom gnädigen Dunkel der Bewußtlosigkeit eingehüllt.

7

Das Drachenschiff ankerte mit seinem Begleitboot gut versteckt in einer bewaldeten Bucht. Die Mannschaft war bereits an Bord. Wie ein Säule stand Wolfram breitbeinig an Deck und gab seine Befehle. Seine lautstarken Kommandos waren seinen Männern wohlvertraut, schließlich waren sie schon oft mit ihm als Anführer zur See gefahren. Gleichzeitig ergriffen sie die Ruder.

Auf sein Schiff, das in der Länge 48 Meter und acht Meter in der Breite maß, war Wolfram sehr stolz. Bei dem Kampf waren einige der 72 Ruderer gefallen, so daß mehrere Plätze auf den Ruderbänken leer bleiben mußten. Die ungleich größeren Verluste hatten jedoch die Iren erlitten.

Hinter dem Drachenschiff ließ ein Teil der Besatzung das Beiboot zu Wasser, das verhältnismäßig groß war.

Langsam entfernten sich die beiden Schiffe von der Küste, und Wolfram blickte zurück auf das nebelverhangene Munster. Er dachte an das schöne Mädchen mit den violetten Augen, das er zurückließ. Wie gern hätte er sie mitgenommen! Doch er hatte ihr schon genug Leid zugefügt. Er durfte sie nicht auch noch von ihrer Heimat fortreißen und ihre Qualen dadurch vermehren. Der kalte Nordwestwind blies ihm das Haar ins Gesicht. Er schmeckte die salzige Luft und lächelte. Es war gut, wieder auf See zu sein! Vielleicht würde es ihm helfen zu vergessen, was geschehen war.

»Wir haben Thor ein Opfer gebracht!« rief Rorick vom

Beiboot herüber und winkte mit seinem Schwert. »Er wird für eine sichere Fahrt sorgen!«

Den Bug aufs offene Meer gerichtet, bahnten sich die beiden Schiffe ihren Weg durch die blaugrüne See. Auf dem Drachenschiff übernahm Wolfram das Steuer.

»Segel setzen!« kommandierte er. Die Ruder wurden eingezogen, die Segel aufgerollt. Die Männer saßen bei der Arbeit auf Seekisten und Fässern, um auf solch beengtem Raum Platz zu sparen.

Der »Seewolf« glitt elegant über die Wellen, und Wolfram verließ seinen Posten. Er ging nach vorne zum Bug und betrachtete den geschnitzten Wolfskopf. Wieder einmal erfüllte ihn großer Stolz auf dieses Schiff, dessen Herr er war. Wie ein Raubtier durchpflügte der Wolf Gischt und Wogen, gefährlich und unerbittlich gegen seine Feinde. Heute hieß das Ziel Dubh-Linn, doch schon bald würde der »Seewolf« Wolfram weit in den Norden tragen, wo großer Reichtum, aber auch bittere Erfahrungen ihn erwarteten.

Und dort werde ich erfahren, wer mich damals in die Sklaverei verkauft hat, dachte er; und seine Gesichtszüge verhärteten sich dabei. Einen Verdacht hatte er bereits; ob er zutraf, wollte er so bald wie möglich herausfinden.

Eine Hand legte sich auf seine Schulter. Wolfram drehte sich um und blickte in Sigurds lächelnde Augen. Wie Silber glänzten die weißen Haare, die seinen Bart durchzogen, in der Sonne. Sigurd schnalzte verständnisvoll mit der Zunge. »Wenn wir erst daheim in Dubh-Linn sind, wirst du das irische Mädchen bald vergessen«, sagte er.

Dubh-Linn. Die Siedlung war für Wolfram zum zweiten Zuhause geworden. Vor mehr als vier Jahren am Ufer des Flusses Liffey gegründet, hatte dessen dunkles Wasser ihm den Namen »Schwarzer Teich« gegeben.

Durch das wogende Meer segelte das Drachenschiff auf die Irische See zu. Wie immer hatte Wolfram auch diesmal darauf bestanden, daß seine Männer einen klaren Kopf hatten. Er wollte nicht, daß ein schwerer Sturm sie überraschen könnte und daß sie ihm wehrlos gegenüberstünden. Wenn sie für die Nacht an Land gingen, hätte die Besatzung ausreichend Gelegenheit zum Feiern und Trinken. Von den Iren hatten sie genug Bier, getrocknetes Fleisch und eingelegten Fisch für diese Zwekke mitgenommen. Das Lagerhaus war gut bestückt gewesen.

Da sah Wolfram, wie einige seiner Leute mit ängstlichem Gesicht auf eines der Fässer deuteten. Rasch eilte er zu ihnen hinüber.

»Das ist Lokis Tochter persönlich, die dort drinnen stöhnt!« rief einer der Wikinger. »Wir müssen das Faß über Bord werfen, damit uns Hel nicht ins Reich der Toten holt!«

»Das ist nicht Hel, sondern Ägir, der Gott des Meeres!« lachte ein anderer.

»Wenn das Ägir ist, müssen wir aufpassen, daß uns seine Gattin Ran nicht erwischt und gefangen in ihrem Netz ertränkt!« meinte ein Dritter.

Wolfram war reichlich verärgert, seine tapferen Männer ob eines solchen Unsinns in ihren Lederstiefeln vor Angst schlottern zu sehen. »Seid still!« befahl er. Das Gemurmel verstummte. Doch als aus dem Faß wieder ein Stöhnen drang, begann der Streit von neuem. Nun verlor Wolfram die Geduld und schickte sie zurück auf ihre Plätze. Er wußte nicht recht, ob er angesichts des abergläubischen Gehabes seiner Leute belustigt oder wütend sein sollte.

»Es wäre eine Schande, das gute Bier ins Meer zu schütten, nur um euch Feiglinge zu beruhigen«, schimpfte er dann und wandte sich um, doch da vernahm er selbst dieses Stöhnen. Ich werde verrückt, dachte er und beugte sich hinunter. Er legte ein Ohr an das Faß. Erneut erklang das seltsame Geräusch, doch im Gegensatz zu seinen

Männern war sich Wolfram sicher, daß es menschlichen Ursprungs war.

»Bei Odin!« brach es aus ihm hervor. Mit einem Ruck entfernte er den Deckel. Holz splitterte. Er warf den Deckel beiseite und spähte in das Faß. Was er sah, verschlug ihm den Atem. Dort drinnen kauerte eine Frau mit rabenschwarzem Haar. Vorsichtig hob er sie aus ihrem engen Gefängnis und legte sie auf die warmen Felle an Deck. Leicht wie eine Feder lag sie in seinen Armen wie ein schlafendes Kind.

»Das ist doch...«, flüsterte er. Er betrachtete ihr Gesicht, hörte ihren gleichmäßigen Atem und seufzte vor Erleichterung darüber, daß sie am Leben und unversehrt war.

Hin- und hergerissen zwischen Freude und Zorn blickte er auf seine Männer. »Wer von euch ist dafür verantwortlich?«

»Ich nicht, Wolfram.«

»Ich auch nicht.«

»Ich hatte befohlen, daß diese Frau und ihre Familie an Land zu bleiben haben und daß ihnen nichts geschehen dürfe. Gehorcht ihr auf diese Weise meinen Befehlen?«

Er schritt über das Deck und sah ihnen nacheinander ins Gesicht, in der Hoffnung, den Übeltäter unter ihnen ausmachen zu können. Dann wandte er sich an Sigurd. Konnte es sein, daß sein Freund sie an Bord gebracht hatte in dem Glauben, ihm eine Freude zu machen? Doch ein Blick in dessen Gesicht zerstreute seinen Verdacht. »Vielleicht hast du sie mit deinem Charme doch tiefer beeindruckt, als du angenommen hast, und sie ist dir gefolgt. Oder aber Freyja, die Göttin der Liebe, hat ihre Hand im Spiel«, meinte Sigurd, ein Lächeln unterdrückend. Dies war das erste Mal, seit er Wolfram kannte, daß dieser gutaussehende Mann, der sich niemals eine Schwäche anmerken ließ, derartig nervös war. Zweifellos bedeutete ihm die junge Frau sehr viel.

»Freyja? Ja, vielleicht.« Wolfram eilte wieder an die Seite des Mädchens. Freude und Glück erfüllten sichtbar sein Herz. Sie war hier, bei ihm. Er hatte sie nicht verlassen. Es spielte keine Rolle, aus welchem Grund sie hier war. Das einzige, was zählte, war, daß sie hier war, an Bord der »Seewolf«, gemeinsam mit ihm. Die Götter mußten sie ihm gesandt haben!

Deidres Augenlider flatterten, und sie stöhnte leise auf. Sie versuchte angestrengt, die Dunkelheit zu durchbrechen, die sie umgab, und ihr Bewußtsein wiederzuerlangen, doch ihre Augen blieben geschlossen.

Wolfram hörte sie murmeln und zog sie an seine Brust. Deidre schmiegte sich wohlig in seine Arme.

»Ich weiß nicht einmal, wie sie heißt«, flüsterte Wolfram. Wie sehr er sich danach sehnte, leise ihren Namen zu rufen! Statt dessen sagte er nur liebevoll: »Wach auf, Kleines.« Langsam hoben sich Deidres Lider. Ihre langen Wimpern bebten, als sie die Augen zitternd öffnete und versuchte, ihn bewußt wahrzunehmen. Wolfram blickte in die tiefvioletten Augen und zog sie unvermittelt noch enger an sich. Sanft streichelte er ihr übers Gesicht.

Allmählich nahm Deidre ihre Umgebung deutlicher wahr. Ihr suchender Blick blieb an Wolframs stahlblauen Augen hängen, und sie erstarrte vor Schreck. Wie um alles in der Welt kam sie hierher? Ihr ganzer Körper versteifte sich, als sie nach und nach das Schiffsdeck und die Wikinger wahrnahm, die um sie herumstanden. Plötzlich wurde ihr mit einem Schlag bewußt, wo sie sich befand, und sie stieß einen herzzerreißenden Schrei aus.

8

»Du!« Deidre hatte das Gefühl, als sei der letzte Tropfen Blut aus ihren Adern gewichen. Hände versuchten, nach ihr zu greifen, als sie plötzlich aufsprang. Ihr Kopf schmerzte höllisch, und sie war vollkommen durcheinander. Wie von Furien gehetzt, jagte sie auf das Schiffsheck zu und blickte hinunter in die schäumenden Fluten. Sie schloß die Augen, bereit zu springen.

Keinen Augenblick länger würde sie mit diesen kriegerischen, rücksichtslosen Barbaren auf einem Schiff bleiben.

»Nein!« In letzter Sekunde war Wolfram bei ihr und packte sie mit eisernem Griff. Er riß sie zurück, und beide stürzten hintüber auf die hölzernen Schiffsplanken. Deidre weinte verzweifelt und wehrte sich mit aller Kraft gegen die Arme, die sie fest umklammert hielten.

»Laß mich los! Laß mich sofort los!« schrie sie. Wie ein Unwetter brach die Erinnerung an alles, was am Tage zuvor geschehen war, über sie herein, all die Toten, die Zerstörung, der Anblick ihrer vergewaltigten Schwester, und nun dies, sie selbst in der Gewalt eines dieser bösartigen Dämonen, die sie so abgrundtief haßte.

»Sei still!« Wolfram hielt das wild um sich schlagende Mädchen fest umschlungen. Er hätte ihr gern gesagt, wie leid ihm all das tat, was er ihr angetan hatte, doch fehlten ihm die Worte.

Deidre schien plötzlich die Ausweglosigkeit ihrer Lage zu erfassen, denn sie hörte abrupt auf, sich zu wehren. Statt dessen verfiel sie in ein lautes Schluchzen.

»Bring sie zum Schweigen.« rief ein Wikinger. »Sie bringt uns Unglück mit ihrem Geschrei.«

»Wirf sie über Bord!« verlangte ein anderer.

Deidre hörte zwar ihre Stimmen, doch sie konnte nicht aufhören zu weinen. Wieder und wieder versuchte sie, auf die Füße zu kommen, doch das Gewicht dieses verhaßten Wikingers hielt sie erbarmungslos am Boden fest. Sie spürte, wie sich eine Hand über ihren Mund legte und ihr Schluchzen erstickte, es war seine Hand, dessen war sie sich sicher.

»Hör mir zu. Hör mir genau zu«, er mußte sie nahezu anschreien, damit sie ihn verstand. »Wir werden dir nichts tun, wir sind doch keine Wölfe, die Lämmer anfallen. Wir kämpfen zwar gegen Löwen, aber dir, ich schwöre es, wird nichts geschehen.«

Deidres Weinen brach ab. Ihre Blicke trafen sich, und sie erkannte in seinen Augen, daß sein Versprechen ernst gemeint war. Langsam kehrte ihre Vernunft zurück. Hastig hob und senkte sich ihre Brust, während sie versuchte, wieder zu Atem zu kommen, doch ihr Schluchzen war verstummt.

»Du bist nicht durch unsere Schuld hier«, erklärte Wolfram. »Anscheinend haben die Götter es gewollt.«

»Mein Gott würde nie…« Deidre brach ab. Es stimmte, der Wikinger sprach die Wahrheit. Sie hatten sie nicht gezwungen, mitzukommen. Zumindest in diesem Punkt traf ihn keine Schuld. Sie sah sich um und bemerkte die Männer, die schweigend an Deck standen und sie neugierig musterten. Von Mordlust war in ihren Augen keine Spur zu entdecken. Mit einemmal war sie froh, daß ihr Anführer sie daran gehindert hatte, von Bord zu springen. Das Leben war ein kostbares Geschenk, und sie wollte leben. Manchmal gehörte mehr Mut dazu, weiterzuleben als zu sterben.

Als ob Wolfram die Veränderung in ihr gespürt hätte, lockerte er seinen Griff und sagte: »Wenn ich dich loslasse, versprichst du mir, nicht noch einmal zu versuchen, dich umzubringen?«

Deidre nickte. »Ich verspreche es dir. Ich bin Christin. Wir Christen sind tapfer.«

»Gut«, sagte Wolfram und gab sie frei.

Wie zierlich sie war! Und doch, wieviel Kraft hatte sie entwickelt, als sie sich gegen ihn gewehrt hatte!

Deidre stand auf. Sie schaute aufs Meer hinaus. »Bringt mich zurück.« Ihre Worte waren keine Bitte, sondern ein Befehl.

»Ausgeschlossen.« Dieses Risiko konnte Wolfram auf keinen Fall eingehen. Sicher hatte sich die Nachricht von seinem Überfall inzwischen in ganz Irland verbreitet. Sollten die Wikinger nach Munster zurückkehren, würden sie von Schwertern und Äxten erwartet werden. Dieser Gefahr konnte er seine Männer nicht aussetzen. Ihnen galt seine erste und oberste Pflicht.

»Ihr könnt mich doch nicht allen Ernstes mit euch nehmen wollen!« Deidre überlief es eiskalt bei dem Gedanken an ein Leben fern der Heimat.

»Ich habe keine Wahl«, erklärte Wolfram so freundlich, wie es ihm eben möglich war. »Ich möchte dir wirklich kein Leid zufügen, doch zurücksegeln können wir keinesfalls.«

Er wollte Deidre jeden Kummer ersparen, damit war es ihm ernst, doch er mußte seine Pflicht tun. Und außerdem, das mußte er zugeben, war dieses schöne Mädchen der wertvollste Schatz, der die smaragdgrüne Insel ihm geschenkt hatte. Er hätte noch an dem vorangegangenen Tag alles gegeben, was er hatte, um sie zu besitzen. Und nun gehörte sie tatsächlich ihm, ohne daß auch nur eine einzige Goldmünze den Besitzer gewechselt hatte. Das Kind von damals war zu einer wunderschönen, begehrenswerten Frau geworden, und sie gehörte ihm, ihm allein.

Deidre fühlte Panik in sich aufsteigen. »Mein Vater wird dich reich belohnen, wenn du mich zurückbringst!«

»Dein Vater würde nur eines tun, er würde alles daran setzen, uns alle tot zu sehen«, sagte Wolfram und schüttelte den Kopf. »Du hast keine Wahl. Zumindest für eine Weile wirst du wie ein Wikinger leben müssen.«

»Wie ein Wikinger? Niemals!« schleuderte sie ihm verachtungsvoll entgegen.

Wolfram wandte sich ab und ließ sie stehen. Diese großen Augen vor Haß lodern zu sehen war mehr, als er ertragen konnte. Es hatte einmal eine Zeit gegeben, als aus ihnen Wärme sprach, ja, sogar Liebe. Er hatte damals ihre kindliche Zuneigung zu ihm wohl bemerkt. Wie sehr sehnte er sich danach, daß sie ihn erneut lieben lernte. Ruhelos ging er an Deck seines Schiffes auf und ab, verzweifelt bemüht, den Erinnerungen zu entkommen, die ihn zu übermannen drohten.

9

Bei Sonnenuntergang stand die Sonne wie eine goldene Münze am Horizont. Das Meer sah aus wie dunkelblaue Seide. Deidre saß auf einem Stapel weicher Felle beim Achterdeck, versunken in den herrlichen Anblick. Sanft schaukelte das Schiff auf den Wellen. Sie fröstelte und zog eines der Felle, dessen Wärme und Weichheit sich auf ihrer Haut wunderbar anfühlten, enger um ihren Körper und an ihr Gesicht.

Die Wikinger sangen auf den Ruderbänken eine alte, melodische Weise. Rhythmisch hoben und senkten sich die langen Ruder in den Wellen, und jeder Schlag brachte Deidre weiter fort von ihrer Familie, ihrem Ehemann und der vertrauten Heimatküste.

»Es ist wie bei Deidre in dem alten Lied«, flüsterte sie vor sich hin und warf einen Blick zurück, als könne sie dort hinten noch die Gestade von Irland sehen. Mit einer Handbewegung strich sie sich die Haare aus dem Gesicht, die von der salzigen Gischt feucht und klebrig waren; dabei wurde ihr erneut klar, daß dies kein Traum war, sondern Wirklichkeit. Sie war hier auf diesem Schiff, zusammen mit den Männern, die ihr Volk überfallen hatten, und würde es auch morgen noch sein, wenn sie erwachte. »Steh mir bei, lieber Gott«, betete sie und bekreuzigte sich.

Ihr Blick glitt hinüber zu dem großen Anführer der Wikinger, der am Mastbaum stand. Sie hatte gehört, daß seine Leute ihn Wolfram den Kühnen nannten. Was war er für ein Mann? Was hatte er mit ihr vor, wenn sie erst Dubh-Linn erreicht hatten?

Hatte er sie zu seiner Sklavin auserkoren? Oder zu seiner Frau? Egal, was sie erwarten mochte, es machte ihr Angst und jagte Schauder über ihren Rücken. Doch hassen konnte sie ihn nicht, das war ihr einfach unmöglich.

Es war nicht seine Schuld, daß sie an Bord dieses Schiffes war, sondern die Schuld jenes Mannes, den sie nur als »den Iren« kannte. Dieser Mann, der ihr ganzes Volk verraten hatte, verdiente allein ihren Haß. Eines Tages würde sie nach Hause zurückkehren und herausfinden, wer er war. Und erst wenn er für seinen Verrat die gerechte Strafe empfangen hatte, würde ihre Seele wieder Frieden finden. Sie schloß die Augen, als wollte sie die Erinnerung an ihn heraufbeschwören.

»Hast du Hunger?« Bei dem kräftigen Klang von Wolframs Stimme sprang sie auf. Ihre Augen begegneten seinem eisblauen Blick.

»Nein«, sie schüttelte den Kopf, obwohl ihr Magen bereits heftig knurrte.

»Du bist doch nicht seekrank, oder?« fragte Wolfram besorgt und legte seine starke Hand sanft an ihren Bauch. Rasch trat Deidre einen Schritt zurück. Seine Gegenwart machte sie nervös, doch nicht aus Angst.

»Nein«, sagte sie abermals und wandte den Blick ab. Sie

mußte daran denken, daß er sie schon einmal angefaßt hatte. Eine kalte Windböe wehte ihr das Fell von den Schultern, und Wolfram bückte sich, um es aufzuheben. Dabei streiften seine Hände die ihren und ihre Augen trafen sich. Er blickte rasch zur Seite.

Verlegen suchte er nach Worten. »Dieses Fell stammt aus einem Land weit im Norden von Irland«, sagte er dann und legte es ihr wieder um die Schultern. Er sehnte sich danach, ihre zarte Haut zu berühren und ihren zitternden Körper zu streicheln, doch es gelang ihm, sich zu beherrschen. Er würde ihr keine Angst machen, sondern sie langsam und liebevoll umwerben, bis sie für ihn das gleiche empfand wie er für sie. Hatte nicht Freyja selbst es so beschlossen?

Deidre zog das Fell eng um ihren Körper. Sie war mit einem Mal verlegen, ihr fiel nichts ein, was sie sagen könnte, und sie fühlte sich wie ein kleines Schulmädchen, das gerade seine ersten Worte lesen konnte.

Das Schweigen zwischen ihnen machte ihr seine Männlichkeit ganz besonders bewußt, und ihr Herz begann heftig zu klopfen. Endlich brachte sie die Frage heraus: »Wie lange wird unsere Reise denn dauern?«

»Mehrere Tage«, antwortete Wolfram. Sein Blick wanderte über ihr nachtschwarzes Haar. Sie hielt den Kopf hoch erhoben wie eine stolze Wikingerin. Als sie erfuhr, daß sie ihre Heimat zurücklassen mußte, hatte sie zunächst geweint, doch nun schien sie ihr Schicksal hingenommen zu haben und trug es mit Würde und Anmut. Erneut schwor er sich, sie zu beschützen.

»Mehrere Tage«, wiederholte sie leise. Ihre Stimme klang beinahe ehrfürchtig. Die wenigen Schiffe, die ihr Volk besaß, bestanden aus einem Rahmen aus Korbgeflecht, über den ungegerbtes Leder gezogen war. Mit Schiffen wie dem, auf dem sie sich befand, waren sie nicht zu vergleichen. Ihr kam ein schrecklicher Gedanke.

»Was ist, wenn wir über den Rand der Welt hinaussegeln?« Ihre Augen waren vor Angst riesengroß, als sie ihn ansah.

Wolfram warf den Kopf zurück und lachte laut. »Wir werden schon nicht herunterfallen, Kleines«, sagte er. »Die Erde ist nicht flach wie eine Scheibe, sondern eher rund, wie ein Ei etwa. Haben euch eure Mönche das denn nicht beigebracht?«

Sein schallendes Lachen ließ Deidre erröten. Ärgerlich wandte sie sich ab. Wie konnte er es wagen, sie wie ein dummes Kind zu behandeln! Sie konnte lesen und schreiben, und Vater Finian hatte sie Geschichte gelehrt. Ihr Volk besaß die höchstentwickelte Kultur, die es nördlich der Pyrenäen gab.

Konnte dieser große, ungehobelte Kerl etwa die Heilige Schrift lesen? Natürlich nicht. Das einzige, was er konnte, war wahrscheinlich, sein Schwert zu schwingen. Vater Finian hatte ihr ja erzählt, daß Wikinger Analphabeten waren.

Wolfram spürte ihre Verärgerung und legte ihr eine Hand auf die Schulter. »Du mußt noch viel lernen über die Welt da draußen. Bald wirst du uns besser verstehen«, sagte er milde.

»Raub und Mord werde ich nie verstehen!« Wütend entzog sie sich seiner Hand.

Er drehte sie zu sich herum und zwang sie, ihn anzusehen. »Die Welt ist nun einmal so. Man muß stark sein. Auch euer Volk hat andere Völker ausgeplündert. Heute verflucht ihr uns, und dabei habt ihr selbst die britischen Küsten überfallen. Inwiefern unterscheiden wir uns denn voneinander?«

Deidre zuckte bei seinen Worten zusammen. Sie konnte nicht leugnen, daß er die Wahrheit sprach. Zu Beginn des dritten Jahrhunderts hatte ihr Volk sich genauso verhalten, wie er sagte. Inzwischen waren sie zwar seßhaft geworden und hatten sich auf dem eroberten Land niedergelassen, dennoch hatte er recht.

»Auch ich habe durch dein Volk leiden müssen«, fügte er leise hinzu. Deidre sah ihm ins Gesicht. In seinen Augen stand Schmerz. Sie fragte sich, woher er rühren mochte. Doch bevor sie ihn nach dem Sinn seiner Bemerkung fragen konnte, hatte er sich umgedreht und war gegangen.

Deidre kehrte zu ihrem Platz auf dem Achterdeck zurück, setzte sich nieder und schloß die Augen. Sie schalt sich für ihre Dummheit. Warum hatte sie ihm nicht gesagt, daß sie Hunger hatte? Nun knurrte ihr Magen.

Um sich abzulenken, dachte sie erneut darüber nach, was mit ihr geschehen würde, wenn sie in der Heimat der Wikinger ankamen. Unsicher und ratlos starrte sie auf das wogende Meer.

Nur mühsam bekämpfte sie die aufsteigenden Tränen. Nein, sie würde nicht weinen. Sie würde tapfer und stark sein und ihrer Schwäche nicht nachgeben.

Das Bild ihrer Mutter verdrängte diese Gedanken und Deidre sagte ihr in Gedanken schon Lebewohl. Von allen, die sie hinter sich zurückließ, würde sie Tara wohl am meisten vermissen, Tara mit ihrer Weisheit und ihrer großen Liebe.

Erschöpft rollte sie sich auf den Fellen zusammen und schlief endlich ein.

10

Deidre erwachte durch das heftige Schlingern des Schiffes. Am Himmel ballten sich dicke graue Wolken zusammen, die der Wind in Fetzen vor sich her trieb. Sie versuchte aufzustehen, doch das Boot schwankte zu stark. Außerdem war ihr schwindlig vor Hunger. Sie sah sich instinktiv nach Wolframs vertrauter Gestalt um, dem einzigen Menschen, bei dem sie sich auf stürmischer See sicher fühlte.

Wie immer gab Wolfram mit Bestimmtheit und Ruhe seine Befehle, während seine Männer schnell und geübt mit Masten und Seilen hantierten. Könnte sie doch nur verstehen, was er sagte! Sie begriff, daß Gefahr drohte, doch alles, was sie tun konnte, war zuschauen und warten.

Als er nach einer Weile auf sie zukam, wollte sie erneut aufstehen, doch ihr schwirrte der Kopf einfach zu sehr. Wie schaffte er es nur, bei diesem wilden Auf und Ab des Schiffes auf den Beinen zu bleiben?

»Ein Sturm kommt auf«, erklärte er ernst und betrachtete prüfend den Himmel. Er verstand wie kein anderer, was die verschiedenen Windstärken, Wolkenformationen und Wassernuancen zu bedeuten hatten. Über die Schulter rief er seinen Leuten einen weiteren Befehl zu.

»Was hast du gerufen?« Wegen des brausenden Windes mußte Deidre beinahe schreien.

»Sie sollen sich mit dem Auftakeln des Schwenkbaumes beeilen«, anwortete er knapp und beugte sich zu ihr hinunter. »Ich habe dich noch gar nicht gefragt, wie du dich heute morgen fühlst.«

»Danke, es geht mir gut«, log sie, um zu vermeiden, daß er sich weiter um sie kümmerte.

Er streckte die Hand aus, um ihr aufzuhelfen. In diesem Moment ging eine riesige Welle auf sie beide nieder. Sie wurden so heftig gegeneinandergeschleudert, daß Deidre die Luft wegblieb. Sie keuchte und hustete, und versuchte nach Atem zu ringen, als eine zweite Welle sie traf. Verzweifelt griff sie nach Wolframs Arm und klammerte sich wie eine Ertrinkende an ihn. Er spürte, wie sich ihre Brüste an seinen Oberkörper preßten und wie er trotz der Gefahr, in der sie schwebten, erregt wurde. Durch den nassen Stoff ihres Kleides hindurch fühlte er jede Rundung, jede Schwellung ihres Körpers, als wäre sie nackt, und sein Begehren wuchs ins Unerträgliche. Mit aller Gewalt riß er sich zusammen und konzentrierte seine ganze Kraft in den Kampf gegen die stürmischen Wellen. Dies war weder die rechte Zeit noch der rechte Ort.

Wolfram ergriff ein langes Seil und hob Deidre auf seine Arme. Langsam arbeitete er sich zum Mast vor. »Ich werde dich jetzt an den Mast binden, damit du nicht über Bord gespült wirst«, erklärte er ihr, damit sie nicht in Panik geriet.

»Nein!« schrie Deidre.

»Das ist die einzige Möglichkeit, meine Liebe. Wenn du mir jetzt nicht gehorchst, könnte das dein Leben kosten. Bitte, vertraue mir.«

Trotz ihrer großen Angst hatte seine Stimme eine beruhigende Wirkung auf sie. Sie würde ihn tun lassen, was immer er für richtig hielt. »In Ordnung!« rief sie. Das Seil schnitt ihr tief ins Fleisch, und sie fürchtete, jeden Moment würden ihre Kräfte versagen, doch sie hielt durch. Wolfram band sie an der Taille fest, ließ ihre Hände aber frei, damit sie sich festhalten konnte. Dann kehrte er zu seinen Männern zurück.

Der Ozean erschien plötzlich wie ein wildes Lebewesen, das das Schiff wie ein Spielzeug hin- und herwarf. Gespannt beobachtete Deidre, wie diese Mannschaft von rauhen Wikingern verzweifelt ums Überleben kämpfte. Lose Taue und Takelage wurden vom Sturm über das Deck gepeitscht, und Deidre rechnete jeden Augenblick damit, daß das Schiff in den tosenden Fluten kentern würde. Krampfhaft klammerte sie sich an den Mast, bis ihre Hände taub waren, und dankte Wolfram im stillen dafür, daß er so klug gewesen war und sie festgebunden hatte. Das Seil erschien ihr nun wie ein Geschenk des Himmels, das sie sicher an Bord der »Seewolf« hielt.

Tapfer kämpfte sie gegen ihre Angst an und konnte doch die ganze Zeit über den Blick nicht von Wolfram wenden, der nicht die geringste Furcht zu zeigen schien, während er an Deck hin- und herlief. Er bewegte sich nach achtern zum Heck und stemmte die Ruderpinne hoch, damit das Schiff nicht Leck schlug. Deidre konnte sehen, daß auch das Beiboot schwer mit den sturmgepeitschten Wellen zu kämpfen hatte. Es sah aus wie ein hilfloses Blatt im Wind.

Schließlich setzte orkanartiger Regen ein, wie aus Fässern ergossen sich die Wassermassen an Deck. Etwas so Entsetzliches hatte Deidre noch nie erlebt, nicht einmal der Überfall der Wikinger war damit vergleichbar. Da drang ein lauter Schrei an ihr Ohr, und sie sah gerade noch, wie einer der Wikinger über Bord geschleudert wurde.

»Sigurd!« schrie Wolfram auf. Er hatte gesehen, wie eine Rahe ausgeschwenkt war und seinen Freund mit solcher Wucht am Kopf getroffen hatte, daß er über die Reling stürzte. Sigurd, sein treuer Gefolgsmann, sein Kamerad, der ihm unzählige Male das Leben gerettet hatte, schien auf immer für ihn verloren zu sein.

Hinzu kam, daß auch Walhalla, das Totenreich, ihm verschlossen bleiben würde, denn er starb ohne sein Schwert, dem Symbol der männlichen Würde und des Lebens. Ohne noch einen weiteren Gedanken zu verschwenden, riß sich Wolfram den eingeölten Umhang vom Leib, der allein vor dem Orkan Schutz bot, und warf sich in die wirbelnden Fluten wie ein unzähmbarer Gott.

»Heilige Mutter Gottes, nein!« schrie Deidre auf. Sie sah, wie er sich selbst zum Opfer brachte und fragte sich zugleich, warum der Tod dieses Wikingers, den sie kaum kannte, ihr solchen Schmerz bereitete. Ihre Furcht brach sich Bahn, ohne daß sie es verhindern konnte.

Viel zu spät flaute der Sturm endlich ab, viel zu spät für die beiden Männer, die Ägir, der Meeresgott, zu sich gerufen hatte. Die Menschen an Bord der »Seewolf« schwiegen und trauerten.

»Mein Gott, sei ihm gnädig«, betete Deidre tonlos und bat darum, daß ihr Gott diesen Heiden zu sich nehmen möge. »Und bitte, steh auch mir bei«, flüsterte sie, als sie sich umsah und die Wikinger an Bord erblickte. Sie konnte sich nicht einmal mit ihnen verständigen. Was würde nun aus ihr werden?

Wolfram mußte seine ganze Kraft aufwenden, um sich über Wasser zu halten. Er ignorierte die eiskalten Fluten und kämpfte sich Meter um Meter an Sigurd heran, der wie ein Stück Treibholz auf den Wellen trieb. Als er ihn erreicht hatte, schlang er ihm einen Arm um den Nacken und schwamm mit ihm gemeinsam langsam zum Schiff zurück. Am Schiff angekommen, packte er das vorderste Ruder, klammerte sich mit der anderen Hand daran fest und schrie laut hinauf. Wie Ägir persönlich erschien er den Männern, die ihn als erste erblickten, doch sein verwegenes Grinsen verriet ihnen, daß die Rettungsaktion erfolgreich verlaufen war. Unter Beifallsrufen und Jubel zogen sie ihn an Bord. Welch ein Held er war!

Deidre hörte die Männer lachen und schaute zu ihnen hinüber. Wie konnten sie nur so fröhlich sein, wo sie doch gerade erst ihren Anführer verloren hatten? Was waren sie nur für Menschen? Und was für ein Mensch war Wolfram, der sein Leben aufgegeben hatte, um ein anderes zu retten? In diesem Moment erblickte sie in. Ihr Herz schlug schneller. Er trug nur seine Pumphosen, ansonsten war sein kraftvoller Körper nackt.

»Wolfram!« hörte er sie rufen und eilte sofort zu ihr. Sigurd ließ er hustend und keuchend in der Obhut der Mannschaft zurück. Er löste das Seil, das sie an den Mast band, und nahm sie in die Arme. Sanft strich er ihr das Haar aus dem Gesicht.

Deidre klammerte sich an ihn. »Halt mich fest«, schluchzte sie. Die Gefühle, die seine Nähe in ihr auslösten, überfluteten sie. In diesem Augenblick vergaß sie ihre Eltern, ihre Heimat und ihren Gatten und überließ sich willenlos dem überwältigenden Glücksgefühl seiner Umarmung.

»Es ist vorbei«, sagte Wolfram. »Der Sturm ist vorüber.«

Wie durch einen Nebel drangen seine Worte in ihr Bewußtsein. Endlich erfaßte sie ihre Bedeutung. Wie konnte sie sich nur so gehenlassen? Wie konnte sie nur vergessen, daß dieser Mann ein Heide war und der Feind ihres Volkes? Sie erkannte, wie gefährlich der Sturm war, der in ihrem Inneren tobte und viel gefährlicher war als der Sturm, den sie gerade überlebt hatten.

11

Das Schiff glitt so rasch und ebenmäßig durch die Wellen, als hätte es nie einen Sturm gegeben. Die Mannschaft hatte nur noch einen Wunsch, endlich an Land zu kommen. Deidre kam nicht umhin, das Können dieser heidnischen Wikinger zu bewundern. Auf allen Ozeanen gab es kein anderes Volk, das es ihrer Meisterschaft gleichtun konnte. Sie schienen auf dem bedrohlichen Meer richtig zu Hause zu sein. Allein schon ihr Schiff verriet ihr großes Können und die Fertigkeit seiner Erbauer. Ganz besonders der Kapitän des Schiffes, Wolfram der Kühne, besaß Deidres Bewunderung, wenn sie sich auch sorgsam bemühte, dies zu verbergen. Im Kampf hatte sie die Unbarmherzigkeit dieses Mannes erlebt, doch sie kannte auch eine andere Seite an ihm. Er hatte sein eigenes Leben aufs Spiel gesetzt, um das seines Freundes zu retten.

»Und wie liebevoll er sein kann«, sann sie und ließ ihre Blicke über seinen muskulösen Körper streifen. Wie er sie an jenem Tag angesehen hatte, als er ihr Volk überfiel! War es Bedauern gewesen, das in seinen Augen stand als er sie in der Nacht verschont hatte?

Wolfram schien zu spüren, daß sie ihn beobachtete, denn er drehte sich zu ihr um. Ihre Augen trafen sich. Hastig sah Deidre zur Seite. Sie wollte nicht, daß er merkte, wie interessant sie ihn fand.

»Er ist ein Wikinger und ein Feind meines Volkes«, rief sie sich in Erinnerung. »Seine Horde hat Ian und viele andere getötet und meine Schwester vergewaltigt.« Das durfte sie nie vergessen, gleichgültig, welche Freundlichkeit er ihr gegenüber in den vergangenen Tagen gezeigt hatte. Nicht einmal das Meer konnte all das Blut von seinen Händen waschen.

Dennoch brachte sie der Anblick dieses Mannes durcheinander, und sie zog sich auf das Achterdeck zurück. Dort hatte Wolfram ein einfaches Zelt für sie errichtet, in dem sie geschützt war und die Ruhe hatte, nach der sie sich so sehr sehnte. Unter den Beständen aus dem Lagerhaus ihres Vaters hatte er auch ein trockenes Kleid für sie gefunden und es ihr gegeben.

»Er gibt mir nur, was mir sowieso zusteht«, dachte sie ironisch. Nichtsdestoweniger war sie ihm dankbar für seine Fürsorge, wenn es sie auch überraschte, daß ein Wikinger wie er an ihre Bequemlichkeit dachte. In der Tat war er in den vergangenen Tagen ein durchaus besorgter Gastgeber gewesen. Er hatte ihr zu essen gebracht, kalten Schinken, Fisch, Brot und Met, und hatte sie so liebevoll behandelt, wie ein Vater es mit seinem Kind tun würde. Hin und wieder geschah es sogar, daß Deidre nicht mehr an das schreckliche Blutbad dachte, das seine Gefolgsleute angerichtet hatten.

»Warum tut er das alles nur?« grübelte sie. Noch war er

vollauf damit beschäftigt, dieses Schiff zu befehligen, doch sie zweifelte keinen Augenblick daran, daß er hoffte, in ihr eine willige Geliebte zu finden, wenn sie erst an Land und vor den neugierigen Blicken der Mannschaft geschützt wären. »Ich werde ihm niemals zu Willen sein«, schwor sie sich, »niemals!« Vehement bekämpfte sie die Erinnerung an das, was sie in seinen Armen empfunden hatte, doch gelang es ihr nicht. Immer wieder sagte sie sich, daß sie eine verheiratete Frau war; sie war Phelan angetraut worden und hatte dies mit christlichen Gelübden besiegelt. Für eine aufrichtige Christin wie sie, war allein der Gedanke, sich diesem Heiden hinzugeben, schon eine Sünde. Eines Tages würde sie fliehen können und in die Arme ihres Gatten zurückkehren.

Wolfram hatte beobachtet, wie Deidre zu ihrem Zelt ging, und er lächelte vor sich hin. Er war nicht dumm und hatte sehr wohl bemerkt, daß ihr Haß abzuflauen schien. Er betrachtete sie als sein Eigentum und keineswegs als die Ehefrau eines anderen Mannes. Sie hatte an dem Tag aufgehört, Phelans Frau zu sein, als er sie an Bord dieses Schiffes fand. Und bald, wenn Dubh-Linn erreicht war, würde sie seine Frau sein – und welch eine wunderbare Frau! Er stellte sich vor, wie ihre Arme ihn nach seinen langen Seefahrten erwarteten, und um wieviel mehr er sich beeilen würde, heimzukehren! Eingehüllt in seinen Schlafsack aus Fell, in dem Wolfram die langen kalten Nächte an Bord verbrachte, träumte er immer nur von ihr.

Er bemühte sich aufrichtig darum, Deidres Herz zu gewinnen, und je länger die Fahrt dauerte, desto mehr ließ ihre Wachsamkeit nach. Außerdem war er der einzige, mit dem sie reden konnte.

Ein wenig überrascht hatte sie feststellen müssen, daß er mitnichten der unwissentliche Barbar war, als den Vater Finian alle Wikinger hingestellt hatte. Sie fand heraus, daß er, wie übrigens die meisten seiner Familienmitglieder, lesen und schreiben konnte und auch in der Gesetzgebung seines Volkes durchaus bewandert war.

Am dritten Tag ihrer Reise hatte sie sich schließlich durchgerungen, ihn zu fragen, wie es kam, daß er die gälische Sprache so gut beherrschte.

»Ich habe die vergangenen fünf Jahre in deinem Land verbracht«, antwortete er, und seine Augen verdunkelten sich.

»Bei mir zu Hause in Munster?« fragte sie weiter, ohne sich von seinem düsteren Gesichtsausdruck entmutigen zu lassen.

»In der Nähe«, meinte er knapp. Alte Erinnerungen stiegen in ihm hoch, und verdrängte Haßgefühle kehrten wieder. Er war geschlagen und gedemütigt worden. Iren, aus dem Volk dieses schwarzhaarigen Mädchens mit den violetten Augen, hatten ihn angespuckt. Er hatte versucht, sich an ihnen zu rächen, indem er ihre Küsten überfiel und plünderte. Es war nicht nur Habgier gewesen, die ihn Sigurds Bitte hatte Folge leisten und auf den irischen Verräter hatte hören lassen. Nicht nur die Raffgier hatte ihn in das Haus von Deidres Vater geführt. Nein, das war hauptsächlich seines Durstes nach Rache wegen geschehen. Wie hätte er auch ahnen können, daß sich diese Rache nun wie Asche in seinem Mund anfühlte, nun, da er feststellen mußte, daß sie diesem schönen irischen Mädchen nichts als Schmerz bereitet hatte?

»Also hast du mein Land vorher schon überfallen? Kannst du deshalb meine Sprache sprechen?« Sie mußte es einfach wissen.

Wie oft mochte er Irland schon Tod und Zerstörung zugefügt haben? Sie sah Bridget vor sich und Ians blasses Gesicht. All der Groll, den sie gegen die Wikinger hegte, erwachte wieder, und sie wandte ihm den Rücken zu.

Behutsam drehte er sie um, so daß sie ihn ansehen

mußte. »Das ist eine lange Geschichte. Eines Tages werde ich sie dir erzählen.« In diesem Augenblick erinnerte ihr Gesicht ihn noch mehr an das Mädchen mit den großen Augen, das einst so freundlich zu ihm gewesen war. Sie trug noch immer die Brosche, die er ihr damals geschenkt hatte, bemerkte er lächelnd. Wenn er erst ihr Herz besänftigt hatte, würde er ihr sagen, wer er war.

Schweigen herrschte zwischen ihnen, während sie, jeder für sich, ihren Gedanken nachhingen. Nur das Schlagen der Wellen an den Schiffsrumpf war zu hören. Es war, als befänden sie sich in einer anderen Welt. Das Schiff schien eine Insel zu sein, weit weg von der Wirklichkeit, doch Deidre wußte, daß sie ihrem Schicksal würde gegenübertreten müssen, sobald sie an Land waren.

»Wann erreichen wir Dubh-Linn?« fragte sie ängstlich und mit stockender Stimme.

»Bald«, kam die kurze Antwort.

»Wirst du mich als Sklavin verkaufen?« fragte sie und hatte Angst vor der Antwort. Der abschätzende Blick, mit dem viele der Wikinger sie gemustert hatten, ließ sie Schlimmes ahnen. Sie hatte schon seit vielen Jahren von den schrecklichen Machenschaften der Sklavenhändler der Wikinger gehört.

Wolfram griff nach ihrer kalten Hand und nahm sie in die seine, um sie zu wärmen. »Du bist keine Sklavin und wirst nie eine sein. Du gehörst mir.«

Deidre entzog ihm ihre Hand. »Ich gehöre nur mir selbst!« Unbewußt berührte sie die Brosche an ihrem Hals. Es hatte eine Zeit gegeben, als sie gerne jemandem gehört hätte. Auch er war aus dem hohen Norden gekommen, doch der Wunsch zu töten war ihm fremd gewesen. Er hatte wegen seiner Jugend und Warmherzigkeit sogar schwer leiden müssen.

Wolfram berührte das Schmuckstück mit dem Finger.

Leise fragte er: »Ich habe dich noch nie ohne diese Brosche gesehen, du trägst sie immerzu. Hat das einen bestimmten Grund?«

»Von allem, was ich besitze, bedeutet sie mir am meisten. Ein Mann deines Volkes hat sie mir vor langer Zeit gegeben«, antwortete sie.

»Dann haßt du uns also nicht alle?«

»Er war so freundlich und schön. Er war alles, wonach das Herz eines jungen Mädchens verlangt. Ich hoffe, daß er glücklich geworden ist, wo immer er sein mag.«

»Das ist er bestimmt«, flüsterte Wolfram. Er sehnte sich danach, sie in die Arme zu nehmen, ihr zu sagen, daß er sie liebte, daß er der Mann war, den sie einst verehrt hatte. Doch als sie sich von ihm zurückzog, wußte er, daß es nicht möglich war. Wie konnte er ihr von der Veränderung berichten, die in seinem Herzen, in seiner Seele vorgegangen war? Die Träume, die er als Knabe geträumt hatte, waren längst Vergangenheit. Inzwischen hatte er Trug und Arglist kennengelernt.

Seine Bemerkung hatte Deidres Neugier geweckt. Gerade wollte sie ihn fragen, Näheres über ihn, diesen gefährlichen und gutaussehenden Abenteurer erfahren, da erschallte laut das Signalhorn des Schiffes und rief die Männer, sich zu versammeln.

»Bald sind wir an Land«, lächelte Wolfram und sah ihr direkt in die Augen. Was er wohl dachte? Konnte er ihre Angst verstehen, die Sicherheit des Schiffes zu verlassen? Wollte er sie beruhigen? Deidre wollte zurücklächeln, doch ihre Lippen brachten nur einen kläglichen Versuch zustande. Hier an Bord, in Gegenwart seiner Männer, hatte Wolfram sie nicht gezwungen, sich ihm hinzugeben. Doch was würde er tun, wenn sie nicht länger auf dem Schiff, sondern an Land und allein wären?

»Ich darf nicht zulassen, daß er mich anfaßt. Es wäre Sünde, und ich würde meine heiligen Gelübde brechen«, dachte sie und wich seinen forschenden Blicken aus. Doch sie konnte nicht leugnen, daß seine Nähe ihr Blut in Wallung brachte, etwas, was Phelan nie erreicht hatte. »Er ist ein Wikinger, ein Wikinger und ein Feind«, schalt sie sich, »das darf ich nie vergessen!« Die Vertrautheit zwischen ihnen war nur deshalb entstanden, weil er ihre Sprache sprach und sie sich mit ihm in gälisch unterhalten konnte. Doch deshalb war er noch längst kein Ire!

Wolfram stand auf und verließ langsam das Zelt, in dem sie miteinander gesprochen hatten. Am Eingang hielt er inne und schaute zurück, seine Gefühle waren stärker als seine Vernunft. Bisher waren Frauen für ihn nur wichtig gewesen, damit sie ihm das Bett wärmten, mehr hatten sie ihm nie bedeutet. Doch mit dieser hier, mit Deidre, war es anders. Wie schön es war, ihren Namen auszusprechen! Vielleicht würde sie es fertigbringen, die schmerzvolle Erinnerung an Erika für immer zu vertreiben, Erika, die sein Herz erobert und ihn dann wegen eines anderen verlassen hatte, wegen Everard, seinem eigenen Bruder.

»Deidre«, flüsterte er leise.

Sie drehte sich um und sah ihn an. Zum allerersten Mal hatte er ihren Namen genannt. Er rief sie immer »Kleines«.

In diesem Augenblick erkannte Deidre, daß sie ihn niemals vergessen würde. Sie mochte andere Männer kennenlernen, doch ihn, Wolfram den Kühnen, würde sie nie vergessen.

Als er das Zelt verlassen hatte, wurde ihr klar, daß es nicht Wolfram war, wovor sie sich in der kommenden Zeit würde in acht nehmen müssen, sondern sie selbst.

12

Das Schiff erreichte die Küste in der Abenddämmerung. Der Steuermann ließ es auf dem felsigen Grund auflaufen, wie es bei den Wikingern üblich war, und die lange Fahrt fand ein recht unruhiges Ende. Sobald der Anker geworfen war, begannen die Männer, die Ladung zu löschen.

Als letzter verließ Wolfram das Schiff. Er hielt Deidre auf seinen Armen und trug sie an Land. Manchmal ging er so sanft mit ihr um, daß sie ihn sich nur noch schwer als den furchterregenden Wikinger vorstellen konnte, der das Haus ihres Vaters verwüstet hatte. Dennoch machte sie sich trotz seiner Freundlichkeit der vergangenen Tage keine Illusionen und sah der kommenden Zeit mit gewissen Befürchtungen entgegen.

Sie war erstaunt, wie sehr die Landschaft um Dubh-Linn der ihres geliebten Irland glich. Die Wiesen waren genauso grün, die Luft genauso erfüllt von dem Duft wilder Blumen, und die gleichen Nebel hingen über dem Land und zauberten die wunderbaren Regenbogen mit den leuchtenden Farben an den Himmel, die sie schon als Kind so herrlich gefunden hatte.

»Dein Land ist meinem ja ganz ähnlich!« rief sie Wolfram zu, während sie den Meerespfad entlanggingen. Er lachte. »Wir sind ja auch noch in Irland! Allerdings auf der anderen Seite der Insel, in dem Königreich, das ihr Leinster nennt.«

»Wir sind noch in meiner Heimat? Aber ich dachte...« Deidre brach ab.

Ihr erschien der Gedanke, noch auf geheiligtem irischen Boden zu stehen, sehr tröstlich. Bedeutete er nicht zuletzt, daß eine Flucht für sie nicht ausgeschlossen war? Deidre spürte beim Gehen, wie unsicher sie nach der langen Zeit auf See auf den Beinen war. Ihre Knie drohten unter ihr einzuknicken, doch sie stolperte tapfer weiter und versuchte, mit den weit ausholenden Schritten Wolframs mitzuhalten.

Endlich erreichten sie die kleine Siedlung mit ihren Hütten aus Bauholz, Flechtwerk und Lehm. Keine der Hütten hatte ein Fenster, und die Türen waren so niedrig, daß sich sogar Deidre beim Eintreten bücken mußte. »Sogar die Bauern meines Vaters waren besser untergebracht«, dachte sie und war plötzlich sehr beunruhigt. Im Hintergrund entdeckte sie einige Kühe in ihrem Unterstand, der nur unzureichend von dem Wohntrakt abgeteilt war. Wolfram beobachtete sie. »Bescheiden, aber ein Zuhause«, meinte er und hob fragend die Brauen. Er hatte ihre Gedanken gelesen.

Deidre spielte nervös mit ihren Fingern. »Wo finde ich meinen Schlafraum?« fragte sie.

»Hier gibt es keine Schlafräume«, er stemmte die Hände in die Hüften, eine Geste, die ihr inzwischen sehr vertraut war. »Du wirst dieses Haus mit mir teilen.« Dabei deutete er auf einen Stapel Felle, von denen Deidre annahm, sie stellten das Bett dar. Gleich daneben hing ein großer Kochtopf über einer mit Steinen eingefaßten Feuerstelle an Seilen vom Dach herunter.

»Ich kann diese Hütte nicht mit dir teilen«, sagte sie leise. »Und auch dein Bett nicht. Du weißt, ich gehöre einem anderen.«

Er ergriff ihre Handgelenke. »Du gehörst mir«, sagte er mit Bestimmtheit und küßte sie. Seine Lippen fühlten sich hart und unnachgiebig an, als wolle er seinen Anspruch auf sie bestätigen.

Deidre wehrte sich nicht, doch erwiderte sie auch nicht seinen Kuß. Schließlich ließ er sie los und trat zurück. »Ich werde dich nicht zwingen«, sagte er. »Wenn ich dich eines Tages nehme, wird es geschehen, weil du es so willst.«

»Dieser Tag wird niemals kommen, Wolfram. Ich wurde von Gott einem Mann angetraut und habe gelobt...«

»Und liebst du diesen Mann?« Sein Mund verzog sich zu einem Lächeln. Er kannte die Antwort: »Nein.«

»Wir... wir waren einander versprochen seit unserer Kindheit. Früher oder später muß ich zu ihm zurückkehren und werde seine treue und sorgende Frau sein.«

Am liebsten wäre sie vor ihm weggelaufen, hätte irgendetwas getan, um ihm nicht in die Augen sehen zu müssen.

»Wir werden sehen. Wir werden sehen, Kleines.« Damit verließ er sie. Er ging zurück zum Schiff, um der Mannschaft beim Abladen zu helfen.

Deidre ging zum Eingang der Hütte und entdeckte einige Frauen aus der Siedlung. In ihren grauen Stoffkitteln sahen sie wie graue Tauben aus. Sie wäre gerne zu ihnen hingegangen und hätte ihnen freundschaftlich die Hand entgegengestreckt, doch sie wagte es noch nicht. Morgen vielleicht. Statt dessen machte sie sich daran, das kleine Haus in Ordnung zu bringen, das von nun an ihr Zuhause sein würde.

»Er hat gesagt, er würde mich niemals zwingen«, überlegte sie. Aber würde er sein Wort auch halten?

Als der schmutzige Fußboden gesäubert und der Raum aufgeräumt war, suchte sie nach etwas Eßbarem und fand ein wenig Fleisch und Kohl in einem der Säcke für Nahrungsmittel. In dem Kochtopf war Wasser, und so entzündete sie ein Feuer und kochte Wolfram eine Abendessen. Das war das mindeste, was sie für ihn tun konnte. Der Geruch aus dem Topf machte auch sie hungrig, doch sie bezweifelte, daß sie ihn während der Nacht, wenn sie schlafen ging, auch noch angenehm finden würde.

Vor der Hütte fand sie eine große Wanne, die wahrscheinlich zum Baden gedacht war. Sie ließ die Hände über ihre nackten Arme gleiten und sehnte sich plötzlich danach, sich den Staub der langen Reise vom Körper zu spülen. An Bord des Schiffes hatte sie sich nicht einmal das Haar waschen können. Es wäre herrlich, das jetzt nachzuholen.

Sehnsüchtig blickte sie auf die Wanne und wäre beinahe der Versuchung erlegen, doch dann hatte sie Angst, sie könnte sich erkälten. Sie mußte gesund bleiben! Also begnügte sie sich damit, sich nur zu waschen. Auch auf saubere Haare wollte sie nicht verzichten. Wohlig und zufrieden trocknete sie sich anschließend die schwarzen langen Locken vor dem Feuer.

In einer großen Holzkiste entdeckte sie silberne und goldene Teller, Kelche, Messer und Gabeln und feine Tücher. Sie breitete eines von ihnen über den kleinen Tisch und stellte tönerne Teller und Schüsseln darauf, die sie in einem Sack neben dem Feuer gefunden hatte. Neben die Teller legte sie silberne Messer und Löffel und trat dann ein paar Schritte zurück, um ihr Kunstwerk zu bewundern.

»Vielleicht wird es doch nicht so schlimm, hier zu leben«, dachte sie und war seltsam zufrieden. Sie hatte rasch begriffen, daß sich diese Wikinger gar nicht so sehr von ihrem Volk unterschieden, wie sie gedacht hatte. Und daß sie Heiden waren, war auch nicht so entsetzlich, wie sie gefürchtet hatte. Immerhin war ihr bis jetzt nichts geschehen.

Als Wolfram, von der harten Arbeit beim Entladen des Schiffes müde bis auf die Knochen, endlich zurückkehrte, lächelte er, als er sah, daß sein Abendessen bereits im Topf schmorte. Das irische Mädchen war also nicht nur schön, sie würde auch für sein Haus ein wahrer Segen sein. Er schenkte aus dem Faß mit Ale, das er mitgebracht hatte, zwei Kelche voll, setzte sich auf die schmale Bank am Tisch und bedeutete Deidre, ihm gegenüber Platz zu nehmen. Schweigend verzehrten sie ihr Essen. Deidre hielt die Augen auf ihren Teller gesenkt, weil sie sich fürchtete, seinem Blick zu begegnen. Doch auch, wenn sie ihn nicht ansah, so war ihr doch seine Gegenwart intensiv bewußt.

»Ich habe etwas für dich«, brach Wolfram schließlich das Schweigen. Er schob seinen Teller zur Seite, stand auf und verschwand durch die niedrige Eingangstür. Als er zurückkam, hielt er etwas in der Hand. Mit dem Zeigefinger winkte er Deidre zu sich, und gehorsam folgte sie seinem Wunsch.

»Was ist es denn?« fragte sie und fühlte sich plötzlich wieder wie ein kleines Kind. Auch ihr Vater hatte ihr stets etwas mitgebracht, wenn er von einer Reise zur Abtei zurückkehrte.

Wolfram hielt ihr sein Geschenk entgegen. Es war ein Kleidungsstück, gefertigt aus dem feinsten weichsten Material, das Deidre je berührt hatte, ein Kleid von so strahlend hellem Blau, daß es im Feuerschein glitzerte.

»Das ist Seide«, lächelte Wolfram, »sie kommt aus China, einem Land weit im Osten. Ich habe dieses Kleid so lange aufgehoben, bis ich eine Frau wie dich kennenlernen würde. Bitte zieh es an.«

»Es ist wunderschön!« Deidre hielt es ein wenig von sich weg, um es besser bewundern zu können. »Ich danke dir.«

»Zieh es an.« Seine Stimme war heiser.

Der Gedanke, daß er ihr beim Ausziehen zuschauen würde, ließ sie erröten.

»Nein… nein, das kann ich nicht.«

Wolfram wußte genau, woran sie dachte. Er trat einen Schritt auf sie zu. »Es wird Zeit, daß du dich daran gewöhnst, dich unbekleidet vor mir zu zeigen, denn das wird von nun an öfter der Fall sein. Du bist sehr schön. Du brauchst dich nicht davor zu schämen, daß ich deinen nackten Körper sehe.« Seine Stimme sank zu einem Flüstern herab. »Zieh es an«, wiederholte er.

Deidre verharrte bewegungslos, unfähig, vor ihm zurückzuweichen, noch in der Lage, seiner Aufforderung zu folgen. Ihr war, als habe er ihr mit den Augen bereits das einfach Stoffgewand ausgezogen, das sie nun langsam abstreifte. Die Minuten verstrichen, Wolfram stand einfach da und sah sie an. Dann machte er plötzlich einen Schritt auf sie zu und berührte ihre weiche, perfekt geformte Brust. Dann wanderte seine Hand tiefer, glitt über ihren flachen Bauch und legte sich auf die wohlgeformte Rundung ihrer Hüfte. Deidre begann zu zittern, als sich seine Berührungen wie Feuer in ihren Adern ausbreiteten.

»Nein«, hauchte sie, zutiefst erschreckt über die Gefühle, die er in ihr entfachte. Sie wich hastig zurück und stolperte beinahe über die Holzkiste hinter ihr. »Du hast es versprochen.«

»Ich habe versprochen, dich nicht mit Gewalt zu nehmen, und daran werde ich mich auch halten. Aber ich habe nicht versprochen, dich nicht zu streicheln oder zu küssen.« Er riß sie an sich und küßte sie mit einer Leidenschaft, die ihr den Atem nahm. Dann preßte er seine Lippen an ihren Hals. »Siehst du, Kleines, ich bin wirklich kein Ungeheuer. Ich werde dir solche Lust bereiten, daß du mich anflehen wirst, dich zu nehmen.«

»Niemals!« widerstrebte sie mit schwacher Stimme und bemühte sich verzweifelt, das Begehren zu bekämpfen, das in ihr loderte. Sie drohte zu versinken, als er sie noch fester an sich zog und mit mühsam verhaltener Erregung küßte.

»Ich werde zärtlich zu dir sein, du wirst sehen«, flüsterte Wolfram leise. Seine Lippen fuhren fort, sie zu liebkosen.

Deidre spürte, wie ihr Widerstand gegen ihren Willen

erlahmte, wie sie sich danach sehnte, ihre Hände über seinen Körper wandern zu lassen, und ihr wurde unvermittelt klar, daß sie etwas unternehmen mußte, um diesen überfallartigen Angriff auf ihr Herz sofort abzublocken. Auf ihren Körper konnte sie nicht zählen, er schien einen eigenen Willen zu haben und erwies sich als Verräter an ihrem vernünftigen Kopf.

Mit dem Rest von Verstand, der ihr noch geblieben war, schrie sie ihn an: »Faß mich nicht an, Wikinger! An deinen Händen klebt das Blut meines Volkes!« Sie spürte, wie er sich augenblicklich in ihren Armen versteifte. In diesem Moment riß sie sich los. Mit gerunzelter Stirn sah er sie an, wie sie zitternd vor ihm stand. Er merkte nicht, daß ihr Zorn nur perfekt gespielt war, und machte daher auch nicht mehr den geringsten Versuch, sie zu berühren. Stattdessen stand er nur da und sah sie an, und seine Blicke schienen wie Feuer auf ihrer Seele zu brennen. Plötzlich drehte er sich ruckartig um und verschwand. Deidre blieb allein zurück.

Sie brach auf dem schmalen Bett zusammen, vollkommen ausgelaugt, und weinte haltlos. Es war, als wollte sie in ihren Tränen ertrinken. Der Gedanke an Flucht schoß ihr durch den Kopf. Sie mußt irgendwie eine Möglichkeit finden, zu fliehen!

Wolfram war indessen hinunter ans Meer gegangen, nicht zuletzt, um eine möglichst große Entfernung zwischen sich und Deidre zu bringen. Am Strand zog er sich aus und tauchte in die kalten Wellen in dem Versuch, das Feuer zu löschen, das in ihm brannte. Wie hatte er ihr nur ein solches Versprechen geben können? Wie lange würde er noch darauf warten können, sie endlich zu besitzen? Es war schon lange her, seit eine Frau sein Bett geteilt hatte, und diese Irin machte ihn geradezu wahnsinnig vor Verlangen. Er sah sie vor sich mit ihrer schmalen Taille, ihren schlanken Hüften, den langen Beinen und den vollen

Brüsten, die sich unter seinen forschenden Händen so weich angefühlt hatten.

»Und ihre Augen! Ich könnte ertrinken in diesen violetten Augen.« Fluchend schwamm er weiter, teilte mit seinen kraftvollen Armen die Fluten. Warum hatte er ihr nur gesagt, er werde sie nicht zwingen? »Weil«, beantwortete er sich die Frage selbst, »ich nicht will, daß sie mich haßt.« Das war es, wovor er sich am meisten fürchtete: für immer das Band zu zerstören, das ihn und dieses Mädchen, das ihm einst geholfen hatte, aneinander knüpfte. Denn noch größer als sein Begehren, das wußte Wolfram inzwischen, war seine Liebe zu ihr.

Er stieg aus dem Wasser, zog sich an und verbrachte die folgenden Stunden damit, den Strand entlangzuwandern. Als er schließlich zur Hütte zurückkehrte, fand er Deidre schlafend.

Sie lag zusammengerollt auf den Fellen, und ihr Haar umflutete ihr Gesicht wie eine dunkle Wolke. Ihre Wimpern warfen lange Schatten auf ihre blassen Wangen. Sie sah wunderschön aus.

»Deidre«, flüsterte Wolfram. Abermals fühlte er, wie ihn große Zärtlichkeit für sie durchströmte. Er legte sich neben sie und achtete darauf, dabei einen gebührenden Abstand zwischen ihnen einzuhalten. Im stillen betete er zu Freyja, der Göttin der Fruchtbarkeit, sie möge ihm beistehen. Denn er wußte wirklich nicht, wie lange er sein unsinniges Versprechen, sie nicht mit Gewalt zu nehmen, würde halten können.

Schließlich schloß er die Augen und versuchte, zu schlafen. Doch der ersehnte Schlaf ließ lange auf sich warten.

13

Trunkenes Gelächter ließ Deidre aus unruhigem Schlaf erwachen. Die Wikinger feierten ihre Rückkehr zur Siedlung und genossen nun all den Met und den Wein, der ihnen während der Reise von Wolfram verboten worden war. Sie hörte das Gekicher der Frauen und begriff, daß die Männer sich an mehr erfreuten als nur an ihren Getränken. Es schien auch keine gälische Frau dabei zu sein, das kehlige Geplapper verriet ihr, daß es sich ausschließlich um Wikingerinnen handelte.

Wolfram hatte ihr gesagt, daß sie sich noch immer in Irland befänden, zwar weit im Norden, aber dennoch in Irland. Vielleicht hatte sie ja doch die Möglichkeit, nach Hause zurückzufinden und dieser Siedlung zu entfliehen.

Als sie versuchte, sich aufzusetzen, merkte sie, daß sie an ihrem Haar festgehalten wurde. Wolfram! Verzweifelt stellte sie fest, daß er im Schlaf seinen Arm zu ihr hinübergestreckt und über ihr langes Haar gelebt haben mußte. Und nun kam sie nicht hoch. Enttäuscht ließ sie sich zurücksinken. Wann war er zur Hütte zurückgekehrt? Ihr Herz begann wild zu klopfen, als sie sich an seine begehrlichen Blicke und die Berührung seiner Hände erinnerte. »Ich muß sofort von hier weg!«

Es erschreckte Deidre, daß er sich neben sie gelegt hatte. Wie lange würde es noch dauern, bis er nicht nur ihr Bett, sondern sie selbst in Besitz nahm? Zwar hatte er versprochen, sie zu nichts zu zwingen, nicht aber, sie nicht zu berühren oder sie mit seinen Lippen in Versuchung zu führen, um ihr Verlangen zu entfachen. Wie lange würde sie seinen Versuchen, ihre Sinne zu erwecken, widerstehen können? Einen Tag? Eine Woche? Würde sie die Schmach, seiner Lust erlegen zu sein, jemals ertragen können? Beinahe wäre es ja schon soweit gekommen!

»Ich muß fort von hier! Und wenn ich den ganzen Weg

bis nach Munster laufe!« schwor sie sich im stillen und dachte überhaupt nicht an die Gefahren, die ein solches Unternehmen mit sich bringen konnte.

Zuerst mußte sie versuchen, sich von dem Gewicht seines Armes zu befreien. Vorsichtig begann sie, ihr Haar Strähne für Strähne von seinen Fingern zu lösen, und hielt nur inne, wenn er im Schlaf leise aufstöhnte. Einen Augenblick lang dachte sie, er sei aufgewacht, und hielt den Atem an. Doch er wälzte sich nur auf seine Seite des Bettes hinüber. Unvermutet war sie plötzlich frei.

Leise stand sie auf und spähte hinaus in die Dunkelheit. Es war noch sehr früh am Morgen. Im Lager war niemand mehr zu sehen, das Gelächter war verklungen, und alle Wikinger waren zu Bett gegangen. Sie würde sich beeilen müssen, um längst wegzusein, bevor Wolfram erwachte. Hastig suchte sie ein paar Sachen zusammen, die sie für ihren langen Weg brauchen würde, und beglückwünschte sich dazu, daß sie sich tagsüber mit dem Inneren der Hütte vertraut gemacht hatte. Dennoch bewegte sie sich in der Dunkelheit ziemlich unsicher und hielt jedesmal vor Schreck den Atem an, wenn ihr versehentlich etwas herunterfiel. Ihr fiel das Kleid ein, das sie trug, und wußte, sie würde es zurücklassen und ihre alten Sachen anziehen müssen, auch wenn sie sich nur sehr ungern davon trennte. Sie durfte keine Erinnerung an diesen Wikinger behalten.

Leise zog sie sich um und füllte dann einen Beutel mit soviel Proviant, wie sie noch bequem würde tragen können. Als sie fertig war, nahm sie ihren ganzen Mut zusammen und machte sich auf den Weg, hinaus in die kühle Luft des frühen Morgens.

Der Mond war von dunklen Wolken verdeckt, nur die langsam verblassenden Sterne spendeten noch ein wenig Licht. Sie wußte, daß die Wikinger sich anhand von Karten orientierten, auf denen der Sternenhimmel abgebildet war, und konnte nur hoffen, daß diese Sterne auch sie leiten würden.

Immer wieder sah sie sich um, um sicherzugehen, daß niemand ihr Fortgehen bemerkt hatte. Sie ging weiter und weiter, so lange, bis ihre Beine schmerzten und ihre Füße von den scharfkantigen Steinen auf dem Weg aufgerissen waren und bluteten. Entgegen aller Vernunft, so wurde ihr klar, wurde sie nur von ihrem Verlangen nach dem großen, blonden Wikinger getrieben.

Wenn es ihr nur gelänge, zwischen ihn und sich eine ausreichende Distanz zu bringen, würde sie schon irgendwie überleben. Die Richtung, die sie eingeschlagen hatte, führte ins Landesinnere, soviel wußte sie, doch sie hatte keine Ahnung, wo sie ankommen würde. Manchmal, wenn die Schmerzen besonders stark waren, kroch sie auf allen vieren, und dann rannte sie wieder wie gehetzt, weil ihr die von den Nachttieren stammenden Geräusche Angst einjagten.

Bildeten sie es sich nur ein, oder wurde sie wirklich von unzähligen Augenpaaren verfolgt? Sie schalt sich selbst wegen ihrer Dummheit. Warum nur hatte sie die Sicherheit der Siedlung aufgegeben? Angesichts dessen, was sie getan hatte, kamen ihr große Zweifel. Hier draußen erwarteten sie noch ganz andere Gefahren als wilde Tiere und unwegsames Gelände. Hier gab es keinen starken Arm, der sie hielt, kein Schwert, das sie beschützen konnte. Würde sie etwa von einem verfeindeten irischen Clan aufgegriffen, könnte ihr Schicksal sich als noch wesentlich schlimmer erweisen als das, was sie davor erwartete.

Sie wäre gerne umgekehrt, doch statt dessen rannte sie weiter, getrieben von der Angst vor ihrem Verlangen. Dabei durchzuckte ein Krampf ihren Fuß, und der rasende Schmerz ließ sie zu Boden sinken. In ihrer schrecklichen Angst schrie sie qualvoll auf.

»Wolfram!« schluchzte sie auf. Wie sehnte sie sich danach, seine starken Arme um sich zu spüren! Was er wohl tun würde, wenn er aufwachte und feststellte, daß sie verschwunden war? Würde er seinen Männern befehlen, sie zu suchen? Deidre lauschte auf die Geräusche der Nacht, während sie dort am Boden lag und vor Angst beinahe verging. Sie spürte, wie etwas ihr Beine streifte. In ihrer Panik schrie sie laut auf.

»Deidre?« rief eine Stimme aus der Dunkelheit, nur ein kleines Stück entfernt. Einbildung oder Wirklichkeit? »Deidre?« Wieder die Stimme, Wolframs Stimme. Er hatte ihren Schrei gehört und war gekommen.

Sie bezwang ihren Wunsch, ihn zu rufen. Sie roch Rauch und sah den Schein einer Fackel langsam auf sich zukommen. Wie würde seine Strafe für ihre Flucht aussehen?

»Deidre, wo bist du?« rief er. In dem flackernden Feuer war der Ausdruck von Sorge und Angst auf seinem Gesicht deutlich zu erkennen.

»Ich bin hier drüben, Wolfram!« rief Deidre ihm zu.

Binnen Sekunden war er bei ihr. Er steckte die Fackel in den Boden und nahm sie in die Arme.

»Bist du verletzt?«

»Nein.«

»Mach so etwas Dummes niemals wieder!« brach es aus ihm hervor, während er sie hielt und ihr Haar streichelte. »Ist dir denn nicht klar, was dir hätte geschehen können? Hier draußen gibt es Wölfe und alle möglichen wilden Tiere!«

»Ich möchte nach Hause«, brachte sie unter Schluchzen heraus.

Ihre Worte versetzten Wolfram einen schmerzhaften Stich, sich plötzlich schuldig fühlend. Er sah sich nicht länger als den tapferen Wikinger, sondern als einen Verbrecher, der ein schönes Mädchen gefangen hielt. Es wäre so einfach gewesen, umzukehren und sie ihrem Volk zurückzugeben, als er sie an Bord seines Schiffes entdeckt hatte. Warum hatte er es nicht getan? Er kannte die Antwort genau. Sein Wunsch, diese schwarzhaarige Schönheit für sich zu haben, hatte ihn daran gehindert. Er hatte nicht gewollt, daß ein anderer Mann sie besaß. Für sich selbst wollte er sie, wollte sie mit einer Leidenschaft, die jenseits aller Vernunft lag. Sein Gewissen befahl ihm, sie freizugeben und nach Hause zurückkehren zu lassen, doch er konnte den Gedanken, sie zu verlieren, einfach nicht ertragen.

Deidre klammerte sich an Wolfram fest, so als habe sie vollkommen vergessen, daß sie vor ihm hatte fliehen wollen, während er beruhigend auf sie einsprach und sie zärtlich liebkoste wie ein Vater sein Kind. Endlich verebbten ihre Schluchzer, und die Tränen versiegten. Wolfram hielt sie ein Stück von sich weg und schaute ihr ins Gesicht.

»Versprich mir bei deinem Gott, den du so verehrst, daß du nie wieder vor mir davonläufst. Schwöre es. Versprich es mir!«

»Ich... ich... verspreche es«, stammelte Deidre.

»Schwöre es bei deinem Gott.«

Das brauchte sie gar nicht. Die vergangene Nacht hatte ihr die Gefahren ihres Tuns zur Genüge vor Augen geführt. Dennoch antwortete sie gehorsam: »Ich schwöre es.«

»Eigentlich sollte ich dich bestrafen für deine Dummheit«, meinte Wolfram. Doch als Deidre ihm mit angstvoll aufgerissenen Augen ansah, zog sich sein Herz vor Mitleid zusammen, und er sagte freundlich: »Aber das werde ich nicht tun.« Er zog sie wieder fest an sich. »Ich wäre gestorben, wenn ich dich verloren hätte.«

Dann küßte er sie zärtlich und so behutsam er konnte. Er hob sie vom Boden auf und trug sie zurück, heim in die Siedlung und in die Sicherheit seiner bescheidenen Behausung.

14

Als Deidre am Morgen erwachte, war sie allein in der Hütte. In der Feuerstelle glühten noch die Holzscheite vom Feuer des gestrigen Abends. Sie stand auf, goß Wasser in eine Schüssel und wusch sich das Gesicht. Nach dem unruhigen Schlaf der vergangenen Nacht und der anschließenden Flucht aus der Siedlung war ihr Haar völlig verfilzt, und so nahm Deidre den aus Knochen gefertigten Kamm, den sie am Tag zuvor nach dem Haarewaschen verwendet hatte, und kämmte sich die langen schwarzen Flechten. Anschließend flocht sie sie zu Zöpfen, wie sie es bei den Frauen draußen gesehen hatte.

Sie sah an sich herunter und begutachtete den Schaden, den ihr Fluchtversuch an ihrem Kleid angerichtet hatte. Schon die Seereise hatte ihm nicht gerade gutgetan, doch nach der vergangenen Nacht war es voller Risse, und überall hingen die Fäden heraus. Da war nichts mehr zu reparieren. Nachdem sie sich von Kopf bis Fuß gewaschen hatte, zog sie daher das blaue Seidenkleid an. Während sie es überstreifte, fiel ihr ein, wie sie es zum ersten Mal angezogen hatte, und fühlte wieder Wolframs Hände auf ihrem Körper.

»Warum erregt mich seine Berührung nur so?« fragte sie sich traurig.

Nein, sie wollte nicht an ihn denken. Um jeden Gedanken an ihn aus ihrem Kopf zu verbannen, verließ sie die Hütte, um sich ein wenig umzusehen. Vor ihr erstreckten sich die sanften grünen Hügel der Weideflächen und dunkelgrüne Wälder. Die Landschaft hier um Dubh-Linn war ganz anders als die der Provinz Munster, bei weitem nicht so felsig, doch auf ihre eigene Art mindestens genauso schön. Das hier wird von nun an meine Heimat sein, dachte sie.

Hinter sich vernahm Deidre das kehlige Schwatzen der

Frauen bei der Arbeit. Sie schienen mit den Vorbereitungen für irgendein Fest beschäftigt zu sein. In Deidres Ohren klangen ihre Stimmen wie das Gegackere von Hühnern. Von Zeit zu Zeit sahen die Frauen auf, betrachteten Deidre und fingen dann an zu kichern. Eine von ihnen wagte sich sogar ganz an sie heran und zupfte an ihren langen dunklen Zöpfen. In ihrer gutturalen Sprache stellte sie Deidre eine Frage, hob dabei die Brauen und wartete ganz offensichtlich auf eine Antwort.

»Ich kann dich nicht verstehen«, sagte Deidre und schüttelte den Kopf, um dem Mädchen ihre Antwort verständlich zu machen. Sie beschloß, Wolfram zu bitten, sie die Sprache der Wikinger zu lehren. Wenn sie mit diesen Menschen leben sollte, mußte sie auch mit ihnen sprechen können.

Eine andere Frau, groß und blond wie die erste, zog an Deidres blauem Seidenkleid, als wolle sie sie bitten, es auszuziehen. Mit dem Finger deutete sie auf ein großes prasselndes Feuer, über dem ein großer Kessel darauf wartete, gefüllt zu werden, und Deidre begriff, daß die junge Frau wollte, sie sollte bei den Festvorbereitungen helfen.

Deidre nickte zustimmend und machte eine Handbewegung auf ihre Hütte zu. Das Mädchen lächelte, und Deidre war angenehm überrascht, wieviel Zuneigung und Freundlichkeit aus diesem Lächeln sprachen. Ob sie hier eine Freundin gefunden hatte?

In den großen Kisten, die in der Hütte verteilt standen, suchte sie nach geeigneter Bekleidung und fand schließlich in einer von ihnen ein leichtes Hemd und ein Überkleid, beides aus feiner Wolle.

Bei ihrer Suche stieß sie außerdem auf eine Brosche, die der ihren sehr ähnlich war. Einen Moment lang starrte sie sie erstaunt an, doch dann zuckte sie die Schultern und befestigte sie zusammen mit ihrer Brosche an dem Überkleid. In der Kiste war auch ein Paar Lederschuhe, die sie ebenfalls anzog, wobei sie die Fellseite nach innen krempelte, damit ihre geschundenen Füße weich gebettet waren. Ihre eigenen Schuhe waren von den steinigen Wegen der letzten Nacht vollkommen zerfetzt und verschlissen.

»Jetzt sehe ich wie eine Wikingerin aus«, murmelte sie vor sich hin. Nachdem sie die Frauen der Siedlung nun flüchtig kennengelernt hatte, schien dieses Wort irgendwie ein wenig von seiner schrecklichen Bedeutung verloren zu haben. Sie dachte daran, daß sie Wolfram versprochen hatte, nicht mehr fortzulaufen, und fragte sich, wo er wohl sein mochte. Doch lange hielt sie sich nicht bei dieser Frage auf, schließlich gab es genug Arbeit zu tun. Rasch kehrte sie zu den anderen Frauen zurück.

Zunächst zeigten sie ihr, wie das ungesäuerte Brot zu Fladen geformt und zum Backen auf einen Stein gelegt wurde. Anschließend half sie, Hammelfleisch in große Stücke zu schneiden, die dann in einen großen Kochtopf geworfen wurden. Jedesmal, wenn sie eine Aufgabe erledigt hatte, bekam sie eine neue zugewiesen, dann noch eine und wieder eine. Noch nie in ihrem ganzen Leben hatte Deidre so schwer gearbeitet, und sie sah ein, daß ihre Eltern sie, die jüngste Tochter, ziemlich verwöhnt hatten.

Die Frauen sangen während der Arbeit, und es dauerte gar nicht lang, bis auch Deidre rhythmisch mit den Füßen wippte und die Melodien ihrer Lieder mitsummte. Nach so vielen Tagen an Bord eines Schiffes, wo sie nur von Männern umgeben gewesen war, tat es richtig wohl, wieder unter Frauen zu sein, und sie genoß es von ganzem Herzen.

Das einzige, was ihre Freude an diesem Tag ein wenig beeinträchtigte, war die Anwesenheit eines dreist aussehenden Wikingers, der sie die ganze Zeit anstarrte. Er war klein und stämmig, trug einen zottigen Bart und hatte sehr kräftige Arme. Der aufmerksame Blicks seiner eisblauen Augen folgte Deidre überallhin und mit anzüglichem Grinsen, bei dem er seine weit auseinanderstehenden Zähne entblößte, taxierte er sie unverschämt von oben bis unten und maß ihren Körper mit abschätzenden Blicken.

Diese Art Wikinger hatte Vater Finian gemeint, wenn er von ihnen sprach, dachte Deidre. Ihr wurde klar, wieviel Glück sie gehabt hatte, daß es Wolfram gewesen war, der sie damals für sich beansprucht hatte, und nicht ein Mann wie dieser hier, dessen ganze Art sie abstieß und empörte. Wer er wohl sein mochte? Auf Wolframs Schiff war er jedenfalls nicht gewesen. Sie beschloß, ihn gut im Auge zu behalten und darauf zu achten, daß sie nicht allein war, wenn er in der Nähe war.

Als Wolfram gegen Abend zurückkam, war er von oben bis unten voller Schmutz, völlig verschwitzt und noch dazu von denkbar schlechter Laune. Deidre war verunsichert. War er ihr da noch böse wegen ihres Fluchtversuches? War es nun mit seiner Freundlichkeit ihr gegenüber vorbei? Fragend schaute sie ihn an.

»Ich habe ein Wildschwein gejagt«, erklärte er schließlich, »durch Büsche, Schlammpfützen und Matsch mußte ich hinter ihm her. Ich dachte schon, ich würde dieses Biest nie erwischen.«

Lebhaft beschrieb er die wilde Verfolgungsjagd und wie der kleine Eber ihm jedesmal, wenn er ihn endlich zu haben glaubte, wieder durch die Hände gerutscht war, und er ihn erst überwältigen konnte, nachdem er in ein Loch im Boden gefallen war.

Bei der Vorstellung, daß ein so kühner Wikinger hinter einem kleinen Wildschwein herjagte und welches Bild er dabei abgab, mußte Deidre laut lachen. Wie ein kleiner Junge kam er ihr vor, mit all dem Schmutz im Gesicht und an den Händen. Einen Augenblick lang existierte die

Kluft zwischen ihnen nicht mehr, diese Kluft voller Haß und Gewalt.

Wolfram stimmte aus vollem Herzen in ihr Lachen ein, ohne daß es ihm auch nur das geringste auszumachen schien, daß er es war, über den gelacht wurde.

Doch plötzlich wurde er ernst. Mit schwermütigem Blick sah er Deidre an und flüsterte leise ihren Namen. Wie ein heiliges Versprechen klang er aus seinem Mund. Die Stimmung im Raum war von einer Sekunde zur anderen spannungsgeladen und machte Deidre befangen. Sie versuchte, das verlegene Schweigen zwischen ihnen zu überspielen, in dem sie begann, munter loszuschwatzen und ihn nach Sinn und Zweck der verschiedenen Möbel und Werkzeuge in der Hütte zu fragen.

Er erzählte ihr, daß die größte Kiste eine Sammlung der Schätze enthielt, die er bei seinen Raubzügen erbeutet habe. »Doch mein größter Schatz bist du«, fügte er lächelnd hinzu. »Ich habe dich von dem Augenblick an begehrt, in dem ich dich zum ersten Mal sah.«

»Wolfram, bitte…« Sie brach ab. Warum gelang es ihr nur nicht, ihn zu hassen? Es war so leicht gewesen, als sie in ihm noch den Feind gesehen hatte.

»Du wirst nie erfahren, was in mir vorging, als ich damals das hocherhobene Schwert über deinem Kopf sah und mein Herz beinahe stehenblieb.«

Die Erinnerung an jenen Moment ließ Deidre erzittern. Sie wäre beinahe getötet worden, und sie hatte bis heute nicht gewußt, daß es Wolfram gewesen war, der ihr das Leben gerettet hatte. Aber warum hatte er das getan? So viele andere hatte er nicht verschont, sie hatten seine gnadenlose Gewalt spüren müssen.

»Warum hast du mich gerettet?« fragte sie leise. »Hast du es getan, um deiner Sammlung noch eine Frau hinzuzufügen? Ich fürchte, diese Sammlung wird ohne mich auskommen müssen, denn ich werde niemals zulassen, daß du mich besitzt.« Ihr Ton war freundlich, aber auch ein wenig traurig.

»Ich habe dir das Leben gerettet, weil ich die Tapferkeit bewundert habe, mit der du deinen Vater retten wolltest. Wie eine Rachegöttin sahst du aus, und dein schwarzes Haar flog Dir um Kopf und Schultern, so daß ich dich unmöglich sterben lassen konnte.« Seine Stimme klang so leidenschaftlich, daß Deidre sekundenlang versucht war, zu ihm hinzugehen, ihre Arme um seinen Hals zu legen und alles um sich herum zu vergessen. Wie konnte sie ihn noch hassen? Hatte er sie nicht vor dem schrecklichen Schicksal ihrer Schwester bewahrt?

»Ich bin dir sehr dankbar, daß du mein Leben gerettet hast«, flüsterte sie, »und meine Unschuld.« Ihr war, als sei er ein guter Freund und nicht ihr Feind. Wie schon mehrmals zuvor fühlte sie sich auch jetzt wieder intensiv zu ihm hingezogen und fragte sich, warum das so war. Es war, als würde sie ihn schon lange kennen, als wären sie einander an einem anderen Ort, zu einer anderen Zeit schon einmal begegnet. Doch das war lächerlich! Das erste Mal, daß sie ihn gesehen hatte, war im großen Saal ihres Vaterhauses gewesen, dessen war sie sich sicher, und sie ignorierte die Stimme tief in ihrem Innern.

»Komm her, Deidre«, sagte Wolfram.

Schon wollte Deidre seiner Bitte folgen, da ließ sie die Erinnerung an die heiligen Ehegelübde, die sie vor Gott abgelegt hatte, mitten im Schritt innehalten. Wenn sie zuließ, daß er sie berührte, würde sie schwach werden, das wußte sie. Schon einmal wäre es beinahe passiert.

So wandte sie sich rasch um und begann, sich mit allerlei Hausarbeiten zu beschäftigen, in der Hoffnung, er werde sie allein lassen. Doch er dachte nicht daran!

Wolfram, der genau wußte, was in ihr vorging, zog aus einer Ecke des Raumes eine große Wanne hervor und sagte wie beiläufig: »Ich bin genauso schmutzig wie das

Wildschwein, das ich heute gejagt habe. Ich brauche dringend ein Bad. Möchtest du mit mir gemeinsam baden?« Seine Augen funkelten, während er sie angrinste.

Heftig schüttelte Deidre den Kopf. Warum nur mußte zwischen ihnen ständig diese Intensität, diese schier unerträgliche Spannung herrschen, die sie beinahe die Kontrolle über sich verlieren ließ, so daß sie am liebsten zu ihm hingelaufen wäre, um ihm um den Hals zu fallen? Sie verstand nicht, warum sie Wolfram so sehr begehrte. Er sah gut aus, gewiß, doch da war noch etwas anderes, etwas, das sie nicht begreifen konnte.

Obwohl es eigentlich Frauenarbeit gewesen wäre, holte sich Wolfram selbst das Wasser für ein Bad, und schaute zu, wie sie es über dem Feuer erwärmte. Als die Wanne voll war, zog er sich aus und tat dies mit einer Hingabe, als handele es sich um ein altes Ritual. Deidre, die sich an die Nacht erinnerte, in der sie ihn schon einmal nackt gesehen hatte, versuchte, seinem Anblick auszuweichen.

Er hatte einen wundervollen Körper; das erkannte sogar sie in ihrer Unschuld und Unerfahrenheit. Nicht einmal die Narben auf Schultern und Rücken konnten seiner Erscheinung etwas von ihrer Schönheit nehmen. Sein Oberkörper war muskulös und kampfgestählt, und auf seiner Brust wuchsen feine blonde Haare. Ohne es verhindern zu können, stellte Deidre sich vor, wie es sein mochte, sich an diese breite Brust zu schmiegen.

Mit einem wohligen Seufzer ließ sich Wolfram in die Wanne sinken. Es tat gut, die schmerzenden Muskeln im heißen Wasser zu entspannen. Er bemerkte Deidres Blikke mit Wohlgefallen.

»Bist du sicher, daß du nicht auch baden möchtest?« versuchte er sie zu locken und mußte lachen, als sie errötete. Statt einer Antwort sammelte sie seine Kleidungsstücke vom Boden auf und strich sie glatt. Doch immer wieder sah sie aus den Augenwinkeln zu ihm hinüber, aus Angst, er könne sie vielleicht zwingen wollen, mit ihm gemeinsam zu baden. Doch nichts dergleichen geschah, und schließlich stieg er aus der Wanne und zog sich wieder an.

»Wenn du jetzt vielleicht doch baden möchtest, helfe ich dir gerne beim Wasserholen«, bot er ihr an.

Vor Schreck über seine laute Stimme ließ sie beinahe den tönernen Becher fallen, den sie in der Hand hielt.

»Nein... nein... ich...«, stammelte sie und fragte sich im selben Moment, ob er ihr zusehen würde, sollte sie sein Angebot annehmen.

Er gab ihr ein kleines Stück süß riechender Seife. Dabei spürte er, wie ängstlich und besorgt sie war. »Du mußt dich daran gewöhnen, dich unbekleidet vor mir zu zeigen, Deidre. Du bist sehr schön.« Seine Worte waren liebevoll, seine Augen streichelten sie.

»Bitte. Kann ich denn gar nichts für mich allein behalten?«

Er schüttelte den Kopf. »Ich habe dich zwar bis jetzt noch nicht besessen, doch das bedeutet nicht, daß ich auf das Vergnügen verzichten werde, dich anzuschauen.«

Das war zuviel. Deidres Temperament flammte auf. »Ich lasse mich doch nicht angaffen wie ein Sklave auf dem Markt!« wetterte sie und drehte ihm den Rücken zu.

Da wurde auch Wolfram wütend. »Dann lasse ich dich eben mit deinem verdammten Bad allein!« So ein sture Person, dachte er, und die einzige Frau von allen, die er je gekannt hatte, die gegen seinen Charme immun zu sein schien. »Loki soll sie holen!« fluchte er vor sich hin. Er verließ die Hütte und schlug krachend die Tür hinter sich zu.

15

Bei Sonnenuntergang versammelten sich die Wikinger auf dem großen Dorfplatz um die gemeinsame Kochstelle, um dem Fest beizuwohnen, das abgehalten wurde, um die Fruchtbarkeit der Felder sicherzustellen. Deidre war Wolfram den Rest des Tages aus dem Weg gegangen und hatte versucht, die quälenden Gedanken an ihn zu vertreiben, indem sie sich eifrig an den Vorbereitungen für die abendlichen Feierlichkeiten beteiligte.

Und nun war es soweit. Das Fest begann, und Wolfram nahm neben ihr Platz. Er wirkte ein wenig verschlossen.

In seiner festlichen Kleidung sah er großartig aus, fand Deidre. Er trug einen braunen Kasack mit weißer und blauer Stickerei an Ärmeln und Saum, ein braunes Lederwams mit Schulterriemen, die auf der Brust mit Schnallen zusammengehalten wurden, und eine grau-braune, enganliegende Hose, und seine Arme schmückten silberne und goldene Reifen. Er wirkte genau wie ein Jarl oder ein Graf, was er in seiner Heimat hoch im Norden bestimmt auch war, überlegte Deidre. Er sieht nicht im geringsten wie der furchteinflößende Wikinger aus, als den ich ihn zum ersten Male sah. Aus den Augenwinkeln beobachtete sie ihn und fand, daß er der bestaussehende Mann von allen anwesenden Wikingern war.

Das Abendessen, Wolfram nannte es »Náttveror«, vollzog sich unter Gelächter und vielen Frivolitäten, und die Männer scherzten und berichteten ausführlich von ihren Entdeckungsfahrten. Auch Deidre hätte gerne mitgelacht, doch jeder Versuch dazu blieb ihr in der Kehle stecken. Unter alle diesen Menschen fühlte sie sich einsam und fehl am Platz. Daß Wolfram seinen Oberschenkel fest an den ihren gedrückt hielt, verstärkte nur ihr Gefühl von Traurigkeit und Unsicherheit.

»Gott, steh mir bei«, dachte sie, »ich fühle mich wie eine Insel mitten im Ozean.«

Wolfram, der spürte, wie unglücklich sie war, tat sein Bestes, um sie aufzuheitern. Er erzählte ihr lustige Geschichten von seinen Göttern, von Schneemenschen und Zwergen. Vielleicht täte es ihr gut, überlegte er, wenn sie unter seinen Leuten Freunde finden würde. Es war sehr selbstsüchtig von ihm gewesen, sie in den letzten Tagen so ganz für sich zu beanspruchen.

»Das ist Roland, Deidre«, sagte er zu ihr und deutete dabei mit dem Kopf auf einen großen, grobknochigen blonden Mann, den sie noch vom »Seewolf« her kannte. »Und neben ihm sitzt seine Frau, Signy.« Deidre erkannte in ihr eine der Frauen, die sich am Vormittag ihrer angenommen hatten. Roland sagte etwas zu Wolfram, lachte und schlug ihm auf die Schulter. Deidre sah Wolfram fragend an.

»Er meint, selbst Freyja könne nicht schöner sein, als du es bist. Dein Haar ist so schwarz wie die Flügel eines Raben, deine Augen sind so groß wie Seen, und deine Haut ist so weiß wie die Brust einer Taube. Er meint, er beneidet mich um meinen Platz in deinem Bett«, erklärte Wolfram. Deidre wurde vor Verlegenheit dunkelrot.

Der Mann namens Roland erzählte immer weiter in seiner kehligen Muttersprache, und Deidre wurde zusehends verwirrter. Es schien ihr, als spräche er über das Schiff, doch sicher war sie sich nicht. Hilfesuchend sah sie über den Tisch hinweg Signy an, deren Lächeln zu sagen schien. »Diese Männer und ihr Gerede vom Krieg!« Deidre wünschte sich sehnsüchtig, mit ihr reden zu können, es gab so vieles, was sie wissen und lernen wollte. Doch vorerst mußte sie sich damit begnügen, zurückzulächeln und ansonsten zu schweigen.

Doch dann konnte sie es einfach nicht mehr aushalten.

Sie berührte Wolframs Arm und fragte ihn: »Worüber reden sie?«

Wie sehr er sich über ihr Interesse an seinem Volk freute! Wenn ich ihr unsere Sprache beibringe, überlegte er, wird sie sich hier in der Siedlung bald wie zu Hause fühlen und akzeptieren, daß sie eine Wikingerin ist, für die auch ausschließlich die Gesetze und Gelöbnisse des Volkes der Wikinger gelten. »Ich werde dich unsere Sprache lehren, Deidre. Möchtest du sie lernen?«

Sie nickte eifrig.

»Dann ist das also abgemacht.«

Nun stellte er sie weiteren Wikingern vor, die mit ihnen an dem großen Tisch saßen. Sie lernte Thurston, Roland, Olaf, Leif und Rorik kennen, jenen Mann, der am Tag des Überfalles so freundlich zu Bridget gewesen war, und noch viele andere, die sich noch von der Schiffsreise her an sie erinnerten. Außer Signy saßen zwei andere Frauen mit am Tisch. Die eine, Helga, war jene, die am Morgen an Deidres Zöpfen gezogen hatte, und die andere war Hildegard, eine ältere Frau mit rundem Gesicht und sonnengegerbter Haut. Deidre stellte fest, daß viermal mehr Männer als Frauen anwesend waren und fragte sich, ob bei den Wikingern überall die Männer in so großer Überzahl waren.

Große Platten mit Fisch, kleinem Geflügel, gekochtem Fleisch und Gemüse wurden herumgereicht, und Wolfram nannte ihr die Namen der einzelnen Speisen. Sie lernte rasch, und er lobte ihre Auffassungsgabe.

Im großen und ganzen ähnelten die Gerichte denen, die auch bei ihr zu Hause anläßlich einer Feierlichkeit aufgetragen wurden. Der einzige Unterschied schien darin zu bestehen, daß die Wikinger gekochtes Fleisch bevorzugten, während man es bei den Iren lieber gebraten aß. In der Mitte des Tisches standen Platten mit Käse, Butter, Obst und Scheiben dunklen Brotes, die, wie Deidre fand, ausgesprochen köstlich aussahen. Und neben jedem Teller stand ein Trinkpokal, der mit Wein gefüllt war, den die Wikinger nur selten und nur zu besonderen Anlässen tranken. Frohgelaunt stieß man miteinander an und leerte dabei die Kelche bis zum letzten Tropfen.

Auch Deidre hatte schon ein paar Schluck des starken Getränks zu sich genommen und fühlte sich leicht und unbeschwert. Die Flammen des großen Feuers in ihrer Mitte schlugen hell in den Nachthimmel und umgaben Deidre mit einem warmen Schein, als sie sich zu Wolfram umwandte und ihn ansah. Einen Herzschlag lang trafen sich ihre Augen, blieben aneinander hängen, und sie fühlte seine Nähe, sein Verlangen.

Wolfram spürte all seine Sinne erwachen, als er sie ansah. Tiefe Gefühle blickten ihm aus ihren Augen entgegen. Durfte er zu hoffen wagen, daß sie von Liebe sprachen?

In diesem Moment brachte einer der Wikinger einen Trinkspruch aus, und der Zauber war gebrochen. »Auf Wolfram! Möge er noch lange die Meere bereisen!«

Schweigend beendete Deidre ihre Mahlzeit. Plötzlich spürte sie, daß sie beobachtet wurde, und sah auf. Sie erschrank. Der kleine, stämmige Wikinger mit den eisblauen Augen starrte zu ihr herüber. Etwas an seinem Gebaren verriet ihr, daß er sie nicht als Wolframs Eigentum betrachtete, und die Begierde in seinen Augen ließ sie vor Abscheu erbeben. Sie wandte sich an Wolfram, um ihm von ihren Befürchtungen zu berichten und ihn vor dem Mann zu warnen, als Rorik aufstand und begann, eine Geschichte von der Erschaffung der Welt zu erzählen. Flüsternd übersetzte ihr Wolfram, was Rorik berichtete.

»Loderndes Feuer, brennendes Eis, damit fing alles an. Im Süden liegt ein Reich, das Muspell genannt wird und in dem überall, wo man hingeht, Flammen tanzen. Nur die Menschen, die dort geboren sind, können in dieser

Feuersbrunst leben. Und im Norden liegt das Reich mit Namen Niflheim. Es ist vollkommen von Eis und Schnee bedeckt. Am Mittelpunkt der Welt gab es einst eine Quelle, aus der zwölf Flüsse in einen riesigen Abgrund stürzten. Diese zwölf Flüsse froren ein, doch dann verwandelten die feurigen Schwaden von Muspell das Eis in Nebel, und es entstanden Wolken. Aus den Wassertropfen, zu denen das Eis geworden war, entwickelte sich Leben, und der erste Schneemensch kam. Sein Name war Ymir.«

Deidre war von der Geschichte fasziniert. Wie sehr unterschied sie sich von der Erzählung der Entstehung der Erde in der Heiligen Schrift! Doch wenn man bedachte, daß diese Wikinger aus einem Land voller Eis und Schnee stammten, so war es eigentlich kein Wunder, daß sie davon überzeugt waren, die Welt sei aus ihren eigenen eiserstarrten Tiefen entstanden.

Leise übersetzte Wolfram weiter. »Die Wolken gebaren auch Audhumla, die Kuh. Als sie Eis und Salz, ihre einzige Nahrung, vom frostigen Boden aufleckte, fand sie einen Mann im Eis. Dieses neue Wesen vermählte sich mit der Tochter aus der Rasse von Ymir und gebar die Götter Odin, Vili und Ve.«

Deidre blickte auf und stellte fest, daß Roriks Augen auf ihr ruhten, während er erzählte. Sie lächelte ihm zu, und er erwiderte ihr Lächeln.

Ein schmerzhaftes Zwicken in ihren Arm ließ sie herumfahren. Es war Helga, die sie stirnrunzelnd ansah und deren eifersüchtigen Blick sie davor warnte, für Rorik zu großes Interesse zu zeigen. Helga war zweifellos in Rorik verliebt, soviel war Deidre klar, und sie wünschte, sie könnte der jungen Frau begreiflich machen, daß ihr der junge Mann nicht das Mindeste bedeutete.

Als Rorik mit seiner Erzählung fortfuhr, hielt Deidre jedoch vorsichtshalber die Augen gesenkt. Von Riesen und Gewalt war die Rede und davon, die Ymir, der Schneemensch, getötet wurde, wie sein Körper zur Erde, sein Blut zu den Meeren, seine Knochen zu den Bergen, sein Haar zu den Bäumen, sein Kopf zum Himmel und sein Gehirn zu den Wolken wurde. Wolframs warmer Atem an ihrem Ohr bei seinen geflüsterten Erklärungen sandte heimliche Schauer über ihren Rücken, und sie sehnte sich danach, sich eng an ihn zu schmiegen.

»Funken aus den Feuern von Muspell setzten sich am Himmel fest, und es entstanden Sonne, Mond und Sterne, die von nun an den Erdball und die Meere umrahmten.«

Deidre erinnerte sich, daß Wolfram ihr gesagt hatte, die Erde sei rund. Konnte das wirklich stimmen? Hatten die Wikinger möglicherweise recht? Ein anderer Mann erhob sich von seinem Platz, erzählte eine weitere Geschichte, ein dritter noch eine, und so verging der Abend mit spannenden und interessanten Erzählungen, wobei die Heldentaten von Odin und Thor Deidre besonders faszinierten.

Als die Feierlichkeiten sich dem Ende zuneigten, standen alle Männer auf und bildeten einen Kreis rund um das große Feuer. Deidre wollte sich ihnen anschließen, wurde jedoch von Signy zurückgehalten, die ihr bedeutete, sie müssen bei den Frauen bleiben. Die entspannte Atmosphäre war verschwunden; stattdessen waren Spannung und Erregung zu spüren. Jeder der Männer hatte sich einen Helm mit Hörnern an den Seiten aufgesetzt, wie Deidre sie noch nie gesehen hatte. Bei dem Überfall und während der Seefahrt hatten sie kegelförmige Helme getragen.

Deidre vermutete, daß diese gehörnten Helme Zeremonien vorbehalten waren und fand, daß die Wikinger mit ihnen wie Teufel aussahen.

Ihr rhythmischer Gesang ertönte wie in trunkener Ekstase. Am Rand eines Steines, der in der Mitte des Feuers stand, thronte eine männliche Statue mit einem Helm auf dem Kopf. Als Deidre sah, daß das Symbol der Männlichkeit dieser Statue ungewöhnlich groß gestaltet war im Vergleich zur gesamten Größe der ziemlich häßlichen Figur, wurde sie rot. Die Männer tanzten singend um die Figur herum und übergossen sie dabei mit Wein. Deidre begriff, daß die Zeremonie etwas mit Fruchtbarkeit und der bevorstehenden Aussaat zu tun hatte. Sollte der Wein vielleicht Blut darstellen? Abscheu regte sich in ihr, als sie sich vorstellte, daß es vor langer Zeit wirklich Blut und nicht roter Wein gewesen sein mochte, das die Männer als Opfer darbrachten.

»Wenn ich dieses heidnische Treiben nicht sofort verlasse, wird Gott mich bestrafen«, dachte sie in aufsteigender Panik. Sie drehte sich um und floh blindlings hinaus in die Nacht, ohne die geringste Ahnung, wohin sie lief. Tief atmete sie die kühle Luft ein, die ihr nach dem vielen Rauch herrlich erfrischend erschien. So erfuhren ihre Lungen zwar eine gewisse Erleichterung, doch der Schmerz in ihrem Herzen blieb bestehen. Sie hatte gesehen, wie Wolfram mit den anderen gesungen und getanzt hatte, und die Unterschiede zwischen ihnen waren ihr erneut deutlich klargeworden. Er war und blieb ein Wikinger – und damit ein Heide.

Der Wein, den sie getrunken hatte, machte sich nun bemerkbar. Sie schwankte etwas beim Gehen, und ihr Kopf fühlte sich eigentlich leicht an, die Welt um sie herum erschien ihr ein wenig verschwommen. Hinter ihr knackte ein Zweig. Deidre zuckte zusammen. Ein Tier? Oder ein Mensch?

»Wie dumm von mir, bei Nacht allein hier draußen zu sein«, schalt sie sich selbst. Dabei hatte sie diesmal gar nicht fortlaufen, sondern nur dem Wahnsinn dieser verrückten Feier entkommen wollen. Sie mußte schleunigst zurück, bevor Wolfram glaubte, sie sei erneut weggelaufen.

Wieder hörte sie hinter sich ein Geräusch. Sie drehte sich vorsichtig um, bereit, loszulaufen. Da wurde sie von einer Hand gepackt.

»Loslassen!« sagte sie. Doch die Hand hielt sie nur noch fester und zog sie unerbittlich gegen eine steinharte Brust.

Sie spürte den fremden Atem an ihrer Wange und versuchte verzweifelt, in der Dunkelheit etwas zu sehen. Auf einmal erkannte sie den Wikinger mit den kalten Augen, der ihr so unangenehm aufgefallen war. Im Mondlicht wirkten seine Augen noch grausamer als bei Tage. Seine gierigen Hände zerrten an ihrem Kleid, kneteten hart ihr Brüste.

Deidre schrie laut auf, als er sie gewaltsam zu Boden zog.

Er achtete nicht im geringsten auf ihre flehende Stimme, sondern kam immer näher und näher, und er zerrte erbarmungslos am Saum ihres Kleides.

»Nein!« schrie Deidre. »Nein!« Das Grauen, zu spüren, wie sich dieser massige, widerliche Kerl auf sie schob, war unbeschreiblich. Mit allen Kräften kämpfte sie, versuchte sie, ihn an seinem Tun zu hindern. In einer letzten, übermenschlichen Anstrengung schaffte sie es endlich, seinem Griff zu entkommen. Ziellos stolperte sie durch die Dunkelheit und kroch schließlich hinter einen Baum, hilflos ihr Schicksal erwartend.

16

Schon etwas benommen von dem reichlichen Met, vernahm Wolfram Deidres schrillen Schrei. Alarmiert sah er sich nach ihr um, doch sie war verschwunden.

Erneut hallte ein Schrei in seinen Ohren. »Deidre!« rief er. Er entfernte sich aus dem Kreis der Feiernden und lief, so schnell ihn seine Beine tragen wollten, in die Richtung, aus der der Schrei gekommen war, voller Angst, ein Wolf oder eine Wildkatze könne Deidre angefallen haben. Immer wieder rief er ihren Namen, doch er bekam keine Antwort. Da hörte er aus den Büschen vor ihm ein schwaches Wimmern. Langsam näherte er sich dem Laut und erblickte Eric Haraldsson neben Deidre, wie er sie am Arm gepackt hielt, während sie versuchte, ihm zu entkommen.

Wolframs wilder Wutschrei durchdrang die Stille der Nacht. »Du Sohn der Hölle!« brüllte er und stürzte sich auf den stämmigen Wikinger.

Als dieser sah, wie sich Wolfram mit hoch erhobenem Schwert auf ihn werfen wollte, ließ er sein Opfer los und griff ebenfalls nach seinem Schwert.

Wolframs feines Gehör konnte auch in der Dunkelheit alle Geräusche unterscheiden, und seine Sinne waren geschärft. Als er hörte, wie Erics Schwert durch die Luft zischte, konnte er sich gerade noch rechtzeitig ducken. An laut knackendem Holz konnte er erkennen, daß die Klinge einen Baumstamm getroffen hatte, und er dankte seinen Göttern, daß es nicht sein Hals gewesen war. Nicht im geringsten entmutigt von dem Versuch seines Feindes, ihm den Kopf abzuschlagen, schwang Wolfram nun seinerseits das Schwert. Metall klirrte auf Metall, und Eric schrie wütend auf. Er warf sich nach vorn und hieb mit dem Schwert wild um sich. Wolfram spürte, wie sein nächster Schlag seinen Feind traf, und er vernahm Erics Schmerzensschrei. Doch der Kampf ging weiter, und immer wieder klirrten die schweren Waffen der Männer aufeinander. Doch da stolperte Wolfram plötzlich über einen Ast und stürzte mit solcher Wucht zu Boden, daß ihn der Schmerz einen Augenblick lang bewegungsunfähig machte. Im allerletzten Moment gelang es ihm jedoch, seinen Schwertarm zu heben und so den tödlichen Schlag abzublocken, zu dem sein Gegner gerade ausgeholt hatte.

Deidre hatte während des Kampfes in der Dunkelheit auf dem Boden gesessen und voller Angst das Geschehen verfolgt, obwohl sie so gut wie nichts erkennen und kaum einen Mann vom anderen unterscheiden konnte. Nun erhob sie sich, die schattenhaften Gestalten in einiger Entfernung vor Augen, und betete: »O Gott, geliebter, gnadenreicher Gott, steh Wolfram bei!« Allein der Gedanke, er könnte sterben, bereitete ihr Schmerz.

Für den Bruchteil einer Sekunde blickte Wolfram auf und sah sie dort stehen. Diese kurze Zeitspanne gab Eric die Chance, die er brauchte. Er schlug Wolfram das Schwert aus der Hand und beugte sich zu ihm hinunter, um ihm den Todesstoß zu versetzen.

»Wolfram!« schrie Deidre auf. Sie stürzte auf das Schwert, das sie verschwommen am Boden liegen sah, und packte es mit beiden Händen.

»Habe ich dich endlich besiegt, du Hundesohn!« erklang triumphierend Erics Stimme. Ein feiner Blutfaden rann Wolframs Kehle hinab. als Eric seine Klinge an dessen Hals preßte. Er sah seinem Feind in die Augen, ihre Blicke hielten einander fest, und Wolfram erkannte den überwältigenden Haß in den Augen des anderen. Hatte Eric ihn schon immer so gehaßt?

»Du würdest mich ohne Schwert sterben lassen? Ohne jede Aussicht für mich, nach Walhalla einzugehen?« Seine Frage war nur gehaucht, und er schloß die Augen in Erwartung des tödlichen Hiebes.

In der Dunkelheit bewegte sich Deidre vorsichtig vorwärts, Wolframs Schwert mit beiden Händen fest umklammert. Wie im Traum hob sie die Waffe und schlug mit aller Macht zu, deren sie fähig war. So klein sie auch war, so war ihr Hieb doch voll unbändiger Kraft und so zielsicher, daß sie Erics rechten Arm genau traf. Dabei schrie Eric vor Schmerz auf und ließ sein Schwert fallen. Sofort sprang Wolfram vom Boden auf und ergriff die Waffe seines Gegners. Nun war er derjenige, der über Leben und Tod bestimmen konnte.

»Verschwinde. Sofort. Ich will dich nie wieder hier sehen.« Seine Stimme klang ruhig, doch sehr gefährlich. »Falls du dich hier noch ein einziges Mal blicken läßt, werde ich dich töten.«

»Wo soll ich denn hingehen?«

»Das weiß ich nicht. Von mir aus soll Loki dich holen.«

Tief im Innern fühlte er, daß es ein Fehler war, diesen Mann gehen zu lassen und daß er eines Tages wiederkommen und sie beide heimsuchen werde. Doch um Deidres Willen ignorierte er seine innere Stimme. Er nahm sie in die Arme, und beide sahen, wie Eric sich wie eine Schlange durch das Dunkel davonmachte.

»Im ersten Moment dachte ich, ich hätte ihn getötet«, flüsterte Deidre und lehnte sich an Wolframs starken Körper.

»Das wäre vielleicht besser gewesen«, gab er leise zurück und bedauerte auch schon, daß er diesen Hund verschont hatte.

Eine Weile standen sie wie miteinander verschmolzen, ihre Körper berührten sich, ihre Herzen klopften schneller. Seine Lippen fanden die Vertiefung an ihrer Kehle, glitten zärtlich höher.

»Laß mich dich lieben, Deidre«, sagte er leise, »laß mich dir die Welt des Feuers und der Leidenschaft zeigen, von der unsere Barden singen.« Seine Hände streichelten ihren Körper, sie spürte, wie ihr Verlangen erwachte. Wie sehr er es liebte, sie zu berühren, die Rundungen ihrer Brüste, die Zartheit ihrer Haut, den Duft ihres Haares.

Zärtlich küßte er sie, genoß den Geschmack ihrer Lippen. Deidre ließ es geschehen und begann, ihn ebenfalls zu streicheln, seine starke Brust, seinen flachen Bauch. Sie fühlte, wie sich seine harte Männlichkeit gegen ihren Bauch preßte, und fragte sich, wie es wohl sein mochte, ihn in sich zu spüren. Würde Wolfram sie ebenso vor Leidenschaft aufstöhnen lassen, wie es Ian mit Bridget getan hatte? Sie schmiegte sich fester in seine Arme.

»Deidre«, Wolframs Hand glitt hinunter und hob den Saum ihres Kleides. Ein lustvoller Seufzer entrang sich ihr, als sie seine Finger auf dem seidigen Haar zwischen ihren Schenkeln spürte, ihr sanftes Streicheln, das in ihr ein Feuer entfachte, das sie vor Verlangen beinahe vergehen ließ. In diesem Augenblick begehrte sie ihn ebenso sehr, wie er sie begehrte.

Er bettete sie behutsam auf das weiche Gras. Wie Juwelen funkelten die Sterne über ihnen.

Wolfram, erregt und von Verlangen getrieben, begann, ungeduldig an seiner Kleidung zu zerren und rollte sich kurz von ihr fort, um sich ihr gleich darauf wieder zuzuwenden. Er hatte seine Hose abgestreift und trug nur mehr seine Tunika. Dann knöpfte er ihr Kleid auf und streifte es ihr bis zu Taille herunter. In diesem Augenblick kehrte Deidre in die Wirklichkeit zurück und ihr wurde bewußt, was geschah.

»Bitte nicht«, stöhnte sie auf, rollte von ihm fort und erhob sich. Er wollte nach ihr greifen, doch sie entwand sich seinen Armen und zog ihr Kleid wieder über die Schultern hinauf.

»Ich liebe dich, Deidre. Weise mich jetzt nicht zurück, nicht jetzt, wo wir so nah daran sind, eins zu werden.« Er stand ebenfalls auf, legte ihr die Hände um die Taille und zog sie an sich.

Sie mußte sowohl gegen sein Verlangen wie auch gegen ihr eigenes ankämpfen. »Welche Strafe steht bei euch auf Ehebruch?« fragte sie ihn dann. Ihm war, als hätte sie ihm kaltes Wasser über den Kopf geschüttet.

»Antworte mir!«

»Wir bestrafen Ehebruch mit Hängen oder mit dem Zutodeschleifen durch Pferde«, sagte er und gab sie frei. »Doch du würdest dich dieses Vergehens nicht schuldig machen, wenn du mit mir zusammen bist. Du gehörst mir. Freyja hat es so bestimmt.«

Sie schüttelte den Kopf. »Laut den Gesetzen meines Volkes gehöre ich einem anderen.«

»Und dein Herz?« fragte er bitter.

»Mein Herz gehört...« Sie brach ab. Eigentlich wollte sie ihm sagen, daß ihr Herz ihm gehört, doch sie brachte die Worte nicht heraus. Durch die Ehegelübde hatte sie nicht das Recht, einen anderen zu lieben. Zum ersten Mal bedauerte sie, daß die Wahl ihres Vater nicht die ihre gewesen war. In dieser Sache hatte sie nichts zu sagen gehabt, das war irische Sitte. Alle Frauen vor ihr hatten dem Willen des Vaters gehorcht, und auch die Eheschließung ihrer Mutter und ihres Vaters war so arrangiert worden. Durfte sie es da wagen, diese Gepflogenheit auch nur in Frage zu stellen? Sie zwang sich, nicht darüber nachzudenken.

»Dein Herz gehört mir. Sag es.« Er streckte seine Hände nach ihr aus, doch Deidre drehte sich um und lief davon, zurück in das Haus, das sie mit ihm teilte. Dort angekommen, warf sie sich auf das Lager aus Fellen und weinte sich die Seele aus dem Leib. Ja, sie begehrte ihn, und diese Sehnsucht machte sie verzweifelt und unglücklich.

Wolfram kam in dieser Nacht nicht nach Hause. Zunächst war Deidre deswegen erleichtert, doch dann fragte sie sich besorgt, ob sie ihn wohl sehr verärgert hatte. Wie würde sie sich fühlen, wenn er seine Verführungskünste nun bei Helga oder Signy erproben würde? Wolfram war ein Mann, dem nur wenige Frauen widerstehen konnten. Was, wenn er gerade jetzt in den Armen einer anderen Frau läge? Wie ein Messerstich schmerzte sie dieser Gedanke im Herzen, und sie fragte sich, was sie täte, wenn sie ihn für immer verloren hätte.

17

Als Deidre am frühen Morgen aufwachte, stellte sie fest, daß sie nicht allein war. Wolfram lag neben ihr. Er war zurückgekommen! Der Schlaf ließ sein Gesicht jünger erscheinen, und etwas an ihm, so schien es ihr, kam ihr bekannt vor. Zum ersten Mal, seit sie sich kannten, stellte sie sich vor, wie er wohl ohne Bart aussehen mochte.

Da bewegte sich Wolfram. Deidre dachte an die vergangene Nacht und schlüpfte schnell aus dem Bett. Eilig zog sie sich an, um fertig zu sein, bevor er erwachte. Beinahe andächtig griff sie nach ihrer vergoldeten Brosche, um sie an ihrem Kleid zu befestigen. Wie konnte es nur sein, daß es sie so sehr nach diesem Wikinger verlangte, wenn doch ihr Herz längst einem anderen gehörte und sie zudem durch die Ehe an einen Mann gekettet war der am anderen Ende des Landes wartete?

»Was bin ich für eine Frau?« fragte sie sich flüsternd und berührte das kostbare Schmuckstück noch einmal, als wolle sie sich an das Gesicht des Mannes erinnern, der es ihr einst geschenkt hatte. »Bestimmt ist er verheiratet und hat Kinder«, überlegte sie. Der Gedanke tat weh.

»Erzähl mir von ihm!«

Deidre drehte sich erschrocken um. Wolfram sah sie unverwandt an. »Du hast ihn geliebt, nicht wahr? Erzähl mir von diesem Mann! Dein Mann ist es nicht, den du liebst, soviel steht fest, Gelübde hin oder her.«

»Er kam aus dem Norden, so wie du«, erklärte Deidre. »Ich war gerade erst dreizehn Jahre alt, ein Mädchen, das nur aus Armen und Beinen zu bestehen schien und schrecklich unbeholfen war.«

Was brachte sie nur dazu, diesem Mann von ihrer Jugendliebe zu erzählen?

»War er ein Sklave?«

»Ja, woher weißt du das?« Ihre Augen trafen sich, und

ihr Herzschlag setzte einen Augenblick lang aus. Was war es in Wolframs Augen, das ihr so ans Herz ging?

»Ich habe es vermutet. Wie hast du ihn kennengelernt?«

»Er war an einen meiner Verwandten von seinem eigenen Bruder als Sklave verkauft worden, so hat es mir mein Vater erklärt. Er muß ihn sehr gehaßt haben, seinen eigenen Bruder!«

Wolfram versuchte mit aller Kraft, seinen Zorn zu verbergen. Also stimmte es doch! Sein eigener Bruder hatte ihn verraten! Er hatte keinen Grund, an ihren Worten zu zweifeln. Warum sollte sie ihn belügen? Er ballte die Fäuste und biß die Zähne zusammen. Eines Tages würde sein Bruder bezahlen für das, was er getan hatte.

Ohne den Aufruhr in seinem Inneren zu bemerken, fuhr Deidre fort. »Doch nie ließ er sich demütigen, auch wenn er von meinem Onkel oft geschlagen und sehr schlecht behandelt wurde. Als ich erfuhr, was er durchmachen mußte, konnte ich es nicht ertragen. Ich brachte ihm zu essen und tat, was ich konnte, damit es ihm besser ging. Und dann, eines Nachts, konnte ich es nicht länger aushalten, ihn gefesselt zu sehen, und so befreite ich ihn.«

»Du wolltest, daß er ein freier Mann war?«

»Ja. Ich betete, daß er seinen Weg in die Freiheit finden möge, jede Nacht habe ich dafür gebetet. Es ist nicht recht, daß Menschen einander zu Sklaven machen. Christen tun so etwas nicht!«

»Nein, das stimmt, es ist nicht richtig. Auch wenn wir Wikinger Leibeigene oder Sklaven haben, so kann ich es doch nicht als gerecht empfinden. Uns wird gelehrt, daß die Einteilung der Menschen in Klassen von den Göttern bestimmt ist und daß nur die Ungläubigen es wagen würden, deren Willen zuwiderzuhandeln. Dennoch neige ich dazu. Alle im Krieg Besiegten werden in der Regel in die Sklaverei verkauft, wenn ich selbst mich auch immer dagegen gesträubt habe, so etwas Gemeines zu tun.«

»Noch niemals?« Sie war erstaunt, daß er, ein Wikinger und mancher Verbrechen bestimmt schuldig, mit soviel Gefühl sprechen konnte.

»Ich weiß, wie es ist, die Peitsche auf dem Rücken zu spüren. Du siehst also, Kleines, ich hätte dich niemals versklavt.«

Deidre fragte sich, ob er wirklich ein Sklave gewesen war. Sie blickte in seine tiefblauen Augen und wußte im selben Moment ganz sicher daß sie ihn schon einmal gesehen hatte. Konnte das möglich sein? Nein, redete sie sich ein, meine Gedanken spielen mir einen Streich.

»Wer bist du, Wolfram der Kühne?« fragte sie leise und hatte zugleich Angst vor der Antwort, denn sie würde es ihr möglicherweise noch viel schwerer machen, ihn zurückzuweisen.

»Es scheint, es ist an der Zeit, daß ich mich rasiere, damit du sehen kannst, wie ich wirklich aussehe«, sagte er düster.

Auf seine Bitte hin brachte sie ihm einen kleinen Dolch, mit dem er sich den Bart entfernte. Dabei rutschte die Klinge manchmal ab, so daß er sich schnitt. Dann hörte sie ihn fluchen; sie hatte sich abgewandt, um ihm nicht zusehen zu müssen.

Als er fertig war, bat er sie, sich umzudrehen. Sie tat es, erblickte sein glattrasiertes Gesicht und rang nach Atem.

»Erkennst du mich jetzt?« fragte er leise.

Deidre ließ ihre violetten Augen über sein Gesicht wandern, betrachtete jede einzelne Linie, jede Falte. Das konnte doch gar nicht sein! Warum hatte sie nie auch nur den geringsten Verdacht gehabt? War tatsächlich nur der Bart schuld, daß ihre Augen die Wahrheit nicht erkannt hatten? »Du bist es wirklich«, sagte sie leise. Im Herzen hatte sie es immer gewußt. Nun wußte sie, warum sie sich von dem Moment an, da sie ihn sah, zu ihm hingezogen gefühlt hatte.

»Ja, ich bin es, dein Sklave von damals. Als ich in jener Nacht in deiner Schlafkammer die Brosche wiedersah, dort an deinem Hals, wußte ich, daß du das Mädchen warst, das einst so gut zu mir gewesen war. Deswegen konnte ich mich dir nicht aufzwingen und werde es niemals tun. Ich liebe dich, Deidre, ich werde dich immer lieben. Das zarte Kind von damals ist eine wunderschöne Frau geworden, die Frau, die ich zu meiner machen will.«

Tränen rannen Deidre über die Wangen. Es war zu spät. Sie hatte ihn zu spät wiedergefunden. Wenn sie nur am Tag ihrer Heirat schon gewußt hätte, daß er nahe war, daß er kam, dann hätte sie vielleicht eine Chance gehabt, glücklich zu werden. Doch heute? Ihre Ehre und ihre Gelübde trennten sie voneinander, jetzt und in Zukunft. Sie legte die Hand auf den Mund, um ihr Schluchzen zu ersticken.

»Ich liebe dich, Deidre«, wiederholte Wolfram und drehte sie behutsam zu sich herum.

»Es ist zu spät«, brachte sie weinend hervor. »Ich kann dir niemals angehören, niemals. Ich muß zu meinem Ehemann zurück, verstehst du das denn nicht?«

»Ich sehe nur, daß wir schon viel zuviel Zeit verschwendet haben.« Er nahm ihr Gesicht in beide Hände.

Deidre entzog sich ihm. »Wenn du mich wirklich liebst, läßt du mich allein«, war alles, was sie sagen konnte.

Wolframs Hoffnungen zerschellten binnen Sekunden. Er war sich so sicher gewesen, daß sie ihn lieben gelernt hatte, daß sie ihm ihr Herz erneut schenken würde, wenn sie erst erfahren hatte, wer er war. Doch nun war sie für ihn verloren. Unglaublicher Schmerz machte sich in seiner Brust breit.

»Gut, ich gehe, wenn es das ist, was du willst!« Rief er beinahe schreiend, um sein Leid nicht zeigen zu müssen. »Schlaf doch allein in deinem einsamen Bett! Ich habe es satt, daß du dich weigerst zuzugeben, daß du mich liebst.

Was ist das nur für ein Gott, der will, daß du ihm Dinge schwörst, die dir nur Leid und Einsamkeit bringen? Da bin ich schon lieber Heide. Meine Götter sind wenigstens nicht so herzlos.«

Mit diesen Worten drehte er sich um und verschwand und ließ Deidre genau so zurück, wie er es gesagt hatte: allein.

18

Aus Tagen wurden Wochen, und noch immer kehrte Wolfram nicht zurück. Es war, als sei mit ihm die Sonne aus Deidres Leben verschwunden. Manchmal konnte sie ihn aus der Ferne sehen, wenn er auf den Feldern arbeitete oder am Strand entlangging, doch niemals näherte er sich der Hütte oder schien überhaupt ihre Gesellschaft zu suchen. Seine Abwesenheit schmerzte wie eine Wunde und erfüllte sie mit tiefer Traurigkeit.

Tagsüber arbeitete Deidre am Webstuhl, wo sie Stoff für eine neue Tunika für Wolfram fertigte, oder sie half den anderen Frauen, Fleisch zu trocknen oder zu salzen und Kräuter zum Trocknen aufzuhängen. Sie backte Brot, knetete den Teig in einem großen Holztrog, half Bier und Met brauen und sah dabei den Frauen genau zu, weil sie noch viel zu lernen hatte. Diese Tätigkeiten halfen ihr, die Einsamkeit, die Wolframs Verlassen ihr beschert hatte, durchzustehen.

Es waren die Nächte, die am unerträglichsten für sie waren. Sie lag auf dem Lager aus Fellen und dachte an Wolfram, an sein Lächeln, seinen Mut und seine Kühnheit. Alles, was sie sich an einem Mann nur wünschen konnte, verkörperte er. Er war stark und gleichzeitig zärtlich, gutaussehend aber nicht eingebildet, und er war ihr gegenüber wirklich sehr geduldig gewesen. Und wie hatte sie ihm seine Geduld vergolten? Indem sie ihm das verwehrte, wonach sie beide sich so sehr sehnten. Und warum? Weil es ein Ehegelöbnis gab, das noch nicht einmal vollzogen worden war.

Wie kann Gott nur wollen, daß ich so einsam bin? fragte sie sich.

Die Antwort lautete: »Das will er gar nicht. Wolfram und ich sind in unseren Herzen miteinander verheiratet. Dagegen hat Phelan mich nie geliebt, und ich ihn ebenso wenig. Wie kann es dann falsch sein, wenn ich mich dem Mann hingebe, den ich liebe?«

Wolfram erlitt ähnlich Qualen wie Deidre. Er beobachtete sie aus der Ferne, wagte es jedoch nicht, sich ihr zu nähern. Sein Verlangen nach ihr war viel zu stark geworden, als daß er es hätte kontrollieren können, und er hatte Angst, er werde sein Versprechen, sie nicht mit Gewalt zu nehmen, brechen, sollte er ihr zu nahe kommen. Und natürlich, er gab es zu, hatte die durch ihre Zurückweisung auch seinen Stolz verletzt.

So arbeitete er tagsüber am Pflug auf den Feldern und verbrachte die Nächte auf dem »Seewolf«. Doch er behielt Deidre ständig im Auge oder sorgte zumindest dafür, daß jemand in ihrer Nähe war, um sie zu schützen.

»Also hier versteckst du dich!« Sigurd erschien an Bord. Nach langem Suchen hatte er ihn spät in der Nacht auf dem Schiff gefunden. »Was ist los? Schnarcht das irische Mädchen etwa so laut, daß du fortlaufen mußt?« Er kicherte über seinen eigenen Witz.

Doch Wolfram war nicht in der Stimmung für Scherze. Sigurds Sticheleien beantwortete er nur mit einem Stirnrunzeln. »Du weißt genau, warum ich hier bin. Ich will verhindern, daß ich mich wie ein brünftiger Hirsch aufführe. Deidre will nicht das Geringste von mir, und sie denkt nicht daran, die Versprechen, die sie diesem irischen Schwächling gegeben hat, zu brechen.«

Sigurd hob eine Augenbraue. »Wolfram, mein lieber Freund, daß du ein sturer Normanne bist, habe ich ja schon immer gewußt, aber daß du auch noch dumm bist, hätte ich nicht gedacht. Die kleine Schönheit liebt dich. Ich habe es in ihren Augen gelesen. Gerade du solltest eigentlich wissen, daß Frauen nicht immer das sagen, was sie auch meinen. Sie will, daß du ihr zu Füßen liegst, ihr den Hof machst und sie im Sturm eroberst. Tu das, und sie wird bald vergessen haben, daß es je einen anderen Mann in ihrem Leben gegeben hat. Vergiß doch diese braven Versprechen, dann gehört sie dir und wird dich regelrecht anflehen, jede Nacht mit ihr zu schlafen.«

»Ich glaube nicht…«

»Du sollst nicht glauben, sondern nur fühlen und tun, was du tun mußt, um sie für dich zu gewinnen. Das Leben ist zu kurz, um es vorbeigehen zu lassen, ohne es bis zum letzten auszukosten. Gerade du als Wikinger solltest wissen, wie schnell der Tod kommen kann.« Freundlich schlug Sigurd Wolfram auf die Schulter. »Und nun geh zu ihr. Du hast schon genug Zeit vertan.«

Deidre stand am Kaminfeuer in der kleinen Hütte und erhitzte das Wasser für ihr Bad. An diesem Tag hatte sie bis zum Umfallen gearbeitet, so daß ihr Rücken schmerzte und sie jeden einzelnen Muskel ihres Körpers spürte. Signy hatte ihr ein Geschenk gemacht, als die Arbeit beendet war, einen kleinen Flakon mit parfümiertem Öl, den Roland bei Eroberungen weit im Süden erbeutet hatte. Wenn sie und Signy sich auch nicht mit Worten verständigen konnten, so teilten sie doch einander ihre Gefühle durch ihre Mimik mit. Auch Hildegard hatte sich als Freundin erwiesen. Sie war eine der wenigen Frauen, die einige Worte in gälischer Sprache kannte und Deidre auf diese Weise so manches, worüber sich Frauen unterhielten, vermitteln konnte. Und da Wolfram nicht da war, war Hildegard für Deidre das einzige Verbindungsglied zwischen ihrer und der Welt der Wikinger geworden.

Die Wanne war gefüllt, und Deidre zog sich aus und ließ sich in das heiße, duftende Wasser gleiten. Sie lehnte sich zurück und genoß aus vollem Herzen diese Angewohnheit der Wikinger, mit dem ganzen Körper im Wasser zu versinken. Wie Wolfram ihr erzählt hatte, stammte diese Sitte aus dem Osten, von einer kleinen Insel vor der chinesischen Küste. Sie hatte bereits einige Male diese Art des Waschens ausprobiert und war dennoch nicht an dem Fieber erkrankt, vor dem sich ihre Landsleute so fürchteten.

Deidre blieb in der Wanne liegen, bis das Wasser langsam kalt wurde, dann stieg sie heraus und wickelte sich in dickes, warmes Leinen. Vor dem Feuer rieb sie ihren Körper ab, bis die Haut schimmerte, und legte sich schließlich auf die weichen Felle ihres Bettes. Das Fell kitzelte ihre nackte Haut, als sie es zum Schutz vor der Nachtkälte dicht um sich zog, doch die Wärme, die es spendete, tat ihr wohl, und sie schloß die Augen, um zu schlafen.

Da betrat Wolfram die Hütte. Es war ein schönes Gefühl, nach Hause zu kommen. Die Funken in der Feuerstelle sprühten wie helle rote Sterne, und er konnte in ihrem Schein Deidres Gesicht sehen, tief entspannt und schlafend.

»Wie sehr ich sie liebe«, dachte er. Bei dem Gedanken an das, was er zu tun vorhatte, plagten ihn Schuldgefühle, und einen Augenblick lang war er versucht, Sigurds Worte in den Wind zu schlagen und wieder zu verschwinden, doch ein leises Stöhnen aus Deidres Mund ließ ihn verharren.

»Wolfram«, hörte er sie murmeln.

Er glaubte, sie sei wach, und ging zu ihr hinüber, doch ihre Augen waren fest geschlossen und sie atmete tief und gleichmäßig. Vorsichtig berührte er ihren nackten Arm, der sich unter seinen Fingern herrlich weich anfühlte. Es war eine Qual, sie so zu begehren. Er liebkoste sanft ihre Schulter, berührte zart ihren schlanken, weißen Hals und spielte mit ihrem glänzenden nachtschwarzen Haar. Ein Verlangen erfüllte ihn, das so stark war, daß es alle anderen Gefühle verbannte.

Da öffnete Deidre, plötzlich hellwach, ihre Augen. Wolfram war bei ihr. Also hatte sie nicht nur geträumt. Sie setzte sich auf, blickte in seine Augen, die so blau waren wie das Meer, und lächelte ihm zu.

»Ich habe dich vermißt, Deidre«, sagte Wolfram mit rauher Stimme.

»Und ich habe dich vermißt, mein Wikinger«, erwiderte Deidre sanft.

»Deidre!« stöhnte er auf und barg das Gesicht an ihrer Brust. Als sie sich aufgesetzt hatte, war das Fell, mit dem sie sich zugedeckt hatte, hinuntergerutscht, so daß sie bis zur Taille nackt vor ihm saß. Sie schlang die Arme um ihn und hielt ihn an sich gepreßt. Nichts zählte mehr in diesem Moment als seine Nähe.

Wolfram ließ seine Zunge über ihre weiche Haut gleiten, und sie seufzte, als eine Welle des Verlangens sie durchströmte. Sie fühlte nur noch seine Lippen, seine Zunge und seine Hände. Jede Erinnerung an vergangene Gelöbnisse war spurlos aus ihren Gedanken verschwunden.

»Du bist so schön, so wunderschön«, murmelte Wolfram.

Er küßte sie, ihre Lippen verschmolzen miteinander. Mit seiner Zunge erforschte er zärtlich ihren Mund, und Deidre öffnete bereitwillig die Lippen, genoß es, ihn zu fühlen, genoß seine Berührung und seinen Geruch. Waren sie nicht wie füreinander geschaffen? Konnte denn der beste Wein so süß schmecken wie seine Küsse?

Wolframs Hände streichelten ihren Körper, bewegten sich so zärtlich und leicht, als sei sie ein kostbarer Schatz. Er liebkoste ihre Lippen, ihren Hals, ihren Bauch und ihre Schenkel mit den Fingern und mit der Zunge, bis Deidres Glieder schwach wurden vor Begehren. Sie bog sich ihm entgegen, versuchte, sich an ihn zu pressen, stöhnte, wollte mit ihm verschmelzen.

»Liebe mich, Wolfram, liebe mich«, hauchte sie.

Nur eine Sekunde lang verließ er sie, um sich seiner Kleider zu entledigen, und schon vermißte sie ihn und seine Wärme an ihrer Seite.

Als er sich ausgezogen hatte, was wegen seiner Nervosität etwas länger dauerte, legte er sich wieder zu ihr und hatte ein wenig Angst, sie könne ihn wieder zurückstoßen, wie sie es schon so oft getan hatte, doch sie streckte die Hand aus, um ihn zu sich zu ziehen.

Wolfram küßte ihre Lippen, nahm sie in die Arme und drückte sie fest an sich.

Deidre fühlte seine Wärme, seinen männlichen Körper. Er war so stark und muskulös, sein Mund so fest und doch so zärtlich. Sie wollte ihm genauso viel Genuß bereiten, wie er es mit ihr tat. Als sie mit den Fingern durch sein dickes blondes Haar fuhr, war sie über ihre eigene Kühnheit erstaunt. Doch in ihrem Herzen wußte sie, daß das, was geschah, richtig war. Diese Stunde war ihnen vorbestimmt gewesen von dem Tage an, als sie sich zum ersten Mal gesehen hatten.

»Ich möchte etwas für dich tun«, flüsterte Deidre.

Wolfram strich ihr das Haar aus dem Gesicht. »Laß mich dich nur lieben. Was wir tun werden, wird so selbstverständlich geschehen wie das Atmen, mein Liebling.« Er wollte so zärtlich wie möglich zu ihr sein, ihr auf keinen Fall wehtun, doch er wußte, daß ihr dieses erste Mal kurze Zeit Schmerzen bereiten würde.

Langsam ließ er seinen Mund an ihrem Körper hinabwandern, liebkoste mit den Lippen ihre Haut, bis sie vor Lust stöhnte und meinte, ihr Körper stehe in Flammen.

Früher hätte sie sich davor gefürchtet, seine Männlichkeit in sich zu spüren, doch nun hatte sie keine Angst mehr. Er würde ihr niemals weh tun. Sie wollte ihn tief in sich fühlen. Warm spürte sie seine pulsierende Kraft unter ihrer Hand, während Wolfram zärtlich die seidig weichen Innenseiten ihrer Schenkel streichelte. Während sie sich ihm entgegenhob, liefen Wellen der Lust durch ihren Körper und sie stöhnte laut auf.

Wolfram spürte, daß sie die gleiche Ekstase wie er erlebte. Ihrer beider Körper und Seelen waren von der gleichen Verzückung ergriffen worden. Sie hatten gemeinsam die Liebe gekostet. Nun gab es kein Zurück mehr.

»Ich liebe dich, Deidre«, flüsterte Wolfram. »Bitte glaube mir, daß ich dich liebe und dir um nichts in der Welt wehtun will, ja? Doch es wird zunächst ein bißchen schmerzen...«

»Ich weiß. Meine Schwester hat mit mir darüber gesprochen«, erwiderte sie leise und umarmte ihn. »Ich habe keine Angst. Ich will nur, daß du mich liebst.«

»Das werde ich, Kleines.« Er schob sich langsam auf ihren schlanken Körper und öffnete dabei behutsam ihre Beine. Sacht näherte er sich ihrer Jungfräulichkeit und glitt dann leicht in sie hinein. Als er vorsichtig zustieß, bedeckte er ihren Mund mit dem seinen.

Deidre stieß einen Schrei der Lust aus, als er in sie eindrang, und als er die zarte Haut durchbrach, zuckte sie vor Schmerz zusammen. Doch Wolfram küßte und liebkoste sie so zärtlich, daß sie sich gleich wieder entspannte. Und dann fühlte sie nur noch Lust. Sie waren nicht länger zwei Wesen, sondern nur mehr eines. Wolfram bereitete ihr soviel Liebesverlangen, wie sie es niemals für möglich gehalten hätte. Es war, als würden in ihnen alle Sterne des Himmel explodieren, und einen Moment lang glaubte sie, in Ohnmacht fallen oder gar sterben zu müssen. Sie rief seinen Namen, immer und immer wieder, und dann schien die Welt um sie einzubrechen und in strahlend weißem Licht zu zerbersten.

»Deidre!« Wie ein Gebet kam ihr Name über Wolframs Lippen. Er schauderte zusammen und lag dann still, seine Männlichkeit tief in ihr geborgen.

Danach, im warmen, dämmrigen Nachgefühl ihrer Liebesstunde, hielten sie sich fest umfangen in dem sicheren Wissen, daß sie ineinander den Gefährten fürs ganze Leben gefunden hatten.

Deidre wußte, daß sie so völlig geliebt worden war, wie Phelan es nie hätte tun können.

»Du gehörst mir, Deidre«, sagte Wolfram leise. »Nur mir. Niemals einem anderen.« Er sprach diese Worte wie einen Schwur, der nie gebrochen werden sollte.

19

Deidre erwachte, als die ersten Sonnenstrahlen durch die schmalen Ritzen der Hüttenwände fielen. Sie fühlte sich unsagbar wohl, wie sie so da lag, die wärmenden Strahlen auf ihren nackten Haut, ihr eigener und Wolframs starker Körper eng ineinander verschlungen. In ihr ragte sich die Sehnsucht, seine Hände auf ihrem Körper und seine Lippen auf den ihren zu spüren. Wolfram hielt sie friedlich schlafend in den Armen. Sie studierte sein Gesicht, das nun, da er entspannt schlief, so verletzlich wie das eines Kindes wirkte. »Nun weiß ich, was Liebe wirklich ist«, dachte sie. Wenn ihr Wolfram heute genommen werden würde, wollte sie nicht mehr leben.

Ihre Augen wanderten Wolframs Körper entlang, über die breite Brust, den flachen Bauch, die schlanken Hüften hinunter zu den langen, kräftigen Beinen und schließlich zu dem Mysterium seiner Männlichkeit, das ihr in der vergangenen Nacht soviel Wonne bereitet hatte. Auch dieser Teil seines Körpers war nun im Schlaf entspannt, doch sie wußte, wie kraftvoll er im Zustand der Erregung war.

Deidre kuschelte sich wieder in Wolframs Arme, den Kopf an seine Brust geschmiegt, und wünschte sich, das Leben könnte immer so friedlich bleiben wie in diesem Moment. Wie schön wäre es, könnte sie das ganze Leben in der sicheren Geborgenheit seiner Arme verbringen!

»Woran denkst du?« flüsterte Wolfram ihr ins Ohr. Sie blickte auf, ihre Augen trafen sich.

»Daran, wie glücklich ich hier mit dir bin, und daß ich mir wünsche, es könnte immer so sein«, antwortete sie und streichelte seine sonnengebräunte Brust. Voll Verlangen ließ sie ihre Hand abwärts gleiten, strich sanft über sein Glied und mußte lachen, als sie spürte, wie es sich unter ihrer Berührung hob. Wolfram begann, ihre Brüste zu streicheln, und Deidre spürte, wie Begehren in ihr aufstieg. Sein Mund suchte den ihren, sein harter Körper drängte gegen sie.

»Ich liebe dich, Deidre. Verlaß mich niemals«, sagte er, für einen Moment den Kopf hebend.

»Ich bleibe bei dir, solange du mich willst und mich liebst«, versprach sie und wußte in ihrem Herzen, daß das die Wahrheit war. Von nun an war sein Volk ihr Volk, sein Land das ihre. Und dann liebte Wolfram sie. Dabei suchte er nicht, seine eigene Lust zu stillen, sondern hielt sich zurück, so daß Deidre die neue Erfahrung, eine Frau zu sein, in vollkommenem Maße genießen konnte. Durch seine Geduld brachte er sie dazu, dem Feuer, das in ihm loderte, mit der gleichen Liebesglut zu begegnen, bis das schmerzende Wohlgefühl in ihnen in einer gewaltigen Explosion der Lust gipfelte. Deidres ganzer Körper verkrampfte sich, zuckte, und ihr war, als werde sie geradewegs in den Himmel geschleudert.

Nur sehr widerwillig trennten sie sich am späten Morgen voneinander. Beide wußten, daß ihr Leben nun, da sie diese Liebesstunden miteinander geteilt hatten, nicht mehr das gleiche sein würde wie zuvor.

Deidre dachte über Adam und Eva nach, die ersten Liebenden. »Die Heilige Schrift sagt, daß Eva, die erste Frau, aus der Rippe Adams, der ersten Mannes, geschaffen wurde«, erzählte sie Wolfram und fragte sich gleichzeitig, ob das stimmen konnte.

Wolfram, der gerade seinen Ledergürtel umlegte und ihr zusah, wie sie ihre Brosche am Kleid befestigte, lachte laut auf. »Die Legende der Wikinger besagt, daß Odin den Mann aus einer Esche und die Frau aus einer Ulme geschaffen hat«, sagte er. »So ist ein noch mächtigerer Baum entstanden, der die Welt trägt, heißt es.«

Deidre dachte gründlich über seine Worte nach. Es gab noch so vieles, was sie über sein Volk lernen mußte, denn sie hatte gerade erst damit angefangen.

Wolfram ging zur Tür. Wie er es haßte, von ihr fortzugehen! Deidre lief zu ihm hin und schlang ihm die Arme um den Hals. Auch sie wollte nicht, daß er sie verließ.

»Heute abend, Kleines. Wir haben immer noch heute abend«, flüsterte er. Doch heute abend schien eine Ewigkeit entfernt zu sein in dem Augenblick, da er zur Tür hinausging.

Doch der Abend kam und nach ihm noch viele weitere, in denen Deidre und Wolfram sich dem Glück ihrer neugewonnenen Liebe hingeben konnten. Es war, als gäbe es niemanden auf der Welt außer ihnen beiden. Wolfram tat tagsüber seine Arbeit auf den Feldern, und Deidre verrichtete die anfallenden Frauenarbeiten, doch sie lebten nur für die Augenblicke, in denen sie zusammen waren. Deidre hatte das sichere Gefühl, nichts könne je die Grundfeste dieser Welt erschüttern. Sie ahnte nicht im entferntesten, wie sehr sie sich irrte.

20

Eines Morgens, der Frühling neigte sich seinem Ende entgegen, wurde Deidre vom Lärm splitternden Holzes aus tiefem Schlaf gerissen. Sie erkannte sofort die drohende Gefahr und hatte kaum Zeit, Wolfram zu wecken und ihren nackten Körper zu verhüllen, als auch schon ein Alptraum wie aus den tiefsten Tiefes des Hades aufsteigend, seinen Anfang nahm.

Sie schrie laut auf, als sie die in der Sonne blitzenden Schwerter sah, und namenlose Angst erfüllte sie, nicht einmal so sehr um sich selbst, als vielmehr um Wolfram.

Schreie durchschnitten die Luft. Überall schlugen Schwerter gegen Schwerter, metallisch und hart. Erinnerungen an den Überfall auf das Haus ihres Vaters brachen über sie herein. Wolfram hatte kaum Zeit, sich zu bewaffnen, als sich die drei Wikinger, die in die Hütte eingedrungen waren, auch schon auf ihn stürzten. Sie würden ihn töten, wenn er sich nicht als geschickter und stärker als sie alle erwies und diesen tödlichen Kampf für sich entscheiden konnte.

»Lauf, Deidre! Lauf weg!« rief er ihr zu und hieb mit

seinem Schwert auf den vordersten Angreifer ein. Doch das kam für Deidre gar nicht in Frage. Sie würde nicht gehen und ihn seinem Schicksal allein überlassen. Wußte er denn nicht, daß sie an seiner Seite jederzeit gerne sterben würde?

Breitbeinig stand Wolfram da, das Schwert in der Hand, wich einem Axthieb aus, der ihn um Haaresbreite verpaßte. Sein Vergeltungsschlag traf genau ins Ziel, und der erste seiner Feinde stürzte zu Boden. Nun stand es noch zwei zu eins. Die Wikinger drängten vorwärts. Deidre erkannte den einen der beiden, es war Eric Haraldsson mit seinem widerlichen Grinsen. Er war es also gewesen, der diesen heimtückischen Überfall geplant hatte. Deidre wünschte sich plötzlich, Wolfram hätte ihn damals getötet, als er die Gelegenheit dazu gehabt hatte.

Wolfram konnte einem mächtigen Hieb Erics gerade noch ausweichen, indem er sich duckte. Erics Schwert blieb in einer Holzbank hinter Wolfram stecken und schlug sie dabei fast entzwei. Der andere Wikinger stürmte nach vorn, seine Kriegsaxt hoch erhoben. Wolfram schleuderte Deidres Webstuhl auf ihn, und der Mann verlor beinahe das Gleichgewicht.

Deidre suchte verzweifelt nach einer Waffe, um Wolfram zu helfen. Schließlich konnte auch er immer nur einen Gegner gleichzeitig im Auge behalten. Er brauchte ihre Hilfe. Ach, könnte sie doch wenigstens für ein paar Minuten ein Mann sein! Da fiel ihr Blick auf eine Bratpfanne aus Eisen und Holz mit langem Griff. Sie war genau das Richtige für ihre Zwecke, und sie nahm sie und schwang sie wie eine Keule gegen Eric. Ihr erster Hieb ließ ihn zu Boden fallen, und sie versetzte ihm einen zweiten, harten Schlag gegen den Kopf, der ihn das Bewußtsein verlieren ließ.

»Gut gemacht, Deidre«, lobte Wolfram, ununterbrochen weiter kämpfend. »Nun sind die Chancen wenigstens gerechter verteilt!« Der einzige Angreifer, der noch nicht geschlagen war, kam auf Wolfram zu, und die beiden Männer hieben abwechselnd zu. Nun war es ein fairer Zweikampf; Deidre blieb nichts weiter, als dazustehen und zuzuschauen. Wolframs Gegner schienen plötzlich die Kräfte zu verlassen, Deidre hatte den Eindruck, daß er wesentlich älter war als Wolfram, der ihm plötzlich sein Schwert in die Schulter stieß, so daß er nicht mehr weiter kämpfen konnte. Der Mann würde innerhalb von wenigen Minuten verbluten, dachte Deidre, und es gab nichts, was sie dagegen tun konnte. Sie war sich auch gar nicht sicher, ob sie es wollte. Schließlich hätte auch er nicht die geringsten Skrupel gehabt, Wolfram im Schlaf zu ermorden.

»Nun bin ich fast schon eine richtige Wikingerin. Das hätte ich niemals geglaubt«, rief sie laut.

Wolfram nahm sie in die Arme. »Du hast dich genau so verhalten, wie es die Frau eines Wikingers tun sollte. Größere Tapferkeit hätte ich mir gar nicht wünschen können.«

Der an der Schulter verletzte Wikinger gab einen röchelnden Atemzug von sich, den letzten seines Lebens, und Wolfram kniete neben ihm nieder. Inzwischen fesselte Deidre Eric Haraldsson mit Seilen die Hände. Er würde getötet werden, aber nicht von ihrer Hand.

Eric öffnete seine kalten blauen Augen und blickte Deidre ins Gesicht. Sie erkannte seinen Haß, seinen Wunsch, sie zu verletzen, und war froh, daß er gefesselt war.

»Du irische Hure!« fluchte er. »Die Sache ist für dich noch nicht vorbei!«

Rasch stand sie auf und eilte zu Wolfram hinüber, um seiner Bösartigkeit zu entkommen. Als sie ihn erreichte, sah sie, daß er wie angenagelt in das Gesicht des toten Mannes am Boden starrte.

»Ich kenne diesen Mann. Er war es, der mich gefangengenommen und als Sklave an die Iren verkauft hat. Niemals konnte ich sein Gesicht vergessen«, sagte er. Alle Farbe war aus einem Gesicht gewichen.

»Bist du sicher?« fragte Deidre.

»So sicher, wie ich weiß, daß ich dich liebe«, gab zur Antwort und stand auf. »Ich werde aus Eric Haraldsson herausbekommen, warum dieser hinterhältige Angriff stattgefunden hat, und wenn es das letzte ist, was ich tue. Wenn mein Bruder dafür verantwortlich ist, wie ich es vermute, dann werde ich das bald wissen.«

Miteinander verließen sie die Hütte und traten hinaus ins helle Tageslicht. Viele Tote lagen herum, sowohl Angreifer als auch Bewohner der Siedlung, jedoch war klar, daß Wolframs Leute gesiegt hatten. Mehrere Häuser waren völlig niedergebrannt worden, und in der Ferne konnten sie die brennenden und verwüsteten Felder erkennen. Eilige stellte Wolfram eine Gruppe Männer zusammen, mit denen er sich daran machte, die Flammen zu bekämpfen, und Deidre holte die Frauen zusammen, um mit ihnen die Verwundeten zu versorgen. So kämpften sie alle gemeinsam darum, die Siedlung zu retten.

Als die Männer schließlich zurückkehrten, waren ihre Gesichter schwarz von Dreck und Rauch, doch sie brachten die Nachricht, daß der größte Teil des angebauten Getreides gerettet werden konnte. Wolfram machte sich auf der Stelle daran, Eric Haraldsson zu verhören.

»Sag mir, wer dich geschickt hat«, forderte er und packte ihn an der Kehle. Nie hatte Deidre ihn so wütend gesehen.

Doch Eric lächelte nur und spuckte Wolfram ins Gesicht. »Das werde ich dir nie sagen«, sagte er.

»Auch nicht, wenn ich dir sage, daß ich dich bei lebendigem Leib verbrenne, wenn du es nicht tust?« fragte Wolfram.

»Ich habe keine Angst, von Deiner Hand zu sterben. Laß es nur schnell geschehen«, knurrte Eric.

Wolfram lockerte seinen Griff und sah ihn mit kalten Augen an. »Es wird keinesfalls schnell geschehen, es wird ein langsamer Tod sein. Du wirst mich vorher tausendmal bitten, dich sterben zu lassen. Denn wenn es eines gibt, was ich nicht ertragen kann, dann ist es heimtückischer Verrat.«

Etwas in seiner Stimme, seinem Gesichtsausdruck beraubte Eric seiner gespielten Tapferkeit. Zwar würde es ihm nichts ausmachen, zu sterben und nach Walhalla einzugehen, doch ein langsamer, schmerzvoller Tod war eine andere Sache. Er dachte einen Moment lang nach und fragte dann: »Und wenn ich dir alles sage, was du wissen willst, was geschieht dann mit mir? Ich will auf keinen Fall als Sklave leben.«

»Ich werde dafür sorgen, daß du nach Norwegen geschickt wirst. Dort wirst du für die Wikinger arbeiten, nicht als Sklave, sonder als leibeigener Bauer. Dein Schwertarm wird dir abgeschlagen, so daß du nie wieder die Hand gegen dein Volk erheben kannst. Und das ist noch viel besser als das, was du eigentlich verdient hättest.« Die Hand auf die Hüfte gestützt, schaute Wolfram auf den Verräter hinunter.

Eric schwieg eine Weile, um die Sache zu erwägen. Dann wählte er den Tod statt eines solchen Lebens, und Wolfram bot ihm folgende Bedingungen an: »Erzähl mir alles, und du wirst einen raschen Tod sterben.«

»Es war dein Bruder. Dein Bruder!« brach es aus Eric heraus. Das überraschte Wolfram nicht im geringsten, so sehr es ihn auch schmerzte, daß es in seiner eigenen Familie einen solchen Verrat gegeben hatte.

»Als er herausfand, daß du aus der Sklaverei entkommen warst, bat er mich, dich zu finden und dafür zu sorgen, daß du niemals in den Norden zurückkehren wirst.

Solltest du vorhaben, nach Hause zu kommen, sollte ich dich töten«, erklärte Eric.

»Warum hast du uns dann heute überfallen?« fragte Wolfram.

»Ich wollte deinem Bruder deinen Kopf bringen und mir damit eine Belohnung verdienen. Wie sollte er erfahren, was zwischen uns geschehen ist? Er wird eines Tages der Jarl der Familie sein, und ich wollte mir einen Platz an seiner Seite sichern.« Eric schwieg, die Augen nach unten gerichtet. Er überlegte, ob es eine Möglichkeit zur Flucht gab und ob er Wolframs Bruder würde warnen können.

»So wünscht also mein eigener Bruder mein Verderben!« sprach Wolfram leise. Ihre Kindheit kam ihm in den Sinn. Vielleicht war Everard damals schon neidisch auf die enge Verbindung zwischen Wolfram und dem Vater gewesen. Denn Everard war zwar der älteste Sohn gewesen, doch Wolfram war der Sohn von Olafs Lieblingsfrau, und er betete ihn an. Da Wolframs Mutter im Kindbett gestorben war, bedeutete Wolfram ihm um so mehr. »Er hatte bestimmt Angst, daß ich statt seiner zum nächsten Jarl gewählt werden würde.«

Deidre versuchte, ihn zu trösten und drückte ihm liebevoll die Hand. »Ich teile deinen Schmerz«, sagte sie.

Wolfram sah sie an. »Ich muß zurück. Ich habe Angst um meinen Vater, und ich bin schon zu lange fortgewesen.« Er hatte als reicher Mann heimkehren wollen und nach der Flucht aus der Sklaverei Jahre damit verbracht, einen Überfall nach dem anderen zu begehen. Bei seiner Jagd nach Reichtum war ihm die Zeit davongelaufen, wie besessen war er gewesen. Doch jetzt war es an der Zeit, nach Hause zurückzukehren.

»Wenn du gehst, dann gehe ich mit dir«, versprach Deidre. »Wie die tapfere Frau in der Heiligen Schrift, die gelobt: ›Wo du hingehst, da will auch ich hingehen.‹«

Wolfram barg sein Gesicht in der weichen Fülle ihres duftenden Haares. »Dann laß uns gehen, Kleines. Wir werden gemeinsam das Meer Richtung Norwegen überqueren.«

Nachdem er seine Entscheidung getroffen hatte, versammelte Wolfram die Bewohner der Siedlung um sich. Es mußten noch viele Aufbauarbeiten erledigt werden, und ihm war klar, daß viele sich entschließen würden, hierzubleiben, doch einige würden mit ihm gehen wollen.

Sigurd trat als erster vor. »Ich komme mit dir, mein Freund.« Rorik und Roland schlossen sich ihm ebenfalls an, ihnen folgten Leif und Sifrid, Thurston und noch viele andere. Ein Sprechgesang wurde angestimmt, sie sangen Wolframs Namen.

Auch viele Frauen entschieden sich mitzukommen, unter ihnen waren Signy, auch Hildegard und Helga waren zur Freude Deidres dabei.

Schon früh am nächsten Morgen wurde mit den Vorbereitungen für die lange Reise begonnen. Viele Vorräte waren notwendig, und so wurden getrocknete Lebensmittel, eingelegte Fische, Obst, Getreide und frisches Wasser an Bord gebracht. Natürlich nahmen die Männer auch Waffen mit.

»Nun werde ich also Irland letzten Endes doch verlassen«, dachte Deidre, die dem geschäftigen Treiben vom Eingang ihrer kleinen Hütte aus zusah. Sie sah sich in dem Raum um, nahm Abschied von allem, was sie hier erlebt hatte, und dachte an die Zukunft. Sie freute sich auf die bevorstehende Reise, die sie in Wolframs schneebedeckte Heimat führen würde.

TEIL II

DAS LAND VON FEUER UND EIS

Norwegen
Sommer – Winter, 845 – 846

»Eis ist die leise Sprache der Gipfel –
und Feuer die leise Sprache der Sterne.«

Sonett No. 10 »Und im menschlichen Herzen«
von Conrad Aiken

1

Die beiden Wikingerschiffe, der »Seewolf« und der »Seedrache«, segelten nach Norden an der Küste Irlands entlang durch die stürmische irische See und passierten die Nordspitze von Schottland. Auch auf dieser Reise hatte es Stürme gegeben, doch keiner war so schlimm gewesen wie der erste, den Deidre erlebt hatte und bei dem Wolfram über Bord gesprungen war, um seinem Freund Sigurd das Leben zu retten. Die Schiffe waren bei den Orkney-Inseln kurz vor Anker gegangen, um frischen Proviant an Bord zu nehmen, und segelten nun weiter durch die Nordsee, Wolframs Heimat entgegen.

Es war eine große Erleichterung für Deidre, daß noch andere Frauen mit an Bord waren. Besonders Hildegard hatte sich als große Hilfe erwiesen. Lachend erzählte Deidre Wolfram, daß sie durch seine und Hildegards Unterweisung die Sprache der Wikinger inzwischen so gut beherrschte, daß niemand auf die Idee käme, zu bezweifeln, daß sie eine Gebürtige dieses Volkes sei. Natürlich übertrieb sie damit ein wenig, doch sie konnte sich tatsächlich ausgezeichnet verständigen. Sie verstand all die Geschichten und Scherze der Wikinger und konnte gemeinsam mit ihnen lachen.

Deidre stellte fest, daß Wolframs Volk von zäher Natur war, sehr selbständig und von unerschütterlicher Kraft. Die Berge und das Meer schienen ein Teil von ihnen zu sein. Oft lagen Berge zwischen den einzelnen Siedlungen, und so wußten sie, wie wichtig es war, zum Wohle aller zusammenzuarbeiten. Sie waren untereinander großzügig und aufrichtig, doch unnachsichtig gegenüber ihren Feinden. Zu diesen Feinden, so erzählte ihr Wolfram, zählten auch andere Wikinger, insbesondere die Dänen, die es auf Irland abgesehen hatten.

Das Meer war den Wikingern ungeheuer wichtig. Aus ihm bezogen sie ihre Nahrung, von See aus starteten sie ihre Eroberungszüge, und weitgereiste Händler brachten auf diesem Wege ihre Schätze mit an Land.

In der Nähe der Siedlung Nidaros gingen sie erneut vor Anker, um sich auf den letzten Teil der Reise, die sie an ihren Bestimmungsort Skiringssal bringen sollte, vorzubereiten.

»Es ist ein schönes Gefühl, wieder an Land zu sein«, dachte Deidre, während sie versuchte, sich an den festen Boden unter ihren Füßen zu gewöhnen. Bei jedem Schritt, den sie machte, schien ihr die Erde wie eine Meereswelle entgegenzukommen.

»Du hast Seebeine«, lächelte Wolfram. »Es wird eine Weile dauern, bis das vorübergeht, mein Liebling.«

»Ich bin nicht so sehr in das Meer verliebt wie du, Wolfram«, sagte sie, »aber ich werde versuchen, ein guter Wikinger zu sein.«

Wolfram strich ihr das rabenschwarze Haar aus dem Gesicht, etwas, was er schon auf See des öfteren getan hatte. Er hielt Deidre fest an sich gedrückt, um sie zu wärmen und vor dem kalten Wind zu schützen, und überlegte, wie sie sich in seiner Welt, die vom Meer, den Felsen und Wäldern bestimmt war, wohl fühlen würde. Er sah auf sie hinunter.

»Woran denkst du?« fragte er und küßte sie sanft auf die Stirn.

»Ich weiß so wenig über dich und deine Familie«, antwortete sie. In ihren Augen standen Befürchtungen und Sorge. »Ich habe Angst vor deinem Bruder. Mein Gefühl sagt mir, daß er uns Leid und Schmerz bringen wird.«

Wolframs Züge verhärteten sich. »Er wird mir einiges

erklären müssen, auch wenn es eine Weile dauern wird, bis ich ihn überführen kann.« Er streichelte ihr Gesicht, und seine Stimme wurde zärtlich. »Doch ich werde nicht zulassen, daß er uns etwas antut. Das verspreche ich. Einmal hat er mich zum Narren gehalten, doch noch einmal wird ihm das nicht gelingen.«

»Auch ich werde gut auf ihn achtgeben«, sagte Deidre. »Es ist sehr traurig, daß es Menschen gibt, denen man nicht trauen kann.« Ihr fiel der Mann ein, den sie nur als »den Iren« kannte. Vielleicht würde auch sie sich eines Tages an ihm rächen können, so wie Wolfram es nun bei seinem Bruder tun wollte. Mit einem Seufzer legte sie ihren Kopf an Wolframs Brust und fühlte sich ruhig und zufrieden. Wenn sie nur so stehenbleiben könnten und miteinander aufs Meer hinausschauen, ohne jede Sorge, nur mit dem Gefühl, wie schön es war, zusammenzusein. Wenn sie nur die beiden Männer, die ihnen Böses zugefügt hatten, hinter sich lassen und vergessen könnten, daß Wolfram ein Wikinger und sie eine Irin war, dann wäre sie wunschlos glücklich.

Eine Weile stand sie so schweigend neben ihm, dann fragte sie ihn leise: »Wie ist deine Familie, Wolfram? Erzähl mir von ihr. Was werden sie von deiner irischen Frau halten?«

Er nahm ihr Gesicht in beide Hände und lachte zärtlich. »So viele Fragen! Ich werde deine letzte zuerst beantworten. Mein Vater wird sagen, daß ich mir eine Schönheit an Land gezogen habe, die ideale Gefährtin. Meine Schwester Zerlina wird dich bemuttern, wie sie es früher bei mir getan hat. Mein jüngerer Bruder wird dich anbeten, und mein älterer Bruder wird dich mit den Augen verschlingen.« Plötzlich verdüsterte sich sein Blick. Everard hatte ihm schon einmal ein Mädchen weggenommen, Erika war das gewesen, doch Deidre würde er nicht bekommen. Deidre war seine große Liebe.

Bei der Erwähnung von Everard mußte Deidre zittern. Seine Aufmerksamkeit wäre ihr sicherlich nicht willkommen.

Wolfram sah ihr in die Augen, sein Blick hatte sich verdunkelt. Sie hatte ihn nach seiner Familie gefragt, und daher war nun der Zeitpunkt gekommen, wo er ihr sagen mußte, wovon er fürchtete, es werde sie schockieren, als Christin und als Frau. Er hatte so hart um ihre Liebe gekämpft und wollte sie auf keinen Fall wieder verlieren.

»Deidre, bei... bei meinem Volk gibt es einen... einen Brauch, den ich... den ich dir erklären muß«, stammelte er.

Sie sah ihn verwirrt an. Er hatte noch nie Schwierigkeiten gehabt, sich ihr verständlich zu machen. Doch jetzt sah er aus wie ein kleiner Junge, der seiner Mutter beichten muß, daß er ihren kostbaren Flakon zerbrochen hat.

»Ich habe in den vergangenen Monaten viel über dein Volk gelernt, Wolfram. Was gibt es, das ich noch erfahren sollte?«

Jetzt oder nie, dachte er und platzte heraus: »Mein Vater und mein Bruder haben beide mehrere Ehefrauen, das ist bei uns so. Die Reichen, die Jarls brüsten sich mit der Anzahl der Söhne, die sie zeugen konnten. Bei dem harten Leben, das wir führen, wären viele Frauen allen Unbillen wehrlos ausgeliefert, wenn sie keinen Mann hätten, der für sie sorgt. Wir...«

Eine Hand aus Eis legte sich auf Deidres Herz. Sie konnte bestimmt vieles ertragen, doch eines konnte sie nicht: Wolfram mit einer anderen Frau teilen.

»Und was ist mit dir?« fragte sie hastig, und ihre Hände zitterten, während sie auf seine Antwort wartete.

»Ich bin nicht verheiratet«, sagte er. »Ich hatte, bis ich dich traf, keine Frau gefunden, die ich hätte heiraten wollen.« Er zog sie fest an sich.

Deidres Sorgen verflogen. Sie hatte Angst gehabt, ihr

Glück könnte von der Tatsache, daß Wolfram einer anderen angehörte, erschüttert werden. Es tat schon weh genug, daß das Gelübde, das sie Phelan gegenüber abgelegt hatte, zwischen ihnen stand. Polygamie, Vielehe. Eine seltsame Sitte, mehr als eine Frau zu haben, und doch: war es nicht auch bei Salomon in alter Zeit so gewesen?

»Mir ist egal, was dein Vater und dein Bruder tun«, sagte sie schließlich, »solange du nicht ihrem Beispiel folgst. Ich bin, fürchte ich, eine sehr eifersüchtige Frau.«

Wolfram lächelte. »Und ich bin ein sehr eifersüchtiger Mann.« Er konnte ihr einfach nicht sagen, daß von ihm als Sohn des Jarl ganz selbstverständlich erwartet wurde, daß er sich dem Brauch unterwarf. Würde er ihre Liebe verlieren?

Die Sonnenstrahlen glänzten wie Feuerzungen über das Wasser. »Mitternachtssonne«, flüsterte Wolfram, »endloser Tag. Im Sommer herrscht ewiges Licht. So ist auch meine Liebe zu dir, Deidre. Und Loki soll jeden holen, der versucht, dich von mir zu trennen.«

2

Plötzlich war das Land der Mitternachtssonne für Deidre kein Mythos mehr, sondern vielmehr eine Welt mit herrlich blauem Meer, dunkelgrünen Wäldern und majestätischen Bergen, die weit in den Himmel aufragten und stolz ihre schneebedeckten Gipfel präsentierten. Die Fjorde, jene engen Buchten zwischen den Klippen, reichten bis weit in die Berge hinein und gestatteten den Schiffen, ganz nah an den gigantischen Felswänden entlangzufahren. Bei Deidre löste dieser Anblick Ehrfurcht aus.

»So etwas Großartiges habe ich noch niemals gesehen!« rief sie, während der »Seewolf« an den Felswänden entlangsegelte, so nahe, daß sie glaubte, sie mit der Hand berühren zu können.

Der »Seewolf« und der »Seedrache« glitten so sanft durch den Fjord, als hätten sie Flügel. In ihrer Vorfreude auf die Heimat waren die Männer die ganze Nacht lang weitergesegelt. Und nun am frühen Morgen, über ihnen strahlend blauer Himmel und rings um sie hohe Felsen, hatten sie es geschafft. Die Reise war zu Ende, sie waren zu Hause.

Einer der Männer an Deck hob ein geschwungenes Horn an seinen Mund und blies ein Signal zum Zeichen, daß sie als Freunde kamen und nichts Böses wollten. Die drei verschiedenen Töne wurden von einem anderen Horn oben auf dem Hügel beantwortet. Die ganze Besatzung begann zu jubeln und zu rufen, als sich die Schiffe der Küste näherten, und bald hatte sich am Ufer eine Menschenmenge versammelt. Hunde liefen schwanzwedelnd und bellend umher, und viele Frauen und Kinder kamen zur Landungsstelle gelaufen, um die Schiffe zu begrüßen.

Der »Seewolf« warf nur wenige Meter vom Ufer entfernt Anker, und die Ruderer bildeten mit den Rudern eine Brücke zum Land. Bewundernd sah Deidre zu, wie einige Wikinger auf halsbrecherische Weise auf diesem Steg herumtanzten und jeder versuchte, den anderen noch zu übertreffen; sie balancierten, hüpften und sprangen sogar gefährlich hoch in die Luft. Auch Wolfram beteiligte sich an diesem Freudentaumel und fiel beinahe ins Wasser, als er übermütig zu Deidre hinaufgrinste.

»Geschieht mir recht, was bin ich auch so verrückt!« lachte er und kehrte wieder an ihre Seite zurück. Das Schiff erreichte einen großen Felsen, und Wolfram nahm Deidres Hand. Gemeinsam sprangen sie von Bord des »Seewolf« und liefen einen gewundenen Pfad hinauf zu einem Hügel.

Einige Wikinger blieben im Hafen, um die riesigen Schiffe zu entladen, doch Wolfram war diesmal nicht dabei. Dies war sein großer Tag. Er kehrte nach Hause zurück und brachte seine wunderschöne Deidre mit.

»Fünf Jahre ist es her, daß ich dieses Fleckchen Erde zuletzt gesehen habe!« jubelte er und zog Deidre neben sich her. »Fünf lange Jahre!«

Deidre betrachtete die Ansammlung von Häusern, die sich eng aneinander kauerten. Manche von ihnen standen direkt am Wasser, schienen über ihm zu schweben, andere waren so nah an den Berghang gebaut, daß sie ihn zu berühren schienen; eine Hütte war gar auf einen Felsvorsprung gebaut worden. Auf den grünen und braunen Feldern rings umher weideten Ziegen, Schafe und Rinder.

Sie wanderten weiter, eine ziemlich weite Strecke zu einer Gruppe von Holzschuppen, die, wie Wolfram Deidre erklärte, sogenannte Außengebäude waren: Ställe, die das Vieh im Winter beherbergten, Scheunen für das Futter, ein großer Stall, eine kleine Schmiede und ein Badehaus. Hier sah es ganz anders aus als in Dubh-Linn.

»Komm, mein Liebling«, sagte Wolfram. »Es wird Zeit, daß du meinen Vater kennenlernst, Olaf den Roten.«

Dann führte er sie zu dem größten der umstehenden Gebäude, in der Mitte der Siedlung gelegen, dem »Skaalen« oder Saal genannt. Dort wurde gegessen und getrunken, hier fanden Feierlichkeiten und Spiele statt. Es war in der Hauptsache aus Holz gebaut, das Fundament war aus Stein, gedeckt war es mit einem Dach aus Torfplatten. Um das Gebäude herum führte ein hölzerner Steg bis zu dem einen der beiden Eingänge.

Als Deidre durch das große Holzportal eingetreten war, erkannte sie, daß wie in Dubh-Linn das Licht nur durch schmale Scharten in den Wänden einfiel und daß in der Mitte des Daches ein Loch war, durch das der Rauch abziehen und Sonnenstrahlen eindringen konnten. Fenster hatte das Gebäude deshalb nicht, weil hier die Winter so extrem kalt waren.

Ein Freudenschrei erklang, und eine Frau, nur wenig älter als Deidre, kam mit wehenden rotblonden Haaren auf sie zugelaufen.

Deidre sah, daß sie stark hinkte, ihr Fuß zeigte beim Laufen seitlich nach außen, und Mitleid durchzuckte sie.

»Wolfram!« rief die junge Frau aus und warf sich ihm in die Arme. Sie hielten sich fest umschlungen und lachten und weinten gleichzeitig.

»Ich dachte, ich würde dich nie mehr wiedersehen!« Freudentränen strömten ihr über das Gesicht.

»Das dachte ich auch, meine geliebte Schwester«, lächelte Wolfram. Dann schob er Deidre liebevoll nach vorn. »Zerlina, das ist Deidre.«

Die beiden Frauen sahen einander an und beschlossen spontan, daß sie Freundinnen werden würden. Zerlina streckte die Hand aus und ergriff bewegt die Deidres, um ihr ihr herzliches Willkommen zu zeigen. »Sie ist sehr schön, Wolfram. Ich habe noch nie solch wunderbare Augen gesehen. Genau wie die Blumen, die draußen auf den Wiesen blühen.«

Miteinander gingen sie tiefer in das Hausinnere hinein und trafen dort auf einen jungen Mann mit blauen Augen. Er lächelte und schien ein paar Jahre jünger zu sein als Wolfram. Sein Haar war außerdem etwas heller, seine Nase kürzer, und er war schmaler gebaut als dieser, doch ließ man diese Unterschiede außer acht, so sahen sie sich unglaublich ähnlich. Deidre schien es, als stünde Wolfram vor ihr.

»Wolfram! Beim Feuer von Muspell, was hat dich hierher geführt, Bruder?« fragte der junge Mann freudig überrascht.

Wolfram schlug seinem Bruder auf den Rücken. »Das

ist eine lange Geschichte, Warrick. Ich werde dir bei Gelegenheit alles erzählen.«

Da erhob sich ein starkknochiger Riese vom Boden. Er hatte flammend rotes Haar und trug einen mächtigen Vollbart. Sein Gesicht wurde von einer Narbe geprägt, die über die ganze linke Wange verlief und sein markantes Aussehen noch hervorhob. Deidre brauchte nicht zu fragen, wer dieser Mann war; aufgrund seiner Ähnlichkeit mit Wolfram stand fest, daß er dessen Vater sein mußte.

»Wolfram! Welch ein Anblick für meine alten Augen, bei Odin! Ich fing schon an zu glauben, ich würde dich vor meinem Weggang nach Walhalla nicht mehr wiedersehen.« Mit der Kraft eines Bären schloß er seinen Sohn in die Arme, Tränen rollten über sein ledergegerbtes Gesicht. Eine lange Weile standen sie da und hielten einander.

Währenddessen sah sich Deidre in dem ausgedehnten Saal um, in dessen Mitte auf einer erhöhten Plattform sich eine große Feuerstelle befand. Darüber hingen, von Balken des Giebeldaches an Ketten gehalten, große Töpfe über dem Feuer, ähnlich wie es in der Hütte in Dubh-Linn gewesen war. An der rückwärtigen Wand stand ein Webstuhl; mehrere Spindeln zum Spinnen von Wolle lagen daneben und erinnerten Deidre an ihre irische Heimat. Lange Reihen von Holzbänken zogen sich an den beiden Wandinnenseiten rechts und links entlang. An ihrem Kopfende stand ein großer hoher Stuhl, in den geometrischen Formen und Blumen kunstvoll geschnitzt waren. Wie Deidre inzwischen wußte, repräsentierten sie die verschiedenen Götter. In der Mitte, vor der Feuerstelle, standen einige Tische, mit Speisen und Getränken schwer beladen.

Eine laute, dröhnende Stimme durchbrach ihre Gedanken. »Wer mag denn das nur sein?« Eine große, starke

Hand wie von einem Bären packte ihre Schulter und zwang sie, sich umzudrehen.

Deidre stand vor dem Patriarchen. Sie schätzte sein Alter auf über fünfzig Jahre, doch es fand sich nicht eine einzige graue Strähne in seiner roten Mähne.

»Das ist Deidre«, antwortete Wolfram.

»Deine Frau? Deine Geliebte? Deine Sklavin? Was ist sie?« wollte Olaf der Rote wissen.

Ein Hauch von Traurigkeit trat in Wolframs Augen. »Ich wollte, sie wäre meine Frau, doch sie ist durch christliche Gelübde an einen anderen Mann gebunden und kann mich nicht heiraten.«

»Aha. Also ist sie deine Konkubine. Na, macht nichts.«

Deidre fühlte sich von Olafs Worten beschämt und wollte sich abwenden, doch er hielt sie fest in seinem Griff gefangen. Er legte eine Hand auf ihren Bauch und ließ sie zur Hüfte hinübergleiten. »Sie wird dir viele Kinder schenken, die richtigen Hüften hat sie dafür.«

Als verstünde sie Deidres Verlegenheit, trat Zerlina vor, ein Handtuch und eine Schüssel mit Wasser in den Händen. »Wir haben unseren Gast noch nicht gebührend begrüßt, Vater«, schalt sie sanft.

Deidre wusch sich das Gesicht und die Hände und lächelte die rothaarige Frau dankbar an. Auch Wolfram reinigte sich, doch Olaf gab nicht so schnell nach.

»Es ist gut, daß du diese Frau gewählt hast«, sagte er. »Dein Bruder, pah! Er hat drei Frauen, und alle drei sind unfruchtbar. Ich frage mich langsam, ob es nicht an ihm liegt. Und auch dein jüngerer Bruder hat keine Söhne. Er sagt, er habe noch keine Frau gefunden, die er heiraten möchte, wenn er auch schon den ganzen weiblichen Teil des Dorfes beglückt hat. Ich will Enkel haben, Wolfram, es ist der größte Wunsch eines alten Mannes.«

Wolfram warf Deidre ein verschwörerisches Grinsen

zu. »Wir wollen sehen, Vater, ob dieser Wunsch Dir erfüllt werden kann.«

Deidre wich seinem Blick aus. Dieses ganze Gerede von Babies machte ihr ihre mißliche Lage erneut bewußt. Wenn sie Wolfram nicht heiraten konnte, wären alle Kinder, die sie ihm gebar, den Gesetzen ihrer Kirche zufolge Bastarde. Was sollte sie tun? Sie liebte Wolfram und wollte sein Bett nicht verlassen, doch dann brächte sie Schande über jedes unschuldige Kind, das unter ihrem Herzen heranwuchs. Wenn es eine Möglichkeit gäbe, ihre Ehe annullieren zu lassen und sie Wolfram heiraten könnte, wäre alles gut.

»Ich muß dafür sorgen, daß ich nicht schwanger werde«, dachte sie. Wenn eine Frau vorsichtig war und ihre monatliche Periode richtig berechnete, könnte man dieses Risiko vermeiden, so hatte sie gehört.

Olaf ergriff Deidres Ellbogen und führte sie zu einem der Tische. »Wenn du ein Kind in dir trägst, wirst du meinen Sohn heiraten. Dann wird alles gut sein. Odin hat euch zusammengeführt, ich spüre es in meinem Herzen.« Er schien in Gedanken weit fort zu sein. Nach einer Pause murmelte er: »Auch Wolframs Mutter stammte von jenseits des Meeres. Sie war eine germanische Frau, und ihr Haar hatte die Farbe wilden Honigs. Rolanda. Zuerst wollte sie mich nicht, doch schon bald herrschte tiefe Liebe zwischen uns, und dann gebar sie mir einen Sohn, Wolfram.« Er sah Deidre an. »Und du wirst mir einen Enkel schenken. Dann wirst du die Lieblingsfrau meines Sohnes. Ich weiß es genau.«

Deidre wollte protestieren, doch der glückliche Ausdruck im Gesicht des alten Mannes ließ sie verstummen.

»Woher kommst du, Rabe?« fragte er.

»Mein Name ist Deidre«, verbesserte sie ihn sanft.

Er schüttelte den Kopf. »Nein«, widersprach er lachend. »Weil du Haare hast von der Farbe der Raben, werde ich dich auch so nennen. Wir Wikinger geben einander immer Spitznamen. Schau, dort drüben steht zum Beispiel Sweyn Gabelbart, und neben ihm, das ist Harald Langhals. So wie bei den beiden ist es mit allen. Du wirst es bald lernen, Rabe.« Er bedeutete Wolfram, sich neben ihn und Wolfram zu setzen. »Also, woher kommst du, Rabe? Aus Britannien?«

»Ich komme aus Irland«, antwortete Deidre.

»Irland. Soso. Also bist du Irin. Das ist gut. Die Iren sind ein herzliches Volk, und die Mischung von deinem und Wolframs Blut wird für starke, gesunde Kinder sorgen. Strolche mit rotem Haar.« Er griff sich ins eigene Haar und lachte.

Ihre Unterhaltung wurde unterbrochen, als jemand mit voller Wucht das Holzportal zuschlug. Ein Wikinger stand dort mit lodernden Augen, die Streitaxt in der Hand, in voller Größe aufgerichtet und die ganze Pracht seines Volkes demonstrierend. Deidre wußte augenblicklich, wer er war. Das war Everard der Eber. Er ging zu Wolfram und stellte sich direkt vor ihn hin. Er war etwa einen Kopf kleiner als dieser, doch diesen Mangel machte er mit seinen Muskeln und seiner Stärke wieder wett. Sein hellbraunes Haar, die gebogene Nase und sein stolzes Gehabe ließen Deidre an einen Raubvogel denken.

»Der Wolf ist also zurückgekommen«, sagte er. Ein kalter Schauer überlief Deidre, als sie die Feindseligkeit in seinen Augen sah.

Wolfram spürte, wie das Blut in seinen Adern vor Wut zu kochen begann. Dies war der Mann, der ihn in Hels Totenreich schicken wollte, der seinen Tod wünschte und der ihn so schmählich verraten hatte. Aber er konnte nichts unternehmen, ehe er seinen Bruder dafür in Händen hatte.

»Ja, ich bin wieder da«, sagte er mit kalter Stimme.

»Und ich habe viele Schätze für das Lagerhaus unseres Vaters mitgebracht.«

Der grobschlächtige, hakennasige Everard nahm zum ersten Mal Notiz von Deidre und begutachtete sie, wie er ein kunstvoll gefertigtes Schwert abschätzen würde. »Diese Schätze, von denen du sprichst, gehört diese Frau dazu?«

»Nein! Diese Frau gehört mir!« donnerte Wolfram und warf sein goldenes Haar zurück, eine unausgesprochene Warnung an seinen Bruder, seine Finger von ihr zu lassen.

»Deine Frau?« grinste Everard süffisant.

»Sie gehört zu mir«, war alles, was Wolfram antwortete.

Nur Deidre wußte, wie sehr er sich beherrschte, und befürchtete, seine äußere Ruhe könne jeden Moment ins Wanken geraten.

Everard schien Wolfram provozieren zu wollen, denn er ging zu Deidre hinüber und faßte nach ihrem dichten schwarzen Haar.

»Wenn diese Frau nicht Wolframs Ehefrau ist, beanspruche ich sie für mich selbst«, konstatierte er und lachte dabei. Er baute sich vor seinem Vater auf, aller Augen waren auf den alten Mann gerichtet.

»Da du mein ältester Sohn bist, ist das dein gutes Recht«, sagte Olaf und drehte sich nach Deidre um. Sein entschlossener Gesichtsausdruck erinnerte Deidre daran, daß er der Anführer dieses Volkes war, dessen Jarl, und sein Wort Gesetz.

Der Gedanke, das Bett mit Wolframs furchterregendem Bruder teilen zu müssen, war mehr, als Deidre ertragen konnte. Ihr wurde schwindlig, die Saalwände schienen auf sie zuzukommen. Nur nicht in Ohnmacht fallen, dachte sie noch. Doch um sie herum wurde plötzlich alles schwarz, und sie sank zu Boden.

3

Nur langsam erlangte Deidre das Bewußtsein zurück. Wie durch einen Nebel sah sie vor sich Zerlinas Gesicht und spürte, wie kühler Stoff auf ihre Stirn gepreßt wurde. Sie hörte Zerlina ihren Namen rufen und versuchte, sich aufzusetzen, doch eine Hand hielt sie zurück.

»Wolfram«, flüsterte sie.

»Er ist im Moment nicht hier«, antwortete Zerlina, doch das anmutige Gesicht trug einen fragenden Ausdruck.

»Ich weiß nicht, was mit mir los ist«, sagte Deidre. Es war ihr sehr peinlich, daß sie vor Wolframs Vater und Brüdern in Ohnmacht gefallen war. Erneut versuchte sie, hochzukommen.

Verständnisvoll und voller Zuneigung sah Zerlina sie an. »Bekommst du vielleicht ein Baby?«

»Nein, das ist unmöglich«, antwortete Deidre. Daran wollte sie nicht einmal denken. Mühsam erhob sie sich. Sie wollte wissen, wo Wolfram war. Und da sah sie ihn. Er wälzte sich, eng mit Everard verkeilt, über den Boden

»O nein!« schrie sie auf. »Auseinander! Jemand soll sie auseinanderreißen!« Sie versuchte, Wolfram zu erreichen, doch Zerlina hielt sie fest.

»Laß sie. Es ist gut, wenn sie ihre Wut ihm Kampf abreagieren.«

Deidre fielen Everards Worte ein, und ein erschreckender Gedanke stieg in ihr hoch. In manchen Ländern wurde dem Sieger die Frau zur Belohnung gegeben, die er haben wollte. Konnte es sein, daß die beiden um sie, Deidre, kämpften?

Wolfram und Everard waren beide starke Männer, beide hatten eine mächtige Brust und Muskeln wie aus Stahl. Noch immer rollten sie kämpfend über den Boden, und Deidre blickte sich nach Olaf um in der Hoffnung, er könne den Kampf beenden. Doch als er endlich kam, sah er lediglich ausdruckslos dem Geschehen zu. Everard landete einen schweren Schlag gegen Wolframs Nasenbein. Rasender Schmerz durchzuckte ihn. Die über Jahre hinweg aufgestaute Wut brach sich plötzlich Bahn, in namenlosem Zorn schlug er zurück und traf Everard mit voller Wucht ins Gesicht. Daß er es gewagt hatte, Deidre für sich zu fordern, hatte das Faß endgültig zum Überlaufen gebracht.

»Ich weiß, was du getan hast!« schrie er seinen Bruder an und hieb erbarmungslos weiter auf ihn ein.

»Tatsächlich? Und was soll das sein?« brachte Everard zwischen den Schlägen hervor.

»Versuch nicht, mich auf den Arm zu nehmen, Bruder«, gab Wolfram zurück, packte Everards Fuß, so daß dieser flach auf dem Rücken aufschlug. Breitbeinig stellte er sich über ihn. »Ich kenne dein Verbrechen, und ich werde dafür sorgen, daß du bezahlst.«

Seine Augen brannten vor Wut. Da gab Everard ihm einen Stoß gegen das Bein, und Wolfram strauchelte und fiel. Nun hatte Everard wieder die Oberhand.

»Du redest Unsinn«, sagte er mit blutig geschlagenem Mund und sah zu, wie Wolfram sich hochrappelte. »Du bist derjenige, der hier unrecht gehandelt hat. Du warst es doch, der immer Vaters Liebling gespielt hat!« Mit einem schweren Hieb streckte er Wolfram erneut zu Boden. Deidre riß sich von Zerlina los und rannte hinüber zu dem Mann, den sie liebte.

»Nein! Um Gottes willen, hört auf damit!« Sie hatte Angst, Wolfram werde diesen Kampf nicht mehr lange durchstehen, und ignorierte Zerlinas Rufen.

Um Everard daran zu hindern, noch einmal zuzuschlagen, fiel sie ihm in die Arme. »Laß ihn in Ruhe! Du wirst ihn noch umbringen!« weinte sie.

Da durchdrang Olafs dröhnende Stimme den Raum. »Laß sie in Frieden, Frau. Es ist nur richtig, wenn sie ihre

Feindschaft im Kampf austragen!« Drohend runzelte er die Brauen und Deidre trat zurück. Doch die Brüder reagierten auf ihr Eingreifen. Everard ließ seinen Bruder los, der auf den Boden zurücksank. Er versuchte aufzustehen, doch es gelang ihm nicht. Die Schläge, die seinen Kopf getroffen hatten, zeigte ihre Wirkung.

»Es sieht so aus, als sei ich der Sieger«, meinte Everard und blickte stolz um sich. »Ich bin ein wahrhaft würdiger Nachfolger für meinen Vater.«

Für Wolfram war die Gefahr für den Augenblick gebannt. Doch es hatte keine endgültige Einigung zwischen den Brüdern gegeben, und so würde noch der Tag kommen, an dem die Fronten geklärt werden mußten.

Deidre lief zu Wolfram und wischte ihm mit dem Saum ihres Kleides zärtlich das Blut vom Gesicht. Sie untersuchte seine Nase und stellte fest, daß sie zwar blutete, aber nicht gebrochen war.

»Es tut mir leid, daß ich mich eingemischt habe«, sagte sie leise, denn sie fürchtete, er werde nun ärgerlich auf sie sein, doch lächelte er sie unter Schmerzen an.

»Du kannst unsere Gesetze noch nicht verstehen«, sagte er schweratmend. »Bei uns überleben nur die Stärksten, verstehst du? Ich sollte dich um Verzeihung bitten, weil ich Schwäche gezeigt habe. Ein schöner Schiffskommandant bin ich!«

»Er ist viel schwerer als du. Es war ein unfairer Kampf.« Deidre sah zu Everard auf, der neben ihr stand und auf sie hinunterblickte.

»Es ist eine Frage der Geschicklichkeit, nicht des Gewichtes«, sagte Wolfram mit schwacher Stimme. Er versuchte aufzustehen, und Deidre half ihm dabei. Jeder Muskel seines Körpers schmerzte, sein Kopf fühlte sich an, als steckten Schwerter darin, doch der schlimmste Schmerz, das wußte er, wäre es, wenn sein Vater nun beschließen würde, Deidre Everard zu überlassen. Er hatte sie nicht den weiten Weg von Irland hierhergebracht, um sie an seinen Bruder zu verlieren. Nie und nimmer würde er dabeistehen und zusehen, wie das geschah.

Arm in Arm standen Deidre und er beieinander, und ihre Augen strahlten voller Liebe und Stolz. Ob er nun gewonnen oder verloren hatte, er war noch immer ihr geliebter Krieger.

Everard ging auf seinen Vater zu. »Die Frau. Wie lautet deine Entscheidung?« Er grinste und war sich der Antwort ganz sicher.

Olaf sah beide Brüder prüfend an. Als er den Ausdruck bedingungsloser Liebe in Deidres Augen erkannte, traf er seine Wahl. »Die Frau gehört Wolfram.«

Mit einem wütenden Laut wandte sich Everard ab und ging zur Tür. Über die Schulter rief er Olaf zu: »Du hast ihn schon immer bevorzugt! Egal, wie sehr ich mich um dich bemüht habe, immer war es Wolfram!« Er stürmte aus dem Saal. Schweigend blieben die anderen zurück.

Als die Erregung über den Kampf zwischen den Brüdern abgeflaut war, setzte sich die ganze Familie zum Morgenmahl, dem Dagveror. Aufgrund der Ankunft des Schiffes fand es heute später statt als üblich.

Deidre nahm bei den Frauen am einen Ende des Tisches Platz, Wolfram gesellte sich zu den Männern. Über dem Feuer briet ein riesiger Eber am Spieß. Sein köstlicher Duft stieg Deidre verführerisch in die Nase. Sie hatten eine lange Reise hinter sich, und sie verging beinahe vor Hunger.

Entsprechend seinem hohen Rang besaß Olaf viele Sklaven. Einige von ihnen liefen nun geschäftig zwischen der Feuerstelle und dem langen Tisch hin und her und brachten den Gästen immer neue Laibe Brot, das direkt auf den Steinen im Feuer gebacken wurde, und Stücke von dem saftigen Fleisch.

Zerlina stellte Deidre den anderen Frauen von Olafs Haushalt vor, zunächst Adora, Zerlinas Mutter, einer etwa vierzigjährigen Frau, die das gleiche rotgoldene, unbändige Haar besaß wie ihre Tochter. Dann folgte Gerda, Everards Mutter, eine korpulente Frau mit braunem Haar und mißmutigem Gesicht, die Deidre ziemlich rasch spüren ließ, daß sie das Mädchen für einen Eindringling und ein Ärgernis hielt, mit dem sie nichts zu tun haben wollte. Deidre beschloß, ihr in Zukunft aus dem Weg zu gehen.

»Laß dich von Gerdas Worten nicht verletzen«, flüsterte Zerlina Deidre ins Ohr. »Sie mag grundsätzlich keine anderen Frauen, nicht einmal meine Mutter. Ihre Schönheit ist schon lange verblüht, und sie hat Angst, Olaf könnte seine Aufmerksamkeit einer jüngeren Frau zuwenden, wie es viele seiner Art gewöhnlich tun.«

»Ich werde berücksichtigen, was du sagst«, flüsterte Deidre zurück. Sie betrachtete die am Tisch versammelten Frauen und fragte sich, wieviele Ehefrauen Olaf wohl haben mochte. »Welche von ihnen ist Wolframs Mutter?« fragte sie leise. Wolfram hatte nie von ihr gesprochen.

Zerlina lächelte. »Wolfram, Warrick und ich teilen uns eine Mutter. Wolframs leibliche Mutter ist bei seiner Geburt gestorben, und so hat ihn meine Mutter aufgenommen und wie ihr eigenes Kind erzogen. Vielleicht fühle ich mich ihm deshalb so viel näher als Everard oder meinen Schwestern.«

Olaf klopfte mehrmals mit seinem Messer auf den Tisch, das war das Signal dafür, daß das Morgenmahl offiziell begann. Zerlina erklärte Deidre leise, daß der Patriarch auch das Ende des Mahles so anzeigte. »Auch wenn du dann noch nicht fertig bist, wird dir der Teller einfach weggenommen. Also iß rasch.«

Das gemeinsame Essen, stellte Deidre fest, war bei den Wikingern gern eine laute und fröhliche Angelegenheit. Es wurde gelacht, Geschichten wurden erzählt, es wurde geprahlt und gescherzt. Eingedenk Zerlinas Worten aß sie rasch und schweigend und genoß den Anblick der vielfältigen Speisen. Es gab Huhn, Gans, Hasen, Fisch und natürlich gebratenen Eber, Käse und Graupensuppe. Sie war so intensiv mit Essen beschäftigt, daß sie nicht bemerkte, wie ein Paar Augen sie durchdringend musterten. Doch Zerlina entdeckte es und stieß Deidre in die Seite. »Gib auf die da drüben acht, Deidre«, warnte sie.

Deidre blickte auf und sah, wie eine junge, goldblonde Frau sie mit Neid und Eifersucht in den Augen unverhohlen anstarrte.

»Sie hat Wolfram einmal geliebt, und er sie ebenso, doch dann hat sie sich von ihm abgewandt und Everard geheiratet. Wahrscheinlich hielt sie es ihrer Schönheit entsprechend für angemessener, die Gattin des nächsten Jarl zu sein. Sie ist Everards erste Frau, ihr Name ist Erika. Everards zwei andere Frauen sitzen dir gegenüber, die junge Rothaarige und das schöne Mädchen mit dem kastanienroten Haar.«

Es schmerzte Deidre, zu erfahren, daß Wolfram schon eine andere Frau geliebt hatte, und sie schaute noch einmal zu ihrer Rivalin hinüber. »Liebt sie… liebt sie Wolfram noch immer?« wollte sie wissen.

Zerlina nickte. »Ja. Ich vermute, sie fragt sich, ob sie nicht den falschen Bruder geheiratet hat. Denn inzwischen halten viele Wolfram für Olafs Nachfolger. Wolframs Mutter war Olafs erste Frau, wenn auch Everard als erster Sohn zur Welt kam.«

Deidre versuchte, gegen ihre Eifersucht anzukämpfen. Eines war sicher: Sie würde niemals zulassen, daß diese Frau, oder irgendeine andere Frau, ihr Wolfram fortnahm. Ihre Augen sprühten Funken, als sie dem Blick der goldblonden, drallen Schönheit begegneten. Instinktiv spürte sie, daß zwischen ihnen vom ersten Augenblick ihrer Bekanntschaft an Feindschaft herrschte.

4

Wolfram stand mit seinem Vater an Deck des »Seewolf«. Der Fjorde lag ruhig unter der heißen Sonne. Stolz blickte Olaf seinen Sohn an, während er ihm erzählte, wie er den Iren entkommen und den ganzen Weg quer durch Irland gewandert war, bis er die Siedlung Dubh-Linn erreicht hatte, wo er sein Schiff baute und aus den Wikingern eine Mannschaft machte. Es war fünf Jahre her, seit Olaf seinen Sohn zuletzt gesehen hatte. Zwar hatte er gehört, daß Wolfram lebte und gesund war, doch es tat ihm wohl, mit eigenen Augen zu sehen, wie weit er es gebracht hatte. Die Küsten des Landes, dessen Bewohner ihn versklavt hatten, waren von ihm heimgesucht und erobert worden. Als reicher Mann kehrte er nun heim und verwandelte alle Widrigkeiten in einen Triumph.

Wolframs Augen begannen zu glänzen und seine Stimme wurde sanft, als er über Deidre zu sprechen begann und ihre Zuneigung ihm gegenüber erwähnte. »Sie gab mir den Mut, weiterzuleben. Ich freute mich auf jeden ihrer Besuche, wenn wir uns damals auch noch nicht miteinander verständigen konnten. Sie schenkte mir ihr Mitleid.«

Nachdenklich schüttelte Olaf den Kopf. »Das irische Kind, unser Rabe, hat dir also zur Flucht verholfen. Fühlst du dich ihr deswegen so eng verbunden?«

»Es geht viel tiefer. Ich liebe sie, wie ich in meinem ganzen Leben noch nie etwas oder jemanden geliebt habe. Sie besitzt alles, was ich mir von einer Frau erträumt habe, sie ist tapfer, liebevoll und schön. Das mitleidige Kind und die Frau, die ihren Vater mutig retten wollte, sind in meinem Herzen zu einer Einheit geworden.«

Langsam gingen Vater und Sohn an Deck auf und ab. Olaf begutachtete die handwerkliche Arbeit an Bord und zollte Wolfram grummelnd Anerkennung. »Wenn du bei der Auswahl deiner Frau das gleiche Geschick beweist wie bei dem Bau dieses Schiffes, müssen die Runen dir großes Glück bescheinigen. Deine Deidre ist wundervoll, und ich habe sie schon jetzt in mein Herz geschlossen. Sie ist wie ein seltener Edelstein. Sei froh, daß du nicht diese Frau namens Erika geheiratet hast. Auf ihre Weise haben dich die Götter auserwählt, mein Sohn, trotz aller Schwierigkeiten, die du durchstehen mußtest.«

Erika. Schon lange hatte er diesen Namen aus seinen Gedanken verbannt, waren ihre Wankelmütigkeit und ihre Herzlosigkeit nur mehr eine schwache Erinnerung für ihn. Deidre überstrahlte Erika, wie die Sonne den Mond überstrahlt. »Ich beneide Everard nicht. Ich weiß nur, daß ich nicht zulassen werde, daß er meine Deidre berührt«, sagte Wolfram und griff nach einem der Ruder an Bord. Er hätte seinem Vater gerne von Everards Verrat berichtet, doch er schwieg. Bald würde er den Beweis für die Untreue seines Bruders gefunden haben. Dann…

Ihre Unterhaltung wandte sich den Jahren zu, die sie weit voneinander entfernt verbracht hatten. So war in dieser Zeit auch Olafs dritte Frau, ebenso wie Wolframs Mutter, im Kindbett gestorben, und mit ihr das Kind, ein Sohn. Olaf hatte sehr darunter gelitten. »Mir war, als hätte ich nun zwei Söhne verloren, doch Odin hat mir meinen Zweitgeborenen zurückgebracht«, lächelte er. »Und wer weiß, vielleicht habe ich schon bald einen Enkel, der mich über den Sohn, den ich hergeben mußte, hinwegtröstet.«

Nachdem die Besichtigung des Schiffes zu Ende war, ließ Olaf seinen Sohn allein, der noch die Takelage überprüfen wollte. Der »Seewolf« war weit gesegelt, nun hatte er eine Ruhepause verdient. Er vergewisserte sich, daß man die gesamte Ladung gelöscht hatte und stellte zufrieden fest, daß Sigurd dabei ausgezeichnete Arbeit geleistet hatte. Alles war an Land gebracht worden.

Wolfram sehnte sich danach, zu Deidre zurückzukehren, und wollte sich gerade auf den Weg zum großen Saal machen, als sich ihm am Heck des Schiffes jemand in den Weg stellte.

»Wolfram!« hauchte eine heisere Stimme, die ihm nur allzu vertraut war. Erika stand vor ihm, das lange, blonde Haar fiel ihr offen bis zur Taille herab. Ihre Augen schienen ihn verschlingen zu wollen, auf ihren Lippen lag ein verführerisches Lächeln.

»So sehen wir uns also wieder, Erika«, grüßte Wolfram kühl. »Wo ist dein Mann?«

Ihre vollen Lippen bebten. »Betrunken, wie üblich«, entgegnete sie. Es erboste sie, daß Everard vorhin im Saal um den Besitz einer anderen Frau gekämpft hatte. Wie hatte er sie so demütigen können? Das würde sie ihm nie verzeihen. Schon dachte sie sich verschiedene Möglichkeiten aus, wie sie sich an ihm rächen konnte.

»Solltest du nicht an seiner Seite sein?« fragte Wolfram mit sarkastischem Unterton. Er hatte nicht den geringsten Zweifel daran, warum sie hergekommen war. Sie war mutwillig und von lockerer Lebensart. Vielleicht war sie Everards müde und wollte die alte Liebesaffäre wieder aufleben lassen. Doch er hatte sich einmal von ihr zum Narren halten lassen; das würde nicht noch einmal passieren. Inzwischen hatte er erfahren, was wahre Liebe bedeutete. Erika kam langsam auf ihn zu, bis sie nur noch eines Armeslänge von ihm entfernt war, von ihm, auf dessen Schlaflager sie wollte. Ihre Augen schwammen in Tränen, als sie zu ihm aufblickte.

»Ich hätte Everard niemals heiraten dürfen«, flüstere sie. »Denn ich habe nur dich geliebt.« Ihre Hände glitten zärtlich über seine Brust. Früher hätte diese Berührung Verlangen in ihm geweckt, doch jetzt ergriff er ihre Hände und stieß sie fort.

»Du bist die Frau meines Bruders. Weißt du nicht, welche Strafe auf Ehebruch steht?« Dieser Frau war es wirklich nicht wert, für sie zu sterben.

Erika blickte ängstlich über die Schulter nach hinten. Wenn man sie zusammen ertappte, konnte das gefährlich werden, die Strafe könnte sie beide ereilen. Everard war ein sehr besitzergreifender Mann, dessen Haß auf seinen Bruder keine Grenzen kannte. Sie wich tiefer in den Schatten zurück.

»Niemand wird uns erwischen, wenn wir vorsichtig sind«, flüsterte sie und lachte dann. »Du haßt Everard, und er haßt dich. Welch bessere Rache könnte es für dich geben, als daß im Bauch seiner Frau ein Kind von dir heranwächst? Denke nur, wie du ihn auslachen könntest, wenn er dein Kind großzieht, wenn du erleben könntest, wie es eines Tages zum Jarl erwählt wird!«

»Es mag Unstimmigkeiten zwischen Everard und mir geben, doch glaube nicht, daß ich sie in seinem Bett austragen werde. Ich bin ein Mann von Ehre.« Verächtlich blickte er auf die Frau hinunter, die er einst zu lieben geglaubt hatte. Welche Art Frau war sie nur, daß sie ihren Gatten betrügen wollte. Er erinnerte sich, wie sehr Deidre gegen ihre Liebe zu ihm angekämpft hatte, weil sie durch Gelübde an einen Mann gebunden war, den sie nicht liebte. Tatsächlich, diese beiden Frauen waren so verschieden wie Tag und Nacht.

Erika warf den Kopf zurück und fuhr mit der Zunge verführerisch über ihre Lippen. Ihr goldenes Haar weht ihr um den Kopf, und sie sah Wolfram mit kokettem Augenaufschlag an. »Du liebst mich immer noch. Das lese ich in deinen Augen. Bin ich es nicht wert, daß man eine Strafe für mich riskiert?«

»Was wir miteinander hatten, gehört längst der Vergangenheit an.«

»Nein!« Heftig schüttelte Erika den Kopf. Sie wollte es nicht wahrhaben, sie konnte einfach nicht glauben, daß er sie nicht mehr begehrte. »Du bist nur ärgerlich auf mich. Ich war dumm damals, das gebe ich jetzt zu. Vergib mir! Ich habe meine Augen vor meiner Liebe zu dir verschlossen.«

Wolfram war ein gutaussehender und starker Mann, und er war als feuriger Liebhaber bekannt. Sie wollte ihn haben, mußte seine Liebe zu ihr einfach irgendwie entfachen. Schnell streckte sie die Hände nach seinen Armen aus, doch er wich von der Berührung zurück.

»Ich empfinde nichts mehr für dich, Erika«, sagte er ohne jedes Gefühl. »Ich liebe eine andere.«

»Deidre ist keine von uns. Du kannst sie gar nicht lieben! Ich habe von irischen Frauen und ihrer Gefühlskälte gehört. Du brauchst eine Frau mit Feuer im Blut.«

»Dieses irische Mädchen, Erika, ist mehr Frau, als du es jemals sein wirst.« Mit diesen Worten drehte er sich um und ließ sie stehen. Doch schon nach ein paar Schritten hatte Erika ihn eingeholt und klammerte sich verzweifelt an ihn.

»Nein!« rief sie. »Du mußt mich lieben!«

In diesem Augenblick kam Deidre den Pfad zum Schiff hinuntergelaufen und sah die vermeintliche Umarmung von Erika und Wolfram. Sie hatte Sehnsucht nach ihm gehabt und sich daran erinnert, daß er mit seinem Vater zur Anlegestelle gehen wollte.

»Erika!« Ihr stockte der Atem, als sie die beiden zusammen entdeckte. Tränen stiegen ihr in die Augen, sie wandte sich um und lief verwirrt und zutiefst verletzt zurück in die Richtung, aus der sie gekommen war. Hätte sie sich noch einmal umgedreht, hätte sie gesehen, wie Wolfram die Frau wegschob.

»Bist du verrückt?« fuhr er Erika wütend an. »Hast du nicht zugehört? Ich liebe eine andere. Ich will deine Gunstbeweise nicht, jetzt nicht und nie mehr.«

»Aber ich liebe dich doch!«

Wolfram stieß Erika gewaltsam von sich. »Verschwinde. Ich will niemals wieder mit dir darüber sprechen. Beweise ein wenig Anstand und halte dein Eheversprechen, oder, und das schwöre ich dir, ich werde dafür sorgen, daß du wegen Ehebruch bestraft wirst.« Er wandte sich ab und ging davon. Erika blieb allein auf dem Schiff zurück.

»Es wird dir noch leid tun, daß du mich so behandelt hast«, murmelte sie vor sich hin und blickte ihm nach. »Du wirst den Tag verfluchten, an dem du mich verlassen hast.«

Mit diesem Schwur auf den Lippen verließ auch sie den »Seewolf«.

5

Deidre lag auf der dicken Strohmatratze, die ihr gemeinsames Bett darstellte, und starrte die Wände der kleinen Schlafkammer an. Der Raum war im rechten Winkel an den großen Saal gebaut worden und gerade groß genug für das Bett und ein wenig Platz darum herum. Sie blickte auf die Tür, die zum Saal führte, und sehnte sich danach, Wolfram durch das große Portal eintreten zu hören.

Jetzt wünschte sie sich, wieder in Dubh-Linn zu sein. Wir waren so glücklich dort, dachte sie. Nun schien es plötzlich so viele Hindernisse für sie beide zu geben. Schon Everard stellte eine Bedrohung dar, ihr war, als schwebe eine Axt über ihrem Kopf. Sie sah seinen lüsternen Blick und schloß die Augen, um die Erinnerung daran aus ihrem Kopf zu verscheuchen. Doch da tauchte in ihren Gedanken Everards Frau in Wolframs Armen auf. Ob er diese Frau noch liebte?

Er liebt doch mich, sagte sie sich. Wie konnte sie an seiner Liebe zweifeln? Hatte er sie ihr nicht immer wieder durch Worte und Taten bewiesen? Erst heute hatte er ihretwegen mit Everard gekämpft. Was sollte er denn noch tun, um ihr seine Liebe zu beweisen. Doch schien es ihr durchaus möglich zu sein, daß er zwischen zwei Frauen hin- und hergerissen wurde. Ihr selbst war es doch ähnlich gegangen. Auch sie hatte den blonden jungen Mann ihrer Kindertage geliebt und sich dennoch nach den Armen des großen bärtigen Wikingers gesehnt. Ja, auch sie hatte zwischen zwei Gefühlen geschwankt. Sie hatte ja nicht gewußt, daß es beide Male derselbe Mann gewesen war. Konnte sie mit diesem Wissen nun von ihm verlangen, die Frau, die er in seiner Jugend geliebt hatte, zu vergessen? Ich muß ihm Zeit geben, dachte sie.

Zeit. Hatten sie Zeit? Was war, wenn dieses raffinierte Biest Wolfram eine Falle stellte, ihn in Gefahr brachte? Deidre kannte die Strafe, die bei den Wikingern auf Ehebruch stand. Wolfram durfte bei dieser blonden Hexe einfach nicht schwach werden, das konnte sie auf keinen Fall zulassen. Dieser Frau durfte keine Möglichkeit zum Verrat gegeben werden. Deidre war entschlossen, um Wolframs Liebe zu kämpfen. Schließlich gehörte Erika einem anderen Mann.

Wie auch ich, fiel ihr plötzlich ein. Das Ehegelöbnis, das sie einst gesprochen hatte, klang in ihren Ohren und verfolgte sie. Niemals würde sie Wolframs Ehefrau sein können, niemals würden die heiligen Worte eines Priesters ihre Ehe segnen. Wie ein Stachel bohrte sich diese Erkenntnis tief in ihr Herz, quälte sie dieser Gedanke.

Schritte näherten sich, und Deidre erstarrte. Sie schloß die Augen und tat, als ob sie schliefe. Sie hatte Angst, mit ihm über ihre Zweifel zu sprechen.

»Deidre?« Leise hörte sie ihn ihren Namen rufen.

Sie sehnte sich danach, sich ihm in die Arme zu werfen,

ihm zu sagen, wie sehr sie ihn liebte, doch sie schwieg. Da gab es noch etwas, das sie quälte – die Frage, ob sie ein Kind im Leib trug. Hatte Zerlina recht mit ihrer Ahnung? Der Gedanke, Wolframs Kind an der Brust zu halten, weckte bittersüße Gefühle in ihr.

»Schlaf, mein Kleines. Wir sind beide müde nach dieser langen Reise«, flüsterte Wolfram und schloß die Tür der kleinen Kammer hinter sich. Zärtlich strich er ihr das Haar aus dem Gesicht, eine Geste, die sie sehr an ihm liebte. Vorsichtig ließ er sich neben ihr nieder, um sie nicht zu wecken.

Deidre mußte sich so sehr anstrengen, flach zu atmen, daß sie Angst hatte, ihre Lungen wurden bersten. Sie sehnte sich unendlich danach, ihn anzuschauen, doch verhielt sie sich ganz ruhig, bis ihr sein tiefer, gleichmäßiger Atem sagte, daß er fest schlief.

Nun bedauerte sie, daß sie sich schlafend gestellt hatte. Wenn sie je seine starken Arme um sich gebraucht hatte, dann war es jetzt.

Wieder dachte sie an Erika und an den Schmerz, den diese Frau Wolfram einst bereitet hatte. Vielleicht hatte sie die Umarmung der beiden doch falsch verstanden? Wolfram war lange Zeit fort gewesen. War es für zwei Jugendgefährten, die sich geliebt hatten, nicht ganz selbstverständlich, daß sie sich beim Wiedersehen in die Arme nahmen?

»Ich habe mich von meiner Eifersucht blenden lassen«, überlegte sie, ärgerlich auf sich selbst. Sie wandte sich Wolfram zu, um ihm zu sagen, wie sehr sie ihn liebe, doch dann beschloß sie, ihn besser nicht aus dem Schlaf zu wecken. Statt dessen betrachtete sie ihn zärtlich und liebevoll. Die Liebe zu ihm hatte ihr bislang nur Gutes gebracht, doch sie ahnte bereits, daß sich auch Kummer daruntermischen würde. Doch einer Sache war sie sich ganz sicher: ohne ihn wäre sie kein vollständiger Mensch mehr, und in ihrem Herzen wäre es so kalt wie auf den schneebedeckten Gipfeln der Berge des Nordens.

»Ich liebe dich, Wikinger«, sagte sie leise. »Ich habe nie gewußt, wie übermächtig die Leidenschaft sein kann.«

Dann legte sie sich zurück und schloß wieder die Augen. Sie schwor sich, das Gespenst der Eifersucht, das sie heute zum erstenmal heimgesucht hatte, mit allen Mitteln zu bekämpfen.

6

Während der folgenden Wochen lernte Deidre vieles über den großen Clan, dem Wolfram und seine Verwandten angehörten. Alle arbeiteten hart, wenn auch die niederen Arbeiten meist von Sklaven verrichtet wurden. Wollte man in diesem harten Klima mit seinen langen nordischen Wintern überleben, gab es immer alle Hände voll zu tun. Das Leben der Wikinger war schwer, und für schwache Menschen hatte niemand Verständnis oder Geduld. Deidre entschloß sich, zu beweisen, daß auch sie zu den Starken zählte.

Die Aufgaben der für den Haushalt Verantwortlichen waren um die Vorbereitungen für die beiden Hauptmahlzeiten des Tages herum, dem Morgen- und dem Nachtmahl, angeordnet. Fisch stellte hier in Skiringssal die Hauptnahrungsquelle dar und wurde in etlichen Variationen zu jeder Mahlzeit gereicht. Eine der täglichen Arbeiten bestand auch im Mahlen von Getreide und Brotbacken, denn das ungesäuerte Gerstenbrot mußte heiß verzehrt werden, da es sonst schnell hart und trocken wurde. Die Gerste wurde von Hand mit Hilfe eines rotierenden Mühlsteins zu Mehl gemahlen, der Teig anschließend in einem großen Holztrog geknetet und zu glatten

Broten geformt, die dann auf Eisenplatten, die man an langen Stielen festhielt, im offenen Feuer gebacken wurden. Außerdem beinhaltete die Arbeit im Haushalt, daß die Frauen Kräuter zum Trocknen aufhingen, wilde Pflanzen als Beilagen zu den Gerichten sammelten sowie wilden Honig, der zum Brauen von Bier und Met benötigt wurde, das man bei allen Festlichkeiten und Versammlungen trank.

Während Deidre ihre Arbeiten verrichtete, spürte sie oft, daß Erika sie beobachtete, als wolle sie sie bei irgendeiner Unzulänglichkeit ertappen und damit beweisen, daß sie nicht in das Volk der Wikinger paßte. Immerzu flüsterte sie mit Gerda und den anderen Frauen verstohlen hinter vorgehaltener Hand, als bespreche sie mit ihnen ein wichtiges Geheimnis. Nach einer solchen geflüsterten Unterhaltung übertrug Gerda, Olafs älteste Frau, die dem Haushalt vorstand, Deidre eine ausgesprochen unerfreuliche Aufgabe, die diese jedoch, wie sie es mit jeder Arbeit tat, mit hocherhobenem Haupt und ohne ein einziges Wort der Beschwerde erledigte, wenn auch am Abend ihre Arme, ihre Beine und ihr Rücken entsetzlich schmerzten.

Die Wikinger kauften zwar einen Großteil ihrer Kleidung von fahrenden Händlern, die ebenso wie sie Wikinger waren, dennoch verbrachten die Frauen einen großen Teil des Tages mit Spinnen und Weben. Dies war eine Aufgabe, bei der sich Deidre ganz und gar zu Hause fühlte, denn in ihrer Heimat war sie für die schönen Stoffe, die sie fertigte, bekannt gewesen. Mit der Schere schnitt sie den fertigen Stoff in einzelne Stücke, die dann zu Kleidungsstücken verarbeitet wurden. Beim Nähen trugen die Frauen die Nadeln in hohlen Vogelknochen an dünnen Ketten um den Hals. Außer für die Kleidung wurden Stoffe noch für viele andere Zwecke verwendet, zum Beispiel brauchte man sie für Decken, Wagenplanen und Schiffssegel.

Bei einem Händler aus Frisia hatte Wolfram feinsten Wollstoff gekauft, aus dem Deidre nun verschiedene Kleidungsstücke nähte, lange Hemden, Tuniken und Umhänge. Und voller Neid sah Erika, wie er Deidre wunderschöne Seide aus dem Osten brachte mit der Bitte, festliche Kleider für besondere Feiern und Zeremonien daraus zu fertigen. In Deidres Gedanken würde jedoch keines der noch so prächtigen Kleider den Platz jenes blauen Seidenkleides einnehmen können, das Wolfram ihr in Dubh-Linn geschenkt hatte.

Deidre freute sich schon auf das Nachtmahl, wenn sie auch bedauerte, nicht neben Wolfram sitzen zu können. Sie fragte sich, warum die Männer immer getrennt von den Frauen zusammensaßen, und fragte Zerlina danach.

»Sie wollen sich zotige Geschichten erzählen, die nicht für unsere Ohren gedacht sind«, erklärte Zerlina lächelnd. Im Gegensatz zu den anderen Frauen war sie in den vergangenen Wochen immer freundlich zu Deidre gewesen.

Inzwischen kannte Deidre viele der Götter des Volkes der Wikinger, ihre Namen und ihre Geschichte. Der höchste Gott war Odin, der Vater aller Götter. Zu ihm beteten hauptsächlich die Patriarchen und Grundbesitzer; sie betrachteten ihn als ihren wichtigsten Gott und erzählten, daß Odin sich gerne als dunkler Reiter verkleidete, mit einem weiten, wehenden Umhang und einem tief ins Gesicht gezogenen Hut. Sein Pferd hieß Sleipnir und hatte acht Beine. Sein Speer Gungnir traf immer ins Ziel. Sechshundertvierzig Türen führten in seinen Saal namens Walhalla, in dem auch ein Thron stand, von dem aus er die ganze Welt überblicken konnte. Als Kriegsgott war Odin auch Lenker der Schlachten und bestimmte, wer leben und wer sterben würde. Seine Gehilfinnen, die Walküren, oder, wie Zerlina sie nannte, die kriegerischen Jungfrauen, brachten jene nach Walhalla, die einen ehrenvollen Tod gestorben waren.

Thor, der Gott des Donners und des Regens, war der Sohn Odins und der bevorzugte Gott der Bauern. Den Donner erzeugte Thor, indem er einen von Ziegen gezogenen Wagen über den Himmel lenkte, den Blitz mittels eines mächtigen Hammers, mit dem er auch seine Feinde erschlug.

Jedesmal, wenn es nun ein Gewitter gab, konnte Deidre den rothaarigen Gott genau vor sich sehen, wie er die Zügel seines Wagens hielt und über den Himmel jagte, so lebendig war er in den Geschichten, die man sich nach dem Abendessen erzählte, geschildert worden.

Freyr, der Gott des Friedens und der Fruchtbarkeit, dessen im Bereich der Männlichkeit so großzügig ausgestattet Statue Deidre in Dubh-Linn so peinlich berührt hatte, galt als Spender des fruchtbaren Regens. Er besaß ein magisches Schiff, das er wie ein Zelt zusammenfalten und in seinem Beutel mit sich herumtragen konnte.

Und dann gab es noch Loki, den unheilbringenden Gott, der seine Gestalt verändern konnte und der durch die Himmel reiste, sowie seine Tochter Hel, die Herrscherin über das Totenreich. Deidre wußte, daß die im Saal versammelten Männer keine Furcht vor einem ehrenhaften Tod hatten, doch daß sie sehr wohl Angst davor verspürten, in Schande zu sterben und zu einem Dasein in Hels grausamen Königreich der Toten verdammt zu sein. Es hieß, sie sei zur Hälfte lebendig und zur anderen Hälfte verwest. Bis zur Taille sei sie aus Fleisch und Blut, erzählt man, doch von da ab bis zu den Füßen sei sie verrottet wie ein Aas. Deidre fand es nicht verwunderlich, daß diese Göttin immer als düster und grauenhaft beschrieben wurde.

Auch die weiblichen Götter waren für die Wikinger von großer Bedeutung. Frigg, die Gattin Odins und höchste

Göttin, teilte mit Odin das Wissen um die Schicksale der Menschen. Olafs Ehefrauen verehrten sie deshalb besonders, weil sie sehr mütterlich und zudem die Tochter der Mutter der Erde war.

Deidre mochte die Göttin Freyja am liebsten. Wolfram hatte ihr versichert, daß es nur ihr zu verdanken wäre, daß Deidre ihm geschenkt wurde. Als Göttin der Liebe und der Fruchtbarkeit wurde sie ständig von Riesen verfolgt und von Gnomen belagert, damit sie ihnen ihre Gunst schenke oder sie glücklich verheirate. Es wurde erzählt, sie würde auf einem Wagen über den Himmel fahren, der von Katzen gezogen wurde, und trüge einen Zaubermantel aus Federn, mit dem sie fliegen könne. Freyja begleitet Odin als einzige Göttin in die Schlachten, denn sie hatte das Recht, einen Teil der gefallenen Krieger in ihren eigenen Saal mitzunehmen.

In den Augen der Wikinger war ihre Welt ständig von Dämonen und Ungeheuern bedroht, die zwar unsichtbar, aber dennoch vorhanden waren. Deidre verglich diese Wesen für sich mit Satan und seinen bösen Helfern. Um diese schlechten Kreaturen von sich fernzuhalten, trugen viele Männer und Frauen des Wikingervolkes Amulette und grimmig aussehende Masken, von denen sie sich Schutz versprachen. Deidre selbst trug ein goldenes Kreuz um den Hals und war bereits mehr als einmal gefragt worden, ob es symbolisch Thors Hammer darstellen solle.

Sie genoß es, den Geschichten über die verschiedenen Götter und Göttinnen zu lauschen, und manch einer hatte sie aufgefordert, ebenfalls eine Geschichte aus ihrer Heiligen Schrift zu erzählen. Gut konnte sie verstehen, daß die Wikinger an Riesen, habgierige Gnome und helle und dunkle Elfen glaubten, denn auch ihr eigenes Volk hatte seine Geister, Kobolde und Märchenwesen. Nur mit den heidnischen Opfern und Ritualen der Wikinger kam sie schwer zurecht. In solchen Momenten suchte sie sich eine ruhige Ecke und betete zu Gott oder der Heiligen Jungfrau Maria.

Tagsüber sah Deidre ihren Wolfram nur selten, denn er arbeitete mit den übrigen Männern. Doch nachts, wenn sie allein mit ihm in ihrer gemeinsamen Schlafkammer war, gab sie sich ihm hin, wie sie es noch niemals zuvor getan hatte, als wolle sie für alle Zeit jene blonde Versuchung aus seinen Gedanken vertreiben, die seine erste Liebe gewesen war. Wenn sie geborgen in seinen Armen lag, waren alle Unterschiede zwischen ihnen vergessen – Religion, Sitten, Mißverständnisse. Dies alles löste sich unter seinen Küssen in Nichts auf.

»Von dem Moment an, als ich dich im Hause deines Vaters zum ersten Male sah, wußte ich, daß ich dich haben mußte«, flüsterte Wolfram eines Nachts und ließ seine Augen über die vollkommene Nacktheit ihres Körpers wandern. »Du gehörst mir, Deidre, bis zu dem Tag, an dem Ragnarok die Welt zerstört.«

Wie zur Bekräftigung dieses Versprechens streichelte er sie und küßte ihre Lippen. Deidre hielt ihn fest, wollte ganz sichergehen, daß sie für immer zusammenbleiben würden, wenn sie auch tief in ihrem Herzen spürte, daß das unmöglich war. Sie würde niemals seine Frau sein können, zeitlebens würde sie durch ihr Eheversprechen an einen anderen Mann gebunden sein. Und was würde Wolfram tun, wenn er dem Gesetz seines Volkes folgen und eine oder gar mehrere Ehefrauen nehmen mußte?

Ich will nicht darüber nachdenken, sagte sie sich störrisch und schloß die Augen, um die äußere Welt auszusperren. Sie seufzte tief auf vor Glück, als Wolframs Lippen über ihre Hüften wanderten und dann liebkosend zu den Spitzen ihrer Brüste glitten. Ihre Finger streichelten sein Haar, und ihr Körper erschauerte vor Glück. Zärtlich spreizte er ihre Beine, erfüllte sie mit seiner Liebe und ließ sie beide in Wärme und Wonne erbeben.

»Ich liebe dich«, flüsterte er anschließend, nahm sie fest in die Arme und vergrub sein Gesicht in der weichen Fülle ihres Haares.

»Und ich liebe dich«, wisperte sie ihm zu. Für kurze Zeit war Wolfram, der ihrem Körper höchste Wonne und ihrem Herzen tiefste Liebe schenkte, alles, was zählte, ihre ganze Welt.

7

Lustlos stocherte Deidre auf ihrem Teller herum, während sie Zerlina beim Morgenmahl gegenübersaß. Seit einer Woche verspürte sie morgens Übelkeit, und der Gedanke, sie könnte ein Kind bekommen, beschäftigte sie ununterbrochen. Zwei Monate schon war ihre Regel ausgeblieben, doch hatte sie das zunächst der anstrengenden Reise und der schweren Arbeit der vergangenen Wochen zugeschrieben.

»Stimmt irgend etwas nicht, Deidre? Du wirkst so durcheinander«, fragte Zerlina und griff über den Tisch hinweg nach Deidres Hand.

»Nein. Alles in Ordnung«, gab Deidre kurzangebunden zurück, bedauerte aber sofort ihren barschen Ton. Zerlina war stets freundlich zu ihr gewesen, sie durfte ihre schlechte Laune nicht an ihr auslassen. »Tut mir leid, Zerlina.«

»Von dem wenigen, was du ißt, würde ja nicht einmal eine Maus satt. Ich mache mir Sorgen um dich.« Sie stand auf und kehrte mit einer Portion Gerstenflocken an den Tisch zurück. »Ich habe Butter und Sahne dazugetan und möchte, daß du das ißt.« Um ihr einen Gefallen zu tun, schob Deidre sich einen Löffel voll in den Mund. »Das schmeckt gut...«, brachte sie mühsam heraus, bevor sich ihr erneut der Magen umdrehte und sie würgen mußte. Rasch hielt sie sich die Hand vor den Mund, sprang auf und lief aus dem Raum. Sie schaffte es gerade noch rechtzeitig.

Als es vorbei war, erhob sie sich langsam und stöhnend. Ihr war entsetzlich übel und sie meinte, sich ständig übergeben zu müssen.

Sie hörte Zerlina nach ihr rufen, und dann stand sie neben ihr, beugte sich zu ihr herunter und strich ihr das Haar aus dem Gesicht, als sie sich erneut übergeben mußte.

»Es tut mir leid«, brachte Deidre hervor. »Ich weiß gar nicht, was mit mir los ist.« Es war ihr peinlich, daß Zerlina sie in diesem schwachen Zustand sah. Schließlich war sie eine Wikingerin. Und Wikinger mußten stark sein.

»Ich weiß schon, was mit dir los ist«, lächelte Zerlina und ließ Deidre einen Moment lang allein, um eine Schöpfkelle mit kaltem Wasser zu besorgen, mit dem sie Deidres Lippen befeuchtete. »Du bist schwanger, nicht wahr?«

Deidre hatte sich bislang davor gesträubt, sich die Wahrheit einzugestehen, doch nun las sie sie in Zerlinas Augen und konnte nicht länger vor ihr davonlaufen, egal, wie sehr sie es versucht hatte.

»Ja, ich glaube schon.« Sie bedeckte das Gesicht mit den Händen. Gerade jetzt, da sie so glücklich war, spielte ihr das Schicksal diesen grausamen Streich und führte ihr die harte Wirklichkeit vor Augen! Sie mußte den Tatsachen ins Gesicht sehen: Sie würde nie wieder in ihr geliebtes Irland zurückkehren können.

»Alles kommt in Ordnung! O Deidre, ich freue mich so für dich! Ein neues Leben auf die Welt zu bringen ist eine ganz besondere Gnade.« Zerlina nahm sie in die Arme, bis Deidres Tränen versiegten.

»Was soll ich nur tun, Zerlina? Was soll ich denn nur tun?«

»Ich werde es gleich Olaf erzählen«, sagte Zerlina und stand auf. »Er wird sich sehr freuen und stolz auf dich sein.« Ein strahlendes Lächeln lag auf ihrem Gesicht.

Deidre schüttelte heftig den Kopf. »Nein, das darfst du auf keinen Fall tun. Versprich es mir, Zerlina. Er würde sich nicht im geringsten freuen, einen Bastard als Enkel zu haben, der über ihn und Wolfram nichts als Schande bringt.« Die heidnischen Götter dieses Landes schienen sich gegen sie verschworen zu haben, schienen ihr das Glück nicht zu gönnen.

Zerlina führte Deidre zu einem umgekippten Faß und half ihr, sich hinzusetzen.

»Olaf hat bereits selbst viele uneheliche Kinder, und er ist stolz auf jedes einzelne von ihnen. In unserem Volk hat ein hochgestellter Mann nun einmal mehrere Frauen und außerdem noch Konkubinen.«

»Und ihr Frauen laß euch das gefallen?«

»Ja, das tun wir, wenn ich auch nicht abstreiten will, daß es hin und wieder Eifersuchtsszenen gibt. Doch wenn aus einer solchen Vereinigung ein Kind entspringt, ist der Mann sehr stolz darauf, und wenn dieser Sohn auch nicht der nächste Jarl sein wird, so wird ihm doch viel Liebe zuteil, und er erhält einen ehrenvollen Platz im Haus seines Vaters. Und als erwachsener Mann bekommt er einen eigenen Hausstand.«

»Mein Kind würde nicht verstoßen werden?« Deidre konnte es kaum glauben, in ihrer Heimat wäre so etwas unmöglich. »Vorausgesetzt, es wird ein Sohn?«

»Du gehörst Wolfram. Seinem Kind gebührt alle Liebe und Ehre. Du kennst doch Rorik?«

»Sicher.«

»Er ist einer der unehelichen Söhne meines Vaters. Und es gibt keinen besseren Mann als ihn.«

Sie sah, daß Deidre in Gedanken versunken war, und hielt inne, erfüllt von der Hoffnung, daß Deidre ihren Bruder heiraten werde. Es wäre nur richtig, sie gehörten einfach zusammen. Deidre durfte keinem anderen angehören. Und welch eine wunderbare Frau sie Wolfram sein würde! Alle Ehren der ersten Frau würden ihr dann zuteil.

»Weiß Wolfram es schon?« fragte sie.

Deidre schüttelte den Kopf. »Nein, noch nicht. Aber ich werde es ihm heute abend sagen.« Sie stand auf, weil sie in den Saal zurückgehen wollte, bevor jemand auf ihre Abwesenheit aufmerksam wurde.

»Und wirst du es Olaf berichten? Er wünscht sich ein Enkelkind mehr als alles andere auf der Welt und wird sehr stolz auf dich sein.«

»Ich werde es ihm sagen, wenn der Zeitpunkt dafür gekommen ist, und ich werde es auf meine eigene Weise tun«, antwortete Deidre. »Wolfram jedoch wird der erste sein, der von mir erfährt, was aus unserer Verbindung entsteht.« Er würde stolz auf das Kind sein, das sie in sich trug, dessen war sie gewiß.

Schweigend gingen Zerlina und sie zum Saal zurück, jede mit ihren eigenen Gedanken beschäftigt. Zerlina hatte die Hoffnung, jemals zu heiraten und selbst ein Kind zu gebären, längst aufgegeben, denn ihre Behinderung ließ die Männer davon Abstand nehmen, sie zu ehelichen. Deshalb war für sie die Tatsache, daß Deidre schwanger war, mit großen Erwartungen verbunden. Sie freute sich sehr darauf, ein Baby in den Armen halten zu können. Deidre hingegen war zwischen Freude und Sorge hin- und hergerissen. Weil sie Wolfram so sehr liebte, würde sie gar nicht anders können, als auch dieses Kind von Herzen zu lieben, doch sie hatte Angst, daß die Reinheit ihrer Seele dadurch in Gefahr geriete. Sie wünschte, ihre Mutter wäre bei ihr, denn Tara hatte ihr noch immer Kraft gegeben.

»Ich werde sie niemals wiedersehen«, flüsterte sie vor sich hin, und dieses Wissen zerriß ihr beinahe das Herz. Hier ist meine Welt, hier bei Wolfram, dachte sie.

8

Deidre stand über den großen Holztrog gebeugt und war damit beschäftigt, aus der langen Teigrolle kleine flache Fladen zu formen, die für das Nachtmahl gebacken werden sollten. Hinter ihr waren einige Sklavinnen dabei, in großen Kesseln Meerwasser zu sieden und daraus Salz zu bereiten. Die Luft im Raum war feucht und schwül, und Deidre wischte sich immer wieder den Schweiß von der Stirn. Weil ihre Hände voller Mehl waren, blieb in ihrem Gesicht eine weiße Spur zurück.

»Deidre! Ein Schiff! Ein Schiff!« Zerlina stürmte herein, aufgeregt wie ein Kind. »Komm, wir gehen ans Meer hinunter und begrüßen es. Wir haben so selten Besuch!«

Deidre wischte sich rasch die Hände an ihrer Schürze ab und folgte Zerlina den Pfad zur Anlegestelle hinunter. Sie hörte das Signalhorn, dann das Antwortzeichen, sah die leuchtend bunten Segel sich im Wind blähen und wurde selbst ganz aufgeregt. Weil die Berge ringsum hinter einem leichten Nebelschleier lagen, hatte die ganze Szenerie etwas Unwirkliches. Mit Zerlina an ihrer Seite beobachtete sie, wie das Wikingerschiff mit hochgestellten Rudern den Fjord heraufkam. Wie ein vielbeiniger Drache sah es aus. Sie erinnerte sich an den Tag, als der »Seewolf« hier Anker geworfen hatte und freudig begrüßt worden war. Nun war sie selbst eine von denen, die zur Begrüßung am Ufer standen.

Zwei kleine Jungen liefen beim Steg hin und her und spielten mit ihren Holzschwertern und Schilden. Sie brachen ihren anstrengenden Kampf jedoch ab, als das Schiff näher kam. In ihren Augen war zu lesen, wie sehr sie sich danach sehnten, eines Tages selbst über die Meere zu fahren.

»Wessen Schiff ist das, Zerlina?« fragte Deidre. »Gehört es einem Verwandten von Olaf?«

»Ich kann die Segel nicht erkennen«, antwortete Zerlina und kniff die Augen zusammen, um besser sehen zu können. »Vielleicht brauchen sie nur Proviant oder müssen etwas reparieren lassen. Jedenfalls wird der Gemeindesaal heute abend voller Leute sein.«

Inzwischen war das Schiff gelandet, und die Mannschaft befestigte es sicher an der Anlegestelle. Anschließend entluden sie es, wobei sie die vielen Kisten und Fässer durchs Wasser watend an Land trugen. Da entdeckte Deidre Wolframs vertraute Gestalt. Er ging auf einen der Ankömmlinge zu. Ein großer Mann, den sie noch nie gesehen hatte, schlug Wolfram auf den Rücken, seine laute Stimme klang bis zu ihr herüber.

»Ich habe dir doch gesagt, ich fange ihn für dich!« Hochmütig warf er den Kopf zurück. »Jetzt übergebe ich ihn dir als Beweis unserer Freundschaft.«

Wolframs Antwort war unverständlich, doch er erwiderte die freundschaftliche Geste des Mannes.

»Wer ist das?« fragte Deidre Zerlina.

»Kann das stimmen? Ja, tatsächlich, das ist Thorkill, ein alter Jugendfreund von Wolfram. Er ist sehr bekannt und soll von Beruf Händler sein.«

Deidre ging langsam auf Wolfram und den Mann an seiner Seite zu. Die Mannschaft und einige kräftige Sklaven waren noch immer mir dem Löschen der Ladung beschäftigt, einige von ihnen trugen die Lasten bereits den Pfad zum Dorf hinauf. Mannschaftsmitglieder begleiteten sie, mit Streitäxten und Schwertern bewaffnet, auf dem steilen Weg unter der heißen Sonne.

Das Schiff kam aus dem Norden und brachte große Schätze mit, flüsterte man sich zu – Pelze, Elfenbein, Öl, Sklaven und zum Tauschhandel bestimmte Waren.

Wolfram sah zu, wie die gesamte Ladung an Land gebracht wurde. Soweit Deidre dem Gespräch entnehmen konnte, war das Schiff auf seiner Fahrt nach Skiringssal während eines Sturmes beschädigt worden, das Schwesterschiff sogar gesunken. Die Männer besprachen die erforderlichen Reparaturen, und es hatte den Anschein als werde der Aufenthalt der Neuankömmlinge länger ausfallen als geplant.

Der Mann, von dem Zerlina gesagt hatte, daß er Thorkill hieße, winkte ein paar seiner Leute herbei. »Bringt den Gefangenen heraus!« befahl er. Bald darauf wurde eine hochgewachsene, schmutzige Gestalt vom Schiff heruntergeführt. Thorkill ging mit Wolfram zu dem Gefangenen hinüber.

»Hier ist der Mann, den du haben wolltest.«

Er war schmutzig und zerlumpt, Haare und Bart waren verfilzt. Seine Handgelenke hatte man gefesselt, und von seinem Hals baumelte eine Kette, an der er geführt werden konnte. Er bewegte sich sehr langsam, als hätte die Wochen der Gefangenschaft seinen Willen gebrochen.

»Wie grausam!« sagte Deidre leise und spürte Mitleid mit dem ihr unbekannten Mann.

Wolfram ging auf ihn zu, nahm sein Gesicht in seine Hände und untersuchte ihn, als sei er ein preisgekröntes Pferd oder ein Bulle. »Bei Thor, er ist es«, stellte er fest und trat einen Schritt zurück. Die verwahrloste Kreatur holte aus und wollte ihm einen Schlag versetzen.

»Du wirst ihm erst zeigen müsse, wer hier der Herr ist, nicht wahr, Wolfram?« lachte Thorkill.

»Ja. Mit der Peitsche werde ich ihm diesen trotzigen Ausdruck aus dem Gesicht wischen.« Drohend hielt er dem Gefangenen die Faust vors Gesicht. »Ich werde dir zeigen, was es heißt, ein Sklave zu sein.«

Eine Ahnung regte sich in Deidre. Wolfram sprach gälisch mit dem Mann. »Das kann nicht sein«, dachte sie.

»Bringt ihn ins Sklavenquartier«, befahl Thorkill seinen Leuten. Als er sich umdrehte, sah Deidre, daß er nur ein Auge hatte.

»Lieber sterbe ich, als daß ich als Sklave unter euch Heiden lebe, du Hund! Töte mich!« brüllte der heruntergekommene Mann mit den langen braunen Haaren heiser und riß an seinen Fesseln.

Etwas in seiner Stimme war Deidre eigenartig vertraut, und sie eilte näher heran, um ihn genauer betrachten zu können.

Hastig schob sie sich durch die Männer, die um den Gefangenen herumstanden, und sah ihm ins Gesicht, sah sein Erschrecken, als er sie erkannte. Ihr Herz begann wild zu schlagen, und ihr stockte der Atem.

»Maddock! Bist du es wirklich, Maddock?« rief sie fassungslos.

»Deidre«, grüßte er sie kurz mit rauher Stimme.

Ein Ire, ein Mitglied ihrer Familie stand vor ihr. Derselbe Mann, der vor vielen Jahren Wolfram als Sklaven gehalten hatte. Hilflos und ohne ein Wort sagen zu können, mußte sie zusehen, wie er den steilen Pfad hinaufgestoßen wurde, um in einer dunklen Hütte eingesperrt zu werden, die von nun an sein Zuhause war.

9

Deidre warf sich Wolfram in die Arme und hielt ihn mit ihren kleinen Händen am Arm fest. »Nein! Bitte, Wolfram, tu das nicht!«

Er sah sie stirnrunzelnd an. »Ich muß«, antwortete er mit gedämpfter Stimme. Er wollte sie nicht verletzen, doch vor Thorkill durfte er keine Schwäche zeigen, denn der hatte ihm einen großen Gefallen getan, indem er seinen Feind gefangengenommen hatte. Unter Wikingern war dies der höchste Freundschaftsbeweis.

»Bitte!« Sie klammerte sich noch fester an ihn und sah ihm in die Augen, las aber nur kriegerischen Stolz und Beharrlichkeit in ihnen. »Er ist doch ein Verwandter von mir!«

»Hast du eigentlich eine Vorstellung davon, was ich von den Händen dieses Mannes habe erleiden müssen?« sagte er zwischen zusammengebissenen Zähnen, wütend, daß sie ihm diese Szene machte.

»O ja, das weiß ich sehr genau. Ich habe es mit meinen eigenen Augen gesehen. Ich habe deinetwegen damals geweint und versucht, dir zu helfen, doch wenn du dich jetzt an ihm rächst, bist du kein bißchen besser als er.«

Jemand zog an ihrem Kleid und führte sie von Wolfram weg. Es war Zerlina. »Beruhige dich, Deidre«, warnte sie Deidre flüsternd. »Eine Frau darf nicht in aller Öffentlichkeit mit ihrem Mann streiten!«

Wolframs Gesicht war vor Wut rot angelaufen. »Geh zurück in den Saal, Frau«, sagte er zornig, »und mische dich nicht in Männerangelegenheiten ein.« Damit wandte er sich von ihr ab, und Deidre lief weinend davon, auf das Haus zu, das ihr Heim sein sollte.

Dort angekommen, versteckte sie sich hinter der Rückseite des Gebäudes, setzte sich auf einen Stein und ließ den Tränen über ihre Demütigung freien Lauf. Was Wolfram gesagt hatte, stimmte. Maddock war ein grausamer Sklaventreiber gewesen, hatte Wolfram beinahe verhungern lassen, ihn geschlagen und verhöhnt. Sie konnte verstehen, daß Wolfram ihn haßte und sich an ihm rächen wollte. Doch für sie war Maddock auch ein Ire und der Cousin ihres Vaters. Sie konnte nicht einfach danebenstehen und zusehen, wie er gedemütigt wurde.

Deidre war so tief in Gedanken über ihre traurige und zwiespältige Lage versunken, daß sie die sich nähernden Schritte nicht hörte. Erst als Erika zu sprechen begann, schrak sie auf. »Was ist denn mit dir?« erklang die schneidende Stimme. »Ist es doch zu schwer für dich, wie ein Wikinger zu leben? Oder ist Wolfram deiner endlich müde geworden?«

Deidre wischte sich die Tränen ab und drehte sich um. Sie würde dieser Frau nicht zeigen, daß sie geweint hatte. »Bist du etwa eifersüchtig, Erika? Ich bin hierhergekommen, weil ich mit meinen Gedanken allein sein wollte.«

»Ha! Du hältst mich wohl für dumm? Du gehörst hier nicht her! Dein Haar, dein alberner Akzent, dein blöder Gott, alles zeigt nur, daß du eine Außenseiterin bist. Du paßt nicht zu uns Wikingern!«

»Ich bin ebenso stark wie du«, gab Deidre zurück. »Und ich habe in den vergangenen Wochen hart daran gearbeitet, eure Sitten und Gebräuche zu erlernen.«

»Und doch verachtest du unsere Götter, ich sehe es dir jedesmal an, wenn du einem unserer Rituale beiwohnst. Du bist noch immer schockiert, wenn wir Tiere opfern. Feige bist du!« Wie eine wütende Rachegöttin stand sie vor Deidre. »Warum gehst du nicht dahin zurück, wo du hergekommen bist?«

»Mein Platz ist hier bei Wolfram«, antwortete Deidre ruhig. Dann stand sie auf und ging in den Gemeindesaal, fort von der blonden Frau und ihrer bösen Zunge. Denn trotz des heutigen Streits mit Wolfram liebte sie ihn und würde ihn dieser Erika niemals überlassen.

Im Saal liefen die Leibeigenen eifrig hin und her und zündeten die Öllampen an, die an Eisenketten von der Decke hingen. Der ganze Raum war von Essensdüften erfüllt, die allen das Wasser im Munde zusammenlaufen ließen. Allen, außer Deidre. Ringsum wurde geplappert und gelacht, die Besatzung des Schiffes war auch schon eingetroffen, und jeder kämpfte um einen Platz in Olafs Nähe, der von seinem hochlehnigen Stuhl aus dem bunten Treiben zuschaute und den Gesichtern von Abenteuern und Schätzen lauschte, die die Männer weit übers Meer hergebracht hatten.

Deidre sah sich nach Wolfram um, doch er war im Saal nirgends zu sehen. Sie vermutete, daß er noch immer ärgerlich war, und bedauerte, daß sie sich so hatte gehen lassen. Sie hätte Wolfram beiseite bitten müssen, fort von Thorkill, um in Ruhe mit ihm zu sprechen, doch der Anblick von Maddock hatte sie völlig überrumpelt.

In diesem Augenblick kam Wolfram durch die Tür hereingeschlendert, die Schultern zurückgezogen, den Kopf stolz erhoben. An seiner Seite ging Thorkill, der Deidre mit seinem einen Auge anblickte, als sei sie ein ungehorsames Kind. Inzwischen ging Wolfram auf die Feuerstelle zu und stocherte mit einem Schürhaken darin herum, als wolle er einem unsichtbaren Feind den Garaus machen. Deidre wartete, bis Thorkill sich hingesetzt hatte, und ging dann zu Wolfram hinüber. Sie mußte mit ihm sprechen, ihn besänftigen.

Wolfram hörte die Schritte hinter sich und drehte sich mit einer Mischung aus Ärger und Niedergeschlagenheit um. Als er Deidre wahrnahm, winkte er sie zu sich und führte sie in eine entfernte Ecke, fort von den neugierigen Blicken der Anwesenden.

»Wolfram…«, begann Deidre.

Doch er ließ sie nicht weiterreden. Mit kalter Stimme unterbrach er sie. »Ich bin ein Wikinger, Deidre. Und ich habe dir gesagt, daß ein Wikinger stark sein muß.«

»Und ich bin Irin, Wikinger. Ich kann nicht tatenlos zusehen, wie du einen meiner Verwandten demütigst«, antwortete sie.

»Thorkill hat mir die große Ehre erwiesen, einen meiner Feinde gefangenzunehmen. Ich kann ihn nicht beleidigen, indem ich sein Geschenk zurückweise.« Er legte ihr die Hände auf die Schultern, seine Augen wurden sanft. »Bei der Liebe, die du für mich empfindest, versuche bitte, uns zu verstehen.«

Zart legte sie ihre Finger auf seine Brust. »Bei der Liebe, die du für mich empfindest, bitte, laß ihn frei. Du hast selbst gesagt, daß es nicht recht ist, daß ein Mensch den anderen besitzt. Laß das, was heute geschehen ist, nicht wie eine Mauer zwischen uns stehen.«

»Ich soll ihn freilassen?«

»Jawohl, freilassen. Laß ihn zu seinem Volk zurückkehren, so wie auch du zu deinem Volk zurückgekehrt bist.«

»Ich habe ihn nicht gefangengenommen. Ich habe ihn nicht hierhergebracht«, sagte er ausweichend und verzog die Lippen.

»Aber er ist dir übergeben worden. Ist er denn nicht schon genug gestraft?« Ihre Lippen begannen zu zittern. »Bitte.« Es fiel ihr sehr schwer zu betteln, doch sie würde es tun, wenn sie ihren Onkel damit befreien konnte.

Wolfram dachte über die Angelegenheit nach. Er liebte Deidre und wollte sie nicht verletzen. Und schließlich war sie es gewesen, die ihn aus seiner eigenen Gefangenschaft befreit hatte. »Laß mir ein wenig Zeit, damit ich mir die Sache überlegen kann«, sagte er.

Wie aus dem Nichts tauchte plötzlich Everard hinter ihnen auf und lachte hämisch. »Du willst einen Sklaven freilassen, nur um dieser Frau einen Gefallen zu tun?« tönte er so laut, daß alle es hören konnten. »Wolfram, deine irische Konkubine hat dich weich gemacht. Glaubst du, du erringst ihre Liebe, wenn du den Sklaven laufenläßt?«

»Halt den Mund, Everard«, sagte Wolfram barsch und wollte seinem Bruder einen Schlag versetzen. Mit der Grazie eines Tänzers wich Everard aus.

»Bald wird es soweit sein, daß du mit den Frauen zusammen im Saal arbeitest!« spottete er und ging rasch zu seinem Platz am Tisch zurück, bevor Wolframs Zorn ihn treffen konnte. Doch der Schaden war angerichtet. Alle Anwesenden hatten seine Worte gehört. Gespanntes Schweigen herrschte im Saal. Alle warteten darauf, was Wolfram entgegnen würde.

»Ich werde den irischen Sklaven nicht freilassen!« rief er und ging davon, ohne Deidre noch weiter zu beachten. Er setzte sich zu Olaf an den Tisch, zwischen Thorkill und Warrick, und würdigte sie keines weiteren Blickes. Verletzt und gedemütigt nahm Deidre ihren Platz unter den anderen Frauen ein.

Wolfram hob das Trinkhorn immer wieder. Er trank mehr als sonst, lachte auch lauter als sonst und warf sogar einem der Sklavenmädchen eindeutige Blicke zu. Und das alles tat er nur, um sich seine Scham wegen Everards Bemerkungen nicht anmerken zu lassen und seine Männlichkeit unter Beweis zu stellen. Er würde Everard zeigen, wer hier schwach war. Nicht einmal in ihre Richtung würde er blicken!

»Was hast du denn nun vor mit dem Geschenk, das ich dir gemacht habe?« fragt Thorkill provozierend, und sein Blick glitt zu Deidre hinüber.

»Ich werde dafür sorgen, daß er härter arbeitet, als er es

je in seinem leben getan hat«, gab Wolfram schroff zurück.

»Ich würde ihn den Wölfen zum Fraß vorwerfen«, schlug Thorkill vor und schob sich genüßlich ein Stück Braten in den Mund. »Allerdings ist er so mager, daß die ihn wahrscheinlich gar nicht haben wollen!« lachte er laut.

Wolfram zuckte bei diesen Worten zusammen. Ohne Deidre anzusehen, konnte er ihren Zorn spüren. Doch er hielt den Mund und bezwang sich, auch wenn er dieses Gespräch am liebsten abgebrochen hätte. Er wußte genau, daß man ihn als Schwächling verhöhnen würde, wenn er näher auf diese Bemerkung einging.

Ich liebe Deidre, dachte er. Doch ich lasse mir von niemandem gefallen, daß er mich als weibisch hinstellt, nicht einmal von ihr. Er stand auf und holte sich aus dem große Metfaß einen weiteren Becher voll des berauschenden Getränks. Er wollte seine Sinne betäuben und bemerkte nicht einmal, daß sich die Frauen und Kinder schon ziemlich früh zurückzogen und die Männer bei ihrem Gelage allein ließen.

Vor Wolframs Augen verschwamm allmählich alles, sein Kopf wurde immer leichter. Soweit hatte er es beim Trinken noch nie kommen lassen. Einen Augenblick lang hatte er sich mit Deidres Augen gesehen, ein grausames, rachehungriges Ungeheuer, das in Wahrheit im keinen Deut besser war als jener Mann, der in seinem Gefängnis lag. Nein! Daran wollte er nicht denken. Er hatte das Recht, diesen Mann einzusperren. So war es bei den Wikingern üblich, und er war schließlich ein Wikinger.

Er verschränkte die Arme vor der Brust, befahl den Gedanken in seinem Kopf zu schweigen und dämmerte betrunken vor sich hin.

Deidre beobachtete ihn von einem Platz nahe der Tür aus, wo sie sich versteckt hatte. Der Streit zwischen ihnen tat ihr bitter weh. Doch hätte sie anders handeln können, als sie es getan hatte?

»Er liebt dich, Deidre«, flüsterte eine leise Stimme. Zerlina stand hinter ihr, eine kleine Öllampe in der Hand. »Du darfst niemals daran zweifeln, daß es so ist. Ich kenne meinen Bruder!«

»Er ist wütend auf mich, Zerlina, dabei wollte ich das doch wirklich nicht. Aber ich habe es nicht fertiggebracht, wortlos zuzusehen, wie er von Rachedurst geblendet ein Unrecht begeht. Er hätte bestimmt genauso gehandelt wie ich, wenn es um einen Mann seines Volkes gegangen wäre.« Ihre Augen waren voller Trauer.

»Ja, das hätte er ganz sicher getan, Deidre. Tief im Inneren weiß er genau, wieviel Mut es dich gekostet hat, zu handeln, wie du es getan hast. Aber für einen Wikinger ist es nun einmal sehr wichtig, stark auszusehen.« Sie setzte sich neben Deidre auf den Boden. »Everard hat mit seinen Worten dafür gesorgt, daß zwischen euch jetzt Streit herrscht. Und er hat es getan, weil er verbittert ist. Er hat genau gemerkt, daß Wolfram versucht war, auf dich zu hören, und das hat er ausgenutzt, um ihn vor unserem Vater zu beschämen.«

»Das tut mir leid. Wolfram hätte Maddock vielleicht freigelassen, und nun kann er das nicht mehr tun. Und ich kann mein Bett nicht mit einem Mann teilen, der einen Verwandten von mir in Sklaverei hält. Ich verzeihe ihm vieles, weil ich ihn liebe, doch Grausamkeit kann ich ihm nicht verzeihen.« Erschöpft lehnte sie sich zurück. Sie wollte nur noch schlafen.

Zerlina legte ihr eine Hand auf die Schulter. »Mögen die Götter euch beiden helfen«, sagte sie leise. »Komm, laß uns schlafen gehen, du brauchst dringend Ruhe. Morgen sieht alles anders aus, alles wird gut werden, und du kannst Wolfram von dem Kind erzählen, das du unter dem Herzen trägst.« Sie half Deidre aufzustehen und ging dann gemeinsam mit ihr schweigend zu den Schlafkammern.

10

Der Nachthimmel war schwarz, der Mond hinter einer dichten Wolkendecke verborgen. Von der Dunkelheit geschützt, huschte eine dunkel gekleidete Gestalt den Bergrücken entlang und tastete sich dabei von Fels zu Fels. Es war kalt, und die Gestalt zog ihren Umhang fröstelnd enger um sich. Es war eine Frau. Sie war gekommen, um den Iren zu befreien. Diese Absicht trieb sie vorwärts, auch wenn sie wußte, daß sie sich damit in große Gefahr brachte.

Sie hatte ihr Haar zusammengebunden und unter einem Tuch verborgen, denn sie durfte auf keinen Fall erkannt werden, selbst dann nicht, wenn jemand sie sehen sollte.

Plötzlich hörte sie Männerstimmen und duckte sich rasch hinter einen Felsen im Schatten, ihr Herz schlug ihr bis zum Hals. Daß ihr gerade jetzt jemand über den Weg laufen mußte! Blitzschnell überlegte sie sich eine Ausrede für ihre Anwesenheit, falls sie entdeckt wurde. Gab es irgend jemand, der vermuten könnte, was sie hier wollte? Nein. Sie würde einfach warten, bis die Luft rein war, und hoffen, daß niemand in ihre Richtung blickte.

Von dem Schlüsselbund, der um ihren Hals hing, wählte sie den Schlüssel für die Schatzkammer. Der Gefangene würde Waffen und Goldstücke brauchen, wenn seine Flucht gelingen sollte. Erleichtert atmete sie auf, als sich die Männer entfernten. Sie stieg den Hügel ganz hinauf, stand endlich vor der Tür der Hütte und griff nach dem Riegel. Mit der Kraft, die ihr Zorn ihr verlieh, gelang es ihr, ihn beiseite zu schieben. Langsam öffnete sie die Tür. Sie konnte den Gefangenen schnarchen hören. Dankbar, daß sie von den Händlern, die hin und wieder hier landeten, einige Worte gälisch gelernt hatte, zischte sie leise: »Wach auf! Du mußt dich beeilen!« Unsanft stieß sie den Gefangenen in die Seite. Der Mond kam hinter den Wolken hervor und warf sein kaltes Licht auf die nächtliche Landschaft.

»Wer bist du?« fragte der Ire. Er hatte diese Frau noch nie gesehen.

»Das spielt keine Rolle. Ich bringe dir die Freiheit«, antwortete sie in hochmütigem Tonfall.

»Warum? Du bist eine Wikingerin, das kann ich hören. Warum solltest du mir helfen wollen?« Mit wackligen Beinen stand er auf und drohte, vornüber zu fallen. Ob das eine Falle war? Wollten sie ihn töten?

»Ich habe meine Gründe. Komm. Willst du frei sein oder hierbleiben?« Mit einem der Schlüssel an ihrem Bund öffnete sie die Ketten an seinen Handgelenken. »Ich werde dir noch Waffen und genug Gold besorgen, damit du weiterkommst«, sagte sie. Die schmutzigen Lampen, die er am Körper trug, waren ihr zwar höchst zuwider, doch sie half ihm den Berg hinunterzugehen, wobei er sie mit seinem Gewicht mehr als einmal fast umwarf. Unten angekommen, wies sie ihn an: »Geh zur Anlegestelle. Ich bringe dir ein Schwert und ein Pferd und zeige dir die Richtung zum nächsten Dorf. Dort suchst du einen Mann namens Thurston. Er wird dir helfen, nach Irland zurückzukehren.«

Suchend blickte ihr der Gefangene ins Gesicht, erschrak jedoch, als er den Haß sah, der darin geschrieben stand. »Aus Liebe zu mir oder meinem Volk tust du das bestimmt nicht.« Ein Lächeln war ihre einzige Antwort.

Ich tue es, um mich ein für alle Mal von diesem Mädchen mit dem schwarzen Haar zu befreien, dachte sie, hütete sich aber, es auszusprechen. Welch bessere Möglichkeit gab es dafür, als Wolfram gegen seine irische Schönheit aufzubringen? An ihrer Schuld würde er keinen Augenblick lang zweifeln, denn wer sonst außer ihr könnte ein Interesse daran haben, den irischen Gefangenen zu befreien? Sie lachte hämisch auf. Bald war sie am Ziel ihrer Wünsche und würde bekommen, was sie haben wollte, und niemand würde je Verdacht schöpfen, daß sie es gewesen war, die den Iren freigelassen hatte.

Sie lief auf die Schatzkammer zu und an einem Wächter vorbei, der überrascht auffuhr. Er erkannte sie als die Frau wieder, die er zuvor bei den Sklavenquartieren gesehen hatte. Was wollte sie hier? Ratlos schüttelte er den Kopf, wandte sich dann jedoch ab und ging zum Gemeindesaal hinüber. Vielleicht wollte sie sich ja nur mit ihrem Liebhaber treffen.

»Und doch, ihre Augen...«, ihm wurde ein wenig unheimlich. Sie waren ihm unwirklich, beinahe dämonisch vorgekommen. Rasch griff er schützend nach seinem Amulett. Dann betrat er mit ausholenden, kräftigen Schritten den Saal.

11

Wolfram erwachte von den Geräuschen, die die Sklaven beim Verrichten ihrer täglichen Morgenarbeit verursachten. Sein Kopf schmerzte fürchterlich. Mit pochenden Schläfen stand er unbeholfen von seinem Stuhl auf und stolperte über den Kopf von Thorkill, der wie die meisten seiner Leute, die verstreut im Saal herumlagen, auf dem Boden eingeschlafen war. Von seinen eigenen

Männern konnte Wolfram keinen ausmachen. Er hatte Angst, sich übergeben zu müssen, und kämpfte gegen das Würgen an, das aus seiner Kehle aufstieg. Nun wußte er wieder, warum er nur sehr selten bis zum Umfallen trank.

Rasch lief er hinaus ins Freie und atmete tief die frische Morgenluft ein. Er dachte an Deidre. Dies war das erste Mal, daß sie getrennt geschlafen hatte, seit sie in Skiringssal angekommen waren.

»Odin möge diesen Iren verfluchen. Zuerst macht er mich zum Sklaven, und nun ist er schuld daran, daß Deidre und ich Streit haben«, schimpfte er vor sich hin und schlug sich mit der Faust in die offene Hand. Doch im Grunde wußte er, daß nicht der Ire an der Situation schuld war. Er selbst war es, sein Stolz und seine Sturheit. Wären sie nicht gewesen, hätte er Deidres Bitte sicher nachgegeben. Überhaupt hatte er für Sklaven gar keine Verwendung, im Gegenteil, er verabscheute diese Sitte, andere Menschen als Leibeigene zu halten.

Auf schwankenden Beinen machte er sich auf den Weg zu den Schlafkammern. Deidre lag fest schlafend im Bett, eingerollt wie ein Kind. Ihr langes, seidiges Haar war über das Kopfkissen gebreitet. Bei ihrem Anblick begann ihn der Streit zwischen ihnen erneut zu schmerzen. Er konnte ihr wegen ihrer Gefühle nicht böse sein, doch durfte und wollte er nicht nachgeben und schwach erscheinen. Er bewunderte ihre Einstellung, in dieser Angelegenheit aber mußte er hart bleiben.

»Gibt es denn keinen Weg?« flüsterte er. Für einen Sklaven gab es nur wenige Möglichkeiten, sich die Freiheit zu verdienen. Er mußte einen Feind seines Herrn, des Jarls, töten oder sich im Krieg durch besondere Tapferkeit auszeichnen. Wäre es nicht möglich, eine solche Situation zu bewerkstelligen? Ja, das könnte die Antwort sein. Dann würde er nicht als Schwächling dastehen, und Deidres Onkel hätte eine Chance auf die Freiheit.

Lange Zeit stand er da und sah auf sie hinunter, auf ihre sanften Rundungen, ihren ganzen begehrenswerten Körper. Ihre Wangen waren vom Weinen noch gerötet, und er sehnte sich danach, ihre Traurigkeit zu vertreiben und sie in seine Arme zu schließen.

»Deidre«, flüsterte er. »Deidre, wach auf.« Er nahm sie in die Arme. Sie öffnete die Augen und sah ihn an. Er fühlte, wie sie sich versteifte. »Wolfram«, hauchte sie.

»Keine bösen Worte mehr zwischen uns, Deidre«, sagte er liebevoll. »Ich habe einen Weg gefunden, wie wir diese Mauer zwischen uns einreißen können.« Er erklärte ihr, was er vorhatte, und hielt sie dabei fest an sich gepreßt. Wie immer überwältigte sie auch diesmal das alles umfassende Gefühl seiner Nähe.

»Das würdest du wirklich tun?« fragte sie. »Du würdest ihm eine Chance geben, sich seine Freiheit zu verdienen?«

»Ja.« Er zog ihr das Nachthemd über die Schultern herunter und begann, zärtlich ihre nackten Brüste zu küssen. »Hast du mich vermißt?«

Erleichterung durchströmte sie, doch noch wollte sie nicht nachgeben. Sie machte den Mund auf, um ihm von dem Baby zu erzählen, das sie erwartete, doch bevor sie sprechen konnte, verschloß er ihre Lippen mit einem Kuß. Er versank in ihrer Berührung, ihrem Duft, ihrem Anblick, und vergaß alles um sich herum, wie immer, wenn er ihr so nahe war. Sanft zog er ihr das Nachthemd aus.

»Wolfram!« Laut rufend stürzte in diesem Augenblick Thorkill in den Raum. Hastig versuchte Deidre, sich zu bedecken, wütend darüber, daß es dieser Wikinger wagte, in ihre Schlafkammer einzudringen, ohne vorher anzuklopfen.

»Was ist los?« fragte Wolfram zornig. »Ich hoffe, du hast einen äußerst wichtigen Grund, hier einfach so hereinzuplatzen, sonst...« Er stand auf und stellte sich schützend vor Deidre, damit sie ungestört ihre Kleidung in Ordnung bringen konnte.

»Der irische Gefangene.«

»Ja und, was ist mit ihm?«

»Er ist verschwunden! Hast... hast du ihn befreit?«

Wolfram schüttelte den Kopf. »Nein. Er muß irgendwie entkommen sein. Vielleicht war er stärker, als wir dachten.«

»Dann muß er stark genug gewesen sein, den Riegel von außen zu öffnen. Dazu müßte er ein Zauberer sein, mein Freund.«

Er richtete seinen Blick auf Deidre und sagte nichts, aber es war wie eine Anklage.

»Die Tür war nicht verriegelt?« fragte Wolfram ungläubig.

»Ja. Sieht so aus, als hätte deine Irin letztendlich doch ihren Willen bekommen.« Diesmal konnte es über das, was er dachte, keine Mißverständnisse geben. Er meinte klipp und klar, daß Deidre den Mann befreit hatte. Wer sonst hätte ein Interesse daran?

»Sie würde nie...«, begann Wolfram, der nicht an eine Schuld Deidres glauben wollte.

»Der Wächter hat mir gesagt, er habe vergangene Nacht eine Frau in der Nähe der Hütte des Gefangenen gesehen. Wer außer ihr hätte einen Grund gehabt, ihn zu befreien? Sag mir, wer?«

»Nein!« rief Deidre laut. Sie stand auf und trat ihrem Ankläger entgegen, wandte sich dann Wolfram zu und umklammerte seinen Arm, als wolle sie jeden Gedanken an diese Möglichkeit aus seinem Kopf vertreiben. Doch er stieß sie von sich. Der Blick, mit dem er sie ansah, war ihr unerträglich.

Mit eiskalter Stimme fragte er sie: »Wie konntest du das tun?«

»Ich war es nicht, wirklich nicht. Bitte glaube mir, Wolfram.« Tränen stiegen ihr in die Augen.

»Kannst du wenigstens sagen, daß es dir leid tut, daß er entkommen ist?« fragte Thorkill hinterhältig.

»Nein, es tut mir nicht leid, aber ich habe ihn nicht befreit. Ich würde Wolfram niemals so hintergehen.«

Wolfram sah sie so wütend an, daß sie erschrocken zurückwich. »Du lügst. Du bist um keinen Deut besser als Erika. Geh mir aus den Augen. Ich habe Angst, mich sonst zu vergessen.«

Deidre war wie betäubt vor Schmerz. Die Umstände sprachen gegen sie. Niemand würde ihr glauben. Fast wäre sie vor den beiden Männer zusammengebrochen, doch mit all ihrer Stärke brachte sie es fertig, sich abzuwenden und die Kammer zu verlassen. Beim Hinausgehen wandte sie sich noch einmal um und sagte: »Ich habe die Wahrheit gesagt, Wolfram.« Damit verschwand sie.

Inmitten der geschäftigen Sklaven, die hin- und hereilten, Stühle wieder aufrichteten, umgestürzte Bänke aufstellten, die Scherben von Krügen und Bechern aufkehrten und den Boden von den verschütteten Getränken reinigten, stand Deidre verloren in dem großen Saal. Heiß liefen ihr die Tränen über die Wangen, und verzweifelt fragte sie sich: »Warum glaubt er mir nicht?« Ihr war, als sei sie innerlich gestorben. Langsam ging sie hinüber zu der großen Feuerstelle, wo die Holzscheite glommen. Das Feuer war beinahe niedergebrannt. Die Wände um sie herum schienen sie zu verhöhnen, ihr zu sagen, daß sie nicht hierhergehörte, und sogar die geschnitzten Figuren an Stühlen und Tischen schienen sie zu verspotten. Aus den Augenwinkeln sah sie Wolfram hinter Thorkill den Saal verlassen, um sich den Beweis ihrer Schuld zeigen zu lassen. Was konnte sie sagen, um diese Anschuldigung zu widerlegen? Was konnte sie tun, um ihre Schultern von dieser Last zu befreien?

Sie überlegte, wer Maddock befreit haben konnte. Vielleicht gab es jemanden, der ihn für sich selbst als Sklaven haben wollte? Hatte Maddocks Flucht etwa in einem anderen Gefängnis geendet? Oder gab es für sein Entkommen einen Grund, den sie nicht durchschauen konnte? Was war zum Beispiel mit Thorkill? Vielleicht tat es ihm leid, daß er Maddock Wolfram überlassen hatte, und er hatte ihn sich zurückgeholt und Deidre die Tat angehängt? Oder konnte es sein, daß eine der irischen Sklavinnen Maddock befreit hatte?

Sie bemerkte nicht, daß inzwischen alle Männer zum Morgenmahl im Saal eingetroffen waren. Sie hörte auch nicht die erschrockenen Laute, als sie Wolfram hinter ihr stehen sahen, die Hände in die Hüften gestützt, den Mund ärgerlich zusammengekniffen. Erst seine laute Stimme ließ sie aufschrecken.

»Also bist du nicht nur ungehorsam, sondern du bestiehlst mich auch noch!« fuhr er sie an. Hinter ihm stand Thorkill, der genauso zornig wirkte wie Wolfram.

»Wovon sprichst du?« fragte sie atemlos. Seine Worte hatten sie wie ein Schlag in den Magen getroffen.

»Das Lagerhaus, Frau!« rief Thorkill. »Jemand hat es in der Nacht betreten und ein Schwert und eine Streitaxt gestohlen. Und das hier auch.« Er warf ihr eine Handvoll goldener Schmuckstücke vor die Füße. »Dein Verwandter hat sie unterwegs auf dem Pfad verloren. Du hast sie ihm gegeben!«

Deidres Augen weiteten sich vor Panik. »Nein! Ich würde euch niemals bestehlen. Wie könnt ihr das nur von mir denken?« Sie begegnete Wolframs Blick, doch in seinen zornigen Augen war keine Spur von Trost zu entdecken, er starrte sie nur eiskalt an. Ach, würde sie doch endlich aus diesem Alptraum erwachen und sicher und geborgen in seinen Armen liegen! Ihre ganze Welt zerfiel zu Trümmern, und sie konnte nichts tun, um das zu verhindern.

»Wolfram, Deidre war vergangene Nacht bei mir«, ließ sich Zerlina vernehmen und humpelte nach vorne, um sich neben ihren Bruder zu stellen.

»Wart ihr die ganze Nacht zusammen?«

»Nein, aber ich weiß, daß du dich irrst und daß es ausgesprochen dumm von dir ist, dich so zu verhalten, wie du es tust.« Sie sah Deidre mitleidig an und flüsterte ihr zu, daß sie ihr beistehen werden. »Erzähl ihm von dem Baby!« formte sie mit den Lippen die Worte.

»Zerlina hat recht«, erklang es hinter Deidre. Warrick schob sich an ihr vorbei, um sie vor der Wut seines Bruders zu schützen. »Du solltest ihr wenigstens die Möglichkeit geben, alles zu erklären.« Wolfram ballte die Fäuste und bemühte sich, die Beherrschung nicht zu verlieren. Diebstahl wurde mit Hängen oder der Prügelstrafe mit anschließender Verbannung bestraft. Keines dieser beiden Dinge konnte er Deidre antun, ohne selbst dabei zu sterben, doch er konnte ihr Verbrechen auch nicht ungesühnt lassen. Er hob die Hand, um sie zu schlagen, doch sie blickte ihn mit ihren violetten Augen so gequält an, daß er die Hand wieder sinken ließ. Er konnte sie nicht züchtigen, es war ihm unmöglich.

»Sperrt sie ins Lagerhaus, bis ich über ihre Bestrafung entschieden habe«, befahl er. Hinter einer undurchdringlichen Maske der Gleichgültigkeit verbarg er seine Gefühle für sie, während er sie von sich fortstieß. Zwei Wikinger führten sie hinaus.

»Wolfram«, flehte sie, zutiefst beschämt, daß sie wie eine üble Verbrecherin abgeführt wurde. Aller Augen waren auf sie gerichtet. Wie ein dunkler Schatten stand Wolfram vor Augen, was eben geschehen war. Er wünschte, er hätte den Iren befreit, dann wäre ihm zumindest das, was er jetzt erleiden mußte, erspart geblieben.

Weinend wehrte sich Deidre gegen die Hände, die sie umklammert hielten. »Wenn du das zuläßt, Wolfram, wird meine Liebe zu dir sterben, meine Verzweiflung wird sie ersticken.«

»Es tut mir leid, es tut mir so leid«, schrie sein Herz, doch sein Mund sprach: »Ich kann nichts ungeschehen machen.« Und er stand da mit verschlossenem Gesicht und sah zu, wie das Licht aus seinem Leben verschwand.

12

In der dunklen Enge des Lagerhauses tastete Deidre umher. Immer wieder stolperte sie über irgend etwas und fiel hin. Dann stießen ihre suchenden Finger auf kaltes Metall; es war, wie nach genauerer Untersuchung feststellte, ein Schwert. Sie versuchte, mit den Augen die schwarze Dunkelheit zu durchdringen, irgend etwas Vertrautes zu entdecken, und hatte doch nur Angst.

Was wird nun mit mir geschehen? fragte sie sich weinend. Ihre Wut war längst vergangen, sie war nur noch verzweifelt, konnte nicht fassen, was passiert war, konnte nicht glauben, daß Wolfram sie von sich gestoßen hatte. Unter diesen Umständen konnte sie ihm nichts mehr von dem Baby erzählen. Mühsam versuchte sie, die Formen und Gegenstände in ihrer Umgebung zu erkennen, erstaunt darüber, wie sehr ihr Tastsinn die Aufgabe ihrer Augen übernommen hatte. Ihre Hand berührte eine Streitaxt, und sie zuckte zurück. Auf Händen und Knien kroch sie vorsichtig weiter, bis sie auf einige Felle stieß, die sie als Bettstatt verwenden konnte. Daneben lagen ein paar Wandbehänge, von denen sie einen als Decke über sich zog, nachdem sie sich zitternd hingelegt hatte. Ob Wolfram sie hier einsperren wollte, bis sie sterben mußte?

Erzähl ihm von dem Baby, wisperte eine Stimme in ihrem Inneren. Wolfram würde sie bestimmt nicht an diesem schrecklichen Ort lassen, wenn er wüßte, daß sie sein Kind unterm Herzen trug. Doch ihr Stolz verbot ihr, nach ihm zu rufen. Wenn er sie wirklich liebte, würde er kommen und sie aus dieser Dunkelheit und Schmach herausholen.

Inzwischen lief Wolfram wie ein wildes Tier in seinem Käfig in seiner Schlafkammer auf und ab. Immer wieder starrte er das Bett an und dachte an all die Nächte, die er dort mit Deidre in seinen Armen verbracht hatte. Er sehnte sich entsetzlich danach, sie jetzt halten und liebkosen zu können und brauchte seine ganze Selbstbeherrschung, um nicht loszurennen, zu ihr zu laufen und sie in seine Arme zu reißen. Jedesmal, wenn er beinahe soweit war, hielt ihn sein dummer, starrsinniger Stolz zurück.

»Deidre! Deidre!« flüsterte er ihren Namen vor sich hin. Sinnlos, ihn ständig zu wiederholen, er verhallte ungehört. Eine Stimme in seinem Innern schalt ihn, daß er den größten Schatz, den er je besessen, aufs Spiel gesetzt und verloren hatte. Er ignorierte sie ebenso wie das Flehen seines Herzens.

Schließlich verließ er die Kammer und wanderte ziellos in den engen, staubigen Gängen zwischen den Schlafräumen hin und her. Als er an Zerlinas Tür vorbeikam, hörte er sie leise schluchzen. Bestimmt weinte sie wegen Deidre. Liebe Zerlina, dachte er, immer bist du mit deinem ganzen Herzen bei denen, die du liebst. Er wollte schon zu ihr hineingehen und sie trösten, doch dann hielt ihn der Gedanke davon ab, sie könnte ihn umstimmen, und er ging weiter.

Lautes Gelächter erfüllte den Saal, als Wolfram eintrat. Thorkill und seine Männer genossen die Gastfreundschaft ihrer Gastgeber in vollen Zügen. Bei dem Anblick wurde Wolfram einen Moment lang ärgerlich, als wäre es Thorkills Schuld, daß all das Unglück geschehen war. Wäre er nicht mit diesem irischen Gefangenen hier aufgetaucht, wäre Deidre jetzt hier bei ihm. Doch sogleich verscheuchte er diesen Gedanken; nein, es war Deidres Fehler gewesen.

Wolfram warf ein neues Scheit ins Feuer und starrte in die Flammen. Wie hatte sie nur so unbesonnen handeln und ihren Onkel befreien können? Hatte sie denn nicht gewußt, wie wütend ihn das machen würde? Daß er sie für ihren Ungehorsam würde bestrafen müssen? Er war ihr gegenüber zuvor viel zu nachgiebig gewesen, weil er sie liebte und ihr Herz gewinnen wollte. »Und daß ich feststellen mußte, daß sie Schmuck und Waffen aus dem Lagerhaus gestohlen hat, war der schlimmste Betrug. Nach allem, was ich ihr geschenkt habe, wie konnte sie das nur tun?« murmelte er.

Er sah auf. Warrick und Everard standen vor ihm und starrten ihn an. Er erwiderte ihren Blick mit zornig funkelnden Augen. Auch Olaf hatte seinen Sohn entdeckt. Er maß ihn mit wütendem Blick.

»Was habe ich gehört? Du hast unseren Raben ins Lagerhaus sperren lassen?« donnerte er.

»Das stimmt«, gab Wolfram ebenso wütend zurück. »Sie war ungehorsam, hat einen meiner Sklaven befreit und unser Lagerhaus bestohlen, damit dieser Sklave gut ausgerüstet in seine Heimat fliehen konnte.«

»Hast du denn einen Beweis dafür, daß deine Deidre das alles getan hat?« fragte Olaf, die Arme vor der Brust verschränkt.

»Welchen Beweis brauche ich denn noch? In der Nähe der Hütte, in der der Gefangene eingeschlossen war, wurde eine Frau gesehen. Und die Waffen sind verschwunden.« Es ärgerte ihn, daß sein Vater sich in die Angelegenheit einmischte.

»Du hast noch viel zu lernen, mein Sohn«, schüttelte Olaf den Kopf. »Hoffen wir, daß das nicht zu spät geschieht.« Er langte nach einem Brot und wechselte es so lange von einer Hand in die andere, bis es abgekühlt war. »Was sagt denn Deidre zu alldem?«

»Sie beschwört ihre Unschuld.«

»Und du glaubst ihr nicht?«

Bevor Wolfram antworten konnte, ergriff Warrick lächelnd das Wort. »Du weißt doch, wie starrsinnig Wolfram ist. Wenn so eine Schönheit mir gehören würde, wäre ich nicht gerne von ihr getrennt. Wie kann er sie dafür verurteilen, daß sie mit ihrem Onkel Mitleid hat? Er hätte doch genau das gleich getan wie sie.«

»Aber ich hätte es zugegeben! Das ist es, was mich am meisten verletzt hat. Daß sie mich belogen hat, daß sie mich nach alldem, was wir miteinander geteilt haben, so schmählich belogen hat.« Wolfram schüttelte den Inhalt seines Bechers ins Feuer. Die Funken stoben.

»Sie wäre verrückt gewesen, es zuzugeben. Sie ist nicht dumm. Sie muß doch genau gewußt haben, daß du sie bestrafen würdest.« Wieder war es Warrick, der antwortete.

»Verkauf sie doch«, grinste Everard anzüglich. »Ich für mein Teil würde es tun. Verkaufe sie anstelle des Sklaven, den du verloren hast.«

Wolfram platzte der Kragen. Egal, wie wütend er auf Deidre war, das würde er niemals tun. Ohne sie wäre sein Leben nur noch einsam, wäre gar kein Leben mehr. Zornig schrie er seinen Bruder an.

»Ruhe! Ruhe alle miteinander!« brüllte Olaf so laut,

daß sogar die Sklaven erschrocken in ihrer Arbeit inne hielten. »Ihr setzt alle voraus, daß die irische Frau schuldig ist. Doch ich behaupte, daß das noch gar nicht bewiesen ist. Wäre sie ein Mann, könnte sie durch das Götterurteil bei einem Kampf die Wahrheit ihrer Worte beweisen. Wir Wikinger sind stolz darauf, daß unsere Frauen Stärke zeigen und daß sie bei uns vor dem Gesetz mit uns Männern gleichberechtigt sind. Doch nur, weil unser Rabe eine Frau ist, sprecht ihr sie schuldig. Wo bleibt da die Gerechtigkeit? So handeln wir doch sonst nicht.«

Wolfram, der sehr wohl wußte, daß sein Vater recht hatte, versteifte sich bei seinen Worten. War er Deidre gegenüber unfair gewesen? Er erinnerte sich, daß er nicht einmal Everard für seine Untat hatte bestrafen können, weil ihm die Beweise für seine Schuld fehlten.

»Ich habe getan, was ich tun mußte«, sagte er leise und wandte die Augen ab.

»Ist dir deine Freundschaft zu Thorkill wichtiger als deine Liebe zu Deidre? Ist es von größerer Bedeutung, vor Thorkill nicht das Gesicht zu verlieren, als die Wahrheit festzustellen?«

Wolfram hob den Kopf und machte der Qual in seinem Herzen mit einem lauten Aufstöhnen Luft. »Nein. Nein.« Sein Vater schien nicht einmal zu ahnen, was er in den vergangenen Stunden durchlitten hatte. Er hatte sich sogar überlegt, mit Deidre gemeinsam zu fliehen, mit ihr ganz allein über das Meer zu fahren, seine Familie und alle Freund zu verlassen, nur um sie nicht einsperren zu müssen. Doch er hatte es nicht fertiggebracht. Seine Ehre und sein Ruf standen auf dem Spiel, all das, was für einen Mann zählte.

Olaf legte seinem Sohn die Hände auf die Schultern und sah ihm in die Augen. Wolfram erkannte die Weisheit und die Leidenschaft im Blick des Vaters. »Geh zu ihr, Wolfram, bevor es zu spät ist. Wir werden über ihre Schuld oder Unschuld schon entscheiden. Bis es soweit ist, laß sie frei.«

Wolfram riß sich heftig von ihm los. Olaf sah ihm nach, wie er davonging, sah seinen gebeugten Rücken und wußte, daß er recht gehabt hatte, was die Gefühle seines Sohnes für die schöne, schwarzhaarige Frau betraf. Wolfram liebte sie.

»So sehr, wie ich deine Mutter geliebt hatte«, flüsterte Olaf und blickte nach oben, als bitte er die Götter um Hilfe. Er hoffte von ganzem Herzen, daß Wolfram die Frau, die er liebte, nicht verlieren möge, so wie er selbst einst die Liebe seines Lebens verloren hatte.

13

Wolfram machte sich auf den Weg zum Lagerhaus, die Schlüssel fest in der Hand. Er zermarterte sich das Hirn auf der Suche nach der Wahrheit und hätte nichts lieber getan, als an Deidres Unschuld zu glauben, doch gab es mehrere Personen, die behaupteten, sie würde lügen. Der Wachposten, Gerda und Erika hatten gesagt, sie hätten gesehen, wie Deidre in der vergangenen Nacht auf das Lagerhaus zugegangen wäre. Alle Umstände sprachen gegen sie.

Er schloß die Tür und suchte in dem dunklen Raum nach ihr. Wo konnte sie sein? Einen Moment lang glaubte er, sie sei ebenfalls geflohen, um sich mit ihrem Onkel zu treffen, doch dann entdeckte er sie ganz hinten in einer Ecke, wo sie zusammengerollt auf ein paar Fellen lag. Sie bot einen so zerbrechlichen Anblick und sah so verführerisch und unschuldig aus, daß sein Verlangen nach ihr sofort erwachte. Er vermißte sie, das war die schlichte

Wahrheit. Schon eine einzige Nacht ohne sie war wie eine Ewigkeit gewesen.

»Deidre!« rief er zögernd.

Langsam wandte sie sich ihm zu. Ihre Augen begegneten einander im Fackelschein. Sie hielt den Atem an, als sie den Blick in seinen Augen sah: er zweifelte noch immer an ihr, das sagte ihr auch der strenge Zug um seinen Mund. Und sie hatte schon zu hoffen begonnen, er sei gekommen, weil er endlich erkannt hatte, daß sie die Wahrheit sagte.

»Warum bist du gekommen?« fragte sie ihn flüsternd. Sie fühlte sich wie ein eingesperrtes Tier, all ihrer Wünsche beraubt, und wandte ihm wieder den Rücken zu.

»Mein Vater will, daß ich dich freilassen«, antwortete er.

»Dein Vater«, wiederholte sie und glaubte, sterben zu müssen. Er, Wolfram, hätte es wollen müssen. »Wenigstens er glaubt mir.« Sie schloß die Augen.

Als sie sie wieder öffnete, stand Wolfram direkt vor ihr und hielt ihr die Fackel vors Gesicht. »Bist du krank?« fragte er. Deidre schrak vor dem hellen Licht zurück. »Du siehst unwohl aus.«

»Natürlich sehe ich unwohl aus«, gab sie schroff zurück. »In einer dunklen, feuchten Kammer eingesperrt zu sein ist nicht gerade schön.«

Wolfram verspürte den schmerzhaften Wunsch, sie zu berühren, sie zu trösten. Er sah ihre vollen, festen Brüste vor sich und dachte daran, wie weich sich ihre Haut unter seinen Händen anfühlte. Vorsichtig beugte er sich zu ihr hinunter und atmete den Duft ihres Haares ein.

»Deidre...«, begann er und wollte nach ihr greifen.

Sie wich vor ihm zurück, als sei seine Berührung ihr widerlich. Dann sprach sie. Es waren nur drei Worte. »Liebe bedeutet Vertrauen.« Sein Zweifel an ihr brach ihr das

Herz. »Alles, was ich gesagt habe, war die reine Wahrheit, Wolfram.«

Er hätte sie so gerne umarmt und ihr gesagt, daß er ihr glaube, doch wie schwere Gewichte lagen seine Zweifel auf seiner Seele, und sein Schweigen war ihr Antwort genug.

»Wenn du mir nicht glaubst, dann laß mich hier, Wolfram«, sagte sie mit kalter Stimme.

»Olaf hat angeordnet, daß du frei sein sollst, bis deine Schuld oder Unschuld erwiesen ist.« Ihr Blut gefror bei seinen Worten zu Eis. »Komm.« Er nahm ihre Hand und half ihr auf die Füße. Die kurze Berührung reichte, um zwischen ihnen einen Funken überspringen zu lassen, und ihre Augen trafen sich. Doch Deidre riß sich los.

»Hast du dich eigentlich gefragt, warum ich nicht einfach fortgelaufen bin, wenn ich schon des anderen schuldig bin?«

Ohne zu überlegen, sagte er: »Weil du deinem Gott geschworen hast, nie wieder vor mir zu fliehen.« Er wußte nicht, wie weh ihr seine Worte taten.

Deidre lief zur Tür. Bunt schillernde Farben erleuchteten den Himmel, das Nordlicht erstrahlte, als hätte Gott mit eigener Hand unzählige Schattierungen dorthin gemalt. »All das herrliche Licht, und du bist so blind«, flüsterte sie traurig. Sie lief zum großen Saal hinüber und wäre auf dem Weg dorthin beinahe mit Erika zusammengestoßen die sie mit ihren stechenden blauen Augen durchdringend ansah und dann heiser auflachte, als wolle sie Deidre sagen, sie solle gehen, wohin sie gehöre, und endlich von hier verschwinden.

Ich werde nicht gehen, schwor sich Deidre. Ich werde allen beweisen, daß ich unschuldig bin. Egal, was ich dafür tun muß, ich werde ein für alle Mal klarmachen, daß ich stark bin. Sie legte die Hand auf ihren Bauch und spürte, wie das darin wachsende Leben ihr Kraft gab.

Dann ging sie zu der Schlafkammer, die sie mit Wolfram teilte, und packte ihre Sachen zusammen. Sie würde sich einen anderen Platz zum Schlafen suchen, bis zwischen ihnen alles geklärt war.

»Ich hätte dir geglaubt«, wisperte sie und schluckte das Schluchzen hinunter, das ihr in die Kehle stieg.

14

Wolfram strich sich das schweißfeuchte Haar aus der Stirn und sah in die helle Sonne, die sich langsam dem Horizont zuneigte. Jetzt, da der Sommer herankam, wurden die Tage hier im Norden länger. Hammerschläge klangen durch den Wald, während Wolfram, Thorkill und dessen Männer damit beschäftigt waren, Holz für die Reparatur des Schiffes zu schlagen und zurechtzuschneiden. Wolframs Gedanken weilten bei Deidre, wie so oft in den letzten Tagen, seit er sie aus dem Lagerhaus herausgelassen hatte. Sie hatten seither kaum miteinander gesprochen, und wann immer sie ihn sah, blickten ihn ihre großen Augen strafend an. Er fragte sich, was sie gerade tun mochte. Ob sie mit den anderen Frauen im Saal die Segel reparierte? Oder saß sie vielleicht an ihrem Spinnrad?

»Mein Freund, mit deiner Hilfe werden wir bald wieder Segel setzen können«, sagte Thorkill, der sich neben Wolfram auf dem Waldboden niedergelassen hatte und mit einem Meißel eine Rille in ein Stück Holz ritzte. Seit einigen Tagen arbeiteten sie nun miteinander daran, den Schaden zu beheben, den der Sturm an Thorkills Schiff angerichtet hatte. Nicht nur Teile der Beplankung, auch das Ruder und die Segel mußten vollständig ersetzt werden, außerdem mußte man zwei Seitenruder neu anfertigen, die bei dem Sturm zerbrochen waren.

»Ja, bald wirst du wieder den Wind im Gesicht spüren und auf dem schwankenden Deck stehen«, bestätigte Wolfram und blickte den Hügel hinunter aufs Meer. Auch er liebte die salzige Luft und ihren Geruch, die Erregung, die ihn ergriff, wenn er sein Schiff durch die Wogen lenkte. Doch er liebt auch Deidre. Und sie war nun sein Leben. Wie sollte er weiterleben können ohne sie an seiner Seite?

Thorkill schnitt eine kleine Kerbe in einen Stock, wie er es jeden Tag tat, um das Ende eines weiteren Arbeitstages anzuzeigen. Mittlerweile hatte sein Schiff einen Teil seiner ehemaligen Schönheit wiedererlangt.

Wolken zogen über den Himmel, und Thorkill erhob sich. »Ich mache Schluß für heute«, sagte er. »Kommst du mit in den Saal zu einem Becher Met?«

Wolfram lehnte ab. Seit er und Deidre sich entzweit hatten, ging er nicht mehr gern in den Saal, denn er fürchtete, ihr zu begegnen, und dann würde ihn wieder von neuem dieser Schmerz in seinem Herzen überfallen.

Ob mein Vater recht hat? Ist es möglich, daß ich sie falsch beschuldigt habe? Dieser Gedanke quälte ihn. Wütend ließ er seinen Hammer auf einen Baumstamm niedersausen, versuchte verzweifelt, alles zu vergessen, und wurde nur noch wütender, als er statt des Stammes seinen Finger traf. Laut fluchend ließ er den Hammer fallen, bückte sich aber sogleich, um ihn wieder aufzuheben. Im selben Augenblick hörte er, wie etwas Metallenes in dem Baum über seinem Kopf einschlug. »Was bei Hel...«

Er richtete sich auf und entdeckte eine Axt, die tief an der Stelle im Stamm steckte, wo er eben noch gestanden hatte. Hätte er sich nicht gebückt, um seinen Hammer aufzuheben, wäre sein Kopf jetzt in zwei Hälften gespalten. Er rannte in die Richtung, aus der die Axt geworfen sein mußte, konnte aber weit und breit niemand entdecken. »Thorkill!« rief er laut, doch niemand antwortete. Er war allein im Wald.

Er war überzeugt, daß jemand versucht hatte, ihn zu töten. Eine gezielt geschleuderte Axt konnte kein Unfall sein. Das war Absicht gewesen, und er wußte genau, wem an seinem Tod gelegen war. Everard. Nur er kam in Frage. Nur er war es gewesen, der ihn in die Sklaverei verkauft hatte.

Er ging zurück, zog die Axt aus dem Stamm und betrachtete sie genau von allen Seiten. Es war die Waffe seines Bruders, er erkannte sie an den Schnitzereien. Das war der Beweis, daß Everard es gewesen war, der versucht hatte, ihn zu töten.

»Bei Thor, dafür wird er büßen!« schwor Wolfram. Er hörte ein Rascheln hinter sich und wirbelte herum, die Axt kampfbereit in der Hand. Doch nicht Everard stand vor ihm, sondern Warrick. »Ich habe dich rufen hören, Wolfram. Was ist passiert?«

Erleichtert betrachtete Wolfram seinen jüngeren Bruder, von dessen Mutter er mit ihm gemeinsam großgezogen worden war. Es war an der Zeit, daß auch er von Everards Verrat erfuhr. Er brauchte jemanden, mit dem er darüber sprechen konnte, besonders jetzt, da Deidre nicht mehr an seiner Seite war.

»Es sieht so aus, als wolle mich jemand tot sehen«, sagte er kalt und reichte Warrick die Axt. »Jemand hat damit auf meinen Kopf gezielt.«

»Auf deinen Kopf?« Ungläubig riß Warrick die Augen auf.

»Hätte ich mich nicht genau in dem Moment nach meinem Hammer gebückt, stünde ich jetzt nicht hier vor dir. Wie dumm von mir, seinen Verrat nicht wichtig genug genommen zu haben.« Er nahm Warrick die Axt wieder aus der Hand und schlug sie in die Kerbe im Baum.

»Wie? Was ist los? Erzähl es mir!« verlangte Warrick.

Wolfram bedeutete ihm, sich zu ihm zu setzen, und berichtete ihm von seinem Verdacht, der mit seinem Verkauf in die Sklaverei fünf Jahre zuvor begonnen hatte.

»Everard befürchtet, unser Vater könnte mich zu seinem Nachfolger als Jarl ernennen, wenn er stirbt. Wenn ich aber aus dem Weg bin, kann er leicht die Macht übernehmen.«

Warrick schüttelte den Kopf. »Ich kann nicht glauben, daß Everard so etwas tun würde. Er ist der älteste Sohn und daher als nächster Jarl bestimmt. Warum sollte er seine Ehre gefährden? Oder den Zorn der Götter herausfordern? Du mußt dich irren, Bruder.«

»Die Beweise liegen klar auf der Hand. Eric hat mir erzählt, daß mein Bruder mich damals verraten hat. Und dies ist seine Axt. Das beweist, daß er schuldig ist.«

Warrick ballte die Fäuste. »Wenn es stimmt, was du sagst, muß Everard bestraft werden. Wir müssen es Vater sagen.«

Doch Wolfram legte dem jüngeren Bruder die Hand beruhigend auf den Arm und stand langsam auf. »Nein. Wir müssen zuerst genügend Beweise haben, und sie müssen absolut überzeugend sein. Ich habe keinen Zeugen, denn Eric ist weit fort. Everards Wort wird gegen mein Wort stehen.«

Warricks Augen funkelten vor Zorn. »Dann müssen wir eben einen anderen Weg finden, um ihn für seinen Betrug zu bestrafen. Gib bis dahin gut auf dich acht, Bruder.« Mit diesen Worten überließ er Wolfram seinen Grübeleien.

Die Sonne ging unter.

15

Die Tage vergingen, und Deidre verbrachte viel Zeit draußen, beglückt über ihre Freiheit. Sie lauschte dem Gezwitscher der Vögel, atmete tief den zarten Duft der Blumen und den harzigen Geruch der Bäume ein und stellte mehr als je zuvor fest, welch ein wertvolles Geschenk das Leben war. Und ihr Glück wäre vollkommen gewesen, wenn Wolfram ihr geglaubt und ihr vertraut hätte.

»Deidre!« Aus großer Entfernung hörte sie Zerlina nach ihr rufen.

Sie erhob sich von dem Baumstumpf, auf dem sie sich ausgeruht hatte, und formte mit ihren Händen einen Trichter vor dem Mund. »Hier bin ich!«

Die beiden Frauen liefen aufeinander zu. Deidres Haar flatterte im Wind, und sie fühlte sich sorglos und unbekümmert. »Was gibt es, Zerlina?« fragte sie, als sie ihre rothaarige Freundin erreichte.

»Wir verreisen«, antwortete Zerlina mit abgewandtem Blick. »Pack deine Sachen zusammen, wir verlassen noch heute das Dorf.«

»Wir verreisen?« Deidre erschrank. Sollte sie etwa zu ihrem Volk zurückgeschickt werden? »Wohin? Zerlina, bitte sag mir, was hier vorgeht.«

»Wir besuchen den Thing. Dabei wird endgültig über dein Schicksal entschieden. Olaf hat es so angeordnet.« Bittend sah Zerlina sie an. »Ich bitte dich inständig, Deidre, erzähle Wolfram von dem Kind, das du trägst. Du könntest dir damit das alles ersparen!«

Deidre hatte schon von diesem Thing gehört und versuchte nun, sich genau zu erinnern, was die Männer im Saal darüber berichtet hatten. Die Menschen kamen dort zusammen, wenn neue Gesetze proklamiert und Gerichtsverhandlungen abgehalten wurden. Götterverehrungen fanden dort statt, Ausstellungen und Wettbewerbe, und auch mit Waren wurde gehandelt wie auf einem Markt. Ein paar Tage nach ihrer Ankunft hatte es hier in Skiringssal unter Olafs Vorsitz eine Versammlung der Haushaltungsvorstände gegeben, und sie vermutete, daß der Thing etwas Ähnliches war, nur sehr viel größer.

»Ich soll dort meine Unschuld beweisen, nicht wahr?«

Zerlina nickte. »Olaf glaubt, daß du die Wahrheit gesagt hast, und hat darauf bestanden, dir diese Chance zu geben.« Sie nahm Deidres Arm. »Du wirst es aber kaum schaffen, Deidre. Du mußt Wolfram von dem Baby erzählen, dann wird er dich verschonen. Du hast ja keine Ahnung, was dich erwartet.«

Angst vor dem Unbekannten durchzuckte Deidre, doch sogleich fing sie sich wieder, reckte die Schultern und hob stolz den Kopf. »Gehen wir zu diesem Treffen, dieser Versammlung, wie du es nennst. Ich kann es kaum erwarten, meine Unschuld offen unter Beweis zu stellen.« Tatsächlich hatten sie in den letzten Tagen alle Leute im großen Saal gemieden, als sei sie eine Aussätzige.

Gemeinsam mit Zerlina ging sie in ihre Schlafkammer, packte ihre Kleider zusammen und verschnürte sie in ihrem Umhang. Olaf hatte ihr als Zeichen seiner Zuneigung mehrere Halsketten geschenkt, und von Wolfram hatte sie goldene und silberne Armbänder bekommen. Zusammen mit ihren Broschen und anderen Schmuckstücken steckte sie alles in einen kleinen Beutel, nur die Brosche, die ihr Wolfram vor so langer Zeit verehrt hatte, blieb dort, wo sie immer gewesen war. Sie trug sie an ihrem Kleid auf der Brust. Schließlich nahm sie noch zwei Paar Lederschuhe und zwei Umhänge mit, von denen einer mit Pelz gefüttert war, falls die Nächte kalt werden sollten.

Als sie mit allem fertig war, machte sie sich zusammen mit Zerlina, Adora, Gerda und den anderen Frauen des

Haushalts daran, die Bratpfannen, Holzschüsseln und Löffel, Töpfe und mehrere Eisenkessel, die später an einem Dreifuß über dem Feuer aufgehängt werden würden, um die Mahlzeiten darin zu kochen, zusammenzupacken.

Draußen standen mehrere Wagen bereit, die sie an ihren Bestimmungsort bringen sollten. Deidre bemerkte, daß sie mit Schnitzereien verziert waren, die Symbole und Bildnisse der verschiedenen Gottheiten darstellten. Die grinsenden Fratzen jagten Deidre einen Schauer über den Rücken. Ob dies die Trolle, Zwerge und bösen Elfen waren, von denen Wolfram ihr erzählt hatte?

»Komm, ich helfe dir in den Wagen«, erbot sich Warrick und legte ihr die Hände um die Taille. Liebevoll lächelnd blickte er sie an. »Mein Bruder ist verrückt«, sagte er, »doch egal, was immer geschieht, ich werde dein Freund sein.«

Er sah Wolfram so ähnlich, daß es Deidre im Herzen wehtat, doch sie erwiderte freundlich sein Lächeln und antwortete: »Das ist sehr lieb von dir. Ich brauche dringend Freunde.«

Plötzlich bemerkte sie, daß Wolfram sie aus der Ferne beobachtete, jedoch wegsah, als er ihrem Blick begegnete. Er schloß sich Everard, Olaf und den anderen Männern an, die die vier Wagen zu Pferde begleiten würden. Der erste Wagen war für Zerlina, Deidre, Adora und Gerda bestimmt, im zweiten reisten Erika und die zwei weiteren Gattinnen von Everard, und die beiden restlichen Wagen waren den übrigen höhergestellten Frauen des Hausstandes vorbehalten. Die Leibeigenen, männliche wie weibliche, würden die ganze Reise zu Fuß zurücklegen müssen. Deidre hatte großes Mitleid mit ihnen. Sie hatten ein hartes Leben.

Endlich war alles bereit, und der lange Zug setzte sich in Bewegung. Die Männer hatten ihre Festtagskleidung angelegt, ihre Umhänge bauschten sich im Wind, sie trugen leuchtende Stirnbänder, die »Halos«, und hatten die Arme mit Goldreifen geschmückt, das Metall ihrer Waffen glänzte in der Sonne.

Deidre hielt es für sehr unbequem, während des Rittes Speere, Schilde, Streitäxte oder Schwerter in den Händen zu tragen, doch dann erkannte sie, daß es die Männern sehr wichtig war, in angemessenem Staat zu einer so wichtigen Versammlung zu reisen.

Erika, die im Wagen hinter ihr fuhr, hatte ihren schönsten Schmuck angelegt, goldene Armreifen bedeckten jeden Zentimeter ihrer Arme. Sie trug ein Kleid aus scharlachroter Seide und hielt den Kopf so hoch erhoben, als sei sie und nicht Olaf der Jarl der Familie.

Deidre selbst hatte sich für ein einfaches graubraunes Kleid entschieden, unter dem sie ein gelbes, gefälteltes Hemd trug. Über ihren Schultern lag ein dunkelbrauner Umhang; ein schlichter Armreif, eine Bernsteinkette und ihre geliebte Brosche waren ihr einziger Schmuck. Im Vergleich zu Erika wirkte sie sehr bescheiden, und so sagte sie zu Zerlina: »Sieh dir Erika an. Neben ihr komme ich mir vor wie eine Taube neben einem Pfau.«

Zerlina sah kurz zu dem nachfolgenden Wagen hinüber und schnaubte verächtlich: »Sogar in Lumpen und ohne jeden Schmuck wärest du noch tausendmal schöner als diese Person. Sie kann mit dir doch gar nicht mithalten. Irgendwie erinnert sie mich an diese eitlen, hochmütig umherstolzierenden Vögel, die im fernen Osten leben und von denen mein Bruder mir einmal erzählt hat.« Ein gehässiger Blick Erikas traf sie.

Im Verlauf der Reise schlossen sich ihnen immer mehr Leute an. Ob es sich um verarmte Bauern, Händler oder Künstler, um reiche Piraten oder schwerbeladene Sklaven handelte, sie alle waren auf dem Weg zum Thing und begleiteten Olaf und die Seinen auf ihrem Weg durch tiefe Wälder und brachliegende Felder und Wiesen.

Nach endlosen Stunden, als Deidre schon so erschöpft war, daß sie glaubte, es nicht eine Minute länger aushalten zu können, waren sie endlich am Ziel. Die Männer errichteten Zelte und legten Felle als Unterlage zum Schlafen hinein. Dann ließen sie sich miteinander am Feuer nieder, hoben die Trinkhörner, stießen mit Met und Bier an, Männer wie Frauen, und wieder einmal machten die alten Sagen und Geschichten die Runde.

Deidre erfuhr von Yggdrasil, der riesigen Esche, die nach dem Glauben der Wikinger die neun Welten auf ihrer Krone trägt. Ihre Äste berührten den Himmel, und ihre Wurzeln reichten bis nach Asgard, dem Sitz der Götter, und Midgard, der Heimstatt der Sterblichen, ja sogar bis zum Totenreich von Hel.

Auch Zerlina erzählte wie alle anderen eine Geschichte. Sie berichtete von Freyja, die einst die Gattin Odins gewesen war. Sie war eine sehr eitle Göttin, die Juwelen und Luxus mehr liebte als ihren Ehemann, so daß Odin sich von ihr abwandte und die Göttin Frigg ehelichte. Während Zerlina sprach, waren ihre Augen auf Erika gerichtet, und Deidre mußte innerlich lachen. Sie würde in Zukunft jedesmal an diese Geschichte denken müssen, wenn sie Erikas Gesicht sah.

Die Nacht war hell, und die Mitternachtssonne warf einen rosigen Schein auf das Lager. In großen Kesseln wurden über den Feuern Schweine- und Hammelfleisch mit Gemüse gekocht, und in Löchern im Boden brutzelten, mit glühend heißen Steinen bedeckt, Fische und Braten. Deidre spürte plötzlich, wie hungrig sie war, und verzehrte dankbar eine große Portion schmackhaften Fleisches mit Gemüse, das Zerlina ihr brachte.

»Ich glaube, ich werde heute nacht kein Auge zumachen können«, sagte sie mit einem unsicheren Lachen.

Die Angst vor dem, was ihr bei der Versammlung bevorstehen mochte, zerrte an ihren Nerven und ließ sie keine Ruhe finden.

Doch Zerlina, mütterlich und fürsorglich wie immer, führte sie zu ihrer Schlafstatt. »Eine schwangere Frau braucht ihren Schlaf«, meinte sie, »und außerdem wirst du doch wohl nicht während der Versammlung einschlafen wollen, oder?«

In diesem Moment betrat Warrick das Zelt. Hoffentlich hat er nicht gehört, was Zerlina über meinen Zustand gesagt hat, dachte Deidre. Doch Warrick schien mit seinen eigenen Gedanken beschäftigt zu sein.

»Hast du gehört, daß jemand versucht hat, Wolfram im Wald umzubringen?« fragte er.

Deidre nickte. Seither hatte sie ständig um Wolframs Leben gefürchtet. »Es hat doch nicht noch einen Anschlag auf sein Leben gegeben?«

»Nein. Und ich werde dafür sorgen, daß es auch keinen mehr geben wird. Morgen werde ich beantragen, daß Everard dem Gottesurteil unterworfen wird«, antwortete Warrick.

»Dem Gottesurteil?«

»Ja, anstelle einer Gerichtsverhandlung. Ich weiß, daß er schuldig ist. Es ist an der Zeit, daß ihm das Handwerk gelegt wird.«

Deidre dachte an ihre eigene Situation, daran, daß sie zu Unrecht beschuldigt wurde, und fragte sich, ob Everard nicht das gleiche widerfuhr. »Tu das nicht, Warrick«, bat sie leise, »du beschwörst damit nur Probleme herauf.«

Warrick sah sie an und lachte laut auf. Es war ein böses Lachen, es klang gemein und voller Haß. Für einen Moment bekam Deidre Angst vor ihm, doch schon lächelte er wieder, und ihre Angst verflog.

»Tu es nicht,« bat sie ihn erneut, »es könnte furchtbare Folgen haben.«

Zärtlich küßte er sie auf die Stirn. »Ein Mann muß seine Pflicht tun«, sagte er und wandte sich zum Gersten. Am Zelteingang drehte er sich noch einmal zu ihr um. »Was dich betrifft, meine schöne Freundin, so wünsche ich dir, daß es dir morgen mit Hilfe der Götter gelingt, deine Unschuld zu beweisen. Dein Leid soll jetzt ein Ende finden.«

Als er längst gegangen war, warf sich Deidre noch lange auf ihrem Lager hin und her, fand keinen Schlaf und überdachte immer wieder seine Worte. Eine dunkle Ahnung hatte sie befallen. Mit Wolframs Namen auf den Lippen schloß sie endlich die Augen.

16

Als Deidre am nächsten Morgen erwachte, war die Umgebung von Stimmen und Gelächter erfüllt. In der Nacht waren noch andere Gruppen angekommen, und ihre kleinen Lager verteilten sich wie gesprenkelte Flecken über den Hügel. Unter den Neuankömmlingen entdeckte Deidre die vertrauten Gestalten von Helga, Signy, Hildegard, Rorik, Roland und Sigurd, und freudige Erregung erfüllte sie. Es war so lange her, seit sie sie gesehen hatte.

Rasch kleidete sie sich an, kämmte sich das Haar und lief dann hinaus, um sie zu begrüßen. Signy war inzwischen hochschwanger, und Roland meinte stolz, aber humorvoll, Signys Körperumfang entspräche in seiner Größe genau seiner Männlichkeit und sei der beste Beweis für seine Fruchtbarkeit. Dann maß er Deidre mit liebevollem Blick und fragte: »Wie läuft es zwischen dir und Wolfram? Ich hatte erwartet, daß es auch bei dir einen sichtbaren Beweis für eure Liebe gibt, wenn wir uns wiedersehen.«

Deidre wurde über und über rot. Sie hätte sich ihm gern anvertraut und ihm von der Entfremdung zwischen ihr und Wolfram erzählt, doch sie brachte die Worte nicht über die Lippen sagte statt dessen nur: »Wir leben zur Zeit getrennt.«

Mitfühlend schnalzte Signy mit der Zunge, als Deidre nun doch alles berichtete. »Das ist bestimmt nur Loki zu verdanken«, meinte sie dann. Für Signy waren die Götter für alles und jedes verantwortlich, was zwischen Mann und Frau geschah.

Hand in Hand kamen nun Rorik und Helga heran und gesellten sich zu ihnen. Sie schienen so einträchtig und unzertrennlich, daß Deidre sich bei ihrem Anblick sofort fragte, ob es bald eine Heirat geben würde.

»Wo ist Wolfram?« fragte Rorik. »Ich will ihn fragen, wann wir wieder in See stechen. Wir sind schon viel zu lange an Land.« Suchend hielt er nach ihm Ausschau und lief eilig zu ihm hinüber, als er ihn schließlich entdeckte. Die beiden Freunde begrüßten sich überschwenglich, doch ihre Mienen wurden schnell ernst, als Wolfram von dem Mordversuch berichtete. Deidre beobachtete sie bei ihrer Unterhaltung.

Rorik holte Sigurd herbei, um ihn an dem Gespräch teilnehmen zu lassen, und erzählte ihm, was geschehen war. Wolframs bester Freund machte ein finsteres Gesicht. »Ich möchte wissen, wer dir so etwas antun will.« Ausführlich besprachen die drei Männer die Angelegenheit, bis Sigurd sich aus der Gruppe löste und zu Deidre ging, um sie zu fragen: »War es Everard, der Wolfram töten wollte?«

»Ich weiß es nicht«, antwortete Deidre wahrheitsgemäß. »Ich habe nur das Gerede der anderen gehört, und ich weiß, daß Wolfram und Everard Streit miteinander hatten.« Sigurd nickte und versank ins Grübeln. Da tauchte Zerlina hinter Deidre auf. Sigurd hob den Kopf, um sie zu begrüßen, und seine Augen wurden weich.

»Oh, Zerlina«, lächelte er.

»Guten Tag, Sigurd.« Verlegen spielte Zerlina mit ihren Händen, drehte und wendete sie vor ihrem Körper. Deidre sah sie verblüfft an. Standen da tatsächlich Tränen in ihren Augen?

»Wie ist es dir ergangen, Zerlina?« fragte Sigurd leise. Seine Augen wanderten über sie, als wolle er sich jeden Zentimeter ihres Körpers für immer einprägen.

»Danke, Sigurd, es ist mir sehr gut gegangen.« Das klang steif und unbeholfen, doch dafür sprachen ihre Augen mehr, als tausend Worte es vermocht hätten.

Die beiden lieben sich ja, dachte Deidre überrascht und erfreut. Doch es schien etwas zu geben, was zwischen ihnen ganz und gar nicht stimmte, etwas, was mit Worten allein nicht aus der Welt geschafft werden konnte. Sie hätte gerne gewußt, was das war, doch war dies nicht der richtige Zeitpunkt, Zerlina danach zu fragen.

Da erschallte der Klang eines Horns, und die Jarls sowie die Verantwortlichen und Oberhäupter begannen, sich zu versammeln. Deidre fragte sich, ob es Olaf wohl gelungen sein mochte, jemanden zu finden, der in ihrem Interesse aussagen würde. Was sollte sie tun, wenn es niemand gab, der zu ihrer Verteidigung auftrat? Sie hatte das Gefühl, als hätte ihr Zerlina nicht alles gesagt, was sie wissen mußte, wahrscheinlich, weil sie ihr keine Angst einjagen wollte.

»Ich muß gehen«, sagte Sigurd und schloß sich ebenfalls der Versammlung an. Zerlina folgte ihm mit den Blicken. Deidres Herz weitete sich vor Mitleid für das verkrüppelte Mädchen, das in ihren Augen alles Glück der Welt verdiente. Sie war ein so guter und liebenswerter Mensch, und doch schien sie sehr unglücklich zu sein, wahrscheinlich hatte es mit Sigurd zu tun. Deidre wollte sie gerade danach fragen, da erklang erneut das Horn.

»Die Versammlung wird sehr lange dauern. Hast du etwas gegessen, Deidre?« fragte Zerlina.

Deidre schüttelte den Kopf. Überrascht stellte sie fest, wie hungrig sie bereits jetzt am Morgen war, bis heute abend würde sie halb verhungert sein. Zerlina holte ein Stück Brot und einen Apfel aus der Tasche ihres Kleides und reichte beides der aufgeregten Deidre. »Für dich, kleine Mutter«, lächelte sie. Dann bat sie Deidre erneut, Wolfram von dem Kind zu erzählen, weil ihr das viel Leid ersparen würde. Doch Deidre blieb hart in ihrem Stolz. »Ich werde mein Kind nicht als Ausweg benutzen. Was geschehen soll, mag geschehen. Ich bin unschuldig.«

»Ich hoffe, deine Unschuld wird bei der Verhandlung erwiesen. Denn es wäre entsetzlich, wenn du dich dem Gottesurteil unterwerfen müßtest.« Riesengroß weiteten sich Zerlinas Augen in ihrem blassen Gesicht.

Deidre überlief ein Zittern. Also das war es, was ihr bevorstand, sollte sich niemand zu ihrer Verteidigung finden. Leise flüsterte sie ein Stoßgebet, in dem sie ihren Gott um Hilfe bat.

Rasch aß sie das Brot und den Apfel und ging anschließend mit Zerlina zur Versammlungsstätte. Am Fuße des Hügels war ein großes Zelt errichtet worden. Dort hatten die Jarls und Ältesten auf eindrucksvollen Holzstühlen Platz genommen, die aus ihren Wohnstätten mitgebracht worden waren. Hinter dem Zelt, auf dem Hügel, hatten sich, ihrer Rangordnung folgend, die Gefolgsleute aufgestellt, und hinter diesen drängten sich die Sklaven und Leibeigenen in ihren zerlumpten Kleidern, die Köpfe neugierig gereckt.

Ein weißhaariger alter Mann trat nun vor und rezitierte mit lauter Stimme die Gesetze und Traditionen der

Wikinger. Zerlina erklärte Deidre, daß er der Sprecher der Versammlung sei. Unter den Zuschauern auf dem Hügel erhob sich zustimmendes Gemurmel, als er seinen Vortrag beendet hatte. Der alte Mann warf den Leuten einen strengen Blick zu und bedeutete dem Bläser, sein Horn noch einmal erschallen zu lassen. Sofort kehrte Ruhe ein.

Zerlina erklärte Deidre leise den Ablauf einer solchen Verhandlung. Wenn ein Jarl oder einer seiner Gefolgsleute eines Verbrechens beschuldigt wurde, brachte man ihn vor ein Richtergremium, das sich aus Männern seines Standes zusammensetzte. Der Beschuldigte konnte sich für schuldig oder für nichtschuldig erklären. Im zweiten Fall konnte er Zeugen auftreten lassen, die sowohl über seine Aufrichtigkeit und seinen guten, ehrenhaften Charakter aussagen durften wie auch über die Tatsache seiner Nichtschuld, oder er konnte verlangen, sich dem Gottesurteil unterwerfen zu dürfen.

Die Versammlung wurde eröffnet. Zunächst verhandelte man die geringfügigeren Vergehen. Ein Gefolgsmann wurde beschuldigt, einen Baum gefällt zu haben, und wurde dazu verurteilt, dem Grundbesitzer dabei zu helfen, einen Baumgarten anzulegen. Die Richter erinnerten die Versammlung daran, daß nur Grundbesitzer Bäume fällen dürfen, wobei auch dies nur in Ausnahmefällen gestattet sei, da Bäume überaus wertvoll und wichtig wären. Einem weiteren Gefolgsmann wurde der Mord an einem Leibeigenen zur Last gelegt, was bei den Wikingern zu den leichteren Vergehen zählte, da ihnen Sklaven wenig mehr als Nutzvieh galten und hauptsächlich dazu dienten, die Felder zu bestellen und die Feuer in Küche und Baderäumen in Gang zu halten. So konnte ein Herr einen altgewordenen Sklaven ohne weiteres dem Gnadentod überantworten, wie er es etwa mit einem alten Hund tun würde, doch des Sklaven eines anderen zu töten, den anderen also somit um ein Teil seines Besitzes zu bringen, war ein Verbrechen, und so wurde der Gefolgsmann dazu verurteilt, einen Monat lang den Platz des getöteten Leibeigenen einzunehmen.

Zu jeder Entscheidung des Gerichtes, und es folgten noch viele weitere, gaben die anwesenden Familien und Clans ihre Zustimmung, indem sie auf ihre Schilde schlugen oder ihre Speere schüttelten. Dabei veranstalteten sie ziemlichen Lärm, und Deidre hielt sich jedesmal erschrocken die Ohren zu.

Als nächstes wurde über die Verbrechen aus niederen Motiven Recht gesprochen. Um Ordnung und Frieden untereinander aufrechtzuerhalten, wurden harte Strafen verhängt. Bei Männern, die durch den ständigen Kampf gegen die Naturgewalten unerbittlich und grausam geworden waren, schien dies unumgänglich. Ausgenommen von der Wirksamkeit dieser Gesetze war nur die Zeit, welche die Männer auf See verbrachten. An Bord eines Schiffes herrschten eigene Gesetze, dort gab es nur Sieg oder Niederlage, und einzig der Sieg zählte.

Manche der verhängten Strafen erschienen Deidre wirklich außerordentlich streng. Eine Frau, die des Diebstahls beschuldigt wurde, verkaufte man in die Sklaverei, und einem Mann, der hohe Schulden hatte, erging es ebenso. Einigen Aufständischen sollten die Hände abgeschlagen werden, und die Urteile wurden sofort vor den Augen der Versammelten vollstreckt. Deidre konnte dabei nicht zusehen, sie hatte Angst, sich übergeben zu müssen, doch alle anderen Prozeßpunkte verfolgte sie tapfer und mit großer Aufmerksamkeit.

Nun wurden ein Mann und eine Frau der Versammlung vorgeführt. Man klagte sie an, Ehebruch begangen zu haben. Der Ehemann der Frau hatte die beiden in seinem Bett gefunden, als er unerwartet und früher als beabsichtigt von einer Reise zurückkehrte. Zwar hätte er das

Recht gehabt, den Geliebten seiner Frau zu töten, doch hatte er beschlossen, den Fall vor dem Rat verhandeln zu lassen. Dieser fällte das Urteil, das verbrecherische Paar gemeinsam zu hängen. Beide sollten die gleiche Strafe erhalten. Deidre dachte an Erika. Hoffentlich wußte sie, daß sie das gleiche Schicksal erwartete, sollte sie auf den Gedanken kommen, mit dem Bruder ihres Gatten das Bett zu teilen.

Dann fiel ihr ein, daß sie die Leute von einem »Wergild« hatte sprechen hören, einem Bußgeld, das den Geschädigten gezahlt werden mußte. In ihrer Heimat existierte ein solches Bußgeld nicht, dort wurden Vergehen untereinander meist mit Blutfehden und ähnlichen Gewalttaten beglichen. Von diesem »Wergild«-Gesetz könnten wir vieles lernen, dachte sie.

»Werde ich ein Wergild bezahlen müssen?« fragte sie Zerlina, doch die schüttelte den Kopf. »Nein, das gilt nur in Fällen von Mord oder Körperverletzung«, erklärte sie und hoffte, Deidre werde nicht weiterfragen. Sie wollte ihr auf keinen Fall sagen, daß Diebstahl mit Hängen oder Verbannung bestraft wurde, sollte der Urteilsspruch in Deidres Fall auf schuldig lauten. Allerdings hatte Zerlina vor, es so weit nicht kommen zu lassen. Sie würde Wolfram von dem Baby erzählen, und er mußte Deidre retten.

Deidre überlegt. Wenn die Strafe für Mord darin bestand, daß man ein »Wergild« bezahlen mußte, dann konnte es für sie so schlimm gar nicht werden. Schließlich wurde ihr nur Diebstahl zur Last gelegt, ein viel geringeres Verbrechen, das man, sollte sie schuldig gesprochen werden, bestimmt viel milder ahnden würde. Erleichtert atmete sie auf.

»Ich bin müde«, flüsterte sie Zerlina zu, der Vormittag war beinahe vorbei, und es sah so aus, als sollten sich die Verhandlungen bis in den Abend hinein fortsetzen. Zerlina breitete ihren Umhang auf dem Boden aus und bat Deidre, sich zu setzen und auszuruhen. Deidre konnte nun zwar wegen der vielen Menschen, die vor ihr standen nichts mehr sehen, doch das störte sie nicht. Eigentlich konnte sie dem Gericht und den Bestrafungen nicht das Geringste abgewinnen, wenn sie auch zugeben mußte, daß die meisten Urteile sehr gerecht waren. Sie hatte nicht den Eindruck, daß es hier jemand wagen würde, das Gesetz in die eigenen Hände zu nehmen.

Sie schloß die Augen vor der grellen Mittagssonne. Gerade wurden dem Rat drei Mörder vorgeführt, und sie hörte das Raunen, das durch die Menge ging. Das Urteil lautete auf ein »Wergild«, zu zahlen an die Familien der Opfer und in der Höhe dem Wert entsprechend, den der Getötete für die Angehörigen hatte. Da eines der Opfer sehr arm gewesen war, fiel das Bußgeld für ihn nur gering aus, das zweite Opfer war jedoch ein wohlhabender Mann in gehobener Position gewesen, so daß für ihn mehrere Silberstücke, zwei Schweine, vier Schafe und drei Kühe bezahlt werden mußten. Ein weiterer Mann, der einen anderen während einer Schlägerei erheblich verletzt hatte, wurde zu einem »Knochengeld« verurteilt, was hieß, daß er dem Verwundeten in Silber bezahlen mußte, was die Behandlung und Heilung seiner Wunden kostete.

Deidre lag auf Zerlinas weichem Umhang, blinzelte in den Himmel und versuchte, nicht an ihre eigene Verhandlung zu denken. Plötzlich hörte sie jedoch Warricks laute Stimme, die Everard Olafsson der versuchten Mordes an seinem Bruder Wolfram beschuldigte.

Sie sprang so schnell auf die Füße, daß sie beinahe ohnmächtig geworden wäre. Hilfesuchend griff sie nach Zerlinas Hand. Und da erschien auch schon Everard vor dem Gericht, um die Klage, die gegen ihn erhoben worden war, anzuhören.

»Ich bin unschuldig, und die Klage ist vollkommen ungerechtfertigt«, erklang seine heisere Stimme. »Da will mich irgend jemand um das bringen, was mir rechtmäßig zusteht.« Sein Blick richtete sich auf Wolfram. Ohne Zweifel verdächtigte er ihn und Warrick, sich gegen ihn verschworen zu haben, doch Deidre wußte, daß Warrick ganz allein für die Anklage verantwortlich war.

Wenn Everard Wolfram früher gehaßt hatte, so war dieser Haß nun in Verachtung umgeschlagen. Seine funkelnden Augen begegneten denen seines Bruders. Wenn Wolfram sich auch darüber ärgerte, daß Warrick eigenmächtig gehandelt hatte, so bereitete er sich doch in Gedanken darauf vor, Everard seine Schuld nachzuweisen.

Everard trat in diesem Augenblick entschlossen vor, so daß alle Versammelten ihm ins Gesicht blicken konnten. »Ich verlange einen Kampfentscheid«, forderte er. »Vor dieser Versammlung soll auf diese Weise bewiesen werden, daß ich der Anklage schuldlos gegenüberstehe.« Seine Augen suchten den Vater. Stark und sicher stand er vor dem Rat, sein rotes Haar leuchtete in der Sonne, und er war sichtlich zornig darüber, daß er sich in aller Öffentlichkeit verteidigen mußte.

Als Deidre sah, daß verschiedene Männer Wetten im Hinblick auf die bevorstehende Prüfung abschlossen, war sie empört. Sie wäre gern zu Olaf gelaufen, um ihn zu bitten, dieses Spektakel zu beenden, doch sie wußte, daß dies nicht nur seinen, sondern auch Wolframs Zorn heraufbeschworen hätte. Es mochte sein, daß er sie nicht mehr liebte, doch sie liebte ihn immer noch – und sie erwartete sein Kind. Daher verhielt sie sich ruhig und schaute zu, als die beiden Männer die Waffen wählten und sich für Schwerter entschieden. Inbrünstig betete Deidre, daß Wolfram noch am Leben sein möge, wenn der Tag sich dem Ende zuneigte.

Der Schwerter glänzten in der Sonne, in ihren juwelenverzierten Griffen spiegelten sich tausend Lichter. Wolfram betrachtete seine Waffe und stellte fest, daß er und Everard genau die gleichen Schwerter in den Händen hielten.

Der Sprecher des Gerichts trat vor und verkündete die Bedingungen des Kampfes. »Der Kampf wird solange andauern, bis einer der Teilnehmer verwundet ist.«

Deidre war erleichtert, doch Zuschauer protestierten mit lauten Zurufen, sie wollten mehr Blut fließen sehen. Da hob Everard sein Schwert, reckte es hoch in die Luft, und die Menge verstummte. »Ich werde allen zeigen, daß du ein Lügner bist!« schwor er feierlich und lächelte siegessicher.

Abermals meldete sich der Sprecher zu Wort: »Beim mächtigen Thor! Der Kampf beginnt!« Langsam ließ er seine Hand sinken und trat zurück in den sicheren Bereich neben dem Rat. Deidre hatte eiskalte Hände, und ihr Herz klopfte wild, als sie sah, wie Everard wie ein hungriges Raubtier um Wolfram herumstrich, bereit zuzustoßen. Wolfram bewegte sich mit Eleganz und Grazie und machte einen ruhigen Eindruck. Mit angehaltenem Atem verfolgten die Zuschauer das Geschehen, und entsetztes Schweigen senkte sich über alle, als Everard plötzlich wie eine Schlange vorstieß und Wolfram angriff. Mit tänzerischer Leichtigkeit wich Wolfram aus, ohne daß Everards Schwert ihn auch nur berührt hätte.

»Einmal bist du mir entkommen, doch diesmal wird dir das nicht gelingen!« zischte Everard zwischen den Zähnen hervor und hieb erneut zu, doch Wolfram konnte mit seiner Klinge den Schlag parieren. Nun folgte Schlag auf Schlag, Metall stieß auf Metall, und die Wikinger ringsum feuerten lautstark ihren Favoriten an. Beide Kämpfer waren bereits schweißüberströmt und maßen sich mit haßerfüllten Blicken. »Ich verachte dich genauso sehr wie du mich!« schleuderte Wolfram seinem Bruder entgegen und ließ sein Schwert auf ihn niedersausen. Er verfehlte ihn nur um Haaresbreite. Und die Brüder kämpften weiter, während die Sonne immer höher stieg.

Deidre stand unbeweglich wie eine Statue in der Menge und beobachtete voller Angst den Kampf. »O Wolfram, Wolfram, möge Gott dir beistehen«, flüsterte sie, denn wenn die vergangenen Tage sie auch entzweit hatten, so liebte sie ihn dennoch und hatte ihm längst vergeben, daß er sie eingesperrt und ihr mißtraut hatte. Sie verstand ihn, denn die Umstände sprachen ja gegen sie.

Die Muskeln an Everards Hals traten hervor, als er plötzlich einen Ausfall machte und mit dem Schwert überraschend nach Wolframs Kopf hieb. Die Klinge streifte sein Ohr, und sofort stürmte Wolfram vor um Everards Schlagarm zu treffen; er verfing sich jedoch mit dem Fuß in einem Loch im Boden und stürzte schwer. Es herrschte Totenstille, während die Zuschauer gespannt warteten, was weiter geschehen würde. Everard ergriff ohne Zögern die Gelegenheit, die sich ihm bot. Deidre schrie entsetzt auf, als sie ihn zuschlagen sah, und bedeckte hilflos die Augen. Von Wolframs Arm tropfte Blut, Everards Schwert hatte sein Ziel getroffen. Der Gerichtssprecher trat vor und stellte sich zwischen die beiden Brüder.

»Die Entscheidung ist gefallen«, sagte er. Die Ältesten und Oberhäupter schlugen mit ihren Schwertern gegen ihre Schilde, und die Menge bekundete ihre Zustimmung. Everard hatte seine Unschuld bewiesen. Thors Macht hatte dafür gesorgt.

Deidre spürte, wie sich eine Hand auf ihren Arm legte und blickte in das besorgte Gesicht Zerlinas. »Die Angelegenheit ist bereinigt, zumindest fürs erste«, murmelte sie. Als sie die Angst in Deidre Augen sah, fügte sie hinzu:

»Wolfram geht es gut. Die Wunde ist nicht tief, Mutter wird sich um ihn kümmern. Du bist es, um die ich mir Sorgen mache, denn bald schon wirst du es sein, die vor dem Rat ihre Unschuld beweisen muß.«

17

Zerlinas Worte bewahrheiteten sich viel schneller, als sie oder Deidre es gedacht hätten. Von einem Wikinger, den sie noch nie gesehen hatte, wurde Deidre vor das Gericht gezerrt, um die Angelegenheit zu hören.

Wolfram hatte Deidre vor der Abreise zum Thing kaum gesehen, doch er hatte alles in seiner Macht Stehende getan, um Zeugen für ihre Unschuld zu finden. Leider hatte er nur solche aufgetrieben, die sie für schuldig hielten und ihn in seiner Überzeugung bestärkten, sie habe Maddock aus seinem Gefängnis befreit. Dennoch, er würde alles tun, um dafür zu sorgen, daß ihre Strafe so gering wie möglich ausfiel.

Der Sprecher des Rates trat vor. »Es gibt keine Zeugen, die für dich aussagen könnten. Daher hat das Gericht beschlossen, dir die Möglichkeit zu geben, mittels eines Gottesurteiles deine Unschuld zu beweisen«, verkündete er mit lauter Stimme.

»Nein!« Wolfram trat hastig vor, um Einspruch zu erheben. Seine Wunde blutete noch immer, der Verband war bereits dunkelrot. Schmerz durchzuckte ihn, doch er konnte nicht zulassen, daß Deidre die Prüfung der heißen Steine über sich ergehen lassen mußte.

»Es ist entschieden«, wiederholte der Sprecher leise und drohend. Wolfram mußte nachgeben. Zögernd blieb er stehen. »Egal, was geschieht, ich werde stark sein«, schwor Deidre sich.

»Möchtest du dich dem Gottesurteil unterwerfen?« sprach der Sprecher.

Deidre wußte, daß das der einzige Weg war. Sie war unschuldig. Wenn ihre Glaube stark genug war, würde sie es beweisen können. Aus den Augenwinkeln heraus sah sie, daß Wolfram wieder vortreten wollte, jedoch von Olaf daran gehindert wurde. Er bat seinen Vater, das Urteil zu verhindern, doch Olaf sagte, Deidre habe ein Recht darauf. Außerdem sei die Verhandlung bereits so weit fortgeschritten, daß man keinen Einspruch mehr erheben könne.

»Bist du für das Gottesurteil bereit?« fragte der Sprecher erneut.

»Ja«, antwortete Deidre entschlossen. »Es wird beweisen, daß ich unschuldig bin. Ich habe meinem Verwandten nicht zur Flucht verholfen, wenn ich auch dagegen war, daß man ihn zum Sklaven machte. Und ich bin auch nicht in Wolfram Olafssons Lagerhaus eingebrochen. Das soll jetzt bewiesen werden.« Ihre Stimme klang ruhig und klar, doch ihre Hände zitterten.

»So soll es geschehen im Namen Odins, des Gottes der Weisheit, dessen Ehrentag heute ist«, erklärte der Sprecher und befahl, mehrere Steine ins Feuer zu werfen. Deidre erstarrte vor Angst, als sie daran dachte, welch furchtbaren Schmerzen auf sie warteten, und konnte die Augen nicht von den Flammen abwenden.

Als die Steine so heiß waren, daß sie glühten, wurden sie mit langen metallenen Löffeln aus dem Feuer gezogen und Deidre in die ausgestreckten Hände gelegt. Rasender Schmerz durchfuhr sie, und sie preßte die Kiefer fest aufeinander, um nicht laut aufzuschreien. Sie schloß die Augen. Wolfram, der hilflos zusehen mußte, litt Höllenqualen. Er wollte, man hätte die Steine in seine Hände gelegt.

Nur für wenige Augenblicke lagen die glühend heißen

Steine in Deidres Händen, doch sie erschienen ihr wie eine Ewigkeit. Dann wurde sie endlich erlöst, ihre Hände bandagiert, und ihr wurde befohlen, sich zurückzuziehen, bis die Richter am Samstag erneut zusammenkommen würden, um sie anzuhören und ihre Hände zu begutachten.

Dabei würde es nicht darum gehen festzustellen, ob ihre Hände verbrannt waren, denn das waren sie natürlich, sondern darum, in welchem Zustand sie sich befanden. Waren die Brandwunden sauber, so würde man sie für unschuldig erachten, eiterten sie aber, würde sie schuldig gesprochen und ihrer Strafe zugeführt werden.

»Deidre!« stöhnte Wolfram. Was hatte er ihr nur angetan! Niemals würde er die Schmerzen wiedergutmachen können, die sie heute erlitten hatte. Er verfluchte seinen falschen Stolz und versuchte, zu ihr zu gelangen, um sie um Verzeihung zu bitten. Doch die Menschen um ihn herum versperrten ihm den Weg, und so konnte er nur hilflos zusehen, wie sie von den Wärtern fortgeführt wurde. »Ich habe sie verloren!« flüsterte er verzweifelt, und seine eigenen Worte schnitten wie Messer in seine Seele.

18

In Deidres kleinem Zelt behandelte Zerlina Deidres verbrannte Hände, indem sie sie immer wieder in eine Schüssel mit eiskaltem Wasser tauchte. Sie hatte einen Sklaven hinauf in die Berge geschickt, um Schnee und Eis zu holen.

»Das nimmt den Schmerz ein wenig«, sagte Zerlina fürsorglich.

»Es tut mir nur leid, daß ich keine Heilkräuter verwenden kann, aber das Gericht hat es untersagt.«

Deidre war überrascht, daß der Schmerz in ihren Händen durch das kalte Wasser wie durch Zauberei zu verschwinden schien. Doch das Leid in ihrem Herzen verging nicht. Sie hatte Wolframs Ruf gehört und die Qual in seinen Augen gesehen. Vielleicht hatte ihre Liebe doch noch eine Chance.

Zerlina schien ihre Gedanken zu kennen, denn sie flüsterte leise: »Wolfram wäre am liebsten zu dir gelaufen, um dich wegzuholen und dir das alles zu ersparen. Bitte, gib nicht ihm die Schuld für das, was passiert ist. Er liebt dich sehr, doch er muß ständig darauf bedacht sein, in den Augen seiner Männer stark zu sein. Wäre ein Mann wegen der Befreiung eines Sklaven und wegen Diebstahl angeklagt worden, seine Strafe wäre viel härter ausgefallen, das kannst du mir glauben.«

Deidre lächelte traurig. »Das weiß ich, Zerlina. Was mich schmerzt, ist, daß Wolfram mir nicht geglaubt und meinen Erklärungen nicht zugehört hat.« Sie seufzte. »Vielleicht glaubt er ja jetzt, daß ich unschuldig bin.« Sie blickte auf ihre Hände. Sie waren verbrannt und rot, doch irgendeine unsichtbare Kraft hatte verhindert, daß sie ernstlich versehrt worden waren. Deidre wußte, sie würden nicht zu eitern beginnen. Ihre Unschuld stand fest.

»Wie geht es Wolfram denn? Ist seine Verletzung schwer?« fragte sie Zerlina.

»Nein, es ist nur eine Fleischwunde. Er hat Glück gehabt. Es hat schon Kämpfe gegeben, bei denen beide Männer tödlich verletzt wurden.«

»Ich wünschte, ich könnte ihn sehen«, flüsterte Deidre.

»Du weißt, daß das nicht geht«, mahnte Zerlina. »Bis du von den Anklagen, die gegen dich vorgebracht wurden, freigesprochen bist, mußt du hierbleiben.« Dann verband sie vorsichtig Deidres Hände und sah ihr in die Augen. »Doch wenn du dann mit ihm sprichst, mußt du ihm von eurem Kind erzählen. Es gibt keinen Grund mehr, es zu verschweigen. Und das wird zwischen euch eine Verbindung schaffen, die niemand mehr zerstören kann. Wolfram wird den heutigen Tag vergessen und nur noch an das Baby denken, das durch eure Liebe entstanden ist.«

Deidre wollte antworten, doch da erschien Olaf im Zelteingang. Polternd und laut, wie es seine Art war, kam er auf sie zu und schlug ihr freundschaftlich auf den Rücken, als wäre sie ein Mann und sein bester Freund.

»Stolz machst du mich, Rabe!« dröhnte er. »Soviel Tapferkeit ist mir noch nie begegnet. Du hast weder um Gnade gebettelt, noch eine einzige Träne vergossen, nein, du bist ruhig dagestanden und hast die Schmerzen ertragen, ohne einen Laut von dir zu geben. Ich beuge mein Knie vor dir, Frau. Es gibt keine Wikinger, der furchtloser wäre als du. Du bist zwar nicht als Wikingerin geboren, aber dennoch bist du in Wahrheit eine.« Unerwartet behutsam ergriff er ihre Hände und entfernte den Verband, den Zerlina eben erst so sorgfältig angebracht hatte. Er untersuchte die Brandwunden und nickte beifällig. »Das dachte ich mir. Am Samstag werden alle erkennen, daß es so ist, wie ich von Anfang an vermutet habe. Du hast die Wahrheit gesagt, Rabe. Ich weiß nicht, wer den Iren befreit hat, aber du warst es mit Sicherheit nicht.«

Zerlina machte sich daran, Deidres Hände frisch zu verbinden. »Es war mein Vater, der dein Erscheinen vor dem Rat befohlen hat, nicht Wolfram. Er wollte, daß alle erfahren, daß du unschuldig bist, Deidre.«

»Ein Mann kann seine Unschuld im Kampf beweisen«, erklärte Olaf. »Und ich wollte, daß auch du als Frau Ge-

lich verletzt sein sollte.« Deidre war vollkommen außer Atem.

»Mein Vater? Wovon redest du, Deidre?«

Deidre sprach so schnell, daß Zerlina nicht genau verstanden hatte, was sie sagte. Sie bemühte sich, langsam und deutlich zu reden und erklärte: »Medwin, der Diener deines Vaters, kam vorhin in unsere Schlafkammer. Er berichtete Wolfram, daß Olaf verletzt sei und seine Hilfe brauche. Daraufhin ist Wolfram sofort aufgebrochen. Er trug mir auf, dich zu holen.«

Verwirrt schüttelte Zerlina den Kopf. »Mein Vater ist hier, Deidre, im Saal. Ich habe erst vor wenigen Minuten mit ihm gesprochen, als ich hinausging, um die Milch zu holen. Wie kommt Medwin dazu, sich so etwas auszudenken?«

»Olaf ist hier?« Deidre wagte kaum zu atmen.

»Komm mit, ich bringe dich zu ihm.«

Deidre hielt sie zurück. »Irgend etwas stimmt da nicht,

»Nein. Er ist nicht hier.« Weder jetzt noch später konnte Deidre sich erklären, woher sie die Gewißheit hatte, doch sie wußte plötzlich mit absoluter Sicherheit, daß sie Wolfram am Fuß der Klippe finden würde. Ohne zu zögern lenkte sie ihr Pferd auf den Abhang zu.

»Komm zurück! Du wirst stürzen!« rief Olaf ihr nach, doch sie ließ sich nicht aufhalten. Wenige Augenblicke später hörte er ihren Schrei:

»Wolfram!« Seine große Gestalt lag leblos unten an der Klippe zwischen den Felsen. Halb wahnsinnig vor Kummer wollte sie zu ihm hinunter klettern, doch Olaf, der rasch hinter sie getreten war, hielt sie zurück.

»Diesen Sturz kann er nicht überlebt haben. Er ist tot, Rabe.« Trauernd um seinen Sohn senkte er den Kopf, sein flammend rotes Haar fiel ihm ins Gesicht.

»Nein, das glaube ich einfach nicht!« schluchzte Zerlina, und Tränen strömten aus ihren blauen Augen.

Deidre riß sich von Olaf los, ihre Qual verlieh ihr ungelegenheit erhältst, die Wahrheit deiner Worte unter Beweis zu stellen. Ich wußte, das würde mit Schmerzen verbunden sein, doch es erschien mir unrecht, dich ein-

»Warte hier auf mich. Ich komme zurück, sobald ich weiß, was geschehen ist.« Er hauchte einen Kuß auf ihre Lippen und wandte sich zum Gehen, doch sie hielt ihn zurück.

»Ich komme mit dir«, sagte sie.

»Nein, ich gehe allein.« Sein Ton sagte ihr, daß Widerspruch sinnlos war. »Geh zu Zerlina und erzähl ihr, was passiert ist. Besorge Verbandsachen und ein paar Heilmittel, damit wir ihm helfen können, wenn ich ihn herbringe.«

Damit lief er hinaus in den frühen Morgen. Beim Stall angekommen, bestieg er ein Pferd und ritt an Scheunen und Außengebäuden vorbei zum Grabhügel, wo alle verstorbenen Mitglieder seiner Familie bestattet waren. Dort hielt er an und sah sich um. Niemand war in der Nähe.

Eine innere Stimme riet ihm zur Vorsicht, doch er schenkte ihr keine Beachtung, sondern dachte nur an seinen Vater. Wo mochte Medwin sein? Er trieb sein Pferd wieder an und rief laut nach Olaf. Keine Antwort kam.

Zerlina, Wolfram ist vielleicht in großer Gefahr. Rasch, wir müssen ihn einholen, bevor es zu spät ist.«

»Fürchtest du um sein Leben?«

»Ja, natürlich.«

So schnell sie es vermochte, lief Zerlina hinkend hinter Deidre her, doch ihr verkrüppelter Fuß behinderte sie erheblich. Sie rief Deidre zu: »Lauf voraus, ich werde dich schon einholen!« Deidre nickte und rannte weiter. Als sie Olaf begegnete, hielt sie an, um ihm zu berichten, was vorgefallen war. Er kratzte sich nachdenklich am Bart. Dann sagte er entschlossen: »Komm, laß uns feststellen, was da vorgeht.« Er nahm Deidres Hand, wartete, bis Zerlina sie erreicht hatte und ging mit den beiden Frauen zu den Ställen hinüber. Dort ließ er drei Pferde satteln. Leichtfüßig stiegen die Mädchen auf und mußten trotz ihrer Sorge lächeln, als Olaf es wegen seines enormen Körperumfanges nicht allein schaffte, sondern die Hilfe eines Sklaven brauchte. Auf dem Rücken ihres Hengstes war Zerlina nichts mehr von ihrer Behinderung anzumerken, leicht und graziös ritt sie wie der Wind dahin und

ahnte Kräfte. »Laß mich zu ihm! Bitte, laß mich gehen! Ich kann ihn nicht da unten liegenlassen. Ich muß bei ihm sein!«

»Nein, Rabe. Wenn du abstürzt, ist das dein Tod. Komm, wir kehren um. Ich komme mit meinen Söhnen und einigen Dienern wieder her, und wir tragen ihn herauf.« Olaf wollte nach ihr greifen, um sie festzuhalten, doch er erwischte nur noch den Ärmel ihres Kleides. Deidre war schon auf die Klippe zugelaufen und schickte sich an, hinunterzuklettern. »Er darf nicht tot sein! Bitte, er darf nicht tot sein!« sandte sie ein Stoßgebet zum Himmel.

»Verrücktes Weib!« brüllte Olaf ihr nach, doch im stillen mußte er ihren Mut bewundern.

Deidre machte sich an den beschwerlichen Abstieg, benutzt jeden noch so kleinen Busch als Halt für ihre Hände und schimpfte leise vor sich hin, wenn ihr Kleid sie behinderte. Mehr als einmal rutschte sie aus und wäre beinahe gestürzt. Schon nach wenigen Minuten waren ihre Hände voller Blasen, ihre Arme zerkratzt und wundgescheuert, und ihre Gelenke schmerzten.

Doch endlich hatte sie es geschafft. Sie sank neben Wolfram in die Knie und legte ihm das Ohr an die Brust.

»Wolfram!« Sie schluchzte leise. Da, ein schwaches Zittern, ein Herzschlag. Er lebte! In panischer Hast tastete sie seinen Körper ab, um festzustellen, wo er verletzt war. Sein Arm war gebrochen, er blutete aus mehreren Wunden, und sein Atem kam nur sehr flach. Er hatte eine große Beule am Kopf und war bewußtlos. Doch eine Schwertwunde konnte sie nirgends entdecken. Wenn ihn aber niemand mit dem Schwert angegriffen hatte, warum war er dann die Klippe hinuntergestürzt?

Doch gleich wurden alle Fragen unwichtig, und nur die Freude darüber, ihn lebend gefunden zu haben, zählte noch. »Wolfram, mein Liebster«, flüsterte sie ihm zu,

»Gott sei Dank, du lebst.« Dann stand sie auf und rief zu Olaf hinauf, der über den Klippenrand spähte: »Wolfram lebt!«

»Odin sei gepriesen! Wolfram ist am Leben!« Erleichtert wandte er sich zu Zerlina um.

»Ich glaube, er ist ausgerutscht, als er herunterklettern wollte!« rief Deidre.

Olaf winkte ihr zu. »Bleib bei ihm, Deidre. Zerlina und ich sind gleich bei dir. Wir kommen mit den Pferden den Pfad entlang, der außen um den Berg herumführt. Ich bin leider nicht so gelenkig wie du, Rabe!«

Deidre ließ sich wieder neben Wolfram nieder, strich ihm sanft das Haar aus der Stirn und summte leise ein zärtliches Lied, während sie auf Olaf und Zerlina wartete. Nach einer Weile tauchten die beiden endlich auf. Olaf lief sofort zu seinem Sohn, hob ihn auf und legte ihn vorsichtig quer über den Rücken seines Pferdes. Dann machten sich die drei langsam auf den Rückweg. Der Pfad war zwar steinig und sehr steil, doch bei weitem nicht so gefährlich wie der Weg, den Deidre als Abstieg gewählt hatte.

Oben angekommen, legte Olaf Wolfram sanft auf den Boden, und Deidre riß ein Stück Stoff vom Saum ihres Kleides ab, tauchte es in das kalte Wasser der nahen Bergquelle und kühlte damit Wolframs Kopf. Deidre sah, wie seine Lider flatterten und hörte ihn leise stöhnen, doch er erwachte nicht aus seiner Bewußtlosigkeit, und seine Augen blieben geschlossen. Aber Deidre hatte nun die Hoffnung, daß er wieder genesen würde.

»Laß uns ihn nach Hause bringen, Olaf«, sagte sie leise.

21

Deidre schlief tief und fest, als ein Stöhnen Wolframs sie weckte. In den vergangenen Tagen und Nächten hatte sie ständig bei ihm gewacht, doch dann hatte die Erschöpfung ihren Tribut gefordert, und sie war im Sitzen neben ihm eingeschlafen. Während sie ihn pflegte, hatte sie seine Kopfwunde mit Schnee gekühlt, seinen gebrochenen Arm gerichtet und geschient, wozu sie ein Leinentuch fest um den Arm gewickelt und es mit einer klebrigen Paste eingestrichen hatte, die beim Trocknen steinhart wurde. Die meisten Sorgen machte sie sich jedoch wegen seiner Kopfwunde und möglicher innerer Verletzungen, denn Wolfram hatte das Bewußtsein bisher nicht wiedererlangt. Deidre wußte, daß es Fälle gab, in denen der Verletzte gar nicht mehr erwachte, und andere, in denen er anschließend geistig umnachtet blieb. Sie betete, daß dies bei Wolfram nicht der Fall sein möge, sie liebte ihn doch so sehr.

Warrick trat ein. »Wie geht es ihm?«

»Er schläft noch immer«, antwortete sie und stellte wieder einmal fest, wie ähnlich er Wolfram ansah. Warrick war ihr in den letzten Tagen eine große Hilfe gewesen, er hatte ihr zu essen gebracht, war an ihrer Seite geblieben, hatte ihre Hand gehalten. Ohne ihn hätte sie die anstrengenden Nachtwachen nicht durchhalten können. Ganz anders Everard, der den großen Saal vollständig gemieden hatte, was wie ein Eingeständnis seiner Schuld anmutete.

»Sag, Deidre, was ist eigentlich genau geschehen? Ich habe Gerüchte gehört, doch du hast mit mir noch nicht darüber gesprochen«, wollte Warrick wissen.

»Ich bin mir nicht sicher«, erwiderte Deidre, »doch ich glaube, Everard hat versucht, Wolfram zu töten.« Sie erhob sich und reckte ihre steifgewordenen Glieder.

Warrick ballte die Fäuste. »Das verlangt nach Rache. Everard soll bezahlen für das, was er ihm angetan hat.«

Deidre legte ihm begütigend die Hand auf die Schulter. »Es gibt keinen Beweis dafür, daß Everard schuldig ist. Außerdem ist das Götterurteil zu seinen Gunsten ausgefallen. Wer würde ihn jetzt schuldig sprechen?«

»Wir müssen eben irgendwie beweisen, daß er an allem schuld ist. Am besten wäre es, er würde es nochmal versuchen«, sagte Warrick wütend.

Es tat Deidre leid, ihn so zornig zu sehen, denn sie kannte ihn als einen freundlichen, warmherzigen Menschen. Und sie hatte Angst, er werde Everard zum Kampf fordern, denn der schlanke Warrick hatte gegen seinen starken, muskelbepackten Bruder nicht die geringste Chance. Sogar Wolfram war ihm zweimal unterlegen.

»Tu, was du für richtig hältst«, meinte sie, »aber versprich mir, daß du Everard nicht herausfordern wirst. Einen von Olafs Söhnen muß ich schon pflegen, ich will nicht, daß ein zweiter hinzukommt.«

Warrick lächelte sie an. »Ich verspreche es dir«, sagte er und verließ dann die Kammer, um sie mit Wolfram allein zu lassen. Deidre kehrte an Wolframs Seite zurück und legte ihm die Hand auf die Stirn. Gott sei Dank, er hatte wenigstens kein Fieber. Eine Blutvergiftung wäre das Schlimmste, was jetzt passieren konnte. Sie flüsterte ihm liebevolle Worte ins Ohr und hörte ihn leise stöhnen. Die zarte Berührung ihrer Hand und ihr zärtliches Geflüster schienen ihm wohlzutun, denn er atmete ruhig und gleichmäßig, und sein Körper lag still und entspannt. Sie fragte sich, wovon er träumen mochte, hielt ihn an sich gedrückt und schloß die Augen. »Komm wieder zu mir, Wolfram«, wisperte sie.

Wolfram spürte ihre Wärme und hörte sie flüstern, doch noch hielt ihn die Bewußtlosigkeit umfangen zwischen Schlafen und Wachen und gab ihn nicht frei. Er versuchte, aus den traumlosen Tiefen aufzutauchen, doch es wollte ihm nicht gelingen. Seine Lippen formten Worte, doch kein laut war zu hören. Deidre drückte ihn an ihre Brust, küßte sanft seine Stirn und sprach mit liebevollen, zärtlichen Worten beruhigend auf ihn ein.

»Welch ein rührender Anblick! Die Fremde hätschelt ihren gefallenen Liebsten!« erklang eine hämische Stimme von der Tür her. Erika war unbemerkt eingetreten.

»Ja«, erwiderte Deidre ruhig und sah Erika in die Augen. »Ich sorge für ihn. Und ich würde alles tun, um sein Leid zu lindern. Ich liebe ihn.«

»Du liebst ihn nicht halb so sehr wie ich«, sagte Erika. »Und er liebt dich nicht halb so sehr, wie er mich einst geliebt hat. Wenn mein Vater nicht gewesen wäre, wären Wolfram und ich heute Mann und Frau.«

Von Zerlina wußte Deidre, daß diese Hexe sich Everard zugewandt hatte, weil sie glaubte, er würde der nächste Jarl werden, und so fragte sie mit zuckersüßer Stimme: »War es nicht viel eher dein Ehrgeiz, der dich zu Everard führte?«

»Keineswegs. Das tat ich nur, weil ich Wolfram liebte.« Erikas Stimme klang kalt. Der ganze Haß war herauszuhören, den sie für die Frau empfand, die Wolframs Liebe errungen hatte. Es ärgerte sie maßlos, daß trotz allem, was sie unternommen hatte, dieses irische Mädchen noch immer Wolframs Geliebte war. Deidre erhob sich und stellte sich direkt vor Erika.

»Das ist aber ein seltsamer Liebesbeweis.«

»Es ist wahr. Mein Vater war schuld. Du scheinst unsere Sitten und Gebräuche noch immer nicht zu kennen. Eine Heirat wird oft abgesprochen.«

»Zerlina hat mir erklärt, daß eine freie Frau gegen eine abgesprochen Heirat Einspruch erheben kann«, gab Deidre zurück. Diesem blonde Biest würde sie nicht das letzte Wort lassen.

Erika lachte gehässig auf. »Zerlina. Sie ist gerade die Richtige, über das Heiraten zu reden, sie mit ihrem verkrüppelten Fuß. Kein Mann hat sich je für sie interessiert.«

Ein triumphierender Ausdruck glitt über ihr Gesicht, als sie weitersprach: »Es gibt noch ein Gesetz bei uns Wikingern. Wenn eine Frau einen Mann gegen den Willen ihrer Eltern heiratet, kann dieser Mann für vogelfrei erklärt und vom Vater der Frau getötet werden. Hat dir Zerlina das auch erzählt?« Ein Blick in Deidres Gesicht verriet ihr, daß es nicht der Fall war. »Nur aus diesem Grund habe ich Wolfram aufgegeben. Mein Vater hatte geschworen, ihn zu töten, wenn ich ihn heiraten würde. Und nur deswegen habe ich einen Mann geheiratet, den ich nicht liebe. Um den Mann zu schützen, den ich wirklich begehren.«

Deidre konnte es nicht fassen, daß diese Frau es wagte, ihr so ins Gesicht zu lügen. Sie wandte sich ab, doch Erika packte sie grob am Arm und hielt sie fest. »Er hat dich nur in sein Bett geholt, weil er dachte, ich sei für ihn verloren.«

Deidre, die fest an Liebe und Vertrauen glaubte, war sicher, daß Erika log und erwiderte frei heraus: »Wolfram liebt mich. Egal, was du sagst, dessen bin ich mir sicher, und nichts kann diesen Glauben erschüttern.«

Erikas Augen zogen sich vor Wut zusammen, ihr Gesicht wurde zu einer häßlichen Fratze. »Was muß ich tun, um dich loszuwerden?« zischte sie. »Alles habe ich schon darangesetzt, um dich...« Erschrocken brach sie ab. Beinahe hätte sie sich verraten. Doch Deidre war viel zu sehr mit Wolfram beschäftigt, um diese letzten Worte zu hören oder Erikas Gesichtsausdruck zu bemerken. Stolz und gefaßt verabschiedete sie Erika.

»Bitte laß uns jetzt allein. Wolfram braucht mich.«

Erika lachte. »Gut, ich gehe. Doch eines Tages werde

ich wieder hier sein, hier bei Wolfram, und ihn nie mehr verlassen.«

Mit hocherhobenem Kopf rauschte sie an Deidre vorbei aus der Kammer. Wütend schlug sie die Tür hinter sich zu.

22

Endlos zogen sich die Tage und Nächte für Deidre dahin, und noch immer hatte Wolfram sein Bewußtsein nicht wiedererlangt. Sein Gesicht war blaß, sein Körper ausgezehrt, und Deidre begann, um sein Leben zu bangen. Wäre da nicht sein schwacher Atem gewesen, man hätte ihn für einen Toten halten können. Jeden Morgen forschte Deidre in seinem Gesicht nach einem Anzeichen des Wiedererwachens, und jeden Morgen wurde sie aufs neue enttäuscht. Wolfram befand sich noch immer in einer ihr fremden, dunklen Welt.

Deidre wich nur von seiner Seite, wenn sie eine rasche Mahlzeit zu sich nahm, und war sich die ganze Zeit bewußt, daß Erika sie mit Argusaugen beobachtete. Ständig tauchte ihr Gesicht irgendwo auf, siegessicher lächelnd, doch zu Deidres Erleichterung kam sie nicht noch einmal in ihre Schlafkammer. Auch Everard ließ Deidre nicht aus den Augen, doch in seinem Gesicht war von einem Lächeln nichts zu bemerken. Sie fragte sich, was er wohl angesichts des kritischen Zustands seines Bruders empfinden mochte, ob er vielleicht Reue spürte oder im Gegenteil froh darüber war, daß sein Verrat nun wahrscheinlich niemals aufgedeckt werden würde.

Die anstrengende Pflege Wolframs forderte ihren Tribut und griff Deidres Gesundheit an. Ihre Lider waren angeschwollen, und sie hatte dunkle Ringe unter den Augen.

Ihr Gesicht war blaß und mager geworden, und ihr strahlendes Lächeln war verschwunden. Sie durchwachte die Nächte, die Tage, doch Wolfram gab kein Lebenszeichen von sich.

Wie gut er trotz allem noch aussah! Und wie tapfer er durchhielt! Doch sie wußte, daß bald etwas geschehen mußte. Wenn er nicht von allein erwachte, konnte nur noch ein Wunder ihn retten. Sie kniete neben seinem Lager nieder, faltete die Hände und hob ihr Gesicht zu ihrem Gott. »Bitte, erhalte ihn mir, Vater«, betete sie inbrünstig mit Tränen in den Augen. »Ich bin es, die gesündigt, hat, nicht er. Ich habe deine heiligen Gelübde gebrochen, nicht er. Bestrafe mich dafür, wenn du willst, doch bitte, bitte, gib ihn den Menschen zurück, die ihn lieben.« Betend blieb sie auf den Knien liegen. Erst als Zerlina den kleinen Raum betrat, blickte sie auf.

»Du übernimmst dich, Deidre. Du bist ja vollkommen erschöpft. Komm, ruh dich aus, ich werde dich vertreten«, sagte Zerlina besorgt.

»Nein«, wehrte Deidre kurzerhand ab. »Ich bleibe bei ihm. Er braucht jetzt all meine Kraft.«

Zerlina legte ihr die Hand auf die Schulter. »Gut, dann bleibe an seiner Seite. Aber schlafe wenigstens ein paar Stunden. Es hilft Wolfram nicht, wenn du auch noch krank wirst. Du mußt jetzt an das Baby denken.« Mit diesen Worten bugsierte sie Deidre mit sanfter Gewalt auf die provisorische Bettstatt, die Deidre sich eingerichtet hatte, um immer bei Wolfram sein zu können. Leise sang sie ihr ein Schlaflied vor, und endlich schlief Deidre ein, müde und ausgelaugt von den vielen Stunden, in denen sie kein Auge zugemacht hatte.

Zerlina setzte sich an das Lager ihres Bruders und beugte sich zu ihm hinunter. »Du hast immer auf mich gehört, Wolfram«, flüsterte sie ihm ins Ohr. »Schon als Kind hast du stets getan, worum ich dich bat. Tu es auch jetzt. Hör auf mich. Du darfst nicht zulassen, daß deine Feinde über dich triumphieren. Wach auf, Wolfram. Da ist so viel, wofür du einfach leben mußt, und so viele Menschen lieben dich.«

»Das ist wahr«, erklang Olafs Stimme von der Tür her. Er war leise eingetreten und sah Wolfram traurig und voller Sorge an. Doch lag Zorn in seiner Stimme, als er fortfuhr: »Wer hat dir das angetan?«

»Nur die Götter wissen das, Vater«, sagte Zerlina bekümmert. Sie hatte zwar Gerüchte über Everards Verrat gehört, doch da sie wußte, daß die Dinge in Wirklichkeit oft anders waren, als es schien, äußerte sie sich wohlweislich nicht dazu.

»Ich werde es herausfinden«, schwor Olaf. »Und dann wehe dem Schuldigen! Ob Mann oder Frau, er wird bereuen, daß er es je gewagt hat, soviel Schmerz über meine Familie zu bringen!«

Sein Blick fiel auf die schlafende Deidre. In dieser Frau waren Treue, Kraft und Schönheit vereint. Sie hatte all diese Tage an der Seite seines Sohnes verbracht, ohne auch nur einen einzigen Gedanken an sich selbst zu verschwenden.

Zerlina las die Zärtlichkeit in seinen Augen und sagte leise: »Ich liebe sie auch, Vater. Wolfram hat mir erzählt, daß Freyja sie ihm geschenkt hat. Vielleicht muß ich mich an Freyja wenden, um die beiden wieder glücklich zu machen.«

»Wir werden alle Götter um Hilfe bitten«, entgegnete Olaf. Liebevoll ruhten seine Augen auf Deidres Gesicht. »Ich gebe dir hiermit ein Versprechen, Rabe. Solange ich lebe, wirst du in meiner Familie einen ehrenvollen Platz haben, auch wenn mein Sohn sterben sollte. Und noch etwas verspreche ich dir: Ich werde, wenn es sein muß, bis ins Reich Niflheim zu den Seelen der Toten gehen, um den Urheber deiner Qual seiner gerechten Strafe zuzuführen.« Mit diesen Worten wandte er sich um und verließ den Raum.

Zerlina tupfte ihrem Bruder behutsam den Schweiß von der Stirn. Seine Haut fühlte sich heiß an. Er hatte Fieber! Voller Angst versuchte sie verzweifelt, ihm ein wenig Wasser einzuflößen, seine Lippen zu befeuchten, doch es wollte ihr trotz aller Bemühungen nicht gelingen. Sie versuchte es lange Zeit, doch dann gab sie ermattet auf und vergrub das Gesicht in den Händen. Ohnmächtig erwartete sie das Unabwendbare.

Als Deidre einige Stunden später aus tiefem Schlaf erwachte, stand Zerlina neben ihrem Lager und sah auf sie herab. Ihr Anblick erinnerte Deidre an ihre Mutter, die im fernen Irland auf sie wartete. Auch ihr Gesicht strahlte diese Wärme und Güte aus.

»Wie geht es Wolfram?« war ihre erste Frage, und schon war sie auf den Beinen, um an sein Bett zu eilen.

»Er hat Fieber bekommen. Seine Haut glüht, ich glaube, er verbrennt innerlich. Ich habe versucht, ihm zu trinken zu geben, er braucht Wasser, wenn er überleben soll. Ich fürchte, wir müssen mit dem Schlimmsten rechnen.«

Deidre legte ihm die Hand auf die Stirn und erschrank. Er glühte vor Fieber, Zerlina hatte recht. »O Gott, nein!« schrie sie auf. Ihre größte Angst hatte sich bewahrheitet, der Mann, den sie liebte, war dem Tode nahe. »Es ist allein meine Schuld. Ich hätte bei ihm bleiben müssen.«

»Nein, es ist nicht deine Schuld, das ist nicht wahr. Wenn jemand schuld ist, dann bin ich es. Ich hätte seinen Zustand früher bemerken müssen.« Zerlina ging zur Tür. »Ich werde meine Mutter holen, vielleicht kann sie etwas für ihn tun.«

Später wachten die drei Frauen gemeinsam bei Wolfram, kühlten seine Stirn, hielten seine Hände, trockneten seine schweißfeuchte Haut und taten, was sie konnten, um ihm zu helfen. Sie wachten den ganzen Tag. Um Mitternacht hatte sich Wolframs Zustand noch verschlechtert. Schweißgebadet warf er sich im Bett hin und her und schrie laut auf, wenn ihn böse Träume quälten. Es war für Deidre eine Tortur, hilflos zusehen zu müssen, ihm nicht helfen zu können, während in seinem Körper ein Feuer tobte.

Adora begann zu weinen. »Er wird sterben!«

»Nein, er wird nicht sterben«, beharrte Deidre. Nichts würde sie dazu bewegen können, aufzugeben, nicht, solange noch Atem in ihm war.

»Helft mir, ihn auszuziehen«, befahl sie plötzlich. Ihr war ein Gedanke gekommen.

»Hast du den Verstand verloren?« fragte Adora und starrte Deidre verständnislos an. Etwas so Verrücktes hatte sie noch nie gehört.

»Tu was sie sagt, Mutter. Deidre würde nichts tun, was Wolfram schadet. Er wird sterben, wenn wir nichts unternehmen. Wir müssen ihr vertrauen.«

Gemeinsam zogen sie ihm die dicke leinene Tunika und seine Unterkleider aus und breiteten ein dünnes Stofftuch über seinen nackten Körper. Dann besprengte Deidre ihn mit lauwarmen Wasser, wartete, bis es auf seiner heißen Haut getrocknet war, und wiederholte das Ganze. Dies tat sie wieder und wieder, die ganze Nacht hindurch.

Nach endlosen, angstvollen Stunden brach endlich der Morgen an. Völlig erschöpft verließen Adora und Zerlina die Schlafkammer, um sich ein wenig auszuruhen, doch Deidre beschloß, erst dann zu schlafen, wenn sie sicher sein konnte, daß es Wolfram besser ginge. Erleichtert stellte sie fest, daß sein Atem nicht mehr so mühsam klang und daß sich seine Haut unter ihren Händen angenehm kühl anfühlte.

»Ach, würde ich doch aufwachen und feststellen, daß alles nur ein Alptraum war«, wünschte sie sich, strich ihm das blonde Haar aus der Stirn und küßte ihn zärtlich auf die Lippen.

Wolfram spürte ihre Wärme. Er murmelte etwas vor sich hin, und seine Lider flatterten, während er sich bemühte, die Augen zu öffnen. Ein Teil von ihm wehrte sich noch gegen das Erwachen aus diesem totenähnlichen Schlaf, es war ihm, als beobachte er sich selbst, wie er versuchte, den Weg aus diesem dunklen Tunnel zu finden. Er sah einen winzigen Lichtschimmer und streckte seine Hand danach aus, er griff danach, hielt sich fest, umklammerte, was immer er gefunden hatte, verzweifelt, wie ein Ertrinkender, mit aller Kraft, die ihm verblieben war.

Deidre hielt Wolframs Hand und rief immer wieder seinen Namen. Langsam, zögernd zunächst, öffnete er die Augen, und sie zog ihn behutsam noch näher an sich.

»Wolfram, Gott sei Dank.« Noch ungläubig, mit bebenden Fingern, berührte sie sein Gesicht, seine Nase, sein Kinn, seine Lippen. Sie lächelte ihm glücklich zu, sah ihn mit ihren violetten Augen zärtlich an.

»Deidre?« Seine Stimme, fragend, schwach. »Wo bin ich?« Suchend huschten seine Augen hin und her und blieben an ihrem Gesicht hängen. Die lange Nachtwache war zu Ende. Wolfram war zu ihr zurückgekehrt.

23

Deidre saß im großen Saal beim Feuer und schaute in die Flammen. Mehrere Tage waren vergangen, seit Wolfram aus seiner Bewußtlosigkeit erwacht war, und nun saß er Olaf im Schein einer Öllampe gegenüber, vertieft in ein Hnefatafl, ein Brettspiel mit Glasfiguren. Jeder Spieler besaß eine Armee, die aus je einem Jarl und seinen Leuten bestand, und mußte versuchen, seine Armee gegen die seines Gegenspielers zu verteidigen, bzw. die gegnerische Armee besiegen. Deidre hatte vergeblich versucht, sich auf ihre Webarbeit zu konzentrieren, doch immer wieder glitt ihr Blick zu Wolfram hinüber, der ihn mit einem Lächeln erwiderte. Beide sehnten sich nach dem Tag, an dem er soweit genesen sein würde, daß sie sich wieder ganz wie Mann und Frau fühlen und sich lieben könnten.

Warricks Hund kam zu Deidre und leckte ihre Hand, weil er gestreichelt werden wollte. Sein Herrchen konnte nicht weit sein, dachte Deidre und sah sich um. Und wirklich, da kam er schon und setzte sich an ihre Seite.

»Mein Bruder scheint ja wieder bei Kräften zu sein«, meinte er. »Das haben wir bestimmt nicht Everard zu verdanken. Wenn es nach mir ginge, würde ein neues Götterurteil anberaumt, und die Angelegenheit wäre schnell erledigt.«

»Dein Vater hat es ausdrücklich verboten«, erwiderte Deidre. Zwar dachte sie ähnlich wie Warrick, doch wollte sie den Frieden, der endlich eingekehrt war, nicht gefährden. Es hatte schon genug tragische Ereignisse gegeben.

»Vater ist ein alter dummer Mann!« sagte Warrick so wütend, wie Deidre es nur selten bei ihm erlebt hatte. Das Gefühl der Zuneigung, das Warrick für Wolfram zu empfinden schien, berührte sie tief. Wahrscheinlich hatte die Tatsache, daß sie gemeinsam aufgewachsen waren, eine so enge Verbindung zwischen ihnen geschaffen.

Beruhigend legte sie ihm die Hand auf die Schulter. »Dein Vater will nur das Beste für euch alle.« Doch Warrick ignorierte ihre Worte und verließ nach einem verdrießlichen Blick auf seinen Vater den Saal, gefolgt von seinem Hund.

Wolfram erholte sich langsam von seiner schweren Krankheit, und mit jedem Tag, an dem es ihm besser ging, entwickelte er neue und intensive Lebensfreude. »In meinem Leben gibt es zwei große Lieben«, pflegte er zu sagen, »Deidre und das Meer.« Bald würden sie jetzt ein Kind haben. Er war erfüllt von Stolz und Liebe und entschlossen, Deidre zu seiner Ehefrau zu machen. Demnächst wollte er mit seinem Vater darüber sprechen, denn vielleicht brachte Olaf es ja fertig, seine schwarzhaarige Schönheit davon zu überzeugen, daß es das Schönste und einzig Richtige für sie wäre, die unsinnigen Ehegelübde, die sie in ihrer fernen Heimat vor langer Zeit gesprochen hatte, zu vergessen. Gerade wollte er seinen Vater bitten, mit Deidre zu reden, als Everard in den Saal trat und auf ihn zukam.

»Es ist Zeit, daß wir miteinander sprechen, Bruder«, forderte Wolfram ihn auf und nahm ihn beiseite. Everard mochte ihn beneiden, er mochte ein aufbrausendes Temperament und eine scharfe Zunge haben, doch Wolfram war sich nicht mehr sicher, daß er derjenige gewesen war, der versucht hatte, ihn zu töten. Die Beweislage gegen ihn war etwas zu offensichtlich.

»Du hast recht, es ist an der Zeit«, stimmte Everard zu. Von seiner Bosheit und Aggressivität war nichts mehr zu spüren. Ohne Umschweife kam Wolfram direkt zum Kern der Sache. »Hast du mich damals verraten und in die Sklaverei verkauft?« Er fürchtete schon, Everard würde wütend auffahren, doch nichts dergleichen geschah. Ruhig blickte er Wolfram in die Augen und antwortete: »Nein, ich hätte dich niemals verraten, und es schmerzt mich, daß du mir so etwas überhaupt zutraust. Zwischen uns hat es oft Streit oder Meinungsverschiedenheiten gegeben, doch habe ich dich immer respektiert.«

Wolfram dachte an das, was Eric Haraldsson ihm gesagt hatte. Seine Stimme hatte aufrichtig geklungen, als er Wolframs Bruder als Verantwortlichen für das Komplott genannt hatte. »Ich frage dich deshalb, weil es jemanden gibt, der dich dessen beschuldigt hat«, erklärte er Everard.

»Er ist ein Lügner. Ich würde mich gerne dafür rächen, daß er meine Ehre besudelt hat«, entgegnete Everard mit zornig funkelnden Augen.

Eine Weile herrschte Schweigen zwischen den Brüdern. Dann packte Everard unvermittelt mit seinem bärenstarken Griff Wolfram an den Schultern und zog ihn in herzlicher Zuneigung an seine Brust. »Es wird Zeit, daß wir die Zwistigkeiten zwischen uns begraben und daß es kein böses Blut mehr gibt. Wenn ich eines Tages zum neuen Jarl ernannt werde, brauche ich deine Freundschaft und Unterstützung.«

»Die hast du, Bruder«, versprach Wolfram und umarmte ihn ebenfalls.

Olaf lächelte zufrieden, als er seine Söhne in einträchtiger Umarmung beieinander stehen sah, sein Gesicht strahlte vor Freude, und sogar die lange Narbe auf seiner Wange schien freudig zu zucken.

»Kommt, ihr beiden, laßt uns eure Versöhnung feiern«, dröhnte er mit lauter Stimme. »Heute feiern wir ein Fest!«

Wolfram winkte Deidre zu sich heran und sah ihr in die Augen. »Da gibt es noch etwas, was gefeiert werden muß«, flüsterte er ihr ins Ohr. »Wir sollten es ihm jetzt sagen.«

Olaf war der verschwörerische Blick, den die beiden Liebenden tauschten, nicht entgangen. »Ich dachte mir schon, daß es euch in die Schlafkammer drängt«, lächelte er verständnisvoll, und Deidre errötete prompt. Sie trat einen Schritt vor, plötzlich unsicher und verlegen.

»Heraus damit, Rabe, was willst du mir sagen? Hab

keine Angst, ich werde nicht ärgerlich. Ich bin dein Freund.«

Beruhigend nahm er ihre kleine Hand zwischen seine starken Pranken und sah sie mit seinen blauen Augen, die denen Wolframs so ähnlich waren, liebevoll an. Nur seine Brauen waren ein wenig besorgt zusammengezogen. Als Deidre nichts sagte, wandte er sich an Wolfram. »Ist sie etwa krank? Oder hat sie Heimweh? Sie will doch wohl nicht in ihre Heimat zurück, oder?« Er liebte seinen Raben wie eine eigene Tochter, und es würde ihm das Herz brechen, wenn sie vorhaben sollte, seinen Sohn zu verlassen. Die beiden liebten sich, dessen war er sich sicher.

»Ich bekomme ein Kind«, sagte Deidre so leise, daß Olaf sie kaum verstand und den Sinn ihrer Worte erst nach einiger Zeit begriff.

»Habe ich richtig gehört? Du wirst meinen Enkel zur Welt bringen?« Deidre nickte.

Daraufhin stieß er einen Freudenschrei aus, der die Wände erbeben ließ und alle Anwesenden veranlaßte, sich zu ihm umzudrehen. Er packte Deidre und schwang sie im Kreis herum, seine Freude kannte keine Grenzen. Einen Enkel! Das hatte er sich gewünscht, seit er das schöne irische Mädchen zum ersten Mal gesehen hatte.

Plötzlich wurde er sich ihres Zustandes erst richtig bewußt, und setzte sie behutsam ab, vorsichtig, damit ihr nichts geschehe.

»Ein Baby. Ein Enkel.« Aufgeregt murmelte er vor sich hin und ging in die Mitte des Saales. Dort winkte er die neugierig gewordenen Leute zu sich und berichtete ihnen die Neuigkeit. Die meisten hatten sich angesichts seines Freudenausbruches allerdings bereits ihre Gedanken gemacht und etwas Derartiges erwartet.

Mit eifersüchtigem Blick beobachtete Erika die Szene,

doch auch sie konnte diesen Augenblick nicht verderben. Zu groß war die allgemeine Freude.

»In diesem Hause wird es eine Hochzeit geben«, verkündete Olaf feierlich. In seiner Linken lag Deidres kleine Hand, und Wolframs Hand hielt er in der Rechten. Nun legte er die Hände der beiden Liebenden übereinander und hielt sie fest. »Mein Enkel wird einen Vater und eine Mutter haben, die rechtmäßig verheiratet sind. Eines Tages wird er der Jarl dieser Familie sein.« Deidre zog ihre Hand zurück. Trauer stand in ihrem Gesicht geschrieben.

»Ich kann Wolfram nicht heiraten«, sagte sie, und sie sagte es bestimmt zum hundertsten Male, seit sie hierher in den Norden gekommen war.

»Pah!« machte Olaf wegwerfend. »Deine dummen christlichen Gebräuche gelten hier nicht. Ich habe dir noch nie Vorschriften gemacht, doch jetzt, da du ein Kind bekommen wirst, muß ich das tun. Du wirst meinen Sohn heiraten, bevor im Herbst die ersten Blätter von den Bäumen fallen. Die Götter haben es so beschlossen.«

Deidre wußte nicht, was sie darauf erwidern sollte. Und dann gewann ihr gesunder Menschenverstand die Oberhand. Sie liebte Wolfram, sie trug sein Kind unterm Herzen, und sie wollte nicht, daß es als Bastard zur Welt kam. Außerdem, wenn es einem Mann in diesem Land gestattet war, mehr als eine Frau zu heiraten, konnte es auch so schlimm nicht sein, wenn sie mehr als einen Ehemann hatte. Phelan war in Irland, und sie war hier.

Sie würde Wolfram heiraten, nach seinen Ritualen. Heimlich bat sie Gott, Gnade walten zu lassen ihr gegenüber für die Entscheidung, die sie soeben getroffen hatte.

Als später alle in fröhlicher Runde um den großen Tisch saßen, fiel ihr Blick auf Zerlina, und sie lächelte. Zerlina würde nun ihre richtige Schwester werden. Und, schwor sie sich, ich werde dafür sorgen, daß sie und Sigurd noch vor dem Winter ein Paar sind und so glücklich, wie ich es mit Wolfram bin.

Voller Vorfreude auf die bevorstehende Hochzeitsfeier hob man die Becher, die bis zum Rand mit Met gefüllt waren, und stieß miteinander an.

Deidre prostete Warrick zu, der ihr gegenübersaß, und war überrascht, als er ihr Lächeln nicht erwiderte. Schweigend saß Warrick auf seinem Platz, und Deidre war mit einemmal beunruhigt. Er mußte über irgend etwas verärgert sein. Verdächtigte er Everard vielleicht noch immer? Hatte es ihn verstimmt, daß Wolfram mit seinem Bruder Frieden geschlossen hatte? Sein finsterer Gesichtsausdruck machte Deidre nervös, und so fragte sie ihn: »Was ist los, Warrick? Warum runzelst du die Stirn?«

Obwohl sie sanft und leise sprach, schrak er beim Klang ihrer Stimme zusammen und schien einen Moment lang nicht zu wissen, wo er sich befand. Nur die Worte »das Baby« murmelte er wie verloren vor sich hin.

»Ich bin glücklich. Und ich möchte, daß du es mit mir bist.« Deidre griff über den Tisch und streichelte liebevoll seine Hand. Diesmal überzog ein zaghaftes Lächeln sein Gesicht.

»Natürlich... freue ich mich mit dir, Deidre, es ist nur... du hast... du hast nichts gesagt... ich wußte von nichts...«

»Nur Zerlina wußte Bescheid. Nicht einmal Wolfram hatte auch nur eine Ahnung.«

»Wolfram«, wiederholte er tonlos und sah zu ihr auf. »Ich hoffe, es wird ein Mädchen. Ein so schönes wie du.« Sein Lächeln wurde breiter, herzlicher, wie Deidre es von ihm kannte. »Du hast mir übrigens nie erzählt, wie ihr euch kennengelernt habt«, sagte er dann ganz im Stil einer freundlichen Unterhaltung.

Sie erzählte es ihm. »Er hat mit seinen Männern das

Haus meines Vaters überfallen, genau am Tage meiner Hochzeit, hat mich für sich beansprucht und mitgenommen. Und gerade als er mich mit Gewalt nehmen wollte, sah er diese Brosche.« Ehrfürchtig berührte sie das Schmuckstück, das Warrick schon wiederholt an ihr bemerkt hatte.

»Die Brosche?« fragte er auffordernd.

»Während er als Sklave in meiner Heimat war, haben wir uns angefreundet, und eines Tages hat er sie mir geschenkt. Als er sie in jener Nacht wiedersah, erinnerte er sich an mich und daran, daß ich gut zu ihm gewesen war, und er versprach, daß mir und meiner Familie nichts mehr geschehen sollte.«

»Und doch hat er dich von zu Hause weggeschleppt. Es sieht Wolfram gar nicht ähnlich, ein Versprechen zu brechen.«

»Das hat er auch nicht getan. Einer meiner Landsleute hatte uns an Wolfram verraten, und ich war gerade dabei, herauszufinden, wer es war, als ich mich in einem leeren Faß verstecken mußte, um nicht entdeckt zu werden. Das Faß wurde an Bord des ›Seewolf‹ gebracht, und dort hat Wolfram mich dann gefunden. Den Rest kennst du.« Sie sandte einen liebevollen Blick zu Wolfram hinüber und wandte sich wieder Warrick zu.

Nachdenklich schüttelte er den Kopf. »Dein Gatte würde sicherlich ein fürstliches Lösegeld für dich bezahlen. Ich bin froh, daß er nicht weiß, wo du bist.«

»Ich auch«, seufzte sie. »Munster ist zum Glück eine halbe Weltreise von hier entfernt.«

»Munster? Den Namen habe ich noch nie gehört. Ist es schön dort, Deidre?«

»Ja, Warrick, es ist sehr schön dort. Das Land ist grün und golden, und der Dunst zaubert Regenbogen an den Himmel. Als Kind wollte ich immer das Ende des Regenbogens finden.« Sie lächelte bei der Erinnerung.

Warrick schien zu überlegen. »Vielleicht lerne ich Irland eines Tages kennen«, sagte er.

»Ja, vielleicht«, antwortete Deidre. Ihre Gedanken wanderten in die Ferne. Ob Bridget den Schock von Ians Tod überwunden hatte? Wie es Mutter wohl gehen mochte? Ob sie hin und wieder an sie dachte? Glaubte ihre Familie vielleicht, sie sei tot? Und was war aus Brian und Colin, ihren Brüdern, geworden? Ach, es gab so viele Fragen.

Unter dem Tisch suchte Wolframs Hand nach der ihren, und Deidre kehrte in die Gegenwart zurück. Sie würde ihn heiraten, und wenn diese Heirat auch nicht so sein könnte, wie sie es wäre, wenn ein Priester ihren Bund segnen würde, nun, dann war es eben nicht so. Die Liebe, die sie und Wolfram füreinander empfanden, war alles, was zählte. Und schon bald würde ein Kind, das aus dieser Liebe entstanden war, dieses Band noch festigen. Sie war es zufrieden.

24

Die ganze Nacht hindurch, von der Abenddämmerung bis zum frühen Morgen, stand die Sonne wie ein Feuerball am Himmel. Wolfram hatte bei seinen Schilderungen der Sommermonate in diesem Land nicht übertrieben. Doch nun würden die immerwährenden Tage ständig kürzer werden, denn der Winter rückte näher.

Deidre lag in wohliger Wärme neben Wolfram im Bett. Der Tag wollte eben anbrechen.

»Habe ich dir eigentlich in letzter Zeit gesagt, daß ich dich liebe, Frau?« fragte Wolfram leise.

»In letzter Zeit überhaupt nicht«, antwortete Deidre. Das Verlangen in ihrem Gesicht sprach eine überdeutliche Sprache, und sie bemerkte, daß ihre Nähe auch Wolfram erregte.

»Dann sage ich es dir jetzt.« Er nahm sie in die Arme und zog sie auf sich. »Ich liebe dich. Ich liebe dich. Ich liebe dich. Ich danke den Göttern, daß du mir gehörst. Und nun trägst du sogar mein Kind. Ich bin ein glücklicher Mann.« Seine Hände wühlten sich in ihr Haar, während er sie küßte, lang und intensiv. All seine Liebe lag in diesem Kuß.

Seine Hände wanderten ihren Körper entlang. Wie sehr er ihre zarte Haut liebte! Deidre schlang die Arme um seinen Hals. »Halt mich fest, Wolfram. Laß mich nie allein.« Ihre Sinne erwachten, und sie verspürte eine beinahe schamlose Gier danach, sich willenlos der Ekstase zu unterwerfen, die sein Körper in ihr entfachte.

»Nichts wird uns jemals wieder von einander trennen«, hauchte er. Seine Lippen glitten hinunter zu ihrer Kehle, strichen über ihre zarte Haut, und sie seufzte lustvoll. Fest schmiegte sie sich an seine heiße, harte Männlichkeit. Seine Hände umschlossen ihre Brüste, und seine Finger streichelten die Spitzen. Er spürte, daß sich ihr Körper durch die Schwangerschaft verändert hatte, und das erregte ihn. Seine Frau. Sein Kind. Zärtlich küßte er ihren Bauch, liebkoste das noch ungeborene Leben darin, und ließ seine Zunge weiterwandern bis dorthin, wo noch niemand außer ihm sie je berührt hatte. Sie ergab sich lustvoll seinen Händen, bog sich ihm entgegen, warf leidenschaftlich den Kopf hin und her, während sie sich im Moment der höchsten Erregung an ihm festklammerte.

Bislang war sie in dieser Hinsicht eher zurückhaltend gewesen, doch nun, da er ihr solche Lust bereitet hatte, wurde sie kühner, wollte auch sein Verlangen befriedigen, seine Wünsche erfüllen. Mit zärtlichen Händen streichelte sie ihn, ihre Lippen küßten ihn verlangend. Sie berührte sacht seinen Bauch und ließ ihre Finger weiterwandern, bewegte die Hand auf und ab und vernahm sein erregtes Stöhnen, als sie ihn derart liebkoste.

»Du gehörst mir, nur mir«, flüsterte er, und seine Hände glitten über ihr nachtschwarzes Haar. »Dein Anblick hat mich verfolgt, auch als du nicht bei mir warst«, sagte er schweratmend. »Eine schwarzhaarige Göttin in meinen Träumen, die am Morgen verschwunden war. Doch von heute an und für alle Zeiten wirst du bei mir bleiben, hier in meinen Armen.«

»Ich werde bleiben. Für immer.« Sie hob den Kopf zu ihm und verschränkte die Hände in seinem Nacken, um ihn noch dichter an sich zu ziehen. Er küßte ihre Lippen, ihre Kehle, die harten Spitzen ihrer Brüste, und seine Hand glitt tiefer, hinunter zu dem Zentrum ihrer Weiblichkeit, streichelte sie und ließ ihren Körper vor Begierde erzittern.

»Liebe mich«, flüsterte sie. Und er schob sich auf sie, umschlang sie, hielt sie, seine breite, starke Brust lag an ihren Brüsten, sein Bauch war gegen den ihren gepreßt. Es fühlte sich so harmonisch an, so vollkommen harmonisch, so mußte es sein.

Mit weit gespreizten Beinen empfing sie ihn, und stöhnend glitt er in sie hinein. Doch hielt er sich zurück, bis grenzenlose Lust Deidre erfüllte; gemeinsam mit ihm erreichte sie den Höhepunkt des Glücks.

In diesem Augenblick waren sie eins, ihrer beider Seelen verschmolzen miteinander, die Erde schien unter ihnen zu erbeben, ihre Gesichter waren vor Leidenschaft verzerrt, und die Welt um sie herum explodierte. Immer und immer wieder rief Wolfram den Namen Deidres.

Als die Leidenschaft abgeebt war, lagen sie eng aneinandergeschmiegt, und Wolfram hielt sie fest im Arm, als hätte er Angst, sie loszulassen, Angst, sie könne auf irgendeine Weise verschwinden. Sanft und mit leiser Stimme flüsterte er Liebesworte in ihr Ohr, und lächelnd sank sie langsam in glücklichen, zufriedenen Schlaf.

25

Am Samstagmorgen nahm Deidre ihr Hängekleid aus Leinen und ein großes Handtuch und machte sich auf den Weg zum Badehaus, wie sie es jeden Samstag tat, seit sie mit Wolfram in seiner Heimat lebte. Der Samstag war der rituelle Badetag der Wikinger, und sie mußte lächeln bei dem Gedanken, daß das irische Volk und seine Priester die Wikinger »ungewaschene Heiden« nannte. Eine absurde Bezeichnung, denn bei den Wikingern war Körperpflege eine Selbstverständlichkeit.

Auf halbem Weg zum Badehaus holte Zerlina sie ein. »Soll ich dich begleiten?«

»Das wäre schön«, sagte Deidre. »Ich habe mich nicht so recht daran gewöhnen können, daß die Frauen gemeinsam baden. Und jetzt, wo man beginnt, mir anzusehen, daß ich ein Kind bekomme, würde ich besonders gern alleine baden.«

»Du bist eine sehr hübsche Frau, Deidre, und die Mutterschaft wird dich noch schöner machen. Bald wirst du die erste Frau meines Bruders sein, das ist eine weitere Ehre für dich. Außerdem haben alle Frauen hier schon Kinder geboren, außer Erika und mir, und dein Bauch wird sie nicht stören. Ein Baby zu bekommen, ist die größte Ehre, die es gibt«, versicherte Zerlina.

»Es ist nur so, daß Erika mich immer so haßerfüllt ansieht«, sagte Deidre. Ständig schien Erika in ihrer Nähe zu sein. Sie war eine große Frau mit steilen Brüsten und vollen Hüften, bei der ihre Körperfülle aufgrund ihrer

Größe nicht besonders auffiel. Doch Deidre war viel schmaler gebaut, und ihre einst so schlanke Taille nahm im Verlauf der Schwangerschaft ständig zu, ebenso wie ihre Brüste mit jedem Tag größer wurden.

Zerlina blieb stehen.

»Erika starrt dich so an, weil sie auf deine Schönheit eifersüchtig ist. Bis du kamst, war sie die Schönste hier. Und sie wird erst richtig grün werden vor Neid, wenn du Wolframs Ehefrau bist und sein Kind zur Welt bringst. Denn das ist etwas, was ihr bis heute versagt geblieben ist. Ihr Leib ist unfruchtbar, und sie hat Everard kein Kind schenken können.«

Die beiden Frauen gingen an den Außengebäuden vorbei, passierten die Feuerstelle, wo der Abfall verbrannt wurde, und erreichten schließlich das Badehaus. Dort ergriff Deidre Zerlinas Arm und blieb stehen.

»Zerlina, ich muß dich etwas fragen, was mich schon eine ganze Weile beschäftigt. Als du dich auf der Versammlung mit Sigurd unterhalten hast, habe ich euch beobachtet. Sag, liebst du ihn?« Einen Augenblick lang befürchtete sie, Zerlina könnte ob ihrer unverblümten Frage ärgerlich werden, doch sie lächelte nur traurig.

»Ja, ich liebe ihn. Ich werde ihn wohl immer lieben.«

»Warum seid ihr zwei dann nicht zusammen?«

Zerlina biß sich auf die Lippe, um nicht zu weinen. Sie deutete auf ihren verkrüppelten Fuß.

»Ich bin doch nur eine halbe Frau und will ihn nicht belasten. Für einen Wikinger sind Kraft und Schönheit das Allerwichtigste und das, worauf er am meisten stolz ist.«

»Aber du *bist* schön, Zerlina. Du bist viel schöner als Erika oder irgendeine andere Frau hier. Dein Haar glänzt wie sprühende Funken in der Sonne, deine Augen sind so blau wie das Meer, und deine Figur ist prachtvoll. Doch was das Wichtigste ist: du bist auch wunderschön in deinem Herzen.«

Zerlina lächelte unter Tränen.

»Aber mein Bein ist verkrüppelt und häßlich, und ein Mann beurteilt eine Frau nach der Vollkommenheit ihres ganzen Körpers. Ich könnte es nicht ertragen, daß Sigurd mich nackt sieht.«

Deidre selbst hatte Zerlina schon wiederholt samstags beim Baden nackt gesehen und fand sie nicht im geringsten häßlich. Zwar war ihr Fuß verkrüppelt, das stimmte, und ihr linkes Bein war etwas kürzer als das rechte, doch hatte sie einen herrlich gewachsenen Körper mit hohen, festen Brüsten, schlanken Hüften und einer Taille, die ein Mann mit zwei Händen umspannen konnte. Hatte vielleicht Erika verletzende Bemerkungen gemacht, daß Zerlina sich nun für häßlich hielt? In Gedanken verfluchte Deidre die Grausamkeit dieses blonden Miststücks.

»Du bist in jeder Hinsicht schön, Zerlina«, sagte Deidre überzeugt, »und ich wünschte, du wärest genauso glücklich, wie ich es bin, und könntest deinen Sigurd heiraten.«

Nun rannen die Tränen Zerlinas Wangen herunter.

»Sigurd hat nicht um mich geworben, und wenn er es täte, würde er es nur aus Freundschaft zu Wolfram oder aus Mitleid mit mir tun. Ich möchte nicht mehr davon sprechen.«

Gemeinsam betraten sie das Badehaus, in dem über offenem Feuer Kessel mit kochendem Wasser hingen und den Raum in eine Sauna verwandelten. Die Männer hatten bereits früher am Tag gebadet und inzwischen den heißen, mit Wasserdampf gefüllten Raum verlassen.

In einem großen Becken gefüllt mit heißem Wasser saßen Erika und einige weitere Frauen und unterhielten sich. Erikas kehliges Lachen drang an Deidres Ohren, und am liebsten hätte sie sich umgedreht und wäre geflohen. Bald, das wußte sie, würden sich die kalten blauen Augen dieser Frau abschätzend auf sie richten und sie durchbohren. Zerlina spürte ihre Anspannung und legte ihr beruhigend die Hand auf die Schulter.

Langsam zog Deidre sich aus, legte dann eine Hand auf ihren Bauch und streichelte das ungeborene Kind. Da vernahm sie ein Klatschen hinter sich und drehte sich um. Erika schlug mit der bloßen Hand auf eine Sklavin ein.

»Dummes Ding! Du hättest mich beinahe verbrüht!« schalt sie böse.

Wegen des Dampfes und des Rauches von der Feuerstelle konnte man nur schwer erkennen, was im anderen Teil des Raumes vor sich ging, doch Deidre vermutete, daß das Sklavenmädchen heißes Wasser hatte nachgießen wollen und dabei Erikas empfindliche Haut zuviel abbekommen hatte. Das war natürlich sehr ungeschickt gewesen, doch Deidre empfand Mitleid für das gescholtene Mädchen und zugleich Zorn gegen die arrogante Erika.

Die anderen Frauen beachteten den Vorfall überhaupt nicht, sondern unterhielten sich unbeeindruckt weiter über ihre eigenen persönlichen Dinge, die Kinder, das Brotbacken, andere Haushaltspflichten und besonders ausgiebig über ihren Schmuck und was sie sonst an Wertsachen besaßen.

Bei den Wikingern hatte die Frau einen wesentlich höheren Status inne als in den Ländern, die dem christlichen Glauben folgten. Dort war sie die Tochter von Eva, der Mutter der Sünde, während sie hier geehrt wurde, weil sie starken, tapferen Männern das Leben schenkte. Sie hatte Anspruch auf ein Drittel des Vermögens ihres Mannes, und dieser Anspruch erhöhte sich nach zwanzig Ehejahren auf die Hälfte. Diesen Anteil mußte sie mit den anderen Frauen ihres Mannes teilen, sofern er welche hatte. Außerdem beriet sie ihren Mann in geschäftlichen Angelegenheiten und stand dem Haushalt vor, konnte sich daher unter den Männern frei bewegen und war ihnen ebenbürtig.

Wie Deidre erwartet hatte, wandte sich Erikas Aufmerksamkeit ihr sofort zu, als sie sich zu den anderen Frauen in das große Becken setzte. Kalt und durchdringend ruhte ihr Blick auf ihr; sie starrte Deidre ohne Unterlaß an, bis diese es nicht mehr ertragen konnte. Sie erwiderte Erikas Blick und fragte: »Warum schaust du mich so an?« In ihrem Zorn vergaß sie ganz, wo sie war, und stellte die Frage in ihrer gälischen Muttersprache. Als sie es merkte, wollte sie sich verbessern und schickte sich an, die Frage auf normannisch zu wiederholen, doch Erika, ebenso wütend, hatte bereits zu einer Antwort angesetzt: »Dich anschauen...?« Sie brach abrupt ab, als sie merkte, daß sie ebenfalls gälisch sprach, und verfluchte sich wegen ihre Dummheit, doch schon hatten sich die Augen aller Anwesenden voller Überraschung auf sie gerichtet.

»Seit wann sprichst du Deidres Sprache?« fragte Zerlina mißtrauisch. »Du hast noch nie erwähnt, daß du außer unserer noch eine andere Sprache beherrscht.«

Vor Verlegenheit sank Erika tiefer in die Wanne und versuchte, den forschenden Blicken der Frauen zu entgehen.

»Ein Händler hat mir ein paar Worte beigebracht«, erklärte sie, nun wieder in ihrer Muttersprache, und wandte sich, um von ihrer eigenen Person abzulenken, wieder an Deidre, die Fremde unter ihnen.

»Du hast mehr als nur ein wenig zugenommen«, sagte sie hämisch.

»Ja, sie ist etwas plump geworden«, bestätigte Gerda abfällig und betrachtete neidvoll Deidres volle, runde Brüste, die soviel fester waren als ihre eigenen.

Nur Adora lächelte Deidre an und signalisierte ihr gegenüber damit zum ersten Mal so etwas wie Freundschaft.

»Ich habe selbst zwei Kinder geboren, und ich kenne die Anzeichen. Deidre trägt Wolframs Sohn in ihrem Leib.«

»Einen Sohn?« Erikas Lächeln wurde zu einer Maske. »Woher willst du wissen, daß er von Wolfram ist?«

Da konnte sich Zerlina nicht länger zurückhalten. Sie stand auf und funkelte Erika an. »Deine Eifersucht hat deinen Verstand verwirrt. Du bist grausam und gemein. Wer weiß, wohin dich dein Haß noch treiben wird.«

»Wovon sprichst du eigentlich?« Erikas Stimme verriet Unruhe, ihr Gesicht drückte eine dunkle Ahnung aus.

»Du weißt genau, wovon ich spreche«, antwortete Zerlina deutlich. »Du hast Deidre von Anfang an ihr Glück nicht gegönnt. Dein Geschwätz und deine Lügen waren schuld daran, daß sie in Wolframs Augen unglaubwürdig wurde. Und Gerda hat dir geholfen. Böswillig seid ihr! Mir ist jetzt alles sonnenklar. Ich wünschte, ich hätte schon früher Bescheid gewußt, dann hätte ich Deidre viel Kummer ersparen können.«

Deidre schnappte nach Luft, als sie verstand, wessen Erika da von Zerlina beschuldigt wurde. »Erika war es!«

»Ja«, sagte Zerlina ruhig.

Deidre brauchte ihre ganze Selbstbeherrschung, um nicht auf die andere Frau loszugehen.

»Jetzt sehe ich klar! Du hast meinen Onkel befreit!«

Erikas Augen bestätigten ihr, daß sie recht hatte mit dieser Behauptung, doch sie gab es nicht zu.

»Nein, das habe ich nicht. Du bist wohl wahnsinnig geworden, so etwas zu sagen! Dafür wirst du büßen!« Mit diesen Worten stürzte sie sich auf Deidre, die sich verzweifelt wehrte, als sie merkte, daß Erika sie untertauchen wollte. Wasser strömte in ihre Lungen, sie mußte husten und schlug wild um sich, bemüht, ihren Kopf über Wasser zu halten. Sie kämpfte und zappelte, und endlich war sie oben. Ohne Zögern und ohne die Hände zu beachten, die sie und Erika auseinanderzerren wollten, stürzte sie sich auf die bösartige Person, die ihr soviel Schmerz zugefügt hatte seit dem ersten Tag, den sie hier verbracht hatte. Erika packte eine Strähne ihres langen schwarzen Haares und zerrte wie eine Furie daran; ein sengender Schmerz durchzuckte Deidre. Sie wollte sich wehren, doch diesmal wurf sich Zerlina dazwischen.

»Nicht, Deidre, denk an das Baby!« rief sie. »Du darfst dich und das Baby nicht gefährden!« Und etwas leiser fügte sie hinzu: »Wenn ich auch gerne zusehen würde, wie du dieses Biest fertigmachst.«

»Sie war es. Sie hat meinen Onkel befreit, weil sie genau wußte, daß man mir die Schuld geben würde!« keuchte Deidre, und ihre Augen sprühten Funken. Doch wer würde ihr glauben? Erika anzuklagen, würde zu neuen Streitigkeiten zwischen Wolfram und Everard führen und vielleicht neue Kämpfe entfachen. Sie mußte an Wolfram und ihr Kind denken. Was geschehen war, war geschehen.

Erika begann zu lächeln, als wüßte sie genau, was in Deidre vorging.

»Willst du mich anklagen, Irin?« fragte sie herausfordernd und in drohender Haltung.

Abermals schaltete Zerlina sich ein. »Die Götter kennen deine Schuld, Erika. Und du wirst mit ihr leben müssen.« Sie wandte sich an Deidre. »Sie würde es liebend gern sehen, daß du ihretwegen dein Kind verlierst, doch sie ist es nicht wert, daß du für sie auch nur den kleinen Finger hebst. Komm, wir verlassen diesen Ort, Deidre. Wir kennen jetzt zumindest die Wahrheit.«

Die Blicke der anwesenden Frauen gingen zwischen Erika und Deidre hin und her. Sie schienen zu ahnen, daß es tatsächlich Erika gewesen war, die die Schuld an allem trug, und Mißtrauen malte sich auf ihren Gesichtern, aber auch Schuldgefühle wegen ihrer ablehnenden Haltung Deidre gegenüber. Sie hatte sie sehr schlecht behandelt und schämten sich nun dafür.

Ohne sich abzutrocknen, zogen Deidre und Zerlina indessen ihre Hemden über und verließen das Badehaus. Zerlina begleitete Deidre zurück zum Wohnhaus.

»Du hast einen Sieg errungen, Deidre«, stellte sie fest, und Deidre lächelte. Ja, das hatte sie wirklich. Heute hatte sie in Wahrheit einen Sieg errungen.

26

Von weither kamen aus allen Gegenden des Landes die Menschen, um der Hochzeit zwischen dem Sohn Olafs des Roten und dem schönen Mädchen aus Irland beizuwohnen. Die Feierlichkeiten begannen bereits eine ganze Woche vor der eigentlichen Zeremonie, und überall im Dorf wurde gelacht, getrunken und getanzt. Deidre dachte an jene andere Hochzeit, die eine Ewigkeit zurückzuliegen schien, doch diesmal war sie keine jungfräuliche Maid mehr, und der Mann, den sie heiraten sollte, war der Mann, den sie erwählt hatte.

Sie erzählte Zerlina die Geschichte von damals und bemerkte dabei lächelnd, daß auch die Männer im Hause ihres Vaters dem Met reichlich zugesprochen hätten. »Wahrscheinlich sind die Männer auf der ganzen Welt gleich«, sinnierte sie. »Am meisten lieben sie es, zu kämpfen, am zweitmeisten ihr Bier, und ihre Frauen lieben sie mehr als alles andere, bis auf die ersten beiden Dinge.«

Alle Frauen des Haushaltes beteiligten sich an den

Hochzeitsvorbereitungen, sogar die laute Erika, nur Deidre war es nicht gestattet, auch nur einen Finger zu rühren. Ihre einzige Pflicht bestand darin, für ihren Bräutigam so schön wie möglich zu sein. Es oblag Adoras geschickten Händen, Deidres Hochzeitskleid und das Nachthemd zu fertigen, das sie in der Hochzeitsnacht tragen sollte. Wolfram erklärte augenzwinkernd, daß Adora damit eigentlich ihre Zeit verschwende, Deidre würde das Nachthemd sowieso nicht lange anhaben. Doch als Deidre es fertig in den Händen hielt, stockte ihr angesichts seiner Pracht und Schönheit der Atem. Aus reinster Seide genäht, die Olaf aus dem fernen Orient mitgebracht hatte, wirkte es so zart und wunderbar wie ein Feengewand.

»Sein Stoff wird aus den Kokons kleiner wurmähnlicher Lebewesen gewonnen, die ihn auf Geheiß der Götter herstellen«, informierte Adora sie stolz. Das traumhafte Gewand war von einem Blau, wie es das Meer an sonnigen Tagen zeigte.

Auch das Brautkleid war aus Seide. Kunstvolle Stickereien schmückten Saum und Mieder, wodurch Deidres volle Brüste besonders betont wurden. Lange Bänder in bunten Farben, von Olafs Frauen auf besonderen Webstühlen gewebt, verzierten die Ärmel und waren an den beiden Schulterpartien angenäht, so daß sie lustig im Wind flattern würden.

Endlich brach der große Tag an. Deidre war inzwischen so nervös, daß sie bei der geringsten Kleinigkeit in Tränen auszubrechen drohte. Wäre nicht Zerlina um sie gewesen mit ihrem strahlenden Lächeln und ihren hilfsbereiten Händen, sie wäre bestimmt längst zusammengebrochen.

Zum Frühstück nahm sie nur ein wenig Obst und Getreideflocken zu sich und ging dann, von Zerlina und zwei Sklavinnen begleitet, zum Badehaus. Die drei Frauen badeten sie und wuschen ihr das lange, nachtschwarze Haar, rieben ihre Haut mit duftenden Ölen ein und sangen dabei melodische Liebeslieder. Angesichts dieser in ihren Augen doch heidnischen Rituale bekam Deidre ein schlechtes Gewissen, und so schlug sie rasch ein Kreuz und bat Gott um Verständnis. Doch dann genoß sie die Wärme in der mit heißem Wasser gefüllten Wanne und ließ sich verwöhnen.

»In den Augen deines Volkes und euren Gesetzen zufolge werden wir ein Paar sein, Wolfram«, seufzte sie und überließ sich ihren Träumen.

Nach dem Bad schoben die Frauen sie vor ein eigens angezündetes Feuer, trockneten sie ab und bürsteten ihr Haar, bis es knisterte und blauschwarze Lichter auf ihm tanzten. Bei der Zeremonie würde sie das Haar offen tragen, mit einem goldenen Reif über der Stirn, wie Kaskaden sollte es ihr über den Rücken fallen. Doch das würde zugleich das letzte Mal sein. Bis auf wenige besondere Anlässe oder Festivitäten würde sie es in Zukunft im Nacken zu einem Knoten binden müssen, und bei der Hausarbeit im großen Saal, die sie gemeinsam mit den anderen Frauen zu verrichten hatte, würde sie noch ein Tuch darüberlegen. Verheiratete Frauen trugen ihr Haar verdeckt, sie stellten sich nicht vor den Männern zur Schau, wie es Erika tat. Sie, Deidre, würde sich wie die Ehefrau eines Wikingers benehmen, denn es gab nur einen Mann, dem sie gefallen wollte, und das war Wolfram. Nur er würde die herrliche Pracht ihrer Locken in Zukunft genießen können, nachts, wenn sie beide allein in ihrer Schlafkammer waren.

Wolfram platzte beinahe vor Neugier und wollte seine Deidre unbedingt sehen. Vorwitzig steckte er seinen Kopf in das Badehaus, dessen Tür er heimlich einen Spalt geöffnet hatte, und wurde prompt von Zerlina entdeckt, die ihn mit strenger Stimme zurechtwies.

»Ich hasse es, unhöflich zu sein, lieber Bruder«, sagte sie, »aber sieh zu, daß du verschwindest!« Rasch legte sie einen Umhang um Deidre.

»Von meiner eigenen Schwester werde ich wie ein Hund hinaus in die Kälte gejagt!« Er zwinkerte belustigt. »Beeilt euch ein bißchen, ich bin nicht gerne so lange von meiner zukünftigen Frau getrennt.«

Als Deidre wenig später zum Haupthaus zurückging, traf sie vor dem großen Portal auf Warrick und lächelte ihm glücklich zu. Gern hätte sie ihre Freude mit allen geteilt, die ihre nahestanden, doch er erwiderte ihr Lächeln nicht, und sein Gesicht wirkte verdrossen. Was mochte ihn in so schlechte Laune versetzt haben? Sie kannte ihn nur als fröhlichen, lebenslustigen Menschen, doch in letzter Zeit schien er völlig verändert. Unruhig ging er vor dem Gebäude auf und ab und machte einen offensichtlich unzufriedenen Eindruck.

Der Gedanke, etwas, das sie getan oder gesagt hatte, könne verantwortlich für seinen Zustand sein, war Deidre unerträglich, denn sie hatte Warrick immer als ihren Freund betrachtet. Selbst als Wolfram an ihrer Schuldlosigkeit bei der Sache mit Maddock gezweifelt hatte, war Warrick ihr Freund geblieben und hatte stets zu ihr gehalten.

Deswegen fragte sie ihn nun: »Was ist los Warrick? Habe ich dir etwas getan?«

Er unterbrach sein zielloses Umherwandern und sah sie an. »Du bist schön«, sagte er leise, »so schön. Wie ein seltenes Juwel. Schlank. Voller Grazie. Und dein dunkles Haar… Du bist eine Königin!«

Sie lächelte. Seine Bewunderung überwältigte sie, und zugleich war sie erleichtert, daß sein Unmut nicht ihr galt. »Ich bin zufrieden damit, Wolframs Frau zu werden«, sagte sie.

»Wolfram, Wolfram! Er ist nicht gut genug für dich. Du verdienst einen viel besseren als ihn!« Die Worte klangen verbissen.

»Er ist der Mann, den ich liebe. Das weißt du, Warrick.« Sein Verhalten befremdete sie, war ihr vollkommen unverständlich, und so war sie fast ein wenig erleichtert, als Zerlina und die anderen Frauen auftauchten und sie mit sich zogen.

»Freyja selbst kann nicht schöner sein als du«, flüsterte ihr eines der Mädchen voller Bewunderung ins Ohr. Sie führten sie in ihre Schlafkammer, wo auf dem Bett schon ein zartes seidenes Hemd für sie bereitlag. Die Frauen begannen, sie anzukleiden. Nach dem Hemd streiften sie ihr das herrliche Hochzeitskleid über, das an den Schultern von zwei großen, kostbaren Broschen gehalten wurde. Die gefältelten Ärmel des Hemdes wurden unter dem Kleid hervorgezupft, was der ganzen Aufmachung eine besondere Note verlieh. Und schließlich legten sie Deidre noch ihre Bernsteinkette um, das wertvollste Schmuckstück, das sie besaß.

Dann befestigte Zerlina eine goldene Kette an ihrer Taille, an der mehrere Schlüssel hingen, und sagte zu ihr: »Dies ist das Symbol für deine Stellung als Wolframs Frau, es bestätigt, daß du die Schlüsselgewalt besitzt.« Alle Schlüssel des Haushaltes, der Lagerhäuser und der Weinkeller waren an der Kette befestigt, gehalten von der Brosche, die Wolfram ihr geschenkt hatte, als sie noch ein Kind gewesen war.

Noch drei weitere Ketten, an denen je ein Messer, eine Schere und ein Behälter für Nadeln hing wurden an ihrem Hochzeitskleid angebracht, wie es Sitte war. Alle verheirateten Frauen trugen sie an ihrer Kleidung, und es machte Deidre stolz und glücklich, daß auch sie nun diesen Status innehaben sollte.

Als sie den großen Saal betrat, bot sie einen überwältigenden Anblick. Ihr langes Kleid schmiegte sich an ihren Körper, die bunten Bänder an den Ärmeln bewegten sich sacht flatternd, und Wolfram verschlang sie mit den Augen, sog ihr Bild in sich ein.

»Jetzt erst erkenne ich, wie wunderschön du bist«, sagte er. Doch auch er sah in der blauen, goldbestickten Tunika bemerkenswert aus. Um seine Taille war ein kunstvoller Gürtel geschlungen, und statt der engen Hosen, die er gewöhnlich trug, hatte er weite Hosen angelegt, die am Knie zusammengebunden waren.

»Hätte ich zuerst dich gesehen… und wäre nicht schon mit zwei Frauen verbunden, die sowieso nur an mir herumnörgeln…« Olaf kam von hinten auf Deidre zu, umarmte sie mit seinen Bärenpranken und küßte sie liebevoll auf den Mund. Sein Bart kitzelte, und sie mußte beinahe niesen.

»Ich werde dich zum Skuldelev geleiten«, erklärte Olaf voller Stolz. Er nahm ihren Arm und führte sie langsam und hoheitsvoll den Pfad zur Küste hinunter, wo ein kleines Boot, mit Bändern und vielen bunten Fahnen geschmückt, sie erwartete. In ihm saßen vier Sklaven an den Rudern. Olaf küßte sanft ihre Stirn und verließ sie, um sie dann ein Stück die Küste hinunter wieder in Empfang zu nehmen. Wolfram und er würden dort auf sie warten und gemeinsam mit ihr dorthin gehen, wo die Hochzeitszeremonie stattfinden sollte.

Es wehte ein kühler Wind, der Deidre das Haar um Kopf und Schulter blies, während das Boot sie die Küste entlangtrug. Am Ufer standen Gratulanten und Schaulustige, und Deidre hielt den Kopf stolz erhoben. Bewundernde Blicke begleiteten sie, und mehr als einer der Zuschauer fand, sie sehe aus wie eine Göttin, wie sie da in ihrem seidenen Kleid im Fjord dahinglitt.

Endlich hatte das Boot sein Ziel erreicht, und Deidre

ließ sich von Wolfram an Land helfen. Die Zeremonie würde unter freiem Himmel stattfinden, oben auf dem Hügel mit Blick auf den weiten Ozean. Viele Festlichkeiten wurden hier abgehalten, und auch Deidre hatte einmal an dieser Stelle miterlebt, wie Olaf dem Gott Thor ein Opfer darbrachte.

Den beiden Brautleuten wurden nun zwei Zweige übergeben, die Fruchtbarkeit darstellen sollten; Wolfram erhielt einen Eschenzweig, denn die Esche galt als Symbol für den Mann, und Deidre einen Ulmenzweig, weil die Ulme die Weiblichkeit repräsentierte. Mit den Zweigen in der Hand gingen sie nebeneinander den Hügel hinauf.

Unter dem Schutz eines großen Baums wurden sie dort von Olaf erwartet, der die Ehegelübde sprach, wie es als Patriarch und oberster Priester seines Clans seine Pflicht war. Deidre fiel auf, daß sich die Worte gar nicht so sehr von denen der christlichen Ehegelübde unterschieden, und auch die Zeremonien selbst ähnelten einander. Genau wie damals tranken sie auch jetzt nacheinander aus einem Weinkelch, und wider Willen mußte sie an Phelan denken. Was er wohl sagen würde, wenn er wüßte, daß seine Frau in diesem Augenblick mit einem anderen Mann verheiratet wurde?

»Möge Thors guter Wille bei euch sein und euch viele Kinder bescheren«, zitierte Olaf, und Deidre errötete leicht.

Dann steckte Wolfram ihr drei Ringe an die Finger und sagte dazu zärtlich: »Die drei Ringe bedeuten, daß ich ein sehr reicher Mann bin. Doch niemals war ich reicher als in diesem Augenblick, da mein größter Schatz auf dieser Welt vor mir steht – meine Frau.«

All ihre Liebe strahlte aus Deidres Blick, als er sich vorbeugte, um sie vor den versammelten Gästen zu küssen. Dann hob er sie auf seine Arme, als wolle er sie davontragen. Auf ihren fragenden Blick erklärte er ihr, daß dies die symbolische Bestätigung dafür sei, daß er sie als Gefährtin für das ganz Leben zu sich genommen habe. Schon nach wenigen Metern setzte er sie wieder ab, um mit ihr gemeinsam den Fortgang der Zeremonie zu beobachten, der ohne sie beide stattfand: den Göttern wurden verschiedene Tieropfer dargebracht.

Unter dem lauten Hurrageschrei und den fröhlichen, ausgelassenen Zurufen der Gäste liefen Wolfram und Deidre anschließend zum großen Saal zurück, wo sie auf zwei hohen Stühlen Platz nahmen und wie ein königliches Paar hofhielten. Sie nahmen Glückwünsche, Umarmungen und Küsse entgegen von all denen, die an ihrem Glück teilnahmen, und binnen kürzester Zeit war der Saal erfüllt von Gesang und Tanz und lautem Trubel.

Auch Wolfram stimmte ein Lied an. Es war ein Liebeslied, und er sang es allein für sie. Deidre war überrascht, was für eine schöne Stimme er hatte, niemals zuvor hatte sie ihn singen gehört.

Nach langen Stunden geleitete man das frischvermählte Paar zu seinem Schlafgemach. An der Schwelle wandte sich Wolfram an die vielen Begleiter und sagte scherzhaft mit erhobenem Finger: »Nun aber fort mich euch! Na los!« Ein Grinsen überzog sein Gesicht, denn er wußte wohl, daß ihn heute nacht jeder Mann im Raum glühend beneidete.

»Endlich sind wir allein«, sagte Deidre zärtlich. »Nun kann uns niemand mehr voneinander trennen, nicht wahr?« Sie legte Wolfram die Arme um den Hals und zog ihn zu sich herunter, damit er sie küssen konnte, was er ausgiebig tat.

Dann nahm er ihre Hand und führte sie zum Bett. So lange war es her, daß er sie für sich beansprucht hatte, und nun, endlich, gehörte sie ihm. In seinem Herzen jubelte es. Deidre war seine Frau, und es würde keine andere mehr für ihn geben. Er legte sie auf das Bett und kniete sich neben sie. Tief atmete er den exotischen Duft ihres Körpers ein.

»Das ist mein Kind«, flüsterte er und berührte sanft, ja beinahe ehrfürchtig ihren schwellenden Bauch.

»Macht dich das glücklich, mein Wikinger?« wisperte Deidre kaum hörbar.

»Mehr als alles auf der Welt!«

»Du wünscht dir einen Sohn, nicht wahr?«

»Ein Sohn würde mich ebenso glücklich machen wie ein Tochter, die ihrer Mutter ähnelt.« Er streifte ihr das Kleid von den Schultern, hauchte Küsse auf ihre zarte Haut und ließ seinen Mund ihren Arm hinunterwandern bis zu ihren Fingerspitzen.

Mit Augen, Händen und Lippen liebkoste er seine Frau, als wäre sie eine Göttin, entkleidete sie beinahe andächtig und kostete den Anblick ihrer Schönheit bis zur Neige aus. Wenn es überhaupt möglich war, dann war sie heute noch schöner als je zuvor. Er berührte ihre Brüste, und Deidre schmiegte sich enger an ihn, ein Zittern durchlief ihren Körper, als er die harten Spitzen mit seinen Fingern reizte. Sie zog an seiner Tunika, wollte seine nackte Haut an der ihren spüren.

»Es ist, als wäre dies das erste Mal«, flüsterte Wolfram. Mit ihrer Hilfe entkleidete er sich. Und dann konnte er ihren Wunsch erfüllen, als er seinen starken, muskulösen Körper an den ihren preßte, langsam und voller Zärtlichkeit und Liebe. Voller Verlangen streichelte Deidre seine breite Brust, und Wolfram beugte den Kopf und ließ seine Zunge über ihre Brustwarzen gleiten.

Deidre stöhnte vor Erregung, nahm Wolframs harte, große Männlichkeit in ihre bebende Hand, streichelte ihn und entfachte mit ihren Händen ungeahnte Leidenschaft in ihm.

Als er endlich in sie eindrang, hob sie sich ihm vor Wonne entgegen. Es gab nur noch diesen Moment, diesen Mann und ihre übermächtige Liebe zu ihm. So, genau so hatte sie sich ihre Hochzeitsnacht in ihren Träumen immer vorgestellt, und sie wußte tief in ihrem Herzen, daß Phelan jetzt für immer aus ihren Gedanken und ihrem Leben verschwunden war.

Wolfram war ihr Gemahl, ihr einziger Gemahl, solange noch in einem von ihnen ein Atemzug war.

27

Mit leuchtendem Gold, Rot und Braun kam der Herbst ins Land der Normannen, und der Sommer begab sich zur verdienten Ruhe. Im Haushalt Olafs des Roten begannen die Vorbereitungen für das Herbstfest Equinox, die letzte große Feierlichkeit, bevor der Winter mit seinem Schnee und seiner Kälte hereinbrach.

Über dem großen Haupthaus hing eine dichte Rauchwolke, die von dem riesigen Herdfeuer im großen Saal herrührte, wo die Frauen das Abendmahl bereiteten und sich dabei lebhaft darüber unterhielten, welche Vorkehrungen für den vor ihnen liegenden Winter noch zu treffen waren. Fleisch mußte getrocknet und gesalzen werden, Heringe mußten eingelegt und Getreide in den großen Scheunen gehortet werden.

Doch natürlich gab es noch ein weiteres Gesprächsthema, und das war Deidres Baby. Adora hatte Deidres körperlichen Zustand genau begutachtet und war zu dem Ergebnis gekommen, daß das Kind etwa gleichzeitig mit dem ersten Schnee zur Welt kommen müßte.

»Ich sage, es wird ein Mädchen«, stelle Gerda lächelnd fest. »Es liegt sehr weit oben, das tun Mädchen immer.

Und man kann es ohne weiteres an der Form von Deidres Bauch erkennen.«

Adora teilte diese Ansicht nicht. »Es wird ein Junge. Wolfram wird einen Sohn bekommen, der Olafs Nachfolge sichert. Deidres Bauch ist sehr dick geworden, und das bedeutet, daß das Baby ein großer, starker Junge ist!«

Ruhig lächelnd hörte Deidre der fröhlichen Auseinandersetzung zu. Ihr war es gleich, ob sie einem Jungen oder einem Mädchen das Leben schenken würde, denn sie würde ihr Kind in jedem Fall lieben als einen Teil von Wolfram, und er würde es lieben als einen Teil von ihr. So glücklich wie in den vergangenen Monaten waren sie nie zuvor gewesen. Tagsüber arbeiteten sie, Deidre half den Frauen bei ihrer Arbeit, und Wolfram war auf der Jagd oder bei der Getreideernte auf den Feldern, damit die Familien während der langen, harten Wintermonate ausreichend zu essen hatten. Doch die Nächte gehörten ihnen allein, und sie widmeten sie einzig ihrer Liebe.

Erika kochte innerlich, wenn sie sah, wie zufrieden Deidre war. Monat für Monat hatte sie darauf gewartet, auch bei sich Anzeichen für eine Mutterschaft zu entdecken, doch ihr Warten war vergeblich gewesen, ihr Körper blieb unfruchtbar.

Nun bemerkte sie mit hinterhältigem Lächeln: »Ob es ein Junge oder ein Mädchen wird, ist völlig egal. Wenn es krank oder verkrüppelt zur Welt kommt, lebt es sowieso nicht lange.«

Deidre, die gerade einen Fisch ausnahm, schnitt sich bei diesen Worten fast in die Hand. Dann sah sie Zerlina an.

»Wovon redet sie?« fragte sie. Daß Erika eifersüchtig war, wußte sie, und es war ihr vertraut, doch sie konnte nicht glauben, daß sich ihr Haß sogar gegen ein unschuldiges Kind richtete.

»Achte nicht auf sie«, meinte Zerlina, die sich sehr gut daran erinnerte, daß auch sie ihren ersten Geburtstag nicht überlebt hätte, wenn Olaf nicht gewesen wäre.

Deidre wandte sich wieder ihrer Arbeit zu, doch sie spürte, daß die Atmosphäre spannungsgeladen war.

»Sollten wir es ihr nicht sagen?« fragte Adora leise.

»Natürlich sollten wir das!« bekräftigte Erika laut, stellte sich hin, die Hände auf die Hüften gestemmt, und sah Deidre an. »Wenn bei uns ein verkrüppeltes Baby geboren wird, legt man es draußen hin.«

»Draußen hin…?« Deidre verstand nicht.

»Es wird getötet, dem Winter und der Kälte überlassen!«

Der Schock in Deidres Augen war Balsam für Erikas neiderfülltes Herz. Hoffentlich bringt die Angst um ihr ungeborenes Kind sie jetzt um den Schlaf, dachte sie voller Haß.

Diesen Moment wählte Zerlina, um eine Schale Milch über Erikas Kleid zu verschütten. »Ach herrje, das tut mir aber leid, Erika«, sagte sie mit gespielter Reue, »wie ungeschickt von mir!« Beleidigt und ohne sie einer Antwort zu würdigen, rauschte Erika davon, um sich umzuziehen.

Deidre starrte Zerlina mit weit aufgerissenen Augen an. »Stimmt das, was sie gesagt hat?« fragte sie ängstlich.

»Nicht immer. Ich selbst bin der lebende Beweis dafür. Olaf hat sich meiner Mutter gegenüber gnädig gezeigt und mich weiterleben lassen, und dafür liebe ich ihn und werde ihm immer dankbar sein. Deidre, du mußt verstehen, daß in diesem Land nur die Starken überleben können. Das Leben ist hart. Wenn ein Kind stark verkrüppelt ist oder sehr klein und krank, wird es bei uns oft ausgesetzt. Doch wenn der Vater es haben und behalten will, dann empfängt auch ein solches Kind alle Liebe in der Obhut seiner Familie.«

»Und was ist mit meinem Kind? Was, wenn...?«

»Dein Kind wird stark und schön sein. Wie könnte es bei Eltern wie dir und Wolfram anders sein?« Zerlina wandte sich ihrer Beschäftigung zu und verfluchte wieder einmal Erikas vorlaute Zunge.

Deidre hatte das Gefühl zu ersticken und bekam in der Enge des überfüllten Raumes keine Luft mehr. Sie mußte hinaus. Sie warf den Fisch, den sie in der Hand hatte, zurück ins Faß, stand auf und lief nach draußen. Die Bäume reckten ihre nackten Äste zum Himmel, kahl und dunkel standen sie da und machten Deidre wieder bewußt, daß sie hier im Norden noch immer eine Fremde war und das Volk der Wikinger und seine Gebräuche nicht verstand. Große Angst um das Baby, das in ihr heranwuchs, erfüllte sie.

»Nein«, schluchzte sie auf, »ich kann nicht glauben, daß Wolfram so etwas zulassen würde!« Tief atmete sie den Duft der fallenden Blätter und die salzige Luft vom Meer her ein, während sie ziellos weiterlief und nach Ruhe suchte. Sie durfte sich von Erika nicht so durcheinanderbringen lassen, denn das wollte dieses Weib doch nur. Ich muß stark sein, stark und ein echter Wikinger!

Plötzlich aus ihren Gedanken aufschreckend, sah sie sich um und stellte fest, daß sie zu tief in den Wald gelaufen war. Sie hatte gar nicht gemerkt, wie weit sie sich vom Dorf entfernt hatte. Da hörte sie hinter sich ein knackendes Geräusch und drehte sich alarmiert um.

»Wer ist da?« fragte sie, bekam jedoch keine Antwort. Da, wieder dieses Knistern. Was mochte das sein? Ein Bär vielleicht? Oder ein Wolf? Sie packte die Schere, die um ihren Hals hing, die einzige Waffe, die sie hatte, doch dann spürte sie bohrende Blicke in ihrem Nacken und war sich plötzlich sicher, das das, was sich hinter ihr im Wald versteckte, menschlicher Natur sein mußte.

»Warum antwortest du nicht?« fragte sie noch einmal. Ihre Stimme war schrill vor Angst. Sie ging ein Stück weiter und hörte Fußtritte hinter sich. Blinde Furcht packte sie. War vielleicht derselbe Kerl, der Wolfram hatte töten wollen, nun darauf aus, sie umzubringen? Ich muß mich verstecken, dachte sie in Panik und begann zu laufen. Zwar zitterten ihre Knie und ihr langes Kleid behinderte sie, doch sie rannte dennoch, so schnell sie konnte. Als sie das Gefühl hatte, weit genug gelaufen zu sein, blieb sie schwer atmend stehen. Im Unterholz knackte es, und das bedrohliche Rascheln schien eher noch nähergekommen zu sein. Ohne zu zögern floh sie weiter, so schnell ihre Beine sie zu tragen vermochten.

Da erblickte sie vor sich auf dem Weg eine Gestalt, einen Mann, der gemächlich dahinschlenderte und alle Zeit der Welt zu haben schien. Als sie näherkam, erkannte sie seine graumelierten Haare und seinen Gang. Erleichterung durchströmte sie.

»Sigurd!« rief sie. Noch nie hatte ihr der Anblick eines anderen Menschen soviel bedeutet. Stolpernd und am Ende ihrer Kräfte rannte sie auf ihn zu. Wie er wohl hierherkam? Er wohnte doch in einem Dorf viel weiter im Norden.

»Deidre, was tust du denn hier?« fragte er, überrascht, ihr so weit außerhalb des Dorfes zu begegnen.

Schutzsuchend warf sie sich in seine Arme. »Du kannst dir nicht vorstellen, wie froh ich bin, dich zu sehen«, sagte sie atemlos und berichtete ihm, was sie erlebt hatte. Er hörte ihr anteilnehmend zu, streichelte beruhigend ihre Hand und wischte ihr die Tränen von den Wangen.

»Vielleicht hast du doch ein Tier gehört«, meinte er, als sie geendet hatte.

»Nein, nein, es war ein Mensch. Ich weiß es genau«, sagte sie überzeugt, während die Panik langsam von ihr wich. Ihr kam zum Bewußtsein, wie schwach sie in den letzten Minuten gewesen war. Sigurd durfte sie auf keinen Fall für einen Feigling halten! Rasch löste sie sich von ihm und reckte das Kinn in die Höhe.

»Aber ich habe keine Angst!«

Erst jetzt bemerkte Sigurd ihren Zustand. Seit der Versammlung hatte er sie nicht wiedergesehen.

»Wolfram hat also doch beschlossen, eine Familie zu gründen«, stellte er fest. »Das wurde aber auch Zeit.«

Unter seinem prüfenden Blick errötete Deidre.

»Wir sind verheiratet«, erklärte sie Sigurd stolz und berichtete, was seit dem Thing geschehen war.

»Ich freue mich für dich, Deidre«, lächelte er. »Gern wäre ich dabeigewesen, doch die Feldarbeit hätte mich sowieso nicht fortgelassen. Manchmal wünschte ich, wir wären wieder in Dubh-Linn. Das Leben war viel leichter dort.«

Bei der Erwähnung von Dubh-Linn glitt ein Schatten über Deidres Gesicht. Voller Sehnsucht dachte sie an ihr geliebtes Irland und ihre Familie, die sie nie vergessen hatte und so gerne einmal wiedersehen wollte.

»Ich möchte wieder aufs Meer hinaus«, sagte Sigurd leise. Einsamkeit und Trauer klangen aus seinen Worten.

Deidre berührte sacht seine Schulter. »Zerlina ist sehr lieb zu mir gewesen, wie eine richtige Schwester«, meinte sie vorsichtig.

Als hätte sie ihm damit ein Stichwort gegeben, sah er auf und fragte: »Wie geht es Zerlina?«

»Sie ist einsam. Sie verzehrt sich vor Sehnsucht nach dir.«

Verlegen blickte Sigurd zur Seite. »Sie hat doch ihre Familie. Wie könnte sie einsam sein?«

»Eine Frau kann inmitten aller, die ihr nahestehen, einsam sein, wenn der Mann, den sie liebt, nicht bei ihr ist.

Wenn er aber bei ihr ist, dann ist ihre Welt auch ohne ihre Familie vollkommen und erfüllt.«

»Zerlina liebt mich nicht«, sagte Sigurd.

»Doch, das tut sie. Warum willst du das nicht glauben?«

»Ich bin nicht gut genug für sie. Sie ist die Tochter eines Jarl, und ich bin ein Niemand. Ich habe ihr nichts zu geben. Sie muß einen Mann wählen, der ihr angemessen ist.«

Deidre seufzte auf. »Wie dumm die Männer manchmal sein können«, stellte sie fest. Sie würde zu einem späteren Zeitpunkt noch einmal mit Sigurd darüber sprechen müssen. Einstweilen machte sie sich gemeinsam mit ihm auf den Weg zurück zum Dorf und beschloß, das Thema vorerst fallenzulassen.

»Was führt dich eigentlich her, Sigurd?« fragte sie.

»Ich will Wolfram abholen. Auf einer Insel im Süden soll ein reicher Schatz verborgen sein, und wir sollten uns bald dorthin aufmachen, bevor die Schneefälle einsetzen.«

Deidre blieb stehen. »Ich will nicht, daß Wolfram jetzt wegfährt, Sigurd. Nimm jemand anderen mit. Bitte. Es könnte ihm etwas zustoßen.«

Doch Sigurd war nicht von seinem Vorhaben abzubringen. »Ihm wird schon nichts passieren, Deidre. Außerdem ist er unser Anführer. Niemand außer ihm kann den ›Seewolf‹ befehligen.«

Deidre fühlte Angst in sich aufsteigen, doch erschien es ihr vernünftiger, die Angelegenheit jetzt nicht weiter zu verfolgen. Wenn sie und Wolfram heute nach allein waren, würde sie ihn bitten, bei ihr zu bleiben. Sie brauchte ihn. Und das Baby brauchte ihn.

Schließlich erreichten sie das Haupthaus, aus dem verlockender Bratenduft nach draußen drang. Sigurd schnupperte und leckte sich hungrig die Lippen.

»Bleib zum Fest, Sigurd«, lud ihn Deidre ein, »alle werden sich freuen, dich dabeizuhaben.« Besonders Zerlina, frohlockte sie innerlich. Und ich werde dafür sorgen, daß ihr beiden Dickköpfe endlich zusammenfindet.

28

Die Nacht des Herbstfestes war kalt, der winterliche Frost lag bereits in der Luft. Deidre kuschelte sich tiefer in ihren warmen Umhang und trat näher ans Feuer. Sie sah Sigurd und Wolfram dicht beieinander sitzen, mit strahlenden Gesichtern und voller Vorfreude auf die bevorstehende Reise. Es kostete sie große Überwindung, nicht zu Wolfram zu laufen und ihn zu bitten, sie nicht zu verlassen.

Später, versprach sie sich, später, wenn wir allein sind. Warrick ging umher und füllte die Trinkhörner der Männer nach. Es war gar nicht so einfach, aus diesen Hörnern zu trinken, denn wenn man es nicht richtig machte, ergoß sich schon beim ersten vorsichtigen Schluck daraus der ganze Inhalt über Gesicht und Hals.

»Eine Kunst, die gelernt sein will«, spöttelte Warrick lachend, als ein junger Mann genau in diesem Moment Met über seinen Kopf verschüttete. Er schien heute besserer Laune zu sein als während der letzten Monate. Vielleicht trug dieses Fest dazu bei. Seit der Hochzeit hatte er sich von Deidre ferngehalten, und wenn diese auch versucht hatte, ihm freundlich zu begegnen, so hatte sich doch ihr Verhältnis zueinander spürbar gewandelt.

Zerlina gesellte sich zu Deidre und erkundigte sich in ihrer mütterlichen Art nach ihr und dem Baby. Dann sah sie sich im Saal um, betrachtete die Männer mit ihren Trinkhörnern und sagte lachend zu Deidre: »Sie betrachten die Hörner als Mutprobe. Das heißt, sie dürfen sie erst absetzen, wenn sie leer sind, und um das zu schaffen, brauchen sie einen kräftigen Magen und einen nüchternen Kopf gleichzeitig, sonst geht es daneben, und sie werden ausgelacht. Ich bin immer wieder überrascht, wie sehr diese starken Wikinger kleinen Kindern ähneln.«

Deidre stimmte in ihr Lachen ein. Sie hatte schon oft das gleiche gedacht. Doch dann fiel ihr Blick auf Sigurd und Wolfram, die noch immer ins Gespräch vertieft waren. »Die beiden würde niemand für Kinder halten«, sagte sie und beobachtete Zerlina, deren Augen wie gebannt an Sigurds starker, männlicher Gestalt hingen.

»Komm«, sagte sie, ergriff Zerlinas Hand und führte sie zu den beiden Männern hinüber. »Wir müssen Sigurd als Gast unseres Hauses begrüßen.« Zerlina versuchte, sich Deidres Griff zu entziehen, doch sie war eindeutig die Schwächere, und so gelang es Deidre, sie direkt vor Sigurd hinzubugsieren. Dort ließ sie sie los und zwinkerte Wolfram zu, der schnell begriff und sich mit ihr entfernte, damit das verliebte Paar ungestört sein konnte.

»Ich freue mich, daß du zu unserem Fest kommen konntest«, sagte Zerlina steif. Es war ihr peinlich, daß sie Sigurd so offensichtlich aufgedrängt worden war. Sie wußte, daß Deidre es gut gemeint hatte, doch das änderte nichts daran, daß sie sich äußerst unsicher fühlte.

Sigurd grinste sie an. »Mir scheint, da will uns jemand verkuppeln. Aber das macht nichts, denn ich kenne keine Frau, die ich lieber an meiner Seite hätte.«

Zerlina lächelte, und dieses Lächeln ließ ihr Gesicht erstrahlen und machte sie noch schöner. »Erinnerst du dich an das Herbstfest vor sieben Jahren?« fragte sie.

»Wie könnte ich das vergessen! Da war doch dieses schöne Mädchen mit den vielen Sommersprossen, das Wolfram und mir überallhin nachlief.«

»Ich bin nicht schön«, flüsterte sie.

»Ich finde, daß du sogar sehr schön bist«, widersprach Sigurd. »Dein Haar glänzt wie Feuerzungen, deine Augen leuchten wie Sterne…«, er unterbrach sich. Was redete er denn da für romantischen Unsinn? »Die Sommersprossen fehlen, Zerlina. Was ist mit ihnen geschehen?«

Zerlina mußte lachen. »Ich habe Freyja gebeten, sie verschwinden zu lassen. Jede einzelne von ihnen habe ich gehaßt.« Sie schwieg. Sigurd wartete. Endlich sah sie auf und sagte leise: »Aber wenn sie dir fehlen, dann hätte ich sie gern zurück.«

Zärtlich berührte Sigurd ihr Gesicht. »Es sind so viele Jahre vergangen seit damals. Wo sind sie nur geblieben?«

Zerlina sah ihn an, und ihre Liebe zu ihm strahlte aus ihren Augen. »Für mich warst du der großartigste Krieger der Welt. Ich wünschte mir immer, ein Junge zu sein, damit ich eines Tages so sein könnte wie du.«

Sigurd lachte in sich hinein. »Diesen Wunsch habe ich ganz und gar nicht. Ich bin froh, daß du kein Junge bist.« Er legte den Arm um sie und führte sie nach draußen in den Abend, wo die Nordlichter am Himmel funkelten und das Firmament erstrahlen ließen. Dort nahm er sie in seine Arme und küßte sie zum ersten Mal.

»Das wollte ich tun, seit ich gemerkt habe, daß du eine Frau geworden bist«, flüsterte er. »Meine schöne Zerlina. Den Mond und die Sonne möchte ich dir zu Füßen legen.« Behutsam entfernte er das Kopftuch, das sie sich heute abend umgeschlungen hatte, und ließ seine Finger zärtlich durch ihr langes Haar gleiten. Erneut beugte er sich nieder, um sie zu küssen, doch da fiel sein Blick auf das Messer, das sie als Tochter des Jarl an einer Kette um die Taille trug. Schlagartig wurde ihm wieder bewußt, wer sie war – und wer er war. Er trat zurück.

»Was ist mit dir, Sigurd?« fragte Zerlina und erschrak, als sie den abweisenden Blick in seinen Augen sah. Von einer Sekunde zur anderen war er wieder der distanzierte Fremde, und sie verstand nicht, warum.

»Laß uns zurückgehen«, sagte er, verzweifelt darum bemüht, seinen Herzschlag zu beruhigen und gegen den Wunsch ankämpfend, sie einfach wieder in die Arme zu nehmen.

Einander fern und mit verschlossenen Gesichtern kehrten sie zum großen Saal zurück, wo das Fest inzwischen in vollem Gange war. Überall wurde getanzt und gelacht, und alle waren in ausgelassener Stimmung.

Erika sah Sigurd hereinkommen, und innerhalb weniger Augenblicke, in denen sie ihn verführerisch anlächelte und kokett den Kopf zurückwarf, hing sie an seinem Arm und zog ihn lachend zu den anderen Tanzenden hinüber. Zerlina schaute den beiden zu und dachte traurig, daß sie niemals mit Sigurd würde tanzen können, weil es ihre Behinderung einfach nicht zuließ. Und selbst wenn sie zusammen lebten, wäre sie nicht auch in vielen anderen Bereichen nur eine Belastung für ihn?

Sie sah, wie Sigurd Erika mit lautem Lachen vergnügt herumschwang, flüchtete aus dem Saal, lief geradewegs in ihre Kammer und warf sich auf ihr Bett. Sie und Sigurd würden nie ein Paar werden, das wußte sie nun. Doch einen kurzen Moment lang war sie in dieser Nacht glücklich gewesen, hatte seine Lippen auf den ihren gespürt und erfahren, was Liebe ist. Das konnte ihr niemand nehmen.

»O Sigurd, ich liebe dich so sehr«, weinte sie und schloß kummervoll die Augen.

Deidre hatte beobachtet, wie Sigurd und Zerlina nach draußen gingen und war sehr glücklich darüber gewesen. Als sie nun sah, wie Erika sich Sigurd an den Hals warf – zweifellos nur, um Zerlina zu verletzen –, wurde sie ärgerlich. Männer können entsetzlich dumm sein, dachte sie zornig und sagte zu Wolfram: »Ich habe geglaubt, dein Freund würde echtes Gold erkennen, wenn er es sieht. Und nun verwechselt er es mit Flitter.« Sie drehte sich um, um hinter Zerlina herzulaufen, doch Wolfram hielt sie zurück.

»Laß sie in Ruhe, Deidre. Sie muß allein damit fertigwerden.« Sie wollte ihm gerade etwas entgegnen, als sich Warrick zu ihnen gesellte, Wolfram übermütig auf den Rücken schlug und fröhlich mit ihm anstieß.

»Du willst also wieder hinaus aufs Meer?« fragte er dann und kicherte, als Wolfram nickte. »Ich habe lange darauf gewartet, einmal mit dir in See zu stechen, Bruder. Was hältst du davon, wenn die drei Söhne Olafs gemeinsam hinausfahren würden? Ich habe viele Freunde, die uns gerne begleiten. Ich könnte das Kommando führen...«

»Das Kommando auf dem ›Seewolf‹ führe ich, Warrick«, unterbrach ihn Wolfram, »aber wenn du mitkommen möchtest, bist du willkommen.«

»Und was ist mir dir, Everard?« rief Warrick durch den Saal. »Machst du das Kleeblatt vollständig?«

Everard warf einen Blick auf seine ausgelassen tanzende Frau und schüttelte verneinend den Kopf. Sie hier alleinzulassen, erschien ihm nicht besonders ratsam.

Warrick und Wolfram begannen daraufhin, die Vorbereitungen für die Fahrt ohne Everard zu besprechen, und Deidre stand schweigend daneben, eifersüchtig auf Wolframs zweite Liebe, das Meer. Sie schien für ihn gar nicht mehr vorhanden zu sein, so vollständig übersah er sie während der Unterhaltung mit Warrick, und verletzt ließ Deidre die beiden allein. Sie bemerkten es nicht einmal.

Das Herbstfest dauerte bis spät in die Nacht, es wurde viel getrunken, und hin und wieder kam es sogar zu einer Schlägerei, wenn unter den von Bier und Met benebelten Männern ein Streit ausbrach. Deidre erschien der Abend endlos. Sie wollte endlich mit Wolfram allein sein.

Da erklang seine Stimme an ihrem Ohr. »Du hast dich heute abend gar nicht amüsiert, nicht wahr?«

»Ich bin nur müde, das ist alles«, wehrte Deidre ab und spürte, wie Tränen ihr die Kehle verengten. Was war nur in letzter Zeit mit ihr los? Ständig drohte sie in Tränen auszubrechen, das war sonst nicht ihre Art.

Wolfram hob sie und trug sie zu ihrer Schlafkammer. Liebevoll hielt er sie an sich gedrückt.

»Ich kann nicht genug von dir bekommen, Kleines«, flüsterte Wolfram in ihr Haar. »Du bist in meinem Blut, in meinem Herzen und in meiner Seele, und du wirst dort sein mein ganzes Leben lang.« Er hauchte einen Kuß auf ihr Haar und küßte dann innig ihren Mund.

Deidre hielt sich an ihm fest, als wolle sie ihn nie wieder loslassen. »Dann fahr nicht hinaus, Wolfram«, bat sie ihn. »Bleib hier, bei mir. Ich brauche dich so sehr. Ich würde sterben, wenn dir etwas zustieße.«

Wolfram legte ihr den Finger auf die Lippen und brachte sie so zum Schweigen.

»Mir passiert nichts, Kleines. Es ist nur eine kurze Reise, und ich werde nur wenige Tage fort sein. Ich werde einen meiner Männer hier zurücklassen, damit du dich sicherer fühlst. Auch Sigurd muß bei dir bleiben. Ich vertraue ihm, und er wird sich bestens um dich kümmern.«

Deidre wollte widersprechen, ihm erklären, daß er es war, den sie brauchte, und nicht Sigurd, doch Wolfram verschloß ihr mit einem Kuß die Lippen. Leidenschaftlich ergriff er von ihr Besitz, und nichts außer ihrer Lust war in dieser Nacht noch von Bedeutung.

29

Der »Seewolf« stach drei Tage später in See, die roten und weißen Segel im Herbstwind gebläht. Wolfram stand am Bug und sah Deidres Gestalt am Ufer kleiner und kleiner werden. Er hatte die Wahrheit gesagt, als er erklärt hatte, sie sei in seinem Blut. Zwar hatte er seine Seereisen immer sehr genossen, doch diesmal würde er die Tage zählen, bis sie endlich wieder in seinen Armen lag.

Das Meer war schwarz und der Himmel über ihnen strahlend hell; an den Segeln zerrte ein kalter Wind.

Wolfram suchte mit den Augen den Horizont ab in der Hoffnung, die Insel, von der er schon so viel gehört hatte, dort auftauchen zu sehen, doch vor ihm erstreckte sich nichts als das endlose Blau der See. Warrick hatte den Kurs des Schiffes bestimmt, und Wolfram hatte dem jüngeren Bruder, von dessen Enthusiasmus amüsiert, seinen Willen gelassen. Nun allerdings überfielen ihn langsam Zweifel, ob es richtig gewesen war, einen solchen Neuling mit einer derart wichtigen Aufgabe zu betrauen, ob es sich nun um seinen Bruder handelte oder nicht. Auch die Mannschaft war unerfahren und zu zwei Dritteln von Warrick ausgewählt worden. Wolfram hatte ihm freie Hand gelassen, weil es sich um eine nur kurze Fahrt handelte, doch nun bedauerte er auch diese Großzügigkeit.

Sehr unzufrieden mit der Aufgabe, sich um die Frauen zu kümmern, war Sigurd an Land zurückgeblieben, doch hatte er sich Wolframs Anordnung widerspruchslos gefügt. Auch Rorik fehlte, und so waren nur wenige Männer an Bord des »Seewolf«, denen Wolfram wirklich vertrauen konnte. Nur mit Roland konnte er über die Dinge sprechen, die ihn störten, und der war zu der Ansicht gelangt, es sei möglicherweise besser, wenn sie umkehrten.

»Um diese Jahreszeit sollten wir nach Süden statt nach

Norden segeln«, meinte er knurrend. »Wenn wir diesen Kurs beibehalten, werden wir uns bald durch Treibeis kämpfen müssen.«

Warrick, der gerade zu ihnen trat, hatte Rolands Worte gehört. Seit sie den heimatlichen Fjord verlassen hatten, war er nervös und aufbrausend, und sein Verhalten unterschied sich vollkommen von dem des lächelnden, sanftmütigen Bruders, der Wolfram so vertraut war. Wolfram hatte das Gefühl, als kenne er ihn gar nicht richtig, und eine dunkle Befürchtung bemächtigte sich seiner.

»Ich habe den Kurs bestimmt, Lehensmann«, fuhr er Roland an.

»Sollten wir nicht doch besser nach Süden segeln?« fragte der zurück.

»Du wagst es, mich zu kritisieren? Ich weiß schon, wohin ich euch führe. Ich habe diese Route gewählt, weil sie die kürzeste ist!« Warricks Stimme hob sich zu fast einem Kreischen.

»Und ich sage dir, es ist purer Irrsinn, so kurz vor dem Winter nach Norden zu segeln.« Roland mißtraute Warrick, das war offensichtlich, stellte Wolfram fest, und er kann so nüchtern urteilen, weil er nicht von Bruderliebe geblendet wird wie ich. Da war etwas in Warricks Augen, ein wahnsinniges Glitzern, und Wolfram erkannte plötzlich mit absoluter Sicherheit, daß sein Bruder völlig unfähig war, ein Schiff zu führen. Warum stellte er sich so stur? Was hatte er vor?

»Wenn wir mit mehr Gold beladen, als wir tragen können, nach Hause zurückkehren, wirst du anders denken«, schnappte Warrick und stolzierte davon.

In dieser Nacht erhellten weder Mond noch Sterne den Himmel, und Roland verteilte die mit Walöl gefüllten Lampen auf Deck, während Wolfram den Sonnenstein bereitlegte. Wenn man ihn im richtigen Winkel gegen das

Licht hielt, wechselte der Kristall seine Farbe von gelb zu dunkelblau. Anhand der Schattierung konnte ein Navigator selbst mitten auf dem Meer die genaue Position der Sonne feststellen und so den Punkt errechnen, an dem sich sein Schiff befand.

Die Männer, die Wolfram treu ergeben waren, begannen ebenfalls sich über die schlechten Vorzeichen der Fahrt zu beklagen. In ihren Augen hatte sich selbst Thor gegen sie verschworen.

Und als Wolfram den immer kälter werdenden Wind spürte und die Eisschollen sah, die das Schiff bereits umgaben, gab er auf der Stelle den Befehl zum Umkehren. Auf keinen Fall konnte und würde er zulassen, daß seine Männer in Gefahr gerieten. Warrick würde es akzeptieren müssen. Schließlich traf er, Wolfram, die endgültigen Entscheidungen.

Er suchte Warrick auf, um ihn von seinem Befehl in Kenntnis zu setzen, und dies war der Zeitpunkt, an dem er feststellte, daß mit seinem Bruder etwas ganz und gar nicht stimmte. Jede Ähnlichkeit mit dem Menschen, den er gekannt und geliebt hatte, war spurlos verschwunden.

»Du kannst nicht umkehren! Das kannst du nicht! Ich lasse es nicht zu!« schrie er.

»Ich habe den Befehl dazu bereits gegeben. Wir segeln nach Süden.« Er bemühte sich, ruhig zu bleiben. Schließlich war es seine Schuld, daß es soweit gekommen war. Er hätte nie zulassen dürfen, daß ein anderer für ihn Entscheidungen traf. Vertrauen war eine delikate Angelegenheit.

Warricks Blicke glitten über das Meer. »Nein!« rief er. »Nein!« Er konnte nicht zulassen, daß seine Pläne durchkreuzt wurden, nicht jetzt, so kurz vor dem Sieg, nicht jetzt, wo Wolfram ihm praktisch ausgeliefert war. Diesmal würde sein Bruder ihm nicht entgehen. Mit wieviel

Raffinesse hatte er Everard und Wolfram gegeneinander aufgehetzt! Und das sollte alles vergebens gewesen sein? Nein, dazu durfte es nicht kommen!

Indessen erklärte Wolfram seinen Standpunkt. »Als wir aufbrachen, habe ich dir gesagt, daß ich der Kommandant dieses Schiffes bin. Der ›Seewolf‹ gehört mir, Warrick, und ich allein entscheide, wohin wir segeln. Wegen einer verrückten Suche nach Gold setze ich nicht das Leben der Mannschaft aufs Spiel.« Mit diesen Worten wollte er sich abwenden, doch Warrick griff nach seinem Arm und hielt ihn fest.

»Bitte, Wolfram. Vertrau mir«, sagte er, wieder ganz der lächelnde, unterwürfige Bruder. Er mußte Zeit gewinnen, soviel Zeit, daß das dänische Schiff sie erreichen konnte. Wolfram würde wieder ein Sklave sein, und diesmal konnte ihn kein irisches Mädchen retten. Die Dänen würden ihn und seine Gefolgsleute zu einem Sklavenmarkt im Osten verschleppen.

Sigurds Idee mit dieser Abenteuerfahrt war für Warrick gerade zur rechten Zeit gekommen.

Wolfram schüttelte die Hand seines Bruders ab. Irgend etwas stimmte hier nicht. Sein Instinkt sagte ihm, daß es mit dieser Reise etwas anderes auf sich hatte, als Warrick behauptete.

»Wir haben beigedreht. Hier treffe ich die Entscheidungen, nicht du.«

Ein häßliches Lachen drang aus Warricks Kehle. »Überlege es dir lieber noch einmal, Wolfram. Ich kann deinen Befehl jederzeit aufheben. Das ist meine Mannschaft hier an Bord, nicht die deine, und sie werden ausschließlich meinen Befehlen folgen!«

Wolfram hatte bei dem Klang dieses Lachens unwillkürlich die Luft angehalten. Seit jener Nacht an der Klippe hatte er es ständig in den Ohren. Niemals würde er es vergessen können. Das Blut rann kälter durch seine

Adern, und er flüsterte in plötzlicher Erkenntnis: »Du warst es!«

»Jawohl, ich war es«, erwiderte Warrick, nun ruhig und sicher. Es gab kein Entkommen mehr für Wolfram, und er brauchte ihm nicht länger den liebenden Bruder vorzuheucheln. Haßerfüllt sah er ihn an. »Ich wollte dich töten.«

»Aber warum? Warum denn nur?« Wolfram versuchte zu verstehen, doch er konnte keinen Sinn in Warricks Tun erkennen.

»Warum? Denk einmal nach!« Schneidend und eiskalt kamen die Worte. »Ich will Jarl werden. So einfach ist das.«

»Du willst was?«

»Ich bin der drittgeborene Sohn unserer Familie. Was werde ich eines Tages erben? Everard ist der Älteste, und du bist der Lieblingssohn unseres Vaters. Glaubst du, ich setze mich ruhig hin, schaue zu und warte auf ewig?«

»Wir sind zusammen aufgewachsen, Warrick, bei deiner Mutter. Ich war wie ihr eigenes Kind, und du warst für mich immer mein wahrhaftiger jüngerer Bruder!«

»Und wie habe ich dich gehaßt! Nicht genug damit, daß ich mir mit dir die Liebe unseres Vaters teilen mußte, auch die Liebe meiner Mutter galt nicht mir allein. Ich war für alle nur eine Nebenerscheinung. Selbst Zerlina mit ihrem verkrüppelten Fuß erhielt mehr Zuwendung als ich.« Warrick zerrte am Halsausschnitt seiner Tunika, als müsse er ersticken.

Wolfram empfand kein Mitleid mit ihm. »Und nun willst du mich endgültig umbringen?« fragte er.

Warrick lachte boshaft. »Nein, ich habe etwas viel Besseres mit dir vor. Ein paar Meilen voraus erwartet uns ein dänisches Schiff. Dorthin bringe ich dich. Du gehst in die Sklaverei, lieber Bruder.«

»So sehr haßt du mich?«

»Jawohl, so sehr hasse ich dich. Es hat mich krank gemacht, all die Jahre dein ewig lächelnder liebevoller Bruder zu sein.«

Wolfram biß sich die Zähne zusammen. »Du hast deine Rolle gut gespielt, das muß ich dir lassen. Ich habe Everard für den Schuldigen gehalten.«

Warrick lächelte, als er daran denken mußte, daß Eric Haraldsson ihm unwissentlich geholfen hatte, als er Wolfram sagte, daß sein eigener Bruder der Verräter wäre. Er hatte nicht erwähnt, welchen Bruder er meinte, und Warrick war ihm nachträglich dankbar dafür.

Wolfram überlegte, wieviele Männer an Bord wohl auf seiner Seite waren und versuchte, Zeit zu gewinnen.

»Was wird aus Deidre?«

»Wenn es dich nicht mehr für sie gibt, wird sie sich schließlich mir zuwenden. Sie ist für mich bestimmt. Das wußte ich vom ersten Augenblick an, als ich sie sah. Sie gehört zu mir. Wenn du in der Sklaverei lebst, wird sie als meine Königin an meiner Seite leben.«

Wolfram konnte seinen Zorn nicht länger beherrschen, diese letzten Worte seines Bruders hatten das Faß zum Überlaufen gebracht. »Dann tötest du mich am besten gleich, denn ich werde keine einzige Minute meines Lebens mehr als Sklave verbringen!« Wild stürzte er sich auf Warrick, und im nächsten Moment wälzten sich die beiden Männer auf dem Deck. Wolfram sah das vertraute Gesicht vor sich, das dem seinen so sehr glich, und wußte plötzlich, daß er seinen Bruder nicht töten konnte, der ihn nun zuzischte: »Ich würde dir jetzt mit dem größten Vergnügen die Kehle durchschneiden, und es würde mir nicht das geringste ausmachen, aber du bekommst es nicht einmal fertig, mich außer Gefecht zu setzen. Die Irin hat dich geschwächt und dir das Mark aus den Knochen gesogen!«

Wolframs Hände lagen um seinen Hals, und es wäre so

leicht, zuzudrücken, doch Mord gehörte nicht zu den Dingen, die Wolfram guthieß. Diese Einstellung teilte Warrick allerdings nicht. Als er spürte, daß sich der Griff an seiner Kehle lockerte, stieß er beide Arme empor und befreite sich, um sofort seinerseits zuzuschlagen. Seine geballte Faust traf Wolfram voll am Kinn, und er stürzte erneut zu Boden. Benommen wollte er sich aufrappeln, doch als er sich halb erhoben hatte, erwischte ihn ein gewaltiger Fußtritt Warricks an der Brust, und er wurde rücklings über die Reling geschleudert.

»Tötet sie! Tötet sie alle!« vernahm er noch Warricks wilde Schreie und das Kampfgebrüll der Männer, dann war auch das vorbei, und er stürzte in das eiskalte Meer.

Die Kälte des Wassers nahm ihm den Atem. Die Wellen schlugen über ihm zusammen, seine Ohren dröhnten, und seine Lungen schienen bersten zu wollen. Der Schmerz in seiner Brust wurde beinahe unerträglich, er wollte nach Atem ringen und konnte es nicht. Ich sterbe, dachte er, ich sterbe! Die Götter schweigen, es ist vorbei, alles ist vorbei...

Da tauchte plötzlich Deidres geliebtes Gesicht vor seinem inneren Auge auf und gab ihm die Kraft, sich ein letztes Mal aufzubäumen. Mit der ganzen Macht, die noch in ihm war, stieß er nach oben, und plötzlich war sein Kopf über der Wasseroberfläche, frische Luft füllte seine Lungen, und er konnte atmen. Weit entfernt sah er die Lampen, die das Schiffsdeck erhellten und hörte die Schreie der kämpfenden Männer. Er wußte nicht, ob es Meerwasser oder seine Tränen waren, die sein Gesicht näßten.

»Gott erbarme sich ihrer«, betete er mit Deidres Worten. Seine eigenen Götter schienen weit fort zu sein, doch vielleicht erbarmte sich ein ihm fremder Gott, ließ Gnade walten und bot Hilfe.

Er ließ sich von der steigenden Flut zur Küste tragen

und warf einen letzten Blick zurück. Die Schreie waren verstummt, das Morden vorbei, und er war allein auf dem endlosen Meer. Am Ende war Warrick Sieger geblieben.

Wie zum Abschied formten seine Lippen den Namen, der für immer und ewig in seinem Herzen eingebrannt war: »Deidre.«

30

Deidre saß an ihrem Webstuhl und webte Wollgarn. Seit vier Tagen erst war Wolfram unterwegs, doch ihr erschien diese Zeit wie eine Ewigkeit. Nie zuvor hatte sie gewußt, wie kalt und einsam die Nächte sein konnten, wenn er nicht neben ihr lag und sie hielt und wärmte.

Sie sah zu Sigurd hinüber, der auf der anderen Seite des Raumes saß, und lächelte. Während Wolframs Abwesenheit war er ihr einziger Trost. Er schilderte ihr in lebhaften Farben die Abenteuer, die er und Wolfram gemeinsam bestanden hatten, und dann war ihr, als sei er bei ihr und alles wäre gut. Sie stand auf, ging zu ihm hin und sprach ihn an.

»Warum bist du so niedergeschlagen, Sigurd?« fragte sie. »Bist du unzufrieden, weil Wolfram mit Warrick ohne dich gefahren ist? Das geschah doch nur, weil du der einzige bist, dem er ausreichend vertraut und in dessen Obhut er mich getrost zurücklassen konnte.«

Sigurd wich ihrem fragenden Blick aus, ohne zu antworten. Sie brauchte nicht zu wissen, daß es seine Liebe zu Zerlina war, die ihn unglücklich machte. Es war eine Qual für ihn, mit ihr im selben Haus zu weilen, besonders nachdem er einmal, nur ein einziges Mal, der Stimme seines Herzens gefolgt war. Das durfte nie wieder geschehen, es würde nur auf grausame Weise verlängern, was sowieso zum Scheitern verurteilt war.

»Bist du ärgerlich, weil du hierbleiben mußtest?« beharrte Deidre auf ihrer Frage.

Sigurd schüttelte den Kopf. »Nein, nein, ich bin nicht ärgerlich.«

Plötzlich wußte Deidre, was mit ihm los war.

»Seit dem Herbstfest hat Zerlina ihre Kammer nicht mehr verlassen. Könnte es sein, daß darin die Ursache für deine düstere Stimmung liegt?«

Sigurd stützte den Kopf auf seine Hände und überlegte. Irgend jemand mußte er sich anvertrauen. Es brachte ihn schlichtweg um den Verstand, Zerlina so sehr zu lieben und dennoch nicht um sie werben zu können. Seit er sie in jener Nacht geküßt hatte, behandelte sie ihn, als sei er ein grausames Ungeheuer.

»Sie hat sich meinetwegen so zurückgezogen. In der Nacht des Festes habe ich sie beleidigt«, gestand er endlich.

»Du hast sie beleidigt? Was hast du denn getan?«

»Ich habe sie geküßt. Dabei steht es mir nicht zu, eine Frau wie sie zu küssen oder auch nur zu berühren.« Er dachte an ihre Herkunft, ihren Rang. Doch es ging noch um mehr als das. Zerlina war sanft und voller Liebe, und sie war eine Dame. Sigurd schämte sich entsetzlich für all die Frauen, denen er auf früheren Beutezügen Gewalt angetan hatte, die er mit Gewalt genommen hatte. Was würde Zerlina sagen, wenn sie von diesen Akten ungezügelter Gier wüßte? Für einen tapferen Krieger würde sie ihn dann gewiß nicht mehr halten.

»Sie sitzt bestimmt nicht in ihrem Zimmer und weint sich nachts die Augen aus, weil du sie geküßt hast«, sagte Deidre energisch, »sondern wohl eher deshalb, weil du so herzlos warst, sie an etwas zu erinnern, woran sie da draußen im Mondschein einen Moment lang nicht mehr gedacht hatte.«

»Sie weint?« Der Gedanke rief neuen Schmerz in ihm hervor.

»Ja, sie weint. Sie glaubt, du hast sie nur aus Mitleid geküßt. Und es hat sie zutiefst verletzt, dich so mit Erika scherzen zu sehen, wie du es anschließend getan hast.«

»Erika bedeutet mir nicht das mindeste. Ach, ich verstehe die Frauen nicht.« Er stand auf und ging nervös auf und ab. »Zerlina muß doch wissen, daß ich nur ihr Bestes will. Ich liebe sie doch. Die Götter wissen, wie sehr ich mich danach sehne, sie in meinen Armen zu halten und sie zu lieben. Ich will ihr nur keine Schande bereiten.«

»In der Liebe gibt es keine Schande, Sigurd. Zerlina glaubt jetzt, daß du sie nicht als vollwertige Frau ansiehst. Das hat sie mir selbst gesagt.«

»Nicht als vollwertige Frau? Ihr Götter, sie ist all das, wovon ein Mann träumt!« Sigurd war von Deidres Worten vollkommen verblüfft, doch dann kam ihm ein Gedanke. »Denkt sie wegen ihres Beines so?«

Deidre nickte. »Sie glaubt, du bemitleidest sie nur.«

»Aber ich liebe sie! Ich bemitleide sie nicht. Mitleid wendet man jenen zu, die hoffnungslos und schwach sind. Zerlina ist wie der Bernstein, den wir Wikinger so bewundern. Außen voller Kraft und wunderschön anzusehen, und im Innern strahlend und warm. Sie ist es wahrhaft wert, daß man um sie wirbt.«

»Und doch hast du eben dies nicht getan. Sigurd, mein stolzer, dummer Freund, du bist derjenige, der um seine Liebe herum Mauern errichtet hat. Sieh Wolfram und mich an. Ein ganzer Ozean trennte uns voneinander, und doch konnten wir unsere Liebe nicht verleugnen. Warte nicht, bis es für das Glück, das ihr euch beide so sehr wünscht, zu spät ist. Hol dir deinen Stern vom Himmel.«

Sigurd lächelte. Diese Frau hatte die Stirn, ihn einen Dummkopf zu nennen, ohne jede Angst vor möglichen Folgen! Er öffnete den Mund, um ihr zu sagen, wie sehr er sie bewunderte und daß er ihrem Rat folgen würde, da wurde plötzlich die Tür aufgerissen, ein kalter Windstoß fuhr in den Raum, und Warrick stand vor ihnen, erschöpft und ausgezehrt.

Deidre schrie auf. Mit einem Schlag waren Sigurd und Zerlina vergessen, sie blickte zur Tür, wartete, daß Wolfram hereinkommen würde, und sah doch nur Warricks Männer dort stehen.

»Die Dänen haben uns überfallen. Wie ein Unwetter brachen sie über uns herein und haben uns in Stücke geschlagen«, stöhnte Warrick, ließ sich erschöpft in Olafs hohen Stuhl fallen und war sichtlich am Ende seiner Kräfte. Verzweifelt barg er das Gesicht in den Händen.

»Wo ist Wolfram?« rief Deidre. Panik drohte sich ihrer zu bemächtigen, und ihre Augen suchten gehetzt in der offenen Eingangstür nach seiner vertrauten Gestalt.

»Er hat wie ein Löwe gekämpft«, beteuerte Warrick, »keiner hätte tapferer sein könne. Es waren einfach zu viele.« Mit verkrampften Kiefern blickte er starr an ihr vorbei.

»Wo ist er? Wo ist mein Mann?« Deidre packte Warricks Umhang und wollte ihn rütteln, doch dann sah die das viele Blut darauf und wich erschrocken zurück.

»Die Dänen haben euch angegriffen? Warum denn das? Wir liegen doch nicht im Streit mit ihnen«, ließ sich Sigurd nachdenklich vernehmen. Warricks Geschichte gefiel ihm nicht. Daß es in Irland hin und wieder zwischen Dänen und Normannen zu Kämpfen kam, mochte stimmen, aber nicht hier, nicht an diesen Küsten.

»Vielleicht dachten sie, wir hätten Schätze an Bord«, sagte Warrick.

Deidre lief zur Tür und rief Wolframs Namen, doch

niemand antwortete ihr. »Warum sagt mir niemand, wo Wolfram ist?« weinte sie und wollte loslaufen, hinunter zur Anlegestelle, wo das Schiff liegen mußte, doch Sigurd hielt sie auf. Er hatte an Warricks Blick erkannt, daß Wolfram nicht kommen würde. Sein Herz zog sich vor Schmerz zusammen, als er daran dachte, daß er seinem besten Freund in seiner letzten Stunde nicht hatte beistehen können. »Komm wieder herein, Deidre«, sagte er tonlos.

Zerlina und Olaf erschienen im Saal, blickten sich um und verlangten ebenfalls zu wissen, wo Wolfram wäre. Doch Warrick schwieg beharrlich und genoß im stillen die Aufmerksamkeit, die ihm zuteil wurde.

»Ist er verletzt?« fragte Zerlina voller Angst. Sie begegnete Sigurds Blick und sah seine entsetzten Augen. Er machte Anstalten, auf sie zuzugehen, doch sie stellte sich rasch hinter ihren Vater, als könne Olaf sie vor allem Leid bewahren.

Ohne ein weiteres Wort stand Warrick nun auf und schickte sich an, den Saal zu verlassen, doch bereits nach wenigen Schritten hatte Deidre ihn eingeholt.

»Bring mich zu ihm«, sagte sie schluchzend. »Ich muß zu ihm. Ich muß ihn pflegen, wenn er verwundet ist. Bitte. Er ist mein Mann. Ich habe das Recht dazu. Ich bekomme sein Kind. Du darfst mich nicht von ihm fernhalten.«

»Wolfram ist tot, Deidre.« Endlich sprach er es aus. »Ich wollte es dir schonend beibringen, doch du zwingst mich, es dir schon heute zu sagen. Er ist tot. Die Dänen haben ihn ermordet.«

Sigurd stöhnte auf. »Ich hätte bei ihm sein müssen! An seiner Seite hätte ich gemeinsam mit ihm sterben müssen.«

Deidre war wie erstarrt. Kein Ton kam über ihre Lippen. Sie starrte Warrick an, lange, endlos, wie es schien. Und dann formten ihre Lippen ein einziges Wort: »Nein.«

Olafs grollende Stimme erhob sich. »Ich werde meinen Sohn rächen. Wir brechen morgen früh bei Tagesanbruch auf und jagen die Dänen bis ans Ende der Welt, wenn es sein muß.«

»Wo ist Wolfram? Sag es uns, Warrick.« Zerlina Stimme bebte, ihre Hände zitterten, doch selbst in diesem Moment, während sie vor Schmerz vergehen wollte, dachte sie an Deidre, lief zu ihr und nahm sie schützend in die Arme, um ihr ein wenig Trost zu spenden.

»Er ist während des Kampfes über Bord gestoßen worden und ruht in seinem Grab in den endlosen Weiten des Meeres.« Er sah niemanden an, während er das sagte, doch vernahm er wieder Wolframs Stimme, die ihn Verräter nannte.

Da fand Deidre ihre Stimme wieder. »Er ist nicht tot«, sagte sie bestimmt. »Ich würde es spüren, wenn es so wäre.«

»Doch, Deidre, er ist tot. Ich selbst sah ihn fallen«, entgegnete Warrick leise. Deidre würde sich nun ihm zuwenden. Sie war nicht länger verheiratet. Wolfram war tot. Und er, Warrick, würde sie zu seiner Königin machen. So war es ihr bestimmt.

Deidre schloß die Augen. Sie glaubte Warrick kein Wort. »Wolfram lebt. Ich weiß es. Wenn er tot wäre, würde ich es fühlen. Er lebt. Und wir müssen ihn finden.«

Olaf trat auf sie zu und blickte voller Mitleid in ihr totenblasses Gesicht. »Du bist außer dir, Kind«, sagte er behutsam. »Du brauchst Ruhe. Morgen werden wir alles bereden.«

»Nein«, widersprach sie fest. »Wir müssen ihn suchen. Du mußt sofort Segel setzen lassen. Er lebt.« Ihr Blick glitt zwischen den Anwesenden hin und her, doch keiner rührte sich. Warricks Männer kannten Wolframs Schicksal. Er konnte nicht überlebt haben.

Sigurd ergriff das Wort. »Es ist unmöglich, Deidre,

Wolfram kann nicht mehr am Leben sein. Wenn es noch die geringste Hoffnung gäbe, würde ich mich sofort auf die Suche nach ihm machen und ihn selbst von der Schwelle zum Totenreich zurückholen.«

Olaf erinnerte sich, wie überzeugt Deidre damals an der Klippe gewesen war, daß Wolfram seinen Sturz überlebt hatte. Doch diesmal war es anders. Niemand konnte im eisigen Wasser des Nordmeeres treiben und am Leben bleiben. Sein Sohn war tot. Er nahm die weinende Deidre auf seine starken Arme und trug sie in ihre Schlafkammer, wo er sie sanft auf das Bett legte. Und erst später, allein in seinem eigenen Zimmer, ließ er sich gehen, wurde schwach und vergoß die Tränen um seinen verlorenen Sohn, die er lange hatte zurückhalten können.

31

In ihrem Leid nahm Deidre die folgenden Tage nur wie durch einen Nebel hindurch wahr. Weder registrierte sie bewußt, was um sie her vorging, noch wer mit ihr sprach. Sie wußte nicht einmal, wann es Tag oder Nacht war. Man gab ihr etwas zu essen, doch allein der Anblick verursachte ihr Übelkeit, und sie ließ alles unangetastet, was man ihr hinstellte.

Olaf war mit seinem Schiff hinausgesegelt, um die Verfolgung der Dänen aufzunehmen, die seinen Sohn ermordet hatten, doch er kehrte zurück, ohne eine Spur von ihnen gefunden zu haben. Er würde warten, bis der Winter vorbei war, und sich im Frühling erneut auf die Suche zu machen.

Deidre wußte, daß sie die Wahrheit akzeptieren mußte. Wolfram war tot. Doch sie konnte die innere Stimme, die ihr beständig zuflüsterte, daß er am Leben war, nicht zum Schweigen bringen. Manchmal glaubte sie, es sei seine Seele, die nach ihr riefe, und in solchen Augenblicken wünschte sie sich, im Tode mit ihm vereint zu sein. Doch dann dachte sie an das Kind, das unter ihrem Herzen heranwuchs, und war sich gewiß, daß sie um dieses Kindes willen weiterleben mußte.

Nach fünf Tagen endlich begann sie in Gedanken daran wieder etwas zu sich zu nehmen, um zu Kräften zu kommen. Zerlina war an ihrer Seite, und die beiden Frauen versuchten, einander zu trösten.

»Wenn er nur auf mich gehört hätte. Ich wollte nicht, daß er fährt, Zerlina. Wenn ich ihn nur zurückgehalten hätte!«

»Mit solchen Gedanken quälen wir uns nur, Deidre«, Zerlina versuchte, vernünftig zu sein. »Wir können die Vergangenheit nicht ungeschehen machen, selbst wenn wir es uns noch so sehr wünschen.«

Leise weinte Deidre vor sich hin. »Seine Liebe wird immer bei mir sein.« Sie wußte, es würde sehr, sehr lange dauern, bis ihre Tränen versiegten, und noch länger, bis der Schmerz in ihrem Herzen endlich nachließe.

Viele Meilen entfernt, auf einer Insel im Meer vor Norwegen, lag in einer kleinen Hütte ein Mann in unruhigem Fieberschlaf. Sein Stöhnen weckte den Besitzer der Hütte, einen Einsiedler, und er erhob sich von seinem Lager, um dem Schwerkranken zu helfen. Er hatte ihn im Meer treibend gefunden und herausgefischt, hatte ihn versorgt und behandelt, so gut er es vermochte, und nun wachte er bei ihm und betete für sein Leben und seine Seele.

»Wer bist du?« fragte der Einsiedler leise. Er war klein und dick, trug einen Vollbart und hatte sich wegen der Kälte warme Felle umgelegt. Bei dem Gedanken, daß er von dem bewußtlosen Kranken eine Antwort erwartete, mußte er lächeln. Nach seiner langen Einsamkeit schien ihn die Gegenwart eines anderen Menschen ein wenig durcheinandergebracht zu haben.

Er befühlte die Stirn des Schlafenden. Sie glühte nicht mehr vor Fieber, das war ein gutes Zeichen und konnte bedeuten, daß der Kranke bald erwachte.

»Gott sei ihnen gnädig«, stöhnte der Fremde. Schwere Träume schienen ihn zu plagen, und er warf den Kopf unruhig hin und her. »Nein. Nein. Ich kann ihn nicht töten. Er ist mein Bruder.«

Der Eremit betrachtete ihn nachdenklich. Sein Gast sah aus wie ein Krieger, das hatte er an seinem muskulösen Körperbau und der Kleidung erkannt, die er getragen hatte. Und doch betete er zu Gott, jenem Gott, dem auch er selbst, der Eremit, seit langer Zeit diente. Er konnte sich kein rechtes Bild von diesem gutaussehenden jungen Mann machen.

»Wer bist du?« fragte er erneut. Doch seine Frage galt diesmal eher sich selbst. Ob dieser Mann zu ihm geschickt worden war, um ihn an Dinge zu erinnern, die er so gern hatte vergessen wollen?

Den Lippen des Bewußtlosen entrang sich ein Schrei. Er begann, wild um sich zu schlagen und warf sich hin und her. Der Eremit blickte nach oben zum Himmel, und sein Mund formte Worte, alte Worte, von denen er gedacht hatte, er habe sie nach all den Jahren des Alleinseins längst vergessen. Doch vielleicht konnten seine Gebete diesem Mann, der hilflos vor ihm lag, Gottes Hilfe zuteil werden lassen.

»Es ist alles gut«, sagte er leise zu dem Fremden, der sich jetzt auf dem strohgedeckten Lager langsam beruhigte, »du bist in Sicherheit.« Er setzte sich neben ihn, schloß die Augen und wartete geduldig auf den Morgen.

32

Zerlina stand vor dem Portal des großen Saales. Die Blätter fielen von den Bäumen und kündigten den nahen Winter an. Ihre Gedanken weilten bei Deidre, sie dachte an ihren Verlust, und ihr Herz zog sich vor Mitleid zusammen. Ihr erschien es so grausam, daß die Götter Wolfram aus dem Leben gerufen hatten. Warum nur hatte er sterben müssen?

Eine leise Stimme rief sie. »Zerlina!« Es war Sigurd. Er trat näher, und sie sah die Trauer in seinem Blick. Auch er hatte Wolfram geliebt.

»O Sigurd!« schluchzte sie auf. In ihrem Kummer sah sie so wunderschön und zerbrechlich aus, daß Sigurd sich nicht zurückhalten konnte. Er zog sie fest an sich und hielt sie schützend umfangen.

»Weine nur, Zerlina, weine und laß all dein Leid heraus. Auch ich weine um ihn. Wolfram war ein großartiger Mann, und wir alle werden ihn vermissen. Diese verdammten Dänen und ihre Hinterlist!« Er strich ihr übers Haar, trocknete die Tränen auf ihren Wangen, und dann wanderten sie gemeinsam durch die herbstliche Kälte des Abends.

»Deidre bat ihn inständig, bei ihr zu bleiben, doch er wollte nicht. Hätte ich ihn doch auch darum gebeten, vielleicht wäre er dann noch am Leben und hier bei uns.«

»Ich hätte ihn begleiten sollen statt Warrick. Warrick ist zu jung und zu unreif. Was weiß er schon davon, wie ein Kampf gegen die Dänen aussieht? Und wie konnte ich nur so dumm sein, zuzulassen, daß Wolfram mich hier zurückläßt?« Sigurd schloß die Augen und preßte die Kiefer zusammen. Er würde sich nie vergeben, daß er ihm nicht zur Seite gestanden hatte. Mit ihm gemeinsam hätte er dem Tod entgegengehen müssen.

Zerlina spürte seine Verzweiflung und blieb stehen, um ihm tröstend die Wange zu streicheln. Seine Haut war rauh und kühl. Zärtlich berührte sie eine Narbe an seinem Ohr. Ihre Berührung erregte Sigurd, und er spürte, wie in ihm das Verlangen nach ihr hochstieg.

»Wir sollten hineingehen, Zerlina«, sagte er brüsk, zog sich von ihr zurück und verfluchte sich für die Gedanken, die ihn bedrängten – er wollte sie an sich reißen, ihren Mund mit Küssen bedecken, sie lieben, sie besitzen.

Seine Reaktion verletzte Zerlina, und sie begann erneut zu weinen. Er kann es nicht einmal ertragen, daß ich ihn berühre, dachte sie. Bin ich denn so häßlich? Findet er mich so abstoßend?

»Ich wollte, ich wäre statt seiner gestorben«, stieß sie voll Bitterkeit hervor.

Sigurd packte ihre Schultern. »So etwas darfst du nie wieder sagen, Zerlina!«

»Aber so fühle ich eben. Wolfram hatte soviel, wofür er leben konnte. Er hat geliebt und wurde wiedergeliebt. Eine Laune der Götter hat ihn uns genommen und mich einsam hier zurückgelassen«, schluchzte sie.

»Die Götter wollten, daß du lebst, Zerlina. So ist es, und ich will nichts mehr davon hören.« Seine Stimme klang hart, doch ihre Worte gingen ihm sehr nahe, und er erinnerte sich an das, was Deidre ihm über Zerlina gesagt hatte. War Zerlina denn so einsam?

Sie machte sich langsam auf den Rückweg, die Augen gesenkt, und wünschte, sie könnte sich unsichtbar machen und seinem Anblick entfliehen.

»Zerlina!« Mit zwei langen Schritten war Sigurd neben ihr. »Geh nicht fort!«

Mit vom Weinen rotgeränderten Augen wandte sie sich ihm zu und sah die Wärme und Zuneigung in seinem Blick. Er schaute sie an, als ob er sie schön fände. Wollte er sich in all ihrem Leid auch noch über sie lustig machen?

»Auch ich bin einsam, Zerlina«, sagte er.

»Du? Ein gutaussehender starker Wikinger, der jede Frau haben kann, die er will?« Es klang ungläubig.

»Jede Frau außer der, die ich will«, verbesserte Sigurd, »außer der, die ich liebe.«

Also gab es eine, die er mehr begehrte als alle anderen. Zerlina spürte den Stachel der Eifersucht. Wer war es? Sie mußte es wissen. »Erika?«

Sigurd warf den Kopf zurück und lachte. »Erika? Traust du mir wirklich einen so schlechten Geschmack zu, Zerlina?«

Es beschämte sie, daß er sie auslachte. Ihre Frage war dumm gewesen. Es ging sie nichts an, wen Sigurd liebte. Sie wandte sich ab, um weiterzugehen, doch schon war er wieder neben ihr.

»Du bist es, die ich liebe, Zerlina«, sagte er.

Überrascht rang sie nach Luft. Er will sich über mich lustig machen, dachte sie und stieß ihn weg. »Das ist nicht dein Ernst, Sigurd«, sagte sie traurig. »Wie könntest du mich lieben?«

»Weil du schön bist und gut und liebevoll. O Zerlina«, wie eine Flut kam es über ihn, er riß sie an sich und küßte sie mit all der Leidenschaft, die sich in ihm aufgestaut hatte.

Unbeweglich lag Zerlina in seinen Armen. Für sie war es das erste Mal, daß sie das Begehren eines Mannes spürte, und das von Sigurd galt ihr allein. Wild schlug ihr Herz, und zögernd und noch immer ungläubig legte sie ihm schließlich die Arme um den Hals, um seine verlangenden Küsse zu erwidern.

Sigurd löste seine Lippen von den ihren und sah ihr in das tränennasse Gesicht. »Ich liebe dich, Zerlina. Die Götter mögen mir helfen, aber so ist es.« Rauh strich sein Bart über ihre Wange, als er den Kopf beugte, um ihre zarte Kehle zu küssen. Seine Hände streichelten ihre Hüften, und sie spürte seine harte Männlichkeit, die sich an ihren Bauch preßte. Leise stöhnte sie auf, das Blut pulsierte schneller in ihren Adern. Noch nie hatte sie sich so sehr als Frau gefühlt und die schmerzliche Sehnsucht nach etwas gespürt, wovon sie nicht einmal genau wußte, was es eigentlich war.

»Ich liebe dich auch, Sigurd«, flüsterte sie. »Ich habe dich schon immer geliebt, doch ich dachte, du empfindest nur Mitleid für mich.«

Sigurd kniete sich vor sie hin, hob den Saum ihres Kleides und nahm ihren verkrüppelten Fuß in beide Hände. Zärtlich legte er seine Lippen darauf, küßte und streichelte ihn.

»Nein!« Zerlina zuckte zurück, doch er ließ sie nicht los.

»Du bist in jeder Hinsicht schön, Zerlina. Bitte, lauf nicht vor mir fort. Glaubst du denn, ich könnte dich so sehr lieben, wie ich es tue, ohne mir zu wünschen, jede einzelne Stelle deines Körpers zu berühren?« Er zog sie zu sich hinab und küßte erneut ihren weichen Mund. In seinen Armen fühlte sie sich schön. Noch nie war sie so glücklich gewesen.

»Liebe mich, Sigurd«, hauchte sie.

Ihre Bitte steigerte seine Erregung, und er preßte sie fester an sich, streichelte ihre Hüften, die weichen Rundungen ihrer Brüste. Tief sog er ihren Duft ein, sein Atem ging rascher. Er sehnte sich danach, sie endlich zu besitzen, und griff nach der Kordel, die seine Hosen zusammenhielt, um sie zu öffnen. In diesem Moment hörte er Olafs Stimme, die nach Zerlina rief.

Sofort gab er sie frei und sprang auf die Füße, verfluchte sich, daß er sich so hatte gehen lassen. Er fuhr sich mit der Hand durch das silberblonde Haar und sah Zerlina verstört an.

»Das hätte nie geschehen dürfen. Wie ein Wilder bin ich über dich hergefallen. Dein Vater könnte mich dafür zu Recht umbringen.«

»Ich liebe dich. Und es war nicht falsch, Sigurd. Du hast mir heute nacht Glück geschenkt, hast mich fühlen lassen, wie es ist, eine Frau zu sein und zu begehren.« Die Liebe zu ihm ließ ihre Augen erstrahlen.

»Du hast etwas Besseres verdient. Wenn ich nur offen um dich werben könnte! Doch dein Vater würde einer Heirat zwischen dir und einem Mann meines Standes niemals zustimmen. Aber dich zu erniedrigen, indem ich dich einfach nehme, wie ich es gerade beinahe getan hätte, das will und kann ich nicht.« Er strich seinen Umhang glatt und versuchte, sein Verlangen nach ihr zu bekämpfen. Sehnsüchtig sah er auf sie hinunter, und die Zärtlichkeit seines Blicks ließ keinerlei Zweifel an seinen Gefühlen für sie. Sie erkannte es voller Glück und ergriff seine Hand, um ihn wieder an sich zu ziehen.

»Liebe mich, Sigurd. Es ist mir egal, ob es Schande bedeutet, alles, was mich interessiert, ist meine Liebe zu dir. Und ich bin sicher, daß es niemals Schande sein kann, geliebt zu werden.«

Doch Sigurd bemühte sich, standhaft zu bleiben. »Ich habe während meiner Seefahrten viele Männer getötet, Zerlina, habe viele Frauen vergewaltigt und viele Schätze geraubt. Ich bin es nicht wert, den Saum deines Kleides zu berühren, geschweige denn, dich zu besitzen. Ich bin ein Leibeigener, und du bist die Tochter eines Jarl. Wir kommen aus zwei verschiedenen Welten. Zwischen uns kann und darf es keine Vereinigung geben. Es war gemein von mir, deinen Schmerz über Wolframs Tod so schamlos auszunutzen.«

Nach diesen Worten drehte er sich rasch um und eilte davon, bevor sein Herz doch noch über seine Vernunft siegen konnte. Nach wenigen Metern aber blieb er noch einmal stehen. »Ich liebe dich. Denk immer daran. Ich werde dich immer lieben!« rief er zurück zu ihr. Dann verschwand er endgültig.

Im Haupthaus angekommen, machte er sich daran, seine Sachen zu packen. Er wollte sofort Olafs Haus verlassen und aufbrechen, doch es war Olaf selbst, der ihm diese Absicht ausredete. Als er gerade seine Habseligkeiten verschnüren wollte, tauchte Olaf in seiner Kammer auf.

»Da bist du ja, Sigurd.«

»Ich muß fort, Olaf. Ich kann nicht länger bleiben.«

»Du willst uns verlassen? Das geht nicht, Sigurd. Im Namen meines Sohnes Wolfram bitte ich dich, bleib hier.«

»Ich kann nicht bleiben. Olaf. Es geht nicht.« Sigurd konnte ihn nicht ansehen. Allzu deutlich war ihm noch in Erinnerung, wie er die Tochter dieses Mannes in den Armen gehalten hatte.

»Meine Schwiegertochter betrachtet dich als ihren Freund. Du kannst ihr in diesen schmerzvollen Tagen beistehen. Eben erst hat sie nach dir verlangt. Und auch Zerlina bedeutet deine Anwesenheit sehr viel. Als dein Jarl bitte ich dich, bei uns zu bleiben. Bitte. Bleib wenigstens, bis das Kind zur Welt gekommen ist.«

Dem Wunsch des Jarl mußte sich Sigurd beugen.

»Gut, ich bleibe.«

Was blieb ihm übrig, wenn Olaf ihn in seiner Stellung als Jarl bat, seine Familie nicht zu verlassen? Innerlich seufzend fügte er sich. Er würde Wolframs Platz einnehmen, sich um Deidre und Zerlina kümmern und die Tage damit zubringen, gegen seine Liebe anzukämpfen und gegen das Verlangen nach der Frau, die er am meisten auf dieser Welt begehrte. Zerlina.

33

Schnee und Eis bedeckten das Land. Eine dichte weiße Decke lag über allem, und an den Dächern hingen in langen Reihen die Eiszapfen. Der Winter war in den Norden gekommen und mit ihm eine Kälte, wie sie Deidre noch nie erlebt hatte. Egal, wie viele Feuerstellen im Hause brannten, die Kälte war überall, die Kälte und die Dunkelheit.

So wie es im Sommer ständig hell gewesen war, herrschte nun eine andauernde Dunkelheit. Sie ließ den Gedanken aufkommen, daß es am besten wäre, einfach alle Zeit zu verschlafen, und tatsächlich sehnte sich Deidre in ihrem Schmerz um Wolframs Verlust oft danach, die Augen nicht mehr öffnen zu müssen.

In einer Nacht war es so kalt gewesen, daß selbst das Wasser in den Steinschalen innerhalb des Haupthauses gefror, und Deidre konnte verstehen, warum für die Wikinger die Hölle ein Ort der Kälte war, und nicht, wie in ihrem Glauben, ein flammendes Inferno. Jede Nacht hüllte sie sich in ihre wollenen Umhänge und schlief mit den anderen an den Feuern, die in der Küche brannten.

»Geht es dir gut, Deidre?« fragte sie Olaf eines Abends, als sie um das Feuer herumsaßen. »Du darfst auf keinen Fall krank werden. Das Baby kommt bald.«

In der vergangenen Woche war Olaf sehr liebevoll um sie besorgt gewesen, und sie wußte, daß seine Sorge nicht nur ihrem ungeborenen Kind galt. Dieser herzensgute Riese mit dem flammendroten Haar liebte sie aufrichtig, und diese Liebe machte sie glücklich.

»Es geht mir gut, Olaf«, antwortete sie und hoffte, er würde nicht hören, wie ihre Zähne vor Kälte klapperten. Er sollte sich nicht wegen etwas bekümmern, worauf er sowieso keinen Einfluß hatte.

»Und was macht mein Enkel?« Er zwinkerte ihr zu.

Deidre und er waren bezüglich des Geschlechtes des Babys verschiedener Meinung. Olaf war überzeugt, sie würde einen Jungen gebären, doch Deidre bestand darauf, daß es ein Mädchen werden sollte.

»Auch ihm geht es gut«, antwortete sie. Indem sie »ihm« sagte, spielte sie sein Spiel mit. Was war dabei, wenn Olaf unbedingt auf einem männlichen Enkel beharrte? Es bestand immerhin die Möglichkeit, daß er recht behielt. Sie würden es früh genug erfahren. Nun, da sie kurz vor der Entbindung stand, hatte ihr Körper einen beachtlichen Umfang angenommen, und sie fühlte sich unförmig und dick und häßlich, wenn ihr auch Zerlina jeden Tag versicherte, daß sie im Gegenteil sehr schön aussähe.

Ihr gegenüber stand Warrick beim Feuer und sah sie mit brennenden Augen an. In letzter Zeit beobachtete er sie ständig, und das machte sie nervös. Irgend etwas an ihm berührte sie eigenartig. Zwar war er immer in ihrer Nähe, um bei ihr zu sein und sie zu trösten, doch die Freundschaft zwischen ihnen war verschwunden, egal, wie sehr sie sich darum bemühte, ihn als Freund zu betrachten.

Erst kürzlich hatte er zu ihr gesagt, es sei nicht gut, daß ein Kind ohne Vater aufwachse, und sie befürchtete, er werde sie bitten, ihn zu heiraten, noch bevor der Frühling kam. Doch schon der Gedanke daran erschien Deidre absurd. Es gab nur eine Liebe in ihrem Leben, und dies war Wolfram. Ob er lebte oder nicht, einen anderen Mann würde es für sie nicht geben.

Warrick trieb die Sklaven an, das Feuer in Gang zu halten und regelmäßig Holz nachzulegen, und ging hinaus zum Brunnen, um Wasser zu holen. Es war riskant, bei dieser Kälte nachts ins Freie zu gehen. Deshalb blieben die weiblichen Sklaven im großen Saal in der Nähe der Feuer, und die Männer schliefen in den Scheunen beim Vieh, wo man ebenfalls Feuer entzündet hatte. Sigurd trat zu Deidre. Seit dem Tag, an dem sie von Wolframs Tod erfahren hatte, war er an ihrer Seite gewesen, hatte darauf geachtet, daß sie nichts Schweres hob und ihr in jeder Hinsicht seine Hilfe zukommen lassen. Dabei hatte Deidre festgestellt, daß seine Augen ständig nach Zerlina suchten, daß er sie mit Blicken verschlang, sobald er sie sah. Auch der heutige Abend machte da keine Ausnahme, und sie fragte sich, wieviel Zeit wohl noch verstreichen mochte, bis er sein Minderwertigkeitsgefühl wegen ihrer unterschiedlichen Herkunft endlich überwand und zuließ, daß seine Liebe die Entscheidung für ihn traf.

»Ich habe dir noch einen Umhang gebracht, Deidre«, sagte Sigurd und legte ihn ihr um die Schultern. Er setzte sich neben sie ans Feuer und begann, seine Lieblingsgeschichte zu erzählen, die Geschichte von Tag und Nacht. Im Glauben der Wikinger folgte der Tag auf die Nacht, nicht umgekehrt, wie Deidre es kannte. Die Nacht, so erzählte Sigurd, war eine schöne schwarzhaarige Frau mit starkem Herzen. Obwohl sie sehr schön war, wollte sie diese Schönheit noch steigern, indem sie ihr langes Haar mit leuchtenden Sternen schmückte. Ihrem ersten Gatten hatte sie einen Sohn geboren, dem sie den Namen »Weltall« gegeben hatte, ihrem zweiten Gatten schenkte sie eine Tochter, die sie »Erde« nannte, und das dritte Kind, das sie gebar, ein Sohn mit goldenem Haar, erhielt von ihr den Namen »Tag«. Seine liebste Beschäftigung war es, in seinem Wagen über den Himmel zu fahren und ihn mit den hellen Strahlen seines goldenen Haares zu erleuchten.

»Die Götter beschlossen daraufhin, die Stunden in eine helle und eine dunkle Hälfte zu teilen, und bestimmten, daß zuerst die Nacht und danach der Tag die Erde einmal umkreisen sollte.« Sigurd hielt inne und sah Deidre an. So wie sie hatte er sich die Nacht, von der er berichtete, immer vorgestellt.

Deidre war während seiner Erzählung immer müder geworden, und die Augen fielen ihr zu. Dennoch folgte sie Sigurds Worten, und in Gedanken wurde sie zur Nacht, die die Erde umkreiste, während Wolfram ihr mit dem ersten Licht des Morgens folgte, sein Wagen von goldenen Pferden gezogen, das blonde Haar in der Sonne leuchtend. »Wolfram«, flüsterte sie und war auch schon eingeschlafen, umhüllt von warmen Decken, beschützt von Sigurds treuer Freundschaft.

Ein scharfer Schmerz riß sie in den frühen Morgenstunden aus dem Schlaf. Sie schlug, sofort hellwach, die Augen auf, ihre Hand tastete sich zu ihrem Bauch.

»Das Baby!« schrie sie auf. Erneut durchfuhr sie der Schmerz, schneidend, peinigend, und trieb ihr die Tränen in die Augen. Sie versuchte, sie zurückzudrängen, biß sich auf die Lippen und wandte sich zu Sigurd um, der an ihrer Seite lag und tief und fest schlief. Es gelang ihr einfach nicht, ihn wachzubekommen, und so kroch Deidre auf Händen und Knien zu Zerlina hin, die ein wenig weiter entfernt lag, rüttelte die Schlafende leicht und rief leise: »Zerlina!« Zerlina öffnete die Augen, sah Deidres schmerzverzerrtes Gesicht und wußte sofort Bescheid.

Rasch und ohne ein Wort zu sagen stand sie auf, um ihre Mutter zu wecken. Sie brauchte die Erfahrung und Hilfe der älteren Adora. »Das Baby! Deidres Baby kommt!« informierte sie sie. »Die Wehen haben schon angefangen.«

Auch die anderen Frauen waren inzwischen aufgewacht und erhoben sich sofort, um zur Stelle zu sein, wenn sie gebraucht wurden. Einige von ihnen führten Deidre zu einem kleinen Feuer in einem etwas abgelegenen Teil des Raumes, der mehr Abgeschiedenheit bot, und legten sie dort nieder. Immer wieder durchfuhren messerscharfe Schmerzen Deidres Körper, und sie bot ihren ganzen Willen auf, um nicht laut zu schreien. Sie hatte das Gefühl, sterben zu müssen – und es geschah ja auch gar nicht so selten, daß eine Frau bei der Geburt ihres Kindes starb.

»Solche Schmerzen bringt nur der Tod«, schoß es ihr durch den Kopf. Ihr ganzer Körper schien ein einziges Meer von Schmerzen zu sein.

»Kocht Wasser!« Das war Gerdas Stimme.

Wie durch einen Schleier nahm Deidre war, daß Erika sie beobachtete, doch diesmal lag keine Eifersucht in ihrem Blick. Erika schien sie zumindest um ihre Schmerzen nicht zu beneiden. Gerda lief zu Erika und packt sie am Arm. »Los, steh nicht herum, es gibt zu tun!«

Auch der übrige Haushalt war inzwischen erwacht und verfolgte das Geschehen. Deidre wollte nicht, daß alle ihr zusahen und neugierig herumstanden, sie wollte allein sein, ohne Zuschauer. Dies war nicht für die Öffentlichkeit bestimmt.

Als hätte er ihre Gefühle erraten, tauchte plötzlich Olaf mit mehreren großen Tüchern unter dem Arm auf, aus denen er für Deidre ein behelfsmäßiges Zelt baute, indem er einige Pfähle in den Boden rammte und die Stoffdecken der Länge nach daran befestigte. Im Inneren dieser improvisierten Kammer trat Zerlina mit einer Öllampe in der Hand an Deidres Lager und nahm ihre Hand.

»Wenn die Schmerzen unerträglich werden, drück ganz fest meine Hand«, sagte sie. Adora brachte eine Schale mit Kräutertee und bat Deidre, davon zu trinken. »Er betäubt die Nerven ein wenig«, erklärte sie. »Olaf hat ihn aus dem Osten mitgebracht.«

Zäh zogen sich die Stunden dahin, während Deidre dalag und nichts tun konnte, als zu ertragen, zu ertragen und noch einmal zu ertragen. Solange es eben gehen wollte, hatten Adora und Gerda sie auf den Beinen gehalten und sie herumgeführt, hatten ihr erklärt, daß es die Geburt für sie leichter machen würde, doch nun konnte Deidre nicht mehr.

»Wie geht es ihr?« Olaf steckte seinen Kopf in das provisorische Zelt. »Rabe, wie geht es dir?«

»Sie hat noch immer Wehen«, lautete Adoras knappe Antwort, »es dauert lange.« Wieder und wieder durchfuhr Deidre der reißende Schmerz, grell und heftig; der Schweiß strömte ihr über den Körper. Dann wurde der Druck in ihr unerträglich, und sie nahm ihre letzten Kräfte zusammen und preßte mit aller Macht.

»Gut so, beug dich vor«, sagte Zerlina, und Deidre krümmte in all ihrer Qual den Rücken und preßte und preßte, um ihrem Kind den Weg ins Leben zu erleichtern.

»Der Kopf! Ich sehe den Kopf. Preß weiter, Deidre! Schrei, wenn du willst, es hilft.« Adora war jetzt selbst außer sich.

Doch Deidre schrie nicht. Sie hatte sich geschworen, stark zu sein, was immer geschehen mochte, und daß sie es war, stellte sie nun unter Beweis. Sie war eine Wikingerin! Sie hielt nur Zerlinas Hand umklammert, die ihr Halt und Hilfe bot. Und endlich, endlich spürte sie, wie der Kopf des Babys aus ihr herausglitt. Weinend dankte sie flüsternd ihrem Gott.

Ein Leben war ihr genommen worden, doch in Seiner Gnade hatte Er ihr in dieser Stunde ein neues dafür geschenkt.

34

Olaf blickte auf die schöne schwarzhaarige Frau hinunter, deren Gewand und Körper schweißnaß waren, und sah in ihr blasses Gesicht, um das sich die dunklen, feuchten Locken ringelten. Sie war heute nacht durch die Hölle gegangen, doch nicht ein einziger Schrei war über ihre Lippen gekommen. Sie war wahrhaftig eine Wikingerin!

Stolz schaute er zu, wie Adora das Neugeborene mit einem Tuch trockenrieb und es dann hoch in die Luft hielt. »Es ist ein Junge. Deidre hat einen Sohn.«

Seine Augen strahlten. »Ich habe einen Enkel!« rief er laut. »Ich habe einen Enkel!«

Adora legte ihm das kleine Bündel in den Arm, eingepackt in weiche wollene Tücher. »Er ist gesund und stark.«

Olaf beugt sich zu Deidre hinunter. »Du hast mich sehr stolz gemacht, Rabe«, flüsterte er.

Trotz ihrer Schwäche hob Deidre das Kinn. »Ich bin glücklich, daß du dich so freust, Olaf. Ich liebe dich. Du bist ein wirklicher Vater für mich.« Olaf legte ihr behutsam das Kind in den Arm, und Deidre betrachtete es voller Liebe.

»Er sieht aus wie du,« sagte Zerlina zärtlich, »er hat das gleiche schwarze Haar.«

»Ich finde, er sieht aus wie Wolfram«, meinte Deidre, »er besitzt sein starkes Kinn und seine schöne, gerade Nase.« Und nach einer kurzen Pause: »Ich bin schrecklich müde.«

»Du hast heute genug durchgemacht«, sagte Zerlina verständnisvoll und wischte ihr den Schweiß von der Stirn. Ihr Blick fiel auf das Baby, die winzigen Finger und Zehen, die so klein und doch schon perfekt geformt waren, die dichten schwarzen Locken. Auch ich hätte gerne ein Kind, dachte sie und schaute zu Sigurd hinüber.

Kurze Zeit später nahm Gerda Deidre das Baby aus den Armen und legte es dem Patriarchen der Familie zu Füßen, damit er es, wie es bei den Wikingern Brauch war, im »Akt der Annahme« offiziell anerkennen sollte.

Laut und deutlich fragte sie: »Nimmst du dieses Kind an?« Im Raum herrschte Schweigen.

Deidre wußte, ihr Kind war gesund und stark, sie brauchte sich keine Sorgen zu machen, und Olaf würde es akzeptieren. Doch Erikas böse Worte nagten dennoch an ihr. Was wäre passiert, wenn es anders wäre? Würde sie zulassen müssen, daß man ihr ihren Sohn fortnahm, um ihn der Wildnis draußen zu überlassen? Sie wollte nicht darüber nachdenken.

Als sie sah, daß Olaf ihren Sohn aufhob und ihm die Stirn mit Wasser benetzte, stockte ihr der Atem. Er tauft ihn, dachte sie überrascht, dabei ist die Taufe doch ein christliches Sakrament! Alle Anwesenden waren mit Ernst an der feierlichen Zeremonie beteiligt, und sie hatte, obwohl von Wikingern und damit Heiden ausgeführt, nichts Heidnisches an sich. Nein, diese Menschen waren keine Heiden, christlicher, als sie es waren, konnte niemand sein.

»Sein Name soll Fenrir sein, nach Lokis Sohn, der bei den Göttern bleiben wird, bis das Ende der Welt, Ragnarok, da ist. Fenrir der Wolf, Sohn von Wolfram. Wolfsson. Fenrir Wolfsson.«

Deidre sah das Kind an, ihren Sohn, der im Arm seines Großvaters lag. »Wolfsson«, wiederholte sie.

Auch Erika betrachtete das Kind. Was sollte dieses ganze Theater? In ihren Augen sah dieses winzige Bündel wie ein runzliger Apfel aus. »Sollen wir eine Amme holen?« fragte sie mit geringschätzigem Unterton.

Deidre begegnete Erikas feindlichem Blick. »Ich werde ihn selbst stillen«, sagte sie und bat Olaf, ihr ihren Sohn zu geben. Fest drückte sie ihn an sich und spürte das besondere innige Band zwischen ihnen, das niemand jemals würde zerstören können. Er war ihr Sohn, ihr Kind.

Gierig saugte das Baby an Deidres Brust, die Augen fest geschlossen.

»Ich liebe dich, mein Kleiner«, flüsterte Deidre, und Tränen traten ihr in die Augen. Auch Wolfram hatte sie immer »Kleine« genannt. »Ich wünschte, dein Vater könnte dich sehen«, sagte sie leise und drückte das kleine Wesen erneut fest an sich, zu fest, wie es schien, denn der Kleine wehrte sich mit seinen winzigen Fäustchen, die er gegen ihre Brust preßte.

»Vielleicht kommt sie durch ihn leichter über ihr Alleinsein hinweg«, flüsterte Zerlina ihrem Vater zu. »Wolframs Tod hätte fast auch ihr Ende bedeutet.«

Beim Anblick von Deidre und ihrem Sohn stieg Wolframs Bild vor ihnen auf. Sie hatten ihn alle so sehr geliebt. Wenn es ein Leben nach dem Tode gab, würden sie ihn dann wiedersehen? Oder würde wenigstens Deidre ihn wiederfinden in jenem Himmel, von dem sie so oft sprach?

In diesen Wünschen lag ihrer aller Hoffnung.

35

Wolfram saß auf einem Felsen und blickte hinaus aufs Meer. Dort drüben, weit entfernt, lebte die irische Frau mit dem mitternachtschwarzen Haar, die ihn liebte.

»Wie mag es dir gehen, Deidre?« fragte er leise den Wind. »Hast du unser Baby schon geboren? Erinnert sich dein Herz noch an mich? Bist du sicher aufgehoben?«

In ihm nagte die Angst, Warrick könne ihr oder dem Kind etwas Böses antun. Er wußte, daß die Gemeinheit seines Bruders keine Grenzen kannte, denn ein Mann, der jemand des eigenen Blutes in die Sklaverei verkaufen, ja sogar töten würde, war zu allem fähig.

Allerdings, dachte Wolfram, hatte Warrick Deidre immer sehr liebevoll angesehen, und dieser Gedanke beruhigte ihn ein wenig. Doch wie stand es mit dem Kind? Er betete inständig zu seinen Göttern und dem Gott Deidres, daß dem Kleinen nichts geschehen möge.

Seine Gedanken wanderten zu dem Tag, an dem er von Bord seines Schiffes gestürzt war und hilflos im Meer getrieben hatte. Der Anblick des sich entfernenden »Seewolf« mit den zum Tode verurteilten Männern an Bord stand ihm noch lebhaft vor Augen. Und auch ihm wäre der Tod sicher gewesen, hätte ihn der bärtige Eremit, von dem er inzwischen wußte, daß sein Name Paul war, nicht gerettet. Er hatte ihn gesundgepflegt, gefüttert und ihm ein Obdach geboten. Wolfram verdankte ihm sein Leben und mehr, viel, viel mehr. Paul hatte ihm seine Freundschaft geschenkt.

Er stand auf, als er ihn nun auf sich zukommen sah. Wolfram hatte versucht, herauszufinden, was Paul auf diese Insel verschlagen hatte, doch der alte Einsiedler wollte nicht über sich selbst sprechen, sondern hatte statt dessen darauf bestanden, alles über Wolfram zu erfahren. Ein einziges Mal nur war es Wolfram gelungen, sich einen näheren Eindruck von Paul zu verschaffen. Als er eines Tages auf der Jagd war, um etwas zu essen zu besorgen, stieß er in einiger Entfernung zur Hütte auf eine Stelle, wo zwei Holzbalken, die rechtwinklig übereinander befestigt waren, aufgestellt standen, und er erkannte sie als das, was Deidre immer das Kreuz des Herrn nannte. War dies ein Hinweis darauf, daß Paul, der Eremit, ebenfalls ein Christ war?

Paul war nähergekommen. »Viele Fische. Ich habe viele Fische geangelt«, lächelte er. »Nach all dem getrockneten

Fleisch und dem Getreide werden sie uns besonders gut schmecken.«

In der Tat, den ganzen Winter über hatten sie kaum etwas anderes gegessen. Und was für ein Winter das gewesen war! Wolframs Hände strichen über seinen Umhang aus Bärenfell, den er fest um sich gewickelt hatte, um die Kälte fernzuhalten. Manchmal waren ihm beinahe die Hände erfroren, wenn er sich auch nur ein kleines Stück vom Feuer entfernte. Solch eine klirrende Kälte hatte er noch nie erlebt, nicht einmal in seiner norwegischen Heimat.

»Ich werde noch etwas Feuerholz sammeln«, sagte er und freute sich auf die Mahlzeit aus frischem Fisch. Weil er seine Hände wegen der Kälte mit warmen Lumpen umwickelt hatte, tat er sich dabei schwer, doch nach einiger Mühe, und mit Pauls Hilfe, trug er doch einen schönen Berg Holz zusammen. Und dann saßen die beiden Männer einträchtig am Feuer in der kleinen Hütte und sahen zu, wie die Fische auf den heißen Steinen langsam garten.

Nach einer Weile sagte Wolfram: »Ich muß nach Hause. Meine Frau bekommt ein Kind. Ich muß zu ihr.« Aber es gab auf dieser Insel kein Schiff und kein Boot, die ihn hätten nach Hause bringen können. Er saß hier fest.

Verständnisvoll sah ihn der Eremit mit seinen tiefliegenden Augen an. »Du kannst nicht fort, nicht jetzt. Du mußt warten, bis der Frühling kommt.«

»Ich kann nicht länger warten.«

»Du wirst es müssen. Jetzt hinauszufahren würde deinen Tod bedeuten. Wenn das Tauwetter kommt, werde ich dir helfen, ein Boot zu bauen. Das kann ich gut, und es ist noch gar nicht allzu lange her, daß ich eines gebaut habe.« Seine Augen schweiften in die Ferne. »Auch ich hatte eine Frau, die ich sehr liebte.«

Wolfram sah ein, daß Paul recht hatte. Bei all dem Eis

und Schnee draußen auf dem Meer wäre ein Aufbruch zur Unzeit sein sicherer Tod. Er würde darauf vertrauen müssen, daß sein Vater über Deidre und das Kind wachte, bis er heimkehren konnte. Aber seine Ohnmacht, der Gedanke, hier ausharren zu müssen und nichts unternehmen zu können, belastete ihn sehr.

So vieles war geschehen, erinnerte er sich. Jedesmal, wenn er endlich sein Glück gefunden hatte und sich ein Leben voller Zufriedenheit und Freude am Horizont abzeichnete, hatte sich etwas ereignet, was ihm alles wieder nahm. Da war sein Sturz von der Klippe, gefolgt von langer Bewußtlosigkeit und Verletzungen. Und nun das Schlimmste, seine gewaltsame Trennung von Deidre. Und alles habe ich nur Warrick zu verdanken, dachte er zornig.

»Was beschäftigt dich, Sohn?« fragte Paul freundlich. »Erzähl es mir.«

Und Wolfram berichtete ihm die ganze Geschichte, von seiner Liebe zu Deidre, ihrer gemeinsamen Reise von Irland in seine Heimat und von dem Haß und den Untaten seines Bruders. Paul lauschte mit gesenktem Kopf. Nur wenn der Name der smaragdgrünen Insel fiel, die Irland hieß, begannen seine Augen zu funkeln. »Ich muß zu ihr, verstehst du?« beendete Wolfram seinen Bericht.

»Wie Kain und Abel«, murmelte Paul. Dann stand er unvermittelt auf und ging zur Tür. »Nicht weit von hier liegt ein altes Schiff. Ich kenne die Stelle. Vielleicht kannst du es mit meiner Hilfe wieder seetüchtig machen.«

»Ein Schiff?« Wolfram wollte es nicht glauben.

»Aber du darfst erst segeln, wenn es milder geworden ist.«

»Versprochen. Ich will ja nicht sterben. Ich will zu meiner Frau und zu meinem Kind, und ich will mich an meinem Bruder rächen, der mein Leben zerstören wollte.«

Wolfram trat zu Paul, der noch immer wartend in der Tür stand.

»Ich glaube, die Planken und den Kiel können wir reparieren, vielleicht auch die Aufbauten. Ich habe einige Werkzeuge hier«, sagte Paul.

Wolfram schlug ihm freudig erregt auf den Rücken. »Ich werde einen Wikinger aus dir machen, mein Freund. Und wer weiß? Vielleicht wirst du mich auf meiner Heimreise begleiten. Ich schulde dir großen Dank.«

Paul senkte den Kopf. »Nein. Mein Platz ist hier, in der Einsamkeit. Ich habe vor langer Zeit einen Schwur geleistet und werde nie wieder unter Menschen gehen.«

Er ging zurück zum Feuer, nahm mit seinen schwieligen Händen den gebratenen Fisch heraus und legte ihn auf zwei Holzteller, die er eigenhändig angefertigt hatte. Er reichte Wolfram seine Portion, und die beiden Männer machten sich schweigend über ihr Mahl her.

»Ein Schiff«, flüsterte Wolfram glücklich, »ich werde ein Schiff haben. Und dann, Deidre, meine Geliebte, werde ich zu dir nach Hause kommen.«

36

Die langen Wintertage vergingen für Deidre friedlich. Fenrir, ihr über alles geliebter Sohn, hielt sie beständig in Atem und brachte ihr viel Freude. Das einzige, was ihr Schmerz bereitete, war der Gedanke, daß Wolfram seinen Sohn niemals würde in die Arme nehmen können.

»Du wirst einmal genauso aussehen wie er«, sagte sie zu Fenrir, und abgesehen von dem schwarzen Haarschopf stimmte das tatsächlich. Wolfram wäre auf seinen Sohn bestimmt sehr stolz gewesen.

In den Wochen nach der Geburt war das Wetter milder geworden, und Deidre war wieder zu Kräften gekommen. Das war auch wichtig gewesen, denn sie hatte viel Arbeit. Fenrir mußte täglich versorgt, seine Windeln gewaschen und gewechselt werden, und er wollte trinken, wofür Deidre oft des Nachts aufstehen mußte. Hinzu kamen noch all die anderen Haushaltspflichten. Jetzt, da der Frühling vor der Tür stand, mußten die alten Binsen, die als Bodenbelag dienten, hinausgekehrt und durch neue ersetzt werden, wobei die alten gesammelt und für das Frühlings-Equinox aufgeschichtet wurden, jenes Frühlingsfest, das man in Irland als Beltanfest feierte. Wenn auch die Sklaven die meiste Arbeit ums Haus herum erledigten, so blieb doch noch sehr viel zu tun, und keine Hand konnte lange untätig bleiben. Währenddessen beschäftigten sich die Männer mit der Reparatur und Instandsetzung ihrer Ausrüstung und der Schilde, sie bauten neue Boote und fertigten Waffen an, schärften ihre Schwerter und überholten ihre Werkzeuge.

Die Normannen waren hervorragende Handwerker, jeder einzelne von ihnen, und Deidre bewunderte ihre Kunstfertigkeit stets aufs neue. Friedlich arbeiteten sie Hand in Hand, während sie auf den Frühling warteten. Natürlich gab es hin und wieder Reibereien oder kleine Händel, das blieb nicht aus, wenn man so lange so eng zusammenlebte, doch im großen und ganzen herrschte in diesem Volk ein so intensiver Zusammenhalt, wie Deidre es in ihrer Heimat in Irland nie erlebt hatte. Widerspruchslos akzeptierten alle Olafs Führerschaft, und niemals versuchte jemand, ihm seine Macht streitig zu machen, wie es im Hause ihres Vaters vorgekommen war.

Auch Olaf war zufrieden und glücklich; seine ganze Welt drehte sich ausschließlich um seinen Enkel. Oft hielt er ihn auf seinen Knien, schaukelte ihn hin und her und wiegte ihn sanft in seinen riesigen Händen. Jedem, der ihm dabei zusah, teilte er voller Stolz mit: »Er hat das starke Kinn eines Jarl. Und seht nur, wie fest er meinen Finger hält! Er wird einen mächtigen Schwertarm bekommen, mein Enkel. Vielleicht heißt man ihn einmal Fenrir der Starke Arm.«

Jeder im Haus schien den Kleinen zu lieben, jeder außer Erika. Er gemahnte sie beständig an ihre eigene Unfruchtbarkeit, und auch Warrick verhielt sich ihm gegenüber oft kalt und unfreundlich. Deidre vermutete, daß er den Gedanken an das Schicksal Wolframs nicht ertragen konnte.

Olaf überschüttete Deidre mit Geschenken, und so fühlte sie sich in seinem Haushalt sicher und geborgen, ein vollwertiges Mitglied der Familie in ihrer Position als Mutter des Enkelsohnes des Jarl. Doch alle Reichtümer dieser Welt konnten in ihrem Herzen nicht den Platz des Mannes einnehmen, den sie immer noch liebte und den sie an die Dänen verloren hatte.

Auch Sigurd, der treueste aller Freunde, betete den kleinen Fenrir an, und Deidre fragte sich, was sie tun sollte, wenn der Frühling kam und er Olafs Haus verlassen würde. Sie wußte, daß auch Zerlina unter dieser Vorstellung litt, denn zwischen ihr und Sigurd war, seit sie sich ihrer gegenseitigen Liebe sicher waren, eine tiefe Verbindung entstanden. Niemals berührten sie sich, und niemals sprachen sie miteinander, doch ihre Blicke suchten sich, wann immer sie sich sahen. Deidre litt mit ihnen, doch sie wußte, daß nur die beiden selbst die Mauer einreißen konnten, die sie selbst errichtet hatte.

Eines Tages fragte sie Zerlina: »Würde dein Vater erlauben, daß du Sigurd heiratest?«

»Ich habe ihn gefragt. Und er sagte nein. Er hat, denke ich, zu große Angst um mich. Er fürchtet, mir könne irgend etwas zustoßen. Aber im Gegensatz zu Sigurd glaube ich nicht, daß er es wegen des Standesunterschiedes verbietet. Wahrscheinlich will er mich überhaupt keinem Mann zur Frau geben. Ich bin eben seine kleine, zerbrechliche Zerlina.«

»Und doch bist du im Grunde die Stärkste von uns allen«, meinte Deidre. Zerlina hielt Fenrir in den Armen, und in ihren Augen las Deidre, wie sehr sie sich danach sehnte, ihr eigenes Kind so zärtlich wiegen zu können.

»Olaf glaubt...«, Zerlina brach ab. Olaf näherte sich ihnen mit ausholenden Schritten und strahlendem Lächeln. Er hatte einen Finger in Honig getaucht und beobachtete nun lachend, wie sein Enkel genußvoll daran nuckelte.

»Du bist mein wertvollstes Gut«, sagte er voller Stolz. »Ich würde mein Leben geben, wenn deine Sicherheit und dein Glück es verlangten. Du bist meine Hoffnung. Eine neue Generation.«

»Du verwöhnst ihn viel zu sehr«, schalt Deidre scherzhaft. Ob Honig gut für das Baby war? Ihre Mutter hatte ihren Kindern keine Süßigkeiten gestattet.

»Pah! Der Enkel eines Jarl muß ein wenig verhätschelt werden!« wehrte Olaf ab. Dann forderte er Zerlina und Deidre auf, ihre Umhänge zu holen und mit ihm zu kommen. »Adora kann inzwischen auf Fenrir aufpassen.«

Die beiden jungen Frauen folgten ihm zu einem schwarzen Pferd, hinter welchem ein Wagen angeschirrt war. Er war kunstvoll verziert und hatte Kufen statt Rädern. Deidre hob erstaunt die Brauen. Was war denn das für ein Gefährt? Olaf mußte lachen, als er ihre Verständnislosigkeit bemerkte.

»Ja, Rabe, so etwas hast du noch nicht gesehen, nicht wahr? Das ist ein Schlitten. Er gleitet mit seinen Kufen auf dem Schnee wie ein Schiff auf dem Wasser. Komm, ich zeige dir, wieviel Freude es macht, darin zu fahren.« Er half ihr hinauf, wartete, bis sie bequem saß, und hob dann auch Zerlina hinein. »Sie ist schon oft damit gefahren«, sagte er.

»Ja, es macht viel Spaß, Deidre«, bestätigte Zerlina. Olaf ergriff die Zügel, während sie und Deidre sich in ihre Felle kuschelten. Mit einem Ruck setzte sich der Schlitten in Bewegung. Wie von Geisterhand gezogen, glitten die Kufen über den Schnee, und Deidre genoß die Fahrt, fasziniert von den Ausblicken, die sich ihr boten. Sie fuhren an zugefrorenen Tümpeln und Seen vorbei, rings um sie herum glitzerten Eiskristalle, und alles schien wie in einer Märchenwelt.

Deidre sah einige Menschen über die Eisfläche eines Sees gleiten und stieß einen überraschten Ausruf aus.

»Sie laufen Schlittschuh«, erklärte Zerlina. »Unter ihren Füßen sind Kufen befestigt, ähnlich wie an diesem Schlitten. Es soll viel Spaß machen, habe ich gehört, allerdings habe ich es selbst noch nicht versucht.«

»Brechen sie denn nicht ein?« fragte Deidre.

»Nun, wenn das Eis zu dünn ist«, ließ sich Olaf vernehmen. »Man muß vorsichtig sein.« Er lächelte sie an. »Eines Tages mußt du es auch mal versuchen.«

Es tat Deidre gut, ins Freie zu kommen. Die Luft war frisch, wenn auch ziemlich kalt, und ihre Wangen hatten sich gerötet, doch sie amüsierte sich großartig. Ihrer Ansicht nach währte die Fahrt viel zu kurz, nur allzu bald waren sie wieder an ihrem Ausgangspunkt angelangt und hielten vor dem großen Haupthaus im Dorf.

Fürsorglich half Olaf den beiden Frauen, an denen sein Herz in tiefer Zuneigung hing, vom Schlitten herunter und sah ihnen nach, wie sie gemeinsam zum großen Saal hinübergingen. Deidre war für Zerlina eine echte Freundin und machte überhaupt allen Menschen hier Freude. Und mein Enkel tut das natürlich auch, dachte Olaf lächelnd.

Er brachte das Pferd zu den Ställen, damit die Sklaven

sich seiner annehmen konnten, und erblickte auf dem Rückweg zum Haupthaus Warrick in Begleitung eines weiteren Mannes. Gerade wollte er ihm einen Gruß zurufen, als er hörte, wie Warrick den Mann an seiner Seite anschrie: »Du Idiot! Hierherzukommen, wo mein Vater dich jederzeit sehen könnte! Verschwinde auf dein Schiff, wohin du gehörst!« Sein Gegenüber war gekleidet wie ein Däne und machte ebenfalls einen sehr wütenden Eindruck. Olafs Neugier erwachte. Er war begierig zu erfahren, was da vor sich gehen mochte, und versteckte sich im Schatten der Stallwand.

»Du hast uns Silber versprochen. Ich bin hier es zu holen.«

»Ich habe dir Silber für den Fall versprochen, daß du meinen Bruder beseitigst. Das habe ich leider selbst übernehmen müssen, und ich denke nicht daran, dich für etwas zu bezahlen, was du nicht ausgeführt hast.« Mit diesen Worten wollte Warrick den Dänen stehenlasse, doch der packte seinen Arm und stieß hervor: »Dann werde ich allen sagen, was du getan hast. Ich bin doch nicht dumm. Ich kenne die Strafe, die auf Brudermord steht.«

Wütend stürzte sich Warrick auf den Mann, und im Nu wälzten sich die beiden kämpfend am Boden. Ungläubig verfolgte Olaf das Geschehen.

»Warrick war es, er hat meinen Sohn getötet, seinen eigenen Bruder«, flüsterte er fassungslos und konnte seines Zornes kaum Herr werden. Er hat unsere ganze Familie entehrt, Schande über mein Haus gebracht, dachte er, seine Strafe wird furchtbar sein! Stück für Stück fügten sich die einzelnen Teile des Puzzles zusammen, als Olaf über die Ereignisse der vergangenen Monate nachdachte. Da war Warricks Anschuldigung, Everard habe versucht, Wolfram zu töten, da waren die Mordversuche an Wolfram und die Drohungen gegenüber

Olaf und Everard nach der Versammlung und dem Götterurteil.

Der Kampf zwischen Warrick und dem Dänen erreichte indessen seinen Höhepunkt. Warrick hatte dem Dänen das Schwert entrissen und streckte ihn nun vor Olafs Augen zu Boden. Mit einem bösartigen Lachen stieß er es tief in den Körper des am Boden Liegenden und sagte kalt: »Du wirst niemandem etwas sagen, Däne.« Dann wischte er das Blut von dem Schwert und wollte sich auf den Weg zum großen Saal machen, doch da trat Olaf aus dem Schatten heraus und verstellte ihm den Weg.

Mit eiskalter Stimme schleuderte er ihm ins Gesicht: »Möge Odin dich vernichten für das, was du getan hast! Ein Mann, der sich des schwersten Verbrechens schuldig gemacht hat so wie du, ist nicht länger mein Sohn!«

Vor seinem Zorn wich Warrick zurück, zu tief saß in ihm die Ehrfurcht vor der gebieterischen Macht seines Vaters. In Panik suchte er nach einer Ausrede. »Ich habe nichts Unrechtes getan, Vater. Ich habe nur einen Dänen getötet. Er hat mich von hinten angegriffen, und mir blieb keine andere Wahl. Ich mute ihn töten. Ich habe es für Wolfram getan.«

»Du Lügner!« donnerte Olaf. »Ich habe gehört, was ihr gesprochen habt, und kenne die Wahrheit. Einer von seinen Brüdern wollte Wolfram umbringen, aber es war nicht Everard, sondern du! Du bist eine Schlange, ein elender Wurm. Unser ganzes Haus hast du mit deinem Tun besudelt!«

»Du irrst dich, Vater. Ich weiß nicht, was du gehört hast, aber...« Olaf packte seinen Arm so fest, daß er verstummte.

»Wir gehen zum Saal zurück. Dort entscheide ich, was mit dir geschehen wird«, befahl er entschlossen. Einen Moment lang, nur für einen kurzen Augenblick, ließ dabei seine Achtsamkeit nach, nur eine Sekunde lang war er sich des Gehorsams seines Sohnes zu sicher.

Doch diese so kurze Zeitspanne war bereits zu lang. Warrick hatte nur darauf gewartet, daß sein Vater ihm diesen winzigen Moment ließ. Er hob das Schwert und stieß es ihm mit aller Kraft bis zum Heft in die Brust.

Die Augen weit aufgerissen, stürzte Olaf wie ein gefällter Baum zu Boden. Seiner Kehle entrang sich ein letzter Schrei, tödlich getroffen sank er zurück.

37

Fröhlich tuschelnd wie zwei Kinder saßen Deidre und Zerlina am großen Feuer im Saal und wärmten sich Hände und Füße. Deidres Gesicht glühte vor Erregung über das Abenteuer ihres Ausflugs. Ihr war nie bewußt gewesen, wieviel Freude der Winter bringen konnte.

»So eine Schlittenfahrt möchte ich gerne noch einmal machen«, gestand sie Zerlina. »Es ist herrlich, den Wind im Gesicht zu spüren und einmal etwas anderes zu sehen als dieses Dorf.« Sie freute sich darauf, Olaf für die Fahrt danken zu können, und blickte erwartungsvoll zum Portal, als es sich öffnete. Doch es war nur Warrick, der mit mürrischem Gesichtsausdruck eintrat.

Nach dem Schönen, das sie soeben erst erlebt hatte, wollte sie sich den Tag von seiner schlechten Laune nicht verderben lassen und ging in ihre Schlafkammer, um Fenrir zu stillen. Es war an der Zeit, daß er seine Mahlzeit bekam, sie spürte es auch an der Schwere und Fülle ihrer Brüste.

Während sie ihn im Arm hielt und ihm beim Trinken zusah, flüsterte sie ihm zu: »Ich hoffe, die Welt wird gut zu dir sein, mein Sohn, und hoffentlich wirst du immer geliebt und beschützt.« Wieder traten ihr Tränen in die Augen, als sie an Wolfram dachte. Sie würde über seinen Tod niemals hinwegkommen und um ihn trauern, solange sie lebte. Immer wieder hatte sie sein Gesicht vor Augen, seinen Blick, mit dem er sie so liebevoll ansah. Sie schloß die Augen und gab sich ihren Erinnerungen hin, die das einzige waren, was ihr von dem Mann geblieben waren, den sie so sehr geliebt hatte.

Da vernahm sie draußen im Gang einen gequälten Schrei, gefolgt von dem lauten Geräusch hastender Schritte. Rasch legte sie Fenrir in seine Wiege und eilte zur Tür. Adora stand draußen, ihr Gesicht eine Maske des Schmerzes, neben ihr Gerda und Zerlina, beide schluchzend und völlig verzweifelt.

»Was ist passiert?« rief sie in aufsteigender Angst.

»Olaf…«

»Olaf? Was ist mit ihm?«

»Einer der Sklaven hat ihn in der Scheune gefunden. Er ist erstochen worden.« Adora brach weinend zusammen.

Deidre kannte die Antwort bereits, noch bevor sie fragte, doch sie fragte dennoch, setzte Befürchtung gegen Hoffnung. »Ist er am Leben?«

»Er ist tot«, brachte Gerda schluchzend heraus.

»Nein! Sag, daß das nicht wahr ist!« schrie Deidre auf und wandte sich an Zerlina. »Das kann nicht sein! Wir sind doch eben noch mit ihm zusammengewesen!« Und dann, verzweifelt: »Wer würde so etwas tun? Wer?«

Zerlina konnte vor Weinen nicht sprechen. Ihr Vater war der Mensch, den sie am meisten von allen geliebt hatte.

Ein Sklave mischte sich ein. »Es war ein Däne. Sein Leichnam lag neben dem meines Herrn. Sie müssen sich gegenseitig getötet haben.«

Zorn überfiel Deidre. »Ein Däne? Wie konnte ein Däne hier eindringen?« Ein Däne hatte Wolfram getötet, und nun auch seinen Vater. Sie konnte es nicht mehr ertragen. »Odins Rache soll diese verfluchten Dänen treffen!« rief sie und erschrak über ihre eigenen Worte. Sie sprach schon wie ein Wikinger!

Sie legte die Arme um die weinende Zerlina und hielt ihren bebenden Körper umfangen. »Es tut mir so leid, Zerlina. Dein Vater war ein so guter, warmherziger Mann, und ich habe ihn sehr geliebt«, flüsterte sie. Auch sie begann zu weinen. Rabe hatte er sie immer genannt. Er hatte sie geliebt und sie ihn, und nun hatte er sie verlassen.

Olaf wurde, in seine edelsten Gewänder gekleidet und mit allen Ehrenzeichen versehen, in seinem Bett aufgebahrt. Schweigend und ehrfurchtsvoll defilierten alle Mitglieder des Haushaltes, einschließlich der Sklaven, an seinem Totenbett vorbei, um ihm die letzte Ehre zu erweisen. Der große Jarl war nun in Walhalla, dem Reich der ruhmreichen Toten, eingegangen.

Wie bereits im Leben, so wurde ihm auch im Tod größter Respekt entgegengebracht. Er würde immer bei seiner Familie bleiben, und dieser oblag es daher, seinen Grabhügel zu pflegen und zu erhalten, damit er niemals in Vergessenheit geraten und sich von seinen Liebsten verlassen fühlen könne. Denn sollte das geschehen, so würde er als rächender Geist diejenigen heimsuchen, die daran Schuld waren.

Ein Sklave erklärte Deidre mit angstvoll aufgerissenen Augen, wie gefährlich, ja fürchterlich es sei, wenn ein vergessener Verstorbener als Geist zurückkehrte, und sie erinnerte sich auch an die vielen Geschichten, die sie abends am Feuer darüber gehört hatte.

»Olaf hat uns geliebt«, erwiderte sie. »Er würde nicht wiederkommen, um uns zu verfolgen, dessen bin ich sicher. Bei uns in Irland heißt es, die Seele des Toten würde in Form eines weissen Schmetterlings dem Körper entfliehen.« Sie hoffte von Herzen, daß Olaf dies vergönnt sein möge und das er, seine Flügel weit ausgebreitet, den Himmel bereits vor sich sah.

Gemeinsam mit Adora, Zerlina und Gerda hatte sie Olaf gebadet und gesalbt und ihm seine kostbarsten Gewänder und all seinen Schmuck angelegt. Nun, da er vor ihnen lag, versunken in ewigem Schlaf, war ihr, als könne sie es nicht ertragen. Sie wollte sein dröhnendes Lachen wieder hören, wollte ihn lächeln sehen und zuschauen, wie er Fenrir auf den Knien wiegte mit seinen riesigen Händen. Sie wollte ihn »Rabe« rufen hören, wollte seine starken Arme um sich spüren und sich von ihm trösten lassen, wie er es seit Wolframs Tod so oft getan hatte.

Und dann waren die Trauergäste fort, und nur noch Zerlina, Olafs Ehefrauen und sie selbst waren im Raum. Deidre sank auf die Knie und begann, die Wehklage für den Toten anzustimmen, und die anderen Frauen schlossen sich ihr an. In allen Ländern, überall auf der Welt, trauerten die Menschen um die, die sie liebten, wenn sie ihnen genommen wurden, und zwischen den einzelnen Völkern war die Art, wie sie das taten, gar nicht so unterschiedlich. Leid bereitet überall den gleichen Schmerz, dachte Deidre. Wir alle lieben unsere Familien, hassen unsere Feinde, sind glücklich über die Geburt unserer Kinder und betrauern unsere Toten.

Die ganze Nacht lang wachten die Frauen über Olaf, und Everard und Warrick taten es ihnen gleich. Dabei hielt sich Warrick jedoch deutlich abseits und ließ niemanden an sich heran, nicht einmal Deidre, die ihm gern gesagt hätte, wie traurig sie über den Tod seines Vaters war.

Im Morgengrauen erhob sich Deidre, um Fenrir zu holen. Sie legte ihn für ein paar Minuten neben seinen Großvater. Dies war ihr Abschiedsgruß an den alten Mann, der immer so gut zu ihr gewesen war.

»Auch dein Enkelsohn sagt dir Lebewohl, Olaf«, sagte sie leise unter Tränen. Ohne ihn würde nichts mehr so sein, wie es zuvor gewesen war.

38

Aus dem ganzen Umkreis kamen die Menschen, um an der Bestattung Olafs des Roten teilzunehmen. Der Glauben der Wikinger besagte, daß ein Mann, wenn er am Ende eines von Kämpfen geprägten Lebens starb, in ein glorreiches neues Leben in Walhalla eintrat, wo ihn große Feierlichkeiten und Wettkämpfe erwarteten. Olaf würde die Reise nach Walhalla in dem Boot antreten, das er als junger Mann gesteuert hatte, und so wurde sein Leichnam feierlich in dieses alte Wikingerschiff gebettet.

Schweigend sahen die Menschen zu, wie auch Olafs Besitztümer an Bord gebracht wurden, um sicherzustellen, daß er in seinem neuen Leben nichts entbehren mußte. In einem feierlichen Ritual wurden ihm ein Wagen, eine Truhe, mehrere Löffel, ein Schlitten und ausreichend Nahrungsmittel für die lange Reise beigegeben. Auch seinen Schmuck gab man ihm mit und seine kostbarsten Besitztümer: sein Lieblingsschwert und seine Streitaxt. Sogar sein Pferd wurde getötet und auf das Boot geschafft, damit er es im nächsten Leben bei sich haben würde. Deidre erkannte es als das Tier wieder, das bei ihrem letzten gemeinsamen Ausflug den Schlitten gezogen hatte.

Deidre hatte für die Bestattungsfeier ihre schönsten Kleider angezogen, sie trug ihr Seidenkleid und ihren wertvollsten Schmuck, auch die Armreifen, die Olaf ihr geschenkt hatte, und die Brosche, die ihre Liebe zu Wolfram symbolisierte. Auch die Gäste hatten ihre Festtagskleidung angelegt, die Männer vor allem ihre Kampfrüstungen, die sie jedoch mit vielen Silber- und Goldarmreifen ergänzten.

Nachdem sich alle Familienmitglieder von Olaf ein letztes Mal verabschiedet hatten, trugen seine nächsten Freunde und Kampfgefährten seine persönlichen Besitztümer an Bord des Wikingerbootes, und Deidre fühlte sich angesichts dieses traditionellen Rituals nach langer Zeit wieder wie eine Fremde. In ihrer Heimat, so hatte Vater Finian es sie gelehrt, verließ ein Mann dieses Leben ohne alle weltlichen Güter, um so, wie er auf diese Erde gekommen war, vor seinen Gott zu treten. Welches Volk machte es nun richtig? Deidre war sich keineswegs mehr sicher. Wer konnte schon sagen, was eine Seele erwartete, wenn der Mensch in den ewigen Schlaf des Todes gesunken war?

Auf dem Friedhof war eine riesige Grube ausgehoben worden, die etwa 55 Meter lang und 45 Meter breit war. In dieser Grube lag Olafs Schiff. Oben auf dem Schiff stand ein Bett, und in diesem Bett ruhte Olaf selbst, die Arme über der Brust gekreuzt. Nach Beendigung der Zeremonie würde die Grube abgedeckt und zugeschüttet werden, so daß Olaf der Rote in dieser Grabkammer ruhig und ungestört seine lange Reise nach Walhalla überstehen konnte.

»Der Bug zeigt aufs Meer«, flüsterte Zerlina Deidre ins Ohr, »und auf dem Schiff liegt ein Anker, den Vater auswerfen kann, sobald er am Ziel seiner Reise angekommen ist.«

»Ich wünsche ihm eine gute Fahrt«, sagte Deidre leise und machte vor ihrer Brust das Kreuzzeichen. Mochte es Walhalla oder der Himmel sein, ein Mann, der gelebt hatte wie Olaf, würde im Jenseits seinen Lohn erhalten.

Einer der anwesenden Ältesten ging nun langsam um

das in der Erde versenkte Schiff herum und stimmte einen monotonen Gesang an. Ihm folgten vier der männlichen Mitglieder des Haushalts von Olaf dem Roten.

»Er bereitet sich auf das Tieropfer vor. Die Götter sollen günstig gestimmt werden«, erklärte Zerlina leise. »Die vier Männer, die ihm folgen, tragen die Statuen der vier bevorzugten Götter meines Vaters, unter ihnen Odin mit seinem Speer und Thor mit dem Hammer. Sie sollen ihn auf seiner Reise schützen und leiten.«

Deidre nickte verstehend. Vater Finian wäre bestimmt entsetzt, daß ich an dieser heidnischen Zeremonie teilnehme, dachte sie, aber er ist weit fort und Irland am anderen Ende der Welt. Irland ist der Teil der Welt, den ich zurückgelassen habe, um an Wolframs Seite zu leben. Und ich werde hierbleiben und Olaf den Respekt erweisen, den er verdient hat.

Als die feierliche Bestattung beendet war, begannen die Männer mit dem Vergraben des Schiffes und häuften zunächst eine Schicht Sand und blauen Lehm außen herum. Zuvor war der Mast abgeschlagen worden, damit er nicht aus dem Grabhügel herausragen konnte.

»Das ganze Schiff wird mit Sand und Lehm bedeckt«, erklärte Zerlina wieder. »Dann folgen Schichten von Moos und Zweigen, und zum Schluß wird eine Lage Torf aufgelegt, um den Hügel luftdicht zu verschließen. Wenn die Arbeit beendet ist, bekommt jeder von uns einen geschnitzten Gedenkpfosten aus Holz in die Hand, die wir dann rings um den Grabhügel aufstellen.«

Zerlinas Tränen waren inzwischen versiegt, und ihres Vaters wegen hielt sie das Kinn stolz erhoben. Sie blieb an Deidres Seite, und ihr Holzpfosten ragte am Ende neben dem ihrer Schwägerin auf.

Die Frauen, die zu Olafs Haushalt gehörten, begaben sich nun gemeinsam in den großen Saal, um auf langen Tischen Speisen und Getränke für die Trauergäste bereitzustellen, während die Männer noch zurückblieben, um die Fertigstellung des Grabhügels zu überwachen, die, wie Deidre vermutete, zum Großteil von Sklaven übernommen wurde. Sogar noch im Tode erwiesen sie sich auf diese Weise als unentbehrliche Hilfe für ihre Herren.

Bis spät in die Nacht dauerten die Feierlichkeiten im großen Saal. Alle Gäste und die Mitglieder der Familie tranken ein letztes Mal zu Ehren des toten Jarl.

Deidre zog sich nach angemessener Zeit in die Stille ihrer Schlafkammer zurück, um Fenrir zu stillen, der sie bereits mit ausgestreckten Ärmchen erwartete.

»Was wird jetzt nur aus dir werden, mein Kleiner, wenn dein Großvater nicht mehr da ist, um auf dich zu achten?« flüsterte sie und hielt ihn fest an ihre Brust gedrückt. Ihr Sohn hatte keinen Vater, und nun hatte er auch keinen Großvater mehr. Er war allein wie sie selbst, und nur Sigurd und Zerlina würden ihm ihre Liebe schenken. Everard würde der neue Jarl werden und damit Erika, als Gattin des Jarl, die erste Frau im Haushalt. Deidre zweifelte keinen Augenblick daran, daß Erika sie zur Zielscheibe ihres Spottes machen würde.

Fenrir streckte seine Händchen aus und zupfte fasziniert an der Brosche seiner Mutter. Bei diesem Anblick hatte Deidre wieder deutlich Wolframs Gesicht vor Augen, sein Lächeln und seine Augen, die so blau waren wie das Meer. Mit einemmal war ihr, als höre sie Wolfram nach ihr rufen, und sie lauschte angespannt. Doch dann schüttelte sie abwehrend den Kopf. Wolfram war tot. Er konnte sie nicht mehr rufen. Nie mehr.

Und doch, da war diese Stimme in ihrem Inneren, die schon an dem Abend zu ihr gesprochen hatte, als Warrick die Nachricht von dem Überfall der Dänen brachte. Wolfram lebt, hatte sie gesagt. Er ist nicht tot.

Sie legte den kleinen Fenrir behutsam in seine Wiege zurück, faltete die Hände und betete zu ihrem Gott, daß es wahr sein möge, daß Wolfram noch am Leben war, daß es ihm gutging und daß ihre innere Stimme recht hatte. Dann ging sie zu Bett und schlief zum ersten Mal nach langer Zeit friedlich und tief.

39

Wolfram Olafsson betrachtete stolz das Wunder, das er und Paul an dem alten Schiffswrack vollbracht hatten. In wenigen Wochen schon würde es Frühling sein, und dann würde er Segel setzten und die Heimreise übers Meer antreten.

»Ich werde dir nie vergelten können, was du in den vergangenen Monaten für mich getan hast«, gestand er dem bärtigen Eremiten, der gerade mit seiner Axt einen Baumstamm bearbeitete. Treu hatte er während des kalten Winters an seiner Seite gearbeitet und ihm geholfen, das baufällige Schiff zu reparieren.

»Es hat mir Freude gemacht, mein Sohn«, erwiderte Paul grinsend. Seit er den Wikinger gefunden hatte, lächelte er viel öfter als früher. Es war gut, jemanden zum Reden zu haben; er würde seine Kameradschaft vermissen.

Wolfram zog die alten, verbogenen Nägel aus den Planken des Schiffes und versuchte, sie geradezuklopfen. Sie konnten wiederverwendet werden und die neuen Holzteile zusammenhalten. Das reparierte Boot würde es zwar an Schönheit mit dem »Seewolf« nicht aufnehmen können, doch es würde seinen Zweck erfüllen und ihn dorthin bringen, wo er hinwollte. Das war genug.

»Denk dir, Paul, mein Kind ist inzwischen schon geboren. Ob ich einen Sohn habe? Was meinst du? Und hoffentlich ist mit Deidre alles in Ordnung.« Wolfram lächelte seinem Kameraden zu. Wie er nun wußte, war Paul früher ein Priester des Gottes gewesen, den auch Deidre anbetete; er hatte ihm des Abends oft aus der Heiligen Schrift vorgelesen. Wolfram war am meisten von der Geschichte eines Mannes namens Noah beeindruckt gewesen. Als eines Tages eine große Flut kam, wie es sie auch in der Legende der Wikinger gab, hatte dieser Noah ein riesiges Schiff gebaut und von jeder Tierart ein Paar zu sich an Bord geholt. Wolfram hatte das Gesicht verzogen, als er sich vorstellte, welch ein Chaos all diese Tiere auf der Arche angerichtet haben mußten, doch dann hatte er sich gesagt, Noah werde gewiß auch Sklaven mitgenommen haben, die sich um alles kümmerten.

»Deidre geht es bestimmt gut, denn wir haben doch für sie gebetet, Sohn«, beantwortete Paul die Frage Wolframs und wischte sich den Schweiß von der Stirn.

»Wie ich mich nach ihr sehne!« sagte Wolfram und schloß die Augen, um sich ihr Gesicht besser vorstellen zu können. »Ich liebe sie, Paul. Sie ist alles, was ein Mann sich nur erträumen kann. Sie ist weise wie deine Ruth, treu wie deine Esther und so schön wie die Sarah deiner Bibel.« Völlig in Gedanken versunken umklammerte er die Zange, die er in der Hand hielt, ein wenig zu fest und zwickte sich in den Finger. »Au!« rief er.

»Sei vorsichtig, Sohn«, mahnte Paul und unterbrach seine Arbeit, um sich noch einmal das Ergebnis ihrer Bemühungen anzusehen. Bald würden sie fertig sein, und dann bekam das Schiff sein neues Segel. »Wir müssen die Fugen noch mit Pech und Teer abdichten«, meinte er, »dann kann kein Wasser eindringen.«

»Woher verstehst du eigentlich soviel von Schiffen, Paul?« fragte Wolfram. »Man könnte meinen, du seist ein Wikinger gewesen und kein Priester.«

Pauls Blick verdunkelte sich, und sein Lächeln verschwand. Wolfram fragte sich, was in diesem herzensguten Mann wohl vorgehen, welche Gedanken ihn quälen mochten.

Immer, wenn Paul Wolfram ansah, erinnerte er sich daran, wie ähnlich er ihm vor vielen Jahren gewesen war, so voll jugendlichen Überschwanges und Abenteuerlust. Was ihn jetzt mit Wolfram verband, war ihre gemeinsame Liebe zur See, und er war dankbar, daß die Fertigkeiten, die er sich in seiner Jugend erworben hatte, Wolfram nun helfen konnten, in seine Heimat zurückzukehren. Er nahm einen Meißel in die Hand und machte sich daran, die gesplitterten Ruderöffnungen zu bearbeiten. Viele waren es nicht, denn das Boot war klein und konnte von einem Mann gehandhabt werden.

»Ich wünschte, du könntest mit mir kommen«, sagte Wolfram nach einer Weile. Er ließ seinen Freund nicht gern in dieser Wildnis zurück, wo so viele Gefahren lauerten. Sei es durch wilde Tiere oder die klirrende Kälte im Winter, hier draußen war das Leben ständig in Gefahr.

»Ich muß hierbleiben, Wolfram. Ich habe Gott geschworen, auf diese Weise für meine Sünden zu büßen«, antwortete der alte Mann und verfiel dann wieder in Schweigen.

Ein Wolf heulte, und Wolfram sah sich nach ihm um. Wie schon oft zuvor fühlte er sich von vielen unsichtbaren Blicken verfolgt und war froh, daß er seine Waffen in Reichweite hatte. Man wußte nie, ob eines dieser wilden Tiere unerwartet angriff. Besonders im Winter hatten sie wenig zu fressen, und ein hungriger Bär würde sich ohne zu zögern auf einen Menschen stürzen.

Es war spät geworden, und die beiden Männer legten die Arbeit nieder. In Pauls kleiner Hütte erwartete sie ein wärmendes Feuer. In der Nacht zuvor hatte Wolfram zwei große Fische gefangen, die sie nun zusammen mit einigen Wurzeln, die Paul gesammelt hatte, über den Flammen brieten. Genußvoll verzehrten sie ihre schmackhafte Mahlzeit, und dann begann Paul wie jeden Abend aus der Heiligen Schrift vorzulesen. Diesmal wählte er die Geschichte von Judas und seinem Verrat an Christus.

Wolfram wurde während des Zuhörens immer zorniger. »Dieser Judas war genau wie mein Bruder. Immer lächelt er und macht ein freundliches Gesicht, und in Wahrheit plant er schon, Jesus zu verraten. Ich kann nicht fassen, daß Jesus ihm das auch noch verziehen hat!«

»Er liebte uns. Liebe ist eine sehr starke Macht, Wolfram, so wie der Glaube auch. Man sagt, Glaube könne Berge versetzen.« Paul schloß das Buch. »Liebe und Glaube haben dich da draußen im Meer am Leben erhalten, nicht dein Haß. Und hier bei mir hat dich nicht dein Rachedurst im Hinblick auf Warrick angespornt, sondern deine Liebe zu deiner Frau, deinem Kind, deiner Schwester und deinem Vater.«

Wofram dachte nach. »Das stimmt. Meinst du damit, ich solle meinem Bruder vergeben, so wie Jesus Judas vergeben hat?«

»Ja, das habe ich gemeint. Wenn wir mit dem Schwert leben, kommen wir durch das Schwert um, mein Sohn. Glaube mir, ich weiß, daß es so ist. Denke über meine Worte nach, um mehr bitte ich dich nicht.«

Wolfram deckte sich mit den warmen Fellen zu und schloß die Augen. Ich soll Warrick verzeihen? Diese Christen waren schon seltsame Menschen. Und doch, er bewunderte diesen Jesus. Der Mann hatte eine Menge Mut besessen. Er wollte über das, was Paul gesagt hatte, gern nachdenken, aber versprechen konnte er nichts. Er würde, wenn er erst zu Hause war, mit seinem Vater darüber reden und sich anhören, was Olaf zu dieser Sache mit der Vergebung zu sagen hatte.

Schon früh am nächsten Morgen machten sich Wolfram und Paul wieder an ihre Arbeit am Schiff. Langsam aber sicher nahm das Wrack Gestalt an und wurde zu einem Segelboot, zusammengehalten von Eisennägeln und Teer. Für das Segel hatte Paul eine seiner Wolldecken geopfert und umgearbeitet; sie war aus sehr strapazierfähigem Material gewebt und würde Wolfram gute Dienste leisten.

Auch an diesem Abend las Paul wieder aus der Heiligen Schrift, und Wolfram schnitzte eine neue Kerbe in seinen Stock. So zählte er die Tage, bis er endlich zu seiner Frau in seine Heimat zurückkehren konnte.

40

Der alte Jarl war gestorben, und der neue Jarl hatte seinen Platz eingenommen. Everard Olafsson trug nun Stirnreif und Schwert seines Vaters, die Insignien seiner Machtstellung. Unter großem Pomp und mit allen Ehren war er zum Oberhaupt seines Volkes ausgerufen worden, und seine erste offizielle Amtshandlung bestand darin, den Mörder seines Vaters suchen zu lassen. An Land und zur See wurde allerorten nach den verhaßten Dänen gesucht, ohne daß jedoch auch nur eine Spur von ihnen gefunden worden wäre. Also ging Everard davon aus, daß der Däne, der tot neben seinem Vater gelegen hatte, die Tat allein und ohne Hintermänner begangen hatte. Der Mord an Olaf war und blieb jedoch das Gesprächsthema Nummer eins. Wie war ein einzelner Däne hierher in das Dorf gekommen? Was hatte ihn hergeführt? Die Antwort kannte bis jetzt nur Olaf der Rote.

Deidre empfand für Everard keine allzu große Zuneigung, und angenehmerweise ignorierte auch er sie meistens und schien sich mehr für die Männer als für die Frauen im Haus zu interessieren. Nur hin und wieder sah er in ihre Richtung, und seine Augen leuchteten verräterisch, so daß Deidre insgeheim zu befürchten begann, er werde beginnen, sie zu umwerben, doch zu ihrer großen Erleichterung machte er dazu keine Anstalten.

Ganz anders Warrick. Seit das Baby geboren und Deidre wieder so schlank und biegsam wie vor der Schwangerschaft war, war er ständig in ihrer Nähe. Zunächst hatte sie sich ein wenig geschmeichelt gefühlt und sich seine Aufmerksamkeit gerne gefallen lassen, denn es hatte sie an ihre erste Zeit hier im Dorf erinnert. Außerdem besaß er eine bemerkenswerte Ähnlichkeit mit Wolfram, und es war schön, den Bruder des Mannes neben sich zu haben, den sie so sehr liebte. Doch im Laufe der Wochen wurde ihr immer deutlicher bewußt, daß Warrick sich ihr gegenüber immer besitzergreifender verhielt. Es war, als sei er von ihr geradezu besessen, als stünde für ihn fest, daß sie seine Ehefrau werden würde. Und tatsächlich benahm er sich oft, als sei er ihr Gatte, beanspruchte im großen Saal den Platz neben ihr und nannte sie gelegentlich sogar »Frau«. Deidre bemühte sich, ihn auf Abstand zu halten, doch das erwies sich zunehmend als schwieriger. Sie entschloß sich daraufhin, ihm nochmals ganz eindeutig verständlich zu mache, daß eine Heirat mit ihm für sie nicht in Frage käme und daß sie beide nur Freunde wären, weiter nichts.

An einem der Abende betrat sie nach dem Abendmahl ihre Schlafkammer, um Fenrir zu stillen, und fand dort Warrick, wie er über das Baby gebeugt stand und sie offensichtlich erwartete. Deidre wurde ärgerlich. Noch nie hatte er ihre Schlafkammer unerlaubt betreten, bis auf das eine Mal, als Wolfram verwundet gewesen war, und sie hätte ihm das auch niemals gestatte.

»Oh, Deidre«, begrüßte er sie gutgelaunt und streckte seine Hand nach ihr aus.

Sie schob sie weg und fragte in scharfem Ton: »Was hast du hier zu tun, Warrick?«

»Ich bin hier, um meinen Sohn zu besuchen.«

Seinen Sohn? Deidre warf ihm einen alarmierten Blick zu. Was sollte das? Wollte er Fenrir adoptieren, wenn sie einwilligte, ihn zu heiraten? »Was meinst du damit, Warrick? Fenrir ist nicht...«

»Du bist so schön, Deidre. Wie eine Göttin. Das dachte ich schon immer. Ich kann dich nicht oft genug betrachten, so schön bist du. Ich bin stolz darauf, dich an meiner Seite zu haben. Dein Haar besitzt die samtene Schwärze der Nacht.« Er machte einen Schritt auf sie zu, und Deidre wich zurück. Sie hörte, wie Fenrir sich leise bewegte.

»Warrick, bitte. Ich muß mich um mein Kind kümmern. Laß mich allein.« In ihrer Stimme schwang eine Mischung aus Ärger und Angst. Etwas in seinem Benehmen flößte ihr Furcht ein.

Sein Lächeln verschwand. »Nein. Ich werde nicht gehen. Ich will, daß du mich heiratest. Morgen. Ich habe lange genug gewartet.«

Deidre entrang sich ein tiefer Seufzer. Darüber hatte sie bereits oft genug mit ihm gesprochen.

»Ich liebe deinen Bruder, und ich will keinen anderen zum Ehemann. Wolfram lebt, das fühle ich. Du findest bestimmt eine andere Frau, die dich gerne zum Manne nimmt und die Ehre, deinen Ring am Finger zu tragen, besser zu schätzen weiß.«

Sie wollte zur Tür gehen, um Zerlina zu rufen, doch Warrick verstellte ihr den Weg und hielt sie an den Armen fest.

»Du verstehst nicht, Deidre. Du gehörst mir. Du hast

schon immer mir gehört. Kein anderer Mann ist gut genug für dich. Auch Wolfram war es nicht.«

Sie versuchte, sich loszureißen, doch Warrick hielt sie mit der Kraft eines Besessenen fest.

»Warrick, du tust mir weh! Laß mich los!«

»Nein. Nicht eher, als bis du mich deinen Gatten nennst!«

Hilflos schloß Deidre die Augen. Ihre Arme schmerzten von seinem harten Griff, sie wußte nicht, was sie tun konnte. Da lockerte sich plötzlich die Klammer seiner Hände, und sie öffnete die Augen, um zu sehen, was ihn gestört hatte. Sigurd hatte die offenstehende Tür zur Schlafkammer bemerkt und war gekommen, um nachzusehen. Nun hielt er Warrick an den Haaren gepackt und zog seinen Kopf nach hinten.

»Was machst du denn hier?« fragte er zornig und stieß Warrick zu Boden.

»Ich besuche Deidre, Leibeigener. Sie gehört mir.« Langsam stand Warrick auf. Seine Augen glühten vor Haß.

»Sie gehört also dir, was?« Sigurds Stimme klang höhnisch. »Wollte sie deshalb, daß du sie endlich losläßt? Du Hund! Du bist es nicht wert, Olafs Sohn zu heißen.« Seine Hand legte sich um seinen Schwertknauf, ein Zeichen für Warrick, daß er bereit war, seine Herrin auch mit dem Schwert zu schützen.

»Vergiß nicht, ich bin besser als du, Leibeigener«, warnte Warrick und trat auf Sigurd zu. Ein Blick in dessen entschlossene Augen ließ ihn jedoch innehalten. »Ich bin der Sohn eines Jarl, und du bist nur ein Bauer.«

»Lieber bin ich ein Bauer als ein Mensch wie du. Hier einzudringen und Deidre Angst einzujagen ist die Handlungsweise eines Feiglings. Du siehst doch, sie legt keinen Wert auf deine Annäherungsversuche.«

Warrick lachte. Es klang dunkel und gefährlich. »Bist

du etwa ihr Wachhund? Du, ein Mann, der Frauen vergewaltigt und Dörfer niederbrennt? Du nennst mich einen Feigling? Gerade du? Das ist, als ob ein Räuber den anderen Räuber schimpft!«

Sigurds Augen funkelten wütend, sein Gesicht verhärtete sich, doch er antwortete nicht. Wie konnte er auch? Was Warrick sagte, entsprach der Wahrheit. Er hatte in seiner Jugend all diese Dinge getan und noch mehr, Dinge, für die er sich heute schämte. Seine Liebe zu Zerlina hatte ihn verändert. Ihretwegen bereute er seine Taten von damals.

Warrick klopfte sich den Staub von den Kleidern.

»Du hast es gewagt, mich zu stoßen. Dafür wirst du bezahlen, Leibeigener. Glaube nicht, daß ich nicht gesehen hätte, wie du meine Schwester anschaust. Aber sie ist für einen wie dich viel zu schade, auch wenn sie verkrüppelt ist. Solltest du es je wagen, sie zu berühren, werde ich dich töten.« Mit diesen Worten verließ er den Raum und ließ Sigurd und Deidre allein.

Fenrir hatten die lauten Stimmen Angst gemacht, und er begann zu weinen. Rasch nahm Deidre ihn aus seiner Wiege und tröstete ihn mit sanften Worten. Dann wandte sie sich an Sigurd.

»Es tut mir leid, daß ich dich da hineingezogen habe, Sigurd«, sagte sie entschuldigend. »Ich glaube nicht, daß er mir etwas angetan hätte.«

»Mann kann nie wissen«, meinte Sigurd.

»Ich hoffe nur, Warrick rächt sich nicht an dir. Ich mache mir seinetwegen große Sorgen. Immer dachte ich, ich würde ihn kennen, doch in letzter Zeit ist er ein völlig anderer Mensch geworden.«

Sanft wiegte sie Fenrir in den Armen.

»Ich habe keine Angst vor ihm«, entgegnete Sigurd und legte Deidre beruhigend eine Hand auf die Schulter. »Er ist wohl noch sehr unreif – obwohl sein Verhalten wirklich recht seltsam geworden ist. Es erscheint mir beinahe unmöglich, daß Zerlina und er dieselbe Mutter haben können. Sie ist so gut und warmherzig, während er, so fürchte ich, etwas Teuflisches an sich hat. Wie dem auch sei, ich werde heute nacht vor deiner Tür Wache halten, Deidre. Er wird nicht zurückkommen. Und morgen früh spreche ich mit dem neuen Jarl über ihn. Wenn du es willst, wird Warrick dich in Zukunft in Ruhe lassen.«

Deidre warf ihr schwarzes Haar zurück. »Nein, bitte belästige Everard nicht mit dieser Sache. Ich will nicht der Grund dafür sein, daß es zwischen den beiden Brüdern Streit gibt. Ich werde von jetzt an nachts einfach meine Tür versperren. Eigentlich glaube ich wirklich nicht, daß Warrick mir etwas antun würde. Er kann so freundlich sein.«

Sigurd war nicht überzeugt. »Ich finde, Everard sollte Bescheid wissen, Deidre. Er ist zwar nicht so weise und warmherzig, wie es Olaf war, aber auf seine Art ist er streng und gerecht.«

Deidre blieb fest. »Nein. Ich will nicht, daß es zwischen dem Jarl und seinem Bruder noch mehr böses Blut gibt. Was hier geschah, ist allein mein Problem, und du brauchst weiter nichts zu tun, als mein Freund zu bleiben.«

»Das wird immer so sein, das verspreche ich dir. Jetzt ruhe dich aus und füttere deinen starken Sohn. Doch bitte, bleib immer in meinem Blickfeld, denn ich kann dich nur schützen, wenn ich weiß, wo du bist.«

Deidre lächelte. »Das will ich gern tun, Sigurd. Ich danke dir.« Er nickte ihr zum Abschied freundlich zu, dann ließ er sie mit ihrem Sohn allein. Deidre öffnete ihr Kleid und gab Fenrir die Brust.

»Ich brauche nur zu warten, bis du erwachsen bist, Fenrir«, flüsterte sie ihm zu. »Dann wirst du mich beschützen, nicht wahr, mein Kleiner?«

Als hätte er ihre Worte verstanden, sah der Junge sie mit seinen tiefblauen Augen an, die sie immer an die See erinnerten. Er gurrte leise und streckte seine kleinen Ärmchen nach ihr aus, und trotz des unguten Gefühls in ihrem Innern mußte Deidre lächeln.

41

Wider Erwarten ließ Warrick Deidre fortan in Ruhe, nur manchmal, wenn im großen Saal alle beieinander saßen, spürte sie, daß seine Augen auf ihr ruhten. Sein Blick war dann ärgerlich und seltsam drohend. Deidre fühlte Angst in sich aufsteigen, Angst nicht nur um sich selbst, sondern auch um Sigurd. Auch die Tatsache, daß die Familienmitglieder bei ihr waren und ihr Schutz boten, konnte ihre Besorgnis nicht dämpfen. Sie wußte, sie hatte sich einen Feind geschaffen, und Olaf der Rote war nicht mehr da, um ihr zu helfen. Ein Feind mehr, dachte sie, denn da war auch noch Erika, und was sie für Deidre empfand, hatte mit Liebe wirklich nichts zu tun.

Seit Everard zum Jarl ausgerufen worden war, benahm sich Erika eher wie eine Königin als wie die erste Frau des Oberhauptes der Familie. Eitel stolzierte sie im großen Saal auf und ab und weigerte sich, ihre Hände mit irgendeiner Art von Hausarbeit zu beschmutzen. Weder Adora noch Gerda hatten sich je so benommen.

»Sie tut, als wäre sie Odins Frau persönlich«, sagte Zerlina eines Tages wütend, als Erika wieder einmal großtuerisch umherschritt und den Sklaven ihre Befehle erteilte.

»Sie wollte schon immer die Frau des Jarl sein. Nun hat sie es errreicht«, meinte Deidre müde. Jetzt, da der Frühling schnell näher kam, gab es in dem großen Haushalt viel zu tun, doch Erika beschäftigte die Sklavinnen in so großem Umfang mit der Erledigung ihrer privaten Aufträge und Wünsche, daß ein erheblicher Teil der Arbeit, die ihnen üblicherweise oblag, nun von den Frauen im Haushalt noch zusätzlich übernommen werden mußte.

»Möge jetzt, da sie hat, was sie sich ersehnt hat, alles in ihrer Hand wieder zu Staub werden«, wünschte sich Zerlina, die nach dem Tod ihres Vaters eigentlich keinen Grund mehr hatte, im Hause zu bleiben. Nur aus Liebe zu Deidre und ihrer Mutter war sie geblieben. Sie hatte darüber nachgedacht, Everard um seine Einwilliung zu ihrer Heirat mit Sigurd zu bitten, weil sie wußte, daß er sie eigentlich als Last empfand, sie, die unverheiratete Schwester, die zudem noch ein Krüppel war. Und sollte Everard seine Zustimmung verweigern, würde sie mit Sigurd an ihrer Seite die ganze Welt durchstreifen. Das Leben war zu kurz, um nicht das Glück zu ergreifen, wenn es sich bot. Sie hatte überlegt, mit Sigurd nach Dubh-Linn in Irland zu gehen, um dort sein Leben – und sein Lager – mit ihm zu teilen, doch er benahm sich so eigenartig in letzter Zeit. Immer hatte er sie mit Augen voller Liebe und Zärtlichkeit angesehen, und es hatte ihr ein Gefühl von Sicherheit gegeben, zu wissen, wie er für sie fühlte. Doch nun wich er ihr dauernd aus.

Deidre folgte ihrem Blick, der Sigurd suchte, sah den schmerzlichen Ausdruck in ihrem Gesicht und entschloß sich, ihrer Freundin von dem Vorfall mit Warrick vor wenigen Tagen zu erzählen. Zerlina durfte nicht denken, daß Sigurd aufgehört hatte, sie zu lieben.

»Sigurd ist im Moment sehr vorsichtig und besorgt«, schloß sie ihren Bericht, dem Zerlina mit überrascht geöffneten Augen gelauscht hatte.

»Ich wußte nicht, daß mein Bruder sich so benehmen würde«, sagte sie dann. »Er war immer der Ruhigste in der Familie. Sollte er sich sein ganzes Leben lang verstellt haben? Vielleicht kennen wir ihn ja gar nicht.« Sie dachte lange nach und gestand schließlich: »Es stimmt, er hat schon immer begehrt, was Wolfram besaß.«

»Er hat mich gedrängt, ihn zu heiraten, und wenn Sigurd nicht gewesen wäre, hätte er mir vielleicht sogar Gewalt angetan«, erklärte Deidre.

»Du hattest Glück, daß Sigurd im rechten Augenblick auftauchte«, entgegnete Zerlina und schrubbte eifrig an dem Kochtopf in ihren Händen. »Keine Frau sollte zu etwas gezwungen werden, was sie nicht will. Warrick täte gut daran, nicht zu vergesssen, daß du meine Freundin bist und dein Kind der Sohn seines Bruders.«

»Du verstehst sicher, daß Sigurd dich jetzt kaum ansehen kann, ohne einen Racheakt Warricks befürchten zu müssen. Er hat keine Angst vor ihm, das weiß ich, aber er muß an seine Ehre denken. Er denkt an seine Pflichten. Männer können so dumm sein! Er sollte einfach verschwinden, Zerlina, und dich mitnehmen, die Mauer zwischen euch muß endlich eingerissen werden.«

Um Zerlinas Lippen spielte ein geheimnisvolles Lächeln. Deidre wollte sie gerade fragen, was es zu bedeuten hätte, da näherte sich Erika den beiden Freundinnen.

»Ihr plappert und plappert wie zwei alte Frauen«, spottete sie. »Ich will, daß Deidre zur Scheune geht und Streu für den Boden in meiner Schlafkammer holt. Die alten Binsen sind staubig und stören meine empfindliche Nase.«

Zerlina erhob sich und stützte die Hände auf ihre Hüften. »Du kannst eine Sklavin schicken. Es ist nicht Deidres Aufgabe, dich zu bedienen. Außerdem könntest du damit bis zum Frühling warten. Dann werden die alten Binsen sowieso für das Freudenfeuer gesammelt.«

»Ich will sie aber jetzt«, lächelte Erika arrogant. »Und

meine Sklavinnen kann ich nicht damit beauftragen, sie sind anderweitig beschäftigt.« Im vollen Bewußtsein ihrer Macht stand sie herausfordernd vor Zerlina.

»Ich gehe schon«, sagte Deidre müde und zuckte die Schultern. Sie wollte keinen Streit. Außerdem brauchte Zerlina nicht für sie die Auseinandersetzungen mit Erika zu führen, das konnte und mußte sie selbst tun. Es machte ihr auch nichts aus, zur Scheune zu gehen, die frische Luft würde ihr guttun.

Sie ging hinaus und sah nicht, daß ein Paar Augen sie heimlich dabei beobachtete; ihr entging auch das Lächeln, das zufrieden Warricks Lippen kräuselte. Auf diesen Augenblick hatte er lange gewartet. Sie hatte ihm selbst von ihrem Ehemann im fernen Irland erzählt, und nun bot sich ihm die einmalige Gelegenheit, sich an ihr für ihre Zurückweisung zu rächen und zugleich eine Menge Gold zu verdienen. Ihr irischer Ehemann würde ein hohes Lösegeld für sie bezahlen, daran hatte er nicht den geringsten Zweifel.

Er lobte sich in Gedanken für seine Gerissenheit, die Dänen im Hinblick auf eine solche Chance aufgefordert zu haben, in der Nähe zu bleiben. Ihr Schiff war in einer Höhle in der Nähe des Fjords versteckt. Er brauchte sie nur zu holen, und all seine Träume würden Wirklichkeit. Sie vertrauten ihm und würden in ihrer Gier alles tun, worum er sie bat.

Auf ihrem Weg zur Scheune entdeckte Deidre beglückt, daß bereits die ersten Grashalme aus dem Schnee hervorlugten, den die wärmer werdende Sonne schon fast weggeschmolzen hatte. Sie vernahm das Zwitschern der Vögel und freute sich, daß sie aus ihrem Winterquartier zurückgekehrt waren. Und einen weiteren Grund gab es, warum dieser Tag schöner für sie war als all die Tage vorher: wenn der Frühling so nahe war, gab es keinen Grund mehr, warum Sigurd und die Männer nicht nach Wolfram suchen sollten. Sie würde ihren Geliebten bild wiedersehen, dessen war sie sicher.

Vor sich hin summend betrat sie die Scheune und begann, sich die Arme mit den Binsen vollzuladen, die dort aufgeschichtet waren. Ein plötzliches Geräusch veranlaßte sie herumzufahren. Erschrocken ließ sie die bereits gesammelten Halme fallen, als sie den Mann erblickte, der, in Felle gekleidet und ein zweischneidiges Schwert in der Hand, vor ihr stand.

»Guten Tag«, grüßte sie und hob die Hände zum Zeichen der Freundschaft. Doch statt ihren Gruß zu erwidern, trat er einen Schritt näher. Deidre kannte ihn nicht, in Olafs Haus hatte sie ihn jedenfalls noch nie gesehen. Auch seine Art sich zu kleiden war ihr fremd, und sie starrte ihn unbehaglich an. Ein Gefühl von Angst beschlich sie. »Wer bist du?« fragte sie unsicher.

Er antwortete ihr in einer Sprache, die derjenigen ähnelte, die Wolfram und Hildegard ihr beigebracht hatten. Ein kleiner Unterschied war jedoch vorhanden, gerade groß genug, daß es ihr schwerfiel, den Mann zu verstehen. Da trat ein weiterer Mann aus dem Hintergrund, dem noch zwei folgten.

»Dänen!« schrie sie auf, als sie die Wahrheit erkannte, und schon packte sie einer der Männer von hinten und hielt ihr eine Hand vor den Mund, um ihre Schreie zu ersticken. Sie hörte die Worte »Schiff« und »Meer«, doch mehr konnte sie nicht verstehen.

Ihr fielen die kleine Schere und das Messer ein, die sie an der goldenen Kette trug, und sie griff rasch danach, doch bevor sie die winzigen Waffen erreichen konnte, hatte der Fremde die Kette bereits abgerissen und zu Boden geschleudert. Deidre hörte das Klirren, als sie aufschlug. Eine Welle namenloser Furcht erfaßte sie.

»Was wollt ihr? Mich töten?« brachte sie hervor. Fenrirs kleines Gesicht erschien vor ihrem inneren Auge, und sie versuchte, mit Worten und Gesten sich den Männern verständlich zu machen. »Mein Kind!« erklärte sie. »Mein Kind braucht mich.«

Ein Grunzen antwortete ihr. »Silber«, verstand sie. »Mann. Ire.« Deidre wehrte sich, so gut sie konnte. Sie wollten sie nicht töten, soviel hatte sie verstanden, sie wollten sie verkaufen, wollten sie von ihrem Baby trennen, ihr Fenrir nehmen. Hastig banden sie ihr Hand- und Fußgelenke zusammen und stießen sie zur Tür.

»Nein! Mein Sohn! Mein Sohn! Ich kann ihn nicht alleinlassen!« schrie sie. Ein Stück Stoff wurde ihr in den Mund gestopft, einer der Dänen warf sie sich über die Schulter, und schnell flohen die Männer mit ihr aus der Scheune.

Einen steilen Pfad ging es hinunter zum Fjord, wo ein Schiff sie erwartete. Deidre wurde an Deck geworfen und mußte hilflos zusehen, wie der Anker gelichtet wurde und das Schiff sich langsam und unaufhaltsam vom Ufer entfernte. Verzweiflung übermannte sie. Diese Männer entrissen sie ihrem Sohn – ihn verlassen zu müssen, brach ihr das Herz. Ihrer Kehle entrang sich ein lautloser, verzweifelter Schrei, ihr ganzer Körper wurde von Schluchzen geschüttelt. Dieses Schiff brachte sie fort, wer wußte, wohin, und sie würde ihr Baby, ihr geliebtes Kind, vielleicht niemals wiedersehen.

Die Fahrt ging über rauhe Wellen, durch stürmischen Wind immer weiter, fort von der Küste Norwegens. Wie sehr Deidre sich auch bemühen, ihre ganze Kraft einsetzen mochte, es war sinnlos. Hilflos sie ein Fisch zappelte sie im Netz dieser fremden Männer, die sie in ihrer Gewalt hatten.

Es hatte eine Zeit gegeben, in der sie Irland, ihre Heimat, gerne wiedergesehen hätte. Doch so hatte es nicht geschehen sollen, nicht so. Nicht ohne Wolfram, und nicht ohne ihren über alles geliebten Sohn. Sie war allein, hoffnungslos allein.

42

Ruhelos ging Zerlina im großen Saal auf und ab. Dafür, daß Deidre nur einige Binsen holen wollte, blieb sie sehr lange aus. Zerlina begann, sich Sorgen zu machen und schalt sich, weil sie Deidre hatte allein gehen lassen, wenn auch nur den kurzen Weg zur Scheune. Sie befürchtete schon, Warrick könne sie abgefangen haben, als sie ihn vor dem Portal des Gebäudes entdeckte, wo er damit beschäftigt war, sein Schwert zu schleifen. Erleichtert atmete sie auf und machte sich auf den Weg zur Scheune.

Dort war alles ruhig. Sie lugte zur Tür hinein. »Deidre? Bist du da drinnen, Deidre?« Als sie keine Antwort bekam und es ruhiger blieb, trat sie ein und entdeckte sofort einen funkelnden Gegenstand auf dem Boden. Sie hob ihn auf. Das war doch Deidres Kette! Sie erkannte Schere und Messer sofort. Neben der Kette lag eine dänische Münze, Binsen lagen verstreut herum, und überall sah sie Spuren eines Handgemenges. Scharf sog sie die Luft ein.

Hier stimmt etwas nicht, dachte Zerlina und rief erneut: »Deidre! Deidre, so antworte doch!«

Doch abermals erhielt sie keine Antwort. Verzweifelt wandte sie sich um und lief nach draußen, um dort nach ihr zu suchen. Sie fragte jeden, den sie traf, ob er Deidre gesehen habe, doch sie war weder zum Saal zurückgekehrt, noch war sie irgend jemand im Verlauf der letzten Stunde begegnet. Daraufhin schlug Zerlina Alarm. Stundenlang wurde überall nach ihr gesucht, doch als sich nicht die geringste Spur von ihr fand, kam Zerlina der Gedanke, sie könnte vielleicht in den Wald gegangen sein, um einen Spaziergang zu machen. Es war sogar möglich, daß jemand sie dorthin verschleppt hatte, wenn er nicht gesehen werden wollte. Der Wald war tief und dunkel, man konnte sich dort leicht verbergen.

Von ihrer panischen Angst um Deidre getrieben, lief Zerlina immer weiter in den riesigen Wald hinein und rief dabei laut Deidres Namen. Doch niemand antwortete ihr.

Plötzlich hörte sie in nächster Nähe einen Wolf heulen und blieb wie angewurzelt stehen. Ihr wurde bewußt, daß sie sich viel zu weit ins Dickicht vorgewagt hatte und mutterseelenallein war. Sie bekam Angst. Ein Stück entfernt konnte sie die Silhouette des Wolfes ausmachen und stand bewegungslos, um ihn nicht auf sich aufmerksam zu machen. Ihre Gedanken jagten, als sie versuchte, sich zu erinnern, was Wolfram, ihr für den Fall eingeprägt hatte, daß sie einem dieser gefährlichen Tiere unerwartet gegenüberstünde. Richtig, auf einen Baum sollte sie klettern! Nur war das für sie mit ihrem verkrüppelten Fuß ein undurchführbarer Ausweg. Ihr blieb nur eine Möglichkeit, sie mußte so rasch wie möglich von hier fort.

Sie drehte sich auf dem Absatz um und rannte los, so schnell es mit ihrer Behinderung eben gehen wollte. Sie lief, ohne auf Hindernisse zu achten, schlug mit den Armen die Zweige zur Seite, rannte in wilder Panik immer weiter, außer Atem und heftig keuchend. Da verfing sich ihr Fuß in einer hervorstehenden Wurzel, sie verlor das Gleichgewicht und stürzte auf den holprigen Waldboden. Im Gebüsch hinter sich hörte sie den Wolf, und einen Augenblick später sprang das riesige Tier aus dem Dickicht, mit blitzenden Augen, die Fänge weit aufgerissen und ein gefährliches Knurren ausstoßend. Wie gelähmt blieb sie liegen, unfähig sich zu rühren, und starrte ihn angsterfüllt an.

Sigurd rettete sie. Mit einem Messer in der Hand sprang er aus dem Gehölz vor ihr, stürzte sich auf den Wolf und stieß ihm das Messer bis zum Heft in die Kehle. Er war auf der Stelle tot und fiel wie vom Blitz getroffen um.

»Sigurd!« schrie Zerlina auf. Und im nächsten Moment hielt er sie fest an seine breite Brust gedrückt und strich ihr beruhigend das Haar aus der Stirn.

»Ist alles in Ordnung, mein Liebstes?« fragte er.

»Ja! Ja!« schluchzte sie und klammerte sich fester an ihn. Es war so gut, in seinen Armen zu liegen.

Als sie allmählich ruhiger wurde und ihr klar war, daß wirklich keine Gefahr mehr drohte, galt ihr erster Gedanke Deidre.

»Habt ihr sie gefunden?«

»Nein, leider nicht. Wir haben sie überall gesucht. Ich befürchte, die Dänen haben sie entführt, es ist die einzige Erklärung. Eins ihrer Schiffe wurde in Küstennähe gesichtet.«

»Die Dänen, o nein! Wird denn das alles niemals enden?« Verzweifelt begann Zerlina zu weinen, von Kummer überwältigt. Und Sigurd hielt sie, bedeckte ihr Gesicht mit Küssen und streichelte sie ohne Unterlaß. Beinahe hätte er sie verloren, und wie hätte er dann weiterleben sollen? Seine einzige Freude in den vergangenen Wochen war ihr Anblick gewesen, wenn er sie auch nur aus der Ferne hatte betrachten können.

»Zerlina, ich liebe dich so sehr«, sagte er, während er sie sanft in den Armen wiegte.

»Dann laß uns zusammen fortgehen, Sigurd«, bat sie ihn. »Nimm mich mit dir nach Dubh-Linn. Ich möchte ohne deine Liebe nicht länger leben.« Sie schlang die Arme um seinen Hals, und ihre Lippen fanden sich in einem leidenschaftlichen Kuß.

Atemlos fragte Sigurd ein wenig später: »Du willst nach Dubh-Linn? Könntest du in diesem fremden Land denn glücklich sein?«

»Mit dir wäre ich überall glücklich«, erwiderte sie fest. Viel zu lange hatten sie aufeinander gewartet, und es war nur richtig, daß sie jetzt endlich zusammenfanden.

»Du willst wirklich meine Frau werden?« Sigurd konnte es noch immer nicht glauben.

»Ja, Sigurd. Ja, ja und noch einmal ja.« Zerlina lachte und weinte gleichzeitig und sah ihm dabei tief in die Augen.

»Dann werden wir uns sehr bald auf den Weg machen«, versprach Sigurd. »Doch zuvor müssen wir Deidre wiederfinden.«

Hand in Hand gingen die beiden Liebenden zum Haupthaus zurück.

»Ich werde dich bei deiner Suche begleiten, Sigurd«, entschied Zerlina, »und wenn wir um die ganze Welt segeln müssen, um sie zurückzubringen. Wir müssen die Dänen verfolgen. Sie haben Wolfram und meinen Vater getötet, und nun haben sie uns auch Deidre genommen.«

Sie planten, bereits morgen mit dem »Seedrachen« auszulaufen, sobald Zerlina ihre Habe zusammengepackt hatte.

»Sollen wir auch Fenrir mitnehmen?« fragte Zerlina.

»Das geht nicht. Er wird eines Tages der Jarl sein, in der Erbfolge kommt er direkt nach Warrick. Er gehört hierher. Adora wird sich um ihn kümmern wie um ihr eigenes Kind. Sie liebt ihn von ganzem Herzen.«

»Und vielleicht kommt Deidre ja zurück«, flüsterte Zerlina. In ihrer Stimme lag Hoffnung.

Als sie das Portal zum großen Saal erreichten, wurden sie bereits von Warrick erwartet, der mit vor der Brust verschränkten Armen dastand. »Ich habe dir befohlen, dich von meiner Schwester fernzuhalten, Leibeigener!« bellte er Sigurd entgegen. »Hast du mir nicht zugehört?« Er winkte mehrere bewaffnete Männer heran, die sich sofort auf Sigurd stürzten und ihn zu Boden warfen.

»Nein, Warrick!« schrie Zerlina und sank auf die Knie. »Nein! Ich liebe ihn. Ich will bei ihm sein. Das kannst du nicht tun!«

»Sperrt ihn ein«, befahl Warrick kalt, »ich entscheide später, was mit ihm geschieht.« Gefühllos stieß er seine weinende Schwester beiseite und ging davon.

Es wird einige Überzeugungskraft kosten, Everard die Zustimmung zur Hinrichtung Sigurds abzuringen, dachte er, doch das werde ich schon regeln. Everard hat zwar viele Muskeln, aber wenig Verstand. Und wenn ich Sigurd losgeworden bin, werde ich mich um Everard kümmern müssen, denn er ist der einzige, der mir bei meiner Ernennung zum Jarl im Wege steht.

Vergnügt stellte er sich vor, was die Zukunft alles für ihn bereithielt. Er würde der Jarl sein, unvorstellbar, welche Macht er dann hätte! Natürlich wäre es ein noch größerer Triumph mit Deidre an seiner Seite, sie war dazu geboren, die Frau eines Jarl zu sein. Im Vergleich mit ihr mußte jede andere verblassen.

»Aber sie hat mich zurückgewiesen«, flüsterte er vor sich hin. »Sie mußte bestraft werden. Daß sie so dumm war, ihre Bestimmung nicht zu erkennen!« Er verspürte ein leises Bedauern darüber, daß er sie zu ihrem irischen Gatten zurückgeschickt hatte. Kein anderer Mann sollte sie berühren. »Sie hätte *meine* Frau sein können!«

Immer großartiger wurden seine Pläne. Ihm schwebte bereits vor, sich eines Tages zum König krönen zu lassen. Es ging das Gerücht, daß Halfdan der Schwarze dies für seine Person vorhatte. Er, Warrick, würde ihm zuvorkommen und der erste König Norwegens werden. Und dann, ja dann würde er vielleicht nach Irland segeln und Deidre zurückholen. Als seine Königin der Wikinger.

Laut hallte sein Lachen durch die Nacht.

43

Die beißende Kälte war vorüber, der kalte Wind war abgeflaut, und der Frühling kam. Die Luft schien warm, eine leichte Brise wehte, und Wolfram beschloß, daß es an der Zeit war, Abschied zu nehmen.

»Es ist soweit«, erklärte er Paul. »Ich muß aufbrechen.«

Es schmerzte ihn ein wenig, Paul verlassen zu müssen, denn zwischen ihm und dem Eremiten war eine innige Freundschaft entstanden. Zu gerne hätte er den alten Mann mitgenommen, doch der wollte davon nichts hören.

In der Nacht, bevor Wolfram in See stechen wollte, hatte Paul ihm seine Geschichte erzählt.

»Vor langer Zeit war ich ein Priester. Ich war jung, stolz, voller Ehrgeiz und glaubte, die ganze Welt gehöre mir. Keine Sekunde dachte ich daran, daß es einen Gott gab, dem zu dienen ich mich verpflichtet hatte. Ich meinte, ich könnte zwei Leben leben, eines für mich, zu meiner persönlichen Befriedigung, und ein zweites für meinen Gott. Und ich verliebte mich in eine verheiratete Frau.«

»Daran ist nichts Schlimmes, Paul«, sagte Wolfram leise, »ich habe das gleiche getan.«

»Das mag sein, doch dieser Mann hatte die üble Eigenart, meine geliebte Maria zu verprügeln, einfach weil es ihm Spaß machte. Und eines Nachts schlug er sie so brutal zusammen, daß sie beinahe gestorben wäre. Ich kam hinzu und tötete ihn mit meinen bloßen Händen.« Er schloß die Augen, als die Erinnerung an jenes Ereignis ihn übermannte. »Aus Angst um mein Leben und meinen guten Namen floh ich aus dem Land, wobei ich ausschließlich an mich selbst dachte. Ein Jahr später erfuhr ich, daß Maria, meine geliebte Maria, des Mordes an ihrem Gatten angeklagt und hingerichtet worden war. Keiner glaubte ihr, als sie ihre Unschuld beteuerte. Und nur meiner Feigheit und Selbstsucht wegen hatte der einzige Mensch sterben müssen, den ich je geliebt habe.

Ich legte die priesterlichen Gewänder ab und zog mich auf diese Insel zurück. Eigentlich habe ich den Tod verdient. So ist es nur gerecht, daß ich mein Leben hier in der Einsamkeit verbringe und auf diese Weise einen kleinen Teil der Schuld abtragen kann, die ich auf mich geladen habe.«

Wolfram konnte dieser Schlußfolgerung nicht ganz folgen. Die schrecklichen Ereignisse lagen so lange zurück. Verdiente Paul nicht eine zweite Chance, dem Gott zu dienen, den er mißachtet hatte? Paul hatte ihn die Heilige Schrift gelehrt und ihn dazu gebracht, vieles besser zu verstehen. Er, Wolfram, verdankte ihm sein Leben. Paul hatte zwar einst getötet, doch er hatte es an ihm wieder gutgemacht.

Doch seiner Bitte, ihn zu begleiten, wollte Paul nicht nachkommen. »Eines Tages werde ich diese Insel vielleicht verlassen, mein Sohn«, sagte er leise, »aber nicht morgen.«

Nun standen die beiden Männer am Strand und hielten sich in warmer Freundschaft umfangen. Es fiel ihnen schwer, einander freizugeben, doch dann fand Paul als erster die endgültigen Abschiedsworte.

»Leb wohl, mein Sohn«, sagte er, »gib gut auf dich acht.«

Im Heck des kleinen Bootes kauerte Wolfram sich zusammen. Wie ein Blatt schaukelte es auf den Wellen hin und her, und Wolfram hatte besonders zu Beginn seiner Reise mehr als einmal die Befürchtung, es könne kentern und sein Vorhaben scheitern lassen, bevor es noch richtig angefangen hatte. Doch nichts geschah, und er konnte seine Fahrt ruhig fortsetzen.

Nach drei Tagen entdeckte Wolfram endlich am Horizont die heimatliche Küste. Er jubelte vor Freude und sprang, als er nahe genug herangekommen war, in das eisige Wasser des Fjordes, um auf das felsige Ufer zuzuschwimmen. An Land angekommen, rannte er ohne anzuhalten den Pfand zur Klippe hinauf, so eilig hatte er es, heimzukommen.

Dem glücklichen Klopfen seines Herzens lauschend stellte er fest, daß Paul recht gehabt hatte. Die Liebe zu Deidre hatte ihm das Leben gerettet, nicht sein Haß auf Warrick. Er würde Warrick seiner gerechten Strafe zuführen, doch zunächst ging seine ganze Sehnsucht dahin, Deidre in den Armen zu halten. Alles andere konnte warten.

Unter Lachen und Weinen rannte und stolperte er vorwärts, auf das ihm so vertraute Vaterhaus zu; das Glück wollte ihm schier den Atem rauben. Er stellte sich die Überraschung in seines Vaters Gesicht vor, sah das vor fassungsloser Freude strahlende Antlitz Deidres und malte sich in Gedanken aus, wie er sie auf die Arme nahm, in die Schlafkammer trug und sie lieben und nie wieder loslassen würde.

»Deidre!« Laut ihren Namen rufend, riß er das Portal zum großen Saal auf und trat ein – augenblicklich waren die Augen aller Anwesenden auf ihn gerichtet. Er sah die entsetzten Blicke der Sklaven, die ihn für ein Gespenst hielten, und rief ihnen zu: »Ihr Dummköpfe, kommt her, faßt mich an! Ich bin aus Fleisch und Blut! Ich lebe!«

Von den Familienmitgliedern erblickte Erika ihn als erste und sank im selben Moment ohnmächtig zu Boden.

Wolfram freute sich diebisch über das Durcheinander, das sein Erscheinen verursachte. Es war ein großartiges Gefühl, als Totgesagter plötzlich leibhaftig vor ihnen allen zu stehen! Er machte sich auf die Suche nach Deidre, und die Sklaven wichen ängstlich vor ihm zurück. Doch im Saal konnte er sie nicht entdecken, und so lief er zu ihrer Schlafkammer, riß die Tür auf und stand vor der Wiege, in der sein Sohn friedlich schlief. Ehrfurcht ergriff ihn.

»Mein Kind!« sagte er andächtig und hob ihn auf. Wie winzig er war! Er betrachtete genau das von schwarzen Haaren umrahmte Gesicht, und ihm war, als blicke er in einen Spiegel. War es ein Mädchen oder ein Junge? Er wollte es wissen. Behutsam schob er die Windeltücher auseinander. »Ein Sohn!«

Wolframs Hände hatten Fenrir geweckt, der seinen Protest daraufhin lauthals in die Welt schrie. Erschrocken begann er, ihn hin und her zu schaukeln und fühlte sich unbeholfen und dumm, als er feststellen mußte, daß er seinen eigenen Sohn nicht beruhigen konnte.

Hinter ihm erklang eine ärgerliche Stimme.

»Was tust du hier? Laß das Kind in Ruhe!« Es war Zerlina, die das Baby schreien gehört hatte und gekommen war, um nach ihm zu sehen.

Wolfram wandte sich ihr zu. Ein Lächeln lag um seine Lippen.

»Ich wollte meinen Sohn sehen. Ein richtiger Draufgänger ist er, findest du nicht auch?«

Zerlina glaubte, ihr werde der Boden unter den Füßen weggezogen, als sie ihren Bruder vor sich stehen sah. »Wolfram!« schrie sie auf. »Du bist doch tot! Die Dänen… Warrick hat uns erzählt, daß du getötet wurdest!«

»Ich lebe, Schwester. Ich bin ins Meer gestürzt, doch ein guter katholischer Priester hat mir das Leben gerettet. Aber das ist eine lange Geschichte, ich werde sie euch später erzählen.« Er blickte über ihre Schulter zur Tür. »Wo ist Deidre? Wo ist meine Frau?«

Zerlina konnte nicht antworten. Tränen traten in ihre Augen, und sie drehte ihm den Rücken zu.

»Wo ist Deidre, Zerlina? Antworte!« Deidre ist bei der Geburt gestorben, dachte er. Das Schrecklichste war geschehen, was hatte geschehen können. All die Monate hatte er nur an sie gedacht, ihre Lippen, ihren Körper, ihre Liebe zu ihm. Er könnte es nicht ertragen, wenn es sie nicht mehr gäbe.

»Die Dänen haben sie entführt, Wolfram«, sagte Zerlina endlich leise, »vor ungefähr einer Woche. Ich habe ihre Kette in der Scheune gefunden, sie hat es ihnen nicht leicht gemacht. Everard hat alle Männer nach ihr suchen lassen, doch sie blieb verschwunden.«

»Und mein Vater? Hat er sie auch suchen lassen?« Was Klugheit betraf, vertraute Wolfram seinem Vater mehr als Everard. Er würde sie bestimmt finden!

»Vater ist tot, Wolfram«, Zerlinas Stimme war nur ein Flüstern.

»Tot?« Wolfram wurde blaß. »Zerlina, das ist doch unmöglich! Er ist so stark!« Er konnte, wollte es nicht glauben. Doch ein Blick in Zerlinas Gesicht, das ebenso blaß und traurig war wie sein eigenes, belehrte ihn, daß sie die Wahrheit sprach.

»Was ist geschehen?« fragte er sie.

»Es war ein Schwertstoß in den Rücken. Er fiel einem Dänen zum Opfer, genau wie du. Wir haben ihn bestattet, vor etlichen Wochen schon. Everard ist jetzt der Jarl.«

Nun erst nahm sie ihm das Baby aus den Armen und rief nach einer Amme, die seinen Hunger stillen konnte.

»Die Dänen? Was haben die Dänen mit allem zu tun? Es war kein Däne, der mich töten wollte!« Wolfram verstand kein Wort. Alles, was er wußte, war, daß Warrick auf irgendeine Weise für das ganze Grauen verantwortlich sein mußte. Hatte Olaf seinen Verrat entdeckt? Hatte Warrick ihn deshalb zum Schweigen gebracht? Und Deidre? War auch sie ihm im Weg gewesen? Wolfram legte die Hände auf Zerlinas Schultern und sah ihr ernst ins Gesicht. Er würde ihr wehtun müssen, doch sie mußte die Wahrheit erfahren.

»Unser Bruder Warrick hat meine Männer getötet und beinahe auch mich. Warrick hat mich damals als Sklaven verkauft. Und er ist der Mörder unseres Vaters.«

Fassungslos starrte Zerlina ihn an. Sie wollte es nicht glauben, doch erkannte sie, daß Wolfram wußte, was er sagte. Und hatte Warrick nicht auch Sigurd eingesperrt? Hatte er Deidre nicht bedroht? War er nicht so ganz anders geworden, als sie ihn von früher kannte?

Eindringlich redete Wolfram weiter. »Ich kenne ihn inzwischen, glaube mir. Und jetzt ist zweifellos auch Everard in Gefahr. Er ist der einzige, der Warrick noch den Weg zum Jarl versperrt.«

»Everard!« hauchte Zerlina erschrocken. »Er und Warrick sind vor ein paar Stunden zusammen auf die Jagd gegangen!«

Wolfram erstarrte. Diese Gelegenheit würde Warrick sich gewiß nicht entgehen lassen! Ohne auch nur einen Augenblick zu zögern rannte Wolfram hinaus, um seine Brüder zu suchen. Er mußte ein weiters entsetzliches Unglück unbedingt verhindern.

Er lief zum Stall, schwang sich auf das erste Pferd, das er sah, und hetzte in wildem Galopp zum Wald. Kaum hatte er ihn erreicht, als er Warrick auch schon erblickte. Mit einem Satz sprang er vom Pferd, stellte sich ihm in den Weg und packte ihn. Er drückte ihm mit den Händen die Kehle zu, das Blut dröhnte ihm vor Zorn in den Ohren, und er hätte Warrick getötet, wären ihm nicht plötzlich Pauls Worte in den Sinn gekommen, diese großen Worte, die da lauteten: »Wir müssen verzeihen. Verzeihen ist groß, Rache ist klein.« Zögernd lockerte er seinen Griff und nahm langsam die Hände von Warricks Hals. Allerdings blieb er vorsichtig und entwand ihm deshalb den Jagdspeer. Mit funkelnden Augen redete er ihn an: »Ich könnte dich auf der Stelle töten, doch du bist es nicht wert, daß ich dein Blut vergieße.«

Warrick hatte noch keine Zeit gehabt, seine Überraschung bei Wolframs Anblick zu überwinden.

»Du… du bist nicht tot?«

»Wie du siehst, lebe ich noch«, erwiderte Wolfram kalt. Und ohne Vorwarnung: »Vater ist tot. Hast du ihn getötet? Und wo ist Deidre?«

Warrick hatte sich schnell gefaßt. Er lachte auf. Vor Wolfram hatte er keine Angst.

»Deidre ist weit fort. Sie ist auf dem Weg zu ihrem Ehemann in Irland. Du wirst sie nie wiedersehen! Mir hingegen verschafft ihre Rückkehr in ihre Heimat volle Schatztruhen. Sie ist ihrem Gatten eine Menge wert! Wenigstens das bringt sie mir ein, und dabei hätte ich ihr die Welt zu Füßen gelegt.«

Wolfram atmete erleichtert auf. Sie war zumindest in Sicherheit.

Warrick hatte ihn beobachtet. »Freu dich nicht zu früh. Möglicherweise bestraft ihr Mann sie ja für ihre Untreue.« Blinzelnd sah er in die Sonne, lächelte vor sich hin und wartete darauf, daß Wolfram eine Sekunde lang unaufmerksam war, nur einen winzigen Augenblick lang nicht aufpaßte. Er würde den Jagdspeer benutzen, den Wolfram noch in der Hand hielt. Und danach war Everard an der Reihe.

»Du hast meine andere Frage noch nicht beantwortet. Hast du unseren Vater getötet?« Die Spitze des Speeres richtete sich auf Warricks Hals. Ein Tropfen Blut rann über die Haut. »Antworte mir!«

»Ich habe den alten Narren getötet, ja. Er wurde langsam zu weich. Als Jarl taugte er nicht länger. Außerdem hatte er herausgefunden, daß ich dich töten wollte, und ich durfte nicht zulassen, daß er redete.«

»Du dreckiger Hund! Dafür wirst du bezahlen, Warrick. Das schwöre ich bei meinem letzten Atemzug.«

»Ach, und wer wird dir glauben? Ich werde alles leugnen. Für die Leute hier sind die Dänen für das Geschehene verantwortlich.«

»Nicht so ganz«, ertönte Everards Stimme. Er trat hinter dem Baum hervor, von wo aus er das Gespräch zwischen Wolfram und Warrick verfolgt hatte. »Ohne Zweifel war ich der nächste auf deiner Liste.«

Ruhig und sicher kamen seine Worte, er war wahrhaftig von Kopf bis Fuß ein Jarl.

»Was wirst du mit ihm tun?« fragte Wolfram.

Kalt und gelassen entgegnete Everard: »Die Strafe für Vatermord lautet: Aufhängen an den Fersen neben einem ebenfalls auf diese Weise aufgehängten hungrigen Wolf. Sollen sie sich gegenseitig zerfleischen.«

»Nein!« Angesichts dieses Urteils fiel Warrick vor seinem Bruder auf die Knie und begann, um Vergebung zu betteln. Wolfram sah ihm unbeweglich zu. Es war sein Bruder, er liebte ihn immer noch und war bereit, gnädig zu sein. Doch seine Taten verdienten keine Gnade.

»Mach mit ihm, was du willst, Everard«, sagte er müde. »Ich will ihn jedenfalls nicht mehr sehen. Er macht mich krank. Mir wird übel, wenn ich daran denke, was er getan hat. Es interessiert mich nicht, was mit ihm geschieht.«

Er ließ den Speer zu Boden fallen.

»Ich werde Deidre zurückholen«, teilte er Everard dann mit. »Dazu würde ich gern Sigurd mitnehmen. Ich hoffe, es ist dir recht.«

»Natürlich«, willigte Everard ein und fügte leise hinzu: »Ihn einzusperren war nicht mein einziger Fehler.«

Wolfram verließ ohne ein weiters Wort die Stelle, an der die Brüder Klarheit gefunden hatten, und ignorierte die flehentlichen Bitten Warricks, die laut im Wald widerhallten.

Er sah hinaus aufs Meer und wußte, was er zu tun hatte. Er würde mit dem »Seedrachen« nach Irland segeln und seine Frau holen. Niemand und nichts auf der Welt würde sie jemals wieder voneinander trennen können. Deidre war sein, und kein Meer, kein Bruder und kein Schicksal sollte es fertigbringen, ihn von ihr fernzuhalten.

TEIL III

REICHTUM MEINES HERZENS

Irland
Frühling 846

»Denn wo euer Schatz ist,
da wird auch euer Herz sein.«

Neues Testament
Lukasevangelium, 12,34

1

Über der smaragdgrünen Insel hingen schwere dunkle Wolken und brachten den bewaldeten Hügeln und felsigen Bergen Regen. Die Luft roch nach der erwachenden Natur, nach Blumen und Blättern; in ihr lag eine Ahnung von Frühling und all dem Glück, das diese Jahreszeit in sich barg. Die junge, schwarzhaarige Frau, die reglos am Fenster der alten Abtei stand, empfand bei dem herrlichen Anblick, der sich ihr bot, jedoch nicht das geringste, für sie war die Welt kalt und einsam. Sie konnte nur an ihren Sohn denken, der so fern von ihr war, und sie litt Höllenqualen dabei.

Müde wandte sie sich zu der Frau um, die ihr seit ihrer Ankunft in Irland Gesellschaft leistete. Es war ihre Schwester Bridget, die nach den schrecklichen Ereignissen im Hause ihres Vaters einem katholischen Orden beigetreten und Nonne geworden war. »Ich wollte, ich könnte weinen, Bridget«, sagte Deidre, »aber ich habe keine Tränen mehr. Ich kann immer nur an Fenrir denken. Mir ist, als wäre ich innerlich gestorben.«

Die Nonne legte ihr tröstend die Hand auf den Arm. »Du wirst ihn wiedersehen, Deidre. Ich werde tun, was ich kann, um Phelans Herz zu erweichen.«

»Das hat keinen Sinn«, wehrte Deidre ab. »Er will mich doch dadurch bestrafen, daß er mich nicht zu meinem Baby zurückläßt. Bis jetzt hat er sich noch nicht einmal bei mir sehen lassen, und ich bin seit fast zwei Wochen hier. Ich habe keine Ahnung, was er mit mir vorhat.«

Die Seefahrt nach Irland war für Deidre ein Alptraum gewesen, und die Trennung von ihrem Sohn tat ein übriges, um sie zu einer einzigen Tortur werden zu lassen. Sie hatte die Tage an Deck verbracht, irgendwo zwischen Wachen und Schlafen, mit Betäubungsmitteln vollgepumpt, die ihr die Dänen verabreicht hatten, damit sie ihnen keinen Ärger machen konnte. Und gegessen hatte sie so gut wie nichts. Sie war krank, nicht aufgrund körperlicher Beschwerden, die kamen hinzu, sondern weil ihre Seele Folterqualen auszustehen hatte.

In Irland angekommen, band man sie auf ein Pferd und brachte sie zu der Abtei in Muskerry, einem weitläufigen runden Steinbau, von dem aus man weit ins Land hineinsehen konnte, weil er hoch oben auf einem Berg lag. Und hier, in dieser Abtei, hatte sie ihre Schwester wiedergefunden, die sich aller irdischen Besitztümer entledigt hatte, einschließlich ihres herrlichen flammendroten Haars, und Nonne geworden war.

Es war eine seltsame Begegnung zwischen den beiden Frauen gewesen, bei der alle alten Erinnerungen aufgefrischt wurden, schöne und schreckliche, bei der sie lachten und weinten und sich in den Armen lagen.

»Ich bin es zufrieden«, sagte Bridget leise. »Ian hat seinen Weg zu Gott gefunden, und ich habe gelernt, seinen Mördern zu verzeihen.«

»Es gibt vieles, was wir von den Wikingern lernen können, Bridget«, erwiderte Deidre behutsam. »Sie sind nicht die heidnischen Wilden, für die wir sie immer gehalten haben. Du hättest Zerlina und auch Olaf bestimmt sehr liebgewonnen.« Sie senkte die Augen. »Und Wolfram.« Sie begann, ihrer Schwester von den Gesetzen und Gebräuchen der Wikinger zu erzählen, und von ihrer Liebe zu Wolfram, und sie wußte, Bridget verstand sie gut.

Der Ausdruck des Friedens, der auf ihrem Gesicht lag, beeindruckte Deidre tief. Bridget hatte sich nicht wesentlich verändert, nur ihre Augen schienen noch größer und von einem noch intensiveren Blau zu sein, und sie war ein wenig blaß. Doch ihr Lächeln verriet Deidre, daß sie hier in der Abtei den Frieden und die Ruhe gefunden hatte, die sie brauchte, um über die Vergangenheit hinwegzukommen.

»Wir haben uns verändert, nicht wahr?« fragte Deidre. »Du hast Gott gefunden, und ich den Mann, den ich liebe. Der Unterschied besteht nur darin, daß ich ihn wieder verloren habe.«

»Was verloren ging, läßt sich auch wieder finden«, antwortete Bridget, die ans Fenster getreten war und hinausstarrte. »Als Ian tot war, wollte auch ich sterben. Mein Verstand weigerte sich, den Verlust zu akzeptieren, doch Gott hat mir mein Herz und meine Augen wieder geöffnet. Ich habe gelernt, ihm bedingungslos zu vertrauen.«

Deidre wurde ärgerlich bei diesen Worten.

»Gott vertrauen! Worte, nichts als Worte. Alles, wirklich alles ist mir genommen worden, der Mann, den ich mehr als mein Leben liebe, und der Sohn, den ich ihm geboren habe. Und jetzt bin ich einem Mann ausgeliefert, der mich verhöhnt und das Recht hat, mich zu strafen, nur weil ich ihm einmal mein Jawort gegeben habe. Nein, Bridget, Gott hat sich von mir abgewandt.«

Bridget nahm Deidres Hände in die ihren.

»Auch ich habe gelitten, Deidre. Doch mein Glaube hat mich stark gemacht. Es ist nicht an uns, Gottes Weisheit in Frage zu stellen. Wir können nur versuchen, in unseren Herzen die Liebe zu erhalten, und das tun, was er von uns fordert. Wir müssen lernen, unseren Feinden zu vergeben.«

»Unseren Feinden vergeben!« wiederholte Deidre bitter. Das war so leicht gesagt.

Bridget sah ihr fest in die Augen. »Ja, vergeben. Und vertrauen.«

»Vertrauen«, flüsterte Deidre. Sie hatte Warrick vertraut, und nun war sie hier. Er hatte ihr Vertrauen schmählich mißbraucht. »Blicke nie ohne Hoffnung auf den morgigen Tag, denn nur Gott weiß, was er dir bringen mag. Ich werde für dich beten, Deidre, vielleicht findest auch du Frieden und Ruhe, so wie ich sie gefunden habe.«

Es läutete zur Morgenandacht. Schweigend gingen die Schwestern gemeinsam zur Kapelle und knieten sich vor den Altar. Der monotone Sprechgesang der Gebete aller Nonnen des Klosters erfüllte den kalten und feuchten Raum, und schon bald schweiften Deidres Gedanken ab.

Wie lange wird meine Gefangenschaft hier noch dauern? dachte sie. Es war zwar still und friedlich hier, doch war es nicht der Ort, an den sie gehörte. Sie hätte gern ihre Mutter wiedergesehen, die bestimmt wissen wollte, wie es ihrer Tochter ergangen war. Bridget hatte ihr berichtet, daß man sie nach ihrem Verschwinden wie eine Tote betrauert hatte. Alle waren sicher, daß die Wikinger sie entweder ermordet oder in die Sklaverei verkauft hatten. Nur Tara hatte sich geweigert, an Deidres Tod zu glauben, und ihrer inneren Stimme vertraut, die ihr sagte, daß ihr geliebtes Kind noch am Leben war.

Es war Deidre beinahe unmöglich, sich auf die Gebete zu konzentrieren. Wenn sie nun ihr ganzes restliches Leben hierbleiben müßte? Wenn sie nie wieder Fenrirs geliebtes Gesichtchen sehen könnte? Ihn nie wieder berühren könnte? Sogar sein Schreien erschien ihr jetzt wie das höchste Glück. Und Wolfram? Wenn er zurückkehrte und sie nicht fand? Würde er wissen, wo er sie finden konnte?

Was soll ich nur tun? dachte sie verzweifelt. Die Kälte und Feuchtigkeit in der Kapelle drang ihr bis ins Mark, und als sie schon glaubte, ohnmächtig umzufallen, klingelte es erneut, diesmal zum Morgenmahl, wo wie immer Haferbrei und Kräutertee serviert wurde. Eilig machte Deidre sich zum Speisesaal auf, weil sie gleich anschließend eine weitere Nachricht an Phelan und einen Brief an ihre Mutter schreiben wollte.

Die Nonnen nutzten bei ihren Mahlzeiten weidlich die Gelegenheit, sich miteinander zu unterhalten, denn während der übrigen Zeit des Tages unterlagen sie ihrem Schweigegelübde. Auch Deidre holte sich einen Napf, stellte sie in die Schlange der Wartenden und sah sich nach ihrer Schwester um. Wo mochte sie sein? Ob sie schon wieder in die Abgeschiedenheit ihrer kargen Zellen zurückgekehrt war, um zu beten?

Da rief eine der Novizinnen Deidres Namen und winkte sie zu sich. Erstaunt beeilte sie sich, das junge Mädchen einzuholen, das sich schon wieder abgewandt hatte und davonlief. Was konnte man von ihr wollen? Sie beschleunigte ihren Schritt und schloß zu der jungen Schwester auf. »Was gibt es denn?« fragte sie ein wenig außer Atem.

»Es ist Besuch für dich da. Ein Mann. Er wartet unten mit deiner Schwester.«

Ein unangenehmes Gefühl beschlich Deidre. Wer mochte gekommen sein? Etwa Phelan? Oder vielleicht Vater Finian? Doch dann kam ihr ein neuer Gedanke. Konnte es Wolfram sein? Ihr Herz begann zu hämmern, und sie hastete die steile, gewundene Treppe hinunter, stolperte über ihr Kleid, fiel beinahe hin, rappelte sich hoch und lief weiter. Endlich erreichte sie den Torbogen zum Hof und blieb schweratmend stehen. Dort stand Bridget, die auf sie gewartet hatte. Und hinter ihr trat ein kleiner, stämmiger Mann mit rotem Haar hervor, den sie sofort als den erkannte, dem sie einst das Jawort gegeben hatte. Enttäuschung durchflutete sie.

Sie rang sich ein Lächeln ab und ging ihm entgegen. »Phelan!« Was sollte sie zu ihm sagen?

Sein Begrüßungslächeln war etwas zu strahlend, um echt zu sein. Seine braunen Augen funkelten im Sonnenlicht, und seine Nase erschien flacher, als sie tatsächlich war. Er streckte ihr die Hand entgegen, als wäre nicht das geringste vorgefallen, als wären nur Stunden vergangen und keine zwei Jahre, seit sie vor Vater Finian die Ehegelübde abgelegt hatten.

Ringsum duftete es nach Wiesenblumen und Kräutern, die Luft war mild, doch Deidre nahm nichts davon wahr. Sie stand nur da, und ihre Gedanken überschlugen sich, während sie überlegte, wie um alles in der Welt sie diesen Mann dazu bewegen konnte, sie freizugeben und heimzuschicken. Das einzige, was sie herausbrachte, war ein leises: »Warum bist du gekommen?«

Phelan blieb vor ihr stehen und sah sie scheinbar verständnislos an. »Warum ich gekommen bin? Du bist meine Freu, Deidre, ganz gleich, welche Sünden du begangen hast. Dein Platz ist an meiner Seite.«

Sofort fuhr sie auf. »Ich habe keine Sünden begangen!« Ihre Liebe zu Wolfram war keine Sünde, sie war rein und gut und richtig.

Phelans Augen funkelten. »Du hast einen Bastard geboren, höre ich, den Balg eines Heiden?«

»Mein Sohn ist kein Bastard! Ich liebe ihn! Er ist der Enkel eines adeligen Jarl und das Kind eines tapferen und wunderbaren Mannes. Wage es nicht, schlecht über ihn zu sprechen. Das verbiete ich dir!« Das Kinn stolz gereckt stand Deidre vor ihm.

Phelan bedeutete Bridget, sie allein zu lassen, was diese jedoch erst tat, als Deidre zustimmend nickte. Sie hatte keine Angst vor Phelan, wartete, bis Bridget außer Hörweite war, und sagte dann zu ihm: »Ich will zurück zu meinem Sohn.«

»Ich bin nicht gekommen, um zu streiten, Deidre. Ich möchte alle Zwistigkeiten zwischen uns begraben. Du hast eine schwere Zeit hinter dir. Ich will versuchen, dafür Verständnis und Geduld aufzubringen.«

»Wenn du wirklich willst, daß zwischen uns Friede herrscht, dann laß mich zurück nach Norwegen gehen.

Ich will zu meinem Sohn.« Ihre Stimme war fest, ihre Augen wichen den seinen nicht aus.

»Der einzige Ort, an den du gehen wirst, ist mein Haus, wo du als meine Frau mit mir leben sollst«, antwortete Phelan. Man hörte seinem Ton an, daß er langsam ungeduldig wurde.

»Ich kann nicht mit dir gehen, Phelan. Es tut mir leid. Das Schicksal hat über mich bestimmt. In meinem Herzen bist du nicht mehr mein Ehemann.«

Er verschränkte die Arme vor der Brust. »Du redest Unsinn, Deidre. Wir sind vermählt. Du bist meine Frau. Und entweder begleitest du mich freiwillig, oder ich zerre dich mit Gewalt in mein Haus. Du hast die Wahl. Und denke bitte daran – das Gesetz ist auf meiner Seite. Du gehörst mir genauso, wie meine Wiesen mir gehören und die Schafe, die darauf weiden. und es gibt nichts, was du dagegen unternehmen könntest.«

Fest entschlossen schob er Deidre auf die wartenden Pferde zu. Sie erkannte, daß ihre Lage aussichtslos und jedes weitere Wort sinnlos war. Alles, was sie tun konnte, war, mit ihm zu gehen, die Zeit irgendwie durchzustehen und auf eine Gelegenheit zu warten, die ihr die Flucht ermöglichte.

2

Das Echo der Hufe hallte in dem felsigen Hof der Abtei wider, als Deidre auf ihrer rotgoldenen Stute hinter Phelans schwarzem Hengst das Gelände verließ. Phelan hatte ihren Zügel an seinem Pferd festgebunden, um sicherzustellen, daß Deidre nicht zu fliehen versuchte.

Welch eine Ironie, dachte Deidre, ich bin die Gefangene eines Mannes, der dem Gesetz nach mein Ehemann ist!

Sie verabscheute die Art, wie Phelan sie behandelte, wie er sie im Ungewissen über ihr weiteres Schicksal ließ, und diese Unsicherheit fraß an ihrer Seele.

Phelan ritt schweigend vor ihr her und blickte starr geradeaus. Die Landschaft ringsum war Deidre vertraut, und sie erkannte einigermaßen überrascht, daß sie auf das Haus ihres Vaters zuritten. Freudige Erwartung breitete sich in ihr aus, während sie sich überlegte, was sie daheim erwarten mochte. Ihre Mutter saß gewiß am Herdfeuer, mit der Arbeit am Spinnrad beschäftigt, und ihr Vater war unterwegs, um zu Pferde durch die Landschaft zu streifen, die er so sehr liebte. Und wer weiß, was ihre Brüder, Colin und Brian, treiben mochten. Ob Phelan doch sein Mitleid für sie entdeckt und beschlossen hatte, sie zu ihrer Familie zu bringen?

»Phelan«, sprach sie ihn an, »reiten wir zu meiner Familie?«

»Nein«, kam die knappe Antwort, »wir durchqueren nur euer Land und reiten weiter nach Norden zu meinem Haus.«

Zu *meinem* Haus, meinst du wohl, dachte Deidre. Da ihre Ehe nicht vollzogen worden war, gehörten die Ländereien immer noch ihr. Kein Wunder, daß Phelan darauf drang, daß sie ihre Pflichten als Ehefrau übernahm. Deshalb also hatte er den Dänen ein Lösegeld bezahlt! Die Art, wie er sie behandelte, zeigte klar und deutlich, daß sein Interesse an ihr nichts mit Zuneigung zu tun hatte, sondern allein materiellen Ursprungs war. Er hatte den Dänen viele Silberstücke für sie gegeben, nun wollte er den Gegenwert.

Seit sie die Abtei verlassen hatten, waren bereits einige Stunden vergangen, und die Sonne stand hoch am Himmel. Deidres ganzer Körper schmerzte von dem langen Ritt, und sie sehnte sich nach einer Rast. Sie wurden von sieben schwerbewaffneten Männern begleitet, was einem

Beobachter den Eindruck vermitteln mußte, daß hier ein höchst gefährlicher Feind abtransportiert wurde. Deidre fragte sich, ob man sie bei dem Versuch, zu fliehen, töten würde, und entschied sich dagegen. Zumindest würde ihr so lange nichts geschehen, bis ihre Ehe mit Phelan vollzogen und damit rechtsgültig war und von der Kirche nicht mehr annuliert werden konnte. Denn, und das wußte Phelan zweifellos auch, bis dahin gehörte all das, was Phelan seinen Besitz nannte, allein ihr. Laut Gesetz konnte eine Frau die legale Trennung von ihrem Mann erreichen, falls ein gerechtfertigter Grund vorlag, und zudem alle Hochzeitsgeschenke, ihre Mitgift und eine erhebliche Schadenersatzsumme mitnehmen, wenn sie ihn verließ. Ganz klar, daß Phelan gerade dies nicht wollte und alles tat, damit sie ihm erhalten blieb.

Ich kann nur eines tun, überlegte Deidre fieberhaft, ich muß es irgendwie schaffen, mich im Haus meines Vaters in Sicherheit zu bringen und mich unter seinen Schutz zu stellen, bis meine Ehe mit Phelan annuliert werden kann. Und Vater Finian wird mir bestimmt helfen, wenn ich ihm alles erkläre.

Sie sah sich nach Phelans Männern um. Mit ihrer langbeinigen Stute würde sie sie ohne Schwierigkeiten abhängen können, außerdem wog sie, Deidre, viel weniger als die Begleiter, die zudem noch ihre schweren Waffen zu schleppen hatten. Übung im Reiten hatte sie außerdem, in dieser Richtung sah Deidre keine Probleme. Anders war es mit Phelan. Ihre Pferde waren zusammengebunden, und noch nie hatte sie sich eine Schere oder ein Messer so sehr gewünscht wie in diesem Augenblick.

»Phelan!« rief sie leise und hoffte, daß ihre Stimme schwach genug klang. »Können wir bitte ein wenig rasten? Ich habe Hunger und bin entsetzlich durstig. Ich fürchte, ich bin kurz davor, ohnmächtig zu werden.« Um ihre Schwäche zu unterstreichen, hob sie mit theatralischer Geste die Hand an die Stirn.

Phelan warf ihr einen kurzen Blick zu und befahl seinen Leuten, anzuhalten. Er stieg ab, ging zu Deidre nach hinten und zog sie ohne jede Rücksichtnahme grob vom Pferd.

»Also gut«, sagte er, »kurze Pause. Essen und trinken so schnell wie möglich, wir haben noch eine lange Strecke vor uns.« Dabei suchten seine Augen unablässig die Straße hinter ihnen ab, als habe er Angst vor Verfolgern. Doch wer sollte hinter ihnen her sein? Die Wikinger? Deidres Vater? Ihre Brüder? Vielleicht befürchtet er, ich könnte fliehen, dachte Deidre belustigt. Das werden wir gleich herausfinden.

Sie wartete, bis Phelan sich einige Schritte von ihr entfernt hatte und ihr den Rücken zuwandte, dann lief sie los. Geduckt rannte sie in das dichte Unterholz im Wald neben der Straße und hatte binnen Sekunden den Fluß erreicht. Hier hatte sie als Kind oft mit ihren Brüdern gespielt und war mit ihnen im Wasser umhergetollt, hier kannte sie jeden Stein und jeden Grashalm. Um schneller vorwärtszukommen, hob sie ihr langes Kleid und knotete es um die Taille. Ohne anzuhalten, jagte sie weiter.

Doch Phelan und seine Männer waren unglaublich schnell. Innerhalb weniger Sekunden waren sie ihr auf den Fersen und hatten sie eingekreist. Gehetzt blickte Deidre sich um. Ihr blieb nur ein Fluchtweg, der Fluß. Sie zögerte nur einen Augenblick lang, doch das war schon zuviel. Eine kräftige Hand packte sie.

»Wolltest du etwa weglaufen, Frau?« fragte Phelan.

Unschuldig riß Deidre die Augen auf. »Wie bitte? Nein, ich... ich... ich wollte baden. All der Staub von dem langen Ritt, verstehst du? Das kannst du mir doch nicht verwehren!«

Phelan glaubte ihr nicht und sah sie scharf an. Deidre fuhr fort, ihn naiv wie ein Kind arglos anzulächeln.

»Für solche Dummheiten haben wir keine Zeit«, knurrte Phelan, unsicher geworden, und stieß sie vor sich her zurück auf die Straße.

Deidre schwor sich, daß er sie beim nächsten Mal nicht erwischen würde.

Phelan drückte ihr ein Stück halbrohen Hasenbraten in die Hand, das sie nur langsam und angewidert verzehrte. Sie hoffte, er werde sie noch einmal alleinlassen, doch er blieb aufmerksam an ihrer Seite stehen und beobachtete sie.

»Ich verstehe einfach nicht, warum diese Wikinger dich damals mitgenommen haben«, sagte er schließlich. Es schien ihn noch immer zu ärgern, daß man ihm sein Eigentum weggenommen hatte. Deidre zuckte die Schultern. Sie vermutete, daß das, was ihm eigentlich zu schaffen machte, die Tatsache war, daß er ohne sie keinen Anspruch auf die Ländereien hatte erheben können. Wahrscheinlich hätte er sich weniger geärgert, wenn sie damals getötet worden wäre. Nicht einer seiner Männer, geschweige denn Phelan selbst, hatte geholfen, das Haus ihres Vaters zu verteidigen – Feiglinge, die sie waren.

Nun selbst zornig, sagte sie: »Mich hat niemand verschleppt.«

»Nicht?« Der Schock in Phelans Gesicht wirkte beinahe komisch, und Deidre hätte gelacht, wenn die Lage nicht so ernst gewesen wäre. »Bist du etwa freiwillig mit ihnen gegangen?«

»Nein. Wir wurden verraten. Ich habe gehört, wie die Wikinger darüber sprachen. Ich wollte herausfinden, wer dieser Kerl war, und versteckte mich in einem Faß im Lagerhaus, wo ich ihn und einen der Wikinger belauschte. Unglücklicherweise wurde dieses Faß mit den anderen an Bord ihres Schiffes gebracht.« Sie sah ihn prüfend an. »Ich würde alles dafür geben, zu erfahren, wer der Verräter war.«

Phelan brummte eine Antwort, nahm ihren Arm und befahl: »Los, beeil dich, wir können nicht länger hierbleiben.«

Er war tatsächlich ein Feigling. Keinen Gedanken verschwendete er daran, den Verrat zu rächen, und verriet mit keinem Wort, daß er betroffen war. Deidre hatte nichts anderes von ihm erwartet, es entsprach genau dem Bild, das sie von ihm hatte.

Sie ritten weiter, in raschem Tempo wie zuvor.

Ringsum erstreckten sich sanfte Hügel, bewachsen mit sattem Grün und vereinzelten knorrigen Bäumen, die ihre Äste der Sonne entgegenstreckten, als wollten sie ihre Strahlen berühren. Mit jedem Meter, den sie hinter sich brachten, sanken Deidres Chancen, zu entkommen. Sie mußte etwas unternehmen, und zwar rasch, bevor es zu spät war. Wenn nur ihre Stute nicht an Phelans Pferd festgebunden wäre!

Sie ließ noch einige Minuten verstreichen und sprach ihn schließlich an: »Phelan, ich glaube, mein Pferd lahmt. Kann ich bei dir mitreiten?«

Phelan fluchte. »Weiber! Nichts als Ärger hat man mit ihnen, nutzloses Gesindel!«

Er hielt an und band Deidres Pferd von seinem los. »Steig ab! kommandierte er.

Jetzt oder nie, dachte Deidre und holte tief Atem. Sie stieß der Stute die Fersen in die Flanken und preschte los. Mit wild klopfendem Herzen erreichte sie die Kuppe das nächstgelegenen Hügels und stellte erleichtert fest, daß sich vor ihr nichts als freies Land befand.

Sie war schon ein gutes Stück entfernt, als Phelan sich von seiner Überraschung erholt hatte. »Verdammtes Weib!« hörte sie ihn schreien. »Komm sofort zurück!« Sie drehte sich kurz nach ihm um und sah gerade noch, wie er sich auf seinen Hengst schwang, um die Verfolgung aufzunehmen, gefolgt von seinen Männern.

Auf der Suche nach einem Fluchtweg sah sie sich um. Zu ihrer Rechten erstreckte sich ein tiefer Wald, vor ihr und zu ihrer Linken war offenes Land, und hinter ihr war Phelan mit seinen Leuten. Ohne zu zögern, lenkte sie ihre Stute auf den sicheren Wald zu und verschwand im Dikkicht.

Tief im Wald, gut verborgen hinter Bäumen und Sträuchern, vernahm sie das Hufgetrappel und die Stimmen ihrer Verfolger. Sie kamen näher und näher. Deidre lauschte aufmerksam, wartete, bis sie vorbei waren, und dirigierte dann ihr Pferd vorsichtig und leise in entgegengesetzter Richtung. Erst als sie sich wieder in offenem Gelände befand, trieb sie es zum Galopp an, auf die grünen Hügel zu, die sie wenige Stunden zuvor passiert hatten.

Ich bin frei, dachte sie, und dieses Gefühl war wie Balsam für ihre Seele, endlich bin ich frei! Sie hatte gewonnen. Der Mann, der sie in seiner Falle hatte fangen wollen, konnte ihr nichts mehr anhaben. Sie ritt wie der Wind, flüchtete in die Sicherheit ihrer Familie, in die Arme ihrer Mutter und ihres Vater und in die Geborgenheit seines Hauses.

3

Außer Atem und vollkommen erschöpft erreichte Deidre endlich ihr Vaterhaus. Sie sprang vom Pferd und rannte auf die Tür zu. Hinter sich konnte sie schon das Hufgetrappel der Pferde hören, denn Phelan und seine Männer hatten die Jagd nach ihr keineswegs aufgegeben und sie bis hierher verfolgt. Sie waren gefährlich nahe herangekommen.

Tara war der erste Mensch, den Deidre erblickte, als sie ins Haus stürmte. Sie war sehr schlank geworden, zeigte aber noch immer die ihr eigene königliche Haltung. Nun riß sie erstaunt und fassungslos die Augen auf, als sie Deidre erkannte, die atemlos vor ihr stand.

Langsam erhob sie sich von ihrem Platz am Webstuhl, wo sie gearbeitet hatte, und schloß ihre Tochter in die Arme. »Deidre! Meine Deidre! Der Herr hat meine Gebete erhört«, sagte sie, und die Tränen liefen ihr übers Gesicht. »Wie kommst du hierher? Was ist geschehen? Geht es dir gut?«

Auch Deidre weinte nun, versuchte aber, Tara schnell alles zu erklären, verhaspelte sich, begann von neuem und geriet über ihren hastigen Erklärungen außer Atem. Nur langsam gelang es ihr, sich zu beruhigen, und diesmal kamen ihre Worte zusammenhängend und verständlich.

Ihre Mutter erfuhr von dem irischen Verräter, den sie selbst nur als »den Iren« kannte, von ihrem versehentlichen Transport auf das Wikingerschiff, von Wolfram, ihrer Liebe zueinander und endlich von Deidres Sohn, ihrem geliebten Kind.

»Du hast ein Kind?« Für Tara war das die schockierendste Nachricht. Bitte, laß sie nicht schlecht von mir denken, betete Deidre im stillen.

»Sein Name ist Fenrir«, sagte sie stolz und löste sich aus den Armen ihrer Mutter, um ihr in die Augen sehen zu können. »Er ist das wunderbarste Baby der Welt und bedeutet mir mehr als das Leben.«

»Ein Sohn also. Aber Deidre, Tochter, er ist das Kind eines Heiden! Was soll nur aus ihm werden?« Tara machte ein sorgenvolles Gesicht und verstummte händeringend.

»Wolfram, der Anführer der Wikinger, ist mein Ehemann, Mutter. Wir sind vor dem Gesetz getraut worden«, erklärte Deidre und bedeutete ihrer Mutter zu schweigen, als diese Einwände erheben wollte. »Es gibt nichts, was du mir sagen könntest, was ich mir nicht immer und immer wieder selbst gesagt habe. Wolfram und ich sind nur durch Liebe zueinandergeführt worden, nur durch Liebe wurde ich ihm zu eigen. Niemals hat er versucht, mir Gewalt anzutun. Dumm, wie ich war, glaubte ich lange, ich sei durch meine Gelübde an Phelan gebunden, doch dann erkannte ich, daß es zwischen zwei Menschen ein engeres Band geben kann als das, was durch bloße Worte entsteht. Ich meine das Band, das allein durch die Liebe zweier Herzen geschaffen wird. Und nun ist aus dieser Liebe mein Sohn entstanden, der größte Reichtum meines Lebens.«

Tara schwieg lange. Endlich hob sie ihren Blick und sah ihrer Tochter in die Augen. »Deine Worte sind wahr, Deidre. Und deshalb wird dein Kind auch der Reichtum *meines* Lebens sein.« Gerührt schloß sie Deidre wieder in die Arme und seufzte: »Es tut so gut, dich wieder hierzuhaben! Doch sag, wo ist denn mein Enkelsohn?«

Erneut stiegen Deidre die Tränen in die Augen. »Sie haben mich von seiner Seite gerissen! Während ich im Haushalt zu tun hatte und ihn für kurze Zeit allein ließ, überwältigten mich die Dänen und verschleppten mich zu Phelan, der sie mit Gold und Silber dafür entschädigte. Aber ich muß zurück zu Fenrir! Ich muß zu meinem Sohn!«

»Du bist nicht aus freiem Willen hier? Man hat dich entführt?«

»Ja, ich bin bereits seit fast zwei Wochen wieder hier. Phelan will mich bestrafen, er braucht mich nur, damit er seine Ländereien behalten kann, nicht weil er etwas für mich empfindet. Ich bin nicht dumm und weiß genau, warum er mich entführen ließ. Mit Liebe hat das nichts zu tun, die hat es zwischen uns nie gegeben. Ich bitte dich, Mutter«, Deidre sank vor Tara auf die Knie und ergriff flehend ihre Hand, »beschütze mich vor ihm, rette mich vor dem Unrecht, das er mir antun will, bei deiner Liebe zu mir bitte ich dich!«

Sanft zog Tara ihre Tochter auf die Füße.

»Bei meiner Liebe zu dir, mein Kind«, versprach sie, »ich helfe dir. Niemand wird dich hier fortholen, solange du es nicht selbst möchtest.«

In diesem Moment tauchten draußen Phelan und seine Männer auf. Rasch kamen sie auf die Tür zu.

Entschlossen wandte sich Tara an einen der Sklaven. »Verschließe die Tür!« befahl sie. »Deidre, du stellst dich hinter mich. Phelan mag vor dem Gesetz dein Mann sein, doch ich bin die Herrin dieses Hauses, und ich allein bestimme, wer hier Zutritt hat und wer nicht.« Hoch erhobenen Hauptes stand sie ruhig und sicher da.

Wütend hämmerte Phelan von draußen an die Tür, zornig, daß es jemand wagte, ihn auszusperren. Nachdem er immer wieder vergeblich versucht hatte, das Schloß aufzubrechen, verlegte er sich aufs Bitten.

»Laß mich hinein!« rief er. »Ich habe das Recht dazu.«

Herausfordernd fragte Tara: »Warum erscheinst du in Waffen vor dem Haus meines Gatten?«

»Ich bin hier, um meine Frau zu holen!« erwiderte Phelan und schmetterte erneut sein Schwert gegen die Tür. Ängstlich umklammerte Deidre die Hand ihrer Mutter. Lieber sterbe ich, als daß er mich mitnimmt, dachte sie.

»Leg sofort dein Schwert nieder!« befahl Tara und winkte den Sklaven und Bediensteten zu, sich ebenfalls zu bewaffnen.

»Laß mich hinein, und ich tue, was du verlangst«, antwortete Phelan.

»Nein«, lehnte Tara mit fester Stimme ab. »Ehemann oder nicht, du kommst hier nicht herein. Meine Tochter hat unter diesem Dach Schutz vor dir gesucht, und sie wird ihn bekommen.« Das Schwertgeklirr verstummte.

»Weib, du mischst dich in Dinge ein, die dich nichts angehen!« tobte Phelan. »Dies ist eine Sache zwischen Eheleuten. Ich habe laut Gesetz das Recht, meine Frau zu holen. Und wenn ich es auch nicht tun müßte, so bin ich dennoch bereit zu versprechen, daß ich ihr gegenüber Gnade walten lassen werde, obwohl sie mich sehr verärgert und mir große Unannehmlichkeiten bereitet hat.«

»Meine Tochter wird weder von dir noch von irgend jemand anderem bestraft werden. Sie hat in den vergangenen Wochen genug gelitten. Ich werde dafür sorgen, daß sie den Frieden und die Sicherheit bekommt, die sie so dringend braucht.« Aus ihrer Stimme klang eiserne Entschlossenheit. Beruhigend lächelnd sah sie Deidre an. Niemals war das Band der Zugehörigkeit, das sie beide verknüpfte, enger gewesen.

Phelan spürte, daß seine lauten Forderungen nichts nützen würden. Als er wieder sprach, klang seine Stimme bedeutend sanfter.

»In Gottes Namen verlange ich, daß du sie mir übergibst. Ich werde großzügig sein und sie nicht verstoßen, obwohl sie die Ehe gebrochen und einen Bastard zur Welt gebracht hat. Ich werde ihr vergeben und ihr ihren Platz in meinem Herzen und meinem Leben zurückgeben. Das ist Gottes Wille.«

»Gottes Wille ist, daß wir einander lieben und verzeihen. Nein, Phelan, ich lasse dich nicht in mein Haus. Geh jetzt, bevor es zu Schlimmerem kommt. Deidre wird hierbleiben, wie es ihr Wunsch ist.«

Nach ihren Worten kehrte draußen Stille ein. Sie dauerte so lange an, bis Deidre und ihre Mutter schon dachten, Phelan habe aufgegeben und sei gegangen, doch da erklang seine Stimme erneut, laut und wütend wie zu Beginn.

»Ich werde zu Llewellyn gehen. Er wird dafür sorgen,

daß meine Forderung erfüllt wird. Euren Grund und Boden verlasse ich nur zusammen mit meiner Frau. Sie gehört mir.«

Für diesmal rief er seine Männer von der Tür zurück und trat den Rückzug an, doch es war für ihn nur eine Frage der Zeit, bis er Deidre zurückhielt. Ihr Vater würde seiner Forderung Folge leisten, dessen war er sicher, denn er hatte ihn, Phelan, schon immer gefürchtet. Er lächelte bei diesem Gedanken.

Als er fort war, ließ sich Deidre auf eine Bank fallen, ausgelaugt und erschöpft nach dieser häßlichen Auseinandersetzung und dem ganzen anstrengenden Tag.

»Wird Vater tun, was Phelan verlangt?« fragte sie Tara besorgt. »Wird er mich ihm übergeben?«

Zärtlich strich Tara ihrer Tochter übers Haar. »Was dein Vater sagen wird, spielt keine Rolle. Du wirst hierbleiben, solange du es willst, wie ich es Phelan gesagt habe.«

»Und was wird aus meinem Kind?«

»Wir werden einen Weg finden. Zunächst müssen wir uns allerdings um deine Ehe kümmern und die Gelübde, die du abgelegt hast.«

»Diese Ehe muß ungültig gemacht werden«, sagte Deidre. »Es ist der einzige Weg. Niemals werde ich einen anderen Mann als Wolfram lieben. Er ist der Vater meines Sohnes und die Liebe meines Lebens. Und irgendwie spüre ich, daß er noch lebt. Er wird mich finden, das weiß ich. Und an diesem Tag wird mein Leben neu beginnen.«

»Dann gebe Gott, daß das bald geschieht«, flüsterte Tara.

4

Die Nacht war dunkel und geheimnisvoll, kein einziger Stern war am schwarzen Mitternachtshimmel zu sehen, und nur der Mond spendete ein fahles Licht, wenn er für wenige Augenblicke hinter der dichten Wolkendecke hervorkam. Wolfram, Sigurd und Rorik pirschten sich im Schutz der Dunkelheit die irische Küste entlang, dankbar, daß der Wettergott mitspielte und sie nicht gesehen werden konnten.

Mühsam bezähmte Wolfram seine Ungeduld, Deidre endlich wieder in den Armen zu halten, ihre Nähe zu spüren, sich von ihrer Schönheit gefangen nehmen zu lassen. Sie mußten vorsichtig sein. Eine lange Reise lag hinter ihnen, und nun waren sie nur mehr eine gute Meile von Deidres Vaterhaus entfernt, wobei sie sich nicht sicher sein konnten, daß sie wirklich dort war. Sie hofften es von ganzem Herzen.

Wolfram konnte es kaum glauben, daß zwei Jahre vergangen waren, seit er hier eingefallen war, um sich die Schätze zu sichern, die ihm der Ire als sichere Beute versprochen hatte. Der Ire! Wolfram dachte nur mit Abscheu an ihn. Wie konnte ein Mann sein eigenes Volk so schmählich verraten? Er war ein habgieriger Kerl gewesen, und Wolfram erinnerte sich nur deshalb an seinen Namen, weil er in der gälischen Sprache »Wolf« und »tapfer« bedeutete. Phelan. »Guthrie« hätte besser zu ihm gepaßt, das bedeutete »Schlange«. Wenn er nur daran dachte, daß seine Deidre durch christliche Gelübde an einen solch niederträchtigen Burschen gebunden war, wurde ihm übel.

Oft war er versucht gewesen, ihr die Wahrheit über jenes Subjekt zu sagen, das sie ihren Mann nannte, doch er hatte stets befürchtet, sie damit irgendwie zu verletzen. Er wollte ihr Herz mit Liebe gewinnen, nicht mit Anklagen gegen einen anderen Mann. Also hatte er geschwiegen. Und am Ende wirklich gewonnen. Er hatte triumphiert und ihre Liebe errungen.

Nun fragte er sich, ob Phelan jetzt, da Deidre in ihre Heimat zurückgekehrt war, versuchen würde, seine Rechte auf sie geltend zu machen. Der Gedanke weckte seinen Zorn. Deidre war *seine* Frau.

Er blieb stehen, um sich zu orientieren, in der absoluten Finsternis prallte Sigurd von hinten auf ihn, und beide Männer stolperten. Rorik lachte laut auf, als er sie fluchen hörte, und half ihnen wieder auf die Füße.

»Das reicht jetzt«, meinte er. »Laßt uns eine Rast einlegen und ein Feuer machen.«

Sie sammelten einige Zweige, die Sigurd mit seinem Feuerstein, den er stets an seinem Gürtel mit sich trug, entzündete. Wolfram meldete Bedenken an. Er fürchtete, das Feuer könne entdeckt und ihr Vorhaben damit vereitelt werden, doch Rorik beruhigte ihn.

»Die Iren stellen am Wasser keine Wachen auf. Erinnerst du dich, wie leicht wir damals an Land kamen?«

Sigurd war seiner Meinung. »Ich habe genug davon, wie ein Waldbewohner im Dunkeln herumzukriechen«, meinte er.

Doch Wolfram blieb unruhig. Ein Feuer zu machen schien ihm keine gute Idee. Auf feindlichem Gebiet mußte man jede Minute Vorsicht walten lassen, Nachlässigkeit und zu große Selbstsicherheit konnten einem leicht das Genick brechen. Erst wenn sie mit Deidres Vater, dem Oberhaupt des Clans, gesprochen hatten, konnten sie sich frei und offen bewegen, doch so weit war es noch nicht.

»Wir sollten lieber weitergehen«, riet er.

Rorik sah ihn an. »Gut. Du bist der Anführer«, meinte er und trat die Flammen bedauernd aus. Das Feuer war in der schwarzen Nacht ein angenehmer Anblick gewesen.

»Bald werden wir um ein viel größeres Feuer sitzen«, versprach Wolfram, als die drei Männer ihren Weg fortsetzten. Er hoffte, Deidres Familie werde ihm nicht feindlich gegenübertreten. Das Schwert an seinem Gürtel vermittelte ihm zwar Sicherheit, doch er hatte nicht vor, es zu benutzen, wenn nicht sein Leben bedroht wäre. Es hatte schon so viele Tote gegeben. Er wollte Deidre heimholen, mehr nicht.

»Ich freue mich schon jetzt darauf, mit Deidre nach Dubh-Linn zu kommen«, flüsterte Sigurd. »Zerlina fehlt mir sehr.« Sie hatten Zerlina und Fenrir, Deidres Baby, mit nach Irland genommen, sie jedoch in Dubh-Linn an Land gebracht, wo sie in Sicherheit waren. Gemeinsam mit Deidre wollten die Männer mit dem »Seedrachen« nach Beendigung ihres Vorhabens dorthin zurückkehren.

»Und mir fehlt Helga«, fügte Rorik hinzu.

Eine Eule schrie. Der Wald um sie herum schien zu flüstern, unheimlich knackte es im Unterholz, die Dunkelheit um sie wirkte plötzlich lebendig, die Blätter rauschten, und überall schien sich etwas Unheilvolles zu bewegen. Eilig liefen die drei Freunde weiter, ohne sich die Zeit zu nehmen, die Lage genauer zu sondieren. Erst Sigurds Aufschrei: »Wolfram, gib acht!« ließ sie aufmerksam werden, doch da war es bereits zu spät.

Zwei schattenhafte Umrisse, die sie für Felsen gehalten hatten, entpuppten sich als zwei Männer, die sich auf die Eindringlinge stürzen. Ein harter Schlag traf Wolfram am Hinterkopf, und Sigurd entging nur knapp einem Messerstich in die Seite. Einer der beiden Angreifer stieß Wolfram zu Boden.

»Es sind Wikinger!« rief eine Stimme. »Ich habe dir gleich gesagt, wir müssen das Ufer bewachen. Diese Teufel kommen immer im Frühling!«

Sigurd warf sich auf die zwei Gestalten, doch allein konnte er nichts ausrichten. Wolfram lag kampfunfähig am Boden, und Rorik war noch zu weit zurück. Im Nu war auch er überwältigt.

»Rorik, warne das Schiff!« rief Wolfram.

»Nein, ich bleibe bei euch!« schrie Rorik zurück.

»Tu, was ich sage! Lauf zurück! Was hilft es, wenn wir alle drei gefangen werden!«

Rorik gehorchte. Er brach durch die Büsche und erreichte das Ufer. Einer der Iren folgte ihm, während der andere rief: »Er darf nicht entkommen! Er könnte die anderen warnen, Brian!«

Doch Rorik hatte keine Schwierigkeiten, seinen Verfolger abzuhängen, und war bald in der Finsternis verschwunden. Wolfram und Sigurd atmeten erleichtert auf.

»Wir wollen doch mal sehen, wer diese beiden hier sind, Colin«, erklang eine Stimme, und eine Fackel wurde entzündet und Wolfram vors Gesicht gehalten. Er blickte in zwei zornige Augen in einem wütenden Gesicht.

»Er ist es! Das ist der Wikinger, der den Überfall auf uns angeführt hat! Er hat Deidre mitgeschleppt!« rief jemand.

»Dieser Hund!«

»Hängen soll er! Jetzt gleich!« Noch ein Ire, seine Stimme klang heiser vor Zorn.

»Nein!« sagte ein haariger junger Mann, der zweifellos das Kommando hatte. »Wir lassen sie am Leben, bis wir wissen, was aus meiner Schwester geworden ist.«

Wolfram wollte etwas sagen, doch ein heftiger Stoß in den Magen brachte ihn zum Schweigen. Er betrachtete den rothaarigen Jungen genauer. Das also war einer von Deidres Brüdern.

»Wir bringen die beiden zu unserem Vater. Er wird entscheiden, was mit ihnen geschehen soll«, entschied der Mann, der Wolfram die Fackel vors Gesicht hielt.

Und so wurden Sigurd und Wolfram hintereinander den Weg entlang durch den Wald gestoßen und geschleppt. Sie hatten Deidres Vaterhaus als Freunde betreten wollen, doch nun kamen sie als Gefangene.

5

Wolfram und Sigurd erblickten schon von weitem das große Haus Llewellyns, durch dessen schmale Mauerschlitze der Schein der Herdfeuer nach draußen drang. Während sie sich dem Gebäude näherten, das ganz aus Stein und Holz gebaut war, überlegte Wolfram, was ihm diese Nacht noch bringen würde. Durfte er endlich seine geliebte Deidre wiedersehen? Oder würde er sterben müssen? Die Männer von Llewellyns Clan, die sie gefangengenommen hatten, schwangen ihre Schwerter, stießen unablässig Drohungen aus und überschütteten Wolfram und Sigurd mit spöttischen Bemerkungen.

»Verfüttern wir sie an die Wölfe«, sagte einer von ihnen, ein hochgewachsener, schlanker Kerl. »Das machen sie in ihrem Land auch.«

»Nein, wir hängen sie kopfüber an einen Baum und lassen sie von den Vögeln anpicken,« meinte ein anderer. »Ihnen den Kopf abzuschlagen wäre viel zu gnädig. Sie sollten leiden für das, was sie uns vor zwei Jahren angetan haben.«

»Alles Kinderkram! Ich sage, wir sollten sie den Adlern zum Fraß vorwerfen! So haben sie meinen Vater sterben lassen. Bis zu seinem Tod lag er hilflos am Boden mit heraushängenden Eingeweiden.« Dieser Vorschlag kam von einem schwergewichtigen Mann, der Wolfram nun, um seinen Haß noch deutlicher zu machen, brutal zu Boden stieß. Lachend sah er zu, wie Wolfram sich bemühte, wieder auf die Füße zu kommen, und trat ihn in den Rücken, als es ihm beinahe gelungen war.

Wolfram sah auf und blickte in die Augen eines anderen Mannes, die ihm seltsam vertraut erschienen. Ihm war, als schaue ihn Deidre an, und er las Mitleid und Freundlichkeit in diesen Augen.

»Laß ihn in Ruhe, Cedric«, sagte der junge Mann, dem diese schönen Augen gehörten, und reichte Wolfram helfend seine Hand. »Wir brauchen uns nicht wie Tiere aufzuführen.«

»Wer bist du?« fragte Wolfram und wußte die Antwort im gleichen Augenblick, in dem er fragte. Dieser junge Mann mußte mit Deidre verwandt sein.

»Ich bin Brian«, antwortete er prompt. »Der Bruder der Frau, die du geschändet und entehrt und dann ihrer Familie entrissen hast. Vielleicht vergibt dir Gott, was du ihr angetan hast. Ich kann es nicht.«

»Brian«, wiederholte Wolfram leise. Er kannte den Namen. Deidre hatte ihn oft erwähnt, und er wußte, daß sie und ihr Bruder sich sehr nahestanden. Er war der sanftere der beiden Brüder, während Colin, der Rothaarige, eher ungestüm und wild war und genau das Temperament besaß, das man erwartete, wenn man seinen roten Schopf sah. Doch Brian hatte schwarzes Haar und die gleichen violetten Augen wie Deidre.

Jetzt wollte er sich abwenden und weitergehen, doch Wolfram bat ihn mit einer Handbewegung zu bleiben.

»Ich möchte mit dir sprechen, Brian. Du mußt mir helfen«, bat er.

»Dir helfen? Warum sollte ich das tun?«

»Weil dein Gott will, daß du deinen Feinden vergibst, und weil ich deine Schwester liebe – und deshalb auch ihre Familie«, antwortete Wolfram.

»Du willst meine Schwester lieben? Du hast sie entehrt und ihrem Mann entrissen. Nennst du das Liebe? Sei still, ich will nichts mehr davon hören. Für das, was du getan hast, mußt du bestraft werden.« Mit vor der Brust verschränkten Armen stand er vor Wolfram, hin- und hergerissen zwischen dem Wunsch, mit ihm zu sprechen, und seiner Pflicht, ihn zu bestrafen, wie seine Männer es verlangten.

Leise fragte Wolfram: »Ist sie hier im Hause deines Vaters? Bitte, ich muß es wissen. Ich muß sie sehen.«

»Sei still, Wikinger«, mischte sich der Schwergewichtige ins Gespräch, »der junge Herr hat gesagt, er will nichts mehr hören!« Er schlug ihm ins Gesicht. Sigurd wollte seinem Freund zu Hilfe eilen, doch ein brutaler Hieb stoppte sein Vorhaben. Indessen blickte Brian Wolfram verwirrt an.

»Meine Schwester ist nicht in Irland. Wie kommst du auf die Idee, sie könnte hier sein?« Er winkte seinem Gefolgsmann, Wolfram in Ruhe zu lassen, damit er ungehindert sprechen konnte.

»Deidre und ich haben nach dem Gesetz meines Volkes geheiratet und in Norwegen wie Mann und Frau zusammengelebt. Wir bekamen einen Sohn, als Beweis unserer Liebe, und wir waren glücklich, bis ich durch heimtückischen Verrat von ihr getrennt wurde. Als ich endlich zurückkehren konnte, war sie verschwunden. Die Dänen hatten sie entführt. Ich war der Meinung, sie hätten sie nach Irland gebracht, um Lösegeld für sie zu fordern. Nur deswegen habe ich gewagt, herzukommen. Allein aus Liebe zu ihr bin ich hier und riskiere mein Leben, verstehst du?«

»Die Dänen sollen hier sein?« Brian betrachtete Wolfram genauer. Konnte es sein, daß er die Wahrheit sagte? War es möglich, daß Deidre, sofern sie noch lebte, in Gefahr schwebte?

Wieder mischte sich Cedric ein. »Halt dein Lügenmaul, du Hund!« rief er und versetzte Wolfram einen heftigen

Tritt. »Du hast sie getötet, und nun erzählst du uns Lügen, um dein Leben zu retten!«

Wolfram kam mühsam auf die Füße, ohne ihn im geringsten zu beachten. Seine Augen waren auf Deidres Bruder gerichtet, der seine einzige Hoffnung war und nachdenklich vor sich hinstarrte.

»Hör nicht auf ihn, Bruder«, meldete sich in diesem Augenblick Colin, dessen Haß auf die Normannen allseits bekannt war, und trat von Sigurd, den er bewacht hatte, an Brians Seite.

»Los, wir werfen sie in diese Wolfsfalle hier, diese Hunde!« Er winkte seinen Männern, die Wolfram und Sigurd vom Weg ab in den Wald führten, wo sie beide in eine tiefe Grube stießen. Hart prallten die Freunde auf dem Grund der Falle auf.

»Da sind wir ja in einen feinen Schlamassel geraten!« meinte Sigurd leise, während er und Wolfram aufstanden und sich den Dreck von den Kleidern klopften. »Wir können von Glück sagen, wenn wir in einem Stück hier herauskommen!«

Colin, Brian und ihre Männer beglückwünschten sich oben im Wald zu dem Erfolg ihrer »Jagd« unter lautem Gejohle und Gelächter.

Indessen untersuchten Sigurd und Wolfram ihren körperlichen Zustand und stellten fest, daß zumindest nichts gebrochen war. Sie waren zwar angeschlagen und leicht verletzt, doch fehlte ihnen nichts Schlimmeres. Sofort versuchte Wolfram, die Steilwand ihres Gefängnisses zu erklimmen, doch das Erdreich gab immer wieder unter seinen Händen und Füßen nach, und er fiel zurück in die Grube. Ein Blick nach oben verriet ihm außerdem, daß die Iren ein Holzgitter über den Einstieg gelegt hatten.

»Gefangen!« fluchte Wolfram und hieb mit der Faust gegen die feuchten Wände ihres Gefängnisses.

»Und keine Chance zu entkommen!« stieß Sigurd zornig hervor. Wolfram setzte seine ganze Hoffnung nun auf Brian, Deidres Bruder. Gib Gott, daß er uns irgendwie hilft! betete er. Denn wenn er es nicht tat, würde er Deidre, seine geliebte Deidre, wohl niemals wiedersehen.

6

Gänsegeschnatter und lautes Gebell kündigten die Ankunft Llewellyns an, der von dem einmal im Jahr stattfindenden Clantreffen heimkehrte. Seine dröhnende Stimme schallte über den ganzen Hof, als er munter und gutgelaunt mit seinen Hunden sprach.

»Jagst du schon wieder die Gänse, Fomor? Und du, Finn, mußt ihm wohl alles nachmachen, was?«

Dann betrat er sein Haus, dichtauf gefolgt von seinen Hunden. Sein Blick galt allein seiner Frau, während er den großen Raum durchquerte und sie in die Arme schloß. Deidre, die still in einer Ecke des Saales saß, bemerkte er nicht.

»Ich bin glücklich, dich wiederzusehen«, sagte er, »und ich bin müde von der anstrengenden Reise.«

Er gab sie frei und blickte mißmutig auf die beiden Hunde, die die Köpfe hängen ließen.

»Vermaledeite Tiere! Haben nur Gänsejagen im Kopf. Ich kann schimpfen, soviel ich will.« Kopfschüttelnd jagte er sie hinaus.

»Laß sie doch, Llewellyn,« sagte Tara begütigend, »es sind doch nur Hunde und keine Menschen mit Vernunft!«

»Wie ungezogene Kinder sind sie!« Llewellyn schien ernstlich aufgebracht, als er sah, wie sich die Hunde draußen erneut auf die laut schnatternden Gänse stürzten. »Fomor! Finn!« rief er wütend und warf erregt die

Arme in die Luft. Wie immer, wenn er sich aufregte, wurde sein Gesicht dunkelrot.

Der Anblick, den er in seiner Erregung bot, war Deidre wohlvertraut, doch sie erschrak, als sie erkannte, wie sehr ihr Vater in den vergangenen zwei Jahren gealtert war. Sein ehemals leuchtend rotbraunes Haar war beinahe vollkommen weiß geworden, und seine sonst so glattrasierten Wangen bedeckten grau Bartstoppeln.

»Llewellyn ...«, begann Tara und blickte kurz hinüber zu Deidre.

»Diese Hunde!« Noch immer war Llewellyn wütend über den Unverstand seiner Tiere. »Keine Disziplin! Wie die Kinder sage ich dir, wie die Kinder!«

Kopfschüttelnd ging er langsam auf seinen bequemen Lieblingsstuhl zu – und erstarrte. Seine Augen weiteten sich, er riß staunend den Mund auf.

»Deidre? Deidre? Bist du es wirklich?«

Das Blut wich aus seinem Gesicht, und er schaute seine Tochter fassungslos an.

»Ein Wunder ist geschehen«, rief Tara dazwischen, »Deidre lebt! Ich habe immer gewußt, daß Gott sie verschont hat. Daß sie hier ist, ist für sie jedoch nicht nur Glück, sondern – es bedeutet ein Problem. Weißt du, sie ist entführt worden, und ...«

»Deidre«, unterbrach sie Llewellyn, als hätte sie gar nichts gesagt.

Deidre lächelte.

»Ich bin es, Vater. Ich bin heimgekehrt.«

Damit lief sie auf ihn zu und warf sich in seine ausgebreiteten Arme.

»Deidre, meine schöne Tochter. Wirklich, Gott hat ein Wunder vollbracht und dich uns zurückgegeben.«

Er hielt sie fest in den Armen und wiegte sie hin und her. Als er sie nach einer langen Weile freigab, nahm er ihren Arm und führte sie zum Tisch. »Bist du hungrig?

Möchtest du dich ausruhen?« fragte er besorgt. Als Deidre den Kopf schüttelte, fuhr er fort: »Dann erzähle mir, was geschehen ist. Alles. Ich will wissen, wie du diesen Wikingern entkommen bist.«

Er erinnerte sich, wie tapfer sie vor zwei Jahren gegen sie gekämpft hatte. Die wildesten Vorstellungen geisterten durch seinen Kopf.

»Ich bin nicht geflohen, Vater. Die Dänen haben mich hergebracht, nicht die Wikinger.«

»Die Dänen? Ich verstehe nicht. Ich dachte, die Wikinger hätten dich entführt!«

»Es war keine Entführung, Vater. Es war ein Versehen. Durch einen schrecklichen Irrtum bin ich an Bord des ›Seewolf‹ gelandet.« Sie erzählte ihm die ganze Geschichte, die sie vor zwei Tagen auch schon ihrer Mutter berichtet hatte, bis hin zu dem Iren, der sie alle verraten hatte. »Eines Tages werde ich ihn finden, ihn, der soviel Tod und Zerstörung über uns alle gebracht hat«, endete sie schließlich.

»Pah! Die Schuld liegt allein bei den Wikingern!« widersprach Llewellyn. »Von uns würde sich niemand so weit vergessen, dessen bin ich sicher. Aber genug davon! Was ist weiter mit dir geschehen?«

Deidre zögerte. Ihrer Mutter von ihrer Liebe zu Wolfram zu erzählen, war eine Sache, ihrem Vater davon zu berichten, der so streng und unbeugsam in seinen Ansichten war, jedoch eine völlig andere.

»Ich habe bei den Wikingern gelebt«, begann sie vorsichtig.

»Das dachte ich mir«, mitleidig sah Llewellyn sie an. »Sie haben dich als Sklavin behalten. Meine arme Deidre!« Zärtlich nahm er ihre Hände in die seinen und streichelte sanft ihre Handflächen. Als er keine Spuren von schwerer Arbeit, keine Schwielen oder Narben bemerken konnte und statt dessen an ihren Fingern ihre goldenen Ringe sah, blickte er ihr fragend ins Gesicht.

»Ich war keine Sklavin, Vater. Ich war ein mit allen Ehren bedachtes Mitglied des Haushaltes«, flüsterte Deidre.

Llewellyn runzelte die Stirn.

»Und ... und haben die Wikinger dir Gewalt angetan? Ich meine ...«

»Nein!« wehrte Deidre heftig ab.

»Gut«, meinte ihr Vater erleichtert. »Gott hat dich also trotz allem beschützt.« Er sah sich um. »Wo ist Phelan? Er muß sich sehr freuen, daß du heimgekehrt bist.«

Tara räusperte sich.

»Was Phelan betrifft – darüber müssen wir miteinander sprechen, Llewellyn.«

»Hat er sie verstoßen? Nein, er kann sie doch nicht verstoßen haben, nicht wahr?« Schwer ließ er sich auf seinen Stuhl fallen.

»Nein, das hat er nicht getan. Im Gegenteil, er will, daß Deidre ihn zu seinem Haus begleitet und ihre Ehegelübde einlöst«, erklärte Tara. »Es ist vielmehr Deidre, die sich von ihm abgewandt hat.«

Sie stellte sich neben ihren Mann in Erwartung des Wutausbruches, von dem sie wußte, daß er unweigerlich folgen mußte.

»Wie bitte? Was heißt das?« Llewellyns Augen funkelten drohend, seine Brauen zogen sich zusammen. »Was soll diese Verrücktheit bedeuten? Deidre kann sich nicht einfach von ihm abwenden. Sie ist mit ihm verheiratet. Hör mit dem dummen Geschwätz auf und laß mich mit meinem Schwiegersohn reden.«

Ungeduldig wehrte er die beruhigenden Hände seiner Frau ab.

»Ich liebe Phelan nicht, Vater«, sagte Deidre deutlich und trat vor ihn hin.

»Lieben? Ach was! Was hat Liebe damit zu tun? Du

warst Phelan versprochen und bist mit ihm verheiratet. Fertig. Erzähl mir nichts von Liebe.«

Er begriff nicht, was das Gerede von Liebe sollte. Solche Töne war er von Deidre nicht gewöhnt, sie hatte ihm noch niemals Ärger bereitet.

»Ich liebe einen anderen. Mit dem ich nach dem Gesetz der Wikinger vermählt bin«, beharrte Deidre.

Llewellyn fuhr auf, alle Farbe wich aus seinem Gesicht.

»Dem Gesetz der Wikinger? Die Wikinger haben keine Gesetze! Sie sind Heiden! Sie beten falsche Götzen an! Wie kannst du es wagen, bei ihnen von Gesetzen zu sprechen!«

»Ihre Gesetze sind gerecht. Du verstehst und kennst sie nicht, doch ich habe bei ihnen gelebt. Und habe meinem Gatten einen Sohn geboren. Deinen Enkel.« Sie schwieg.

»Ein Kind? Gott steh uns bei. Wenn du aus einer Verbindung mit einem dieser Heiden einen Sohn hast, dann ist er für mich ein Bastard! Niemals wird er mein Enkel sein!«

Mit schmerzverzerrtem Gesicht griff er sich an die Brust, und Deidre fürchtete, sie habe ihn mit ihren Worten tödlich getroffen.

»Vater! Bitte!« flehte sie. »Ich will doch nicht, daß wir einander böse sind!«

»Beruhige dich, Llewellyn«, sagte Tara leise und besorgt. »Du mußt an dein Herz denken. Du weißt doch, daß du dich nicht so aufregen darfst.«

Rasch holte Tara den Beutel mit den Heilkräutern, nahm die getrockneten Taubnesseln heraus und preßte sie ihrem Mann an die Lippen. Langsam erholte sich Llewellyn und seine Schmerzen ließen nach. Er wandte sich wieder an seine Tochter.

»Hure!« schleuderte er ihr entgegen. »Du Hure eines Wikingers!«

»Llewellyn!« rief Tara entsetzt. »Wie kannst du so etwas sagen?«

Llewellyn ignorierte sie.

»Du hättest dich eher töten sollen, als dich so tief in den Schmutz ziehen zu lassen. Für uns alle, über die du Schande gebracht hast, wäre es besser, du wärst tot!«

Erschüttert und fassungslos blickte Deidre ihren Vater an. Daß er wütend sein würde, damit hatte sie gerechnet, doch diesen Abscheu, diese Verachtung hatte sie nicht erwartet.

»Vater, bitte. Sag nicht solche Dinge zu mir. Versuche doch zu verstehen«, bat sie ihn.

»Was gibt es da zu verstehen?« keuchte er.

»Laß mich erklären«, schluchzte sie, und die Tränen rollten über ihre Wangen. »Ich habe Phelan nie geliebt. Und genausowenig hat er mich je geliebt. Wir haben vor Vater Finian die Ehegelübde gesprochen, das ist wahr, doch wir haben nie als Mann und Frau miteinander das Bett geteilt. Der Wikinger war gut zu mir. Und ich habe mich in ihn verliebt. Doch ich habe mich ihm nicht hingegeben, weil meine Ehegelübde mich hinderten. Schließlich fanden sich aber unsere Herzen, und unsere Seelen vereinten sich. Unsere Liebe wuchs, und eines Tages brachte sie ein Kind hervor, einen Sohn. Darin kann keine Schande liegen, in diesem Kind der Liebe nicht, und nicht in unserer Liebe selbst.«

Doch Llewellyn blieb halsstarrig. »Du gehörst zu Phelan«, stieß er zwischen zusammengebissenen Zähnen hervor, »so wahr ich lebe!«

»Nein«, Deidres Stimme klang fest. »Niemals. Ich werde nicht mit ihm gehen. Ich werde niemals mit ihm gehen, egal, was er unternimmt. Das einzige, was ihn interessiert, sind die Ländereien aus meiner Mitgift. Und er will den Gegenwert für das Lösegeld, das er für mich bezahlt hat.«

Deidre zitterte am ganzen Leib, als sie so vor ihrem Vater stand. Die Tage ihrer Kindheit fielen ihr ein, wie sie auf seinem Schoß gesessen und andachtsvoll jedem seiner Worte gelauscht hatte. Sie hatte im stets bedingungslos gehorcht und hatte großen Respekt vor seiner Weisheit. Doch was diese Angelegenheit betraf, würde sie eisern bleiben.

»Du kehrst zu ihm zurück!« befahl Llewellyn.

»Nein!« kam die leise, aber entschlossene Antwort.

Tara stellte sich neben Deidre und legte ihr liebevoll den Arm um die Taille.

»Ich habe Deidre mein Wort gegeben, daß sie bei uns Schutz findet«, erklärte sie.

»Bei uns?«

»Ich werde Phelan nicht gestatten, sie mitzunehmen. Ich habe einen Eid geschworen. Und ein Eid ist heilig.«

»Jawohl, ein Eid ist heilig!« betonte Llewellyn. »Und was ist mit dem Eid, den deine Tochter vor Vater Finian geschworen hat?«

»Dieser Eid ist ungültig aufgrund all dessen, was geschehen ist. Ich werde Vater Finian aufsuchen und ihn bitten, die Ehe zwischen Phelan und Deidre vom Papst in Rom annullieren zu lassen. Diese Ehe stand nie unter einem guten Stern. Wir wissen doch beide, daß sie nur geschlossen wurde, um die Clans und ihren Besitz zu vereinigen. Aber Deidre ist kein Stück Land. Sie besitzt ein Herz, sie besitzt Verstand, und sie hat ein Anrecht darauf, glücklich zu sein.«

»Frauen! Frauen und ihr Gerede von Glück. Nichts als Ärger wird es geben! Phelan wird seine Ehre wiederherstellen wollen und alles dafür tun. Er wird sogar darum kämpfen und mit Gewalt gegen uns vorgehen!« schrie Llewellyn zornig.

»Du verschließt dein Herz nur deswegen, weil du Angst hast und dein dummer Stolz es dir vorschreibt«, sagte Tara verächtlich. »Doch ich habe keine Angst vor Phelan. Ich werde selbst gegen ihn kämpfen, wenn es sein muß, um meine Tochter vor ihm zu schützen.«

Mit kalten Augen blickte Llewellyn Tara und Deidre an. »Gut«, sagte er hart, »dann soll sie deine Tochter sein! Von diesem Tage an habe ich nur noch eine Tochter, und ihr Name ist Bridget. Deidre existiert für mich nicht mehr.«

Deidre schluchzte laut.

»Llewellyn, du weißt nicht, was du sagst«, flüsterte Tara mit erstickter Stimme. »Deidre hat so sehr gelitten. Wie kannst du sie nur von dir stoßen? Wie kannst du das tun?« Tränen strömten ihr übers Gesicht.

»Halt den Mund, Frau. Kein Wort mehr. Sei froh, daß ich diese Hure nicht aus meinem Haus werfe. Sie kann hierbleiben, doch ich will nichts mit ihr zu tun haben. Bete, daß ihre Anwesenheit uns kein Unglück bringt und daß Phelan keine Rache nimmt.« Mit diesen Worten verließ Llewellyn mit raschen Schritten das Haus. Die beiden Frauen blieben allein zurück.

7

Unruhig warf sich Deidre auf ihrem Bett hin und her. Sie träumte, sie sei an Bord eines Schiffes, das an einer Küste entlangfuhr, in Reichweite eines zweiten Schiffes, an dessen Bug die Gestalt eines Mannes stand. Sie streckte die Arme nach ihm aus und rief ihn im Schlaf: »Wolfram!« Die beiden Schiffe kamen einander immer näher, das Meer wogte und der Sturm peitschte, doch Deidre konnte sich ihm nicht nähern, weil sie mit Stricken an den Mast gefesselt war. Hilflos trat sie um sich und zerrte an ihren Fesseln, während sie nur ein einziger Gedanke beherrschte: »Ich muß zu ihm!«

Sie erkannte deutlich Wolframs Gesicht und wußte sicher, daß er noch lebte. Als das fremde Schiff an ihr vorbeiglitt, sah sie, daß er ihrer beiden Sohn in den Armen hielt. Sie fühlte, wie eine Hand nach ihr griff, wie Arme sie umschlossen, Lippen sich auf die ihren preßten, und wie von Geisterhand lösten sich ihre Fesseln. Doch als sie die Augen öffnete, die sie in der Seligkeit von Wolframs Kuß geschlossen hatte, blickte sie in die kleinen kalten Augen Phelans, der ihr Baby in den ausgestreckten Händen hielt und es mit lautem, bösem Lachen ins Meer warf.

»Mein Gott!« schrie Deidre laut. Mit einem Schlag erwachte sie, am ganzen Körper zitternd, und barg das Gesicht in den Händen. Nur langsam beruhigte sie sich. »Es war nur ein Traum«, sagte sie immer wieder vor sich hin, »nur ein Traum.«

Draußen war es noch dunkel, zum Aufstehen viel zu früh. Doch nach ihrem Alptraum konnte sie nicht länger im Bett bleiben. Im Dunkeln tastete sie nach einer Kerze und zündete sie an. Der warme Schein nahm ihr ein wenig von ihrer Angst, und sie nahm sie und hielt sie vor sich, während sie langsam von Zimmer zu Zimmer ging, um ruhiger zu werden und sich zu vergewissern, daß nirgends böse Schatten lauerten.

Sie hörte ihren Vater schnarchen und spürte erneut den tiefen Schmerz, den ihr seine Worte zugefügt hatten. Hätte sie nicht ihre Mutter neben sich gehabt und ihre Liebe gefühlt, sie wäre vollkommen verzweifelt.

Trotz der lauen Nacht zitterte Deidre in ihrem weißen, ärmellosen Nachthemd. Die Luft war feucht hier in Irland, und die Nächte oft kühl. Doch sie dachte nicht daran, umzukehren und sich einen Schal umzulegen, sondern tappte weiter. In einem der Gästezimmer sah sie ihre Mutter schlafen, und bekümmert dachte sie an den Streit zwischen ihren Eltern, den sie mit ihrer Heimkehr heraufbeschworen hatte. Tara hatte die eheliche Schlafkammer verlassen und verbrachte die Nacht in diesem Zimmer. Das wollte sie tun, bis Llewellyn seinen falschen Stolz aufgab und seinen Schwur, seine Tochter als nicht existent zu betrachten, widerrief. Deidre glaubte, ihre Mutter leise weinen zu hören und wollte gerade zu ihr gehen, um sie zu trösten, als aus dem großen Saal ein lautes Krachen ertönte. Rasch lief sie hin.

»Nun sitzen die zwei in unserer Falle«, sagte eine Stimme, die sie als die ihres Bruders Colin erkannte. Sie wollte auf ihn zulaufen, hinein in den Saal, als sie plötzlich innehielt. Was, wenn auch er sie verdammte?

Nein, dachte sie. Das einzige, was zählt, ist meine Liebe zu Wolfram und zu meinem Sohn.

Entschlossen hielt sie die Kerze ein wenig höher und betrat den Saal. Colin hielt einen Becher in der ausgestreckten Hand und prostete Brian zu, als Deidre hereinkam. Als er die ganz in Weiß gekleidete Gestalt sah, ließ er erschrocken den Becher fallen. Was da auf ihn zukam, sah aus wie ein Geist! Betrunken, wie er war, wollte er den vermeintlichen Geist von sich stoßen und wich zurück.

»Verschwinde!« rief er mit unsicherer Stimme, »verschwinde und laß mich in Ruhe! Geh zurück in dein...«

Brian unterbrach ihn lachend.

»Das ist kein Geist, Colin. Das ist Deidre. Sie ist heimgekehrt.«

Liebevoll nahm er Deidre in die Arme und küßte sie auf beide Wangen. Dann hielt er sie ein Stück von sich weg und sah sie forschend an.

»Du bist aufgeblüht, Schwester. Du bist immer schön gewesen, doch so, wie du jetzt aussiehst, gibt es keine Frau, die sich mit dir vergleichen könnte.«

Der blonde Wikinger hatte gesagt, er habe sein Leben riskiert, um Deidre zu finden. Und daß sie ihm alles bedeutete. Hatte er vielleicht die Wahrheit gesprochen?

»Schwester, wir haben zwei...«

»Wir haben in unserer Falle zwei Wölfe gefangen«, unterbrach ihn Colin rasch, der inzwischen seinen Verstand wiedergewonnen und erkannt hatte, daß es tatsächlich Deidre war, die vor ihm stand. Er warf Brian einen warnenden Blick zu.

»Wölfe?« fragte Deidre neugierig.

»Ja, sie haben öfter unsere Schafe angegriffen. Nun greifen sie niemanden mehr an.« Er warf Brian einen bedeutungsvollen Blick zu und ergriff dann Deidres Hände. »Aber genug von solchen Geschichten. Wie kommst du hierher? Wir alle haben dich für tot gehalten.«

Noch einmal erzählte Deidre ihre Geschichte, ein wenig widerwillig diesmal. Sie war erschöpft und traurig und sehnte sich nach ihrem kleinen Sohn. Die Gedanken an den irischen Verräter und das Leid, das durch seinen Verrat entstanden war, hätte sie am liebsten abgeschüttelt.

Als sie geendet hatte, fragte Colin schockiert: »Und unter diesen Barbaren hast du gelebt?« Auf unsicheren Beinen ging er zum Feuer und setzte sich.

»Ja, als Frau des Mannes, den ich liebte.« Deidre beobachtete aufmerksam seine Reaktion. »Ich habe ihm einen Sohn geboren. Er ist in Norwegen. Die Dänen haben mit entführt und Lösegeld für mich erhalten. Irgendwie muß ich zurück. Unbedingt!«

»Er hat die Wahrheit gesagt, Colin!« rief Brian seinem Bruder zu. »Er hat gesagt, er...«

»Sei still, Brian«, schalt Colin, »und hör unserer Schwester zu.« Er bedeutete seinem Bruder zu schweigen. Nichts konnte er weniger brauchen, als eine hysterische Frau, die schreiend die Freilassung des Mannes verlangte, den sie zu lieben glaubte. Ohne Zweifel hatte Deidre soviel durchgemacht, daß sie den Verstand verloren hatte. Bald würde sie diesen Wikinger und das Kind, das in Norwegen auf sie wartete, vergessen haben. Es gab keinen Grund, warum die beiden Gefangenen am Leben bleiben sollten. Deidre war wieder zu Hause. Das allein zählte. Und wenn er an die Wunde dachte, die ihm diese Wikinger damals geschlagen hatten, an die Vergewaltigung seiner Schwester Bridget und an den Tod Ians, seines Schwagers, und der vielen anderen, stieg sowieso der alte Zorn in ihm hoch. Keine Gnade den Wikingern!

Deidre, die in Gedanken bei Fenrir und Wolfram war, hatte Brians Einwurf überhört und erzählte einfach weiter. Es tat so gut, wieder mit ihren Brüdern zusammensein und mit ihnen reden zu können. Sie berichtete von Zerlina und Sigurd, Olaf und Erika, und versuchte ihnen klarzumachen, daß die Wikinger gar nicht so anders waren als die Iren.

Gleich darauf erklärte Colin, daß er bald heiraten wolle. »Ich habe mich endlich entschieden, Alana zu heiraten, das Mädchen mit dem goldenen Haar, weißt du noch? Es wird Zeit, daß meine Söhne in diesem herrlichen Land herumlaufen!«

Deidre lächelte zustimmend.

»Alana paßt sehr gut zu dir, Colin«, sagte sie. »Ihre Webarbeiten sind überall bekannt, und sie soll hervorragend kochen können.«

Sie unterhielten sich noch lange, doch die Gefangenen wurden nicht mehr erwähnt. Widerstrebend hielt Brian seinen Mund, wenn es ihn auch störte, einen so wichtigen Umstand vor seiner geliebten Schwester geheimzuhalten. Seiner Meinung nach hatte sie ein Recht, zu erfahren, daß ihre Brüder ihren Geliebten gefangenhielten. Hin und wieder suchte er Colins Blick, der ihn jedoch stets zur Vorsicht mahnte. Die Jahre des Gehorsams gegenüber dem ältesten Bruder gewannen die Oberhand, doch sein Inneres sträubte sich gegen den Betrug an Deidre.

Schließlich erhob sich Colin von seinem Platz am warmen Feuer. »Gut, daß du wieder da bist, Deidre«, meinte er. »Jetzt habe ich wenigstens wieder jemanden, den ich ärgern kann.«

Deidre erwiderte sein Lächeln, doch sie wurde rasch wieder ernst.

»Vater hat sich gegen mich gewandt. Für ihn existiere ich nicht mehr. Denn ich liebe einen Wikinger und weigere mich, Phelans Frau zu sein. Wirst du es ihm gleichtun? Oder wirst du zu mir stehen?«

Colin sah sie an. »Du wirst immer meine Schwester sein, egal, was geschieht. Du trägst keine Schuld an dem, was ein verbrecherischer Normanne dir angetan hat. Du bist nur eine Frau, schwach und verletzlich. Jetzt brauchst du Zeit. Zeit und unser Verständnis.«

»Ich brauche mein Kind«, flüsterte Deidre und spürte wieder die kleinen Finger, die sich um die ihren klammerten. Ihre Augen verdunkelten sich vor Leid.

Brian bemerkte es. Und er wandte sich an Colin: »Wir müssen es ihr sagen, Colin.«

»Was müßt ihr mir sagen?« fragte Deidre, aufmerksam geworden. Colin stieß seinen Bruder in die Rippen und bugsierte ihn zur Tür hinaus.

»Daß wir alles tun werden, um dir zu helfen, wenn du – nachdem einige Zeit vergangen ist – deinen Sohn wiedersehen willst«, sagte er rasch. »Im Augenblick allerdings haben wir etwas anderes zu tun. Wir müssen uns um die beiden Wölfe kümmern, die uns in die Falle gegangen sind.«

Schon waren er und Brian verschwunden, und Deidre blieb allein in dem großen Saal zurück. Wie vertraut war ihr dieser Raum als Kind gewesen! Und wie fremd und kalt erschien er ihr jetzt! Deidre entzündete ihre Kerze an der Glut der im offenen Feuer flackernden Holzscheite.

»So Gott will, werde ich euch eines Tages beim Wort nehmen, meine lieben Brüder, und euch um eure Hilfe bitten. Denn ich will mein Kind wiedersehen.«

Mit diesen leise gesprochenen Worten verließ auch sie den Saal und ging langsam zurück in ihre Schlafkammer.

8

Das Mondlicht schien durch die Spalten zwischen den Holzstäben, deren Geflecht das tiefe, dunkle Gefängnis der beiden Wikinger weit oben abdeckte. Sie hatten versucht zu schlafen, doch mit dem Gedanken an einen baldigen Tod, umgeben nur von Kälte und Feuchtigkeit, war ihnen dies unmöglich.

»Komm, wir versuchen es noch einmal«, schlug Sigurd vor. Er ging in die Hocke, wartete, bis Wolfram auf seine Schultern geklettert war, und richtete sich dann langsam auf. Er dankte den Göttern, daß sie beide so durchtrainiert waren und von Jugend an viel Zeit mit Schwimmen, Jagen, Bogenschießen und Leibesübungen verbracht hatten. Ihre sportlichen Fähigkeiten kamen ihnen nun besonders zugute.

Wolfram reckte sich hoch, soweit er konnte, um einen der über ihm liegenden Stäbe zu erreichen, an dem er sich hätte hochziehen können, doch er schaffte es nicht. Bei aller Anstrengung fehlten immer noch einige Zentimeter.

Er sprang von Sigurds Schultern. »Eine Handlänge, mehr nicht! Eine einzige Handlänge mehr, und wir könnten aus diesem Loch heraus!« sagte er zornig.

»In unserem Fall spielt es keine Rolle, ob es eine Handlänge oder eine ganze Baumhöhe ist, mein Freund«, meinte Sigurd verdrossen. »Wir müssen der Wahrheit ins Gesicht sehen. Wir sind diese Iren ausgeliefert. Unsere einzige Hoffnung ist Rorik. Und ich bezweifle, daß er uns hier unten findet, selbst wenn er nach uns suchen sollte. Es ist aus.«

»Ich werde nicht aufgeben!« beharrte Wolfram. »Paul, der Einsiedler, erzählte mir eine Geschichte. Sie handelt von einem Mann namens Joseph, er war einer von zwölf Söhnen seines Vaters. Eines Tages warfen ihn seine eigenen Brüder in eine tiefe Grube, weil sie auf ihn eifersüchtig waren. Und anschließend verkauften sie ihn in die Sklaverei. Doch er gab nicht auf, und am Ende triumphierte er und wurde sogar Herrscher über das Land Ägypten.«

»Hat Odin ihm diese Macht gegeben?« fragte Sigurd neugierig. Er hatte diese Geschichte noch nie gehört.

»Nein«, erwiderte Wolfram, »es war der Gott der Christen. Von Paul habe ich viel über diesen Gott und seinen Sohn gelernt.«

»Der Gott der Christen ist schwach, mit der Stärke Odins kann er sich nicht messen«, behauptete Sigurd.

Wolfram widersprach. »Nein, er ist stark. Früher dachte ich wie du, doch durch Paul habe ich gelernt, daß brutale Kraft nicht immer ein Zeichen von Stärke ist. Manchmal ist Weisheit viel wichtiger. Und, mein Freund, ich glaube, in unserer Lage brauchen wir sie nötiger als Gewalt.«

Das Holzgitter über ihren Köpfen wurde zur Seite gezogen, und das grinsende Gesicht Colins erschien am Grubenrand.

»He, ihr da unten!« rief er. »Wollt ihr wissen, was mit euch passiert? Meine Schwester ist zu uns zurückgekehrt, sie ist im Hause meines Vaters. Wir brauchen euch nicht mehr, schon gar nicht lebend. Was sagt ihr dazu?«

»Deidre? Deidre ist in Sicherheit?« fragte Wolfram zurück.

»Sie wartet im Haus darauf, daß ihr Ehemann sie abholt, Wikinger. Du wirst sie nie wiedersehen, denn du wirst bald in der Hölle schmoren, wo deinesgleichen hingehört!«

»Bitte, überbringe ihr eine Nachricht von mir!« bat

Wolfram mit lauter Stimme. »Sag ihr, daß unser Sohn in Dubh-Linn in Sicherheit ist und daß… daß ich sie liebe.«

Von oben kam keine Antwort, doch Wolfram hörte, daß ein Streit im Gange war; er meinte, Brians Stimme zu erkennen. Dann ergoß sich ein Regen von Obst und Gemüse über ihn und Sigurd.

»Euer Essen, ihr stinkenden Hunde!« rief jemand; es war Cedric, wie immer haßerfüllt.

Wolfram fragte sich, ob der Haß dieses Mannes von dem Überfall auf die irische Siedlung herrührte, oder ob es noch einen anderen verborgenen Grund dafür gab.

Über ihnen tauchte wieder Colins Gesicht auf. »Ich kann dich zwar nicht ausstehen, Wikinger«, sagte er zu Wolfram, »doch gegen deinen Sohn habe ich nichts, denn er ist von meinem Blut. Ich werde tun, was in meiner Macht steht, um ihn meiner Schwester zurückzugeben. Ich will nicht, daß sie sich seinetwegen grämt. Doch was euch betrifft, so werdet ihr in zwei Tagen bei Sonnenaufgang hinaus zu den Klippen ans Meer gebracht und dort festgebunden. Dann könnt ihr, während ihr auf die Flut wartet, über den Schrecken nachdenken, den ihr uns mit eurem Überfall gebracht habt. Ihr werdet in dem Meer sterben, das euch hergebracht hat.«

»Wir sollen ertränkt werden?« Sigurd barst beinahe vor fassungsloser Wut. »Wir sollen nicht um unser Leben kämpfen dürfen? Ihr Bastarde! Zermalmen möchte ich euch!«

»Ruhe, Sigurd«, mahnte Wolfram. »Wir werden unsere Kraft noch brauchen.« Er sah ein, daß es keinen Sinn hatte, sich aufzuregen.

»Zwei Tage noch, Wikinger!« rief Colin zu ihnen hinunter. »Zwei Tage! Nutzt sie gut, und erinnert euch, war ihr uns angetan habt!«

Er stand auf, um ins Dorf zurückzugehen, und forderte

Brian auf, mitzukommen, was dieser jedoch ablehnte. Er wollte noch mit den Gefangenen sprechen.

Wolfram schöpfte neue Hoffnung, als er zu Brian hinaufsah, denn er hatte den Eindruck gewonnen, daß mit ihm eine bessere Verständigung möglich war als mit seinem Bruder.

»Bitte, bring Deidre eine Nachricht von mir!« rief er. »Ich möchte sie noch einmal sehen, bevor ich sterbe. Ich liebe deine Schwester, so wie auch sie mich liebt.«

»Sie ist die Frau eines anderen«, lehnte Brian kurzangebunden ab, doch innerlich war er unsicher geworden. Was Deidre ihm über diesen Mann erzählt hatte, der hier als Gefangener in der Wolfsgrube saß, ließ ihn zweifeln. Er wußte, daß sie ihn liebte. Und ihn wollten sie töten?

»Siehst du es gern, daß sie mit einem Verräter verheiratet ist?« fragte Wolfram und sah sie vor sich, in den Armen des Mannes, der sein eigenes Volk verraten hatte und für den Geld und Macht das wichtigste auf der Welt waren.

Verwirrung spiegelte sich in Brians Augen.

»Einem Verräter? Wovon sprichst du?« fragte er.

»Was glaubst du, woher wir wußten, daß eure Küste unbewacht sein würde? Und daß eure Krieger beim Fest und betrunken sind? Meinst du, wir haben eure Siedlung durch Zufall überfallen? Nein, mein Freund. Einer der euren hat uns zu euch geführt, hat uns von der Hochzeit erzählt und einen Haufen Gold und Silber für seine Informationen eingesteckt.«

»Du lügst!« fuhr Brian auf.

Ruhig sagte Wolfram: »Ich habe keinen Grund zu lügen. Sterben werde ich sowieso. Denk über meine Worte nach, doch bitte, sag Deidre nichts davon. Ich will nicht, daß sie leidet, denn ich weiß, daß der Verräter, den sie damals suchte, ihr eigener Mann ist. Sorge nur dafür, daß sie ihm nicht in die Hände fällt. Und das wirst du tun, wenn du sie ebenso sehr liebst, wie ich es tue.«

»So etwas würde Phelan niemals tun!« widersprach Brian wütend. »Und ich werde mir dein dummes Geschwätz nicht länger anhören. Colin hat recht. Ihr verdient es, zu sterben.«

Mit diesen Worten erhob er sich und stürmte davon. Cedric würde Wache halten.

Nur noch zweimal würde für Wolfram und Sigurd die Sonne aufgehen, nur noch zweimal, und alles, was sie tun konnten, war zu hoffen, daß doch noch Hilfe kommen würde.

9

Die Stille des frühen Morgens wurde durch einen von Llewellyns Sklaven durchbrochen, der durch lautes Rufen alle Mitglieder des Haushaltes aus tiefem Schlummer schreckte. Mit wild umherfuchtelnden Armen rannte er durch den großen Saal und schrie dabei ununterbrochen: »Bewaffnete Männer kommen! Wir werden angegriffen! Zu den Waffen! Zu den Waffen!«

Er stürmte in das Schlafgemach seines Herrn und rüttelte ihn wach. Llewellyn riß schlaftrunken die Augen auf und fuhr sich mit der Hand durch das dicke Haar.

»Was zum Teufel schreist du so herum?« fragte er, empört über die unliebsame Störung.

»Aus Norden nähern sich bewaffnete Reiter, mein Lord«, erklärte der Sklave mit ängstlich aufgerissenen Augen. »Es sind viele, und sie sehen gefährlich aus.«

Llewellyn erhob sich hastig, schlüpfte in seine bereitliegenden Kleider und griff zu seinem Schwert.

»Wikinger oder Iren?« fragte er knapp.

»Das kann ich nicht sagen, sie waren noch zu weit entfernt. Ich konnte nur erkennen, daß es etwa dreißig Männer sind und sie reiten auf uns zu.«

Deidre stand im Gang und hörte seine Worte. Phelan! Er mußte es sein. Er war heimgeritten, um Verstärkung zu holen, und kam nun zurück, um sie mit Gewalt aus dem sicheren Schutz ihrer Familie zu reißen.

Llewellyn entdeckte sie, als er sein Zimmer verließ. Mit einem Blick in ihr verstörtes Gesicht knurrte er: »Das haben wir dir zu verdanken. Wenn es Wikinger sind, gehören sie zu deinem Liebhaber, und wenn es Iren sind, sind sie hier, um dich deinem Mann zurückzugeben.«

»Ich wollte das nicht, Vater, wirklich, das habe ich nie gewollt«, beteuerte Deidre, und ihr Herz zog sich vor Kummer zusammen.

»Jeder Tropfen Blut, der heute fließen wird, klebt an deinen Händen«, erwiderte Llewellyn erbarmungslos und schob sich an ihr vorbei. Wie in Trance folgte ihm Deidre, zunächst durch den großen Saal, dann durch das Portal hinaus ins Freie.

Schützend legte Llewellyn die Hand gegen die Morgensonne über die Augen und spähte nach den Ankömmlingen aus.

»Wenn es Wikinger sind, wo haben sie die vielen Pferde her?« fragte er, laut überlegend.

Einer seiner Leute, bereits bewaffnet, entgegnete: »Bestimmt gestohlen. Diese Teufel nehmen sich doch bei ihren Überfällen einfach alles, was sie haben wollen.«

Angestrengt starrte Llewellyn zu den Hügeln hinüber. Etwa dreißig Reiter näherten sich in rasendem Tempo, und es waren ganz offensichtlich keine Wikinger, sondern Phelan mit seinen Männern. Einen Moment lang war er versucht, ihnen seine Tochter einfach vor die Füße zu werfen, doch er wußte, daß ihm seine Frau das niemals vergeben würde. Und sie liebte er. Er konnte ihr das nicht antun.

Phelan ritt vor das Haus und brachte seine Männer mit erhobener Hand zum Halten.

»Llewellyn, Vater meiner Gattin, ich ersuche dich um eine Unterredung!« rief er laut. Sein Ton war höflich, doch entschlossen.

Llewellyn nickte. Er mochte diesen Mann nicht, ja, er empfand sogar einen starken Widerwillen gegen ihn, doch er hatte auch Angst vor ihm.

Mit einem Lächeln auf den Lippen lenkte Phelan sein Pferd auf seinen Schwiegervater zu, sich seiner Macht voll bewußt. Als er Llewellyn erreicht hatte, stieg er ab und stellte sich direkt vor ihn.

»Ich bin hier, um meine Frau von dir zu fordern. Deine Gattin hat mir dieses Recht verweigert, und ich wende mich deshalb an dich. Schließlich bist du das Familienoberhaupt.«

Sein Lächeln war überheblich, sein Gesichtsausdruck arrogant. Llewellyn ballte die Fäuste.

»Ich werde Deidre nicht herausgeben. Tut mir leid, mein Sohn.« Seine Stimme klang entschlossen.

Das Lächeln auf Phelans Gesicht gefror.

»Du alter Schwächling!« spie er Llewellyn ins Gesicht. »Du läßt dir von einer Frau vorschreiben, was du zu tun hast? Dann habe ich mich geirrt – deine Frau ist das Oberhaupt deiner Familie!«

Seine Augen suchten Deidre. »Bring meine Frau her. Ich will mit ihr sprechen.«

Llewellyn wollte ablehnen, doch da trat Deidre schon an seine Seite. Hocherhobenen Hauptes stand sie neben ihrem Vater. »Hier bin ich, Phelan«, sagte sie ruhig. »Sag, was du zu sagen hast.«

»Du weißt, warum ich hier bin«, entgegnete er. »Wirst

du mit mir kommen? Nur du kannst verhindern, daß es zu Kampf und Blutvergießen kommt.«

»Du kannst uns allen Kampf und Blutvergießen ersparen, wenn du mir die Freiheit gibst. Ich bitte dich, gnädig zu sein. Es gibt für dich keinen Grund, gegen diese Menschen hier zu kämpfen«, sie deutete mit der Hand auf die Umstehenden, »es geht dir nur um mich. Also laß uns die Sache beenden, Phelan. Ich weiß, daß du nicht wegen mir hier bist, sondern wegen der Ländereien aus meiner Mitgift. Behalte sie. Ich brauche sie nicht. Sie gehören dir. Aber mich laß in Frieden.«

Phelan lachte bitter auf. »Und was ist mit meinem Stolz?«

»Versuch bitte nicht, mich zum Narren zu halten, Phelan. Nicht dein Stolz hat gelitten, sondern dein Geldbeutel. Dir tut es um das Lösegeld leid, das du für mich bezahlt hast.« Sie zuckte die Schultern. »Wenn ich soviel Geld hätte, würde ich es dir gern zurückgeben, um dich zu entschädigen.«

Ihre Verachtung für ihn war ihr deutlich ins Gesicht geschrieben, kalt musterten ihn ihre Augen.

Phelan wandte sich zu Llewellyn.

»Was sagst du, Llewellyn? Wirst du mir ihre Ländereien überlassen? Wirst du für die Freiheit deiner Tochter in Gold und Silber bezahlen?« fragte er.

Llewellyn erbleichte. In diesem Augenblick sah er mehr denn je aus wie ein alter Mann, und Deidre spürte Mitleid für ihn in sich aufsteigen.

»Das Land kannst du behalten, aber Gold und Silber kann ich dir nicht geben, denn ich besitze es nicht. Wir sind keine Händler, sondern Bauern. Was ich habe, sind Ländereien und Vieh. Ich kann dir Schafe und Ziegen als Ausgleich anbieten.« Seine Stimme war mit jedem Wort leiser geworden.

Phelan warf den Kopf zurück und lachte.

»Du lügst, alter Mann. In deinem Haus liegen Schätze, die die Wikinger damals nicht mitgenommen haben – die Reliquien in deiner Kapelle, wertvolle Wandteppiche, Schwerter und kostbare Krüge. Für Schafe und Ziegen habe ich keine Verwendung, davon besitze ich selbst genug.«

Llewellyn richtete sich zu seiner vollen Größe auf. Nun ging es nicht mehr allein um Deidre, sondern darum, sein Haus und seine ganze Familie zu beschützen.

»Diese Dinge gehen dich nichts an. Seit Generationen sind sie im Besitz meiner Familie, sie gehören allein uns.«

»Dann gib mir deine Tochter«, forderte Phelan.

»Das kann ich nicht«, antwortete Llewellyn.

Phelan hatte sich heute von einer Seite gezeigt, die er nie zuvor an ihm bemerkt hatte. Er wußte jetzt, daß dieser Mann nicht die geringste Liebe für Deidre empfand. Es war genau so, wie sie gesagt hatte. Phelan wurde allein von Besitzgier beherrscht, seine eigenen Worte hatten ihn verraten. Er sah seine Tochter an, und Stolz erfüllte ihn. Was immer sie getan haben mochte, und gleich welche Schande in seinen Augen ihre Verbindung mit einem Heiden darstellte, sie besaß Stärke und Mut. Und er dachte nicht daran, sie diesem Mann zu überlassen, dessen schlechter Charakter ihm heute so klar vor Augen geführt worden war.

Deutlich und mit klarer Stimme sagte Llewellyn: »Meine Antwort lautet nein.«

»Dann halte dich bereit zum Kampf, alter Mann«, sagte Phelan, kehrte ihm den Rücken und bestieg sein Pferd. Der Sieg war ihm sicher, und wenn der Tag vorbei war, würde er alles haben: Deidre, das Land und das große Haus. Nicht einmal die Kirche würde ihm seinen Besitz streitig machen können. Die Beute für den Sieger. Siegesgewiß ritt er mit seinen Leuten in die Hügel zurück.

Inzwischen rief Llewellyn seine Männer zusammen, um

sich mit ihnen für den Kampf zu rüsten. Nur seine Söhne konnte er nirgends entdecken.

»Wo sind Colin und Brian?« rief er.

»Sie sind heute morgen sehr früh fortgeritten«, erklärte einer der Sklaven. »Irgend etwas beschäftigt sie in den letzten Tagen.«

Llewellyn senkte den Kopf. »Vielleicht ist es gut so«, meinte er dann. »So bleiben wenigstens zwei übrig, die meinen Namen weiterführen können.« Über den Ausgang des heutigen Kampfes bestand auch für ihn nicht der geringste Zweifel. Seine Männer waren alt und teilweise schwach, die jüngeren waren mit seinen Söhnen unterwegs, um die Küsten nach feindlichen Wikingern abzusuchen. Welch eine Ironie, dachte er, und hier stehen wir, tatsächlich in Gefahr, von Männern unseres eigenen Volkes niedergemetzelt zu werden, und diejenigen, die uns schützen sollen, suchen nach Feinden, die nicht kommen! Beinahe hätte er gelacht angesichts dieser Situation.

Deidre beobachtete, wie sich die kleine Gruppe bewaffneter Männer versammelte. Konnte sie das zulassen? War ihr eigenes Glück diesen Preis wert? Nein, dachte sie entschlossen, mein Lebensglück darf nicht wichtiger sein als Leben oder Tod dieser treuen Gefährten ihres Vaters. Sie mußte diesem Wahnsinn ein Ende machen.

»Vater!« schrie sie und rannte ihm nach, so schnell ihre Beine sie zu tragen vermochten. »Vater, warte! Das werde ich nicht zulassen. Ich wollte nicht, daß es soweit kommt. Ich werde mit Phelan gehen. Ich gehe mit ihm als seine Frau.«

Llewellyn nahm ihre Arme, die sie ihm um den Hals geschlungen hatte, und hielt sie ein Stück von sich weg.

»Nein, Tochter«, sagte er bestimmt. »Ich bin derjenige, der einen Fehler gemacht hat, das sehe ich jetzt ein. Du bist keine Handelsware, sondern ein Mensch, der es wert ist, geliebt zu werden. Du bist mein Fleisch und Blut, Deidre, und kein Goldbarren, wie es dieser widerwärtige Mensch zu glauben scheint. Ich begreife nicht, wie ich dich ihm je zur Frau geben konnte. Sollte ich den heutigen Tag überleben, so sei gewiß, daß ich alles daransetzen werde, daß du ihn loswirst.«

Mit diesen Worten stieg er auf sein Pferd und hielt sein Schwert hoch erhoben zum Zeichen für seine Männer, daß der Kampf beginnen könne. Sie ritten los.

Auge in Auge traten sich auf den Hügeln die beiden Reihen der Kämpfer gegenüber, und schon bald hallte das ganze Tal wider von Schwertergeklirr und Kampfgetöse. Erbarmungslos schlugen die Kämpfenden aufeinander ein, während in der Siedlung Deidre und ihre Mutter, wie auch alle anderen Frauen, einander bei den Händen hielten und Stoßgebete zum Himmel schickten, daß ihren Liebsten nichts geschehen möge. Doch ein Mann nach dem anderen sank geschlagen zu Boden, und bald brannten die ersten Häuser am Rande der Siedlung. Deidre barg ihr Gesicht in den Händen und begann, hemmungslos zu weinen. Nun war alles verloren.

Plötzlich rief eine alte Frau: »Schaut! Dort im Westen!« Deidre hob den Kopf und blickte in die angegebene Richtung. Sie konnte nicht glauben, was sie dort sah. Eine Gruppe Wikinger näherte sich auf ihren Pferden in raschem Tempo dem Hügel, und wenn sie nicht alles täuschte, waren es Wolframs Männer. Mit hoch erhobenen Schwertern stürzten sie sich ins Kampfgetümmel – und sie stritten nicht für Phelan, sondern für Llewellyn!

Der Aufschrei »Die Wikinger«! klang diesmal nicht angsterfüllt, aus ihm klangen Erleichterung und Freude. Die einstmals so verhaßten Heiden brachten die Rettung, nicht die Angst. Gott hatte Hilfe geschickt, auf einem seiner seltsamen Wege.

Oben auf dem Hügel konnte Phelan nicht fassen, was ihm da widerfuhr.

»Ihr Dummköpfe!« schrie er. »*Ich* bin euer Freund, nicht die anderen! Habt ihr das schon vergessen?«

»Mein Freund bist du nicht!« rief Rorik zurück. »Meine Freundschaft gilt Deidre und ihrem Sohn! Ich kämpfe für ihre Familie, nicht für einen Verräter!« Mit drohend erhobenem Schwert ging er auf Phelan zu.

Phelan kämpfte verzweifelt, erkannte aber bald, daß das Blatt sich gewendet hatte.

»Ich gebe dir Gold! Silber! Wieviel willst du? Ich gebe dir, was du willst, wenn du für mich kämpfst!«

Das war seine letzte Hoffnung. Er hielt Rorik für genauso gierig wie sich selbst.

Doch Rorik lachte ihm ins Gesicht.

»Du willst mich kaufen? Ha! Du bist ein Dummkopf!« rief er, holte mit seinem Schwert aus und traf Phelan an der Schulter. Das war das Ende. Phelan konnte seinen Schwertarm nicht mehr gebrauchen, und der Kampf war entschieden. Erfüllt von ohnmächtiger Wut, wohl wissend, daß er verloren hatte, gab er den Befehl zum Rückzug.

Von ihrem Platz unter dem Portal ihres Vaterhauses beobachtete Deidre, wie Phelan und seine Männer zurück über die Hügel die Flucht antraten. Ihr Herz klopfte wild. Sie waren gerettet. Sie waren gerettet! Alles war gut.

10

Ein großes Fest wurde veranstaltet, das bis spät in die Nacht hinein dauerte. Iren und Wikinger saßen in neugefundener Freundschaft einträchtig beieinander.

»Ich hätte nie gedacht, daß ich mich freuen würde, euch Normannen zu sehen«, lachte Llewellyn. Aber heute habt ihr wirklich unser aller Leben gerettet. Er wandte sich an Deidre. »Kannst du ihre Sprache?«

Deidre nickte. »Ja, Vater.«

»Dann sag ihnen, wie dankbar ich ihnen bin. Was mich betrifft, soll von nun an Freundschaft zwischen uns herrschen. Der Überfall von vor zwei Jahren soll vergessen sein. Sag ihnen das.«

Deidre gab seine Worte an Rorik weiter, der sie lächelnd anhörte. »Wir erwidern seine Freundschaft«, antwortete er über Deidre. »Sag ihm, daß er eine tapfere, wunderschöne Tochter hat und daß wir heute nur ihretwegen gekommen sind.«

Mit geröteten Wangen sah Deidre zu, wie ihr Vater und Rorik sich daraufhin kräftig die Hände schüttelten. Dann erhob sich Llewellyn und stieß mit jedem von Roriks Männern auf den Bestand ihrer Freundschaft an. Seine Abwesenheit gab Deidre endlich die ersehnte Gelegenheit, Rorik die Frage zu stellen, die ihr auf der Seele brannte.

»Woher wußtet ihr, daß ich hier bin?«

»Wir wußten es nicht. Wolfram hielt dein Heim nur für den einzigen Ort, an den die Dänen dich bringen könnten.«

»Wolfram!« Deidres Herz begann vor Freude zu rasen. »Er lebt! Ich wußte es. Ich habe es immer gewußt. Wo ist er? Ich muß zu ihm.« Sie sprang auf, lief hinaus und auf den Weg zum Meer zu, weil sie Wolfram an Bord des Schiffes vermutete, mit dem auch Rorik gekommen war.

Rorik hatte sie rasch eingeholt.

»Er ist nicht auf dem Schiff, Deidre«, versuchte er sie zu beruhigen. »Auf dem Weg zum Haus deines Vaters ist er von Iren gefangengenommen worden. Ich hielt sie für Llewellyns Männer, doch wenn du nichts davon weißt, können sie es nicht gewesen sein.«

»Wolfram ist gefangen? Von Iren?« Deidre wollte es

nicht glauben, und Rorik brachte es nicht übers Herz, ihr zu sagen, daß er seine beiden Freunde für tot hielt. Er erklärte ihr, was vorgefallen war.

»Ich lief zurück, um die anderen zu warnen, nachdem Wolfram und Sigurd nach unserer Landung an der Küste überwältigt wurden.«

»Wir müssen ihn finden!« schrie Deidre außer sich. »Himmel und Hölle werde ich in Bewegung setzen, um ihn zu befreien.«

Daß Wolfram irgendwo in Gefangenschaft sein sollte, war unfaßbar für sie. So vieles war heute geschehen, endlich schien sich alles zum Guten zu wenden, und nun dies. Sie war einem Zusammenbruch nahe.

Mitgefühl und Zuneigung sprachen aus Roriks Augen, als er leise sagte: »Deidre, ich fürchte, wir müssen mit dem Schlimmsten rechnen.«

Doch Deidre weigerte sich. »Nein. Er lebt«, sagte sie überzeugt. »Ich werde nicht einmal im Traum daran denken, daß es anders sein könnte. Ruf einige deiner Leute zusammen, wir werden sofort mit der Suche beginnen. Ich werde erst ruhen, wenn ich ihn gefunden habe.«

Gemeinsam mit sechs weiteren Wikingern bestiegen Deidre und Rorik ihre Pferde und machten sich auf den Weg. Wo immer sie hinkamen, fragten sie, ob man vielleicht zwei Wikinger gesehen habe, doch überall stießen sie auf verneinende Antworten. Sie ritten durch Wälder und Wiesen, über Hügel und lange, endlose Wege, doch von Wolfram und Sigurd fand sich keine Spur. Es schien, als seien sie in den immerwährenden Nebeln Irlands verschwunden.

Enttäuscht und müde traten die Männer und Deidre schließlich den Heimweg an.

Als sie erschöpft von der langen Suche ihre Pferde vor Llewellyns Haus anhielten, erklärte Deidre mit ernster Stimme, die keinerlei Widerspruch duldete: »Wir werden uns jetzt ausruhen und morgen früh beim ersten Hahnenschrei wieder aufbrechen. Ich muß Wolfram finden, und wenn ich mein ganzes Leben lang nach ihm suchen sollte. Dies schwöre ich euch, und Gott ist mein Zeuge.«

11

Aus der Tiefe ihres feuchten und kalten Gefängnisses beobachteten Wolfram und Sigurd den Sonnenaufgang, der ihnen als ihr letzter prophezeit worden war. Hoch über sich hörten sie das Gejohle der Iren, die herbeigekommen waren, um dem großartigen Ereignis, dem Spektakel ihres Todes beizuwohnen. Ein Seil wurde zu ihnen heruntergelassen, damit sie aus ihrer Falle herausklettern und ihrem Schicksal gegenübertreten konnten. Als Wolfram am Rand der Grube erschien, packten ihn sofort drei der irischen Wachen und fesselten ihm unter lautem Gelächter die Hände auf den Rücken. Auch Sigurd, der wenige Augenblicke nach ihm aus der Grube kletterte, erging es nicht anders.

Fluchend mußten die beiden Freunde sich die erniedrigende Prozedur über sich ergehen lassen, während Wolfram versuchte, Brians Aufmerksamkeit auf sich zu lenken, den er außerhalb der ihn umringenden Horde entdeckt hatte. Er schien sich in seiner Rolle als Beobachter der brutalen Ereignisse ganz und gar nicht wohl zu fühlen. Sein Blick ruhte unbehaglich auf Wolfram; er fühlte sich schuldig.

»Mir gefällt das nicht, Bruder«, sagte er zu Colin. »Wir können diesen Mann nicht hinter Deidres Rücken töten. Er ist der Vater ihres Kindes, unseres Neffen. Wie sollen wir dem Jungen je in die Augen sehen können, wenn wir ihm den Vater genommen haben? Wikinger oder nicht, aber das hier haben sie nicht verdient.«

»Diese Männer haben uns überfallen. Sie haben Ian getötet, hast du das vergessen? Und was ist mit Bridget? Schulden wir ihr keine Treue? Wir sind zur Rache verpflichtet, Brian. Wir tun, was wir tun müssen.« Seine Worte klangen unbeirrt, doch innerlich war auch Colin längst nicht mehr überzeugt von der Richtigkeit ihres Vorhabens.

»Auch Bridget würde dies hier nicht wollen«, erwiderte Brian, plötzlich überzeugt, daß es sich genau so verhielt. Seine Angst vor Colins Überlegenheit war mit einemmal verschwunden. »Was wir hier tun, ist falsch! Ich will und werde damit nichts zu tun haben.«

Mit diesen Worten wandte er sich ab, um wegzugehen, doch einer von Colins Männern hielt ihn auf.

»Erst gestern haben Wikinger wieder das Haus deines Vaters überfallen«, erklärte er. »Ich habe den Angriff beobachtet und gesehen, wie die Hütten um die Siedlung herum bis auf den Boden niederbrannten. Willst du bei diesen Normannen jetzt immer noch Gnade walten lassen?«

»Meines Vaters Haus?« Brian war fassungslos. »Und wo waren wir? Warum haben wir ihnen nicht geholfen?«

Er rannte los, verzweifelt, daß etwas so Entsetzliches nur wenige Meilen von rettender Hilfe entfernt hatte geschehen können.

Wolfram sah ihn davonlaufen und damit seinen letzten Funken Hoffnung für immer verlöschen. »Brian!« schrie er ihm nach. »Bei der Liebe zu deinem Gott, hilf uns!« Doch es war zu spät.

Eine grobe Hand stieß ihn vorwärts. »Los, Wikinger!« befahl eine herrische Stimme. Er sah sich nach Sigurd um. Wenigstens war er in seiner letzten Stunde nicht allein. Sein Freund war bei ihm.

Die Iren führten sie über eine große Wiese und den langen Weg zum Meer hinunter. Wolframs Gedanken wanderten zu dem Gott der Christen und zu dessen Sohn. Er schwor sich, stark zu sein. Keine Schwäche zeigen, befahl er sich. Ringsum herrschte Stille, nur die Vögel zwitscherten, und er spürte, wie ihr Gesang ihn trotz der Ausweglosigkeit seiner Lage tröstete. Es ist schon seltsam, dachte er, wieviele Dinge man im Leben für selbstverständlich hält, wie vieles man einfach hinnimmt, ohne es zu würdigen. Erst in diesem Moment, mit dem nahen Tod vor Augen, erkannte er diese Wahrheit und daß es genau diese Selbstverständlichkeiten waren, an denen sein Herz hing. Doch am meisten, auch das stand ihm klar vor Augen, hing sein Herz an Deidre. An Deidre und ihrer Liebe zu ihm. Leise flüsterte er ihren Namen. Es klang wie ein Gebet.

Die Wellen brachen sich an den Felsen am Ufer, noch herrschte Ebbe, und die Flut schien weit entfernt. Doch sie würde wiederkommen, und mit ihr kam der Tod.

Direkt am Wasser sah man zwei große, aufrechtstehende Felsblöcke. Mit einem Blick erkannte Wolfram, wozu sie dienen sollten.

»Daran werden wir euch festbinden«, erklärte Cedric mit ausgestrecktem Arm. »Euch bleibt genug Zeit, über eure Verbrechen nachzudenken und zu beten. Allerdings glaube ich nicht, daß eure Götter euch erhören werden.« Er unterbrach sich und fuhr mit leiserer Stimme fort: »Männer wie ihr haben meine Tochter in die Sklaverei verkauft. Sie hat sich das Leben genommen, weil sie lieber tot sein wollte, als dieses Schicksal zu erleiden. Denkt an sie, während ihr auf euren Tod wartet.«

Mit dicken Seilen wurden Wolfram und Sigurd an Hand- und Fußgelenken an die Felsen gefesselt. Die Seile waren stark, die Knoten unauflöslich, und die beiden Felsblöcke riesig und unbeweglich. Die Flut würde langsam kommen, sehr langsam. Zuerst würde ihnen das Wasser bis zu den Knien reichen, dann bis zur Brust, dann bis zum Mund, bis sie nur noch durch die Nase atmen konnten – und dann würde auch die Nase überspült werden, sie würden keine Luft mehr in ihre Lungen pumpen können, nie mehr.

Wolfram kam ein Gebet in den Sinn, das ihn der Einsiedler Paul gelehrt hatte. Es war ein christliches Gebet, doch er sprach es und fühlte, wie es seine Seele besänftigte, ihm Trost und Frieden spendete.

»Vater unser, der Du bist im Himmel...«, betete er mit leiser Stimme.

»Er spricht ein christliches Gebet!« rief Colin erstaunt. »Ob er ein Christ ist? Wir können ihn nicht töten, wenn er ein Christ ist!«

Einer seiner Männer legte ihm die Hand auf die Schulter. »Das ist ein Trick«, sagte er. »Er will uns verwirren. Fall nicht auf ihn herein, Colin.« Er schob ihn zur Seite. »Ich habe das Gefühl, du bist dieser Aufgabe nicht gewachsen. Ich werde das Kommando übernehmen!«

Nebeneinander standen Sigurd und Wolfram gefesselt an den Felsblöcken und blickten hinaus aufs Meer, über das sie so oft gemeinsam gesegelt waren. Sigurds Gedanken weilten bei Zerlina. Nie wieder würde er ihre Arme um seinen Hals spüren, sie niemals zu seiner Frau machen können. Niemals... die Endgültigkeit dieses Wortes schmerzte ihn mehr, als er es je für möglich gehalten hätte.

Die Flut hatte eingesetzt, und das Wasser spielte bereits um ihre Füße, stieg höher und höher. Wolfram schloß die Augen und sagte in Gedanken der einen Frau Lebewohl, die er mehr liebte als sein Leben. Selbst der Wind schien ihren Namen zu flüstern, tat es seinen Lippen gleich.

Deidre.

12

Müde und ausgelaugt kehrten Deidre und Rorik von ihrer Suche zurück. Sie hatten die umliegenden Wälder und die ganze Umgebung abgesucht, ohne auch nur eine Spur von Wolfram und Sigurd zu finden. Deidres Euphorie hatte im Laufe des Tages einer tiefen Hoffnungslosigkeit Platz gemacht, und sie fragte sich, ob ihre Suche wirklich noch einen Sinn hatte.

»Was sollen wir nur tun, Rorik?« fragte sie verzweifelt. »Was sollen wir nur tun?«

»Wir können nichts mehr tun, Deidre«, antwortete er ruhig. Seine Befürchtung, daß Wolfram längst tot war, hatte sich zur Gewißheit verdichtet.

Deidre war trotz allem nicht bereit, aufzugeben. Ich muß ihn finden, dachte sie verbissen. In Gedanken versunken öffnete sie das große Portal ihres Vaterhauses, nachdem sie ihr Pferd einem Sklaven übergeben hatte, damit er es versorgen konnte. Sie hatte erwartet, ein stilles Haus vorzufinden, denn die Wikinger hatten sich in ihr Lager am Strand zurückgezogen, doch statt dessen empfingen sie streitende Stimmen.

»Du mußt dich irren! Das kann nicht sein!« Das war Brian, sie erkannte ihn sofort. »Warum sollten die Wikinger uns helfen? Sie sind unsere Feinde!«

»Sie wollten deiner Schwester helfen, sie betrachten sie als eine der Ihren«, erklärte eine andere Stimme. Sie gehörte Llewellyn. »Auch ich habe sie für Barbaren gehalten, doch in den vergangen Tagen habe ich viel gelernt. Vielleicht stimmt es doch, daß alle Menschen Brüder sind.«

»Und was ist mit Phelan?« erklang wieder Brians Stimme.

»Er hätte mich vor Wut am liebsten umgebracht«, erwiderte Llewellyn. »Der Kerl ist ein gieriger Teufel, weiter nichts. Ich frage mich, wie lange schon er es auf unsere heiligen Reliquien und den Familienschatz abgesehen hat. Deine Mutter ist auf dem Weg ins Kloster, um Vater Finian zu holen, damit das Ehegelöbnis zwischen Deidre und Phelan sofort aufgelöst werden kann.«

Deidre betrat den Raum, und als Brian sie erblickte, sprang er von seinem Platz am Feuer auf und warf sich ihr zu Füßen.

»Vergib mir, Deidre. Bitte vergib mir. Ich habe die Normannen gehaßt. Wir hätten das nie tun dürfen, Colin und ich und die anderen, doch wir wollten Ians Tod rächen, und...«, stammelte er.

Verständnislos sah ihn Deidre an.

»Wovon sprichst du, Brian?« fragte sie ihn verwirrt.

»Der Wikinger. Der Vater deines Sohnes. Wir haben ihn getötet. Heute morgen.« Er stand auf, den Blick zu Boden gerichtet. Er konnte ihr nicht ins Gesicht sehen. »Ich konnte es nicht ertragen, zuzusehen. Wenn ich nicht so ein Feigling wäre, hätte ich versucht, ihn zu retten.«

»Nein!« schrie Deidre auf. »Nein!«

Sie glaubte, den Verstand zu verlieren. Wolfram war tot! Sie kam zu spät, jede Hilfe kam zu spät. Gehetzt sah sie Brian an. »Die Wölfe«, hauchte sie entsetzt und dachte, wie Colin und er ihr in jener Nacht erzählt hatten, sie hätten in ihrer Falle im Wald zwei Wölfe gefangen.

Brian nickte. »Ja. Es waren keine Wölfe.«

Deidre schloß die Augen vor Schmerz. »Wie ist er gestorben? Der Vater meines Sohnes, die Liebe meines Lebens – wie ist er gestorben?«

»Er und sein Freund wurden unten am Meer an zwei Felsen gebunden. Wenn die Flut kommt, ertrinken sie.« Noch immer sah Brian seine Schwester nicht an. Ihre Liebe zu dem Wikinger war überwältigend. »Colin meinte, sie sollen durch dasselbe Meer sterben, über das sie damals gekommen sind«, bekannte er leise. Er schämte sich, weil er nichts getan hatte, um ihnen zu helfen.

»Die Flut?« Deidres Gedanken überschlugen sich, und plötzlich keimte neue Hoffnung in ihr auf. »Rasch, komm mit, Brian, vielleicht ist es noch nicht zu spät! O lieber Gott, bitte, laß es nicht zu spät sein!«

Ohne abzuwarten, ob er ihr folgte, rannte sie hinaus und schwang sich auf das erste Pferd, das sie im Hof stehen sah. In halsbrecherischem Galopp preschte sie Richtung Meer davon. Brian, der sofort hinter ihr hergelaufen war, konnte ihr auf seinem Hengst kaum folgen. Es erschien Deidre wie eine Ewigkeit, bis sie endlich die Klippen erreichte, doch endlich drang ihr der salzige Geruch der Brandung in die Nase. Sie sprang vom Pferd und rannte zu den Klippen, von denen aus sie den Strand überblicken konnte. Beim Blick nach unten schrie sie laut auf. Wolfram und Sigurd standen tief im Wasser, das bereits Wolframs Kinn erreicht hatte, während es Sigurd, der größer war, erst bis zu den Schultern ging. Wolfram hustete und spuckte, wenn die Wellen sein Gesicht überspülten. Sein Tod war nahe.

Kein Mensch war zu sehen, das Ufer lag verlassen, nur die Möwen kreisten schreiend über den Todgeweihten.

»Wolfram!« schrie Deidre und begann nach unten zu klettern. Weil ihre Schuhe sie beim Balancieren auf den schlüpfrigen Steinen behinderten, streifte sie sie ab und schleuderte sie von sich. Panische Angst um das Leben des geliebten Mannes erfüllte ihr Herz.

»Wolfram!« schrie sie erneut.

Er lauschte. Das eiskalte Wasser hatte seinen Körper betäubt, und er war nicht sicher, ob ihm seine Phantasie einen Streich spielte, indem sie ihm Deidres geliebte Stimme vorgaukelte. Er versuchte, den Kopf in die Richtung zu drehen, aus der der Ruf gekommen war, doch seine Muskeln waren gefühllos und gehorchten ihm nicht mehr. Wasser lief ihm in den Mund. Er hustete und spuckte.

Deidre hatte ihn inzwischen beinahe erreicht. Nur das Wasser trennte sie noch von ihm. Sie sah, daß er lebte – noch bestand Hoffnung, aber sie mußte schnell handeln, wenn sie ihn retten wollte. Ohne zu zögern, warf sie sich in die eiskalte Brandung und schwamm auf ihn zu. Entweder würde sie es schaffen, oder sie würde bei dem Versuch, ihn zu befreien, sterben. Eine andere Wahl gab es nicht. Nicht für sie. Plötzlich spürte sie instinktiv, daß ihr eine weitere Gefahr drohte. Sie sah hinter sich. Phelan! Sein Gesicht glich einer verzerrten Fratze, das Böse selbst blickte sie aus seinen zusammengekniffenen Augen an. Ein gemeines Grinsen lag um seinen Mund.

»Bitte, nein!« flehte sie und trat und schlug wild um sich, als er sie packte und langsam und unerbittlich an Land zog. Er lachte laut. »Nein!« schrie sie und kämpfte gegen seinen Griff, als ginge es um ihr Leben. Nur ein Gedanke beherrschte sie: Wolfram. Wolfram wird sterben. Er wird sterben, wenn ich ihn nicht rechtzeitig erreiche!

Doch Phelan war stark, und obwohl sie wie eine Wildkatze kämpfte, hielt er sie bald in dem eisigen Wasser fest in seinen Armen.

»Laß mich los, Phelan«, bat sie ihn inständig. »Bitte!« Die Sekunden vergingen, die Zeit lief ihr davon. »Ich muß zu ihm!«

»Ich glaube nicht, daß du das tun wirst, geliebte Gattin«, widersprach Phelan höhnisch. »Eher glaube ich, daß wir sehen werden, wie er ertrinkt. Meinst du nicht?«

So sehr wie in diesem Augenblick hatte Deidre ihn noch nie gehaßt. So sehr hatte sie überhaupt noch niemanden gehaßt. Für sie war er das personifizierte Böse.

Ihre Augen flammten vor Zorn, als sie ihn anschrie: »Du bist ein Teufel! Möge Gott selbst dich verfluchen!«

»Hure!« brüllte Phelan sie an. »Stirb zusammen mit deinem Geliebten!«

Er packte ihren Nacken und drückte ihren Kopf unter Wasser. In diesem Augenblick tauchte Brian am Ufer auf. Mit einem Blick erfaßte er die Lage, warf sich in die schäumenden Fluten und griff Phelan an. Er riß dessen Hand von Deidres Hals und schlug ihm die geballte Faust ins Gesicht; ein erbarmungsloser Ringkampf im eisigen Wasser begann.

Sobald Deidre spürte, daß sie Phelans Griff entkommen war, galt ihr einziger Gedanke Wolfram. Sie schwamm zu ihm hinüber. Sein Mund war bereits unter Wasser, und er atmete mühsam durch die Nase. Sie tauchte unter und zerrte an seinen Fesseln, so fest sie konnte. Es war sinnlos. Vollgesogen wie sie waren, ließen sie sich keinen Millimeter lockern. Sie kam wieder hoch.

»Hilf mir, Wolfram! Du mußt mir helfen!« rief sie ihm ins Ohr.

»Preß deine Hände zusammen, so fest du kannst, hörst du mich?« Wie durch einen langen Tunnel drangen ihre Worte an Wolframs Ohr, sein Kopf dröhnte, und sein Brustkorb schmerzte, weil er verzweifelt die Luft anhielt, um so lange wie möglich weiterzuleben. Doch er verstand, was sie wollte. Mit der letzten Kraft, die ihm verblieben war, drückte er seine Handgelenke gegeneinander.

Ich brauche etwas Scharfes, dachte Deidre in Panik, ein Messer, irgend etwas, womit ich die Seile durchschneiden kann! Da durchzuckte sie ein rettender Gedanke. Ihre Brosche! Mit bebenden, vor Kälte klammen Fingern riß sie sie ab, während die Wellen sie auf und nieder hoben. Endlich hielt sie die Brosche zwischen den Fingern, tauchte wieder unter und riß und schnitt mit der scharfen Kante des Schmuckstücks in panischer Hast an Wolframs Fesseln. Zwischendurch kam sie immer wieder hoch, um seinen Kopf anzuheben, damit er atmen konnte. Und endlich, nach einer halben Ewigkeit, wie es ihr schien, hatte sie es geschafft. Wolfram war frei. Tief sog er in einem befreiten Atemzug die Luft ein.

Doch noch war die Gefahr nicht überstanden. Ohne innezuhalten, schwamm Deidre zu Sigurd hinüber und befreite auch ihn. Dabei nahm sie wieder ihre Brosche zur Hilfe, ohne die sie die nassen Seile nie hätte durchtrennen können.

Inzwischen kämpfte Wolfram darum, sich über Wasser zu halten. Sein Körper war vollkommen geschwächt und seine Muskeln wie abgestorben; allein sein eiserner Wille bewahrte ihn vor dem Ertrinken. Deidre schwamm zu ihm zurück, um ihm zu helfen, und spürte dabei, wie die Brosche, die sie ihr ganzes Leben hindurch begleitet hatte, ihren starren Händen entglitt. Sie streckte die Hände aus, wollte sie festhalten, doch sie war unwiederbringlich verloren.

Zu dritt kämpften sie sich ans Ufer. Vollkommen erschöpft, am Ende ihrer Kräfte, erreichten sie den rettenden Strand – und wurden dort fassungslos Zeugen eines schrecklichen Zweikampfes.

Brian war ein erfahrener Kämpfer, doch er war längst nicht so durchtrieben wie Phelan. Groß und schlank bewegte er sich geschmeidig, doch Phelan, der kleinere, gedrungene Mann, besaß die Kraft eines Bären. Er trieb Brian immer weiter zurück bis zum Rand eines Felsen, der über der Brandung aufragte, trat mit den Füßen gegen seinen Unterleib und hieb nach seinem Gesicht. Brian stürzte, und Deidre schrie auf. Wolfram legte ihr die Hand über die Augen; sie sollte nicht sehen, was nun folgen würde. Wenn es ihnen nur möglich gewesen wäre, zu helfen. Doch die beiden Kämpfenden waren zu weit entfernt, und sie alle waren zu Tode ermattet.

Phelan holte zu einem letzten Schlag aus und stieß einen lauten Siegesschrei aus, als er auf Brian zusprang. Doch da ereilte ihn sein Schicksal. Sein Fuß glitt auf dem feuchten Grund aus, und er stürzte an Brian vorbei über den Rand des Felsen hinunter auf eine Reihe scharfkantiger Steine. Sein Todesschrei verhallte im Tosen der Brandung.

Deidre lag in Wolframs Armen, das Gesicht an seiner Brust geborgen, die nassen Kleider klebten an ihrem Körper. Der Mann, den sie mehr liebte als ihr Leben, hielt sie fest umfaßt.

»Es ist vorbei, Deidre«, flüsterte er. »Meine geliebte Deidre, es ist vorbei. Wir haben es geschafft.«

13

Naß bis auf die Haut, doch glücklich, am Leben zu sein, kehrten sie zu viert in Deidres Vaterhaus zurück. Einträchtig ließen sie sich am Feuer nieder, das in der großen Herdstelle mitten im Raum lustig flackerte. Dankbar freuten sie sich an der Wärme, die es ihnen spendete.

»Wir leben. Wolfram ist frei. Wir sind zusammen.« Diese Worte kreisten unablässig in Deidres Kopf. Er hielt sie in den Armen und küßte immer wieder ihren Mund, blind und taub für alles andere.

»Was ist denn hier los?« erklang plötzlich eine Stimme vom Eingang her. Vater Finian kam herein und ging auf die kleine Gruppe am Feuer zu. »Habt ihr nichts Wichtigeres zu tun, als im Meer zu baden?« fragte er streng, doch in seinen Augen blitzte es gutmütig. Sein fragender Blick traf Wolfram und Sigurd.

»Vater Finian«, begann Deidre, »dies ist mein Mann, Wolfram, und dies sein Freund…«

»Dein Mann ist Phelan«, unterbrach Vater Finian, »und er ist es so lange, bis der Heilige Vater in Rom etwas anderes sagt.«

»Phelan ist tot«, mischte sich Brian ein. »Er ist durch seine eigene Bosheit gestorben. Er war ein Verräter.«

»Ich wußte, daß er schlecht war«, bekannte Deidre, »doch wie schlecht wirklich, das ahnte ich nicht. Es ist gut, daß er tot ist.«

Brian erklärte dem wohlmeinenden Priester alles, was an diesem Morgen geschehen war. »Ich bereue nur meine eigene unrühmliche Rolle bei den vorausgegangenen Ereignissen. Doch Phelans Tod ist seine eigene Schuld. Er wollte uns umbringen.«

»Gott vergebe seiner Seele«, sagte Vater Finian und bekreuzigte sich. Dann nahm er Deidre bei den Händen und führte sie zu einer abseits stehenden Bank, wo er sich neben sie setzte.

»Deine Mutter erzählte mir, daß du diesen Mann dort liebst und mit ihm einen Sohn hast. Was können wir in dieser Angelegenheit unternehmen?«

»Ich liebe ihn wirklich, Vater. Und ich glaube, wenn unser Gott diese Liebe nicht anerkennen würde, hätte er Wolfram nicht das Leben gerettet.« Zärtlich blickte sie zu Wolfram hinüber. »Und er hätte uns nicht unseren Sohn geschenkt. Er ist ein wunderbarer Junge. Ich hoffe, du wirst ihn bald taufen können, Vater.«

»Das werde ich nicht können«, sagte Vater Finian und folgte Deidres Blick. »So sehr du dein Kind auch lieben magst, es wurde nicht als Christ geboren und gilt als Bastard. Ich könnte ihn nur anerkennen, wenn du durch das christliche Gelöbnis verheiratet bist. Und das erscheint mir unmöglich. Dein Wikinger weiß nichts über unseren Glauben.«

Wolfram hatte seine Worte gehört und trat vor. »Ich kenne euren Glauben sehr gut, Vater. Denn nicht nur Deidre hat mit mir darüber gesprochen, auch Vater Paul tat es. Er hat mit mir gemeinsam die Heilige Schrift studiert.«

Überrascht blickte Deidre auf. Da sie nichts über seine Zuflucht während der vergangenen Monate wußte, war ihr auch der Name Vater Pauls unbekannt.

Wolfram setzte sich neben Deidre und den Priester und erzählte ihnen die Geschichte seiner Rettung durch den Einsiedler Paul und ihre Freundschaft, die sich anschließend entwickelt hatte. Und er berichtete auch von den biblischen Geschichten und davon, daß ihm die von Jonas im Bauch des Wales am besten gefallen hatte.

»Ich habe vor Norwegens Küsten viele Wale gesehen, sie sind größer als dieses Haus. Jonas war ein tapferer Mann. Und euer Gott muß sehr mächtig sein, wenn er ihn befreien konnte.«

»War dieser Vater Paul ein Ire?« fragte Vater Finian, und in seine Augen trat ein eigenartiges Leuchten.

»Nein, er kam aus dem Süden«, erwiderte Wolfram, »früher lebte er jedoch in einem Kloster in der Nähe der Provinz Ulster.« Er beschrieb dem Priester seinen Freund genau und erzählte ihm dessen Geschichte, die ihn am Ende dazu gebracht hatte, sein Leben als Eremit zu verbringen.

»Ich kannte ihn«, erklärte Vater Finian, als Wolfram geendet hatte. »Ich dachte, er sei gestorben. Vor Jahren hat er zusammen mit mir die Heilige Schrift übersetzt und auf Schriftrollen übertragen, die noch heute in der Kapelle der Abtei liegen.« Er dachte an die Vergangenheit, und ein Lächeln spielte um seine Lippen. Dann erhob er sich und fragte Wolfram: »Würdest du Deidre noch einmal heiraten? Vor unserem Gott und nach Seinem Gesetz?«

Wolfram nickte. »Ich respektiere euren Gott, und ich respektiere Seinen Sohn. Zu Ihm habe ich gebetet, und ich lebe. Nicht Odin, sondern Jesus hat mich gerettet. Deidre ist bereits meine Frau, doch wenn sie es will, werde ich mit ihr auch vor ihren Gott treten, um sie zu heiraten.«

»Dann soll es so geschehen«, sagte Vater Finian leise.

Aufgeregt lief Deidre hinaus, um ihre Eltern zu suchen, ihr Herz pochte laut vor Glück. All ihre Träume wurden Wirklichkeit, ihre geheimsten Wünsche wurden wahr. Wolfram lebte, ihr Kind war in Sicherheit, und sie würde den Mann, den sie als einzigen liebte, vor ihrem Gott heiraten dürfen. War die Welt nicht wunderbar? Tara und Llewellyn begegneten ihr vor dem Portal. Beglückt und erleichtert vernahmen sie, daß Deidre ihren geliebten Mann gefunden und ihm das Leben gerettet hatte.

»Den Mann, der es geschafft hat, meiner Tochter das Herz zu stehlen, muß ich unbedingt kennenlernen«, meinte Llewellyn lachend. »Wenn er dich zähmen konnte, dann ist er besser als ich, Tochter. Ich habe es bis heute nicht erreicht.«

Und Tara sagte: »Wenn du glücklich bist, dann bin ich es auch, Deidre. Llewellyn weiß es nicht besser, aber natürlich bist nicht du gezähmt worden, sondern Wolfram. Dein Vater hat keine Ahnung, in welchen Händen die Macht liegt. Und ich werde es ihm bestimmt nicht sagen.« Sie zwinkerte Deidre zu und schloß sie fest in die Arme.

14

Wohlig aufseufzend ließ sich Deidre in die mit warmem Wasser gefüllte Wann sinken. Ihr langes schwarzes Haar floß um ihre Schultern, und sie war dankbar, das Salz, von dem es verklebt und matt geworden war, auszuwaschen zu können. Ein flackerndes Feuer erhellte den Raum und erfüllte ihn mit heimeliger Wärme. Sie legte den Kopf zurück und träumte vor sich hin. Bald würde sie Wolfram heiraten. Und diesmal würde es keine Schuldgefühle geben. Vor den Gesetzen ihrer Kirche und mit dem Segen ihrer Familie würde er ganz und gar ihr Ehemann werden. Gewiß, Colin hatte ein wenig mürrisch dreingeblickt, schließlich mußte er nun auf seine Rache verzichten, doch das Glück, das aus Deidres Augen strahlte, überzeugte auch ihn.

Tara gab eine Mischung aus duftenden Kräutern in Deidres Badewasser und betrachtete ihre Tochter voller Stolz.

»Um dich ist ein goldener Schimmer, mein Kind«, stellte sie liebevoll fest. »Und ein Strahl deines Glückes fällt auf jeden, der um dich ist.«

»Ich bin ganz und gar glücklich, Mutter«, bestätigte Deidre. »Wolfram und ich waren so lange getrennt, daß ich mir beinahe wie eine jungfräuliche Braut vorkomme, wenn ich ihm nachher gegenübertrete.« Und tatsächlich war sie ein wenig nervös. Sie sah ihn vor sich, nackt, mit seinem muskulösen, männlichen Körper. Und sehnte sich schmerzlich danach, in seinen Armen zu liegen.

»Es wird nicht mehr lange dauern«, sagte Tara verständnisvoll, und Deidre errötete. Konnte ihre Mutter Gedanken lesen? »Es geht mir wie dir, mein Kind. War dein Vater eine Zeitlang fort, fühle ich mich immer wie eine unerfahrene Braut. Ich glaube, das geht allen Frauen so, wenn sie lieben.« Dann half sie ihrer Tochter aus der Wanne und trocknete ihr sanft das schöne lange Haar mit einem wollenen Tuch. Sie bürstete es, bis es glänzte und dunkle Funken zu sprühen schien, dann flocht sie es zu Zöpfen und befestigte goldene Ringe darin.

Zum Schluß legte Deidre ihr Brautkleid an. Es war aus blaßblauem Material und mit zarten Blumen verziert, die Tara selbst gestickt hatte. Schon Bridget hatte es bei ihrer eigenen Hochzeit getragen und war von allen anwesenden Frauen um seine Schönheit und die feine Stickerei beneidet worden. Die Ärmel waren offen und fielen in weichem Fall bis zum Boden. Darunter wurde das zarte Unterkleid sichtbar, das sich weiß und hauchdünn an Deidres schlanken Körper schmiegte. Das Brautkleid wurde vervollkommnet durch einen Schleier, der zart wie ein Engelsflügel Deidres schwarzes Haar bedeckte.

Am Arm ihrer Mutter ging Deidre hinüber zur Kapelle. Als sie eintrat, erstarrten sogar ihre Brüder, die sich sonst, wie es bei Brüdern meist der Fall ist, für das Aussehen ihrer Schwester nicht besonders interessierten, angesichts ihrer atemberaubenden Schönheit. Vor dem Altar erwartete sie Vater Finian und lächelte ihr ermutigend zu.

»Wie wunderschön du bist«, flüsterte Wolfram in ihr Ohr und drückte zärtlich ihre Hand. Er trug den vornehmsten Umhang ihres Vater und sah in dem scharlachrot abgesetzten Gewand phantastisch aus.

Mit seiner klangvollen Stimme begann nun Vater Finian die lateinischen Ehegelübde zu sprechen. Wolfram hielt Deidres Hand und lauschte aufmerksam, während sie leise mitsprach. Liebe und Frieden erfüllten ihrer beiden Herzen.

Auf den Knien empfingen sie zur Kommunion den Wein aus dem funkelnden Kelch, und dann sprach Vater Finian den Segen über sie. Sie waren ein Paar.

Zum Abschluß der Zeremonie durfte Wolfram seine Frau küssen, und er tat es. Er küßte und küßte sie und wollte nicht mehr aufhören.

»Komm, meine Frau«, flüsterte er ihr zärtlich ins Ohr und unterbrach seine Liebkosungen für einen Augenblick. »Es wird Zeit, daß wir wieder erfahren, wie sich unsere Körper anfühlen.« Hand in Hand verließen sie, so schnell es die Schicklichkeit eben zulassen wollte, die Kapelle, begleitet von den fröhlichen Zurufen Colins und Brians und der anderen Anwesenden, die ihnen eine aufregende Hochzeitsnacht wünschten.

Als sie die Tür zu Deidres Schlafkammer hinter sich schlossen, stahl sich ein Lächeln auf Wolframs Lippen. Er erinnerte sich an die Nacht vor zwei Jahren, doch diesmal waren das Kerzenlicht und die nach feinen Kräutern duftenden Bettlaken auch für ihn bestimmt. Er wandte sich zu Deidre um und schloß sie fest in die Arme.

»Deidre.« Er küßte sie lang und fordernd, kostete das Gefühl, ihre Lippen an den seinen zu spüren, bis zur Neige aus. Sie legte ihm die Hand auf die Brust und trat einen Schritt zurück. Vor seinen Augen entledigte sie sich langsam ihres Kleides, dann ihres Unterkleides und ihres Schleiers – und stand endlich nackt und unsagbar schön und begehrenswert vor ihm. Ihm stockte der Atem. Er ließ seine Augen über sie hinweggleiten, vollkommen überwältigt von ihrem Anblick. Langsam trat er auf sie zu, berührte ihre Schultern, ihre Brüste, ihre Hüften. Das Feuer, das in ihnen beiden brannte, drohte sie zu verzehren, während ihre Hände den anderen streichelten und liebkosten.

»Komm«, flüsterte Deidre schließlich und ließ sich sehnsüchtig und voller Verlangen auf die duftenden Laken des Bettes sinken. Und Wolfram folgte ihr, sobald er es ihr gleichgetan und sich entkleidet hatte. Mit Händen und Lippen und Worten schworen sie sich ihre Liebe, diese unstillbare, alles überwindende Liebe, bis sie sich am Ende in einer namenlosen Ekstase vereinigten, für die es keine Grenzen zu geben schien.

»Ich liebe dich unendlich, Deidre«, flüsterte Wolfram später, als sie eng aneinandergeschmiegt still dalagen und nur das Mondlicht ihre Körper umspielte. »Du bist mein einziger Reichtum.«

»Und du, mein kühner Wikinger, bist die Feuersglut, die vom Meer zu mir kam«, erwiderte Deidre liebevoll, »du bist die Liebe meines Lebens. In dieser Nacht sind wir wahrhaft gesegnet worden. Und ich glaube, wir haben heute nacht einem weiteren Sohn den Zugang zum Leben bereitet.«

»Oder einer Tochter.« Wolfram lächelte glücklich.

»Diesmal wirst du selbst erleben können, welch ein Wunder die Liebe vollbringen kann, Geliebter, und das ist wunderschön.«

Zufrieden und selig schmiegte sich Deidre in seine Arme. Egal, was die Zukunft für sie bereithalten mochte, egal, was auch immer auf sie wartete – solange sie zusammen waren, gab es nichts, was stärker war als sie beide.

Nichts auf der Welt konnte sie besiegen.

Anmerkung der Verfasserin

Sie kamen aus dem kalten Norden, ihre Schiffe tanzten auf den Wellen. Zweihundertundfünfzig Jahre lang erzitterten die Menschen in Europa bei dem Namen »Wikinger«. »Befreie uns, o Gott, von dem Zorn der Normannen«, lautete es in einem Gebet in den christlichen Kirchen. Dennoch verdanken wir ihnen sehr viel, diesen furchtlosen und geschickten Seefahrern. Die meisten Nationen sind diesen ungestümen Völkerstämmen verpflichtet, deren Worte, Redewendungen und geographische Bezeichnung sich vor allem in der englischen Sprache wiederfinden.

Sie waren so tapfer wie Löwen und genauso wild wie sie. Sie kamen, überfielen und bevölkerten Schottland, Irland, Island, Grönland und die Hälfte Englands, sie kämpften mit Tapferkeit und Mut und errichteten dort ihre Heimstätten. Tatsache ist, daß auch Amerika ursprünglich von den Wikingern entdeckt wurde.

Wenn auch diese Normannen ihre Herrschaft als Piraten begannen, so entwickelten sie sich doch zu gewandten Eroberern, Gesetzgebern und Verwaltern. Sie nahmen den christlichen Glauben an, wurden Händler, reisten von Island bis China und gelangten im Süden bis hinunter nach Afrika.

Auch die Iren stehen uns mit der Schönheit ihrer Kultur sehr nahe und haben uns ein reiches Erbe hinterlassen.

Die wunderbare Verschmelzung dieser beiden Kulturen hat unser aller Leben bereichert.

»Wer die Liebe kennt« ist die Geschichte einer jungen

Irin und eines verwegenen Wikingers, die trotz der Verschiedenartigkeit der Welten, in denen sie leben, das Wunder der Liebe finden. Gemeinsam formen sie Schicksal und Zukunft der Neuen Welt.

Kathryn Kramer